LUCINDA RILEY

De zeven zussen
Schaduw

Stars verhaal

XANDER

Uitgegeven door Xander Uitgevers BV
Hamerstraat 3, 1021 JT Amsterdam

www.xanderuitgevers.nl

Oorspronkelijke titel: *The Shadow Sister*
Oorspronkelijke uitgever: Pan Macmillan
Vertaling: Dieuwke van der Veen, Erica Disco en Kees van Weele
Omslagontwerp: zero-media.net, Munich
Belettering: Studio Marlies Visser
Omslagbeeld: FinePic
Auteursfoto: Lana Pinho
Zetwerk: Michiel Niesen, ZetProducties

Eerste druk 2018
Tiende druk 2019

ISBN 978 94 0160 871 8 | NUR 302

Voor Flo

Maar laat er ruimte zijn in jullie samenzijn,
En laat de winden des hemels tussen jullie dansen.

Khalil Gibran

HOOFDPERSONEN

Atlantis
Pa Salt, adoptievader (overleden)
Marina (Ma), verzorgster van de zussen
Claudia, huishoudster op Atlantis
Georg Hoffman, Pa Salts advocaat
Christian, de schipper

De zusjes D'Aplièse
Maia
Ally (Alcyone)
Star (Asterope)
CeCe (Celaeno)
Tiggy (Taygete)
Electra
Merope (afwezig)

STAR

JULI 2007

Astrantia major
(Zeeuws knoopje, lid van de familie der Apiaceae, de schermbloemigen)
Astrantia is afgeleid van het Latijnse woord voor 'ster', aster

1

Ik zal zolang ik leef precies weten waar ik was en wat ik deed toen ik hoorde dat mijn vader was overleden…

Mijn pen bleef boven het papier zweven toen ik opkeek naar de julizon, of liever gezegd naar het straaltje zon dat zich tussen het raam en de muur van rode baksteen vóór me had gewurmd. Alle ramen in ons piepkleine appartement hadden datzelfde saaie uitzicht: een muur die een paar meter vóór ons oprees, en binnen was het ondanks het prachtige weer donker. Een groot verschil met het thuis van mijn jeugd, Atlantis, aan het Meer van Genève.

Ik realiseerde me dat ik op precies dezelfde plek had gezeten toen CeCe ons ellendig kleine zitkamertje was binnengekomen om me te vertellen dat Pa Salt dood was.

Ik legde mijn pen neer en liep naar de kraan om een glas water te halen. Door de plakkerige hitte was het binnen benauwd en klam, en terwijl ik gulzig mijn glas leegdronk zei ik tegen mezelf dat ik dit helemaal niet hóéfde te doen, dat ik mezelf niet opnieuw de pijn van de herinnering hoefde toe te brengen. Het was Tiggy geweest, mijn jongere zus, die het had voorgesteld toen ik haar kort na Pa's dood op Atlantis sprak.

'Lieve, lieve Star,' had ze gezegd, toen we met een paar zussen op het meer waren gaan zeilen om even niet aan ons verdriet te hoeven denken. 'Ik weet dat je het moeilijk vindt om over je gevoelens te praten. Ik weet ook dat je heel verdrietig bent. Waarom zet je je gedachten niet op papier?'

Toen ik een paar weken geleden in het vliegtuig van Atlantis naar huis zat, dacht ik na over wat Tiggy had gezegd. En nu, vanochtend, deed ik een eerste poging.

Ik staarde naar de stenen muur en werd overvallen door de wrange gedachte dat die muur een perfecte metafoor vormde voor mijn huidige bestaan, maar ik kon in elk geval nog glimlachen om die vergelijking. En die glimlach bracht me terug bij de houten tafel vol butsen die onze louche huurbaas vast en zeker voor een prikje bij de kringloopwinkel had gekocht. Ik leunde achterover en pakte de sierlijke vulpen die ik van Pa Salt voor mijn eenentwintigste verjaardag had gekregen.

'Ik ga níét beginnen met de dood van Pa,' zei ik hardop. 'Ik begin met onze aankomst hier in Londen...'

Ik schrok op toen de voordeur met een klap dichtsloeg. Mijn zus CeCe, dat kon niet missen. Wat CeCe deed, deed ze luidruchtig. Ze kon nog geen kop koffie op tafel zetten zonder die met een klap te laten neerkomen en de inhoud eruit te laten klotsen. Van zacht praten had ze nog nooit gehoord; wat ze wilde zeggen schreeuwde ze, en wel zodanig dat Ma, toen we klein waren, ongerust werd en CeCe's gehoor liet testen. Met dat gehoor was natuurlijk niets mis. Eerder het tegenovergestelde, CeCe's gehoor was overontwikkeld. En met mij was ook niets mis toen Ma me een jaar later meenam naar een spraaktherapeut, bezorgd als ze was omdat ik niet genoeg babbelde.

'Er zitten daar wel woorden, alleen ze gebruikt ze liever niet,' had de therapeut uitgelegd. 'Dat gaat ze doen zodra ze er klaar voor is.'

In een poging om met me te communiceren had Ma me de beginselen van de Franse gebarentaal bijgebracht.

'Dus als je iets wilt hebben of iets nodig hebt,' had ze tegen me gezegd, 'dan kun je die gebruiken om te zeggen hoe je je voelt. En dít is wat ik op dit moment voor jou voel', en ze had naar zichzelf gewezen, haar handen voor haar borst gekruist en naar mij gewezen. 'Ik – hou – van – jou.'

Ook CeCe had de gebarentaal snel opgepikt, en wat begon als een communicatiemiddel met Ma werd door CeCe en mij al snel tot een eigen taaltje ontwikkeld, een mengelmoes van gebaren en zelfbedachte woorden, dat we in gezelschap van anderen gebruikten om met elkaar te praten. We genoten van de stomverbaasde blikken van onze zussen als ik over de ontbijttafel heen een geheim gebaar maakte en we in een onbedaarlijk gegiechel uitbarstten.

Terugkijkend besef ik dat CeCe en ik toen we opgroeiden elkaars tegenpolen werden; hoe minder ik praatte, des te luider en vaker zij voor mij het woord voerde. En hoe meer ze dat deed, hoe minder ik dat hoefde te doen. We werden simpelweg een uitvergrote versie van onszelf. Toen we nog kind waren was dat geen probleem, ingeperst als we zaten in het gezin met zes zussen, want we hadden elkaar.

Maar inmiddels was het wél een probleem.

'Raad eens! Ik heb het gevonden!' CeCe stormde de kamer binnen. 'En we kunnen er over een paar weken al intrekken. De aannemer moet nog een paar dingetjes afwerken, maar als het klaar is, is het ongelooflijk mooi. God, wat is het hier heet. Ik ben hier liever vandaag dan morgen weg.'

Ze liep naar de keuken en ik hoorde uitbundig gekletter van water. Ze had natuurlijk de kraan wagenwijd opengezet en het water spette over het aanrecht dat ik net zo grondig had schoongeveegd.

'Wil je water, Sia?'

'Nee, dank je.' Hoewel CeCe dat koosnaampje alleen gebruikte als we met zijn tweeën waren, tikte ik mezelf in gedachten op de vingers omdat het me irriteerde als ze het gebruikte. Ze had die naam verzonnen toen we nog klein waren. Hij kwam uit een boek dat Pa Salt me een keer voor kerst had gegeven: *Het verhaal van Anastasia*, over een klein meisje dat in de bossen van Rusland woonde en ontdekte dat ze een prinses was.

'Ze lijkt op jou, Star,' had de vijfjarige CeCe gezegd toen we naar de plaatjes in het voorleesboek staarden. 'Misschien ben jij ook wel een prinses, je bent net zo mooi als een prinses, met je gouden haar en je blauwe ogen. Daarom ga ik je Sia noemen. En het past bij Cee! Cee en Sia, de tweeling!' Ze had verrukt in haar handen geklapt.

Pas veel later, toen ik achter de ware geschiedenis van de Russische tsarenfamilie kwam, werd me duidelijk wat er met Anastasia Romanova en haar zussen en broertje was gebeurd. Dat was allesbehalve een sprookje.

Bovendien was ik inmiddels geen kind meer maar een volwassen vrouw van zevenentwintig.

'Ik weet zeker dat je het appartement te gek vindt.' CeCe kwam de kamer weer binnen en plofte neer op de versleten bank. 'Ik heb een afspraak gemaakt om morgenochtend samen te gaan kijken. Het kost bakken met geld, maar ik kan het nu betalen, vooral omdat het volgens de makelaar rommelt in de City, dus de gebruikelijke gasten staan niet te dringen en daarom heb ik behoorlijk kunnen afdingen. Het wordt tijd dat we eens een echte woning krijgen.'

Het wordt tijd dat ik eens een eigen leven krijg, dacht ik.

'Je gaat het kópen?' vroeg ik.

'Ja, maar alleen als jij het mooi vindt.'

Ik was zo verbaasd dat ik even niets kon zeggen.

'Is er iets, Sia? Je ziet er moe uit. Heb je slecht geslapen?'

'Ja.' Ik deed vreselijk mijn best, maar ik kon mijn tranen niet bedwingen toen ik aan de lange, slapeloze uren dacht, die voortkropen tot het ochtend werd; uren waarin ik treurde om mijn geliefde vader en niet kon geloven dat hij er niet meer was.

'Je bent nog in shock, dat is het probleem. Het is ook nog maar een paar weken geleden. Als je morgen ons nieuwe appartement hebt gezien voel je je een stuk beter, zeker weten. Je wordt helemaal depri van dit kloteappartement. Ik in ieder geval wel. Heb je de man van die kookcursus al gemaild?'

'Ja.'

'En wanneer begint die?'

'Volgende week.'

'Mooi. Dan hebben we nog tijd om wat meubels voor ons nieuwe huis uit te zoeken.' CeCe kwam naar me toe en knuffelde me spontaan. 'Ik kan niet wachten om het je te laten zien.'

'Vind je het niet geweldig?'

CeCe spreidde haar armen alsof ze de enorme ruimte wilde omhelzen. Haar stem kaatste terug van de muren toen ze langs de brede glazen voorgevel liep en een schuifdeur opende.

'En kijk, dit wordt jouw balkon,' zei ze, en wenkte me. We stapten naar buiten. 'Balkon' was een te bescheiden woord voor de ruimte waarop we stonden, dit was een groot, prachtig terras dat boven de Theems hing. 'Dit kun je volzetten met de kruiden en de bloemen waar je op Atlantis altijd zo lekker mee bezig was,' vervolgde ze. Ze liep naar de leuning en overzag het grijze water in de diepte beneden ons. 'Spectaculair, vind je niet?'

Ik knikte, maar CeCe was al weer binnen, dus ik hobbelde maar achter haar aan.

'De keuken moet nog worden geïnstalleerd, maar zodra ik heb getekend mag je helemaal zelf uitzoeken wat voor fornuis je wilt, en wat voor koelkast, enzovoort. Nu je een professional gaat worden,' zei ze met een knipoog.

'Niet echt, CeCe. Het is maar een korte cursus.'

'Maar je hebt zo veel talent, als ze zien wat je allemaal kunt heb je zó een baan. Hoe dan ook, volgens mij is dit perfect voor ons tweeën, vind je ook niet? En ik kan aan die kant mijn studio inrichten.' Ze wees naar een ruimte die ingeklemd zat tussen een muur en de wenteltrap. 'Het licht is hier fantastisch. En jij krijgt je grote keuken en de ruimte buiten. Ik kon nergens in het centrum van Londen iets vinden wat zo veel op Atlantis lijkt.'

'Ja, het is prachtig, dank je wel.'

Ik zag hoe opgewonden ze was door haar ontdekking en moest toegeven dat het appartement indrukwekkend was. Ze leefde in een bubbel van enthousiasme en die wilde ik niet uiteen laten spatten door te zeggen dat wonen in een grote en onpersoonlijke glazen doos met uitzicht op een grauwe rivier iets heel anders was dan wonen op Atlantis.

Terwijl CeCe en de makelaar overleg voerden over de blankhouten vloeren die er kwamen te liggen, schudde ik mijn hoofd om mijn negatieve gedachten weg te duwen. Ik was hopeloos verwend, dat wist ik. Wonen in een gloednieuw appartement in de City was tenslotte niet echt afzien, zeker als je het vergeleek met de straten van Delhi of de krottenwijken die ik in de voorsteden van Phnom Penh had gezien.

Maar wat ík het liefst had gewild was een bescheiden basisonderkomen, een huisje dat stevig met zijn fundamenten in de aarde stond, met een lapje grond erbij, zodat je voeten direct contact met de aarde maakten zodra je de voordeur uit stapte.

Ik luisterde vaag naar CeCe's gebabbel over een afstandsbediening waarmee de jaloezieën open en dicht konden, en nog eentje voor de onzichtbare speakers die voor *surround sound* zorgden. Achter de rug van de makelaar om gebaarde ze 'gladde jongen' naar me en rolde met haar ogen. Ik slaagde erin een glimlachje te produceren maar voelde me wanhopig claustrofobisch, omdat ik niet de deur kon opendoen en gewoon kon wéglopen... Van steden kreeg ik het benauwd, ik voelde me altijd overdonderd door het lawaai, de stank, de mensenmassa's. Maar het appartement was in elk geval open en luchtig...

'Sia?'

'Sorry, Cee, wat zei je?'

'Zullen we naar boven gaan en onze slaapkamer bekijken?'

We gingen de wenteltrap op naar de kamer die we volgens CeCe zouden delen, ook al was er nóg een slaapkamer. Ik keek naar buiten en er ging een rilling door me heen toen ik naar het uitzicht keek, dat hiervandaan inderdaad spectaculair was. Vervolgens inspecteerden we de ongelooflijke en suite badkamer, en ik realiseerde me dat CeCe haar uiterste best had gedaan om iets moois te vinden dat bij ons allebei paste.

Maar we waren niet getrouwd. We waren zússen.

Na afloop wilde CeCe me per se meeslepen naar een meubelzaak aan King's Road, en daarna gingen we met de bus terug, de rivier over, via de Albert Bridge.

'Deze brug is genoemd naar de echtgenoot van koningin Victoria,' lepelde ik uit gewoonte op. 'En in Kensington is er een monument voor hem...'

CeCe snoerde me de mond met ons gebaar voor 'opschepper'. 'Star, je wilt toch niet beweren dat je nog steeds een reisgids meesleept?'

'O jawel, hoor,' gaf ik toe, en ik maakte het gebaar voor 'nerd'. Ik was nu eenmaal dol op geschiedenis.

We stapten vlak bij ons appartement uit. 'Zullen we verderop in de straat gaan eten? We hebben iets te vieren,' stelde CeCe voor.

'Daar hebben we het geld niet voor,' antwoordde ik. Ik in elk geval niet, dacht ik.

'Ik trakteer,' stelde CeCe me gerust.

We gingen naar een buurtcafé, waar CeCe voor zichzelf een flesje bier en voor mij een glaasje wijn bestelde. We waren geen van beiden drinkers; vooral CeCe kon niet goed tegen alcohol, iets wat ze na een ruig tienerfeestje had moeten ondervinden. Terwijl CeCe aan de bar stond te wachten, peinsde ik over het mysterie van de royale financiën waarover CeCe ineens bleek te beschikken. Na het overlijden van Pa had zijn advocaat, Georg Hoffman, elk van ons zussen een envelop overhandigd. CeCe was direct de volgende dag bij hem op bezoek gegaan in Genève. Ze had Georg gesmeekt of ik mee naar binnen mocht, maar dat had hij resoluut geweigerd.

'Ik ben helaas verplicht de instructies van mijn cliënt op te volgen. Uw vader stond erop dat elke bijeenkomst die ik met een van zijn dochters heb zonder de aanwezigheid van derden plaatsvindt.'

Dus had ik tijdens haar gesprek met hem bij de receptie gewacht. Toen ze terugkwam maakte ze een gespannen en opgewonden indruk.

'Sorry, Sia, maar ik moest een of andere stomme geheimhoudingsclausule tekenen. Dat was natuurlijk weer een van die spelletjes van Pa. Ik kan je alleen vertellen dat ik goed nieuws heb.'

Voor zover ik wist was dit de enige keer in onze relatie dat CeCe iets voor me geheim had gehouden, en ik had nog altijd geen idee waar al dat geld vandaan kwam. Georg Hoffman had verteld dat we op grond van Pa's testament onze sobere basistoelage zouden blijven ontvangen. Maar ook dat het ons vrijstond om hem te benaderen als we meer geld nodig hadden. Dus misschien hoefden we het alleen maar te vragen, zoals CeCe kennelijk had gedaan.

'Proost!' CeCe tikte met haar flesje mijn glas aan. 'Op ons nieuwe leven in Londen.'

'En op Pa Salt,' zei ik, en hief mijn glas.

'Ja. Je hield echt van hem, hè?'

'Jij niet dan?'

'Natuurlijk wel. Hij was... bijzonder.'

Toen ons eten was gearriveerd keek ik naar CeCe, die gulzig zat te eten, en ik bedacht dat we allebei een dochter van Pa waren, maar dat het er meer op leek dat alleen ík treurde om zijn dood.

'Vind je dat we het appartement moeten kopen?'

'CeCe, het is jóúw beslissing. Het is niet mijn geld, dus het is niet aan mij om er iets over te zeggen.'

'Doe niet zo maf, je weet toch dat wat van mij is ook van jou is, en omgekeerd? Bovendien weet je niet wat je aantreft als je die envelop van jou eindelijk hebt opengemaakt,' zei ze bemoedigend.

Al sinds we onze envelop hadden gekregen zat ze me daarover op te jutten. Ze had haar eigen exemplaar bijna direct na ontvangst opengescheurd en verwachtte dat ik dat ook zou doen.

'Kom op, Sia, wanneer ga je hem nou eens openmaken?' drong ze steeds aan.

Maar ik kon het gewoon niet, want wát er ook in die envelop zat, het zou alleen maar Pa's dood bevestigen. En ik was er nog niet aan toe om Pa te laten gaan.

Na het eten betaalde CeCe de rekening. Terug in het appartement belde ze de bank om de aanbetaling te laten overschrijven. Vervolgens installeerde ze zich achter haar laptop, waar ze klaagde over de slechte internetverbinding.

'Kom eens helpen met het uitzoeken van een bank,' riep ze vanuit de zitkamer terwijl ik de vergeelde badkuip met lauw water liet vollopen.

'Ik zit net in bad,' riep ik terug, en deed de deur op slot.

Ik ging in bad liggen en liet mijn hoofd zo diep zakken dat ik met mijn oren en mijn haar onder water kwam. Ik luisterde naar de bubbelgeluiden – baarmoedergeluiden, dacht ik – en besloot dat ik weg moest voordat ik compleet gek zou worden. Dat was allerminst CeCe's schuld en ik wilde het absoluut niet op haar afreageren. Ze had elke dag van mijn leven voor me klaargestaan, en ik hield van haar, maar...'

Twintig minuten later had ik mijn besluit genomen en liep ik de zitkamer binnen.

'Lekker bad?'

'Ja. CeCe...'

'Kom eens kijken wat voor banken ik heb gevonden.' Ze wenkte me. Ik liep gedwee naar haar toe en staarde zonder iets te zien naar een aantal tinten beige.

'Welke vind jij het mooist?'

'Welke jij het mooist vindt. Woninginrichting is jouw ding, niet het mijne.'

'Wat vind je van deze?' CeCe wees naar het scherm. 'Maar je moet hem wel eerst uitproberen, want alleen mooi is niet genoeg. Hij moet ook lekker zitten.' Ze krabbelde de naam en het adres van de winkel op een papiertje. 'Misschien kunnen we dat morgen doen?'

Ik haalde diep adem. 'CeCe, zou je het erg vinden als ik een paar dagen naar Atlantis ga?'

'Natuurlijk niet, Sia, als je dat graag wilt. Ik zal wat vluchten voor ons uitzoeken.'

'Ik dacht er eigenlijk over om alleen te gaan. Ik bedoel...' Ik slikte en dwong mezelf om mijn bijeengeschraapte moed vast te houden. 'Je bent hier druk met het appartement en zo, en ik weet dat je met allerlei kunstprojecten bezig bent waar je graag mee doorgaat.'

'Ja, maar een paar dagen ertussenuit kan geen kwaad. En als je daar behoefte aan hebt kan ik dat best begrijpen.'

'Eerlijk gezegd ga ik liever alleen,' zei ik stoer.

'Waarom?' CeCe draaide zich naar me om, met haar amandelvormige ogen wijd open van verbazing.

'Gewoon omdat ik...omdat ik dat graag wil. Dat wil zeggen, ik wil in de tuin zitten die ik Pa heb helpen aanleggen en daar mijn envelop openmaken.'

'Ik begrijp het. Tuurlijk, prima,' zei ze haar schouders ophalend.

Er daalde een ijzige kou neer, maar dit keer gaf ik niet toe. 'Ik ga naar bed. Ik heb ontzettende hoofdpijn,' zei ik.

'Ik pak een paar pijnstillers voor je. Zal ik wat vluchten voor je opzoeken?'

'Ik heb er al een paar genomen, en ja, dat zou fijn zijn, dank je. Welterusten.' Ik boog voorover om een kus te drukken op het glanzend donkere hoofd van mijn zus, met de jongensachtig kortgeknipte krullen, en vertrok naar de bezemkast die voor onze slaapkamer moest doorgaan.

Het bed was smal en hard, het matras dun. We hadden allebei de luxe van een bevoorrechte opvoeding genoten, maar de afgelopen zes jaar hadden we de wereld rondgereisd en op de meest primitieve plekken geslapen. Want Pa Salt om geld vragen was wel het laatste wat we wilden, zelfs als we volledig blut waren. Vooral CeCe was daar te trots voor geweest, en daarom was ik juist zo verbaasd dat ze nu geld als water uitgaf, dat natuurlijk alleen van hém afkomstig kon zijn.

Misschien moest ik Ma eens vragen of ze wat meer wist, maar bij Ma stond discretie in hoofdletters op haar voorhoofd geschreven als er tussen ons zussen roddels de ronde deden.

'Atlantis,' mompelde ik. Vrijheid…

En die avond viel ik bijna onmiddellijk in slaap.

2

Christian wachtte me al op met de boot toen de taxi me bij de aanlegsteiger aan het Meer van Genève afzette. Hij begroette me met zijn warme glimlach, en voor het eerst vroeg ik me af hoe oud hij eigenlijk was. Hij was al schipper van onze speedboot toen ik nog maar een klein meisje was, dat wist ik zeker, maar met zijn donkere haar, zijn gespierde lichaam en olijfkleurige huid leek hij geen dag ouder dan vijfendertig.

We voeren weg, het meer over. Ik leunde achterover op de comfortabele leren bank in de achtersteven en bedacht dat het personeel op Atlantis maar niet ouder leek te worden. Terwijl de zon op me neerscheen en ik de vertrouwde frisse lucht inademde, zat ik te mijmeren. Misschien was Atlantis wel écht betoverd en was aan degenen die binnen zijn muren huisden het eeuwige leven geschonken en zouden zij daar voor altijd vertoeven.

Allemaal, behalve Pa Salt…

Ik kon het bijna niet opbrengen om terug te denken aan de laatste keer dat ik hier was, toen alle zes zussen in het huis van hun jeugd herenigd waren. Zes zussen, elk afkomstig uit een verre uithoek van de aarde, meegenomen door Pa Salt, door hem geadopteerd en genoemd naar een van de Zeven Zusters van de Pleiaden. Zes zussen, bijeen omdat Pa Salt was overleden. We hadden niet eens een begrafenis gehad, waarbij je tenminste nog de gelegenheid hebt om te treuren om je verlies. Ma had ons verteld dat hij per se in alle beslotenheid op zee begraven wilde worden.

Het enige wat we hadden was het gesprek met zijn Zwitserse advocaat, Georg Hoffman, die ons meenam naar een beeld dat van de ene op de andere dag in Pa's lievelingstuin was verschenen. We dachten eerst dat het een intensief bewerkte zonnewijzer was, maar Georg had uitgelegd dat zoiets een armillairsfeer heette, een instrument waarmee je de stand van de sterren kon bepalen. In elk van de zilverkleurige banden die de gouden globe omcirkelden was de naam van een zus, een set coördinaten waarmee je kon vaststellen waar Pa haar had gevonden, en een citaat in het Grieks gegraveerd.

Maia en Ally, mijn oudere zussen, hadden de exacte locatie van de verschillende coördinaten voor ons opgezocht en genoteerd en de citaten vertaald. Ik had geen van beide nog gelezen maar samen met de envelop weggestopt in een plastic mapje.

De boot minderde vaart en door de bomenrij heen ving ik al een enkele glimp op van het schitterende huis waarin we waren opgegroeid. Met zijn lichtroze gevels, vier hoektorentjes en zijn in het zonlicht glanzende ramen leek het net een sprookjeskasteel.

Nadat Georg Hoffman ons de armillairsfeer had laten zien en de enveloppen had overhandigd had CeCe vreselijke haast om te vertrekken. Ik niet, ik had op zijn minst een tijdje om Pa Salt willen blijven treuren in het huis waarin hij me zo liefdevol had grootgebracht. En nu, twee weken later, was ik al weer terug, in een wanhopige zoektocht naar de kracht en de eenzaamheid die ik nodig had om me met zijn dood te verzoenen en verder te gaan met mijn leven.

Christian navigeerde de boot naar de steiger en maakte de trossen vast. Hij hielp me bij het uitstappen, en Ma kwam me al over het grasveld tegemoet, zoals altijd als ik thuiskwam. Bij het zien van Ma sprongen de tranen me in de ogen, en ik gaf me over aan haar warme knuffel.

'Star, wat heerlijk om je weer bij me te hebben!' zei ze met haar zangerige stem, terwijl ze me op beide wangen kuste en een stap achteruit deed om eens goed naar me te kijken. 'Ik zal maar niet zeggen dat je te mager bent, want dat ben je altijd,' zei ze met een glimlach, terwijl ze me meenam naar het huis. 'Claudia heeft je favoriete gebak, apfelstrudel, gemaakt, en het theewater kookt al.' Ze wees naar het zitje op het terras. 'Ga jij daar maar zitten en geniet van de laatste zonnestralen, dan neem ik je tas mee naar binnen en vraag aan Claudia of ze je thee en gebak brengt.'

Ik keek Ma na toen ze in huis verdween en draaide me om, om de uitbundig bloeiende tuinen en het smetteloze gazon in me op te nemen. Ik zag Christian over het bescheiden pad naar zijn appartement boven het botenhuis lopen, dat achter de hoofdtuinen van het huis in een inham van het meer verscholen lag. De geoliede machine die Atlantis was bleef gewoon doordraaien, ook al was de heer en meester van dit alles er niet meer.

Ma kwam terug met in haar kielzog Claudia met een dienblad. Ik glimlachte naar Claudia, wetend dat ze nog minder spraakzaam was dan ik en nooit uit zichzelf een gesprek zou beginnen.

'Hallo Claudia, hoe gaat het met jou?'

'Het gaat goed met me, dank je,' antwoordde ze met haar zware Duitse accent. Pa had erop gestaan dat we vanaf de wieg tweetalig, in Engels en Frans, werden opgevoed, en met Claudia spraken we uitsluitend Engels. Ma was Française in hart en nieren. Haar afkomst was af te lezen aan haar eenvoudige maar onberispelijke zijden bloes en rok en in een knotje gebonden haar. Doordat we soms met Claudia en Ma tegelijk praatten konden we als kind al moeiteloos van de ene taal op de andere overschakelen.

'Je bent nog steeds niet naar de kapper geweest, zie ik,' zei Ma met een glimlach, terwijl ze naar mijn lange blonde pony wees. 'Maar vertel eens, hoe gaat het met je, *chérie*?' zei ze, terwijl ze thee inschonk en Claudia zich terugtrok.

'O, goed.'

'Nee, het gaat niet goed met je. Het gaat met geen van ons goed. Hoe zou dat ook kunnen, zo kort na die verschrikkelijke gebeurtenis?'

'Dat is zo,' moest ik erkennen, terwijl ik melk en drie schepjes suiker in de thee deed die Ma me aanreikte. Mijn zussen plaagden me omdat ik mager was, maar toch was ik een vreselijke zoetekauw en gaf ik regelmatig toe aan snoepbuien.

'En hoe gaat het met CeCe?'

'Ze zegt dat het prima met haar gaat, maar of dat echt zo is weet ik niet.'

'Verdriet heeft op elk mens weer een ander effect,' peinsde Ma hardop. 'En je ziet vaak dat mensen onder invloed van verdriet veranderen. Wist je trouwens dat Maia naar Brazilië is vertrokken?'

'Ja, ze stuurde mij en CeCe een paar dagen geleden een mailtje. Weet je ook waarom?'

'Ik neem aan dat het iets te maken heeft met de brief die je vader haar heeft nagelaten. Maar wat de reden ook is, ik ben alleen maar blij voor haar. Het zou vreselijk zijn als ze hier in haar eentje met haar verdriet had moeten achterblijven. Ze is veel te jong om zich af te zonderen. En reizen verbreedt je horizon, zoals je weet.'

'Ik weet het, maar ik heb voorlopig even genoeg gereisd.'

'Is dat zo, Star?'

Ik knikte. Dit gesprek viel me plotseling ontzettend zwaar. CeCe zat altijd naast me en voerde steevast het woord voor ons beiden. Maar Ma bleef zwijgen, dus ik moest wel doorgaan.

'Ik heb genoeg gezien.'

'Dat geloof ik graag,' zei Ma grinnikend. 'Is er een plek waar jullie de afgelopen vijf jaar niet zijn geweest?'

'Australië en het Amazonegebied.'

'En waarom juist die plaatsen?'

'CeCe is als de dood voor spinnen.'

'Maar natuurlijk!' Ma sloeg haar handen in elkaar toen ze zich dat herinnerde. 'Toch leek ze als kind nergens bang voor. Weet je nog dat ze altijd vanaf de hoogste rots in zee sprong?'

'Of de hoogste rots beklom,' vulde ik aan.

'En dat ze onder water zo lang haar adem kon inhouden dat ik bang was dat ze was verdronken?'

'Nou en of,' zei ik grimmig, want ik herinnerde me maar al te goed dat CeCe me altijd probeerde over te halen om mee te doen met die extreme sporten. Dat was een van de dingen waarin ik mijn poot stijf had gehouden. Toen we in het Verre Oosten rondreisden was ze urenlang aan het scubaduiken of beklauterde ze de duizelingwekkende vulkanen van Thailand en Vietnam. Maar of CeCe zich nu meters beneden me onder water of meters boven me op een berg bevond, ik lag altijd zonder een vin te verroeren een boek te lezen op het strand.

'En ze had er een gloeiende hekel aan om schoenen te dragen... Toen ze nog klein was moest ik haar daar altijd toe dwingen,' zei Ma, glimlachend bij de herinnering.

'Ze heeft ze zelfs een keer in het meer gegooid,' zei ik, met een gebaar naar het kalme water. 'Ik had de grootste moeite haar zover te krijgen dat ze ze er weer uit haalde,' zei ik.

'Een vrije geest, dat was ze,' zei Ma met een zucht. 'En zó dapper... En toen hoorde ik op een dag, ze zal zeven zijn geweest, een vreselijk gegil uit jullie kamer komen, dus ik dacht dat CeCe werd vermoord. Maar nee hoor, een spinnetje op het plafond, het beestje was niet groter dan een muntje van twintig cent. Wie had dat gedacht?' Ze schudde haar hoofd toen ze daaraan terugdacht.

'En ze is bang in het donker.'

'O, dat wist ik niet!' Ma's blik versluierde, en ik kreeg het gevoel dat ik haar had beledigd in haar moederlijke capaciteiten. Ma, de vrouw die door Pa in dienst was genomen om voor ons te zorgen; de vrouw onder wier hoede wij als geadopteerde baby's opgroeiden tot meisje en jonge vrouw; de vrouw die *in loco parentis* optrad als Pa naar het buitenland was. Ze was geen bloedverwant, en toch betekende ze voor ons allemaal heel veel.

'Ze durft aan niemand te vertellen dat ze akelige nachtmerries heeft.'

'Ben je dáárom destijds naar haar kamer verhuisd?' vroeg Ma, bij wie na al die jaren ineens een belletje ging rinkelen. 'En vroeg je dáárom kort daarna of je een nachtlampje mocht hebben?'

'Ja.'

'En ik maar denken dat dat voor jou was, Star. Zo zie je maar weer hoe je je kunt vergissen als je denkt dat je de kinderen die je opvoedt kent. En, hoe is Londen?'

'Best leuk, maar we zitten er nog maar net. En...' Ik zuchtte, niet in staat om mijn vertwijfeling te verwoorden.

'Je bent nog in de rouwfase,' maakte Ma de zin voor me af. 'En daardoor maakt het je op dit moment misschien totaal niet uit waar je bent.'

'Ja, maar ik wilde wél hiernaartoe.'

'En het is fijn om je hier te hebben, chérie, helemaal nu ik je voor me alleen heb. Dat is niet vaak voorgekomen, hè?'

'Nee.'

'Zou je dat vaker willen?'

'Ik... Ja.'

'Zoiets is een natuurlijke ontwikkeling. Jij en CeCe zijn geen kinderen meer. Dat wil niet zeggen dat je geen sterke band meer voelt, maar het is van groot belang dat jullie allebei je eigen leven gaan leiden. Ik weet zeker dat CeCe dat ook zo voelt.'

'Nee, Ma, dat doet ze niet. Ze heeft me nodig. Ik kan haar niet in de steek laten,' barstte ik los, terwijl alle frustratie, angst en woede op mezelf en de situatie zich samenbalde en naar buiten kwam. Ik had altijd een enorme zelfbeheersing, maar ik kon de hevige snik die ergens diep vanbinnen opwelde niet tegenhouden.

'O chérie.' Er verscheen een schaduw voor de zon toen Ma voor me neerknielde en mijn handen beetpakte. 'Schaam je alsjeblieft niet. Het is alleen maar gezond om je verdriet te uiten.'

En dat deed ik. Huilen kon je het niet noemen, het was eerder brullen. Het leek wel of alle onuitgesproken en opgekropte woorden en gevoelens in één grote vloedgolf naar buiten kwamen.

'Sorry, sorry...' mompelde ik, toen Ma een pakje zakdoekjes uit haar zak haalde en de stortvloed aan tranen depte. 'Gewoon nog... van streek, over Pa.'

'Natuurlijk ben je van streek, en er bestaat geen enkele reden om je te verontschuldigen,' was haar lieve reactie, terwijl ik daar zat als een auto waarvan de tank is leeggelopen. 'Ik heb me zo vaak zorgen gemaakt dat je zo veel dingen binnenhoudt. Dus ík ben blij, al ben jij dat niet,' zei ze met een glimlach. 'En mag ik nu zo vrij zijn je voor te stellen naar je kamer te gaan en je op te frissen voor het eten?'

Ik volgde haar naar binnen. Binnen hing een bijzonder luchtje, dat ik vaak had willen analyseren, zodat ik het op de plekken waar ik tijdelijk verbleef ook kon creëren. Het was een mengeling van vleugjes citroen, cederhout en pasgebakken taart, maar het was natuurlijk meer dan de som der delen en gewoon uniek voor Atlantis.

'Wil je dat ik meega naar boven?' vroeg Ma toen ik de trap op ging.

'Nee hoor, het gaat wel.'

'We praten later nog wel, chérie, maar als je me nodig hebt weet je waar ik ben.'

Ik liep naar de bovenste verdieping van het huis, waar alle zussen hun slaapkamer hadden. Ma had op dezelfde etage een suite met een bescheiden zitkamer en badkamer. De kamer die ik met

CeCe deelde lag tussen de kamers van Ally en Tiggy. Toen ik binnenkwam moest ik glimlachen. CeCe zat op haar vijftiende in een gothic-fase en had drie muren zwart willen verven. Dat was me te ver gegaan, en ik had paars als compromis voorgesteld. De vierde muur wilde CeCe per se zelf verven.

Nadat ze zich een dag lang in onze slaapkamer had opgesloten kwam een wazig kijkende CeCe vlak voor middernacht naar buiten.

'Je mag hem nu zien,' zei ze, en loodste me naar binnen.

Ik stond naar de muur te staren en was onder de indruk van de sprankelende kleuren: vegen hemelsblauw tegen een achtergrond van levendig nachtblauw, en in het midden een heerlijk felle en vlammende verzameling gouden sterren. Ik herkende het sterrencluster onmiddellijk: CeCe had de Zeven Zusters van de Pleiaden geschilderd. Ze had óns geschilderd.

Toen mijn ogen aan het donker waren gewend ontdekte ik dat elke ster uit kleine, heel nauwkeurig geschilderde stipjes bestond, die zich als minuscule atomen met elkaar verbonden en het geheel tot leven wekten.

Ik was me bewust van CeCe's nadrukkelijke aanwezigheid achter me, voelde haar gespannen ademhaling over mijn schouder.

'CeCe, wat fantastisch! Echt ongelooflijk. Hoe ben je op dat idee gekomen?'

'Ik ben niet op een idee gekomen, ik wist gewoon wat ik moest doen,' antwoordde ze schouderophalend.

Sindsdien had ik alle tijd gehad om vanuit mijn bed naar de muur te kijken, en elke keer ontdekte ik weer een nieuw detail.

En hoewel Pa en mijn zussen CeCe hadden overladen met complimenten had ze die stijl niet herhaald. 'O, dat was gewoon iets wat bij me opkwam. Ik heb me sindsdien verder ontwikkeld,' was haar reactie.

Nu ik er na twaalf jaar weer naar keek vond ik deze muurschildering nog altijd het mooiste en meest fantasievolle werk dat ze ooit had gemaakt.

Mijn tas was al voor me uitgepakt, de paar kleren die ik bij me had lagen netjes gevouwen op de stoel. Ik ging op het bed zitten en voelde me plotseling niet op mijn gemak. De kamer bevatte bijna niets wat echt 'van mij' was. En dat kon ik alleen mezelf verwijten.

Ik liep naar mijn ladekast, trok de onderste la open en pakte de oude koektrommel waarin ik mijn dierbaarste spulletjes bewaarde. Ik ging weer op het bed zitten, zette het blik op mijn schoot, maakte het open en haalde er een envelop uit. Die voelde na een verblijf van zeventien jaar droog en toch glad aan tussen mijn vingers. Ik liet de inhoud eruit glijden en keek naar het kaartje van dik perkament dat nog altijd aan de geperste droogbloem was gehecht.

Nou, mijn lieve Star, het is ons toch gelukt om hem te kweken.
Pa x

Ik liet mijn vingers over de tere bloemblaadjes glijden. Hoe ragfijn en verbleekt ze ook waren, ze droegen nog altijd de herinnering aan het warme rood dat ons plantje bij zijn allereerste bloei had gesierd, in de tuin die ik tijdens schoolvakanties samen met Pa had aangelegd.

Dat betekende vroeg opstaan, nog vóórdat CeCe wakker werd. Ze sliep altijd heel diep, vooral als ze een nachtmerrie had gehad. Zo'n nachtmerrie kwam meestal tussen twee en vier uur 's nachts, dus als ik 's ochtends vroeg wegging merkte ze daar niets van. Dan ging ik naar de tuin om Pa te ontmoeten, die de indruk maakte al uren op te zijn, en misschien was dat ook zo. Daar stond ik dan met mijn ogen vol slaap, maar opgewonden door wat hij me dit keer wilde laten zien.

Soms waren dat alleen een paar zaadjes die hij in zijn hand had, een andere keer een delicaat stekje dat hij had meegenomen van waar hij dan ook heen was gereisd. Dan gingen we op het bankje in het rozenprieeltje zitten, pakte hij zijn dikke, oude botanische encyclopedie erbij en bladerde met zijn sterke, bruine handen net zo lang door tot we de herkomst van onze schat hadden gevonden. Zodra we wisten wat zijn natuurlijke leefomgeving was en wat hij prettig of vervelend vond, struinden we de tuin door en overlegden we wat de beste plek om te planten was.

Het kwam er eigenlijk op neer, bedacht ik nu, dat hij een suggestie deed en ik daarmee instemde. Maar zo had het nooit gevoeld. Het voelde alsof mijn mening ertoe deed.

Ik dacht vaak terug aan de gelijkenis uit de Bijbel die hij me ooit vertelde toen we aan het werk waren; dat elk ding dat leeft vanaf het begin van zijn bestaan zorgvuldig gekoesterd moet worden. En als je dat deed zou elk schepsel uiteindelijk sterk worden en nog jaren kunnen leven.

'Wij mensen zijn natuurlijk ook net zaadjes,' had Pa glimlachend gezegd terwijl ik met mijn kindergietertje in de weer was en hij de zoetgeurende turf van zijn handen veegde. 'Met zon en regen en... liefde hebben we alles wat we nodig hebben.'

En ja, onze tuin groeide en bloeide, en dankzij die bijzondere ochtenden waarin ik met Pa tuinierde, leerde ik de kunst van het geduldig zijn te beoefenen. Soms ging ik een paar dagen later terug naar de plek om te kijken of het plantje al was gegroeid en als ik zag dat er niets was veranderd of dat het er bruin en dood uitzag, vroeg ik Pa waarom het niet wilde opschieten.

'Star,' zei hij dan, en hij nam mijn gezicht tussen zijn verweerde handpalmen, 'alles van blijvende waarde heeft tijd nodig om te rijpen. En als het eenmaal tot bloei is gekomen, zul je blij zijn dat je hebt volgehouden.'

Dus ik sta morgen vroeg op en ga terug naar onze tuin, dacht ik, en ik deed het deksel weer op de koektrommel.

Die avond aten Ma en ik bij kaarslicht op het terras. Claudia had gezorgd voor een perfect bereid lamsrack, met geglaceerde worteltjes en verse broccoli uit de moestuin. Hoe meer verstand ik kreeg van koken, hoe meer ik besefte hoeveel talent ze had.

Toen we klaar waren met eten draaide Ma zich naar me toe. 'En, heb je al besloten waar je wilt gaan wonen?'

'CeCe heeft haar kunstopleiding in Londen.'

'Dat weet ik, maar ik vraag naar jóú, Star.'

'Ze gaat een appartement met uitzicht op de Theems kopen. We trekken er volgende maand in.'

'Ah, juist. En vind je het mooi?'

'Het is... erg groot.'

'Dat vroeg ik niet.'

'Ik kan daar wonen, Ma. Het is echt een fantastische plek,' zei ik er snel achteraan, me schuldig voelend over mijn gereserveerde houding.

'En jij gaat daar je kookcursus volgen terwijl CeCe kunst maakt?'

'Dat klopt.'

'Ik heb vroeger gedacht dat je misschien schrijfster zou worden, je bent tenslotte afgestudeerd in Engelse literatuur.'

'Ja, ik ben dol op lezen.'

'Star, je onderschat jezelf. Ik kan me nú nog de verhaaltjes herinneren die je als kind schreef. Pa las ze weleens aan me voor.'

'Echt waar?' Die opmerking vervulde me met trots.

'Jazeker. En vergeet niet dat Cambridge je een plaats heeft aangeboden die je hebt geweigerd.'

'Ja.' Ik hoorde zelf hoe kortaf dat klonk. Na negen jaar vond ik het nog altijd pijnlijk om over dat onderwerp te praten.

'Je vindt het toch niet erg als ik op Cambridge probeer te komen, Cee?' had ik mijn zus destijds gevraagd. 'Mijn docenten raden het me aan.'

'Tuurlijk niet, Sia. Jij bent zó slim, dat lukt je vast wel! Ik ga ook eens kijken naar universiteiten in Engeland, al zal ik wel nergens een aanbod krijgen, je weet wat voor domkop ik ben. En als het niets wordt ga ik gewoon met jou mee en neem ik een baantje in een bar of zo,' zei ze schouderophalend. 'Dat maakt me niks uit. Het belangrijkste is dat we samen zijn, toch?'

Dat vond ik toen ook. Zowel thuis als op kostschool, waar de andere meisjes onze sterke band aanvoelden en ons links lieten liggen, betekenden we alles voor elkaar. En daarom besloten we om bij andere universiteiten te zoeken naar studies met een naam die we allebei goed vonden klinken, zodat we bij elkaar konden blijven. Ik meldde me wel aan bij Cambridge en kreeg tot mijn stomme verbazing een plaats op Selwyn College aangeboden, onder voorwaarde dat ik mijn eindexamens haalde.

Het was kersttijd en ik weet nog dat ik in Pa's studeerkamer zat en toekeek terwijl hij de brief met het aanbod las. Hij keek naar me op en ik genoot van de trots en emotie in zijn blik. Hij wees naar het kerstboompje met antieke versieringen en een piek in de vorm van een glanzende, zilveren ster.

'Dat ben jij,' zei hij glimlachend, en hij wees naar de piek. 'Neem je het aanbod aan?'

'Ik... ik weet het nog niet. Ik wil afwachten hoe het verdergaat met CeCe.'

'Nou, het moet jóúw beslissing zijn. Ik kan alleen maar zeggen dat je op enig moment moet doen wat voor jóú het beste is,' had hij nadrukkelijk gezegd.

CeCe en ik kregen vervolgens ieder twee aanbiedingen van een universiteit, waarop we ons samen inschreven, waarna we allebei eindexamen deden en zenuwachtig de uitslag afwachtten.

Twee maanden later zaten we met onze zussen op het middendek van de Titan, Pa's magnifieke jacht. We waren op onze jaarlijkse cruise en voeren dat jaar langs de kust van Zuid-Frankrijk. We omklemden zenuwachtig de envelop met de uitslag van ons eindexamen. Die had Pa ons net overhandigd uit de stapel post die om de andere dag per speedboot werd afgeleverd, ongeacht waar we ons bevonden.

'Zo, meisjes,' zei Pa, die moest glimlachen om onze gespannen gezichten, 'willen jullie hem hier openmaken of liever in alle beslotenheid?'

'Hier, dan hebben we het maar gehad,' zei CeCe. 'Maak jij de jouwe maar eerst open, Star. Ik ben toch vast gezakt.'

Onder het toeziend oog van Pa en mijn zussen maakte ik met trillende vingers de envelop open en haalde de brief eruit.

'En?' vroeg Maia, terwijl ik even de tijd nodig had om de resultaten te lezen.

'Ik heb een gemiddeld cijfer van 8,5... en een 9,5 voor Engels.'

Iedereen juichte en applaudisseerde, en ik werd bijna fijngeknuffeld door mijn zussen.

'Nu jij, CeCe,' zei Electra, onze jongste zus, met een glinstering in haar ogen. We wisten allemaal dat CeCe vanwege haar dyslexie moeite had om mee te komen op school, terwijl Electra voor elk examen dat ze maar wilde kon slagen, maar domweg te lui was.

'Het kan me niet schelen wat de uitslag is,' merkte CeCe defensief op. Ik gebaarde 'succes' en 'ik hou van je' naar haar. Ze scheurde de envelop open en ik hield mijn adem in toen ze haar blik over de resultaten liet glijden.

'Ik… O, mijn god! Ik…'

We hielden collectief onze adem in.

'Ik ben geslaagd! Star, ik ben geslaagd! Nu mag ik naar Sussex om kunstgeschiedenis te studeren.'

'Wat geweldig!' antwoordde ik, want ik wist hoe hard ze ervoor had gewerkt, maar ik zag ook Pa's vragende blik in mijn richting, omdat hij wist wat voor beslissing ik nu moest nemen.

'Gefeliciteerd, lieverd,' zei Pa glimlachend tegen CeCe. 'Sussex is een prachtig stukje van de wereld, en daar liggen natuurlijk ook de Seven Sisters-krijtrotsen.'

Later op de dag zaten CeCe en ik op het bovendek naar een glorieuze zonsondergang over de Middellandse Zee te kijken.

'Ik zou het heel goed kunnen begrijpen, Sia, als jij liever het aanbod van Cambridge aanneemt dan dat je met mij naar Sussex gaat om daar te studeren. Ik wil je absoluut niet in de weg staan of zo. Maar…' Haar onderlip begon te trillen. 'Ik zou niet weten wat ik zonder jou moet beginnen. God mag weten hoe ik zonder jouw hulp die opstellen zou moeten schrijven.'

Die nacht hoorde ik CeCe onrustig woelen en ademen. Ze zou weer zo'n vreselijke nachtmerrie krijgen, dat wist ik. Ik kende de signalen inmiddels, dus ik stond op en glipte naast haar in bed, maakte sussende geluidjes, maar ik wist ook dat ik haar met geen mogelijkheid wakker zou kunnen krijgen. Ze begon steeds harder te kreunen en onbegrijpelijke woorden te schreeuwen. Ik deed al geen pogingen meer om die te verstaan.

Hoe kan ik haar nou in de steek laten? Ze kan niet zonder mij… en ik niet zonder haar.

En destijds was dat ook zo.

Dus had ik het aanbod van Cambridge afgewezen en dat van Sussex samen met mijn zus aangenomen. En halverwege het derde semester van haar driejarige opleiding kondigde CeCe aan dat ze ermee stopte.

'Dat begrijp je toch wel, Sia?' zei ze. 'Schilderen en tekenen, dát kan ik, maar ik zou bij god niet weten hoe ik een paper over renaissanceschilders en hun eindeloze, stomme schilderijen van de Madonna zou moeten schrijven. Dat kan ik niet. Sorry, maar dat kan ik gewoon niet.'

En zo waren CeCe en ik uit onze studentenflat getrokken en hadden we een sjofel flatje gehuurd. En als ik naar college ging, stapte CeCe op de bus naar Brighton, naar haar baantje als serveerster.

Zo wanhopig als ik in dat jaar was, was ik nog nooit geweest. Ik had mijn droom opgegeven.

3

Na het eten excuseerde ik me en ging naar mijn kamer. Ik haalde mijn mobieltje uit mijn rugzak om mijn berichten te checken. Er waren vier sms'jes en een aantal gemiste oproepen, allemaal van CeCe. Ik had haar zoals beloofd ge-sms't zodra het vliegtuig in Genève was geland, en nu antwoordde ik met een kort berichtje om te melden dat het prima ging, dat ik vroeg naar bed ging en dat we elkaar morgen zouden spreken. Ik zette mijn mobieltje uit en gleed onder het dekbed. Ik lag een tijdje naar de stilte te luisteren en realiseerde me hoe zelden het gebeurde dat ik ergens alleen sliep, in een leeg huis dat ooit vol leven en drukte was. Vannacht zou ik niet wakker worden van CeCe's gemompel; ik kon als ik wilde de hele nacht doorslapen.

Maar toen ik mijn ogen dichtdeed moest ik mijn best doen om haar niet te missen.

De volgende ochtend stond ik vroeg op, schoot mijn jeans en een trui aan, pakte het plastic mapje en liep op mijn tenen naar beneden. Ik opende zachtjes de voordeur en nam het pad naar links, naar Pa's speciale tuin, met in mijn hand geklemd het mapje met zijn brief, mijn coördinaten en de vertaling van de Griekse inscriptie.

Langzaam liep ik de borders langs die Pa en ik samen hadden aangelegd en keek ik hoe het ervoor stond met onze creaties. Die waren in juli tot volle bloei gekomen: veelkleurige zinnia's, paarse asters, trosjes pronkerwten, net vlindertjes die zich aan elkaar hechtten, en de rozen die om het prieeltje kronkelden en het bankje schaduw boden.

Ik realiseerde me dat ik nu de enige was die voor ze zorgde. Hans, onze hoogbejaarde tuinman, was de oppas van de planten als Pa en ik er niet waren, maar ik wist niet of hij wel net zo veel van ze hield als wij. Stom eigenlijk om over planten te denken alsof het kinderen zijn. Maar, zoals Pa vaak tegen me had gezegd, zorgen voor planten komt op hetzelfde neer als zorgen voor kinderen.

Ik bleef staan om een geliefde plant te bewonderen waarvan de delicate, paarsrode bloemen op hun dunne steel boven een massa volle groene bladeren uitstaken.

'Ze heet Astrantia major,' had Pa gezegd toen we, bijna twintig jaar geleden al weer, de piepkleine zaadjes in potten hadden gestopt. 'Die naam is afgeleid van *aster*, het Latijnse woord voor ster. En als ze bloeit krijgt ze schitterende bloemen in de vorm van een stralende ster. Ik moet je wel waarschuwen dat ze misschien moeilijk op te kweken is, vooral omdat deze zaadjes met me zijn meegereisd uit een ander land, en oud en droog zijn. Maar als het ons eenmaal is gelukt hebben ze weinig verzorging nodig, alleen wat goede grond en een beetje water.'

Een paar maanden later nam Pa me mee naar een schaduwhoek van de tuin om de zaailingen te planten. Die waren inmiddels verbazingwekkend snel opgeschoten, na een liefdevolle verzorging die onder andere een kort verblijf in de koelkast had omvat, volgens Pa noodzakelijk om de zaadjes wakker te laten schrikken.

'En nu moeten we geduld hebben en hopen dat de plant zich prettig voelt in haar nieuwe thuis,' zei hij, terwijl hij de aarde van onze handen veegde.

De Astrantia deed er twee jaar over om tot bloei te komen, maar had zich sindsdien opgewekt vermenigvuldigd en zichzelf op elke plek in de tuin die haar beviel vermeerderd. Ik keek ernaar, plukte een bloem en liet mijn vingertoppen over de tere bloemblaadjes glijden. En ik miste Pa meer dan ik kon verdragen.

Ik draaide me om en liep naar het bankje dat in het rozenprieel genesteld stond. Er lag nog een laag dauw op het hout. Ik veegde het met mijn mouw schoon en ging zitten. Het voelde alsof het vocht tot diep in mijn ziel drong.

Ik bleef een tijdje naar het plastic mapje met de enveloppen zitten kijken. Had ik destijds niet toch naar CeCe moeten luisteren toen ze voorstelde om de envelop in elkaars bijzijn te openen?

Mijn handen trilden toen ik Pa's envelop eruit haalde. Ik haalde diep adem en scheurde hem open. Er zat een brief in, én iets wat een klein, slank sieradendoosje leek. Ik vouwde de brief open en begon te lezen.

Atlantis
Meer van Genève
Zwitserland

Mijn lieve Star,

Op een of andere manier is het heel passend dat ik jou schrijf, aangezien we allebei weten dat schrijven jouw favoriete communicatiemiddel is. Tot op de dag van vandaag koester ik de lange brieven die je me schreef toen je op kostschool zat en later, tijdens je studie. En nog later, toen je alle uithoeken van de aarde bereisde.
Zoals je inmiddels misschien weet heb ik getracht elk van jullie van voldoende informatie over je biologische afkomst te voorzien. Ook al vind ik het een heerlijk idee te geloven dat jullie meisjes echt van mij zijn en net zo sterk deel van mij uitmaken als welk biologisch kind dan ook, er komt toch misschien een dag waarop de informatie waarover ik beschik voor jou van nut zou kunnen zijn. Dat gezegd hebbende aanvaard ik ook dat niet al mijn dochters die reis zullen willen ondernemen. Dat geldt vooral voor jou, mijn lieve Star, misschien wel mijn gevoeligste en meest complexe dochter.
Over deze brief heb ik het langst van allemaal gedaan – deels omdat ik hem niet in het Frans maar in het Engels heb geschreven en ik weet dat jouw grammatica en gebruik van leestekens veel beter is dan dat van mij, dus vergeef me mijn eventuele fouten. Maar ook omdat ik moet bekennen dat ik worstel met het zoeken naar de juiste manier om jou precies die informatie te verschaffen die je de weg naar ontdekking wijst, maar die tegelijkertijd niet je leven ontwricht als je ervoor kiest niet verder naar je afkomst te speuren.
Interessant genoeg betreffen de aanwijzingen die ik je zusters heb kunnen geven voornamelijk onbezielde materie, terwijl de aanwijzingen voor jou communicatie van verbale aard met zich zullen meebrengen, simpelweg omdat het spoor dat naar jouw

oorspronkelijke geschiedenis leidt door de jaren heen heel goed verborgen is en je hulp van anderen nodig zult hebben om die te ontrafelen. Ik heb de juiste informatie zelf nog maar pasgeleden ontdekt, maar als íémand daartoe in staat is, dan ben jij dat wel, mijn slimme Star. Dat snelle verstand van jou in combinatie met je inzicht in de menselijke natuur – dat je in jaren van observatie en, belangrijker nog, luisteren hebt opgedaan – zullen je goed van pas komen als je besluit om het spoor te volgen.

Ik geef je daarom een adres, dat achter op een kaartje staat dat aan deze brief is gehecht. En mocht je besluiten dat adres te bezoeken, vraag dan naar een vrouw genaamd Flora MacNichol.

Voordat ik deze brief beëindig en afscheid neem vind ik dat ik je moet zeggen dat een mens in zijn leven soms moeilijke, vaak hartverscheurende beslissingen moet nemen, die op het moment zelf voor zijn gevoel de mensen die hij liefheeft kwetsen. Vaak echter zullen de veranderingen die uit zo'n beslissing voortvloeien ook voor anderen uiteindelijk het beste zijn en hen helpen om verder te gaan.

Mijn lieve Star, meer zal ik niet zeggen, maar we weten allebei waarop ik doel. Ik heb in de jaren dat ik op deze aardbol rondloop geleerd dat geen enkel ding voor altijd hetzelfde blijft, en als we dat wel verwachten is dat de grootste vergissing die wij mensen kunnen maken.

Of we het nu willen of niet, alles verandert, en op zo veel manieren. En willen we de vreugde ervaren die het leven op deze fantastische planeet ons schenkt, dan moeten we dat zonder meer aanvaarden.

Zorg niet alleen met liefde voor de prachtige tuin die we samen hebben geschapen, maar ook voor de tuin die je misschien ooit zelf zult bezitten. En wees vooral liefdevol voor jezelf. En volg je eigen ster. Daar is het nu tijd voor.

Je liefhebbende vader
Pa Salt x

Ik keek naar de horizon en zag aan de overkant van het meer de zon vanachter een wolk verschijnen en de schaduwen verjagen.

Ik had een dof gevoel en was nog gedeprimeerder dan vóór het lezen van de brief. Misschien had ik er te gespannen naar uitgekeken, en toch bevatte de brief weinig onderwerpen waarover Pa en ik niet hadden gesproken toen hij nog leefde. Toen ik nog in zijn vriendelijke ogen kon kijken en de zachte aanraking van zijn hand op mijn schouder kon voelen als we samen aan het tuinieren waren.

Ik trok het visitekaartje los dat met een paperclip aan de brief was gehecht.

Arthur Morston Books
190 Kensington Church Street
Londen W8 4DS

Ik was weleens met de bus door Kensington gereden. Als ik ooit besloot om Arthur Morston op te zoeken, hoefde ik in elk geval niet zo ver te reizen als Maia.

Daarna haalde ik het citaat op het armillarium dat ze voor me had vertaald uit de envelop.

De eik en de cipres groeien niet in elkaars schaduw.

Ik moest glimlachen: die beschrijving paste precies bij CeCe en mij. CeCe, sterk en eigenzinnig, met beide benen op de grond. Ik, de lange lijs die bij het minste zuchtje wind omviel. Ik kende het citaat. Het kwam uit *De profeet,* van een filosoof genaamd Khalil Gibran. En ik wist wie van ons tweeën – althans voor de buitenwereld – in de schaduw stond.

Ik wist alleen niet hoe dat moest, in de zon gaan staan.

Ik vouwde de brief zorgvuldig op en pakte de envelop met coördinaten die Ally voor me had ontcijferd. Ze had de locatie waarnaar ze verwezen genoteerd.

Van alle aanwijzingen was dit degene waar ik het meest tegen opzag. Wilde ik wel weten waar Pa me had gevonden?

Ik besloot dat ik het voorlopig nog niet wilde weten. Ik wilde nog bij Pa en bij Atlantis horen.

Ik stopte de envelop weer in het mapje, haalde het sieradendoosje eruit en maakte het open.

In het doosje lag een klein zwart beeldje van een dier, mogelijk van onyx, op een smal zilveren onderstuk. Ik pakte het uit het doosje en bestudeerde het. Uit de slanke lijnen maakte ik op dat het diertje tot de katachtigen behoorde. Het onderstuk bevatte een waarmerk en er was een naam in gegraveerd: *Panther.*

In de oogkassen waren glinsterende ambersteentjes geplaatst, die in de fletse ochtendzon naar me knipoogden.

'Wie was jouw eigenaar? En wat is mijn band met jouw eigenaar?' fluisterde ik de ruimte in.

Ik legde het pantertje terug in het doosje en liep naar het armillarium. De laatste keer dat ik het had gezien hadden mijn zussen zich om het beeld staan te verdringen, zich afvragend wat het betekende en waarom Pa ervoor had gekozen om juist dít aan ons na te laten. Ik tuurde naar de kern, bestudeerde de gouden aardbol en de zilveren banden die hem als een sierlijke kooi omringden. De armillairsfeer, zoals hij ook wordt genoemd, was prachtig van vorm; de contouren van de werelddelen tekenden zich fier af tegen de hen omringende zeven zeeën. Ik liep er op mijn gemak omheen en zag dat elke band de oorspronkelijke Griekse naam van een zus bevatte: Maia, Alcyone, Celaeno, Taygete, Electra… en natuurlijk mijn naam: Asterope.

'Wat betekent een naam?' zei ik Shakespeares Julia hardop na, en ik peinsde, zoals ik al zo vaak had gedaan, over de vraag of wij als zussen het karakter van onze mythologische naamgenoot hadden aangenomen of dat onze naam ons karakter in bezit had genomen. Over de persoonlijkheid van mijn naamgever leek veel minder bekend te zijn dan over die van mijn zussen, en ik had me weleens afgevraagd of het daardoor kwam dat ik me zo onzichtbaar voelde tussen mijn zussen.

Maia, de schoonheid; Ally, de leider; CeCe, de pragmaticus; Tiggy, de zorgzame; en Electra, de explosieve. Kennelijk was ik dan de vredestichter.

Nou, als zwijgzaamheid betekende dat er vrede heerste, dan wás ik dat misschien ook wel, een vredestichter. En als een ouder bij je geboorte met je naam je karakter bepaalde, dan probeerde je misschien ook wel naar dat ideaal te leven, ook al paste dat niet bij jou. En toch leed het geen twijfel dat al mijn zussen een-op-een in hun mythologische karakter pasten.

Merope...

Plotseling viel mijn oog op de zevende ring. Ik boog iets voorover om beter te kijken en zag dat die als enige geen coördinaten en citaat bevatte. Merope, de ontbrekende zus, de zevende baby die Pa – dachten we – ooit nog zou meenemen maar die nooit was gekomen. Bestond ze eigenlijk wel? Of vond Pa, perfectionistisch als hij was, dat de armillairsfeer en zijn nalatenschap zonder die naam niet compleet was? Stel dat een van ons een dochtertje zou krijgen, dan konden we haar Merope noemen en waren de zeven ringen compleet.

Ik plofte op het bankje neer en speurde mijn geheugen af of Pa het ooit met me over een zevende zus had gehad. Maar voor zover ik me kon herinneren was dat niet zo. Pa sprak ook maar zelden over zichzelf, hij was altijd veel meer geïnteresseerd in wat er in míjn leven gebeurde. Ook al hield geen enkele dochter zo veel van haar vader als ik, en ook al was Pa – op CeCe na – de persoon van wie ik op deze planeet het meeste hield, toen ik daar zo zat realiseerde ik me ineens dat ik bijna niets over hem wist.

Het enige wat ik wist was dat hij van tuinen hield en schatrijk was. Maar hoe hij die rijkdom had verworven was voor mij een even groot mysterie als die zevende ring op het armillarium. En toch had ik nooit, geen moment, getwijfeld aan de hechte band die er tussen ons bestond. En ik had ook nooit het gevoel gehad dat hij iets achterhield als ik hem iets vroeg.

Misschien had ik gewoon niet de juiste vragen gesteld. Misschien had geen van ons de juiste vragen gesteld.

Ik stond op en liep door de tuin heen, keek hoe het ervoor stond met de planten en maakte in gedachten een lijstje voor Hans, de tuinman. Ik zou hem nog spreken voordat ik Atlantis verliet.

Ik had er wanhopig naar verlangd om naar Atlantis te gaan, maar toen ik terugliep naar het huis besefte ik dat ik terug wilde naar Londen. En verder wilde met mijn leven.

4

Eind juli was het warm en vochtig in Londen. Daar kwam bij dat ik de hele dag in een benauwde, vensterloze keuken in Bayswater doorbracht. In amper drie weken deed ik daar culinaire vaardigheden op waarmee ik voor mijn gevoel een leven lang vooruit kon. Ik sneed groente *en brunoise, tourné* en *julienne*, tot mijn koksmes voelde als een verlengstuk van mijn arm. Ik kneedde brooddeeg tot ik er spierpijn van kreeg en genoot van het moment waarop ik 'een vliesje kon trekken' en het deeg klaar was om te rijzen.

Elke avond werden we naar huis gestuurd met de opdracht om menu's met bijbehorende timing te maken, elke ochtend verzorgden we de mise-en-place, het voorbereiden van de benodigde ingrediënten, het op ons kookstation klaarleggen van het benodigde gereedschap. Aan het eind van de les boenden we elk oppervlak tot het glansde, en ik genoot stiekem van de gedachte dat CeCe déze keuken nooit kon komen binnenwandelen om er binnen de kortste keren een zooitje van te maken.

Mijn cursusgenoten vormden een bont gezelschap; mannen en vrouwen, in leeftijd variërend van bevoorrechte achttienjarigen tot verveelde huisvrouwen die hun etentjes in Surrey wilden oppeppen.

'Ik ben al twintig jaar vrachtwagenchauffeur,' babbelde Paul, een potige gescheiden man van veertig, terwijl hij behendig de soesjes voor de subtiel smakende *gougères* op een bakplaat liet glijden. 'Altijd al kok willen worden, en nu is het zover,' zei hij met een knipoog. 'Het leven is veel te kort, toch?'

'Ja,' erkende ik volmondig.

Gelukkig had het tempo van de cursus mijn gepieker over de impasse waarin ik zat naar de achtergrond verhuisd. En wat ook hielp was het feit dat CeCe het net zo druk had als ik. Als ze niet bezig was met het uitzoeken van meubels voor ons nieuwe appartement, doorkruiste ze Londen in een van die rode bussen die als een slang door de stad kronkelden, om inspiratie op te doen voor haar nieuwste artistieke obsessie: fysieke installaties. Dat hield onder meer in dat ze van de gekste plaatsen troep meenam en in onze piepkleine zitkamer dumpte: stukken gebogen ijzer, afkomstig van een schroothoop; een stapel rode dakpannen; lege, stinkende benzineblikken, en – wat me nog het meest stoorde – een half verbrande, levensgrote pop van lappen en stro.

'De Engelsen stoken in november een vreugdevuur waarop ze de beeltenis van een man die Guy Fawkes heet verbranden. Hoe deze het hier tot juli heeft uitgehouden zal ik wel nooit te weten komen,' zei ze terwijl ze een nietpistool laadde. 'Schijnt iets te maken te hebben met die vent die honderd jaar geleden de parlementsgebouwen wilde opblazen. *Bonkers,* totaal geschift, zoals de Engelsen zeggen,' zei ze lachend.

Tijdens de laatste week van de cursus werden we in teams van twee verdeeld en moesten we een driegangenlunch bereiden.

'Jullie weten allemaal dat teamwerk van het grootste belang is, wil je met succes een keuken runnen,' vertelde Marcus, onze cursusleider, een flamboyante homo, ons. 'Je moet onder druk kunnen werken en niet alleen in staat zijn om orders uit te delen maar ook om ze in ontvangst te nemen. Nou, dit zijn de paren.'

De moed zonk me in de schoenen toen bleek dat ik aan Piers was gekoppeld, eerder een knul met een slordig kapsel dan een man. Op een paar flauwe, puberale opmerkingen na had hij tot nu toe weinig bijgedragen aan de groepsdiscussies.

Het enige goede nieuws was dat Piers een natuurtalent voor koken had. Tot grote ergernis van de anderen was hij vaak de enige die door Marcus uitgebreid werd geprezen.

'Gewoon omdat-ie op hem valt,' was de valse opmerking die ik Tiffany – ze hoorde bij een groepje bekakte Engelse meisjes – een keer in de toiletruimte hoorde maken. Ik stond daar mijn handen te wassen en moest erom glimlachen. Zou de mens ooit volwassen worden of is het leven simpelweg een permanente speeltuin? Ik vroeg het me af.

‘Zo, je laatste dag, Sia,’ zei CeCe glimlachend toen ik de volgende ochtend gehaast in de keuken een kop koffie achteroversloeg. ‘Succes met het wedstrijdgebeuren.’

‘Bedankt, tot straks,’ riep ik, en ik vertrok. Ik liep via Tooting High Street naar de bushalte. De metro was sneller, maar ik vond het heerlijk om onderweg om me heen te kijken. Bij de halte werd ik verwelkomd door borden met de mededeling dat mijn buslijn werd omgeleid in verband met werkzaamheden aan de gasleiding in Park Lane. Dus toen de bus de rivier overstak naar het noorden volgden we niet de gebruikelijke route maar reden we met een verzameling omgeleide Londenaren door Knightsbridge totdat de bus zich uit de verkeersdrukte kon losmaken en me uiteindelijk langs de Royal Albert Hall met zijn reusachtige koepel voerde.

Opgelucht dat we nu echt op weg gingen luisterde ik naar mijn vaste muziek: Griegs ‘Ochtendstemming’, dat me zo sterk aan Atlantis deed denken, en Prokofjevs ‘Romeo en Julia’, stukken die Pa Salt voor het eerst voor me had gespeeld. Ik dankte God voor de uitvinding van de iPod – dankzij CeCe’s voorliefde voor hardrock stond de oude cd-speler in onze slaapkamer regelmatig zo hard te trillen van de keiharde gitaarmuziek en krijsende zangers dat hij het bijna begaf. Toen de bus op een onbekende plek stopte zocht ik naar een oriëntatiepunt, maar ik herkende niets. En net toen de bus wegreed bij de halte zag ik links van me een naam boven een winkelpui. Arthur Morston.

Ik keek om, rekte mijn hals uit en vroeg me af of ik hallucineerde, maar het was te laat. Toen de bus rechts afsloeg zag ik een straatnaambord waarop met grote letters KENSINGTON CHURCH STREET stond. Er ging een rilling door me heen toen ik me realiseerde dat ik een seconde geleden Pa Salts aanwijzing in levensgrote letters had gezien.

Ik liep daar nog steeds over na te denken toen ik samen met mijn medestudenten de keuken binnenkwam.

‘Goedemorgen, schatje. Klaar om de sterren van de hemel te koken?’ Piers kwam naast me staan en stond van pure opwinding in zijn handen te wrijven. Ik moest even slikken. Ik ben een feminist in de meest letterlijke zin van het woord: ik geloof in de gelijkheid van de seksen, zonder dat de ene sekse de andere domineert. En ik had alle recht om het afschuwelijk te vinden om 'schatje' te worden genoemd, of dat nu door een man of een vrouw was.

'Zo.' Marcus verscheen en gaf elk paar een blanco kaart. 'Op de achterkant staat het menu dat jullie samen moeten bereiden. Ik verwacht dat elk stel om klokslag twaalf uur elke gang op zijn werkblad heeft staan, klaar om te proeven. Jullie hebben twee uur de tijd. Oké, lieverds, succes. Jullie mogen nú de kaart omdraaien.'

Piers griste de kaart uit mijn hand. Ik moest over zijn schouder kijken om een glimp van ons menu op te vangen.

'Mousse van foie gras met melbatoast, gepocheerde zalm met aardappelgratin en gesauteerde sperzieboontjes. Gevolgd door *Eton mess* als dessert,' las Piers hardop voor. 'Ik doe uiteraard de mousse en ik pocheer de zalm, want vlees en vis zijn mijn ding, dan kun jij de groente en de pudding doen. Dan moet je wel direct aan de meringues beginnen.'

Ik had tegen Piers willen zeggen dat vlees en vis ook míjn ding waren, en dat die verreweg het indrukwekkendste onderdeel van dit zomerse lunchmenu vormden. In plaats daarvan zei ik tegen mezelf dat assertiviteit er even niet toe deed. Marcus had immers gezegd dat het vooral om teamwerk ging. Dus ging ik druk aan de slag met het mengen van eiwit en basterdsuiker.

Toen de deadline naderde voelde ik me rustig en goed voorbereid, terwijl Piers, die op het laatste moment had besloten zijn mousse van foie gras opnieuw te maken, driftig bezig was zijn gerecht steeds opnieuw te arrangeren. Ik wierp een steelse blik op de zalm die nog steeds in zijn pannetje lag te pocheren en wist dat hij die te lang had laten sudderen. Toen ik daarover iets had willen zeggen had hij me ongeduldig afgebekt.

'Oké, de tijd is om. Nú stoppen met waar je mee bezig bent,' schalde Marcus' stem door de keuken, en er klonk een gekletter toen de andere koks hun gereedschap neerlegden en achteruit stapten. Piers negeerde Marcus' gebod en legde nog snel de zalm op het bord, naast mijn aardappels en boontjes.

Nadat de gerechten van de andere vijf paren waren geprezen dan wel afgekraakt, kwam Marcus eindelijk bij ons staan. Precies zoals ik had verwacht prees hij de presentatie en substantie van de mousse. Hij knipoogde naar zijn favoriete kok.

'Geweldig, goed gedaan,' zei hij. 'En nu naar de zalm.'

Ik keek toe terwijl Marcus een hapje nam. Hij fronste en keek mij aan.

'Die is niet goed, helemaal niet goed. Veel te lang gekookt. Maar deze boontjes en aardappels,' zei hij, terwijl hij een hapje nam, 'zijn perfect.' Weer glimlachte hij naar Piers. Ik keek nadrukkelijk naar mijn koksmaat en verwachtte dat hij Marcus zou corrigeren. Piers wendde zijn blik van me af en zei niets, terwijl Marcus doorging naar mijn Eton mess.

Die leek op een tulp op het punt van openspringen, waarbij de meringue het omhulsel vormde van de 'mess' van in cassislikeur geweekte aardbeien en chantillycrème. Ondanks zijn naam was de mess allesbehalve rommelig en ik wist dat Marcus hem verschrikkelijk of verrukkelijk zou vinden.

'Star,' zei hij, nadat hij een lepeltje had geproefd, 'de presentatie is creatief en hij smaakt verdomde lekker. Goed gedaan.'

We kregen van Marcus de eerste prijs voor zowel het voorgerecht als het dessert.

In de kleedkamer trok ik iets harder dan gewoonlijk mijn kluisje open en pakte mijn spullen om mijn kokskostuum te verwisselen voor mijn gewone kleren.

'Dat jij daarnet zo rustig bleef!'

Precies wat ik op dat moment dacht. Ik keek op. Het was Shanthi, een beeldschone Indiase van mijn leeftijd. Ze was, behalve ik, de enige die aan het eind van een cursusdag niet meeging naar de pub om nog wat te drinken. Toch was ze populair, omdat ze altijd een rustige, positieve energie uitstraalde.

'Ik zag dat Piers de zalm te lang liet koken, want die stond op het werkvlak naast me. Waarom zei je niks toen Marcus jou de schuld gaf?'

Ik haalde mijn schouders op en schudde mijn hoofd. 'Maakt niet uit. Het is maar een stukje zalm.'

'Nou, voor mij had het wél uitgemaakt. Het was oneerlijk tegenover jou. En aan onrecht moet je iets doen.'

Ik wist niet wat ik moest zeggen en haalde mijn tas uit mijn kluisje. De andere vrouwen waren al bezig te vertrekken, op weg naar een gezamenlijke afsluitende borrel, en nadat ze afscheid hadden genomen waren alleen Shanthi en ik er nog. Terwijl ik de veters van mijn sportschoenen strikte zag ik hoe ze haar diepzwarte haar borstelde en met haar lange, sierlijke vingers dieprode lipstick aanbracht.

'Tot ziens,' zei ik, terwijl ik naar de deur van de kleedkamer liep.

'Wat dacht je van een drankje? Ik weet hier net om de hoek een leuk wijnbarretje waar het heel rustig is. Ik denk dat jij het daar wel leuk vindt.'

Ik aarzelde even, ik was niet bepaald dol op een-op-eengesprekken, maar voelde haar blik op me gericht. 'Oké,' zei ik ten slotte, 'waarom ook niet?'

We gingen naar de wijnbar en installeerden ons met ons drankje in een rustig hoekje. 'Zo, Star, de mysterieuze,' zei Shanthi met een glimlach. 'Vertel eens, wie ben jij eigenlijk?'

Een vraag waar ik altijd beducht voor was, vandaar dat ik een standaardantwoord bij de hand had. 'Ik ben geboren in Zwitserland, heb vijf zussen, we zijn alle zes geadopteerd, en ik heb op de universiteit van Sussex gezeten.'

'En wat heb je gestudeerd?'

'Engelse literatuur. En jij?' vroeg ik, waarmee ik handig de bal terugspeelde.

'Ik ben eerste generatie Brit uit een Indiase familie. Ik ben psychotherapeut en werk voornamelijk met depressieve en suïcidale patiënten. Jammer genoeg zijn er daar tegenwoordig een heleboel van,' zei ze met een zucht. 'Vooral in Londen. Ik ben helaas maar al te bekend met de prestatiedruk die ouders hun kinderen opleggen.'

'En waarom dan een kookcursus?'

'Omdat ik dol ben op koken! Dat doe ik het liefst van alles.' Ze toonde een brede grijns. 'En jij?'

Ik had inmiddels door dat deze vrouw gewend was om mensen uit te horen, zodat ik nog meer op mijn hoede was.

'Ik ben ook dol op koken.'

'Wil je er een carrière van maken?'

'Nee, volgens mij doe ik het graag omdat ik er goed in ben, ook al klinkt dat nogal egoïstisch.'

'Egoïstisch?' Shanthi schoot in de lach, en ik genoot van het warme, muzikale timbre van haar stem. 'Ik geloof oprecht dat je met het voeden van het lichaam ook de ziel voedt. En het is helemáál niet egoïstisch. Je mag genieten van de dingen waar je goed in bent. Daar wordt het eindproduct alleen maar beter van. Passie voor wat je doet is altijd goed. En wat heb je nog meer voor "passies", Star?'

'Tuinieren en...'

'Ja?'

'Schrijven. Ik hou van schrijven.'

'En ík ben dol op lezen. Lezen heeft meer dan wat ook mijn geest geopend en verlicht. Ik heb nooit het geld gehad om te reizen, maar met boeken kom ik overal. En waar woon je?'

'In Tooting. Maar we verhuizen binnenkort naar Battersea.'

'Ik woon ook in Battersea! Vlak bij Queenstown Road. Weet je waar dat is?'

'Nee, ik woon nog maar net in Londen.'

'O, waar heb je na je studie dan gewoond?'

'Nergens eigenlijk, ik heb veel gereisd.'

'Bof jij even. Ik hoop voordat ik doodga meer van de wereld te zien, maar ik heb tot nu toe nooit het geld ervoor gehad. Hoe kon jij je dat permitteren?'

'Mijn zus en ik namen overal waar we kwamen baantjes aan. Zij ging dan in een bar werken en ik deed meestal schoonmaakwerk.'

'Gossie, jij bent toch veel te slim en te mooi om met je handen in een wc-pot te zitten, maar wat goed van je. Het klinkt alsof je de eeuwig zoekende bent, niet in staat om je ergens te vestigen.'

'Dat had meer te maken met mijn zus dan met mij. Ik volgde haar.'

'En waar is ze nu?'

'Thuis. We wonen samen. Ze is beeldend kunstenaar en begint volgende maand aan een basisopleiding aan het Royal College of Arts.'

'Oké. En... heb je een relatie?'

'Nee.'

'Ik ook niet. En hiervóór nog serieuze relaties gehad?'

'Nee.' Ik keek op mijn horloge en voelde het bloed naar mijn wangen stijgen bij haar spervuur van vragen. 'Ik moet ervandoor.'

'Natuurlijk.' Shanthi dronk haar glas leeg en liep met me mee naar buiten.

'Ik vond het fijn om je beter te leren kennen, Star. Hier heb je mijn kaartje. Stuur me eens een sms'je en laat weten hoe het met je gaat. En als je zin hebt om een keer te praten, dan ben ik er.'

'Zal ik doen. Tot ziens.'

Ik liep snel weg. Bij gesprekken over 'relaties', met wie dan ook, voelde ik me ongemakkelijk.

'Hèhè, eindelijk!'

CeCe stond, met haar handen op haar heupen, in de krappe deuropening van ons appartement. 'Waar heb jij in godsnaam uitgehangen?'

'Even iets gaan drinken met een vriendin,' zei ik, terwijl ik haar voorbijliep op weg naar de wc en snel de deur achter me dichtdeed.

'Nou, dat had je ook weleens mogen zeggen. Ik had iets klaargemaakt om het einde van je cursus te vieren. Maar dat is nu natuurlijk verpieterd.'

CeCe 'kookte' maar zelden. De spaarzame keren dat ik er niet was om haar van een maaltijd te voorzien at ze afhaalmaaltijden. 'Sorry, dat wist ik niet. Ik kom zo.'

Door de wc-deur heen hoorde ik haar weglopen. Ik waste mijn handen, veegde een haarlok uit mijn ogen en zakte iets door mijn knieën om mezelf in de spiegel te kunnen zien.

'Er moet iets veranderen,' zei ik tegen mijn spiegelbeeld.

5

Naarmate augustus dichterbij kwam veranderde Londen in een spookstad. Wie het zich kon permitteren was het grillige klimaat van het Verenigd Koninkrijk ontvlucht, met zijn wispelturige schommelingen tussen 'vochtig en bewolkt' en 'zonnig en nat'. Het 'echte' Londen wachtte sluimerend tot zijn vaste bewoners terugkeerden van vreemde kusten en het de zaken weer kon oppakken.

Ook ik was door een merkwaardige apathie bevangen. Had ik in de dagen na de dood van Pa Salt nauwelijks een oog dichtgedaan, nu kon ik 's ochtends mijn bed bijna niet uit komen. CeCe daarentegen was een en al actie en vond dat ik per se mee moest om het juiste type koelkast of de perfecte tegel voor de spatplaten in het nieuwe appartement uit te zoeken.

Op een benauwde zaterdag, toen ik het liefst met een boek in bed was blijven liggen, moest en zou ik opstaan en sleepte ze me mee, de bus in op weg naar een antiekzaak, omdat ik de meubels daar absoluut geweldig zou vinden.

'Hier is het,' zei ze toen ze op een gegeven moment naar buiten keek, en ze gaf een klap op de haltebel. 'De winkel is op nummer 159, dus we zijn er.'

We stapten uit en mijn adem stokte toen ik me voor de tweede keer binnen een paar weken op nog geen meter afstand van de voordeur van Arthur Morston Books bevond. CeCe sloeg links af en stevende op de winkel ernaast af, maar ik bleef treuzelen en wierp een snelle blik in de etalage. Die lag vol oude boeken, het soort boeken dat ik in mijn toekomstdromen verzamelde zodra ik het geld ervoor had en die mijn boekenkasten aan weerszijden van mijn open haard zouden opluisteren.

'Schiet nou op, Sia, het is al kwart voor vier. Ik weet niet hoe laat ze hier op zaterdag sluiten.'

Ik volgde CeCe een winkel in die volgepropt stond met oosterse meubels; gelakte tafels vol rode vlekken, zwarte kasten met deuren waarop delicate vlinders en sereen glimlachende gouden boeddha's waren geschilderd.

'Hadden we hier tijdens onze reizen maar een container vol van kunnen kopen, hè?' zei CeCe. Ze trok haar wenkbrauwen op toen ze naar een prijskaartje keek en gebaarde 'een hoop geld' naar me. 'Dit kunnen we ergens anders goedkoper krijgen,' vervolgde ze.

Ze troonde me mee de winkel uit en nadat we de etalages van de andere, aparte en ouderwetse winkels in de straat hadden bekeken, liepen we terug naar de bushalte. Toen we op de bus stonden te wachten viel er niets anders te doen dan naar Arthur Morston Books aan de overkant te staren. Mijn zusje Tiggy zou zeggen dat het het noodlot was. Ik vond het op zijn hoogst toevallig.

Een week later, toen CeCe naar het appartement was om de betegeling te checken – we zouden over een paar dagen verhuizen – liep ik naar de buurtwinkel op de hoek voor een pak melk. Toen ik bij de kassa op mijn wisselgeld stond te wachten viel mijn oog op een kop rechts onderaan in *The Times*: 'KAPITEIN VAN DE TIGRESS VERDRINKT BIJ STORM TIJDENS FASTNET'.

Mijn hart sloeg over. Ik wist dat mijn zus Ally op dat moment meedeed aan de Fastnet Race en de naam van de boot kwam me akelig bekend voor. De foto onder de kop was van een man, maar dat maakte me niet minder ongerust. Ik kocht de krant en onderweg naar het appartement scande ik nerveus het artikel. Ik slaakte een zucht van opluchting toen er geen melding werd gemaakt van meer doden. Het was kennelijk vreselijk weer, zodat driekwart van de deelnemende boten zich had moeten terugtrekken.

Toen ik terug was in ons appartement stuurde ik direct een sms'je naar CeCe en las het artikel nog eens over. Mijn oudere zus was al jaren professioneel zeiler, maar de gedachte dat ze bij een wedstrijd zou kunnen verongelukken was zelfs nooit bij me opgekomen. Ally was in alle opzichten zo… vitáál. Ze leefde haar leven met een totaal gebrek aan angst, dat ik immens bewonderde en waarop ik jaloers was.

Ik stuurde Ally een sms'je waarin ik zei dat ik over de ramp had gelezen en haar vroeg met spoed contact met me op te nemen. Net toen ik op VERSTUUR drukte ging mijn mobieltje. Het was CeCe.

'Ik heb Ma net gesproken, Sia. Ze belde me op. Ally zat in de Fastnet Race en...'

'Ik weet het, ik heb het net in de krant gelezen. O god, Cee, ik hoop dat er niks met haar aan de hand is.'

'Ma had een telefoontje gekregen van iemand die zei dat ze oké was. Die boot is natuurlijk uit de race gehaald.'

'Goddank! Arme, arme Ally, om op die manier een zeilmaatje te verliezen.'

'Vreselijk. Hoe dan ook, ik ben zó thuis. De nieuwe keuken is fantastisch. Ik weet zeker dat je hem geweldig vindt.'

'Vast wel.'

'O, en onze bedden en het tweepersoonsbed voor de logeerkamer zijn gearriveerd. Het begint eindelijk ergens op te lijken. Ik kan niet wachten om erin te trekken. Tot straks.'

Ze beëindigde het gesprek, en ik verbaasde me over het gemak waarmee mijn zus kon overschakelen van slecht nieuws naar praktische zaken, ook al wist ik dat dat háár manier was om met dit soort dingen om te gaan. Ik bleef zitten piekeren en vond dat ik me maar eens dapper moest opstellen en tegen CeCe moest zeggen dat het op de eerbiedwaardige leeftijd van zevenentwintig misschien passender was om ieder een eigen slaapkamer te hebben in plaats van een gezamenlijke. Als we logés hadden was het prima om een paar dagen bij haar op de kamer te slapen, maar ik vond het belachelijk om een slaapkamer te delen als je een extra slaapkamer had.

Op een dag, Star, zul je hier iets aan moeten doen...

Maar zoals altijd was dat niet vandaag.

Toen ik een paar dagen later mijn schaarse bezittingen inpakte voor de verhuizing, werd ik gebeld door Ma.

'Star?'

'Ja? Is alles in orde? Gaat het goed met Ally? Ze heeft nog niet gereageerd op mijn sms'jes,' zei ik bezorgd. 'Heb je haar al gesproken?'

'Nee, dat niet, maar ik weet dat ze ongedeerd is. Ik heb de moeder van het slachtoffer gesproken. Je hebt waarschijnlijk gelezen dat het de schipper van Ally's boot was. Wat een geweldige vrouw...' Ik hoorde een zucht aan Ma's lippen ontsnappen. 'Haar zoon had mijn telefoonnummer bij haar achtergelaten voor het geval er iets met hem gebeurde. Ze denkt dat hij een soort voorgevoel heeft gehad.'

'Van zijn dood, bedoel je?'

'Ja... Weet je, Ally was in het geheim met hem verloofd. Hij heette Theo.'

Ik was even sprakeloos toen het nieuws tot me doordrong.

'Theo zal geweten hebben dat Ally in shock zou zijn en niet in staat om zelf contact met ons op te nemen,' ging Ma verder. 'Vooral omdat ze jullie nog niet had verteld dat ze een serieuze relatie met hem had.'

'Wist jíj dat, Ma?'

'Ja, ik wist het, en ze was zó ontzettend verliefd. Ze is hier nog maar een paar dagen geleden vertrokken. Ze zei dat hij "de ware" was. Ik...'

'Wat vreselijk voor haar, Ma.'

'Vergeef me, chérie, ik weet dat het leven geeft en neemt, maar zo kort na je vaders dood is dit wel een bijzonder tragische situatie.'

'Waar is ze nu?' vroeg ik.

'In Londen, ze logeert bij Theo's moeder.'

'Zal ik haar gaan opzoeken?'

'Het zou fijn zijn als je naar de uitvaartdienst kunt gaan. Celia, Theo's moeder, vertelde me dat die aanstaande woensdag om twee uur plaatsvindt, in de Holy Trinity Church in Chelsea.'

'We zullen er zijn, Ma, dat beloof ik. Heb je al contact gehad met de andere zussen?'

'Ja, maar die kunnen er geen van allen bij zijn.'

'En jij? Kun jij ernaartoe?'

'Ik... Nee, Star, dat kan ik niet. Maar jij en CeCe kunnen de familie uitstekend vertegenwoordigen. Wil je Ally onze lieve groeten overbrengen?'

'Natuurlijk.'

'Ik laat het aan jou over om het CeCe te vertellen. En hoe gaat het met jóú, Star?'

‘O, goed hoor. Alleen vind ik het… zo vreselijk voor Ally.’

‘Dat vind ik ook, chérie. Verwacht geen reactie als je haar een bericht stuurt, ze reageert op dit moment op geen enkele boodschap.’

‘Dat is goed. Dank je wel voor het bellen. Tot ziens, Ma.’

Toen CeCe thuiskwam vertelde ik haar zo rustig mogelijk wat er gebeurd was, en de datum van de uitvaart.

‘Je hebt Ma toch zeker wel verteld dat we echt niet kunnen? Woensdag hebben we net de verhuizing achter de rug, dan staan we nog tot onze knieën in de verhuisdozen.’

‘CeCe, we zórgen er gewoon voor dat we kunnen. We moeten er zijn voor Ally.’

‘En onze andere zussen? Waar zijn díé dan? Waarom moeten wíj onze plannen omgooien? Godsamme, we kenden die vent niet eens.’

‘Hoe kun je zoiets nou zeggen?’ Ik stond op en voelde alle opgekropte woede naar buiten komen. ‘Dit gaat niet om haar verloofde, dit gaat om Ally, onze zus! Die heeft ons leven lang voor ons klaargestaan, elke dag weer, en nu heeft ze óns een keer nodig! En dan zijn we er!’ Ik liep de kamer uit en ging naar de badkamer, die kon tenminste op slot.

Ik wilde CeCe niet zien, ik trilde van woede. En nu ik toch in de badkamer was kon ik net zo goed een bad nemen. In de claustrofobische betonnen jungle waarin ik woonde was de vergeelde badkuip een toevluchtsoord geworden.

Ik liet mezelf onderdompelen en dacht aan Theo, die niet had kunnen ontsnappen aan het water. Ik kwam met een ruk boven water, waardoor kleine golfjes water over de badrand op het goedkope linoleum spoelden, en hapte met onregelmatige teugen naar adem.

Er werd geklopt. ‘Sia, gaat het?’

Ik moest hard slikken, probeerde een paar keer diep adem te halen. Voor Theo was er geen adem geweest. Theo zou nooit meer kunnen ademen.

‘Ja.’

‘Je hebt gelijk.’ Het bleef lang stil. ‘Het spijt me echt. Natuurlijk moeten we er zijn voor Ally.’

‘Ja.’ Ik trok de stop uit het bad en reikte naar mijn baddoek. ‘Dat moeten we.’

De volgende ochtend kwam de verhuiswagen met chauffeur die CeCe had geregeld voorrijden. Na het inladen van onze weinige bezittingen – voornamelijk bestaand uit de rommel voor CeCe's kunstprojecten – zetten we koers naar een aantal winkels om de aangeschafte meubels op te halen.

Drie uur later arriveerden we in Battersea. En nadat CeCe beneden in het kantoortje van de verkoper alles had getekend wat er getekend moest worden, had ze de sleutels van ons nieuwe thuis in haar bezit. Ze deed de voordeur open, liet ons binnen en banjerde de galmende ruimte door.

'Ik kan gewoon niet geloven dat dit allemaal van mij is,' zei ze. 'En van jou, natuurlijk,' voegde ze er gulhartig aan toe. 'We zijn veilig, Sia, voor altijd. We hebben een eigen thuis. Is het niet geweldig?'

'Ja.'

Ze spreidde haar armen en, beseffend dat dit háár moment was, omhelsde ik haar. Daar stonden we in die lege, schallende ruimte; we knuffelden elkaar en giechelden als de kinderen die we ooit waren, omdat we zó belachelijk volwassen waren geworden.

Toen we eenmaal waren verhuisd was CeCe elke ochtend vroeg uit de veren. Ze wilde nóg meer materiaal voor haar installaties verzamelen voor het eerste semester van haar studiejaar, dat begin september zou starten.

Dat betekende dat ík de hele dag in mijn eentje in het appartement zat. Ik had mijn handen vol aan het uitpakken van de dozen met beddengoed, handdoeken en keukengerei die CeCe had besteld. Toen ik op een gegeven moment een set dodelijk scherpe messen in hun messenblok schoof, voelde ik me net een pasgetrouwde vrouw die haar eerste huis inricht. Alleen wás ik dat niet. In de verste verte niet.

Toen ik klaar was met uitpakken ging ik aan de slag om het grote terras om te toveren tot een tuin in de lucht. Ik gebruikte het beetje spaargeld dat ik nog had en bijna mijn hele maandelijkse toelage om maar elke plant te kopen waarmee ik direct zo veel mogelijk groen en kleur kon creëren. Toen ik de man van het tuincentrum de grote terracotta pot het terras op zag sjouwen, bedacht ik dat

Pa Salt zich in zijn graf zou omdraaien bij zo'n extravagante uitgave, een verrukkelijke camelia barstensvol witte knopjes. Maar ik verdrong die gedachte en zei tegen mezelf dat hij het vanwege de gelegenheid zou begrijpen.

De woensdag daarop haalde ik voor ons allebei passende, stemmige kleren tevoorschijn. CeCe had geen rok of jurk en moest het doen met zwarte jeans.

Alle zussen hadden ons ge-sms't of gemaild en gevraagd of we veel liefs en groeten aan Ally wilden overbrengen. Tiggy, de zus met wie ik me na CeCe het meest verbonden voelde, belde me op en vroeg of ik Ally namens haar een dikke knuffel wilde geven. 'Ik zou er zó graag bij willen zijn,' zei ze zuchtend. 'Maar ze zijn hier aan het jagen en we hebben op dit moment veel gewonde herten.'

Ik beloofde Tiggy dat ik de knuffel zou doorgeven en moest glimlachen toen ik aan mijn jongere zusje en haar passie voor dieren dacht. Ze werkte bij een opvangcentrum voor herten in Schotland, een baan die naadloos bij haar paste. Mijn zus Tiggy, even lichtvoetig als haar hertjes. Ik herinner me nog levendig dat we een keer een schoolvoorstelling bijwoonden waaraan ze meedeed en hoe gefascineerd ik was door haar gratie.

CeCe en ik staken de brug over naar Chelsea, waar Theo's uitvaartdienst werd gehouden.

'Wauw, er zijn zelfs tv-camera's en persfotografen,' fluisterde CeCe toen we ons aansloten bij de rij voor de kerk. 'Moeten we wachten tot Ally komt en haar dan begroeten, denk je?'

'Nee. Laten we maar gewoon ergens achterin gaan zitten. We zien haar vast nog wel na de dienst.'

De grote kerk zat al tot de nok toe vol. Op een bank achterin schoven aardige mensen een eindje voor ons op, zodat we nog net een krappe zitplaats hadden. Ik leunde opzij en zag zo'n twintig passen vóór me het altaar. Ik voelde me nederig; het maakte diepe indruk op me dat Theo zo geliefd was geweest dat honderden mensen afscheid van hem kwamen nemen.

Plotseling werd iedereen tot stilte gemaand en alle kerkgangers draaiden zich om toen acht jongemannen met Theo's kist op hun schouders over het gangpad naar voren liepen. Ze werden gevolgd door een frêle blonde vrouw, die op de arm van mijn zus leunde.

Ik keek naar Ally's strakke trekken en zag de spanning en het verdriet op haar gezicht afgetekend. Toen ze langs me liep was ik het liefst opgestaan om haar ter plekke te omhelzen en te zeggen hoe trots ik op haar was. En hoeveel ik van haar hield.

Ik had nog nooit zo'n opbeurende en tegelijk verdrietige dienst meegemaakt. Ik luisterde naar de lofbetuigingen aan deze man, die ik nooit had ontmoet en van wie mijn zus had gehouden. Toen het gebed werd aangekondigd legde ik mijn hoofd in mijn handen en huilde ik om een leven dat zo jong was afgesneden, en om mijn zus, omdat haar leven door dit verlies tot stilstand was gekomen. En ik huilde om het verlies van Pa Salt, die zijn meisjes niet de mogelijkheid had gegeven om op de gebruikelijke manier te rouwen. Voor het eerst begreep ik waarom deze oeroude rituelen zo belangrijk zijn; ze bieden structuur in een periode van emotionele chaos.

Ik keek vanuit de verte naar Ally toen ze naar de treden van het altaar liep, waar een orkestje zat. Ik zag haar gespannen glimlach toen ze de fluit, het instrument dat ze jarenlang had geleerd te bespelen, naar haar lippen bracht. En toen schalde de beroemde melodie van 'The Sailor's Hornpipe' door de kerk. De mensen om me heen stonden op, vouwden hun armen voor de borst en voerden de traditionele zeemansdans met zijn kniebuigingen uit. Ik volgde hun voorbeeld, en uiteindelijk stonden alle aanwezigen op en neer te springen op de maat van de muziek.

Ik draaide me om naar CeCe. De tranen stroomden over haar wangen. En toen ik mijn zus, die maar zo zelden emoties toonde, zag huilen als een klein kind, was ik nog sterker ontroerd.

Ik pakte haar hand. 'Gaat het?'

'Wat mooi,' mompelde ze, terwijl ze snel haar betraande ogen aan haar arm afveegde. 'Wat is dít mooi.'

Aan het eind van de dienst werd Theo's kist de kerk uit gedragen. Achter de kist liepen Theo's moeder en Ally. Ik ving heel even Ally's blik en zag de schaduw van een glimlach over haar gezicht trekken. CeCe en ik volgden de rest van de rouwenden naar buiten en bleven op de stoep staan; we wisten eigenlijk niet goed wat we moesten doen.

'Denk je dat we gewoon kunnen weggaan? Er zijn zo ontzettend veel mensen. Die zal Ally wel allemaal moeten spreken,' zei CeCe.

'We moeten haar wel even groeten. In elk geval even een knuffel geven.'

'Kijk, daar is ze.'

We zagen Ally zich losmaken uit de menigte. Haar roodblonde haar viel in golven rond haar onnatuurlijk bleke gezicht. Ze liep naar een man die apart van de menigte stond. Uit hun lichaamstaal werd ons duidelijk dat we niet moesten storen, maar we gingen wel dichterbij staan zodat ze ons zou zien als ze klaar was.

Uiteindelijk draaide ze zich om, en haar gezicht lichtte op toen ze naar ons toe liep.

Zonder iets te zeggen sloegen we onze armen om haar heen en klemden haar zo stevig vast als we maar konden.

CeCe zei hoe erg we het voor haar vonden. Ik kon nauwelijks iets zeggen, want ik voelde weer tranen opkomen, en ík was niet degene die het recht had om te huilen, vond ik.

'Ja hè, Star?' zei CeCe, om me bij het gesprek te betrekken.

'Ja,' kon ik nog net uitbrengen. 'Wat een mooie dienst was dat, Ally.'

'Dank je.'

'En het was geweldig om jou te horen spelen. Je speelt nog net zo mooi als vroeger,' vulde CeCe aan.

'Luister, ik moet nu met Theo's moeder mee, maar komen jullie ook naar haar huis?' vroeg Ally.

'Jammer genoeg kunnen we niet. Maar moet je horen, ons appartement ligt net over de brug in Battersea, dus geef ons een belletje zodra je je wat beter voelt en kom dan langs, oké?' stelde CeCe voor.

'We willen je zó graag spreken, Ally,' zei ik, en omhelsde haar opnieuw. 'Alle zussen wensen je heel veel liefs. Zul je goed op jezelf passen?'

'Ik zal mijn best doen. En bedankt dat jullie zijn gekomen, jullie hebben geen idee hoe fijn ik dat vond.'

Met een dankbare glimlach zwaaide Ally naar ons en liep naar de zwarte limousine die naast de stoep op haar en Theo's moeder stond te wachten.

'Voor ons is het ook tijd om te gaan,' zei CeCe, en ze ging al op weg. Ik bleef de auto nog even staan nakijken. Daar ging Ally, mijn geweldige, dappere, mooie, en in mijn ogen altijd onoverwinnelijke oudere zus. Die er nu zo breekbaar uitzag, alsof het minste of geringste zuchtje wind haar omver zou blazen. Terwijl ik op een drafje CeCe inhaalde realiseerde ik me dat het de liefde was die Ally had geveld.

En op dat moment beloofde ik mezelf dat ook ík op een dag de vreugde én de pijn van de liefde in al hun intensiteit zou ondergaan.

Tot mijn opluchting hield Ally zich aan haar woord en belde ze een paar dagen later op. We spraken af dat ze rond lunchtijd zou langskomen om het nieuwe appartement te bekijken, ook al was CeCe op pad om voor een van haar projecten foto's van Battersea Power Station te maken. Ik ging nog dezelfde middag aan de slag met het samenstellen van een menu.

Toen de volgende dag de bel ging was het appartement gevuld met naar ik hoopte de geruststellende geur van zelfbereid eten. Shanthi heeft gelijk, dacht ik, ik wil Ally's ziel voeden.

'Hallo, lieverd, hoe gaat het?' vroeg ik, toen ik opendeed en haar omhelsde.

'O, ik red me wel,' zei ze, en volgde me naar binnen.

Maar ik zag dat dat duidelijk niet het geval was.

'Wauw! Wat wonen jullie hier prachtig!' zei ze, en liep naar de wandhoge ramen om het uitzicht te bewonderen.

Ik had ingeschat dat het net warm genoeg was om buiten te eten en had de tafel op het terras gedekt. Terwijl ik het eten opschepte bewonderde Ally mijn geïmproviseerde tuin, en mijn hart brak toen ze vol belangstelling naar mij en CeCe vroeg, terwijl ze zelf nota bene een gebroken hart had. Maar ik begreep maar al te goed dat 'gewoon doorgaan met je leven en niet om medelijden bedelen' nog altijd de manier was waarop Ally met tegenslag omging.

'Jeetje, dit is echt heerlijk, Star. Je blijkt ineens over allerlei verborgen talenten te beschikken. In de keuken ken ik maar net de basisbeginselen en het lukt me niet eens om tuinkers te kweken in een pot, laat staan dit allemaal,' zei ze, met een gebaar in de richting van mijn planten.

'Sinds een tijdje denk ik veel na over wat talent nou eigenlijk is,' waagde ik. 'Ik bedoel, is het een gave als iets je gemakkelijk afgaat? Heb jij bijvoorbeeld echt je best moeten doen om zo mooi fluit te spelen?'

'Nee, ik geloof van niet. In eerste instantie niet, tenminste. Maar om beter te worden heb ik wel eindeloos moeten oefenen. Ik denk niet dat je er komt met alleen talent, zonder hard te werken. Ik bedoel, kijk maar naar de grote componisten. Het is niet genoeg om een melodie in je hoofd te kunnen horen, je moet ook leren hoe je die opschrijft en hoe je een arrangement maakt voor een orkest. Daarvoor moet je jarenlang studeren en oefenen. Er zijn vast miljoenen mensen die van nature ergens goed in zijn, maar tenzij we ons echt op die vaardigheid toeleggen, kunnen we er nooit alles uithalen wat erin zit.'

Ik knikte, liet haar woorden op me inwerken en vroeg me vertwijfeld af hoe het zat met de talenten die ik al of niet had.

'Heb je genoeg gegeten, Ally?' vroeg ik. Ze had haar eten nauwelijks aangeraakt.

'Ja. Het spijt me, Star. Het was echt heel lekker, maar de laatste tijd heb ik niet zo veel trek.'

Na het eten babbelden we over onze zussen en waar ze mee bezig waren. Ik vertelde over CeCe en haar opleiding, en dat ze haar handen vol had aan haar installaties. Ally had het over Maia's verrassende verhuizing naar Rio, en hoe geweldig ze het vond dat Maia eindelijk het geluk had gevonden.

'Ik ben hier echt van opgeknapt. Het is heel fijn om je te zien, Star.'

'Vind ik ook. Waar ga je hierna naartoe, denk je?'

'Misschien ga ik wel naar Noorwegen, naar de plek waar ik volgens de coördinaten van Pa geboren ben.'

'Goed zo,' zei ik. 'Ik vind dat je dat moet doen.'

'Ja?'

'Waarom niet? Misschien verandert je leven wel door de aanwijzingen van Pa. Bij Maia was dat ook het geval.'

Toen Ally was vertrokken, met de belofte om snel weer eens langs te komen, liep ik langzaam de trap op naar de slaapkamer. Uit een ladekast in de vorm van een rijtje traptreden – CeCe's keus, niet de mijne – pakte ik mijn mapje. Ik maakte het kaartje dat aan Pa's brief was gehecht los en staarde er voor de zoveelste keer naar. En ik zag weer de hoop in Ally's ogen toen ze over Noorwegen vertelde. Ik haalde diep adem en pakte de envelop met de coördinaten die Ally voor me had opgezocht uit het mapje. En ik maakte hem open.

Toen ik de volgende ochtend wakker werd hing er een lichte mist boven de rivier. Bij het verzorgen van mijn planten merkte ik dat het terras nat was van de dauw. Op de bloemknoppen en de zwaar neerhangende rozen na zag je geen enkel groen, of je moest je verrekijker gebruiken. Maar ik liet de steeds wisselende geuren van het seizoen op me inwerken en glimlachte. De herfst was in aantocht, onmiskenbaar. En ik hóúd van de herfst.

Ik ging naar boven, pakte mijn handtas en haalde het mapje uit mijn onderste la. Ik gaf mijn veel te analytische brein niet de kans om na te denken over wat mijn voeten deden en ging op weg naar de dichtstbijzijnde bushalte. Een half uur later stapte ik uit voor Arthur Morston Books. Ik tuurde door de etalageruit en zag een collectie antieke atlassen, uitgespreid op een strook verbleekt paars fluweel. Het viel me op dat Thailand op de kaart van Zuidoost-Azië nog Siam werd genoemd.

Te midden van de uitstalling stond een standaard met een kleine, vergeelde globe, die me deed denken aan de wereldbol in Pa's studeerkamer. Verder dan de etalage kon ik niet kijken; buiten was het helder, maar binnen was het net zo donker als in de dickensiaanse boekwinkels waarover ik had gelezen. Ik bleef staan aarzelen; als ik naar binnen ging was dat het begin van een reis waar ik misschien nog niet aan toe was.

Maar wat had ik nou helemaal? Een leeg, doelloos leven, waarin ik voor geen mens iets zinnigs kon betekenen. En dat wilde ik juist zo graag, iets voor iemand betekenen.

Ik haalde het plastic mapje uit mijn leren rugzak en dacht aan Pa's laatste woorden, in de hoop dat die me de nodige kracht zouden geven. Eindelijk deed ik de deur open. Ergens binnen klonk een belletje. Mijn ogen hadden even de tijd nodig om aan het halfduister te wennen. Met zijn donkere houten vloer en zijn open haard met marmeren schouw halverwege een muur deed de ruimte me aan een oude bibliotheek denken. Aan weerszijden van de open haard, die het hart van de ruimte vormde, stonden twee leren oorfauteuils. Daartussenin stond een met boeken beladen salontafel.

Toen ik me bukte en een boek opensloeg dwarrelde het stof in de rondte en verspreidde zich als minuscule sneeuwvlokjes in een bundel zonlicht. Toen ik weer overeind kwam zag ik dat de rest van de ruimte vol stond met eindeloos veel boekenplanken met dicht tegen elkaar aan gedrukte boeken.

Ik keek verrukt om me heen. Misschien ervoeren sommige vrouwen datzelfde gevoel als ze in een chique kledingboetiek stonden. Voor mij was deze ruimte net zo'n nirwana.

Ik liep naar een boekenplank en zocht naar een auteur of titel die ik kende. Veel boeken waren in een vreemde taal. Ik bladerde een boek door dat me een originele Flaubert leek en ging daarna op zoek naar de Engelse boeken. Ik trok een exemplaar van *Sense and Sensibility,* misschien wel mijn meest geliefde roman van Jane Austen, van een plank en bladerde voorzichtig de vergeelde bladzijden van het oude boek door.

Ik was zo verdiept in het boek dat ik niet merkte dat een lange man me vanuit een deuropening achter in de winkel stond te observeren.

Ik maakte een sprongetje van schrik en sloeg het boek dicht, terwijl ik me afvroeg of ik een 'onbetamelijkheid' had begaan, een woord dat ik net bij Austen had gelezen.

'We zijn fan van Austen, begrijp ik? Ben zelf meer een Brontë-aanhanger.'

'Ik hou van allebei.'

'Uiteraard, en u weet ongetwijfeld dat Charlotte geen groot bewonderaarster was van Janes werk. Ze keurde het ten zeerste af dat de literaire recensies in katzwijm lagen over het, laten we zeggen, meer… pragmatische proza van *Miss* Austen. Charlotte schreef met het romantische hart op de tong, of in haar pen, zou ik moeten zeggen.'

'O ja?' Al pratend probeerde ik de trekken van de man te onderscheiden, maar de schaduwen waren zo diep dat ik hoogstens kon zien dat hij erg lang en mager was, rossig haar had, een bril met hoornen montuur droeg en iets aanhad wat leek op een edwardiaanse overjas. Bij die belichting kon hij van elke leeftijd tussen de dertig en de vijftig zijn.

'Ja. Wel, zoekt u iets speciaals?'

'Ik… Niet echt.'

'Nou, kijkt u rustig rond. En als u iets van een plank wilt pakken om te lezen, voelt u zich dan vooral vrij om plaats te nemen in een van de fauteuils. We zijn net zo goed een bibliotheek als een boekwinkel, ziet u. Ik ben de mening toegedaan dat goede literatuur moet worden gedeeld. Vindt u ook niet?'

'Dat vind ik ook, absoluut,' stemde ik van harte in.

'Roept u mij er vooral bij als u bij het zoeken hulp nodig heeft. En als we iets niet hebben zal ik het zeker voor u kunnen bestellen.'

'Dank u.'

En met die woorden verdween de man door de deur achter in de winkel, zodat ik daar alleen stond. Dit zou in Zwitserland nooit gebeuren, dacht ik, want je zou zomaar een boek van de plank kunnen grissen en het op een lopen kunnen zetten.

Plotseling werd de stoffige stilte door een schril geluid doorboord. Ik realiseerde me dat het mijn mobieltje was. Verstijfd van schrik greep ik het ding en drukte de oproep weg, maar de man was inmiddels weer verschenen en drukte een vinger tegen zijn lippen.

'Het spijt me werkelijk, maar dit is de enige regel die we hier hanteren. Mobieltjes zijn niet toegestaan. Zou u het heel erg vinden om het gesprek buiten te voeren?'

'Nee, natuurlijk niet. Dank u. Tot ziens.'

Met roodgloeiende wangen van schaamte verliet ik de winkel. Ik voelde me net een ondeugend schoolmeisje dat betrapt was op het stiekem onder de tafel sms'en met haar vriendje. De ironie wilde bovendien dat mijn mobieltje haast nooit overging, behalve als het

Ma of CeCe was. Buiten op de stoep keek ik op het schermpje. Het was een onbekend nummer, dus ik beluisterde het voicemailbericht.

'Hoi Star, met Shanthi. Ik heb je nummer van Marcus. Ik bel gewoon even om contact te houden. Bel me wanneer het je uitkomt. Tot ziens, schoonheid.'

Ik was onredelijk geïrriteerd over het feit dat haar telefoontje tot een beschaamde aftocht uit de boekwinkel had geleid. Het verzamelen van de nodige moed om daar naar binnen te gaan had me zo veel tijd gekost dat me dat die dag niet nog een keer zou lukken. Ik stak over en sprong in de bus naar Battersea die net kwam aanrijden.

Wat ben je toch een sneu type, Star, echt. Je had gewoon weer naar binnen moeten gaan. Maar dat had ik niet gedaan. En ik had juist zo genoten van het korte gesprekje met die man, wat op zichzelf al een wonder was. En nu zat ik in de bus, op weg naar mijn lege appartement en mijn lege leven.

Thuisgekomen zat ik een tijdje naar een kale muur te staren en ik besloot om daar een boekenrek voor te kopen.

Een kamer zonder boeken is als een lichaam zonder ziel, citeerde ik hardop.

Maar omdat ik door alle planten die ik had gekocht volledig blut was tot de volgende maand, besefte ik dat ik nu echt aan de slag moest om werk te vinden. Uitsluitend leven op Pa Salts postume toelage was ook niet alles, en niet goed voor mijn zelfrespect. Ik nam me voor om de hoofdstraat in mijn buurt af te gaan en bars en restaurants binnen te lopen om te vragen of ze schoonmaakwerk hadden. Gezien mijn gebrekkige communicatievaardigheden moesten ze mij niet het visitekaartje van de organisatie maken.

Ik ging naar boven om te douchen en zag dat de onderste la van mijn ladekast nog openstond nadat ik daar die ochtend mijn plastic mapje uit had gehaald. Ik verstijfde van schrik, want ik kon me niet herinneren wanneer ik het mapje voor het laatst had gezien. Ik rende naar beneden om het te zoeken, en mijn hart bonkte als de spreekwoordelijke hamer tegen mijn ribbenkast toen ik vergeefs mijn rugzak leegschudde. Ik probeerde te reconstrueren of ik het in mijn handen had toen ik de winkel binnenstapte, en ja, dat was zo. Maar wat ik er daarna mee had gedaan… Ik kon alleen maar hopen dat ik het op de lage tafel had gelegd toen ik in de winkel aan het rondsnuffelen was.

Ik zocht op mijn laptop naar een website met een telefoonnummer. Toen ik belde werd ik doorgeschakeld naar een antwoordapparaat met daarop de karakteristieke stem van de man uit de winkel, die zei dat ik zo snel mogelijk zou worden teruggebeld als ik een nummer achterliet. Dat deed ik, en ik bad in stilte dat hij ook echt zou terugbellen. Want als ik dat plastic mapje kwijt was, was ik de band met mijn verleden kwijt. En misschien met mijn toekomst.

6

Toen ik de volgende dag wakker werd checkte ik onmiddellijk mijn mobieltje, maar er was geen bericht van de boekwinkel. Er zat dus niets anders op dan opnieuw de weg naar Kensington Church Street af te leggen.

Een uur later stapte ik voor de tweede keer bij Arthur Morston Books binnen. Er was sinds de vorige dag niets veranderd en op het tafeltje voor de open haard lag, goddank, mijn mapje. Er ontsnapte me een vreugdekreetje toen ik het oppakte en constateerde dat de inhoud nog compleet en intact was.

De winkel was verlaten en de deur achterin was dicht, zodat ik had kunnen vertrekken zonder degene die zich achter die deur bevond te storen. Maar hoe graag ik dat ook wilde, ik moest niet vergeten waarom ik juist naar dit adres was gekomen. Bovendien moest het belletje iemand hebben gewaarschuwd en was het niet meer dan beleefd om even te laten weten dat ik had gevonden wat ik zocht.

En wéér verscheurde mijn mobieltje de stilte. Ik haastte me naar buiten.

'Hallo?'

'Spreek ik met ene Miss D'Aplièse?'

'Ja?'

'Hallo, u spreekt met Arthur Morston Books. Ik hoor net uw bericht en ik ga nú naar beneden om te kijken of ik het voorwerp dat u kwijt bent kan vinden.'

'O,' zei ik enigszins beduusd. 'Ik sta nu net voor uw winkel. Ik was er een paar seconden geleden en ja, het lag op het tafeltje waar ik het gisteren had laten liggen.'

'Neemt u mij niet kwalijk, ik moet de bel hebben gemist. Ik ben namelijk direct na het openen van de winkel weer naar boven gerend. Er wordt vandaag een boek geveild…' Hij werd onderbroken door gerinkel. 'Dat is mijn agent op de vaste lijn. Wilt u me een momentje excuseren…'

Het bleef stil aan de andere kant tot ik zijn stem weer hoorde. 'Vergeeft u me, Miss D'Aplièse, ik moest zojuist een uiterste prijs bepalen voor een eerste uitgave van *Anna Karenina*. Prachtig exemplaar, het beste dat ik ooit onder ogen heb gehad, en bovendien gesigneerd door de auteur, hoewel ik vrees dat mijn povere ponden het zullen afleggen tegen de Russen en hun roebels. Niettemin een gokje waard, vindt u ook niet?'

'Eh… ja,' antwoordde ik, niet bepaald ad rem.

'Nu u hier om het zo te zeggen tóch bent, heeft u zin om binnen te komen voor een kop koffie?'

'Nee… het is prima zo, dank u.'

'Nou, komt u dan in elk geval weer even binnen.'

De verbinding werd verbroken en ik bleef even op de stoep staan aarzelen, me verbazend over de bizarre manier waarop deze boekwinkel werd gerund. Maar hij had gelijk, ik wás hier en had een open uitnodiging om weer naar binnen te gaan en de man te spreken die al of niet Arthur Morston was.

'Goedemorgen.' Toen ik door de voordeur binnenkwam, kwam de man net door de achterdeur binnen. 'Sorry voor daarnet, en mijn oprechte verontschuldigingen voor het feit dat ik niet eerder contact met u heb opgenomen over uw verloren voorwerp. Weet u zeker dat ik u niet kan overhalen tot een kop koffie?'

'Heel zeker. Dank u.'

'Ah. U bent toch niet een van die jongedames die cafeïne gelijkstellen aan heroïne? Ik moet zeggen dat ik mensen die decafé drinken niet vertrouw.'

'Nee, dat ben ik niet. Mijn dag begint slecht als ik mijn ochtendkoffie niet heb gehad.'

'Absoluut.'

Ik keek eens goed naar hem toen hij ging zitten. Nu hij dichterbij was en er meer licht binnenviel schatte ik hem halverwege de dertig, hij was net als ik heel lang en mager als een lat. Hij droeg nu een smetteloos driedelig pak van fluweel, en onder de mouwen van zijn jasje staken onberispelijk gesteven manchetten uit, hij had een vlinderdasje om en een bijpassend pochet in paisleymotief in zijn borstzak. Hij was bleek, alsof hij nog nooit zon had gezien.

Hij strengelde zijn vingers om zijn koffiekopje. 'Ik heb het koud. U ook?' vroeg hij.

'Niet echt.'

'Wel, het is bijna september, en uit de weersvoorspelling op de radio begrijp ik dat het nog geen dertien graden wordt. Zullen we op deze grijze, mistige ochtend een vuurtje aanmaken om de zinnen wat op te beuren?' En nog voordat ik kon antwoorden stond hij op en ging hij druk aan de slag met het aansteken van de open haard. Binnen een paar minuten stond het hout in vuur en vlam en begon de haard een heerlijke warmte uit te stralen.

'Wilt u niet gaan zitten?' vroeg hij, en wees naar een stoel.

Ik ging zitten.

'U zegt niet veel, hè?' zei hij, maar nog vóór ik kon antwoorden ging hij verder. 'Wist u dat vocht het slechtst van alles is voor de gezondheid van boeken? Ze hebben de afgelopen zomer kunnen uitdrogen, ziet u, en men moet goed voor boeken en hun broze binnenwerk zorgen om te voorkomen dat ze aan papiervergeling gaan lijden.'

Hij verviel in stilzwijgen en ik staarde zonder iets te zien in de vlammen.

'Voelt u zich alstublieft vrij om elk moment te vertrekken. Mijn excuses als ik u ophoud.'

'Dat doet u helemaal niet.'

'Waarom kwam u hier trouwens gisteren op bezoek?'

'Om boeken te bekijken.'

'U kwam hier toevallig langs?'

'Waarom vraagt u dat?' vroeg ik, en ik voelde me plotseling schuldig.

'Simpelweg omdat mijn zaken grotendeels online worden afgehandeld. En de mensen die hier wel komen ken ik al jaren en wonen voornamelijk in de buurt. Daar komt bij dat u niet boven de vijftig bent, of Chinees, of Russisch... Om het maar ronduit te zeggen, u lijkt niet op mijn gemiddelde klant.' Hij tuurde bedachtzaam naar me door zijn hoornen montuur. 'Nu weet ik het!' Hij sloeg zichzelf opgetogen op zijn dij. 'U bent binnenhuisarchitect! U bent de luxueuze flat aan Eaton Square van een of andere oligarch aan het inrichten en u heeft twintig meter boeken nodig, zodat de eigenaar zijn ongeletterde vriendjes kan laten zien hoe ontwikkeld hij wel niet is.'

Ik moest even giechelen. 'Nee, dat ben ik niet.'

'Nou, gelukkig maar, nietwaar?' zei hij, oprecht opgelucht. 'Vergeef me dat ik mijn boeken als het equivalent van mijn nageslacht beschouw. Het idee dat ze puur als decoratie zouden dienen – genegeerd en nooit gelezen – is gewoonweg onverdraaglijk.'

Dit gesprek ontwikkelde zich tot een van de merkwaardigste conversaties die ik ooit had gevoerd. En dit keer lag het in elk geval niet aan mij.

'Goed, laten we even terugspoelen. Waarom bent u hier? Of moet ik zeggen, waarom kwam u hier, liet u hier iets liggen en moest u terugkomen?'

'Ik... ik ben hierheen gestuurd.'

'Aha! Dus u werkt wel dégelijk voor een cliënt!' zei de man triomfantelijk.

'Nee, echt niet. Ik heb uw kaartje van mijn vader gekregen.'

'Ah, juist. Was hij misschien een klant van ons?'

'Ik heb geen idee.'

'Waarom zou hij u dan mijn kaartje geven?'

'Het punt is dat ik dat eigenlijk niet weet.'

En weer kreeg ik lachkriebels vanwege de bizarre spiraal waarin dit gesprek terecht dreigde te komen. Ik besloot om het maar gewoon uit te leggen.

'Mijn vader is zo'n drie maanden geleden overleden.'

'Mag ik u condoleren, Miss D'Aplièse? Wat een wonderbaarlijk mooie naam, trouwens,' voegde hij er na een korte stilte aan toe. 'Nooit eerder gehoord. Niet dat dat ook maar enigszins het feit kan compenseren dat uw arme vader onlangs is overleden. Dit was een hoogst ongepaste opmerking. Mijn excuses.'

'Dat geeft niet. Mag ik vragen, bent u Arthur Morston?'

'Goeie help, nee,' zei hij, terwijl hij het kaartje bestudeerde. 'Arthur

Morston is meer dan honderd jaar geleden gestorven. Hij was de oorspronkelijke eigenaar, ziet u, hij opende de winkel in 1850, lang voordat de familie Forbes – mijn familie – de zaak overnam.'

'Mijn vader was ook vrij oud toen hij overleed, in de tachtig. Tenminste, dat denken we.'

'Goeie genade!' zei hij, terwijl hij me eens goed opnam. 'Zo zie je maar weer dat mannen zelfs als ze oud en afgetakeld zijn hun vruchtbaarheid behouden.'

'Ik ben, net als mijn vijf zussen, door hem geadopteerd.'

'Zozo, dat begint een interessant verhaal te worden. Maar afgezien daarvan, waarom heeft uw vader u hierheen gestuurd om met Arthur Morston te praten?'

'Hij zei niet specifiek dat ik hem moest spreken, maar daar ging ik van uit omdat die naam op het kaartje staat.'

'En wat heeft hij u gevraagd te doen als u hier kwam?'

'Om naar…' Ik raadpleegde snel Pa's brief om te checken of ik de naam goed had. '… een zekere Flora MacNichol te vragen.'

Zwijgend bleef de man me een tijdje bestuderen. 'Heeft hij dat echt gevraagd?'

'Ja. Kent u haar?'

'Nee, Miss D'Aplièse. Ook zij stierf voordat ik werd geboren. Maar ik weet wel wie ze is.'

Ik wachtte tot hij verderging. Dat deed hij niet. Hij bleef voor zich uit staren, kennelijk verdiept in zijn eigen gedachten. Ten slotte begon zelfs ík de stilte ongemakkelijk te vinden. Ik pakte alvast het mapje van tafel zodat ik het niet nog eens zou vergeten en stond op. 'Het spijt me werkelijk dat ik u heb lastiggevallen. U heeft mijn telefoonnummer, dus…'

'Nee, nee… ik moet mij nogmaals verontschuldigen, Miss D'Aplièse. Ik zat er eerlijk gezegd over te denken of ik mijn uiterste bod voor die uitgave van *Anna Karenina* niet moet verhogen. Ze zijn zó zeldzaam, ziet u. Mouse draait me natuurlijk de nek om, maar ik wil hem zó graag hebben. Wat vroeg u ook alweer?'

'Naar Flora MacNichol,' antwoordde ik langzaam, stomverbaasd over het feit dat zijn geest bliksemsnel van het ene onderwerp op het andere kon overschakelen.

'Ja, natuurlijk, maar ik vrees dat u me even zult moeten excuseren, Miss D'Aplièse, want ik heb besloten om die Russen absoluut niet te laten winnen. Ik ren naar boven en bel mijn agent om nog voordat de veiling begint het bod te verhogen.' Hij stond op en haalde een goudkleurig zakhorloge tevoorschijn en knipte dat open, net als het Witte Konijn in *Alice in Wonderland*. 'Net op tijd. Zou u misschien even op de winkel willen passen terwijl ik weg ben?'

'Natuurlijk.'

'Dank u.'

Met zijn lange benen was de man in een paar stappen bij de achterdeur. Daar zat ik, me afvragend wie van ons tweeën er nu gek was. Maar er had in elk geval een gesprek plaatsgevonden en ik had gezegd wat ik wilde zeggen. En daarmee was de zaak in gang gezet...

Ik bracht een plezierig uurtje door met het kennismaken met de voorraad en maakte een mentaal lijstje van wat ik in elk geval in mijn gedroomde boekenkast wilde hebben. Shakespeare natuurlijk, en Dickens, om nog maar te zwijgen van F. Scott Fitzgerald en Evelyn Waugh. Maar ik hield ook van een aantal eigentijdse boeken, die nog niet de tijd hadden gehad om klassiekers te worden maar over een paar honderd jaar voor elke verzamelaar even waardevol zouden zijn, al waren ze dan niet zo fraai in leer gebonden als vroeger.

Er kwam geen enkele bezoeker toen ik langs de planken drentelde. Bij mijn zoektocht door de sectie Jeugd kwam ik een verzameling boekjes van Beatrix Potter tegen, waarvan *Het verhaal van mevrouw Tiggy-Winkle* nog altijd mijn lievelingsboek was.

Ik ging bij de open haard zitten en bladerde het boekje door. Ineens had ik een flashback naar een vroegere kerst, toen ik erg klein moet zijn geweest. Ik had het boekje onder de kerstboom gevonden, een cadeautje van de Kerstman. Die avond nam Pa Salt me op schoot, vóór de open haard die de hele winter door vrolijk brandde in de zitkamer, en las hij me het verhaal voor. Ik wist nog precies dat ik luisterend naar hem uit het raam keek en de bergen met hun besneeuwde toppen zag, en dat ik me warm, tevreden en heel, heel erg bemind voelde.

'Ik had vrede met mezelf,' fluisterde ik hardop. 'Dat gevoel wil ik terugvinden.'

'Zo, dat is gebeurd.' Door de stem van de man schrok ik op uit mijn herinneringen. 'U mag me gerust roekeloos noemen, maar ik móét dat boek hebben. Ik ben er al jaren naar op zoek. Mouse scheldt me natuurlijk de huid vol dat we hiermee nog verder op een faillissement afstevenen, en dat heb ik ook volop verdiend. Goeie help, ik heb trek! Dat komt door al die spanning. En u?'

Ik zag op mijn horloge dat het vijf voor één was en dat er al meer dan een uur was verstreken sinds hij naar boven was verdwenen.

'Ik weet het niet.'

'Nou, kan ik u misschien verleiden? Er is hiertegenover een uitstekend restaurant waar ze me altijd heel vriendelijk van het dagmenu voorzien. Ze werken met een vast menu, ziet u,' verklaarde hij, alsof het om iets heel gewichtigs ging. 'Altijd weer spannend als je niet weet wat ze je zullen voorzetten, leuker dan zelf uitkiezen, vindt u ook niet?'

'Misschien wel.'

'Zal ik even naar de overkant rennen om het eten te halen en kijken of ik u kan overhalen? Ik ben u op zijn minst een lunch verschuldigd omdat u zo vriendelijk bent geweest hier te blijven zitten terwijl ik boven in hevige spanning verkeerde vanwege die veiling.'

'Oké.'

'Beatrix Potter, zie ik,' zei hij, en wierp een blik op het boek in mijn handen. 'Wat een ironie, in alle opzichten! Ze kende Flora MacNichol, maar ja, in het leven gebeurt niets bij toeval, nietwaar?' En met die woorden verliet hij de winkel, en áls ik al van plan was geweest om er tijdens zijn afwezigheid vandoor te gaan, dan maakten die woorden dat onmogelijk. Ik verzorgde het vuur zoals Pa Salt me dat had geleerd, waarbij ik de houtblokken op een stapeltje schoof. Dan brandden ze niet te snel op en werd er geen brandstof verspild, maar een stabiele, constante warmte verspreid.

Ook nu bleef het leeg in de winkel, dus las ik in afwachting van zijn terugkomst *Het verhaal van Jozefien Kwebbeleend* en *Het verhaal van Tom het poesje.* Ik wilde net aan *Het verhaal van Jeremias Hengelaar* beginnen toen mijn naamloze lunchgenoot weer in de deuropening verscheen, met twee bruine papieren zakken in zijn handen.

'Het ziet er uitstekend uit vandaag,' zei hij, terwijl hij de deur achter zich sloot en het bordje met 'GESLOTEN' naar buiten draaide. 'Ik word niet graag gestoord tijdens het eten. Slecht voor de spijsvertering, weet u. Ik ren even naar boven voor een paar borden. O, en een goed glas witte sancerre voor bij de vis,' ging hij verder, terwijl hij de winkel door beende en met grote stappen de trap op stoof.

Zijn gekunstelde, ouderwetse taalgebruik amuseerde me. Ik was inmiddels wel gewend aan het afgemeten Engels dat hier door de upper classes werd gesproken, maar mijn nieuwe vriend verhief het tot een nog hoger niveau. Een échte Engelse excentriekeling, bedacht ik, en dat nam hem voor me in. Hij was niet bang om precies te zijn wie hij was, en ik wist maar al te goed hoeveel karakter dat vereiste.

'Zo, ik hoop dat u van tong houdt, en die verse sperzieboontjes zijn natuurlijk tot in perfectie gesauteerd,' zei hij toen hij weer tevoorschijn kwam met bestek, twee perfect gesteven witte linnen servetten en een fles wijn waar de condens vanaf druppelde.

'Ja, ik vind tong heerlijk. En inderdaad, het is verrassend lastig om sperzieboontjes goed te koken,' zei ik.

'U bent kok?' vroeg hij, terwijl hij de bedekking van twee bakjes van aluminiumfolie haalde. Ze deden me denken aan vliegtuigvoedsel, en ik hoopte maar dat hun inhoud beter smaakte.

'Nee, maar ik kook graag. Ik heb een paar weken geleden een cursus gevolgd en heb toen sperzieboontjes moeten klaarmaken.'

'U moet wel begrijpen dat ik geen voedselsnob ben in de moderne zin des woords; het maakt me niet uit wat ik door mijn strot laat glijden, maar het móét goed klaargemaakt zijn. Het probleem is dat ik verwend ben. Clarke's is een van de beste restaurants in Londen, en hun keuken heeft dit vandaag voor ons bereid. Welnu, wilt u een glas wijn?' vroeg hij, terwijl hij het eten op een porseleinen bord overbracht en dat met veel zorg voor me neerzette.

'Ik drink gewoonlijk niet rond lunchtijd.'

'Wel, met slechte gewoontes moet men breken, vind ik altijd, vindt u ook niet?'

Hij schonk een glas voor me in en reikte het me over de tafel heen aan.

'*Tchin-tchin*,' proostte hij me toe. Hij nam een flinke slok om vervolgens grote stukken vis op zijn vork te prikken en weg te werken. Ik prikte zachtjes in mijn vis.

'Hij is werkelijk uitstekend, Miss D'Aplièse,' zei hij aanmoedigend. 'U gaat me toch niet vertellen dat u op dieet bent?'

'Nee, maar ik ben ook niet gewend om te eten tijdens lunchtijd.'

'Wel, ontbijt als een vorst, lunch als een prins en dineer als een bedelaar, zoals het gezegde luidt. Zo'n simpele regel, en toch negeert de menselijke soort hem, om vervolgens te klagen dat hij zijn vet niet kwijtraakt. Niet dat gewicht voor ons beiden een probleem lijkt te zijn.'

'Nee.' Ik bloosde, want ik zat nog te eten terwijl hij zijn bord inmiddels tot de laatste kruimel had leeggegeten. De man had gelijk, het eten was uitstekend. Hij observeerde me intens terwijl ik at, waardoor ik me erg ongemakkelijk voelde. Ik pakte mijn wijnglas, nam een slokje en probeerde moed bijeen te rapen om de vragen die bij me leefden te stellen. Ik zei tegen mezelf dat ik hier was om antwoorden te vinden.

'U zei dat Flora MacNichol Beatrix Potter kende?' brandde ik los.

'Inderdaad, inderdaad. En óf ze haar kende. In feite was Miss Potter ooit eigenaar van deze winkel. Bent u klaar?' Hij keek naar het hapje dat nog aan mijn vork zat. 'Ik breng de vuile borden naar boven, dan zijn ze uit het zicht. Ik vind het vreselijk om ernaar te moeten kijken, vindt u ook niet?'

Mijn vork lag nog maar nauwelijks op mijn bord of hij griste het samen met de fles wijn weg. Hij nam ook zijn eigen lege glas mee, zag dat mijn glas nog halfvol was en liet dat staan, en verdween door de achterdeur.

Ik nam – tegen mijn zin – nog een slokje wijn, en bedacht dat ik als hij terugkwam moest vragen hoe hij heette. Informatie aan deze man ontfutselen was een delicate operatie.

Toen hij weer verscheen droeg hij een dienblad met twee porseleinen kopjes en een cafetière.

'Gebruikt u suiker?' vroeg hij, terwijl hij het blad vervaarlijk op een oud woordenboek liet balanceren. Ik vroeg me af hoeveel het boek waard was. 'Ik ben zelf dol op het spul.'

'Ik ben er ook dol op. Drie graag.'

'Ah. Ik neem er altijd vier.'

'Dank u,' zei ik toen hij mijn kopje aanreikte, en ik voelde me alsof ik meegevoerd was naar het theekransje van de Gekke Hoedenmaker. 'En hoe heeft Flora MacNichol Beatrix Potter leren kennen?' probeerde ik maar weer eens.

'Ze was ooit de buurvrouw van Miss Potter.'

'In het Lake District?'

'Dat is juist,' zei hij op goedkeurende toon. 'U bent bekend met boeken en hun auteurs, Miss D'Aplièse?'

'Noemt u me alstublieft Star. En u bent...?'

'U heet Star?'

'Ja.' Ik kon uit de uitdrukking op zijn gezicht niet opmaken of dat al of niet zijn instemming had. 'Het is een afkorting van Asterope.'

'Ah! Aha!' Er krulde een voorzichtige glimlach rond zijn lippen en hij begon te grinniken. 'Wat een verrukkelijke ironie, wederom! Asterope, de nieuwe echtgenote – of moeder, afhankelijk van de mythe – van koning Oenomäus van Pisa. U bent een van de Zeven Zusters van de Pleiaden, de derde dochter van Atlas en Pleione, na Maia en Alcyone, en vóór Celaeno, Taygete, Electra en Merope... "Menig nacht zag ik de Pleiaden, door vervagende schaduw oprijzend, glinsteren als een zwerm vuurvliegjes, verknoopt in een zil'vren vlecht..."'

'Tennyson,' zei ik automatisch, ik herkende het citaat uit een van Pa's boeken.

'Correct. Mijn zeer beminde, overleden vader, die vóór mij eigenaar van deze winkel was, studeerde klassieken aan Oxford, dus mijn jeugd was gevuld met mythen en legenden... Hoewel ik níét de zoon was die naar een mythische Griekse koning zou worden genoemd, maar dat is een verhaal apart...' Zijn stem stierf weg en ik vreesde dat zijn aandacht weer afdwaalde. 'Nee, mijn naam is me gegeven door mijn moeder zaliger – God hebbe haar ziel – die literatuur had gestudeerd aan Oxford. Daar hebben mijn ouders elkaar ontmoet en werden ze verliefd. Ik heb boeken in mijn genen, zou je kunnen zeggen. Misschien is dat bij u ook het geval. En, weet u iets van de familie waaruit u bent geadopteerd?'

Mijn hand ging naar het mapje. 'Dat is precies de reden waarom ik hier ben. Mijn vader heeft me deze… aanwijzingen nagelaten om uit te zoeken waar ik vandaan kom.'

'Ha! De jacht is geopend.' De man sloeg zijn handen in elkaar. 'Een goed mysterie, daar ben ik dol op. Bevat dat mapje de aanwijzingen?'

'Ja, maar behalve het kaartje van deze winkel met de mededeling dat ik hier naar Flora MacNichol moet vragen, is de plaats waar ik geboren ben de enige informatie. En dit.' Ik zette het sieradendoosje vóór hem op tafel, opende het en haalde het pantertje eruit. Mijn hart bonsde van angst, omdat ik deze onbekende in vertrouwen had genomen over iets wat ik nog niet eens aan CeCe had verteld.

Met zijn lange vingers drukte hij zijn bril hoger op zijn neus en vervolgens bestudeerde hij nauwkeurig de naam van mijn geboorteplaats en het pantertje. Hij gaf ze aan me terug en leunde achterover. Hij deed zijn mond open om iets te zeggen en ik schoof naar het puntje van mijn stoel om te horen wat hij te zeggen had.

'Tijd voor taart,' zei hij uiteindelijk. 'Hoewel, is het dat niet altijd?'

Hij verdween naar boven en kwam terug met twee stukken kleverige chocoladetaart. 'Wilt u een stukje? Hij is vréselijk lekker. Ik koop hem 's ochtends bij de patisserie verderop in de straat. Ik merk dat mijn suikerpeil tussen drie en vijf uur daalt, dus dan is het dit of een dutje.'

'Ja, graag,' zei ik. 'Ik ben ook dol op taart. Hoe heet u, trouwens?'

'Goeie hemel! Heb ik u dat nog niet verteld? Dat zal ik op enig moment toch wel gedaan hebben?'

'Nee, dat heeft u niet.'

'Nee maar, nee maar… dat is me ook wat, neemt u mij niet kwalijk. Mijn moeder heeft me naar haar favoriete boeken genoemd. Ik ben derhalve ófwel een extreem dikke rode kater of het fictieve personage van een beroemde vrouwelijke auteur die er met haar minnares vandoor ging naar Frankrijk en zich als man voordeed. Dus,' vroeg hij uitdagend, 'hoe heet ik?'

'Orlando.' De perfecte naam, dacht ik.

Hij maakte een lichte buiging. 'Miss D'Aplièse, ik ben diep onder de indruk van uw literaire kennis. En, vindt u me eerder een dikke rode kater dan een vrouw die zich als man vermomt?'

Ik onderdrukte een lachje. 'Volgens mij bent u geen van beiden. U bent gewoon ú.'

Hij leunde voorover en liet zijn linkerwang in zijn hand rusten. 'En volgens mij, Miss D'Aplièse, weet u veel meer over literatuur dan u doet voorkomen.'

'Ik ben erin afgestudeerd, maar ik ben echt geen deskundige.'

'U onderschat uzelf. Er zijn op deze planeet maar weinig stervelingen die de rode kater en de beroemde biografische roman van...'

Ik keek naar hem terwijl hij naar de naam van de auteur zocht en besefte maar al te goed dat hij me aan het testen was. 'Virginia Woolf,' antwoordde ik. 'Dat verhaal is geïnspireerd op het leven van Vita Sackville-West en haar affaire met Violet Trefusis. En *Orlando the Marmalade Cat* werd geschreven door Kathleen Hale. Een van haar beste vriendinnen was Vanessa Bell, de zus van Virginia Woolf, die óók een affaire met Vita Sackville-West had. Maar dat weet u vast allemaal.'

Ik stopte. Ik schaamde me plotseling omdat ik dat allemaal had verteld. Maar ik had me laten meeslepen door mijn enthousiasme omdat ik net zo'n obsessieve boekenliefhebber had ontmoet als ikzelf was.

Orlando zweeg een tijdje terwijl hij die informatie verwerkte.

'Ik wist er wel iéts van, ja, maar niet alles. En ik had nog nooit het verband tussen de auteurs van die twee totaal verschillende boeken gelegd. Hoe bent u daarachter gekomen?'

'Mijn scriptie ging over de Bloomsburygroep.'

'Aha! Maar het zal u zijn opgevallen dat mijn geest heen en weer fladdert. Het is een bij die op zoek is naar nectar en als hij die eenmaal heeft gevonden, vliegt hij weer verder. Uw geest, daarentegen, doet dat niet. Ik denk dat u uw licht onder de korenmaat stelt, een woord waarvan ik het uitsterven in de Engelse taal nog steeds betreur, u ook?'

'Ik...'

'Vertelt u eens,' ging hij verder, 'hoe komt het dat u zo veel weet maar daar zo weinig van laat zien? U bent als het sikkeltje van de nieuwe maan, en net zo mysterieus. Miss D'Aplièse... Star, Asterope of wat voor nom de plume u ook wilt hanteren, zou u een baan willen?'

'Dat zou ik zeker willen. Ik moet een baan hebben, want ik ben blut.' Ik probeerde een niet al te wanhopige indruk te maken.

'Ha! Net als ik en net als de zaak, na de bescheiden aankoop van vandaag. Uw salaris is natuurlijk rampzalig, maar de kost is goed.'

'En hoe slecht is het salaris?' vroeg ik, in een poging om Orlando vast te pinnen voordat zijn brein weer een andere kant uit vloog.

'O, geen idee. De laatste student die ik in dienst nam had een dak boven zijn hoofd met wat hij mee naar huis nam. Zegt u maar wat u nodig heeft.'

Hij moest eens weten dat ik hém zou willen betalen om hier elke dag te kunnen doorbrengen. 'Tweehonderdvijftig pond per week?'

'Afgesproken.' Orlando glimlachte breed en ontblootte zijn onregelmatige gebit. 'Ik moet u wel waarschuwen. Ik ben niet heel erg goed met mensen. Ik ben me ervan bewust dat ze me een tikkeltje vreemd vinden. Ik schijn ze enigszins af te stoten als ze hier binnen komen wandelen. Dan maar beter via internet, vindt u ook niet? Een aap verkoop je geen noten, maar mijn boeken zijn goed.'

'Wanneer wilt u dat ik begin?'

'Morgen. Zou dat kunnen?'

'Tien uur?'

'Perfect. Ik ren even naar boven om een stel sleutels voor u te halen.'

Hij stond op en wilde weer naar boven snellen, maar ik hield hem tegen.

'Orlando?'

'Ja?'

'Wilt u mijn cv niet zien?'

'Waarom zou ik dat in hemelsnaam willen zien?' vroeg hij, terwijl hij zich naar me omdraaide. 'Ik heb u zojuist aan een uiterst streng sollicitatiegesprek onderworpen. En dat heeft u met vlag en wimpel doorstaan.'

Een paar minuten later had ik mijn aanwijzingen weer in mijn mapje gestopt en was er een zware bos koperen sleutels in mijn hand gedrukt. Orlando begeleidde me naar de deur.

'Dank u, Miss... Hoe wilt u dat ik u noem?'

'Star is prima.'

'Miss Star.' Hij deed de deur voor me open en ik stapte naar buiten. 'Tot morgen.'

'En, Miss Star?'

'Ja?'

'Vergeet niet me morgen eraan te herinneren dat ik u wat meer over Flora MacNichol vertel. En over haar connectie met dat dierfiguurtje van u. Tot ziens voor nu.'

Ik voelde me alsof ik via de kleedkamer uit het fictieve land van Narnia werd verstoten. Toen ik buiten stond kwam Arthur Morston Books me voor als een parallel universum. Maar toen ik de bus naar huis nam en even later met mijn sleutelkaart mijn appartement opende, voelde ik inmiddels wel een lichte opwinding, een mengeling van opgetogenheid en gespannen verwachting. Tijdens het koken stond ik te neuriën en overwoog ik of ik CeCe verslag zou uitbrengen over mijn bijzondere dag. Uiteindelijk vertelde ik haar alleen dat ik een baan in een boekwinkel had gevonden en de volgende dag zou beginnen.

'Dat kan er voorlopig mee door,' zei ze. 'Maar echt rijk word je niet met het verkopen van oude boeken voor iemand anders.'

'Weet ik, maar ik vind het fijn om daar te zijn.'

Ik excuseerde mezelf zo snel mogelijk en stond op van tafel om mijn planten te verzorgen. Mijn nieuwe baan stelde in de ogen van anderen misschien niet veel voor, voor mij was hij vreselijk belangrijk.

7

Mijn eerste twee weken bij Arthur Morston Books verliepen volgens vrijwel hetzelfde patroon als de dag waarop ik daar was binnengestapt. Orlando zat 's ochtends meestal boven – de ruimte tussen achterdeur en bovenverdieping bleef voor mij onbekend terrein – en ik had de opdracht om hem erbij te roepen als een klant een boek uit de collectie zeldzame en kostbare boeken wilde zien, die in een enorme, roestige kluis in de kelder lag opgeborgen, of als een klant met een vraag kwam die ik niet kon beantwoorden. Maar er kwam maar zelden een klant of een vraag.

Geleidelijk aan herkende ik de bezoekers die Orlando zijn 'vaste klanten' noemde. Dat waren voornamelijk gepensioneerden. Ze pakten een boek van de plank en informeerden beleefd naar de prijs, die steevast op een kaartje achter in het boek vermeld stond. Na het uitwisselen van deze beleefdheden installeerden ze zich met hun boek in een van de leren fauteuils en bleven daar vaak zonder op te kijken uren zitten lezen, om ten slotte met een beleefd 'dank u wel' de winkel te verlaten. Zo kwam er een week lang elke dag een hoogbejaarde heer van stand in een tot op de draad versleten tweedjasje langs, die *Het huis van vreugde* van Edith Wharton van een plank pakte en er een tijdje in ging zitten lezen. Als hij klaar was stopte hij een strookje papier als bladwijzer in het boek alvorens het terug te zetten op de plank.

Orlando had me de beschikking over de cafetière gegeven, zodat ik achter in de winkel koffie kon zetten, die ik elke 'klant' die binnenkwam moest aanbieden. Tot mijn taken behoorde ook het onderweg naar mijn werk kopen van een pak melk, dat ik vaak ongeopend moest weggooien vanwege het gebrek aan afnemers.

Het was in de alkoof dat mijn blik werd getroffen door een schilderijtje dat boven een plank hing. De stijl was me even vertrouwd als de palm van mijn hand. Ik ging op mijn tenen staan om het beter te bekijken en zag aan het – inmiddels tot een verre fluistering verbleekte – handschrift dat het een brief was. De minuscule, over het blad verspreide aquarellen hadden betere tijden gekend, maar ik was verrast door hun perfectie. Met mijn neus bijna tegen het glas gedrukt kon ik nog net een datum en de vage contouren van een naam ontcijferen.

'Lieve Fl...' De rest van de naam was te sterk verbleekt. Maar bij het zien van de ondertekening van het in een klein en precies handschrift beschreven blad verdween elke twijfel: de schrijfster van deze brief was een 'Beatrix'.

'Fl...' mompelde ik. Zou deze brief aan míjn Flora MacNichol gericht zijn? Orlando had gezegd dat Beatrix Potter en Flora elkaar kenden. Dit móést en zóú ik hem vragen.

Klokslag één uur kwam Orlando altijd de trap af gestoven en verdween door de voordeur. Voor de bezoeker die op dat moment bij de open haard zat te lezen was dat het stilzwijgende signaal om te vertrekken. Als Orlando terugkwam deed hij de deur achter zich op slot en draaide het bordje met de tekst 'GESLOTEN' naar buiten. De porseleinen borden, het bestek en de gesteven witte linnen servetten werden naar beneden gehaald en we gingen eten.

Dat was mijn favoriete moment van de dag. Ik genoot ervan naar Orlando te luisteren terwijl zijn geest pijlsnel van onderwerp naar onderwerp schoot. Zijn verhalen waren meestal doorspekt met een literair citaat, en ik maakte er voor mezelf een spelletje van om te raden tot welk thema het gespreksonderwerp zou leiden. Maar ik had het meestal mis, omdat hij de meest wilde en voor mij onbegrijpelijke zijsprongen maakte. Tussen de verhalen door kwam ik te weten dat zijn moeder 'zaliger', Vivienne, bij een tragisch auto-ongeluk was omgekomen toen hij nog maar twintig was en in zijn tweede jaar op Oxford zat. Zijn vader was zodanig door verdriet overmand dat hij onmiddellijk naar Griekenland was getogen om zich daar 'te verdrinken in de misère van zijn mythologische goden en de ouzo'. Hij was nog maar een paar jaar geleden overleden aan kanker.

'Dus zoals u ziet ben ik eveneens wees,' voegde Orlando er met gevoel voor drama aan toe.

Een heel enkele keer onderbrak hij zijn conversatie met vragen over mijn opvoeding op Atlantis. Vooral Pa Salt leek hem te fascineren. 'Wat was dat eigenlijk voor iemand? Als je toch eens zou weten wat hij wist...' mompelde hij nadat ik had opgebiecht dat ik niet eens wist in welk land Pa was geboren.

Ondanks zijn obsessie met Pa verstrekte Orlando uit zichzelf niet meer informatie over Flora MacNichol. Toen ik over de ingelijste brief van Beatrix Potter begon, kreeg ik niet de reactie waarop ik had gehoopt.

'O, dat ouwe ding,' zei hij, en maakte een nonchalant gebaar in die richting. 'Beatrix heeft nogal wat brieven aan kinderen geschreven.' En wég was hij weer, op naar het volgende onderwerp, zonder dat ik kon doorvragen.

Ik beloofde mezelf dat het niet lang meer zou duren voordat ik de moed bijeen had geraapt om er meer over te vragen. Maar al zou ik misschien nooit méér over Flora MacNichol te weten komen, mijn dagen waren gevuld met de verrukkelijkste boeken. Bij het catalogiseren van een nieuwe voorraad genoot ik van hun geur, van hoe het boek voelde onder mijn vingers. Ik noteerde elke nieuwe aankoop met een dikke vulpen in een groot, in leer gebonden register. Voordat ik ook maar een letter op papier mocht zetten had Orlando me aan een handschrifttest onderworpen. Ik had altijd complimenten gekregen over mijn duidelijke, elegante handschrift, maar ik had nooit gedacht dat een vaardigheid die razendsnel bezig was nutteloos en volkomen achterhaald te worden ooit een pluspunt zou worden.

Aan het begin van mijn derde week zat ik in de bus op weg naar mijn werk te peinzen of ik niet in een ander tijdperk geboren had moeten worden. Een tijdperk waarin het leven zich in een trager tempo voltrok, waarin epistels aan geliefden er geen seconden maar dagen, zo niet maanden, over deden om het object van de liefde te bereiken.

'Goeie god! Ik haat die moderne technologie met een immense hartstocht!' vertolkte Orlando mijn gedachten toen hij gewoontegetrouw om half elf met een gebaksdoos in zijn handen de voordeur kwam binnenstormen. 'Gisteravond waren alle telefoonverbindingen in Kensington dankzij een stortbui verbroken, met medeneming van het internet. En daardoor was ik niet in staat om een bod te doen op een uiterst bijzondere uitgave van *Oorlog en vrede*. Een fantastisch boek,' zei hij zuchtend en met een beteuterd gezicht. 'Nou ja, Mouse zal wel opgelucht zijn dat ik niet wéér geld uitgeef dat we niet hebben. Nu we het er toch over hebben, ik heb het onlangs over u gehad.'

Ik had Orlando al diverse keren over 'Mouse' horen praten, maar in wat voor relatie deze persoon tot Orlando stond had ik nooit kunnen ontdekken, laat staan of het om een man of een vrouw ging.

'O ja?'

'Ja. Bent u dit weekend bezet, Miss Star? Ik moet naar High Weald voor Rory's verjaardag. Mouse is daar ook. Ik bedacht dat u dan het huis zou kunnen bekijken, Marguerite ontmoeten en wat babbelen over Flora MacNichol.'

'Ja... ik ben vrij,' zei ik, beseffend dat ik deze gelegenheid moest aangrijpen.

'Dat is dan geregeld. Dan zie ik u zaterdag op Charing Cross in het eersteklasrijtuig van de trein van tien uur naar Ashford. Ik heb uw kaartje bij me. Maar nu verdwijn ik weer naar boven om te zien of wifi – onze almachtige, hedendaagse god – zich heeft verwaardigd om aan ons stervelingen te verschijnen.'

'Waar gaan we precies naartoe?'

'Heb ik u dat niet verteld?'

'Nee.'

'Naar Kent, natuurlijk,' antwoordde hij luchtig, alsof dat overduidelijk was.

De rest van de week werd ik heen en weer geslingerd tussen opwinding en angst voor het onbekende. Ik was één keer in Kent geweest, tijdens een uitstapje van de universiteit naar Sissinghurst, de schitterende woning en tuinen die ooit het thuis hadden gevormd van romanschrijfster en dichteres Vita Sackville-West. Ik herinnerde me Kent als een lieflijke en aangename streek, die volgens een medestudent de bijnaam 'tuin van Engeland' had.

Toen ik die zaterdagochtend op Charing Cross Station aankwam zat Orlando, zoals aangekondigd, al in de trein. Hij droeg een nachtblauw jasje en paisleysjaal en had een enorme picknickmand bij zich die het hele tafeltje in beslag nam dat we geacht werden met medepassagiers te delen. Een groter contrast met de moderne trein was niet denkbaar.

'Mijn beste Miss Star,' zei hij toen ik naast hem ging zitten, 'stipt op tijd, als gewoonlijk. Punctualiteit is een deugd die wat vaker geprezen zou moeten worden dan dezer dagen het geval is. Kopje koffie?' Hij opende de mand en haalde een thermosfles en twee porseleinen kopjes tevoorschijn, gevolgd door bordjes met verse, in linnen gevouwen en nog warme croissants. Terwijl de trein het station uit reed en Orlando me, ondertussen over koetjes en kalfjes babbelend, een ontbijt serveerde, zag ik naburige medereizigers verbijsterd naar ons kijken. Gelukkig waren de plaatsen tegenover ons onbezet.

'Hoe lang duurt de treinreis?' vroeg ik hem, toen hij twee borden met perfect gearrangeerd fruit uit de mand pakte en het folie verwijderde.

'Eén uur of daaromtrent. Marguerite haalt ons af op het station van Ashford.'

'Wie is Marguerite?'

'Mijn nicht.'

'En Rory?'

'Een charmant ventje, dat morgen zeven wordt. Mouse is er ook, hoewel de arme stakker in tegenstelling tot u over geen enkel tijdsbesef beschikt. En als u me nu wilt excuseren,' zei hij, terwijl hij de borden weer in de mand wegborg en heel secuur elke kruimel van zijn kleding veegde en in een servet schoof. 'Even een tukje doen.' En bij die woorden sloeg Orlando zijn armen over elkaar alsof hij zich tegen kogelvuur wilde beschermen en dommelde weg.

Een half uur later, toen ik me al druk maakte of we wel in Ashford zouden uitstappen, maar Orlando niet wilde storen, opende hij plotseling zijn ogen.

'Nog twee minuten, Miss Star, dan stappen we uit.'

Links en rechts medereizigers ontwijkend liepen we over het in de milde herfstzon badende perron.

‘De vooruitgang eist haar gestage tol,’ klaagde Orlando. ‘Met dat Eurotunnelstation dat ze aan het bouwen zijn hebben we hier straks nooit meer rust en vrede.’

Toen we op het stationsplein kwamen zag ik dat het die nacht had gevroren, mijn adem kwam als een rookwolkje uit mijn mond.

‘Daar is ze,’ zei Orlando, en hij marcheerde in volle vaart op een gedeukte Fiat 500 af. ‘Lieve Marguerite, wat aardig dat je ons komt oppikken,’ zei hij toen een statige vrouw, even lang als hijzelf, haar lange ledematen vanachter het stuur van de piepkleine auto bevrijdde.

‘Orlando,’ zei ze langzaam, toen hij haar op beide wangen kuste, en wees naar de enorme rieten mand. ‘Hoe krijgen we dat ding in hemelsnaam in de auto? Vooral nu je een gast hebt meegenomen.’

Ze bekeek me met haar grote, donkere ogen, die een opvallende, bijna paarse kleur hadden.

‘Sta me toe Miss Asterope D’Aplièse, beter bekend als Star, aan je voor te stellen. Miss Star, mijn nicht, Marguerite Vaughan.’

‘Wat een bijzondere naam,’ zei de vrouw, terwijl ze op me toeliep. Nu ik de vage rimpels in haar bleke huid zag schatte ik haar ouder dan op het eerste gezicht. Ze was waarschijnlijk voor in de veertig.

‘Aangenaam kennis te maken,’ ging ze verder. ‘Ik kan me alleen maar verontschuldigen voor het feit dat mijn neef zo onnadenkend is geweest om deze idiote mand mee te nemen, waar jij nu tegenaan geperst moet zitten. God mag weten wat er mis is met de koffie bij Pret,’ zei ze, en rolde met haar ogen in de richting van Orlando, die verwoede pogingen deed om de mand op de achterbank te zetten. ‘Maar je zult Orlando inmiddels wel kennen,’ zei ze met een warme glimlach.

‘Inderdaad,’ zei ik, en ik moest ook glimlachen.

‘Ik persoonlijk ben van mening dat we hem als boetedoening die vijf mijl naar huis moeten laten lopen, zodat jij comfortabel kunt zitten,’ zei ze, met een samenzweerderig klopje op mijn arm. ‘Kom op, Orlando, ik heb nog een hoop te doen als we thuis zijn. En ik heb het vlees nog niet in huis.’

‘Mijn verontschuldigingen, Miss Star,’ zei Orlando, met de blik van een kind dat straf heeft gekregen. Hij hield het portier voor me open terwijl ik op de achterbank klauterde en me, met mijn armen tegen mijn lijf gedrukt, in de krappe ruimte naast de mand perste.

Zo gingen we op weg, langs lommerrijke buitenwegen. Marguerite en Orlando zaten voorin, ze waren allebei zo lang dat hun kruin bijna langs het dak streek. Ik voelde me weer net een kind, maar vermaakte me met naar buiten kijken en het bewonderen van de schoonheid van het Engelse landschap.

Orlando praatte in een razend tempo over boeken die hij had gekocht en verkocht, en kreeg van Marguerite een milde berisping voor de te dure aankoop van *Anna Karenina* – dat had Mouse haar kennelijk verteld – maar er klonk genegenheid door in haar stem. Ik zat dicht genoeg achter haar om haar parfum te ruiken, een geruststellende muskusachtige geur, die de ruimte vulde.

Haar dikke, donkere haar viel in golven tot op haar schouders, en toen ze zich naar Orlando wendde om iets tegen hem te zeggen, zag ik dat ze een Romeinse neus had, zoals Pa hem zou hebben genoemd, die een prominente plaats in haar markante gezicht innam. Ze was beslist niet mooi in de klassieke betekenis, en te oordelen naar haar jeans en oude trui deed ze ook geen moeite om er mooi uit te zien. Toch had ze iets heel aantrekkelijks over zich, en ik merkte dat ik wilde dat ze me aardig vond, een heel apart gevoel.

'Gaat het, daar achterin?' vroeg ze. 'Het is niet ver meer.'

'Ja hoor, dank je.' Ik leunde met mijn hoofd tegen de ruit terwijl de brede heggen, die vanuit de lage auto overdreven hoog leken, voorbijschoten en de plattelandsweggetjes steeds smaller werden. Het was heerlijk om weg te zijn uit Londen; hier zag je hoogstens een enkele rode bakstenen schoorsteen boven de muur van groen uitpiepen. We sloegen rechts af en reden door een oud hek naar een oprit met zo veel kuilen dat Marguerite en Orlando hun hoofd tegen het dak stootten.

'Ik moet Mouse nu echt vragen om die gaten vóór de winter met grind te vullen,' zei Marguerite tegen Orlando. 'We zijn er, Star,' vervolgde ze, terwijl ze stopte voor een groot, elegant huis met muren van zachtrode baksteen en onregelmatige ramen, die omkranst werden door klimop en blauweregen. Hoge, smalle schoorstenen accentueerden de tudorstijl van het huis en staken hoog de pittige septemberlucht in. Terwijl ik me uit de Fiat worstelde stelde ik me het interieur van het huis eerder voor als een allegaartje van stijlen dan als imposant; het was beslist geen statig pand, het gaf eerder de indruk dat het bedaard was verouderd en zoetjesaan één was geworden met het omringende landschap. Het sprak van een voorbij verleden, een verleden waarover ik zo graag in boeken las, en er ging een huivering van verlangen door me heen.

Toen ik Marguerite en Orlando naar de indrukwekkende eiken voordeur volgde, kwam een jongetje op een glimmende rode fiets onze kant op slingeren. Hij uitte een rare, gesmoorde kreet, wilde naar ons zwaaien en viel prompt van zijn fiets.

'Rory!' Marguerite rende naar hem toe, maar hij was al overeind gekrabbeld. Hij zei weer iets, maar dat kon ik niet verstaan, dus ik vroeg me af of het een buitenlands jongetje was. Marguerite veegde zijn kleren af, de jongen raapte zijn fiets op en de twee kwamen naar ons toe.

'Kijk eens wie er is!' zei Marguerite, terwijl ze zich nadrukkelijk tot de jongen richtte. 'Orlando en zijn vriendin Star. Probeer eens "Star" te zeggen?' Ze articuleerde sterk het 'st' in mijn naam.

'Ss-t-aahh,' zei de jongen, terwijl hij glimlachend op me toeliep, zijn hand uitstak en zijn vingers als een stralende ster spreidde. Rory bezat een stel onderzoekende, groene ogen, omlijst door donkere wimpers. Zijn golvende koperkleurige haar glansde in het zonlicht, en in zijn rozige wangen verschenen kuiltjes van plezier. Dit was het soort kind tegen wie je nooit 'nee' wilde zeggen.

'Hij gaat het liefst als Superman door het leven, nietwaar Rory?' grinnikte Orlando, die met gestrekte arm en gebalde vuist een opstijgende Superman nadeed.

Rory knikte en schudde me de hand met de waardigheid van een superheld en wendde zich vervolgens tot Orlando voor een knuffel. Na hem stevig omhelsd en even gekieteld te hebben zette Orlando hem weer neer, ging voor hem op zijn hurken zitten en zei iets tegen hem in zowel gebarentaal als met duidelijk gearticuleerde woorden. 'Hartelijk gefeliciteerd! Je cadeau ligt in Marguerites auto. Loop je mee om het te halen?'

'Ja, graag,' zei en gebaarde Rory. Het was me inmiddels duidelijk dat hij doof was, en ik bladerde in gedachten door mijn wat verstofte voorraad gebaren die Ma me ruim twintig jaar geleden had bijgebracht. De twee stonden op en liepen hand in hand naar de auto.

'Kom mee naar binnen, Star,' zei Marguerite. 'Dit kan even duren.'

Ik volgde haar een hal met een brede trap in, en aan de prachtig gedraaide en gebeeldhouwde eikenhouten leuning zag ik dat het een originele tudortrap was. Toen we door een gang met oude, gebarsten en ongelijke tegels liepen ademde ik de sfeer in, de geur van stof en een houtvuur, en ik stelde me de duizenden vuren voor die hier in de afgelopen eeuwen waren gestookt om de bewoners warm te houden. En ik benijdde de vrouw die in dit fantastische huis woonde.

'Ik vrees dat ik je direct moet meeslepen naar de keuken, want ik moet aan de slag. Excuses voor de rommel, er komen ik weet niet hoeveel mensen op Rory's verjaardagslunch en ik heb de aardappels nog niet eens geschild.'

'Ik help je wel,' bood ik aan, terwijl we een ruimte met een laag, door talloze balken gesteund plafond binnengingen, waarvan het hart werd gevormd door een enorme schouw waarin een gietijzeren fornuis stond.

'Nou, je zou beslist helpen door ons een drankje in te schenken,' antwoordde ze, met een directe blik die de warmte en schoonheid van haar huis uitstraalden. 'Daar is de kast, ik weet dat er in elk geval een fles gin staat, en ik mag hopen en bidden dat we nog wat tonic in de koelkast hebben. En anders zullen we creatief moeten zijn. Waar heb ik in hemelsnaam de aardappelschiller gelaten?'

'Die ligt hier.' Ik pakte het ding van de lange, eikenhouten tafel die bezaaid lag met kranten, verpakkingen van ontbijtgranen, vuile borden en een modderige voetbalsok. 'Als jij nu eens de drankjes pakt en ik de groente doe?'

'Nee, Star, jij bent onze gast...'

Ik had de zak met aardappelen al gepakt en een kookpan van een rek genomen. Ik nam een krant van een week geleden van de stapel om de schillen op te deponeren en ging aan de keukentafel zitten.

'Nou, vooruit dan,' zei Marguerite met een dankbare glimlach, 'dan pak ik de gin.'

In het uur daarop schilde ik alle groente, bereidde het braadstuk voor, zette dat op het fornuis en maakte een begin met het opruimen van de keuken. Nadat Marguerite de gin had gevonden en daar wat slappe tonic bij had gedaan, gaf ze mij de leiding en rende vervolgens de keuken in en uit, zorgde voor haar zoontje, verwelkomde gasten en dekte de tafel voor de lunch. Ik neuriede terwijl ik druk in de weer was in mijn – op de rommel na – ideale keuken. De ruimte werd verwarmd door de hitte van het fornuis, en toen ik om me heen keek zag ik de barsten in het plafond en stelde ik me oude, geel geworden muren voor met een frisse laag witte verf. Ik maakte de door druipende kaarsen pokdalig geworden eikenhouten tafel schoon en deed vervolgens een afwas voor een week aan potten en pannen.

Toen ik alles onder controle had bleef ik een tijdje uit het raam met zijn ongelijke ruitjes staren. Ik keek uit op een moestuin die ooit alle groente voor het huis moest hebben geleverd. Ik liep naar buiten om beter te kijken en zag dat hij overwoekerd en verwilderd was, maar ik ontdekte een winterharde rozemarijnstruik en knipte er een takje af voor bij de gebakken aardappelen.

Hier zou ik kunnen wonen, dacht ik toen Marguerite terugkwam. Ze had zich omgekleed in een enigszins kreukelige honingkleurige zijden bloes en een paarse sjaal die de kleur van haar ogen accentueerde.

'O mijn god, Star, jij verricht wonderen! Zo heeft de keuken er in geen jaren uitgezien! Dank je wel. Wil je een baan?'

'Ik heb al een baan, bij Orlando.'

'Dat weet ik, en ik ben zo blij voor hem dat jij er bent. Misschien kun jij hem er zo af en toe van weerhouden om enorme bedragen uit te geven aan wat zo langzamerhand zijn privébibliotheek wordt.'

'Hij verkoopt best wel veel boeken online,' zei ik om hem te verdedigen, terwijl Marguerite zichzelf nog een gin inschonk.

'Dat weet ik,' zei ze liefdevol. 'Nou, Rory is in de zitkamer en heeft de tijd van zijn leven met het openmaken van zijn cadeaus, Orlando is naar de kelder om meer wijn voor de gasten te halen, dus ik kan vijf minuten zitten.' Ze keek op haar horloge en slaakte een zucht. 'Mouse is weer eens laat, maar we gaan de lunch niet uitstellen. Het zal je vanochtend duidelijk zijn geworden dat Rory doof is?'

'Ja, ik heb het gemerkt,' antwoordde ik, en ik constateerde dat Marguerites brein net als dat van haar neef van het ene onderwerp naar het andere fladderde.

'Al vanaf zijn geboorte. Hij heeft links nog een beetje gehoor, maar zijn gehoorapparaten werken maar tot op zekere hoogte. Hij mag...' Ze zweeg en keek me nadrukkelijk aan. 'Hij mag absoluut niet het gevoel hebben dat hij iets niet kan, dat hij minder is dan iemand anders. Wat mensen niet allemaal zeggen...' Ze schudde haar hoofd en zuchtte. 'Hij is het geweldigste, slimste jongetje dat er bestaat.'

'Hij is zo te zien erg hecht met Orlando,' tastte ik voorzichtig af.

'Orlando is degene die hem op zijn vijfde heeft leren lezen, nadat hij zich de Britse gebarentaal had eigen gemaakt, zodat hij met Rory kon praten en hem dingen kon leren. We hebben hem naar een gewone basisschool gestuurd, dus niet naar een bijzondere school, en nu leert hij zelfs de andere kinderen gebarentaal. Hij heeft een fantastische spraaktherapeut die elke week met hem aan het werk gaat en hem aanmoedigt om te praten en te liplezen en hij doet het geweldig. Kinderen van zijn leeftijd leren zó snel. Zo, nu moet ik je echt meenemen om de gasten te ontmoeten in plaats van je als Assepoester in de keuken achter te laten.'

'Nee, echt, het is prima zo. Ik kijk even naar het vlees.' Ik liep naar het fornuis en boog me over de pan om het vlees en de aardappelen eruit te halen. 'Ik hoop dat je het niet erg vindt, maar ik heb de worteltjes wat extra smaak gegeven met een beetje honing en wat sesamzaadjes die ik in de kast tegenkwam.'

'Goeie hemel, nee! Helemaal niet. Ik ben al nooit zo'n kok geweest, en ik ben al dolblij dat jij de lunch hebt verzorgd. Ik ren al voortdurend achter mezelf aan met Rory, dit bewerkelijke huis, om nog niet te spreken van mijn baan, die ik hard nodig heb om alle rekeningen te kunnen betalen. Ik heb een fantastische opdracht aangeboden gekregen voor een muurschildering in Frankrijk, maar ik weet gewoon niet of ik Rory hier wel kan achterlaten...' Marguerites stem stierf weg. 'Neem me niet kwalijk, Star, dit zijn jouw problemen niet.'

‘Je bent kunstenaar?’

‘Ik denk graag dat ik dat ben, ja, hoewel iemand onlangs zei dat wat ik doe niets anders is dan behang ontwerpen.’ Ze trok een wenkbrauw op. ‘Hoe dan ook, heel erg bedankt voor vandaag.’

‘Ik vind het helemaal niet erg om te helpen, echt niet. Hoe laat wil je eten? Het vlees is klaar, het moet alleen nog even rusten.’

‘Wanneer jíj klaar bent. Wie naar High Weald komt weet dat hij moet wachten zolang het duurt.’

‘Wat dacht je van een half uur? Als je een paar eieren in huis hebt kan ik *Yorkshire pudding* maken.’

‘Nou en of we eieren hebben, de kippen lopen vrij rond door de moestuin. We leven hier op omeletten. Ik haal ze wel voor je,’ zei ze, terwijl ze de voorraadkast in liep.

‘Mag! Ik heb honger!’ Ik draaide me om en zag Rory de keuken binnenkomen. ‘Hallo,’ gebaarde ik, en ik probeerde Orlando’s gebaren van die ochtend na te doen, klapte twee keer in mijn handen en zwaaide mijn armen met de handpalmen naar voren omhoog en naar voren, en het lukte me om ‘gefeliciteerd’ te gebaren.

Eerst keek hij verschrikt, toen glimlachte hij. ‘Dank je,’ gebaarde hij terug. Hij wees naar het fornuis, tikte op zijn pols alsof hij daar een horloge had en trok met een vragende uitdrukking zijn schouders op.

‘De lunch is over een half uur klaar.’

‘Oké,’ antwoordde hij en liep naar het fornuis om het vlees te inspecteren.

‘Koe,’ gebaarde ik, en vormde met mijn vingers hoorntjes boven mijn hoofd. Rory barstte in gegiechel uit en maakte vervolgens hetzelfde gebaar met zijn vingers op de juiste plaats. Ik had net een mes gepakt en een stukje vlees voor hem afgesneden toen Marguerite de voorraadruimte uit kwam. Rory stak het vlees in zijn mond en kauwde erop.

‘Lekker.’ Hij stak zijn duimen omhoog.

‘Dank je,’ gebaarde ik door mijn vingers tegen mijn kin te plaatsen en daarna mijn hand bij mijn gezicht weg te halen, in de hoop dat de Franse en Britse gebaren identiek waren.

‘Je wilt toch niet zeggen dat je ook gebarentaal kent, Star?’

'Ik heb er als kind iets van geleerd, maar ik ben er niet erg goed in, hè Rory?'

Rory wendde zich tot zijn moeder en maakte snel een paar gebaren naar haar, waardoor ze moest lachen.

'Hij zegt dat je gebarentaal abominabel is, maar dat je "koe" alles goedmaakt. Je bent duidelijk een veel betere kok dan ik. Jij brutale aap!' Ze woelde even door zijn haar.

'Mouse hier,' zei Rory, toen hij uit het raam keek. Hij maakte met één hand een vooruitschietende beweging, als een rennend dier.

'Dat werd tijd ook. Star, vind je het erg als ik je hier een tijdje achterlaat terwijl ik mijn gasten onderhoud?' Ze legde de eieren voor de Yorkshire pudding op tafel.

'Natuurlijk niet,' zei ik, terwijl Rory zijn moeders handen beetpakte en haar de keuken uit trok.

'Ik beloof je dat ik terugkom om je te helpen opdienen,' zei ze over haar schouder.

'Geen probleem,' antwoordde ik, terwijl ik naar de kast liep om bloem te zoeken.

In het half uur daarna bracht ik een paar trucjes in praktijk die ik tijdens de cursus had geleerd, en tegen de tijd dat Marguerite terugkwam was de lunch klaar. Ik had uit de grenenhouten buffetkast een paar serveerschalen opgediept, en Marguerites wenkbrauwen gingen verbaasd de hoogte in toen ik haar de schalen aanreikte.

'Goeie help, ik was helemaal vergeten waar al dat serviesgoed terecht was gekomen. Star, je bent werkelijk een engel dat je dit allemaal doet.'

'Ik vind het niet erg, ik vond het juist heerlijk om te doen.'

En dat was ook zo. Het kwam maar zelden voor dat ik voor iemand anders dan CeCe kookte. Ik bedacht net dat ik bij de kiosk bij ons in de buurt maar eens een kaartje moest ophangen waarin ik mijn diensten aanbood, toen er een man de keuken binnenkwam.

'Hallo, ik ben eropuit gestuurd om het vlees te snijden. Waar is het?' vroeg hij kortaf.

De man had een aan de slapen iets grijzende, weerbarstige haardos, en krachtige trekken die werden gedomineerd door een paar alerte groene ogen die me bekeken. Hij droeg een mottige trui met

V-hals over een overhemd met een rafelige kraag en een spijkerbroek. Hij bleek boven me uit te torenen toen hij op me toeliep. Er was een duidelijke gelijkenis met Orlando, maar deze man was een veel ruwere en beslist ongekamde versie. Ik vroeg me af of dit de broer was over wie Orlando me diverse keren had verteld.

Ik herstelde me snel. 'Het staat daar, op het fornuis.'

'Bedankt.'

Ik bestudeerde hem met een steelse blik toen hij langs me liep, en toen hij een mes uit de la pakte viel me zijn gespannen houding op. Uit zijn stilzwijgen tijdens het snijden van het vlees maakte ik op dat hij de vlotte hartelijkheid van zijn familieleden miste, als ze tenminste familie waren. Ik bleef in de keuken rondhangen maar voelde me plotseling opgelaten, alsof hij me als een indringer beschouwde, en vroeg me af of ik niet beter naar de eetkamer kon gaan. Net toen ik wilde vertrekken kwam Marguerite weer de keuken binnen.

'Ben je bijna klaar, Mouse? Als je niet opschiet eten ze straks hun borden nog op.'

'Dit soort dingen duurt zo lang als het moet duren,' was het antwoord, net zo kil als de paar woorden tegen mij.

'Nou, kom jij maar met mij mee, Star, dan laten we Mouse hier achter om zijn magische kunsten uit te voeren.'

Tot het scala aan persoonlijkheden dat ik me bij de beroemde Mouse had voorgesteld hoorde déze man beslist niet, deze weliswaar knappe man die in een paar seconden de sfeer naar het vriespunt kon laten dalen. Terwijl ik Marguerite volgde naar een eetkamer met een laag plafond en een open haard waarin een houtvuur vrolijk brandde, hoopte ik dat ik niet naast hem kwam te zitten tijdens de lunch.

'Ah, daar ben je, beste meid,' zei Orlando, aan wiens blosjes te zien was dat hij volop genoot van de wijn die hij uit de kelder had gehaald. 'Dit ziet er werkelijk voortreffelijk uit.'

'Dank je.'

'Kom hier naast me zitten. Mouse zit aan de andere kant naast je en ik bedacht dat je met hem over Flora MacNichol zou kunnen babbelen. Hij heeft onlangs onderzoek naar haar gedaan.'

'Star, mag ik je even aan iedereen voorstellen?' zei Marguerite.

Ik zei min of meer automatisch 'hallo' tegen zo'n zes onbekende gezichten en deed vergeefs mijn best om hun namen te onthouden en wat hun relatie tot Rory was.

'Is Mouse familie van je?' vroeg ik Orlando zachtjes.

'Natuurlijk is hij dat, beste meid,' zei hij grinnikend. 'Hij is mijn oudere broer. Heb ik je dat niet verteld? Vast wel.'

'Nee.'

'En voordat je het zegt, ik besef maar al te goed dat hij de schoonheid en de hersens van onze ouders heeft geërfd, zodat ik het ondermaatse welpje mocht zijn. Een rol die ik overigens met genoegen vervul.'

Ja, maar jij vervult je rol met warmte en empathie, terwijl die bij je broer totaal ontbreken, dacht ik.

Mouse beende de tafel rond en kwam naast me zitten. Op dat moment stond Orlando op.

'*My lords*, dames en heren, het is me een grote eer om ter gelegenheid van zijn zevende verjaardag een toost uit te brengen op *Master* Rory. Op je gezondheid en welvaren, jongeman.' Orlando sprak tijdens zijn speech in gebarentaal met Rory. Hij hief samen met het verzamelde gezelschap zijn glas, en Rory glunderde van blijdschap. Iedereen stak zijn handen omhoog om hem toe te juichen, en ik werd zo meegesleept door de stemming dat ik ook mijn armen in de lucht stak.

'Gefeliciteerd,' hoorde ik Mouse naast me mompelen. Hij deed geen poging om gebarentaal te gebruiken.

'Zo, mensen, kunnen we nu alsjeblieft gaan eten,' drong Marguerite aan.

Ik zat ingeklemd tussen twee broers van wie de één als gewoonlijk zijn eten als een menselijke afvalcontainer naar binnen werkte, terwijl de ander nauwelijks belangstelling had voor wat hij aan zijn vork stak. Ik keek eens om me heen naar het dankzij de wijn spraakzame en ontspannen gezelschap en onderging een lichte huivering van plezier. Ik stond mezelf de gedachte toe dat ik het in de maanden na Pa's dood toch maar zover had gebracht, en het feit dat ik omringd door onbekenden aan een lunch zat stond gelijk aan een wonder.

Kleine stapjes, Star, kleine stapjes...

Ik voelde me teruggeworpen in de tijd, naar de vele zondagslunches op Atlantis met Pa Salt, toen we jonger waren en nog allemaal thuis woonden. Ik kon me niet herinneren dat daar ooit gasten bij waren geweest, maar met ons achten, Pa, Ma en zes zussen, produceerden we met gemak de warmte en het gebabbel dat ik hier ervoer. Dat had ik gemist, deel van een gezin uitmaken.

Plotseling drong het tot me door dat de IJskoning rechts van me iets tegen me zei.

'Ik hoor van Orlando dat u voor hem werkt.'

'Inderdaad.'

'Ik betwijfel of u het lang volhoudt. De meesten niet.'

'Rustig aan, ouwe jongen,' onderbrak Orlando hem op goedmoedige toon. 'Star en ik kunnen het prima rooien met elkaar, nietwaar Star?'

'Ja hoor,' zei ik, veel luider en resoluter dan gewoonlijk, ter verdediging van mijn zonderlinge maar aardige werkgever.

'Hij heeft iemand nodig die hem discipline bijbrengt. De zaak draait al jaren verlies, maar hij weigert naar me te luisteren. Je weet heel goed dat de winkel binnenkort moet verdwijnen, Orlando. Het pand ligt aan een van de duurste straten in Londen en het zou op de huidige markt een mooie prijs opbrengen.'

'Kunnen we dit misschien een andere keer bespreken? Ik krijg altijd indigestie van de combinatie van zakelijke besprekingen en de geneugten van het eten,' kaatste Orlando terug.

'Zie je wel? Hij verzint altijd een excuus om het feit niet onder ogen te hoeven zien.'

Die opmerking werd eerder gemompeld dan hardop uitgesproken, en toen ik me naar Mouse omdraaide ontdekte ik dat hij me met zijn groene ogen aanstaarde. 'Misschien kunt ú hem dat aan het verstand brengen. De zaak kan volledig online draaien. De belasting op het pand is astronomisch hoog en u en ik weten allebei dat de aanloop vrijwel nihil is. Dat kán gewoon niet samengaan.'

Het kostte me moeite mijn ogen af te wenden van zijn merkwaardig hypnotiserende, starende blik. 'Ik vrees dat ik van de zakelijke kant niets weet,' kon ik nog uitbrengen.

'Neem me niet kwalijk, het is ongepast van me om daar met een werkneemster over te praten.'

En al helemaal als de werkgever zich binnen gehoorsafstand bevindt, dacht ik. Ik was boos. Het was deze man gelukt om me bevoogdend en kleinerend te behandelen, en zijn halfhartige excuus maakte dat allerminst goed.

'En wat is precies uw relatie tot Flora MacNichol, Miss...'

'D'Aplièse,' antwoordde Orlando in mijn plaats. 'En wellicht interesseert het je dat haar doopnaam Asterope is,' vervolgde hij op lijzige toon tegen zijn broer, terwijl hij als een opgewonden uil zijn wenkbrauwen driftig op en neer bewoog.

'Asterope? Als een van de Zeven Zusters van de Pleiaden?'

'Ja,' antwoordde ik kortaf.

'Haar roepnaam is Star. Die naam past goed bij haar, vind je niet?' schoot Orlando me te hulp.

Het was maar de vraag of Mouse daar ook zo over dacht. Hij fronste zijn wenkbrauwen alsof ik een groot raadsel voor hem was.

'Ik hoor van mijn broer dat uw vader onlangs is overleden,' zei hij na een tijdje.

'Ja.' Ik legde mijn mes en vork naast elkaar en hoopte zo het verhoor te kunnen beëindigen.

'Maar hij was niet uw echte vader?' informeerde Mouse.

'Nee.'

'Maar hij behandelde u wel als zodanig?'

'Ja, hij was voor ons allemaal een geweldige vader.'

'Dus u zou het niet met me eens zijn als ik zei dat alleen bloedverwantschap een onlosmakelijke band tussen ouder en kind schept?'

'Hoe zou ik dat kunnen weten? Ik heb zoiets nooit gekend.'

'Nee, dat zal dan wel niet.'

Mouse verviel in stilzwijgen en ik sloot mijn ogen. Ik voelde me plotseling belachelijk huilerig. Deze man wist niets van mijn vader, en aan de manier waarop hij me uithoorde ontbrak elk medegevoel. Ik voelde heel even een kneepje in mijn hand; Orlando trok weer snel zijn hand terug en wierp me een sympathieke blik toe.

'Orlando heeft u vast wel verteld dat ik heb geprobeerd om de familiegeschiedenis te achterhalen,' zei Mouse tegen me. 'Er heeft altijd veel verwarring bestaan over de verschillende... takken binnen de familie, en ik vond dat ik dat nu maar voor eens en voor altijd moest uitzoeken. En daarbij stuitte ik uiteraard op Flora MacNichol.' De neerbuigende toon bij het uitspreken van die naam was me niet ontgaan.

'Wie was zij?'

'De zuster van onze overgrootmoeder, Aurelia,' zei Orlando, maar rechts van me viel weer een kille stilte en werd uiteindelijk een diepe zucht geslaakt.

'Zoals je weet is dat niet het hele verhaal, Orlando, maar dat is niet iets voor nu,' zei Mouse.

'Mijn excuses, Miss Star, ik heb het bevel gekregen om Marguerite te helpen bij het afruimen,' zei Orlando, en hij stond op.

'Ik kan ook wel helpen,' zei ik, en wilde tegelijk met hem opstaan.

'Nee.' Hij duwde me zachtjes terug op mijn stoel. 'Jij hebt onze exquise lunch bereid en je mag onder geen enkele omstandigheid ook nog eens ons keukenmeisje worden.'

Toen hij van tafel was opgestaan concludeerde ik dat ik nog liever elke wc in dit enorme huis zou schoonmaken dan naast deze man genaamd Mouse te moeten zitten. Ik had hem inmiddels van muis gedegradeerd tot grote rioolrat.

'Heeft u enig idee in wat voor relatie uw vader tot Flora MacNichol stond?'

De Rioolrat had weer het woord genomen. Ik zou antwoord geven. Beleefd.

'Geen enkel idee. Ik denk ook niet dat er een relatie was. Mijn vader heeft ons als zussen aanwijzingen nagelaten over onze éigen afkomst, niet over de zijne. Daarom denk ik dat een eventuele relatie er waarschijnlijk een tussen haar en mij is.'

'U bedoelt dat u misschien de zoveelste koekoek in het High Weald-nest bent? Nou, laat ik u dan vertellen dat dat er nogal wat geweest zijn in de geschiedenis van de familie Vaughan/Forbes.'

Hij greep zijn glas en dronk het in één teug leeg, en ik vroeg me af wat voor gebeurtenis in zijn leven tot deze woede had geleid. Ik negeerde zijn insinuatie en besloot niet te laten merken dat ik van streek was, dat genoegen gunde ik hem niet. Ik gebruikte mijn beproefde techniek, stilte beantwoorden met stilte, en bleef met mijn handen gevouwen in mijn schoot zitten. Ik wist dat ik elke slag die hij op dat front wilde leveren kon winnen. En uiteindelijk begon hij te praten.

'Ik moet me voor de tweede keer tijdens onze kortstondige kennismaking verontschuldigen. U bent ongetwijfeld geen golddigger maar volgt alleen maar het spoor van uw dode vader. Ik begrijp van Orlando dat uw vader u nóg iets heeft nagelaten bij wijze van aanwijzing?'

Voordat ik kon antwoorden was Orlando met een enorme taart met kaarsjes in de deuropening verschenen en hief de voltallige tafel het refrein van 'Happy Birthday' aan. Er werden foto's genomen van Marguerite en Orlando, glimlachend torenend boven Rory's schouders. Ik wierp een steelse blik op de Rioolrat en zag naar ik meende een norse uitdrukking, maar toen ik hem naar Rory zag kijken besefte ik dat het verdriet was.

We aten de zachte chocoladetaart die Orlando in zijn picknickmand had meegenomen en dronken koffie in een zitkamer die mijn afgunst ten opzichte van dit huis alleen maar groter maakte, want aan weerszijden van een brede schouw stonden twee enorme eikenhouten boekenkasten. Na de koffie stond Orlando op.

'Tijd om te vertrekken, Miss Star. We moeten de trein van vijf uur hebben.' Hij liep naar Marguerite en kuste haar op beide wangen. 'Marguerite, het was als altijd een groot genoegen. Zal ik een taxi bellen?'

'Ik breng jullie wel,' klonk een stem vanuit een andere leunstoel.

'Dank je, beste kerel,' zei Orlando tegen zijn broer.

Marguerite hees zich uit haar stoel, en toen ze zich naar me keerde zag ik aan haar ogen hoe uitgeput ze was. 'Star, beloof me dat je ons gauw weer komt opzoeken, en dan maak ik een lunch voor jou klaar, oké?'

'Heel graag,' antwoordde ik naar waarheid. 'Dank je wel voor je ontvangst.'

Rory kwam naast ons staan en spreidde herhaaldelijk opgewonden zijn vingers. Ik begreep dat hij steeds weer mijn naam in gebarentaal zei. 'Kom gauw terug,' vervolgde hij met dat wonderlijke stemmetje, en hij sloeg zijn magere armpjes om mijn middel.

'Tot ziens, Rory,' antwoordde ik. Toen hij me losliet zag ik over zijn hoofd heen dat de Rioolrat naar ons stond te staren.

'En nog bedankt voor die ongelooflijk lekkere taart,' hoorde ik Marguerite tegen Orlando zeggen. 'Het was uiteindelijk wél de moeite waard om die idiote picknickmand hier mee naartoe te slepen.'

Gehoorzaam volgden we de Rioolrat naar buiten, naar een Land Rover die even gehavend en antiek was als de Fiat van zijn nicht.

'Ga jij maar voorin zitten, Miss Star. Je hebt veel meer gespreksstof met Mouse dan ik. Het wordt nogal saai als je alles van iemand weet wat je moet weten,' zei Orlando, en stapte met zijn picknickmand in en ging op de achterbank zitten.

'Hij kent me helemaal niet,' gromde de Rioolrat, toen hij instapte en de motor startte. 'Al denkt hij van wel.'

Ik reageerde niet; ik voelde er niets voor om betrokken te raken bij een conflict tussen de broers. We vertrokken in een loodzware stilte. Ik vond afleiding door naar buiten te kijken, waar een milde zonsondergang de bomen in een gouden herfstlicht zette, dat langzaam in schemerdonker overging. En ik bedacht dat ik niet terug wilde naar Londen.

'Vriendelijk bedankt, Mouse,' zei Orlando toen we uitstapten.

'Heeft u een mobiel nummer?' klonk de stem van de rat vanuit het schemerdonker.

'Ja.'

'Toets het hier maar in,' en hij reikte me zijn mobieltje aan.

Hij zag me een moment aarzelen.

'Voor de derde keer vandaag moet ik me verontschuldigen. Als u me uw nummer geeft, beloof ik contact met u op te nemen over Flora MacNichol.'

'Dank u.' Ik toetste mijn nummer in. Hij vroeg dit natuurlijk uit beleefdheid, ik zou waarschijnlijk nooit meer iets van hem horen. Ik gaf hem zijn mobieltje terug. 'Tot ziens.'

In de trein naar Londen viel Orlando vrijwel onmiddellijk in slaap. Ook ik deed mijn ogen dicht en liet de gebeurtenissen van die dag aan me voorbijtrekken. En ik dacht na over Orlando's bijzondere en interessante familieleden. En over High Weald…

En wát je over de afgelopen dag ook kon zeggen, ik had het huis gevonden waarin ik lang en gelukkig zou kunnen leven.

8

'U heeft nogal indruk gemaakt op mijn buitenissige familie,' zei Orlando toen hij de volgende ochtend met zijn taart voor bij de thee de boekwinkel binnenkwam.

'Maar niet op uw broer.'

'O, let maar niet op Mouse. Hij koestert achterdocht jegens mensen op wie hij geen enkel punt van kritiek kan uiten. Je weet nu eenmaal niet wat er achter iemands reactie schuilt tot je, nou ja, tot je het weet,' was Orlando's cryptische antwoord. 'En wat die vorstelijke lunch van u betreft, ik overweeg om het aluminiumfolie de bons te geven en uw geachte persoontje de catering voor onze bescheiden onderneming te laten verzorgen. Hoewel ik betwijfel of de kookfaciliteiten boven wel aan uw professionele normen voldoen.' Hij keek me peinzend aan. 'Wat voor talenten verbergt u nog meer voor me?'

'Geen enkele.' Ik bloosde, iets wat steevast gebeurde als iemand me een complimentje gaf.

'U bent werkelijk ontzettend talentvol, weet u. Waar heeft u gebarentaal geleerd?'

'Mijn kindermeisje heeft me als kind de beginselen in het Frans bijgebracht. Maar mijn zus en ik hebben vooral onze eigen gebaren ontwikkeld, omdat ik niet graag veel praatte.'

'En dat is nóg een van uw talenten. Wie niets zinnigs te melden heeft moet niets zeggen. Daarom praat ik zo graag met Rory, hij neemt alles om zich heen scherp op. En zijn spraak gaat op dit moment heel snel vooruit.'

'Marguerite zei dat u geweldig voor hem bent geweest.'

Nu was het Orlando's beurt om te blozen. 'Dat is lief van haar. Ik ben erg dol op mijn neefje. Snel en pienter, doet het goed op school, maar het ontbreekt hem jammer genoeg aan een vaderfiguur die voor de nodige sturing kan zorgen. Niet dat ik mezelf waardig genoeg acht voor die rol, maar ik doe mijn best.'

Ik popelde om te vragen wie Rory's vader was en wáár hij was, maar ik wilde niet nieuwsgierig overkomen.

'En nu moet ik aan de slag, hoewel ik zeker weet dat ik iets tegen u wilde zeggen. Geeft niet, het schiet me wel weer te binnen.'

Orlando's aandacht – die zich al veel langer dan gewoonlijk op één onderwerp had gericht – was al weer elders. Dus stak ik de open haard aan, zette de koffie die geen mens zou drinken, pakte de plumeau en stofte de boekenplanken af. Ondertussen dacht ik aan de opmerkingen van de Rioolrat over de belastingen op het winkelpand en de kapitale som die verkoop van het pand zou opleveren. Ik moest er niet aan denken. Zonder Orlando was de winkel een vogelnest dat door zijn vaste bewoner was verlaten. De winkel was zijn natuurlijke habitat, die twee waren onlosmakelijk met elkaar verbonden.

Buiten was het koud en nat, vaste klanten hoefde ik niet te verwachten, dus ik pakte *Orlando* van de plank en nestelde me bij de open haard om het te herlezen. Maar anders dan gewoonlijk kon ik me niet concentreren. Ik dacht steeds weer terug aan de vorige dag, probeerde de familiedynamiek te ontrafelen, maar zag vooral steeds weer High Weald en zijn bedaarde schoonheid voor me.

Van de Rioolrat hoorde ik niets meer; ik had ook niet anders verwacht. Geleidelijk aan legde ik me erbij neer dat ik High Weald niet zou terugzien en ging ik me concentreren op de vraag hoe ik ooit zelf in het bezit van zo'n huis zou kunnen komen.

Naarmate de dagen korter werden en ik elke ochtend op weg naar mijn werk door een pittige vrieskou werd verwelkomd, verschenen onze vaste klanten steeds minder vaak. Dus installeerde ik me op een dag bij de open haard om, aangemoedigd door mijn hernieuwde inspiratie, notities te maken voor de roman die ik wilde schrijven. Met Pa's stimulerende woorden bestreed ik mijn twijfel over mijn capaciteiten en ik was zó verdiept in mijn ideeën dat ik Orlando niet de trap af hoorde komen. Pas toen hij nadrukkelijk zijn keel schraapte keek ik op en zag ik hem boven me uittorenen.

'Sorry, sorry...' zei ik en sloeg mijn notitieboek dicht.

'Geeft niets, Miss Star, ik kom u vragen of u het komend weekend anderszins bezet bent.'

Ik moest inwendig grinniken om de deftige Orlandotaal. 'Nee, ik heb geen plannen.'

'Wel... mag ik u iets voorleggen?'

'Ja.'

'Marguerite heeft een grote opdracht in Frankrijk aangeboden gekregen. Ze moet daar een paar dagen naartoe om de voorwaarden te bespreken en om "de boel te verkennen", zoals sommige mensen het zouden formuleren.'

'Ja, dat vertelde ze me.'

'Ze heeft gevraagd of we het weekend naar High Weald kunnen komen om voor Rory te zorgen als zij weg is. Ze zei dat ze u er graag voor wilde betalen...'

'Ik hoef geen geld,' zei ik, enigszins beledigd omdat ze me kennelijk als personeel beschouwde.

'Nee, uiteraard niet, en vergeef me, want ik had moeten zeggen dat haar eerste opmerking was dat Rory u aardig vindt en dat u tijdens haar afwezigheid voor de moederlijke *touch* die ik ontbeer zou kunnen zorgen.'

'Heel graag,' antwoordde ik, opgemonterd bij de gedachte dat ik weer naar High Weald zou gaan.

'Heus? Goeie hemel, daar ben ik blij om. Ik heb nog nooit in mijn eentje voor een kind hoeven te zorgen. Ik zou niet weten hoe dat moet, tijd voor het bad et cetera. Mag ik ja zeggen tegen Marguerite?'

'Dat mag u.'

'Dat is dan geregeld. We vertrekken morgenavond met de trein van zes uur. Ik zal eersteklaskaartjes en plaatsen reserveren. Forenzen is tegenwoordig zo'n nachtmerrie, vooral op vrijdag. Wel, ik ben al laat met het ophalen van onze heerlijkheden in folie. Maar zodra ik terug ben eten we en daarna brengen we de middag door met het bijspijkeren van uw gebarentaal.' Hij had de deur nauwelijks achter zich dichtgedaan of ik bleef midden in de winkel staan en kneep van pure vreugde in mijn handen. Dit had ik niet durven dromen. Een heel weekend – twee nachten! – in mijn droomomgeving. 'Dank u,' zei ik tegen het plafond. 'Dank u!'

De trein naar Ashford was volgepakt, zelfs in onze eersteklascoupé moesten mensen staan. Gelukkig had Orlando er dit keer van afgezien zijn picknickmand mee te nemen en had hij alleen een gehavende leren aktentas en een canvastas met voorraad bij zich, waaruit hij een half flesje champagne en twee flûtes tevoorschijn haalde.

'Zo vier ik altijd het einde van de week. Op uw gezondheid, Miss Star,' proostte hij toen de trein Charing Cross uit reed. Nadat hij zijn glas had leeggedronken vouwde hij zijn handen over zijn borst en viel in slaap. Mijn mobieltje pingde: een sms'je. Dat was natuurlijk CeCe, die nogal knorrig had gereageerd toen ik zei dat ik het weekend weer met mijn baas naar Kent zou gaan. Maar het was van een onbekend nummer.

Ik hoor dat u met mijn broer naar High Weald komt. Ik hoop dat we een tijdstip kunnen bepalen om elkaar te ontmoeten en over Flora MacNichol te praten. O.

Ik keek peinzend naar dat 'O'; het intrigeerde me dat de voornamen van de broers met dezelfde letter begonnen.

Een uurtje later stonden we op het stationsplein. Orlando stevende op een taxi af, en langs pikdonkere provinciale wegen koersten we naar High Weald.

'Lando! Staah!' Rory stond al klaar om ons te begroeten.

Met zijn neefje als een chimpansee om zijn nek hangend betaalde Orlando de chauffeur. Toen ik me omdraaide zag ik iemand in de deuropening met zijn autosleutels staan rammelen.

'Ik ben ervandoor,' zei Mouse toen Orlando en ik met onze tassen met overnachtingsspullen naar hem toe sjokten. 'Marguerite had eten voor hem achtergelaten, maar bij mij heeft hij nauwelijks wat gegeten. Hij zal beslist blij zijn met jullie komst. Als je iets nodig hebt weet je me te vinden,' zei hij tegen Orlando. En tegen mij: 'U heeft mijn nummer, neem contact op wanneer dat uitkomt. Als het ooit uitkomt.' Met een kort knikje liep hij naar zijn auto, stapte in en reed weg.

'Goeie hemel, dit voelt alsof we een ouderpaar zijn,' fluisterde Orlando tegen me toen hij zowel zijn koffer als Rory naar binnen sjouwde en ik de achterhoede vormde met mijn weekendtas en de tas met eten.

'Houd je van pannenkoeken?' probeerde ik te gebaren. Orlando grinnikte toen Rory me niet-begrijpend aankeek. Dus spelde ik het woord heel nauwkeurig met mijn vingers.

Rory knikte gretig. 'Met chocola en ijs?' spelde hij geduldig, en daarna maakte hij zich los uit Orlando's omhelzing en pakte mij bij de hand.

'Die gaan we zoeken. Ga maar vast uitpakken,' zei ik over Rory's hoofd heen tegen Orlando, wetend dat die zijn spullen graag op orde had.

'Bedankt,' antwoordde hij dankbaar.

Chocoladesaus was er niet, maar ik liet een Marsreep smelten die ik in de voorraadkast had gevonden en belegde daarmee samen met het ijs de pannenkoeken. Rory had ze in een mum van tijd verslonden, terwijl ik hem in een langzaam tempo duidelijk maakte dat hij me met gebarentaal zou moeten helpen omdat ik ver bij hem achterliep. Nadat ik de chocoladevegen van zijn gezicht had geveegd gaapte hij.

'Slaap?' gebaarde ik.

Met duidelijke tegenzin fronste hij zijn wenkbrauwen.

'Zullen we Orlando gaan zoeken? Ik durf te wedden dat hij de beste verhaaltjes voor het slapengaan kan vertellen.'

'Ja.'

'Je zult me wel moeten laten zien waar je kamer is.'

Rory voerde me via de enorme trap een lange gang met een krakende vloer door en bleef aan het eind voor een deur stilstaan. 'Mijn kamer.'

Hij troonde me mee naar binnen, en het eerste wat me opviel tussen de voetbalposters, het felgekleurde Supermandekbed en de gebruikelijke spulletjes waren de schilderijen die lukraak met plakgum tegen de muur waren geplakt.

'Wie heeft die gemaakt?' vroeg ik hem, terwijl hij in bed stapte.
'Ik.' Hij richtte zijn duim op zichzelf.
'Wauw, Rory, die zijn fantastisch!' zei ik, en ik liep de kamer rond om ze beter te bekijken.
Met een kort klopje kwam Orlando binnen.
'Perfecte timing, Rory wil je beste verhaal horen,' zei ik tegen hem.
'Ik zal gaarne aan die wens voldoen. Welk boek?'
Rory wees naar *Het betoverde land achter de kleerkast.* Orlando rolde met zijn ogen.
'Alweer? Wanneer kunnen we nu eens verder met de rest van de serie? Ik heb je al zo vaak verteld dat *Het laatste gevecht* misschien wel mijn meest geliefde boek aller tijden is.'
Om geen indringer in hun bedtijdritueel te zijn wilde ik de kamer uit gaan, maar toen ik langs Rory's bed liep spreidde hij zijn armen uitnodigend. Ik gaf hem een knuffel.
'Russe, Stah.'
'Truste, Rory.' Ik glimlachte en zwaaide naar hem en ging de kamer uit.
Nu Orlando en Rory zich voorlopig prima vermaakten ging ik naar beneden. Ik neusde rond in de schaars verlichte zitkamer en bekeek de foto's op her en der staande bijzettafeltjes. De meeste waren korrelige zwart-witfoto's en toonden mensen in avondkleding, en er was een kleurenfoto van Rory waar ik om moest glimlachen. Hij zat vol trots op een pony, Marguerite stond naast hem.
Ik zette mijn verkenningstocht voort en liep een gang door die uitkwam op wat me een studeerkamer leek. Een antiek partnerbureau was bezaaid met papieren, op de vloer stonden stapels boeken, op de brede armleuning van een versleten leren bank rustten vervaarlijk een asbak en een leeg wijnglas. Aan het verbleekte behang te zien was er al heel lang niets aan deze kamer gedaan. Aan de muren hingen verschillende prenten; boven de open haard hing een portret van een mooie blonde vrouw in edwardiaanse kleding. Ik stapte over een overvolle prullenbak om het van dichtbij te bekijken maar schrok op toen ik voetstappen op de trap hoorde. Snel verliet ik de kamer; Orlando mocht vooral niet weten dat ik liep rond te snuffelen.

'Eén neef veilig en wel onder de dekens. En nu...' Hij toonde me een fles rode wijn en zes eieren. 'Het ene kan ík verzorgen, als u het andere in een omelet voor ons beiden kunt omtoveren.'

'Natuurlijk,' zei ik, en omdat ik al aardig de weg wist in de keuken zaten we na een kwartier al gezellig aan tafel te eten. Net een jarenlang getrouwd stel, dacht ik. Of misschien was 'broer en zus' een betere vergelijking.

'Wel, morgen geven Rory en ik een rondleiding over het landgoed. Gezien uw verklaring dat u een passie koestert voor botanica zult u ongetwijfeld kreten van afschuw slaken bij de aanblik van de toestand van de tuinen. Maar ik vind die wanorde een zekere schoonheid hebben. Overblijfsel uit vervlogen tijden, et cetera,' zuchtte hij. 'En aan de wortel van dat alles – om een passende metafoor te gebruiken – ligt het gebrek aan fondsen.'

'Ik vind het huis volmaakt zoals het is.'

'Dat, mijn beste meid, is omdat u er niet in hoeft te wonen of voor het onderhoud hoeft te betalen. Zo is de Grote Hal van High Weald, ooit het decor voor elegante societyevenementen, jarenlang gesloten geweest vanwege gebrek aan kapitaal om hem te restaureren. En u verandert wellicht van mening na een weekend op een bultig matras van paardenhaar, in een slaapkamer die door het ontbreken van een modern verwarmingssysteem tenenkrommend koud is en geen warm water heeft waarmee u zich kunt wassen. In esthetisch opzicht ben ik het met u eens, maar praktisch gezien is het huis een nachtmerrie om in te wonen. Vooral in de winter.'

'Dat vind ik niet erg. Ik ben gewend aan barre omstandigheden.'

'Dat was in warme landen, en dat is iets totaal anders, kan ik u verzekeren. De waarheid wil dat de Vaughans, zoals zo veel families, na de oorlog aan lagerwal zijn geraakt. Ik vind het vrij ironisch dat Rory op een dag lord zal zijn, terwijl hij niet meer dan een bouwvallig en wegkwijnend landgoed heeft om over te heersen.'

'Een lord? Ik had geen idee. Van wie erft hij die titel dan? Zijn vader?'

'Ja. En valt er uit die kast nog iets op te duiken voor het dessert?'

De volgende ochtend werd ik wakker in een kamer die ik meende ooit in een historisch drama op tv te hebben gezien. Het bed dat ik had beslapen was van koper, en dankzij de krakkemikkige constructie begonnen de vier bedstijlen als kerstklokken te galmen zodra ik me omdraaide. Het matras was net zo bultig als Orlando had voorspeld. Het behang met motiefje liet op sommige plekken los en in de gordijnen voor het raam zaten scheuren. Toen ik wilde opstaan bungelden zelfs míjn lange benen nog zo'n vijf centimeter boven de houten vloer, en toen ik op mijn tenen naar de badkamer liep wierp ik een begerige blik naar het gietijzeren rooster van de open haard en had ik dolgraag een vuur willen aanmaken om de kilte te verjagen.

Ik was die nacht geplaagd door vreemde dromen, iets wat me maar zelden overkwam. Meestal sliep ik ongestoord en kon ik me bij het wakker worden niets herinneren van de nachtelijke intriges die mijn brein had verzonnen. Ik moest denken aan CeCe en haar nachtmerries en diepte mijn mobieltje uit mijn tas op om haar te melden dat ik veilig was gearriveerd. Maar ik bleek geen signaal te hebben.

Ik keek naar buiten. Tere varens van ijs waren tegen de vierkante ruitjes op gekropen, en tussen de ijsbloemen door kondigden stralen ochtendlicht een heldere herfstdag aan. Ik trok zo veel mogelijk lagen van wat ik aan kleren bij me had aan en ging naar beneden.

Toen ik de keuken binnenkwam stond daar een geeuwende Orlando, gekleed in een zijden ochtendjas met paisleymotief, een wollen sjaal om zijn nek gewikkeld, en aan zijn voeten een paar extravagante pauwblauwe sloffen.

'En daar is de kok! Rory en ik hebben wat worstjes en spek uit de koelkast kunnen opduiken, en eieren hebben we uiteraard in overvloed. Wat dacht u van een compleet Engels ontbijt om de dag mee te beginnen?'

'Goed idee,' zei ik. Met z'n drieën gingen we aan de slag. Rory roerde het mengsel voor de wentelteefjes. Hij zei dat hij dat nog nooit had gegeten en sprak duidelijk het woord 'heerlijk' uit nadat hij het had geproefd.

'Zo, jongeheer Rory, vanochtend nemen we Miss Star mee op een rondleiding over het landgoed, althans wat daarvan rest, en laten we hopen dat de zondagse lunch niet uit de lucht op ons hoofd komt vallen,' zei Orlando.

'Wat bedoelt u daarmee?' vroeg ik.

'Het is het jachtseizoen voor fazanten, vrees ik. Mouse neemt morgen een koppel mee, zodat u uw toverkunst op onze lunch kunt toepassen.' Orlando stond op. 'Wellicht kunt u terwijl wij mannen ons aan onze rituele wassing wijden, een lijst opstellen van wat u nodig hebt ter bekroning van het gevogelte, dan zal ik dat door de plaatselijke boerderijwinkel laten bezorgen. Overigens...' Hij bleef bij de keukendeur staan. '... de bomen in de boomgaard geven nog fruit dat anders maar op de grond ligt te verrotten. Misschien zou u dat willen gebruiken in een taart, als het niet te veel moeite is?'

Ik vond ergens een kladje en een viltstift, ging zitten en stelde een lijstje op. Ik had nog nooit fazant bereid en speurde vergeefs de keuken af naar een receptenboek, dus moest ik zelf maar iets verzinnen.

Een half uur later schuifelden we over de beijzelde oprijlaan. Orlando had kennelijk een route gepland die ons eerst naar de verste uithoeken van het terrein bracht en vervolgens naar wat hij 'het juweel in de kroon van High Weald' noemde. 'Althans, dat was het zeventig jaar geleden.'

Rory fietste voor ons uit, en toen hij bij het hek kwam riep Orlando dat hij daar moest stoppen omdat daar een weg langsliep, maar dat deed hij niet.

'Goeie god! Hij kan me niet horen!' riep Orlando, en als een pijl uit de boog rende hij achter Rory aan. Het gaf me een inkijkje in de risico's die Rory tijdens zijn jeugd liep en ik besefte dat hij constant toezicht moest hebben. Met bonzend hart rende ik achter Orlando aan, om te ontdekken dat Rory ondeugend grinnikend vanachter een struik in de berm tevoorschijn kwam.

'Verstopt! Hebbes!'

'Je had me zeker te pakken, kerel,' gebaarde Orlando driftig, terwijl we onze adem en onze gemoedsrust herpakten. 'Je mag nóóit op de weg fietsen. Daar rijden auto's.'

'Weet ik. Heeft Mag gezegd.'

Orlando zette Rory's fiets achter het hek. 'Zo, nu steken we samen de weg over.'

En dat deden we, met tussen ons in Rory, die onze hand vastpakte. Het was me opgevallen dat hij zijn moeder bij de afkorting van haar naam noemde. Een familie van echte bohemiens, dacht ik, terwijl Orlando ons aan de overkant door een opening in de heg loodste. Aan alle kanten strekten zich eindeloze, door heggen begrensde akkers uit, en Rory draaide zijn hoofd alle kanten op om het uitzicht in zich op te nemen. We plukten de late bramen die hij als eerste ontdekte en waarvan de meeste in zijn mond verdwenen.

'Dit is het ruiterpad dat aan het oude landgoed grenst,' zei Orlando toen we verder liepen. 'Rijdt u paard, Miss Star?'

'Nee, ik ben bang voor paarden,' bekende ik, en ik dacht terug aan mijn eerste en enige paardrijles met CeCe, toen ik zelfs te bang was om het paard te bestijgen.

'Ik ben zelf ook niet dol op die viervoeters. Mouse rijdt uitstekend, vanzelfsprekend, zoals hij in alles excelleert. Ik heb soms met hem te doen, weet u. Ik ben van mening dat het hebben van te veel talenten misschien wel even erg is als in het geheel geen talenten hebben, vindt u ook niet? Alles met mate is mijn motto. Anders zou het leven weleens op wraak kunnen broeden.'

In de heggen was het een bedrijvig gefladder van vogeltjes, en na weken van Londense smog was het een genot om de frisse en zuivere buitenlucht in te ademen. De zon zette Rory's haar in een bronzen gloed, net als de bomen, die nog even hun kleurenpracht vasthielden voordat de winter begon.

'Kijk!' riep hij, toen hij in de verte een rode tractor zag. 'Mouse!'

'Zowaar!' zei Orlando, die zijn hand boven zijn ogen hield en zijn ogen samenkneep. 'Rory, je hebt de ogen van een havik.'

'Dag zeggen?' Rory wendde zich naar ons.

'Hij wordt niet graag gestoord bij het tractoren,' zei Orlando, en op dat moment hoorden we in de verte een enorme knal. 'Bovendien is de jacht begonnen. We moesten maar eens teruggaan. Straks vallen de fazanten hard en snel, en die hebben de afschrikwekkende gewoonte om butsen te maken in alles waarop ze neerkomen, al of niet onbezield.' We maakten rechtsomkeert naar het huis en Orlando zette er stevig de pas in.

'Dus uw broer is boer?'

'Gelet op zijn vele andere capaciteiten zou ik hem niet als zodanig omschrijven, maar gezien het permanente personeelstekort als gevolg van de financiële situatie van de familie heeft hij vaak geen andere keus.'

'Is hij eigenaar van dit land?'

'In feite zijn we dat allebei. Het landgoed is in de jaren veertig verdeeld tussen broer en zus. Onze tak – die van onze grootmoeder, Louise Forbes – kreeg het land aan deze kant van de weg, plus *Home Farm*, terwijl onze oudoom, Teddy Vaughan, Marguerites grootvader, het grote huis en de tuinen erfde. En natuurlijk de adelstand. Allemaal erg feodaal, maar dit is Engeland, Miss Star.'

We staken de weg weer over en liepen terug over de oprijlaan van High Weald. Ik vroeg me af welke tak van de familie aan het kortste eind had getrokken toen het landgoed werd verdeeld, maar ik had geen verstand van de prijs van boerenland in vergelijking tot dit huis met zijn omgeving.

'Rory!' Orlando zette het weer op een rennen om zijn neefje in te halen, dat inmiddels op zijn fiets in de richting van het huis racete. 'We gaan Star de tuinen laten zien.'

Rory stak zijn duim in de lucht, sprintte verder en verdween langs een pad aan de zijkant van het huis.

'Lieve hemel, ik zal blij zijn als dit achter de rug is,' zei Orlando. 'Ik leef in permanente angst dat dit kostelijke joch tijdens ons toezicht iets overkomt. Ik ben vreselijk blij dat je er bent, Star. Als jij er niet bij was geweest hadden ze me dit nooit laten doen.'

Die opmerking verbaasde me, maar ik zei niets en volgde hem naar de achterkant van het huis. We kwamen uit op een breed, betegeld terras en ik hield mijn adem in toen ik naar de enorme, ommuurde tuin beneden me keek.

Het was alsof ik in het bos van Doornroosje terecht was gekomen en mijn weg zou moeten banen door de doornstruiken en het torenhoge onkruid rond het kasteel. We liepen de trap af en volgden overwoekerde paden die kronkelden door het doolhof van wat ooit een indrukwekkend heesterperk was, en waarlangs ik de houten skeletten ontwaarde van pergola's die ooit schitterende klimrozen tot steun waren geweest. De talloze borders en bloemperken hadden hun oorspronkelijke patroon behouden maar hadden de planten en heesters niet kunnen belemmeren hun grenzen te overschrijden, zodat hun droge, bruine en afgestorven resten de paden bedekten.

Ik bleef staan bij een oeroude en majestueuze taxusboom die de tuin domineerde en keek omhoog. Zijn vastberaden wortels waren door de stenen van de omliggende paden heen gebroken. Het geheel had een wilde maar ook desolaat romantische uitstraling. Ik bedacht dat er een kleine kans bestond dat deze soorten, die – tegen de verwachting in – in het wild hadden kunnen overleven, konden worden gered.

Ik sloot mijn ogen en riep een beeld op van een tuin met overvloedig bloeiende rozen, magnolia's en camelia's; een tuin waarin de strakke lijnen van gesnoeide buxusheggen ruimte lieten aan de kobaltblauwe Amerikaanse sering; een tuin waarin alle hoeken en gaten waren gevuld met verrukkelijk en overvloedig léven...

'Je kunt nog zien hoe glorieus het ooit moet zijn geweest,' zei Orlando, alsof hij mijn gedachten kon lezen.

'Nou en of ik dat kan zien,' zei ik zachtjes. Rory vond al slingerend zijn weg tussen de overwoekerde paden en manoeuvreerde zijn fiets bedreven om de overhangende planten heen, alsof hij een vaardigheidstest moest afleggen.

'Ik moet u beslist de kassen laten zien waar mijn overgrootvader stekjes van planten van over de hele wereld heeft gekweekt en verzorgd,' zei Orlando. 'En denkt u dat u hier iets bij elkaar zou kunnen scharrelen voor de lunch? En voor vanavond heb ik een biefstuk van de haas besteld. Het rundvlees van de plaatselijke boerderijwinkel is beslist het beste dat ik ooit heb gegeten.' Hij gaapte uitgebreid. 'Goeie genade, die wandeling heeft me uitgeput. Goddank woon ik in de stad. Er valt op het platteland weinig anders te doen dan wandelen, nietwaar? En als je het niet doet, voel je je schuldig.'

Na de lunch stond Orlando op van tafel. 'Ik hoop dat u me wilt excuseren als ik even een dutje doe. Jullie tweeën redden het vast wel tijdens mijn afwezigheid.'

'Jij kookt lekker, Star,' gebaarde Rory toen zijn oom de keuken verliet.

'Dank je. Help je met afwassen?' Ik wees naar de volle gootsteen.

Rory trok een pruilmondje.

'Als jij mij helpt laat ik jou zien hoe je chocoladebrownies maakt. Die zijn heerlijk.'

We gingen aan het werk en net toen ik Rory toestemming had gegeven om de beslagkom uit te likken ging de achterdeur open en hoorde ik het gestamp van zware laarzen. Ik dacht dat het de bezorger van de boerderijwinkel was, maar toen ik me omdraaide zag ik de Rioolrat door de keukendeur binnenkomen. Rory en ik staarden hem verbaasd aan.

'Hallo.'

'Hallo,' zei ik.

'Rory.' Hij knikte naar de jongen, die even zwaaide maar zijn aandacht bij de restjes chocolademengsel had. 'Het ruikt lekker hier.'

'We maken brownies.'

'Dan zal Rory in hoger sferen verkeren.'

'Wilt u iets hebben? Een kop thee?' prevelde ik, ik werd zenuwachtig van zijn aanwezigheid.

'Alleen als u ook een kop neemt.'

'Dat doe ik,' en ik zette snel de waterketel aan. 'Rory,' zei ik en ik draaide me naar hem om, 'we gaan jou eens even schoonmaken,' en ik pakte een doekje om zijn chocoladesnoet schoon te vegen. De Rioolrat stond er roerloos bij en bekeek ons met zijn strakke blik.

'Star, mag ik *Superman* kijken?'

'Mag hij een film zien?' vroeg ik de Rioolrat.

'Waarom niet? Ik loop wel mee om hem voor je aan te zetten, Rory.'

Toen de Rioolrat terugkwam stond de thee op tafel in een grote aardewerken pot te trekken.

'Verdomde koud in die zitkamer. Ik heb een vuur aangemaakt. Bedankt voor de thee,' zei hij, en hij ging zitten, met zijn Barbourjack nog aan. 'Ik neem aan dat Orlando zijn middagdutje doet. Een echt gewoontedier, die broer van me.'

Ik zag heel even een sympathieke glimlach over zijn gezicht trekken, maar die was verdwenen voordat hij zich goed en wel had kunnen ontwikkelen.

'Ja.'

'Ik kom eigenlijk voor u, niet voor Orlando,' ging hij verder. 'Allereerst om u te bedanken dat u hier dit weekend bent. Dat bespaarde me de rol van babysitter terwijl ik een jachtpartij op mijn land had.'

'Orlando had zich zonder mij ook vast wel gered.'

'Dat zou Marguerite nooit hebben toegestaan.'

'Waarom niet?'

'Heeft hij u dat niet verteld? Orlando is niet alleen astmatisch maar ook zwaar epileptisch. Al sinds hij een tiener was. Het is nu min of meer onder controle, maar Marguerite was bang dat hij een aanval zou krijgen, omdat Rory zich telefonisch niet verstaanbaar kan maken. Hij leert natuurlijk wel sms'en, maar aangezien er hier nul komma nul signaal is schiet je daar niet veel mee op.'

'Dat wist ik niet.' Ik stond op en liep naar het fornuis om de brownies te controleren en vooral niet te laten merken dat ik nogal was geschrokken.

'Dat is dan heel goed nieuws, want het betekent dat Orlando een brave jongen is en netjes zijn medicijnen slikt. Nu u in zijn nabijheid werkt vind ik het belangrijk dat u dit weet, voor het geval dat. Orlando schaamt zich ervoor. Waar het om gaat is dat hij kan overlijden als hij na een aanval niet direct medische hulp krijgt. We zijn hem als jongen een paar keer bijna kwijtgeraakt. En verder...'

Hij stopte en ik hield gespannen mijn adem in.

'... wil ik me verontschuldigen voor het feit dat ik u niet bepaald beleefd heb behandeld toen u hier onlangs was. Ik heb heel wat aan mijn hoofd op dit moment.'

'Het is oké.'

'Nee, dat is niet oké. Maar u zult inmiddels wel hebben gemerkt dat ik niet zo'n aardig persoon ben.'

Van alle soorten excuses die ik in de loop van mijn leven had gehoord, egocentrisch, vol zelfbeklag of gewoonweg egoïstisch, spande dit de kroon. Ik voelde een woede oplaaien, alsof ik vanbinnen gloeide door de hitte van het fornuis.

'Hoe dan ook, ik heb dit voor u meegenomen. Het is mijn verkorte transcriptie van de dagboeken van Flora MacNichol, die ze tussen haar tiende en twintigste heeft geschreven.'

Het kostte me moeite iets terug te zeggen. 'Oké, bedankt,' zei ik tegen de brownies.

'Goed, nou, dan laat ik u nu met rust.' Zijn voetstappen gingen in de richting van de deur en daar bleef het even stil. 'Nog één vraag...'

'Ja?'

'Heeft u dat dierenbeeldje bij u? Ik zou het graag willen zien.'

Kinderachtig, ik wist het, maar ik was zo woedend door zijn onbeschofte gedrag dat mijn irritatie de overhand had gekregen. 'Ik... ik weet het niet. Ik zal straks even kijken,' antwoordde ik.

'Oké. Ik ben morgen terug. De lunch voor zondag ligt trouwens in de hal. Tot ziens.'

Nadat ik weer enigszins tot mezelf was gekomen en achter elkaar twee glazen water had gedronken om mijn woede op de ongewenste bezoeker te koelen liet ik het stapeltje papieren op tafel voor wat het was en liep naar de hal. Daar lag een koppel fazanten naast een doos met allerlei vruchten en groenten.

Ik moet tot mijn schande bekennen dat ik mijn woede op de grootste fazant afreageerde. Ik plukte driftig zijn veren, haalde hem leeg en hakte zijn kop, poten en vleugels eraf. Toen dat gebeurd was liet ik me uitgeput op een stoel zakken en vroeg me af hoe het mogelijk was dat iemand die me absoluut niets deed me zo intens woedend en gefrustreerd had gekregen.

Ik voelde even aan het manuscript dat voor me lag, en alleen al het feit dat zijn handen de bladzijden hadden aangeraakt deed me huiveren. Maar hier lag het. Hier lag misschien het spoor naar het verleden waarnaar ik op zoek was. En wát ik ook dacht van de opsteller, dat wat me naar High Weald had gevoerd was van een veel hogere orde.

Ik vond een bord, legde er drie brownies op en klemde het manuscript onder mijn andere arm. Daarna ging ik op zoek naar Rory, die gekluisterd aan de buis zat te kijken naar een Christopher Reeve die zichzelf lanceerde.

Ik tikte op zijn schouder en wees naar het bord met brownies.

'Dank je!'

Hij begon aan de brownies en ging vervolgens weer volledig op in de film. Rory zou zich voorlopig wel vermaken, dus ik stookte het vuur nog wat op en installeerde me in de diepe leunstoel naast de haard. Ik legde het manuscript op mijn knie en begon te lezen.

FLORA

ESTHWAITE HALL, LAKE DISTRICT

APRIL 1909

9

Flora Rose MacNichol rende zo hard als ze kon over het gras. De zoom van haar jurk zoog als een nieuw vloeiblad de vroege ochtenddauw op. Het meer glinsterde in het zachte ochtendlicht, dat de door late vorst berijpte varens liet schitteren.

Ik kom nog wel op tijd, zei ze tegen zichzelf toen ze het meer naderde en naar rechts zwenkte. Haar eindeloos geduldige laarsjes met zwarte knoopjes dansten lichtvoetig over de vertrouwde glooiende heuvels van Lakeland, met zijn harde grond die hardnekkig weigerde zich als verend gazon voor te doen en zich niets aantrok van de noeste arbeid van de tuinman.

Ze was net op tijd bij de reuzenkei aan de waterkant. Geen mens wist hoe die kei daar terecht was gekomen, laat staan waaróm. Een eenzame wees, gescheiden van zijn talloze broers en zussen die de valleien en met stenen bezaaide hellingen bevolkten. Hij had trouwens meer weg van een enorme appel waaruit iemand een hap had genomen, en vormde al voor generaties achterwerken van MacNichols een handige zitplaats bij het aanschouwen van het spektakel van de zon die aan de overkant van het meer achter de bergen opkwam.

Net toen ze wilde gaan zitten lichtten de eerste zonnestralen de fletsblauwe hemel op. Een leeuwerik vloog volmaakt synchroon met zijn spiegelbeeld in het meer onder hem – zijn zilveren silhouet. Flora zuchtte van genot en snoof de lucht op. De lente was gearriveerd, eindelijk.

Nog geërgerd omdat ze in de haast vergeten was haar schetsboek en doos met waterverf mee te nemen om het moment te vangen, zag ze hoe de zon zich uit de boeien van de horizon bevrijdde, zijn licht over de besneeuwde bergtoppen verspreidde en het dal in de diepte in een zachtgouden glans zette. Ze stond op, realiseerde zich dat ze ook nog eens haar sjaal vergeten was en stond in de bitterkoude ochtendlucht te klappertanden. Ze voelde speldenprikjes in haar tere huid, alsof er vanuit een hemelse boog pijltjes werden afgeschoten. Ze keek omhoog en zag dat het was gaan sneeuwen.

'Lente, zeg dat wel,' zei ze grinnikend. Ze draaide zich om en liep de heuvel op, terug naar de Hall. Ze moest wel eerst die natte rok en doorweekte laarsjes verwisselen, wilde ze een beetje presentabel aan de ontbijttafel verschijnen. Nog nooit had de winter zó lang geleken, en ze hoopte dat die eeuwige gure wind, die de sneeuw vanuit een grimmige hoek liet stuiven, binnenkort niet meer dan een vage herinnering zou zijn. En zoals mensen, dieren en natuur uit hun winterslaap ontwaakten, zo zou haar universum tot leven komen en zich vullen met de vitaliteit en de kleuren waarnaar ze zo verlangde.

Tijdens die eindeloze maanden met hun korte, donkere dagen had ze zich overdag bij een raam van haar slaapkamer geïnstalleerd om het beetje licht dat binnenviel te vangen. Ze gebruikte houtskool om het uitzicht vast te leggen, want als ze verf gebruikte zou dat resulteren in een schilderij met louter grijstinten. En dat zou een saai aftreksel van het origineel opleveren, net als de fotosessie van haar en haar jongere zusje, Aurelia, die ze van hun moeder hadden moeten ondergaan.

Haar mooie, goudblonde zusje, met haar grote blauwe ogen, omlijst door gitzwarte wimpers, en dat alles in een volmaakt gezicht, deed Flora altijd denken aan de porseleinen pop die ze ooit voor kerst had gekregen.

'Perziken met slagroom naast gortepap,' mompelde ze, en ze was eigenlijk wel in haar schik met die vergelijking van hun zo totaal verschillende uiterlijk. Ze dacht terug aan de ochtend van de fotosessie, toen de zusjes zich in Flora's slaapkamer in hun mooiste kleren hadden gestoken. Toen Flora in de spiegel met zijn vergulde lijst naar hun spiegelbeeld keek viel het haar op dat alles aan Aurelia zacht en rond was, terwijl haar eigen gezicht en lichaam daarbij scherp en hoekig afstak. Haar zusje was van top tot teen vrouwelijk, van haar delicate vingers tot haar kleine voetjes, en straalde een en al zachtheid uit. Flora kon pap met room eten zo veel als ze wilde, het zag ernaar uit dat ze nooit over de verrukkelijke rondingen van Aurelia en haar moeder zou beschikken. Toen ze daar eens iets over zei tegen Aurelia had die met een vinger in haar zij gepord. 'Lieve Flora, hoe vaak moet ik je nou nog vertellen dat je mooi bent?'

'Ik zie mezelf heus wel in de spiegel. Het enige pluspunt zijn mijn ogen, en dat is echt niet genoeg om hoofden te doen omdraaien.'

'Het zijn net stralende hemelsblauwe bakens aan de nachtelijke hemel,' had Aurelia gezegd en haar zus hartelijk omhelsd.

Heel lief van Aurelia, maar het veranderde niets aan Flora's gevoel dat ze er niet bij hoorde. Haar vader had het roodblonde haar en de bleke huid van zijn Schotse voorvaderen, haar zusje de koele blonde schoonheid van haar moeder. En daar was Flora, met wat haar vader nogal wreed een Germaanse neus noemde, een vaalbleke huid en dik, donker haar, dat halsstarrig weigerde zich in een keurig knotje te laten persen.

Ze bleef even staan toen ze ver weg, in de eikenbomen aan de westkant van het meer, de zwakke roep van een koekoek hoorde, en stond zichzelf een wrang glimlachje toe. Een koekoek in het nest. Dat ben ik.

Ze stapte met lichte tred over de kluiten ruig gras en naderde de versleten stenen trap naar het terras. De zware platen, die wel wat op grafstenen leken, waren bedekt met het mos en de bladeren van een hele winter. Boven haar torende het huis, met zijn talloze ramen die glinsterden in het ochtendlicht. Andrew MacNichol, haar betovergrootvader, had Esthwaite Hall honderdvijftig jaar geleden laten bouwen, niet om iets moois te creëren maar om zijn bewoners te beschermen tegen de wrede winters van Lakeland. Vandaar de stoere muren van ruwe schalierots, uitgehakt uit de bergen in de omgeving. Esthwaite Hall was een streng, donkergrijs gebouw, waarvan de daken laag en afwerend afliepen, met scherpe en defensieve randen. Solide en onwrikbaar in het woeste landschap torende het dreigend boven Esthwaite Water uit.

Ze liep dicht langs de muur om het huis heen en ging door de achterdeur de keuken binnen, waar de besteljongen de levensmiddelen voor die week al had neergelegd en Mrs. Hillbeck, de kokkin, en Tilly, het keukenmeisje, met het ontbijt bezig waren.

‘Morgen, Miss Flora, die laarzen van u zijn zeker weer door- en doornat?’ zei Mrs. Hillbeck, terwijl ze Flora bekeek toen ze haar laarzen losmaakte.

‘Ja, zou je ze boven het fornuis te drogen kunnen leggen?’

‘Als u het niet erg vindt dat ze naar uw vaders ontbijtharing gaan stinken,’ antwoordde de kokkin, terwijl ze dikke stukken bloedworst boven een braadpan sneed.

‘Dank je,’ zei Flora, en reikte haar de laarzen aan. ‘Ik kom ze straks wel ophalen.’

‘Als ik u was zou ik uw moeder om een nieuw paar vragen, Miss Flora. Deze hebben betere dagen gekend, de zolen zijn totaal doorgesleten,’ zei ze met een afkeurend geluid, terwijl ze de laarzen bij de veters aanpakte en te drogen hing.

Flora ging de keuken uit en bedacht dat het inderdaad geweldig zou zijn om een paar nieuwe laarzen te hebben, maar ze wist dat ze dat niet kon vragen. Toen ze door de donkere gang liep deed de scherpe geur van schimmel een aanslag op haar neusgaten. Maar zoals er geen geld voor nieuwe laarzen was, zo was er evenmin geld om het vocht te weren dat door de dikke stenen muren was gaan sijpelen en het honderd jaar oude behang in Chinese stijl had geruïneerd dat met zijn uitbundige leger bloemen en vlinders mama’s slaapkamer sierde.

De MacNichols waren ‘verarmde adel’, een term die Flora ooit de ene klant tegen de andere klant had horen fluisteren toen ze in de dorpswinkel van Near Sawrey op haar beurt stond te wachten. Ze was dan ook niet verbaasd toen haar moeder, Rose, vorig jaar had gezegd dat er simpelweg geen geld was voor een Londens debuut en een presentatie aan het hof.

‘Dat begrijp je toch wel, Flora, lieve?’

‘Natuurlijk begrijp ik dat, mama.’

Flora was heimelijk maar al te blij dat de hele rompslomp van een Seizoen lang als een pop te worden opgedirkt, opgedoft en geurtjes opgespoten te krijgen haar bespaard bleef. Ze huiverde bij de gedachte te worden omringd door domme, giechelende meisjes, die niet doorhadden dat het hele gebeuren niets anders is dan een veemarkt, waar het mooiste kalf naar de hoogste mannelijke bieder ging. Vertaald naar menselijke termen kwam dat neer op het strikken van de zoon van een hertog die bij de dood van zijn vader een groot landgoed zou erven.

Bovendien gruwde Flora van Londen. Bij de zeldzame gelegenheden dat ze met haar moeder op bezoek ging bij haar tante Charlotte, in het deftige huis in Mayfair, voelde ze zich overweldigd door de overvolle straten en het continue geklikklak van de paardenhoeven, dat zich mengde met het geraas van automobielen, het vervoermiddel dat zelfs in haar geliefde Lake District steeds populairder werd.

Tegelijkertijd was Flora zich ervan bewust dat haar kansen op het vinden van een geschikte echtgenoot van een passende rang en stand sterk waren afgenomen nu ze niet samen met andere jonge vrouwen was gepresenteerd.

'Misschien sterf ik wel als oude vrijster,' fluisterde ze tegen zichzelf, terwijl ze de brede mahoniehouten trap opliep en zich langs de overloop naar haar slaapkamer haastte voordat mama haar doorweekte rok in het oog zou krijgen. 'En dat kan me niks schelen,' zei ze uitdagend toen ze de kamer binnenkwam en talloze paren oogjes vanuit hun kooien naar haar gluurden.

'Want ik heb jullie toch?' zei ze, en haar stem werd milder toen ze naar de eerste kooi toe liep en het deurtje van de grendel deed, zodat Posy, een groot, grijs konijn, in haar armen kon springen. Ze had Posy, het langstlevende dier uit haar menagerie, uit de bek van een van haar vaders jachthonden gered. Ze wiegde Posy op haar knie en streelde de lange, zijdeachtige oren. Aan Posy's linkeroor ontbrak het puntje, waar ze haar aan de kaken van de hond had ontrukt. Ze liet Posy door de kamer huppen en groette ondertussen haar andere kamergenoten, waaronder twee hazelmuizen, een pad genaamd Horace, die in een geïmproviseerd terrarium leefde, en Albert, een gladde, witte rat, geërfd van de zoon van de stalknecht en genoemd naar wijlen de echtgenoot van koningin Victoria. Ze had er haar moeder de stuipen mee op het lijf gejaagd.

'Werkelijk, Flora, ik gun je je passie voor dieren, maar waar moet dat heen als je willens en wetens je slaapkamer met ongedierte deelt!'

Rose had Alistair, haar man, niet ingelicht over Albert, maar een duidelijke grens getrokken toen Flora met een ringslang thuiskwam die ze in het bos had gevonden. Haar gegil galmde door de salon, en Sarah, de enige overgebleven dienstbode voor de bovenverdieping, moest naar boven rennen om vlugzout te halen.

'U laat ons allemaal vreselijk schrikken met dat beest!' ging Sarah tegen Flora tekeer in haar Lakelandse en vanwege de spanning extra vette tongval. De ringslang werd weer netjes teruggebracht naar zijn natuurlijke leefomgeving.

Flora kleedde zich uit op haar pofbroek na en voerde haar dieren hun ontbijt, elk beestje het zijne. Ze vulde kommetjes met hazelnoten en zonnebloempitten, gemengd met hooi en koolbladeren. Ze gaf Horace een handjevol van de meelwormen die haar vader bij het vissen gebruikte. Daarna trok ze haastig een blauwe, gebloemde rok en een schone popeline bloes met knoopjes tot aan de hals aan en inspecteerde zichzelf in de spiegel. De stof was, net als de rest van de dagelijkse garderobe van Flora en haar zus, enigszins verschoten, en de stijl niet bepaald haute couture, maar hun moeder eiste dat de kleren van de zusjes in elk geval goed van snit waren.

Flora trok de hals van haar bloes recht en bestudeerde haar gezicht. 'Ik ben een beetje als Sybil,' mompelde ze. Die lieve Sybil was de wandelende tak die al bijna een jaar in haar terrarium huisde en op enig moment tot grote vreugde van Flora was bevallen. De jonkies waren zo goed weggevallen tegen hun achtergrond dat ze al bijna volwassen waren toen Flora hun bestaan had opgemerkt.

Spookwezens… net als zij. Ze konden zich goed onzichtbaar maken.

Ze duwde een losse lok terug in de vlecht in haar nek, zette Posy terug in haar hok en ging naar beneden om met de rest van het gezin te ontbijten.

Toen ze de schemerige eetkamer binnenkwam, zaten haar ouders en zusje al aan de versleten mahoniehouten tafel. Vanachter *The Times* klonk een afkeurend kuchje.

'Goedemorgen, Flora. Fijn dat je je uiteindelijk bij ons hebt gevoegd.' Onmiddellijk viel haar moeders blik op Flora's kousenvoeten. Eén wenkbrauw werd hoog opgetrokken, maar commentaar bleef uit. 'Goed geslapen, lieve?'

'Ja, dank u, mama,' antwoordde Flora, terwijl Sarah met een opgewekte glimlach een bord pap voor haar neerzette. Sarah zorgde al vanaf hun geboorte voor de zusjes en wist dat Flora's maag al omdraaide bij de geur van gebakken vlees. Na jarenlang pertinent te hebben geweigerd om ook maar één hap te nemen van het standaardontbijt van gerookte haring, bloedworst en worstjes, had ze eindelijk toestemming gekregen om uitsluitend pap te eten. Flora zwoer dat als ze ooit haar eigen huishouden moest voeren er geen enkel dood dier op tafel kwam.

'Aurelia, lieve, je ziet bleek.' Rose keek haar dochter bezorgd aan. 'Voel je je wel goed?'

'Ik voel me goed, dank u,' antwoordde Aurelia, waarna ze een worstje aan haar vork prikte, dat naar haar mond bracht en met een sierlijk gebaar een hapje nam.

'Je moet de komende weken zo veel mogelijk rusten. Het Seizoen kan erg vermoeiend zijn, en je bent nog maar net hersteld van die nare winterse verkoudheid.'

'Ja, mama,' antwoordde Aurelia, die als gewoonlijk haar moeders betutteling rustig over zich heen liet komen.

'Ik vind dat Aurelia er stralend uitziet,' verklaarde Flora, en haar zusje glimlachte haar dankbaar toe.

Aurelia was als kind ziekelijk geweest en werd door zowel haar ouders als het voltallige personeel nog altijd behandeld als het popje waarop ze leek. En nu mocht ze al helemaal niet ziek worden.

Een maand geleden had hun moeder aangekondigd dat Aurelia haar Londense debuut zou maken en aan het hof zou worden voorgesteld aan de koning en koningin. Men hoopte dat een man met een passend vermogen en uit een even goede familie als zijzelf het oog op haar zou laten vallen. En vooral dat hij haar lieflijke karakter en schoonheid als voldoende compensatie beschouwde voor het uiterst bescheiden familievermogen.

Flora had er geen behoefte aan om te worden gepresenteerd, maar voelde zich wel achtergesteld doordat tante Charlotte, haar moeders zuster, die de kosten van Aurelia's debuut voor haar rekening nam, niet had overwogen om dat ook voor haar oudste nichtje te doen.

Het ontbijt voltrok zich als gewoonlijk in vrijwel volledige stilte. Alistair hield niet van loos gebabbel aan tafel, hij zei dat het hem uit zijn concentratie haalde als hij de gebeurtenissen in de wereld tot zich nam. Flora wierp hem een steelse blik toe. Het enige wat ze zag was zijn kale kruin die als een halvemaan boven zijn krant uitrees, en een paar plukjes grijzend rood haar net boven zijn oren. Wat is hij oud geworden sinds de Boerenoorlog, dacht ze verdrietig. Alistair had een schotwond opgelopen, en hoewel de chirurgen zijn rechterbeen hadden kunnen redden liep hij mank en had hij bij het lopen een stok nodig. Maar het ergste was nog dat de voormalig cavalerieofficier, die zijn leven op de rug van een paard had doorgebracht, zo veel pijn leed dat hij niet meer kon meedoen aan de plaatselijke jachtpartijen.

Hoewel ze al negentien jaar met haar vader onder één dak woonde, kon Flora zich maar een paar gesprekken herinneren die verder gingen dan het uitwisselen van beleefdheden. Alistair gebruikte zijn vrouw als boodschapper om zijn wensen betreffende zijn dochter kenbaar te maken of zijn ongenoegen te uiten. Ze vroeg zich voor de zoveelste keer af waarom haar moeder met hem was getrouwd. Ze had met haar schoonheid, intelligentie en goede familienaam – ze kon vóór haar huwelijk aanspraak maken op de titel *honourable* – toch zeker kunnen kiezen uit een hele rij aanbidders? Flora kon alleen maar concluderen dat haar vader verborgen eigenschappen moest bezitten die ze zelf helaas nog niet had kunnen ontdekken.

Alistair vouwde zijn krant uiterst precies op, het sein dat het ontbijt ten einde was. Met een licht hoofdknikje gaf Rose haar dochters toestemming om op te staan van tafel. Ze schoven hun stoel achteruit en kwamen overeind.

'Denken jullie eraan dat de Vaughans morgenmiddag op de thee komen, dus dat wordt vanavond voor jullie allebei een bad. Sarah, kun je ze vóór het diner laten vollopen?'

'Jawel, mevrouw,' zei Sarah met een reverence.

'En Aurelia, jij trekt je roze mousselinen jurk aan.'

'Dat is goed, mama,' zei Aurelia, terwijl de twee meisjes de eetkamer uit liepen.

'De dochter van de Vaughans, Elizabeth, debuteert tegelijk met mij,' zei Aurelia toen ze door de hal liepen. Haar voetstappen echoden in de stille hal, terwijl Flora met haar kousenvoeten behoedzaam over de ijskoude granieten tegels trippelde. 'Volgens mama zijn we toen we klein waren weleens bij ze op bezoek geweest, maar ik kan me dat met geen mogelijkheid herinneren. Jij wel?'

'Ik helaas wel,' zei Flora, terwijl ze de trap opgingen. 'Hun zoon Archie heeft me toen in hun boomgaard met appels bekogeld, hij zal toen zes zijn geweest en ik was vier. Ik zat onder de blauwe plekken. Ik heb nog nooit zo'n vervelend joch meegemaakt.'

'Misschien heeft hij zijn leven gebeterd,' grinnikte Aurelia. 'Jij bent negentien, dus hij is nu eenentwintig.'

'We zullen zien, maar als hij besluit om me nog eens met wilde appels te bekogelen, zal ik dat voorrecht met stenen beantwoorden.'

Aurelia giechelde. 'Alsjeblieft niet. *Lady* Vaughan is mama's oudste vriendin en je weet dat mama dol op haar is. Nou ja, dan ken ik alvast iemand voordat ik naar Londen ga. Ik hoop dat Elizabeth me aardig vindt, want die meisjes uit het zuiden zijn natuurlijk veel beschaafder dan ik, naast hen voel ik me vast een boerenmeisje.'

'Als jij in al die mooie kleren van je gestoken bent, weet ik zeker dat ze je geen boerenmeisje vinden.' Flora ging haar slaapkamer binnen, gevolgd door Aurelia. 'Jij wordt de meest betoverende debutante van het Seizoen, Aurelia, zeker weten, maar benijden doe ik je niet,' vervolgde Flora, terwijl ze de kamer doorliep om Posy's kooi te openen en het dier vrij te laten rondlopen.

'Weet je zeker dat je niet jaloers bent, Flora?' Aurelia streek neer op het voeteneind van Flora's bed. 'Dat zeg je steeds, maar ik heb me weleens zorgen gemaakt of dat echt zo was. Het is tenslotte niet eerlijk dat ik mag debuteren en jij niet.'

'Wat zouden mijn beesten zonder me moeten?'

'Dat is zo, maar ik zou het gezicht van je aanstaande weleens willen zien als je tegen hem zegt dat je menagerie mee de slaapkamer in moet!' Aurelia pakte Posy op en sloot haar in haar armen.

'Als hij zich misdraagt, laat ik Albert de rat op hem los.'

'Mag ik hem dan in noodgevallen van jou lenen?'

'Met alle genoegen,' zei Flora en ze trok haar gezicht in een grimas. 'Aurelia, jij en ik weten dat de bedoeling van het Seizoen simpelweg is dat je een echtgenoot vindt. Wil je graag trouwen?'

'Heel eerlijk gezegd ben ik van dat trouwen niet zo zeker, maar ik zou wel graag verliefd worden. Dat wil elk meisje toch?'

'Weet je dat ik zo langzamerhand begin te denken dat een oudevrijstersbestaan me prima zou bevallen. Dan trek ik in een cottage op het platteland, omringd door mijn dieren, die onvoorwaardelijk van me houden. Dat lijkt me heel wat veiliger dan van een man houden.'

'Maar wel vrij saai, denk je niet?'

'Misschien, maar volgens mij bén ik ook vrij saai.' Flora pakte de muizen, Maisie en Ethel, op in een handpalm. De diertjes krulden zich tevreden op en wikkelden hun borstelige staartjes om hun kopje, terwijl Flora met haar andere hand hun kooi schoonveegde.

'Goeie genade, Flora, wanneer hou je nu eens op met jezelf zo te kleineren? Je was een van de beste leerlingen van de klas, je spreekt vloeiend Frans en je kunt fantastisch tekenen en schilderen. Daarbij vergeleken ben ik een compleet uilskuiken.'

'En wie is hier zichzelf nu aan het kleineren?' plaagde Flora. 'Bovendien weten we allebei dat mooi zijn bij een vrouw veel hoger scoort. Het zijn de knappe, gezellige meisjes die snel aan de man raken, niet zo'n lelijk oud skelet als ik.'

'Nou, ik zal je in elk geval vreselijk missen als ik ook echt ga trouwen. Misschien kun je dan meeverhuizen naar mijn nieuwe huis, want ik zou echt niet weten wat ik zonder jou zou moeten beginnen. Maar nu moet ik naar beneden.' Aurelia liet Posy op de grond springen. 'Mama wil me spreken over de plannen voor Londen.'

Toen Aurelia vertrokken was stelde Flora zich voor hoe het zou zijn om bij haar zus in huis rond te lopen als de ongetrouwde tante die ze zo vaak in romans tegenkwam. Ze liet zich van haar bed glijden, liep naar haar bureau, opende de onderste la en haalde haar dagboek met zijden omslag tevoorschijn. Ze rolde haar mouwen op om geen inktvlekken op haar kanten manchetten te krijgen en begon te schrijven.

10

De volgende ochtend spande Flora haar pony, Myla, voor haar wagentje en reed naar Hawkshead om de doos met afgedankte koolbladeren en oude wortels op te halen die Mr. Bolton, de vriendelijke groenteboer, voor haar had bewaard. Ze mocht van haar ouders niet zelf mennen, want het werd als ongepast beschouwd dat de oudste dochter van Esthwaite Hall in iets anders dan een rijtuig werd gezien, maar Flora was onverzettelijk.

'Sinds papa en u de koetsier hebben laten gaan kan alleen Stanley me nog rijden, mama, en ik vind het vreselijk oneerlijk om hem te vragen nu hij het al zo druk heeft in de stallen.'

Daar had haar moeder niets tegen kunnen inbrengen, dus was ze uiteindelijk gezwicht. Ze vroeg Flora zelfs steeds vaker om boodschappen mee te nemen als ze toch in het dorp was.

Arme mama, dacht Flora met een zucht, toen ze zich voorstelde hoe moeilijk het bestaan op het hellende vlak naar armoede moest zijn. Ze herinnerde zich nog levendig de bezoekjes aan het ouderlijk huis van haar moeder, dat op haar als verbaasde vierjarige de indruk van een heus paleis maakte. Wanneer de dochter des huizes met haar gezin binnenkwam werd ze opgewacht door een legertje lakeien en dienstboden en een butler wiens gezicht uit marmer leek te zijn gesneden. Flora en Aurelia werden steevast door haar moeders vroegere kindermeisje naar de speelkamer afgevoerd. Haar grootouders had Flora nog nooit gezien. Hoewel, nu ze erover nadacht schoot haar te binnen dat de drie jaar oude Aurelia ooit even uit de kinderkamer was gehaald om aan hen te worden voorgesteld.

Toen ze klaar was gaf Flora de jongen die op haar pony had gepast een penny en klom ze op het houten bankje, met naast zich een krat groente en een zakje perendrups, haar lievelingssnoepje.

Het was helder weer, en toen ze met haar ponywagentje Hawkshead uit reed besloot ze de langere route rond Esthwaite Water te nemen, door Near Sawrey, zodat ze de wilde krokussen en narcissen kon zien die op springen stonden. Zelfs de lucht om haar heen voelde lichter aan, en het beetje sneeuw van die ochtend had nauwelijks de grond bereikt of het was al gesmolten. Op de weg van Near Sawrey naar huis wierp ze een snelle blik naar links, naar de boerderij die net zichtbaar was op de top van de heuvel.

Voor de zoveelste keer overwoog Flora om te stoppen en zich aan de solitaire bewoonster voor te stellen, en weer dacht ze terug aan hun inspirerende ontmoeting, jaren geleden al weer.

Ze hield Myla een beetje in, en toch ontbrak het haar als gewoonlijk aan de nodige moed. Op een dag stop ik hier, beloofde ze zichzelf. Want achter die massieve boerderijmuren woonde de belichaming van haar hoop, van haar toekomstdromen.

Myla trippelde verder, Hill Top Farm voorbij, en toen Flora met haar wagen een hoog bruggetje overstak was ze zo diep in gedachten verzonken dat ze het hoefgekletter in het open veld links van haar niet had gehoord. Toen ze na de brug de bocht naar rechts nam stond ze op nog geen twee meter afstand van een paard en ruiter. Myla schrok en steigerde zo hoog dat de voorste wielen van het wagentje van de grond werden getild, zodat Flora over het bankje gleed dat vervaarlijk naar één kant overhelde. Ze klampte zich aan de rand vast en probeerde overeind te komen terwijl de ruiter zijn paard op centimeters afstand van Myla's trillende neusvleugels tot stilstand bracht.

'Waar ben je in hemelsnaam mee bezig!' riep Flora, terwijl ze haar doodsbange pony probeerde te kalmeren. 'Kun je niet een beetje uitkijken?' Op dat moment besloot Myla in een noodtempo naar huis te galopperen, weg van de roodbruine hengst die met zijn bokkesprongen de weg blokkeerde. Flora schoot met een ruk naar voren en was alle controle kwijt toen de leidsels door haar handen werden getrokken en Myla langs paard en ruiter vliegensvlug naar veiliger oorden draafde. Flora ving nog net een glimp op van de geschrokken uitdrukking in de bruine ogen van de ruiter.

Ze had al haar kracht nodig om zich met één hand aan het bankje vast te houden terwijl ze met haar andere hand vergeefs aan de leidsels trok. Pas toen ze het terrein van de Hall opreden ging Myla, bij wie het zweet op de flanken stond, langzamer lopen. Geschokt en vol butsen en builen kwam Flora bij de stallen aan.

'Miss Flora! Wat is er gebeurd?' vroeg Stanley, de stalknecht, toen hij het uitpuilend oogwit van de pony zag en haar probeerde te kalmeren.

'Een ruiter blokkeerde vanuit het niets ons pad en toen ging Myla ervandoor,' antwoordde Flora, bij wie het huilen nader stond dan het lachen toen ze de leidsels aan Stanley gaf en hem haar liet helpen bij het afstappen.

'Miss Flora, u ziet zo bleek als een doek,' zei hij, want Flora voelde zich plotseling slap nu ze weer vaste grond onder de voeten had en moest even op Stanleys brede schouder leunen.

'Zal ik Sarah roepen, dat die u even naar huis helpt?'

'Nee, laat me maar een tijdje in de schuur zitten. Misschien wil je zo vriendelijk zijn me wat water te brengen?'

'Ja, miss.' Hij bracht haar naar de schuur, installeerde haar op een hooibaal en ging een beker water halen. Flora merkte dat ze zat te trillen.

'Alstublieft, miss,' zei Stanley toen hij terugkwam. 'Weet u zeker dat ik Sarah niet hoef te halen? U heeft een rare kleur, dat is een ding dat zeker is.'

'Nee.' Flora sprak het zo vastberaden mogelijk uit. Er hoefde maar even een gerucht rond te gaan dat ze en plein public de controle over haar wagentje was verloren en het was gedaan met haar ritjes, en dus met haar vrijheid. 'Zeg hier alsjeblieft niks over,' zei ze, terwijl ze haar beverige ledematen vermande en opstond.

'Zoals u wenst, miss.'

Flora liep met opgeheven hoofd de schuur uit, maar haar botten voelden alsof ze in een juten zak door elkaar waren gerammeld. Onderweg naar het huis besefte ze dat ze haar ouders met nog geen trillend ooglid mocht verraden wat er was gebeurd.

Toen ze de keuken binnenkwam werd ze onthaald door de geergerde blik van Mrs. Hillbeck, die net een stuk lamsgebraad uit de oven haalde. 'Waar heeft u in hemelsnaam gezeten, Miss Flora?

Uw moeder is hier nog geen tien minuten geleden geweest om te vragen of we u hadden gezien. Ze zitten al aan tafel voor de lunch, in de eetkamer.'

'Ik... ben eropuit geweest.'

'Miss Flora?' Sarah kwam naar haar toe lopen.

'Ja?'

'Er zit een veeg modder op uw neus en uw haar zit in de war.'

'Heb je een doekje?'

'Natuurlijk.' Sarah pakte een doekje en veegde Flora's gezicht schoon, net als toen ze klein was.

'Weg?'

'Weg, maar uw haar...'

'Geen tijd, dank je.' Flora rende de keuken uit en greep ondertussen op goed geluk haar losse lokken en duwde ze terug in haar knotje. Ze bleef even staan voor de deur van de eetkamer en luisterde naar het doffe gezoem van de conversatie, haalde diep adem en ging naar binnen. Zes hoofden draaiden zich naar haar om.

'Vergeef me alstublieft, mama, papa, Lady Vaughan, Miss Vaughan en Ar...'

Flora's blik was met het noemen van de namen de tafel rondgegaan en bleef steken bij een paar donkere ogen, wijd open van schrik en verbazing bij de wederzijdse herkenning.

'... Archie,' gooide ze eruit. Dus dit was de ellendeling die haar bijna uit haar wagen had laten kieperen, het nare ventje dat haar jaren geleden met wilde appels had bekogeld. En die als volwassene nog net zo'n vreselijke kerel was.

'Mijn zoon is meerderjarig en dient als Lord Vaughan te worden aangesproken,' corrigeerde Lady Vaughan haar.

'Vergeef me, dat wist ik niet. Lord Vaughan,' kon ze maar net uitbrengen toen ze ging zitten.

'Waar heb jij in hemelsnaam gezeten, Flora?' vroeg haar moeder met een lief stemmetje, maar met een uitdrukking die boekdelen sprak. Het viel Flora op dat haar moeder haar mooiste middagjapon droeg.

'Ik werd... opgehouden op weg naar huis, er was een koetsje omgeslagen dat de weg blokkeerde.' Flora zette in op de halve waarheid. 'Vergeef me alstublieft, mama, ik moest met mijn wagentje de achterafwegen nemen.'

'Je dochter bestuurt zelf een ponywagen?' vroeg Lady Vaughan, terwijl op haar scherp getekende gezicht een afkeurend pruilmondje vormde.

'Gewoonlijk niet, uiteraard, lieve Arabella, maar onze chauffeur was vanochtend niet helemaal in orde en Flora had dringende zaken af te handelen in Hawkshead.'

'Vergeef me, mama,' herhaalde Flora, toen het middagmaal eindelijk werd opgediend. Ze probeerde zich uit alle macht te concentreren op de leeghoofdige Elizabeth, Archies zus, die naast haar zat en niet uitgesproken raakte over haar schitterende garderobe voor het komende Seizoen, maar voelde voortdurend de doordringende en verontschuldigende blik van 'Lord' Archie op zich gericht. Aurelia was naast hem geïnstalleerd en deed haar best om hem in een gesprek te betrekken maar hij maakte net zo'n verstrooide indruk als Flora. Terwijl ze zich door het hoofdgerecht, voorjaarslam, worstelde en het vlees aan één kant van haar bord legde, troostte ze zichzelf met het idee om Archie naar de stallen te lokken en hem daar een snelle stomp op zijn arrogante aristocratische neus te verkopen. Eindelijk schoof Alistair zijn stoel achteruit met de aankondiging dat hij zich terugtrok op zijn studeerkamer om wat papierwerk af te handelen.

'Arabella, Elizabeth en ik verhuizen naar de zitkamer.' Rose stond op. 'We hebben heel wat bij te praten, nietwaar lieve?'

'Dat hebben we inderdaad,' antwoordde Lady Vaughan.

'Aurelia, misschien wil jij Archie de tuinen laten zien? Het lijkt warm genoeg, als je je maar wel goed inpakt. Aurelia heeft een paar weken geleden een vreselijke kou opgelopen, maar dat krijg je ervan als je in dit godvergeten noorden woont,' verklaarde Rose tegenover Lady Vaughan. Flora, die als enig lid van het gezelschap geen nadere instructies had ontvangen, stond als laatste op en volgde hen de eetkamer uit. In de hal gekomen zag ze dat Rose, Lady Vaughan en Elizabeth al naar de zitkamer waren verdwenen en Aurelia en Archie door de voordeur naar de tuin waren vertrokken.

Langzaam en met veel pijn en moeite liep ze naar boven. Eenmaal veilig op haar slaapkamer gearriveerd deed ze de deur op slot en liet ze zich dankbaar op haar bed zakken.

Het begon al schemerig te worden toen ze wakker werd van een zacht geklop op de deur.

Ze liet zich voorzichtig van haar bed rollen en ging op de rand zitten. 'Wie is daar?'

'Ik ben het, Aurelia. Mag ik binnenkomen?'

Flora dwong zichzelf op te staan en liep met stijve ledematen naar de deur om die van het slot te doen.

'Hallo.'

'Archie heeft me verteld wat er is gebeurd. Hoe gaat het nu met je?' vroeg Aurelia bezorgd. 'Hij maakte zich zorgen om jou en voelde zich vreselijk over wat er gebeurd is. Hij kon het tijdens onze wandeling over niks anders hebben. Hij wilde je per se een briefje schrijven om zich te verontschuldigen en ik heb beloofd dat ik dat aan jou zou overhandigen. Hier is het.' Aurelia gaf haar een envelop.

'Dank je.' Flora stopte de brief in haar zak.

'Ga je hem niet openmaken?'

'Straks.'

'Flora, ik begrijp best dat de ontmoetingen tussen jullie tot nu toe nogal... ongelukkig verlopen zijn, maar heus, Archie is vreselijk aardig. Ik denk dat jij hem ook aardig zou vinden als je hem de kans gaf. Ik vind hem in elk geval... héél aardig.' Aurelia's blik dwaalde dromerig in de richting van het raam.

'Goeie genade, Aurelia! Je bent toch niet nu al verliefd op hem?'

'Ik... Nee, natuurlijk niet, maar je zult moeten toegeven dat hij ontzettend knap is. En hij wéét ook zo veel, het lijkt wel of hij elk boek gelezen heeft dat er maar geschreven is, en hij heeft een grand tour van een jaar door Europa gemaakt, dus hij is heel ontwikkeld. Ik voelde me tijdens ons gesprek echt een dom gansje.'

'Archie heeft het voorrecht van een behoorlijke opvoeding genoten, iets wat men voor vrouwen kennelijk helaas niet de moeite waard vindt,' was Flora's repliek.

'O, nou ja.' Aurelia wist dat het geen zin had om in discussie te gaan als haar zus in zo'n stemming was. 'Zo is het nu eenmaal en daar kunnen wij niets aan veranderen, dus we zullen het moeten accepteren. Ik heb soms het gevoel dat je het niet fijn vindt om vrouw te zijn.'

'Je hebt gelijk, misschien vínd ik dat ook niet fijn. Hoe dan ook,' ging Flora verder, en ze trok een vriendelijker gezicht toen ze zag hoe ongemakkelijk Aurelia zich bij die woorden voelde. 'Let maar niet op mij, liefje, niet alleen mijn lichaam maar ook mijn trots heeft vandaag blauwe plekken opgelopen. De gasten zijn vertrokken, neem ik aan?'

'Ja, maar ik hoop ze tijdens het Seizoen nog vaak te zien. Ze verblijven in Londen aan een plein vlak bij het huis van tante Charlotte. En Elizabeth deed zó aardig tegen me, ze heeft me van alles verteld over de meisjes die tegelijk met ons hun debuut maken. En zelfs Archie zei dat hij dit jaar misschien een paar bals bezoekt.'

Daar is die blik weer, dacht Flora, toen haar zus, wegdwalend in een geheime dromenwereld, steeds zachter ging praten.

'Kom je nog beneden voor het avondeten?' vroeg Aurelia na een tijdje. 'Ik kan altijd tegen mama zeggen dat je hoofdpijn hebt, dan laat ze Mrs. Hillbeck wel iets brengen. Je ziet erg bleek.'

'Dank je. Ik denk dat ik maar beter in bed kan blijven. Ik ben nog een beetje van slag.'

'Ik kom na het eten terug om te kijken hoe het met je gaat. Wil je echt niet dat ik mama vertel wat er gebeurd is?'

'Nee hoor. Ze zou alleen maar een hoop drukte maken. Echt, Aurelia, het gaat prima.'

Zodra haar zus de kamer uit was stak Flora haar hand in haar zak en betastte de envelop. Ze trok hem uit haar zak en overwoog of ze hem niet gewoon zou verscheuren en in de open haard zou gooien, want wat Archie schreef kon nooit veel voorstellen. Maar haar nieuwsgierigheid won het, dus ze scheurde de envelop open, nam kennis van het mooie handschrift en begon te lezen.

Lieve Miss MacNichol,

Ik smeek u om vergiffenis voor het onfortuinlijke incident eerder op de dag. Ik had de grootste moeite om mijn paard onder con-

trole te krijgen, en zodra dat het geval was, ben ik achter u aan gereden om te zien of u hulp nodig had, maar ik kon u niet vinden. Daarnaast wil ik me verontschuldigen voor mijn slechte gedrag destijds met de appels. Vóór de catastrofe van vandaag had ik me al voorgenomen om daarvoor alsnog uw vergiffenis te vragen en u te bedanken voor het feit dat u niet, zoals de meeste kleine meisjes zouden doen, in tranen naar uw mama bent gehold. Dat heeft mij een pak slaag bespaard.

Als ik ook maar íéts kan doen om weer enigszins in uw achting te stijgen, dan zou ik dat heel graag willen proberen. Onze kennismaking is tot nu toe turbulent geweest, maar ik hoop dat me in de toekomst de kans op een nieuw begin wordt gegund. Drie keer is scheepsrecht, zeggen ze.

Ik zal u ongetwijfeld dit Seizoen in Londen tegenkomen. Tot dan ben ik uw nederige en schuldbewuste dienaar,

Archie Vaughan

Flora gooide de brief omhoog en keek hem na toen hij even als een ontredderde vlinder door de kamer zweefde. Archie Vaughan was een geroutineerd schrijver van mooi, elegant proza aan vrouwen, concludeerde ze. Ze moest tot haar ongenoegen bekennen dat Aurelia gelijk had. Hij had een stoer lichaam en gebeeldhouwde trekken, die benadrukt werden door de lichte kuiltjes in zijn wangen; zijn donkere, golvende haar viel nonchalant over zijn voorhoofd en er verscheen al snel een glimlach in zijn bruine ogen. Hij was knap, irritant knap.

Maar zijn karakter, dat was iets heel anders.

'Hij gaat er zonder meer van uit dat ze hem zijn fouten vergeven. Nou, deze keer niet,' mompelde ze, terwijl ze met haar stramme lichaam naar de kooien liep en zichzelf dwong om op haar knieën te gaan zitten. Het collectieve geschuifel daarbinnen had haar erop attent gemaakt dat het voor haar menagerie al ver voorbij etenstijd was. Ze reikte naar de krat waarin ze altijd haar zaden en groenten bewaarde en slaakte een wanhopige kreet.

'En tot overmaat van ramp is al jullie voer van mijn kar gevallen!'

11

'Flora, lieve, we moeten het over de komende zomer hebben.'

'Ja, mama.' Flora stond in haar moeders boudoir terwijl Rose voor haar kaptafel met driedelige spiegel zat en haar paarlen oorbellen in deed voor het diner.

'Ga alsjeblieft zitten.'

Flora streek neer op een met blauw damast bekleed krukje en wachtte tot haar moeder het woord nam. Rose' gezicht was nog even glad en mooi als het moest zijn geweest in haar tijd als debutante, maar Flora zag de gespannen trek om haar moeders mond en de lichte zorgrimpel tussen de blonde wenkbrauwen.

'Zoals je weet vertrekken Aurelia en ik over een week naar Londen. En je vader gaat met zijn neven op zijn jaarlijkse jachtvakantie in de Hooglanden. De vraag is wat we met jou aan moeten.' Rose wachtte even en keek Flora's spiegelbeeld aan. 'Ik weet dat je een vreselijke hekel hebt aan de stad en niet met ons mee wilt naar Londen.'

U heeft het me niet eens gevraagd, dacht Flora.

'Daar komt bij,' vervolgde Rose, 'dat vrouwen niet welkom zijn bij de jachtpartij in Schotland. Ik heb dan ook met het personeel gesproken, en je vader en ik menen dat het voor jou het beste is dat je hier op de Hall blijft. Wat vind je daarvan?'

Wat er ook voor tegenstrijdige emoties door haar brein vlogen, Flora wist dat haar moeder maar één antwoord wilde horen. 'Ik zou hier heel graag blijven, mama, anders zou ik me ernstig zorgen maken over de gezondheid van mijn menagerie.'

'Juist.' Er gleed een flits van opluchting over haar moeders gezicht.

'Hoewel ik u, Aurelia en papa natuurlijk wel zal missen.'

'Zoals wij jou zullen missen. Maar de kwestie is nu in elk geval geregeld. Ik zal je vader op de hoogte stellen van je besluit.'

'Ja, mama. Ik laat u nu alleen, dan kunt u zich verder voorbereiden voor het diner.'

'Dank je.'

Flora stond op en liep naar de deur. Ze wilde die net opendoen toen ze zag dat haar moeder zich had omgedraaid en haar aanstaarde.

'Flora?'

'Ja, mama?'

'Ik hou heel veel van je. En het spijt me.'

'Wat spijt u?'

'Ik...'

Haar moeder herstelde zich.

'Niets,' fluisterde ze. 'Niets.'

'Je ziet er stralend uit,' verkondigde Flora een week later, toen ze samen met Aurelia op de drempel stond, klaar om haar zusje en moeder uit te zwaaien.

'Dank je,' zei Aurelia, en ze trok haar gezicht in een lichte grimas. 'Ik moet je bekennen dat dit fluwelen reiskostuum heel zwaar en oncomfortabel is, en het korset zit zó strak dat ik bang ben dat ik pas in Londen weer kan ademhalen, als ik het kan uittrekken!'

'Nou, het staat je perfect, en ik weet zeker dat je de debutante van het Seizoen wordt.' Flora omhelsde haar zusje stevig. 'Zorg dat ik trots op je kan zijn!'

'Tijd om te vertrekken, Aurelia.' Rose verscheen achter hen. Ze kuste Flora op beide wangen. 'Wees voorzichtig, lieve, en maak het niet te bont met je tochtjes door het district.'

'Ik zal mijn best doen, mama.'

'Tot ziens, lieve Flora,' zei Aurelia. Ze omhelsde Flora een laatste keer en blies haar een kus toe toen ze instapten in de oude koets. Die bracht hen naar het station van Windermere, waarna ze in Oxenholme moesten overstappen op de trein naar Londen.

Zelfs in de ogen van de niet erg wereldse Flora was hun koets een museumstuk, en ze wist dat haar vader het vreselijk vond dat ze zich geen automobiel konden permitteren. Aurelia leunde uit het raampje om naar haar te zwaaien terwijl het paard met klepperende hoeven de oprijlaan af reed. Flora bleef zwaaien tot het rijtuig achter de toegangshekken was verdwenen. Ze liep weer naar binnen, het sombere huis in, dat haar gevoel van verlatenheid leek te delen. Haar vader was de vorige dag naar de Hooglanden vertrokken, en toen haar voetstappen door de hal galmden overviel Flora een gevoel van paniek bij de gedachte aan twee maanden van bijna absolute stilte.

Op haar kamer haalde ze Posy uit haar kooi en uit behoefte aan troost streelde ze haar zachte oren. Een oefening voor het oudevrijsterschap dat haar wachtte, bedacht ze, iets wat ze maar moest aanvaarden.

Nu ze niet meer gebonden was aan de van jongs af opgebouwde routine, ontwikkelde Flora haar eigen gewoontes. Ze stond op als de leeuwerik begon te zingen en kleedde zich snel aan. Ze had elk idee van een officieel maar eenzaam ontbijt in de eetkamer losgelaten en ging elke ochtend bij Mrs. Hillbeck, Sarah en Tilly in de keuken zitten voor een kop thee, vers brood en een praatje. Daarna ging ze, gewapend met een canvas tas met boterhammen met kaas in waspapier en haar tekengerei, naar buiten.

Flora dacht dat ze het landschap rond haar ouderlijk huis goed kende, maar pas die zomer ontdekte ze hoe wonderbaarlijk mooi het was.

Ze trok door de heuvels rond Esthwaite Water, tilde haar veelgeplaagde rokken op en stapte over de lage stapelmuurtjes die al eeuwenlang de landbouwgronden van elkaar scheidden. Met de toewijding van een geoefend natuurliefhebber catalogiseerde ze elke schat die ze tegenkwam, zoals het bosje rode steenbreek dat zich tegen een rots had genesteld. Haar oren onderscheidden het hoge getjilp van de appelvink en de trillers van de pestvogel, en haar vingers streken liefhebbend over het stekelige gras in de vallei en over de ruwe stenen die in het warme zonlicht lagen te bakeren.

Op een van de warmste dagen van die junimaand volgde Flora de oever van een koel, spiegelglad bergmeertje, in de hoop een bloemetje te ontdekken dat ze alleen uit haar plantkundeboeken kende.

Na urenlang lopen in de gloeiende hitte stuitte ze eindelijk op de fuchsiaroze kopjes van een alpenpekanjer die zich aan de mineraalrijke rotsen had vastgeklampt. Getroffen door het contrast tussen de frêle blaadjes en hun rotsige thuisbasis, ging Flora op de door de zon verwarmde grond liggen om het plantje te schetsen.

Ze moest bij die broeierige warmte in slaap gevallen zijn, want ze werd wakker toen de ondergaande zon zachtjes haar schouders beroerde. Boven haar torende een grove den, en toen ze omhoogkeek zag ze tussen de takken door het opvallende silhouet van een slechtvalk die hoog boven haar op een tak zat.

Flora was zó onder de indruk dat ze nauwelijks durfde te ademen. Ze bestudeerde zijn gladde verendek en de kromme snavel die hij in de lucht stak om het zomerbriesje te vangen. Gedurende een moment hielden mens en vogel zich roerloos. Toen zette de valk zich met een majestueuze vleugelslag in beweging en vloog hij, de tak trillend achterlatend, de ondergaande zon tegemoet.

Ze kwam bij schemerdonker thuis en werkte onmiddellijk de ruwe schets van de valk in volle vlucht uit in verf.

Bijna elke avond bracht ze door met het bestuderen van haar favoriete boek met bloemtekeningen van Sara Bowdich, het vergelijken van de bloemen die ze had verzameld met de afbeeldingen in het boek, het inplakken van het plantje nadat het uit de bloemenpers was bevrijd en het bijschrijven van de Latijnse naam in haar plakboek. Ze voelde zich, irrationeel genoeg, schuldig omdat ze iets wat zo intens leefde opsloot in de bladzijden van een boek, maar nu bleef zijn schoonheid in elk geval tot ver voorbij zijn natuurlijke levensduur behouden.

Ze voegde ook een miauwend katje toe aan haar menagerie. Ze had het half verzopen diertje langs een bergmeertje gevonden. Het was zo klein dat het in haar handpalm paste, zijn oogjes waren nog gesloten, dus het was waarschijnlijk nog maar een paar dagen oud. Het beestje had zich aan een zeker zeemansgraf weten te ontworstelen. Geen enkel dier uit haar geadopteerde beestenboel had Flora zo ontroerd als dit katje, met zijn vastbeslotenheid om te overleven. En nu toch niemand dat kon tegenhouden mocht het glanzend zwarte beestje mee in haar warme bed.

Ze noemde de nieuwe aanwinst Panther nadat ze hem met een hongerige blik door de tralies van Posy's kooi had zien loeren, ook al was het konijn vijf keer zo groot als hijzelf. En hij herstelde zo snel dat hij binnen de kortste tijd zijn minuscule, scherpe klauwtjes in de gordijnen haakte. Toen hij niet meer hoefde te worden gespeend besefte Flora dat ze hem mee naar de keuken moest nemen, wilde ze voorkomen dat haar halve menagerie in zijn maag zou verdwijnen.

Aurelia bracht één keer per week per brief verslag uit van haar Londense avonturen.

Ik ben blij dat de presentatie zelf achter de rug is. Ik was één bonk zenuwen toen ik in de rij stond te wachten om voorgesteld te worden aan de koning en de koningin. Onder ons gezegd, Flora, Alexandra is veel delicater en mooier dan op de foto's, en de koning veel lelijker en dikker! Tot mijn verbazing heeft het me bij de bals die ik heb bezocht niet ontbroken aan danspartners, en twee van hen hebben gevraagd of ze me bij tante Charlotte mogen bezoeken. De een is een burggraaf die volgens mama half Berkshire bezit, dus je kunt je voorstellen hoe blij ze is! Ik ben niet erg gecharmeerd van hem, hij komt maar net boven me uit – en je weet hoe klein ik ben – en hij loopt mank als gevolg van polio in zijn jeugd, zo is me verteld. Ik voel sympathie voor hem, maar hij is beslist niet de prins op het witte paard, ook al kan hij daar niets aan doen.

Over prinsen gesproken, Archie Vaughan verscheen hier vorige week op een bal als escorte voor zijn zuster, Elizabeth. En o, geen twijfel mogelijk dat hij de knapste man in Londen is. De andere debutantes waren behoorlijk jaloers toen hij mij niet één keer maar wel drié keer ten dans vroeg! Tante Charlotte vond het bijna onfatsoenlijk. We hebben daarna nog een tijdje zitten praten en hij vroeg nog naar jou, het verbaasde hem dat jij niet ook bij ons in Londen was. Ik heb hem uitgelegd dat jij een hekel hebt aan het stadsleven. Hij zei dat hij hoopte dat je hem had vergeven. Ik moet bekennen dat ik misschien wel een beetje verliefd op hem ben, ook al heeft hij iets waardoor ik me niet op mijn gemak voel. En dat is al het nieuws voor nu. Je krijgt de groeten van mama. Je zult begrijpen hoe heerlijk ze het vindt om weer in societykringen te verkeren. Iedereen schijnt haar hier te kennen en ze was voordat ze met papa trouwde duidelijk een heel populaire debutante. Ze zegt dat ze je binnenkort zal schrijven.

Ik mis je, lief zusje van me.

Aurelia

'Nee maar!' riep Flora gefrustreerd tegen Panther, die onder het lezen tegen haar rok was opgeklommen en zich op haar schoot had geïnstalleerd. 'Dat mij dat nou net moet overkomen, dat ik Archie Vaughan als zwager krijg.'

Een paar dagen later, op een warme middag in juli, zat Flora buiten aan tafel te tekenen. Ze had in het laarzenhok een breedgerande hoed van onbekende herkomst gevonden, die de felle zonnestralen tegenhield. Panther huppelde over het gazon, joeg op vlinders en zag er zó schattig uit dat Flora de bloemen die ze aan het schetsen was liet voor wat ze waren en op het gras ging zitten om dat beeld vast te leggen.

Ze schrok op toen ze plotseling voetstappen achter zich hoorde. Ze draaide zich om in de veronderstelling Tilly te zien die terugkwam van de wekelijkse markt, maar in plaats daarvan schoof er een lange schaduw voorbij en toen ze haar blik omhoogrichtte keek ze in de donkere ogen van Archie Vaughan.

'Goedemiddag, Miss MacNichol. Mijn excuses als ik u heb gestoord, maar mijn vuist is bijna ontveld van het kloppen op de voordeur, dus ik ben maar achterom gelopen om te zien of daar misschien iemand was.'

'Goeie genade, ik...' Flora krabbelde overeind, terwijl Panther met overeind staande haren naar de indringer blies. 'Al het personeel is de deur uit, en zoals u weet is mijn familie afwezig,' zei ze kortaf.

'U bent dus een wees in eigen huis.'

'Niet bepaald een wees, ik geef gewoon niet om Londen en heb ervoor gekozen om thuis te blijven.'

'In dat opzicht zijn we dezelfde mening toegedaan. Vooral in het paarseizoen, als er een nieuwe lading onschuldige jonge vrouwen op het toneel verschijnt die elkaar in kokette oogopslag moeten beconcurreren in hun gooi naar de hoogste mannelijke prijs.'

'En beschouwt u zichzelf als een mannelijke "prijs", Lord Vaughan? Ik hoor van mijn zuster dat u vorige week een bal heeft bezocht.'

'Integendeel,' zei hij. 'Ondanks onze stamboom en oude familienaam zijn we totaal platzak. U weet misschien dat mijn vader zeven jaar geleden in de laatste Boerenoorlog is omgekomen, en het schip van de Vaughans heeft stuurloos rondgedobberd tot ik een paar maanden geleden meerderjarig werd. Ik kan u echter verzekeren dat ik me tot het uiterste inspan om uit de klauwen van elke rijke erfgename die mijn pad kruist te blijven.'

Flora had zo'n openhartige reactie op haar spottende opmerking niet verwacht.

'Mag ik vragen waarvoor u hier bent?'

'Ik ben op weg terug van de Hooglanden. Ik ben daar met uw vader en zijn gezelschap een paar dagen wezen jagen. Het is een lange rit terug naar Londen, dus ik besloot om twee vliegen in één klap te slaan.'

'En om wat voor vliegen gaat het precies?'

'De eerste dat ik mijn reis kan onderbreken, de tweede dat ik hier op goed geluk wilde langsgaan om te zien of u er was en ik misschien een paar minuten in uw gezelschap zou mogen verkeren. Ik wil me persoonlijk verontschuldigen voor wat er in april is gebeurd. En misschien van een versnapering worden voorzien. Hoewel dat laatste misschien niet mogelijk is nu er geen personeel aanwezig is.'

'Aan dat laatste verzoek is het eenvoudigst te voldoen, Lord Vaughan. Ik ben uitstekend in staat om thee te zetten en mijn vaardigheden strekken zich zelfs uit tot het maken van een sandwich.'

'Een dame die thee én sandwiches kan maken! Ik vraag me af of mijn zuster en mijn moeder zelfs maar een flauw benul hebben.'

'Zo moeilijk is dat niet,' mompelde Flora, terwijl ze opstond. 'Blijft u hier in de tuin terwijl ik het klaarmaak?'

'Nee, ik loop met u mee, zodat ik vol ontzag uw culinaire kunsten kan aanschouwen.'

'Wat u wilt,' antwoordde Flora nogal bruusk. Toen ze de trap naar het terras op liepen was ze kwaad op zichzelf omdat haar boosheid leek te zijn opgelost onder zijn charmeoffensief en openhartigheid. Vastbesloten om die boosheid vast te houden versnelde ze haar pas. Ze zette de ketel, die al bleek te zijn gevuld, op het fornuis en sloeg aan het beredderen met brood, boter en kaas.

'Op en top de huiselijke plattelandsvrouw, nietwaar?' was Archies commentaar, terwijl hij een stoel erbij trok en ging zitten.

'Wilt u me alstublieft niet paternalistisch behandelen, Lord Vaughan? En al helemaal niet terwijl ik eten voor u klaarmaak.'

'Mag ik u een gunst vragen, Miss MacNichol? Misschien zou u "Archie" kunnen proberen nu we ons in deze informele omstandigheden bevinden? En misschien mag ik dan "Flora" proberen?'

'Ik geef u absoluut geen toestemming om me Flora te noemen. We kennen elkaar nauwelijks.' Ze kwakte de boterhammen op een bord. 'De mannen in deze streek eten ze met korst en al. Dat is hopelijk geen bezwaar?'

'Goeie hemel, u bent echt een fel type.' Hij grijnsde toen ze het bord voor hem neerzette alsof ze dat het liefst naar hem had gesmeten. 'Au!' riep hij plotseling, terwijl hij uithaalde naar de donzige aanvaller die in zijn enkel had gebeten. 'Uw katje schijnt me evenmin goedgezind te zijn.'

Flora onderdrukte een glimlach terwijl ze Panther in de holte van haar arm legde en zich omdraaide om thee in te schenken.

'Miss MacNichol, is er misschien een manier waarop we met een schone lei kunnen beginnen? Gelet op het feit dat ik bij het eerste incident een snotneus van zes was, en het tweede incident een betreurenswaardig ongeluk was.'

'Lord Vaughan,' zei ze venijnig, 'ik heb geen idee waarom u hier bent of waarom u het belangrijk lijkt te vinden wat ik van u vind, terwijl ik van mijn zuster begrijp dat de helft van de jonge vrouwen in Londen permanent in zwijm ligt voor uw eigenschappen. Als het simpelweg is omdat u het niet kunt uitstaan dat er één vrouw op de wereld is die u niet kunt verleiden, dan betreur ik dat voor u, maar zo staan de zaken er nu eenmaal voor. En zullen we nu het blad maar meenemen naar het terras?'

'Staat u mij toe. En neemt u hém maar mee,' zei Archie, met een gebaar naar Panther. 'Die felle tijger in katjeskleren moet onder controle worden gehouden voor het geval hij me weer wil aanvallen. U heeft een perfecte keus gemaakt met dit huisdier, Miss MacNichol.' Archie greep het dienblad en liep naar de deur.

Buiten op het terras scheen de zon uitbundig, in scherp contrast met de benauwende stilte die tussen hen hing. Flora schonk thee en terwijl Archie zijn boterhammen met korst en al verslond besefte Flora dat ze zich onuitstaanbaar bot gedroeg. Als haar moeder haar zag zou die haar ernstig hebben berispt, maar ze kon zichzelf niet tot een beleefd gesprek dwingen.

'Wilt u me even excuseren,' zei ze op enig moment, 'ik moet even mijn schetsblok halen voordat het vochtig wordt.' Ze stond op en wees naar het gazon.

'Uiteraard.' Hij knikte. 'En neem alsjeblieft die tijger mee.'

Toen ze terugkwam was Archie opgestaan. 'Bedankt voor uw gastvrijheid. Het spijt me alleen dat u een verkeerde indruk van me hebt en dat ik u niet van het tegendeel kan overtuigen. Tot een volgende keer, Miss MacNichol.'

'Ik weet zeker dat ik geen verkeerde indruk heb, maar mijn zuster zal u graag onderhouden mocht u zich weer in deze contreien ophouden.' Flora legde haar schetsblok op tafel en Archie volgde haar beweging.

'Mag ik even kijken?'

'Er zit niets in wat de moeite waard is om naar te kijken. Het zijn maar ruwe schetsen, ik...'

Maar Archie stond het schetsblok met houtskoolschetsen al door te bladeren. 'Miss MacNichol, u onderschat uw talent. Hier zitten voortreffelijke tekeningen bij. Deze valk... en die schets van uw zwarte tijger...'

'Hij heet Panther.'

'Perfect gekozen,' gaf hij toe. 'Wel, dit is fantastisch. Echt fantastisch. U heeft een scherp oog voor de natuur en voor dieren.'

'Ik teken puur vòor mijn plezier.'

'Maar doen niet alle kunstenaars dat? De passie, de behoefte om zich uit te drukken in wat voor artistiek medium dan ook, komt van binnenuit.'

'Ja,' moest Flora met enige tegenzin toegeven.

'Ik heb tijdens mijn grand tour door Europa heel wat ongelooflijke kunstwerken gezien. Toch leefden zo veel van hun makers een groot deel van hun leven in armoede, ze waren slaaf van hun muze. Het lijkt erop dat maar weinig kunstenaars niet op een of andere manier leden.' Archie verplaatste zijn starende blik van het schetsblok naar Flora. 'Lijdt u ook, Miss MacNichol?'

'Wat een vraag! Het feit dat ik graag teken en schilder wil toch niet zeggen dat ik aan een of andere geestelijke of emotionele ziekte lijd!'

'Mooi. Want ik zou niet graag willen dat u lijdt. Of eenzaam bent. Want dat bent u toch zeker nu u hier in uw eentje rondwaart in dit mausoleum?' drong Archie aan.

'Ik ben hier niet alleen. Ik heb het personeel en een hele menagerie om me gezelschap te houden.'

'Uw zuster vertelde me onlangs toen we elkaar in Londen spraken over uw… verzameling wilde dieren. Het schijnt dat u ooit vriendschap met een slang hebt gesloten.'

'Een onschuldige ringslang, ja,' erkende Flora, die buiten adem was door dit onverwachte vragenvuur, dat ongeveer net zo voelde als de appels waarmee hij haar ooit had bekogeld. 'Ik mocht hem niet houden.'

'Het idee dat er een ringslang onder mijn dak huist zou zelfs mij tegen de borst stuiten. U bent een heel bijzondere vrouw, Miss MacNichol. Ik moet toegeven dat u me fascineert.'

'Ik ben blij dat mijn vreemde persoonlijkheid u blijft amuseren.'

'Wel, ik groet u, Miss MacNichol,' zei Archie na een tijdje te hebben gezwegen. 'U slaagt er uitstekend in om het meest positieve commentaar nog om te zetten in een negatief oordeel. Wat kan ik nog meer doen om uw vergiffenis te verdienen? Ik heb zo ongeveer alles geprobeerd, waaronder met de automobiel het platteland heen en terug doorkruisen, terwijl het veel gemakkelijker was geweest om de rechtstreekse Scotch Express-trein naar Edinburgh te nemen. Zo,' vervolgde hij met een gefrustreerde uitdrukking, 'nu heb ik u de waarheid verteld.'

Alsof deze bekentenis hem had uitgeput liet Archie zich plotseling op een stoel zakken. 'Ik ben eerder weggegaan bij de jachtpartij om u te kunnen spreken. Maar het is overduidelijk dat ik onmogelijk bij u in de gunst kan vallen, hoezeer ik ook mijn best doe, dus ik zal mijn weg vervolgen en op weg naar het zuiden een hotel aandoen.'

Flora nam hem eens goed op. Haar gebrek aan ervaring met mannen – vooral met wereldwijze mannen als Archie – stond haar intuïtie in de weg. Ze kon zich gewoonweg niet voorstellen dat deze man zich zo veel moeite had getroost om zich tegenover haar te verontschuldigen terwijl hij duidelijk elke vrouw kon krijgen die hij maar wilde.

'Ik... ik weet niet wat ik moet zeggen.'

'Misschien kunt u er eens over nadenken of ik een paar dagen in uw gezelschap mag verkeren? Dan zouden we kunnen spreken over de onderwerpen waarvoor u volgens uw zuster zo veel passie hebt. Net als ik.'

'Zoals?'

'Ik ben een verwoed botanicus, Miss MacNichol, en hoewel ik betwijfel of ik over evenveel kennis beschik als u, beschouw ik mezelf graag als vlijtige leerling. Onze tuin op High Weald heeft dan wel niet de ambiance van natuurlijke schoonheid die u hier heeft, maar hij is op zijn eigen, vriendelijke manier net zo mooi. Bent u ooit in Kew Gardens geweest?'

'Nee.' Flora leefde op bij het horen van die naam. 'Maar ik heb ze altijd al graag eens willen zien. Ik heb gelezen dat ze daar soorten van over de hele wereld verzamelen, tot aan Zuid-Amerika toe.'

'Dat doen ze inderdaad, en de nieuwe directeur, Sir David Prain, is een man met inspiratie. Hij is zo vriendelijk geweest om te helpen bij de aanleg van onze tuinen. Ik heb ontdekt dat planten uit een ander klimaat het in het zuiden van Engeland goed doen dankzij het milde klimaat, mits ze op een beschutte plaats staan. Ik zou ook graag de inheemse flora die hier zo uitbundig bloeit willen zien, want ik wil dolgraag een verzameling bijzondere planten van over heel Engeland bijeenbrengen. Au!'

Panther was langs Archies broekspijp omhooggeklommen en installeerde zich spinnend in de ruimte tussen zijn dijen en kneedde met zijn scherpe nageltjes Archies broek. Toen ze zag dat zelfs haar kat hem had vergeven, liet Flora zich eindelijk vermurwen. 'Als u denkt dat ik u bij uw studie kan helpen, zal ik u graag het een en ander laten zien.'

'Dank u,' zei Archie en ze zag zijn gezicht ontspannen terwijl hij voorzichtig een hand uitstak om Panther te aaien. 'Ik zou u erg dankbaar zijn als u uw kennis met me wilt delen.'

'Maar waar logeert u dan?'

'Ik heb al een kamer geboekt in de plaatselijke pub in Near Sawrey. En wilt u me nu rondleiden door deze mooie tuin?' vroeg hij, terwijl hij opstond en haar zijn arm bood, terwijl hij met zijn andere arm haar innig tevreden katje vasthield.

In het begin van de rondleiding had Flora een aantal pogingen gedaan om zijn kennis te testen, want ze er nog niet van overtuigd dat dit niet het zoveelste trucje à la Archie was om haar te beledigen en te kleineren. Maar ze merkte al snel dat hij echt geïnteresseerd was en verstand van zaken had. Er stond een aantal zeldzame planten in de borders die hij zonder aarzelen wist te benoemen, op één na die, zoals ze hem vertelde, ook wel parnaskruid werd genoemd, de *Parnassia palustris*, een stervormige plant die op vochtige grond bloeide.

'Die is denk ik heel zeldzaam en geeft de voorkeur aan het klimaat hier in het noorden van Engeland, misschien dat u hem daarom niet herkent.'

Tijdens hun wandeling langs de bloemborders vertelde Archie hoe hij als jongen de tuinman altijd als een gedresseerd hondje volgde. 'Helaas is ook hij omgekomen in de Boerenoorlog. Toen ik een jaar geleden terugkwam van Oxford zonder de nodige financiën om een volledige staf in dienst te nemen, moest ik het mezelf leren. En gaandeweg heb ik een passie voor planten ontwikkeld. U zou me eens thuis moeten zien, in mijn overall,' zei hij glimlachend. 'Als u wilt trek ik hem aan als ik de volgende keer op bezoek kom. Beoordeel nooit een boek naar zijn omslag, Miss MacNichol,' zei hij en stak een waarschuwend vingertje op.

'Maar het is uw "omslag" waarmee u in Londen de favoriet van de dames bent geworden,' zei Flora met een achterdochtige blik.

'En dat betekent dat ik geen passie voor planten zou kunnen hebben? Of is het eerder zo dat u mij maar een louche figuur vond die zijn tijd doorbrengt met brassen en slempen en zijn trustfonds erdoorheen jaagt?'

Flora sloeg beschaamd haar ogen neer.

'Oké,' vervolgde hij, toen hij haar verwarring zag, 'ik ben pas eenentwintig en geniet zo nu en dan van een feestje en het gezelschap van mooie vrouwen. Maar zoals u weet zijn de grote, oude families van Engeland helaas niet langer zo rijk als ze ooit waren, en mijn erfenis bestond niet uit een royale bankrekening maar uit het kwakkelende High Weald. Ik wil al het mogelijke doen om het in volle glorie te herstellen, althans aan de buitenkant. De ommuurde tuin is beroemd om haar schoonheid. En als dat betekent dat ik vuile handen moet maken, dan moet dat maar.'

Later die avond zette Flora zich aan haar bureautje om haar dagboek bij te werken. Haar hoofd gonsde nog na van de merkwaardige gebeurtenissen van die dag. Ze noteerde elk woord dat ze zich van hun gesprek herinnerde en borg daarna haar dagboek weg in haar secretaire. Anders dan gewoonlijk kon ze die nacht niet slapen, ze bleef maar nadenken over het Archie-raadsel met zijn tegenstrijdigheden. En over het feit dat hij haar zover had weten te krijgen dat ze hem de volgende dag mee op pad nam om hem de Langdale Pikes te laten zien.

'Hij is echt een raadsel,' fluisterde ze tegen Panther, die zijn kopje naast haar op het kussen had gelegd. 'En ik kan het niet uitstaan dat ik hem aardig begin te vinden.'

12

'Goedemorgen, Miss MacNichol,' zei Archie toen ze zoals afgesproken elkaar op het stalerf ontmoetten. 'Ik heb een lunch voor ons meegenomen. En maakt u zich geen zorgen, de korstjes zitten er nog aan.' Hij hees de picknickmand op de ponywagen en stak zijn hand uit om haar te helpen opstappen.

Terwijl hij naast haar op het bankje plaatsnam en zij de leidsels pakte moest Flora glimlachen om zijn outfit. Hij droeg een stokoude keperbroek, een grof gestikt, geruit werkhemd en een paar grove werkmanslaarzen.

'Geleend van de eigenaar van de pub in het dorp waar ik logeer,' lichtte hij toe toen hij zag dat ze hem van top tot teen opnam. 'De broek is veel te groot, dus die heb ik met een stuk touw dichtgebonden. Kan dit ermee door?'

'Dat kan ermee door, Lord Vaughan,' zei ze. 'Een ware landsman.'

'En als we de dag nou toch op een ongewone manier doorbrengen, zouden we dan nú misschien de formaliteiten achterwege kunnen laten? Ik ben gewoon Archie, de tuinknecht, en u bent Flora, het melkmeisje.'

'Melkmeisje? Zie ik eruit alsof ik van zo'n lage stand ben?' zei ze quasibeledigd, terwijl ze de leidsels aantrok en ze in galop vertrokken. 'Mag ik niet op zijn minst dienstbode of, beter nog, kamenierster zijn?'

'O, maar in elk verhaal dat ik heb gelezen wordt het melkmeisje zonder uitzondering als het mooist van allemaal beschreven. Het was geen belediging maar een compliment.'

Flora moest zich concentreren op het mennen van haar wagentje en was blij dat haar zonnehoed haar gezicht afschermde, want haar wangen gloeiden. Dit was het allereerste compliment van een man over haar uiterlijk, en ze had geen idee hoe ze erop moest reageren.

Langdale Valley lag ingebed tussen majestueuze bergtoppen die steil tot hoog in de wolken oprezen. In een bijna oudtestamentisch beeld van elkaar gescheiden omsloten ze de vallei, waarvan het lieflijke groen bergopwaarts geleidelijk aan moest wijken voor ruige rotsen.

Archie hielp Flora afstappen en ze bleven een tijdje omhoog staan kijken. '"In de wijze waarop ze zich groeperen, elkaar in hoogte overstijgen of zich als golven van een woeste zee in scherpe bergkammen verheffen..."'

'"... noch in de schoonheid en veelheid van kleuren van hun rotsige hellingen kan enig gebergte hen overtreffen,"' vulde Flora aan. 'Ik ben een meisje van de Meren, ik ken mijn Wordsworth.' Ze haalde haar schouders op toen ze zijn verbaasde gezicht zag.

'Dit is waarom ik zo graag naar de bergen ga,' zei hij ademloos. 'Je beseft je eigen nietigheid. We zijn maar een speldenprikje in dit eindeloze heelal.'

'Ja, en misschien vinden Londenaren zichzelf daarom zo vreselijk belangrijk.'

'Ze voelen zich heer en meester van hun eigen universum, in hun door mensenhanden geschapen steden, terwijl hier...' Archie maakte zijn zin niet af, maar ademde een teug frisse lucht in. 'Heb je ooit een van deze bergen beklommen, Flora?'

'Natuurlijk niet. Ik ben een vrouw. Als ik dat aan mama voorstel krijgt ze een beroerte.'

'Zou je het willen? Morgen?' Archie pakte haar hand. 'Wat een avontuur zou dat zijn! Welke moet het worden, vind jij? Die daar?' Hij liet haar hand los en wees naar een bergpas. 'Of misschien die daar?'

'Als het er al een wordt is het natuurlijk de hoogste. En dat is Scafell Pike.' Flora wees naar de hoogste berg, waarvan de top zich verschool in een wolkenkrans. 'Het is de hoogste berg van Engeland, en volgens mijn vader is het uitzicht vanaf de top ongeëvenaard.'

'Zullen we die dan maar doen?'

'Niet in een rok!'

Archie moest lachen. 'Dan moet je ergens een broek zien te krijgen. Durf je het aan?'

'Als het maar tussen ons blijft.'

'Natuurlijk.' Archie duwde een losse haarlok achter Flora's oor. 'Morgenochtend klokslag half zeven haal ik je op bij de ingang.'

Die avond deed Flora iets wat ze nog nooit eerder had gedaan: ze ging haar vaders kleedkamer binnen. Behoedzaam opende ze de deur, ook al wist ze dat niemand haar kon zien; Sarah was thuis, in de kleine cottage waar ze met haar moeder woonde, en Tilly en Mrs. Hillbeck zaten veilig en wel in de keuken hun avondlijke roddels uit te wisselen. Toen ze over de drempel stapte huiverde ze even door het temperatuurverschil. Het rook naar stof en vocht, gemengd met een vleugje van haar vaders eau de cologne. De kamer baadde in het avondlicht, dat schuine schaduwen wierp op het smalle houten bed. Op het nachtkastje tikte een klok de seconden afwezigheid van zijn eigenaar weg.

Flora opende de zware eikenhouten deuren van de kledingkast en doorzocht het rek met broeken. Ze koos uiteindelijk voor een jagersbroek van tweed. Ze realiseerde zich dat ze ook een paar sokken moest hebben en opende in een mahoniehouten ladekast iets wat misschien een sokkenlade was, maar die propvol papieren lag. In een hoekje van de la lag een bundeltje roomkleurige enveloppen met een touwtje eromheen. Flora herkende haar moeders handschrift en vroeg zich af of het liefdesbrieven uit hun verkeringstijd waren. Ze vond het ongelooflijk verleidelijk om ze te lezen, omdat ze misschien een licht wierpen op het mysterie van het huwelijk van haar ouders. Resoluut sloot ze de la voordat haar onbetrouwbare vingers hun eigen weg zouden gaan. Ze vond een paar sokken en legde die samen met een dik overhemd op het stapeltje kleren over haar arm en liep naar de deur.

Ze had haar vingers al om de deurknop, maar de verleiding won het van de moraal en ze liep terug naar de ladekast. Ze gooide de kleren op het bed, opende de la en haalde het stapeltje brieven eruit. Ze trok de bovenste brief onder het touwtje vandaan en begon te lezen.

Cranhurst House
Kent
13 augustus 1889

Lieve Alistair,

Over een week zijn we getrouwd. Ik kan je niet genoeg bedanken voor het feit dat je als mijn galante ridder bent opgetreden en me voor schande hebt behoed. In ruil daarvoor zweer ik dat ik de ijverigste en trouwste echtgenote zal zijn die een man zich maar kan wensen. Mijn vader deelt mee dat hij de overboeking heeft verricht en ik hoop dat die inmiddels op je rekening staat.
Ik zie er met genoegen naar uit om jou en mijn nieuwe thuis te ontmoeten.

Hartelijke groeten,
Rose

Flora las en herlas de brief en probeerde het woord 'schande' thuis te brengen. Wat voor vreselijks kon haar moeder hebben gedaan?

'Nou ja, wát het ook is, het verklaart in elk geval hun huwelijk,' zei ze tegen de lege kleedkamer. Hoogstwaarschijnlijk was haar moeder verliefd geworden op de verkeerde man, dat kwam ook vaak voor in de boeken die ze las. Haar moeder sprak nooit over de periode waarin ze was opgegroeid, maar Aurelia had in recente brieven opgemerkt dat iedereen hun moeder leek te kennen. Dan móést ze haast wel een verleden hebben. Flora stopte de brief weer in de envelop, schoof die voorzichtig terug in het bundeltje en legde dat terug in de la. Ze pakte het stapeltje kleren van het bed en ging de kamer uit.

Ze stond de volgende ochtend om zes uur op en trok haastig het werkhemd, de sokken en de broek van haar vader aan. Ze liep op haar tenen naar het laarzenhok, leende Sarahs stevige wandelschoenen – iets te klein, maar ze moest het er maar mee doen – en een tweed pet van haar vader. Ze liet een briefje voor het personeel achter dat ze bloemen om te schilderen ging verzamelen en glipte het huis uit. Toen ze bij de ingang kwam zag ze daar een gloednieuwe Rolls-Royce geparkeerd staan. Archie zwaaide het portier voor haar open en ze stapte in.

'Goedemorgen.' Hij moest glimlachen om haar uitdossing. 'Wat zie je er bevallig uit vandaag, melkmeisje Flora. Dé kledij om in de *Silver Ghost* te dragen.'

'Dit is tenminste praktisch,' antwoordde ze.

'Met die pet zien ze je eerder voor een jongen aan. Hier, zet deze rijbril maar op om het beeld te completeren.'

Fronsend trok ze het ding over haar ogen. 'Ik ben alleen maar blij dat niemand me hier herkent.'

'Heb je enig idee wat je moeder of zusje zou zeggen als ze je konden zien?' vroeg hij terwijl hij de motor startte.

'Daar denk ik maar liever niet aan. En hoe kun jij in hemelsnaam in zo'n auto rondrijden terwijl je me gisteren nog vertelde dat je familie blut is? Volgens papa kost deze automobiel een fortuin.'

'Hij is niet van mij, jammer genoeg. Ik mocht hem lenen van de eigenaar van een naburig landgoed in ruil voor het gebruik van een cottage op High Weald. Ik heb beloofd niet te vragen waarvoor hij die wil gebruiken. Maar de vrouw van die arme kerel is zwanger van hun zesde kind in zes jaar, als je begrijpt wat ik bedoel.'

'Absoluut niet,' antwoordde Flora stijfjes.

'Hoe dan ook, ik ben blij dat ik de motor in de bergen eens flink kan laten lopen. Ik heb een picknick bij me in een oude legerrugzak die ik van Mr. Turnbull, mijn gedienstige kastelein, mocht lenen, en een paar dekens voor het geval dat.'

Flora keek naar de lucht boven de bergtoppen in de verte. Ze trok een bezorgd gezicht toen ze het zware wolkendek zag. 'Hopelijk hebben we niet net de enige dag in al die weken uitgekozen waarop de hemel zijn water uitstort.'

'Het is gelukkig wel warm vanochtend.'

'Dat kan wel zijn, maar volgens mijn vader kan de temperatuur op grote hoogte heel snel dalen. Hij heeft in de afgelopen jaren de meeste van deze toppen beklommen.'

'Dan zullen we een schuur moeten vinden om de automobiel in

te zetten. Ik heb Felix op straffe des doods beloofd dat ik hem in goede staat zou terugbrengen, en ik kan niet riskeren dat hij een stortbui over zich heen krijgt.'

Een plaatselijke boer was zo vriendelijk om de Rolls-Royce te stallen. Archie staarde dreigend naar zijn kinderschaar die grote ogen opzette en – net als de rondscharrelende kippen – duidelijk popelde om in te stappen.

'Volgens papa heeft het hem zo'n vier uur gekost om de top te bereiken,' zei Flora toen ze over het ruwe gras van de vallei liepen.

'Je vader is een ervaren klimmer, ik denk dat wij er langer over doen,' antwoordde Archie, terwijl hij een kaart uit zijn rugzak opdiepte. 'De kastelein stelde een geschikte route voor. Kijk.' Hij pakte een stok en schetste de route in een stukje droog zand. 'We moeten naar het zuiden, richting Esk Hause, en dan door naar Broad Crag Col.' Met de kaart in zijn hand ging hij van start, voor haar uit.

'Wat zijn dat voor witte stipjes daarboven?' vroeg hij op een gegeven moment.

'Schapen. Die laten overal hun keutels vallen.'

'Misschien kunnen ze ons een lift geven als we moe worden. Het zijn nuttige dieren, ze geven ons heerlijk vlees en we kunnen bovendien ons lichaam bedekken met hun wol.'

'Ik walg van de smaak van lamsvlees,' verklaarde Flora. 'Ik heb al besloten dat er in mijn huishouden geen vlees op tafel komt.'

'Echt waar? En wat zet je dan wel op tafel?'

'Nou, groente en vis, natuurlijk.'

'Dan weet ik niet of ik wel bij jou zou willen eten.'

'Zoals je wilt.' Flora haalde haar schouders op, ging voor hem uit lopen en zette de pas erin.

De eerste paar uur, over de lagere hellingen, ging het klimmen gemakkelijk. Ze stopten af en toe naast de beekjes die in het dal uitkwamen, dronken het verse bronwater uit de kommetjes van hun handen en spoelden er hun verhitte gezicht mee af. Ze volgden de door vorige klimmers uitgesleten paden en babbelden gemoedelijk over van alles en nog wat, van lievelingsboeken tot favoriete muziekstukken. Daarna werd het klimmen zwaarder en stopten ze met babbelen om hun adem te sparen, die ze hard nodig hadden om over de puntige rotsen waarmee de helling was bezaaid, te klauteren.

'Ik schat dat we daar op twee derde van de route zijn,' zei Archie toen hij op een uitstekend stuk gesteente ging staan en naar boven keek. 'Kom, kijken wie het eerst op die richel daar is.'

Een uur later hadden ze de top bereikt. Buiten adem en hijgend stonden ze zij aan zij, opgetogen over hun prestatie. Langzaam maakte Flora een rondje om de piek, terwijl ze het indrukwekkende landschap beneden hen in zich opnam.

'Ik las gisteravond in een boek dat je op heldere dagen Schotland, Wales, Ierland en het eiland Man kunt zien,' zei Archie, die naast haar was komen staan. 'Jammer dat we geen fotograaf bij ons hebben om het moment vast te leggen. Zal ik je op die steenhoop helpen die de piek markeert?'

'Graag.' Archie nam haar bij de hand en hield haar in balans terwijl ze de hoge stapel stenen beklom. Hij liet haar los toen ze haar armen spreidde en omhoogkeek, naar de strakblauwe hemel. 'Ik voel me alsof ik op de top van de wereld sta!'

'Dat sta je ook, althans die van Engeland,' zei hij lachend, en hij stak zijn armen naar haar uit toen ze weer terugklauterde. Hij pakte haar bij haar middel en zette haar met een zwaai op de grond. 'Flora, ik verklaar bij dezen dat je gewoonweg mooi bent als je gelukkig bent.'

Weer voelde Flora de hitte naar haar wangen stijgen. 'Ik heb enorme trek,' kondigde ze aan, om de aandacht van haar blozende wangen af te leiden. Inmiddels was een vochtige mist om hen heen gekronkeld en was het uitzicht verdwenen.

'Ik ook. Wat zou je ervan zeggen om naar beneden te lopen, het zonlicht in, en daar te picknicken? Mr. Turnbull zegt dat we naar het noordwesten moeten koersen, richting Lingmell; die route is goed met steenstapels gemarkeerd. Volgens hem is het uitzicht op Wasdale vrij spectaculair. We kunnen daar pauzeren om te eten.'

'Dan mag jij ons de weg naar de sandwiches leiden,' zei ze, terwijl Archie zijn rugzak opraapte en ze de berg afdaalden.

Twintig minuten later zei Flora dat ze geen stap verder kon, dus settelden ze zich op een rotsplateau en pakte Archie hun lunch uit.

‘Zo heerlijk hebben boterhammen met kaas nog nooit gesmaakt,’ zei ze. ‘Ik zou alleen willen dat ik mijn schetsblok en houtskool had meegenomen. Ik moet proberen dit uitzicht te onthouden, zodat ik het op papier kan zetten.’ Ze trok haar pet af zodat haar haar rond haar schouders viel, en boog haar hoofd achterover om de warmte van de zon te vangen.

‘Je hebt een prachtige bos haar,’ zei Archie. Hij pakte een lok vast en draaide die om zijn vinger.

Bij die aanraking voelde Flora een schokje. ‘Het is even dik en sterk als een koord, en mijn moeder heeft geen flauw idee hoe ik eraan kom,’ zei ze. ‘Als je uitglijdt en valt reik ik je een streng aan, dan kun je je daaraan omhooghijsen.’ Ze glimlachte en wendde zich naar Archie, die haar met een vreemde uitdrukking in zijn ogen aanstaarde. ‘Wat is er?’

‘Het zou ongepast zijn om te zeggen wat ik dacht. Laat ik me beperken tot de mededeling dat ik jou in je huidige euforische toestand fantastisch gezelschap vind.’

‘Dank je. En ik wil je zeggen dat ik je eindelijk heb vergeven voor het feit dat je me bijna hebt laten verongelukken. Tot twee keer toe.’

‘Dus we zijn vrienden?’ Heel even was Archies gezicht vlak bij het hare.

‘Ja, dat zijn we.’

Toen ze daar achteroverleunend op het warme stuk rots lagen bedacht Flora dat ze zich nog nooit zo ontspannen had gevoeld in iemands gezelschap, wat gezien de situatie nogal een ommekeer was.

‘Van wie heb je eigenlijk je talent voor tekenen en schilderen?’ vroeg Archie.

‘Ik heb geen idee, maar ik weet wél wie me geïnspireerd heeft. Je kunt hiervandaan haar boerderij wel zien, denk ik.’

‘En wie mag dat dan wel zijn?’

‘Ze is schrijfster van kinderboeken en heet Beatrix Potter. Toen ik zeven was is ze met haar ouders op de thee geweest op Esthwaite Hall. Ik zat in de tuin en probeerde een rups te tekenen die op een blaadje zat en vergeleek hem met een naaktslak. Ze kwam naast me zitten op het gras, bewonderde mijn rups en vroeg of ze mocht laten zien hoe je hem moest tekenen. Een week later was er een envelop voor me bij de post. Ik was ontzettend opgewonden, want ik had nog nooit iets gekregen wat aan mij was gericht. En in die envelop zat een brief van Miss Potter. Maar het was geen gewone brief, maar het verhaaltje van Cedric de Rups en zijn vriend Simon de Slak, met minuscule waterverftekeningen. Het is mijn kostbaarste bezit.'

'Ik heb wel van Miss Potter en haar boeken gehoord. Ze is er de laatste paar jaar beroemd mee geworden.'

'Dat klopt, maar dat was ze nog niet toen ik haar voor het eerst ontmoette. En nu woont ze in Near Sawrey, op Hill Top Farm, vlak bij de pub waar jij logeert.'

'En heb je al kennisgemaakt sinds ze hier woont?'

'Nee, ze heeft het tegenwoordig zó druk en is zo beroemd dat ik het gevoel heb dat ik niet onuitgenodigd aan de deur kan verschijnen.'

'Woont ze alleen?'

'Ik geloof het wel, ja.'

'Misschien voelt ze zich dan eenzaam. Dat ze bekend is wil nog niet zeggen dat ze geen behoefte heeft aan gezelschap. Vooral als dat een jonge vrouw betreft die ze ooit heeft geïnspireerd.'

'Misschien, maar ik heb nog niet de moed kunnen opbrengen. Ze is simpelweg mijn heldin. Ik hoop dat ik ooit net zo'n leven kan leiden als zij.'

'Wat? Een oude vrijster met alleen dieren en planten als gezelschap?'

'Je bedoelt een onafhankelijke, bemiddelde vrouw die haar eigen lot heeft kunnen bepalen?' kaatste Flora terug.

'Geloof jij dat het je bestemming is om alleen te blijven?'

'Aangezien mijn ouders me kennelijk niet goed genoeg vonden om aan het hof te worden gepresenteerd, heb ik me neergelegd bij de gedachte dat ik waarschijnlijk nooit zal trouwen.'

'Flora,' zei Archie, en hij reikte voorzichtig zijn hand naar haar uit, 'het feit dat jij niet voorgesteld bent hoeft toch niet te verhinderen dat je verliefd wordt en je leven met een man gaat delen? Misschien waren er bepaalde redenen...'

'Inderdaad. Mijn ouders beschikten niet over de nodige financiën of, zoals bij Aurelia, over de steun van tante Charlotte.'

'Dat is niet helemaal wat ik bedoel. Soms zijn er... omstandigheden waarvan we ons misschien niet volledig bewust zijn, maar die invloed hebben op iemands gedrag.'

'Je bedoelt dat ik niet zo'n schoonheid als Aurelia ben?'

'Dat bedoelde ik absoluut niet! Je hebt geen idee hoe stralend je bent. Vanbinnen en vanbuiten.'

'Alsjeblieft, Archie, ik begrijp best dat je aardig wilt zijn, maar ik weet ook waarom. En nu moeten we de berg afdalen. Zie je hoe die wolken zich samenpakken? Volgens mij is er een stortbui op komst.' Flora stond op en had plotseling spijt dat ze over dit onderwerp waren begonnen. Ze voelde zich kwetsbaar, maar begreep niet goed waarom, en haar stemming was net zo snel omgeslagen als de wolken de zon hadden verduisterd.

Een kwartier later lagen ze op hun buik in het ruwe gras en de schapenkeutels, toen de hemel openbarstte en de wind hen met messcherpe regendruppels bestookte.

'Hier,' zei Archie, die in zijn rugzak rommelde, 'trek die deken er maar uit, dan kunnen we daaronder schuilen.'

Flora trok aan een punt van de deken en trok die over haar hoofd. Archie pakte de andere punt, en zo bleven ze in het donker liggen. Hun gammele bescherming was al snel doorweekt.

'Hallo,' fluisterde hij, en ze voelde zijn adem in haar nek.

'Hallo.'

'Kennen wij elkaar ergens van? Ik ben Archie, de boerenknecht.'

'En ik ben Flora, het melkmeisje.' Ze kon een glimlach niet onderdrukken.

'Stinkt hier nogal naar schapenkeutels, vind je niet?'

'Schijnt in dit deel van de wereld het lievelingsgeurtje te zijn.'

'Flora?'

'Ja?'

Zijn lippen zochten haar mond en hij kuste haar. Pijltjes van begeerte schoten vanuit haar mond haar lichaam in. En hoewel ze haar lippen opdracht gaf om voorzichtig te zijn en een beetje afstand te houden weigerden die ronduit te gehoorzamen. Archie trok haar dichter naar zich toe, omklemde haar met zijn armen en zijn lichaamswarmte. Het kussen duurde voor Flora's gevoel eindeloos lang, en ondertussen loste haar voornemen om in haar eentje oud te worden even snel op als de dreigende wolk boven hen. Toen het eindelijk ophield met regenen trok ze haar gezicht terug.

'Mijn god, Flora,' hijgde Archie, 'wat heb je met me gedaan? Je bent geweldig! Ik aanbid je...'

Hij wilde haar weer omhelzen, maar dit keer trok Flora zich terug, ze rukte de deken van zich af en ging overeind zitten, nog versuft van de schok en het genot. Een paar seconden later kwam Archie tevoorschijn. Een tijdje bleven ze zo zitten, zonder iets te zeggen.

'Mijn oprechte verontschuldigingen, ik vrees dat mijn gevoelens me de baas werden. Je gaat dit laatste wangedrag natuurlijk toevoegen aan mijn lijstje misdragingen. Doe dat alsjeblieft niet, Flora, ik smeek het je. Ik had mezelf gewoon níét in de hand. Ik blijf bij wat ik heb gezegd, en ik weet dat ik me heb misdragen, maar ik aanbid je. Ik zeg je naar waarheid dat ik sinds ik je voor het eerst zag, in april, aan niets en niemand anders heb gedacht.'

'Ik...'

'Laat me uitpraten.' Archie pakte haar hand. 'Dit is een van onze laatste mogelijkheden om samen te zijn. De reden dat ik Elizabeth naar het bal in Londen heb begeleid was omdat ik verwachtte jou daar samen met je zuster te zien. Maar toen schoot me te binnen dat je vader me had uitgenodigd voor zijn jachtpartij in de Hooglanden, en dat was een perfect excuus om op de terugweg bij jou langs te gaan. De afgelopen drie dagen met jou waren... subliem. Als er ooit twee mensen zó volmaakt bij elkaar passen zijn jij en ik dat wel. Zo voel jij dat toch ook?'

Flora wilde opstaan, maar haar hand was in een ijzeren greep omklemd. 'Geloof alsjeblieft wat ik tegen je zeg,' smeekte Archie. 'En ik wil dat je elk woord onthoudt dat ik tegen je heb gezegd, ik wil dat je me aankijkt en weet dat ik de waarheid spreek. Ik rijd vanavond terug naar huis, ik heb mijn moeder beloofd dat ik morgen weer thuis zou zijn. Maar ik zweer je dat ik je zal schrijven en dat we elkaar weer ontmoeten.' Hij keek haar met een doordringende maar heldere blik aan en pakte haar hand nog steviger vast. 'Ik wil dat je me vertrouwt. Wat er ook gebeurt, je moet me vertrouwen.'

Flora wendde zich tot hem. Ze voelde zich overweldigd door deze emotionele uitbarsting. Hoe kon ze Archie vertrouwen nu ze nauwelijks drie dagen met elkaar hadden doorgebracht?

Ze moest haar blik wegsleuren toen hij haar doordringend bleef aankijken. 'We kunnen maar beter gaan, anders vraagt Sarah zich af waar ik blijf.'

'Ja, natuurlijk.' Als een touw dat het onder druk plotseling begeeft liet hij haar hand los. Het gaf haar een merkwaardig verloren gevoel.

Zwijgend sjokten ze de berg af, met een stemming die even kil was als hun doornatte kleren.

Toen ze eindelijk bij de auto kwamen had Flora grote moeite om haar ogen open te houden, zó moe en emotioneel in de war was ze. Met Archie aan het stuur zaten ze maar een paar centimeter van elkaar af, maar verdiept in hun eigen gedachten. Toen ze eindelijk bij de ingang van de Hall voorreden stopte Archie.

'Flora, ik moet nu naar huis, ik weet dat ik een vreselijke vergissing heb begaan die ik moet goedmaken. Maar dat zal ik doen, dat zweer ik je. En ik smeek je, doe niet net alsof wat er tussen ons de afgelopen drie dagen is gebeurd niet heeft plaatsgevonden. Hoe onwerkelijk het je in de loop van de tijd misschien voorkomt, probeer niet te vergeten dat het écht gebeurd is. Wil je me dat beloven?'

Flora staarde hem aan en haalde diep adem. 'Ja, dat beloof ik.'

'Tot ziens, Flora, lieveling.'

'Tot ziens.'

Flora stapte uit, sloeg het portier dicht en liep onvast het toegangshek door. Ze had het gevoel dat de grond onder haar voeten bewoog. In de keuken aangekomen trof ze Sarah die met haar voeten op het fornuis aan een koek knabbelde, en Mrs. Hillbeck die, met Panther in haar armen genesteld, aan tafel zat. Ze keken verschrikt op en barstten in lachen uit.

'Miss Flora! Waar heeft u in hemelsnaam gezeten? En wat heeft u dáár nou aan? En het lijkt wel alsof u bijna verzopen bent!' riep Sarah uit, toen ze was bijgekomen van het lachen.

'Ik bén ook half verzopen,' antwoordde Flora, blij dat de vrouwen haar met hun gewone manier van doen weer met beide benen op de grond zetten, zodat ze fysiek en emotioneel weer een beetje bijkwam. Sarah begon direct Flora's haar met een katoenen handdoek droog te wrijven. 'Ik ben in de bergen geweest,' zei Flora dromerig.

'Het is me wel een weertje geweest,' mopperde Sarah. 'Kind nog an toe, ga naar boven en trek die natte kleren uit. Ik breng de thee wel boven en ik laat alvast het bad vollopen.'

'Dank je.' Flora sleepte zich naar het laarzenhok en trok de doorweekte wandelschoenen van haar pijnlijke voeten. Nadat ze de hal in gestrompeld was en naar haar slaapkamer was gegaan werd ze begroet door een knorrig geschuifel van hongerige dieren. Ze trok haar doorweekte kleren uit en haar ochtendjas aan en schoof haastig wat bladeren en zaden door de tralies. Plotseling was ze doodmoe. Ze wankelde naar het bed en ging liggen.

Toen Sarah met haar dienblad boven kwam was Miss Flora al diep in slaap.

13

De week daarop bracht Flora met een verschrikkelijke verkoudheid door in bed. Terwijl haar koorts steeg, nam het hele gebeuren met Archie een droomachtig karakter aan en begon ze zich af te vragen of ze zich de hele geschiedenis niet had verbeeld.

Toen ze zich eindelijk goed genoeg voelde om uit bed te komen, liep ze op wankele benen de trap af en vond ze een aantal aan haar geadresseerde brieven op de verzilverde schaal voor de post in de hal. Aan het schrift zag ze dat er twee van Aurelia bij waren en een van haar moeder, maar de vierde was in Archies sierlijke handschrift. Ze ging op de onderste trede zitten en opende de envelop met trillende handen, verzwakt door haar recente ziekte en de angst voor wat er in de brief zou kunnen staan.

High Weald
Ashford, Kent
5 juli 1909

Mijn liefste Flora,
Ik hoop dat deze brief je in gezondheid zal bereiken, hoewel ik zelf verschrikkelijk verkouden ben geworden na ons wilde avontuur in de bergen. Ik wilde je laten weten dat alles wat ik je heb gezegd gemeend was. En ik vraag of je alsjeblieft geduld met me wilt hebben, want ik moet een oplossing voor een ingewikkelde situatie zien te vinden. Die is niet door jouw en ook niet echt door mijn toedoen ontstaan, maar eenvoudig het resultaat van mijn bereidwilligheid om het goede te doen voor iedereen van wie ik houd.
Ik weet dat ik in raadselen spreek, maar helaas waren er plannen in gang gezet voordat ik jou ontmoette, en nu moet ik proberen daar afstand van te nemen en de weg vooruit vrij te maken. Ge-

zien de gevoeligheid van de huidige situatie stel ik voor dat je deze brief verbrandt, want ik weet dat dit soort berichten de hebbelijkheid heeft om in verkeerde handen te vallen. En ik zou je niet graag compromitteren.
Intussen smeek ik je nogmaals om me te vertrouwen. Ik blijf je vriend en vurige aanbidder,
Archie Vaughan
PS: Doe Panther de groeten van me. Ik hoop dat hij over je waakt.

Flora las en herlas zijn woorden en probeerde er wijs uit te worden. Toen ze voor haar ogen op het papier begonnen te dansen, vouwde ze de brief met een zucht dicht en stopte hem terug in de envelop.

Bij wijze van afleiding pakte Flora de brieven van Aurelia. De eerste stond vol spannende nieuwtjes.

Er zijn al twee verlovingen aangekondigd en mama en ik zijn voor allebei uitgenodigd op het feest. Om eerlijk te zijn hebben verschillende jongemannen me benaderd, maar geen van hen heeft mijn hart veroverd. Het stelde me teleur te horen dat je vijand Archie Vaughan ziek zou zijn en daarom moest afzien van zijn voorgenomen bezoek aan Londen. Nu betwijfel ik of ik hem nog zal zien voordat iedereen aan het eind van het Seizoen vertrekt om de zomer thuis of, in sommige gevallen, in het buitenland door te brengen. Ik moet eerlijk zeggen dat het me wat saai lijkt om na Londen terug te gaan naar Esthwaite, maar ik kijk ernaar uit om jou weer te zien, mijn lieve zus. Je weet niet hoe erg ik je gemist heb.

'Vijand… ha ha!' Flora legde de brief neer en bedacht hoezeer ze was veranderd sinds de laatste keer dat ze Aurelia had gezien. Toen realiseerde ze zich treurig dat ze de gevoelens van haar zus voor Archie moest accepteren. Aurelia wilde alleen maar dat Flora hem aardig zou vinden en hem zou vergeven. Hoe ontzet zou ze zijn als ze wist wat er werkelijk aan de hand was?

Flora ging naar haar slaapkamer, stopte de brieven in het zijden vak achter in haar dagboek en borg het op in haar schrijfbureau. Ze bad stil en nogal zelfzuchtig dat een man… welke man dan ook, als Archie het maar niet was, Aurelia's hart zou veroveren in de korte tijd die er nog over was van het Seizoen. Ze wilde veel met haar zus delen, maar niet haar recentelijk ontstane gevoelens voor Archie Vaughan, daar was ze zich pijnlijk van bewust.

Ze ging op haar bed liggen en scheurde de tweede brief van Aurelia open.

4 Grosvenor Square
Londen
7 juli 1909

Lieve zus,

Met een mengeling van verdriet en grote blijdschap schrijf ik je dat je me toch niet zo snel als ik had gedacht weer thuis zult zien. Ik ben door Lady Vaughan uitgenodigd op High Weald! Elizabeth heeft me verteld hoe mooi het daar is en ik kijk ernaar uit om de befaamde tuinen die ze me heeft beschreven te zien. Je kunt je vast voorstellen dat het feit dat Archie er ook zal zijn maakt dat ik er des te liever wil verblijven. Ik heb gehoord dat hij nog steeds verkouden is. Daarom is hij ook niet meer in Londen gezien en iedereen mist hem erg. Mama zal alleen naar Esthwaite teruggaan en ik hoop dat je me zult vergeven dat ik mijn verblijf in het zuiden nog wat rek, maar ook zult begrijpen wat de redenen zijn. In september ben ik weer thuis, en intussen zal ik je blijven schrijven.

Ik hou van je, mijn lieve zus,
Aurelia

Er ging een steek van pijn door Flora's hart. Een pijn die veel heviger was dan die van blaren op haar voeten of het verdriet over een verloren dier van haar menagerie. Aurelia zou in High Weald logeren. Ze zou het huis dat Archie haar had beschreven in het echt zien, en, nog pijnlijker, ook zijn geliefde tuinen.

In haar verraderlijke gedachten stelde Flora zich Aurelia voor terwijl ze gekleed in een van haar mooie jurken en met een grote, met bloemen getooide zonnehoed op haar blonde hoofd met Archie naast zich door de tuinen liep. Flora liet zich weer in de kussens zakken en dacht dat ze over de gladde zwarte vacht van Panther zou kunnen overgeven.

Toen Sarah een uur later op de deur klopte om te horen wat ze wilde voor de lunch, deed Flora alsof ze sliep. Ze wist niet of ze ooit nog trek zou hebben.

In de eerste week van augustus kwam haar moeder terug uit Londen. Flora zag dat Rose gespannen was en dacht dat het kwam doordat ze na het opwindende leven in Londen ongelukkig was. Drie dagen later kwam haar vader, die, vond Flora, er altijd ongelukkig uitzag, terug uit de Schotse Hooglanden. Misschien kwam het ook doordat Aurelia er niet was en Flora's levendige verbeelding elk uur duistere gedachten over haar zus en Archie in High Weald voortbracht, maar het leek haar dat er een grauwsluier over de hele huishouding lag.

Flora was nu volledig hersteld van haar verkoudheid en deed wat ze normaal gesproken deed. Ze stond vroeg op om haar dieren te voederen, deed boodschappen met het ponywagentje in Hawkshead en tekende de nieuwe schatten die ze had gevonden op haar tochten in de milde middagzon. In het huis hoorde ze gedempt gefluister achter de deur van haar vaders studeerkamer en het gesprek tijdens de avondmaaltijd was nog krampachtiger dan gewoonlijk.

Terwijl augustus zieltogend ten einde kwam en de zomer wederom voor een jaar meevoerde, vroeg Rose haar dochter of ze na het ontbijt bij haar wilde komen. Met een vreemd, opgelucht gevoel liep Flora naar de ochtendkamer en klopte op de deur; wat haar moeder haar ook te zeggen had, na weken van opgekropte spanning zou het een welkome wolkbreuk zijn.

'Hallo, mama,' zei ze toen ze binnenkwam.

'Ga zitten, Flora.'

Flora nam plaats op de stoel die haar moeder aanwees. Door de ramen scheen helder licht op de vervaagde kleuren van het oude

Perzische tapijt op de vloer. Het vuur in de haard gaf aan dat de seizoenen aan het wisselen waren.

'Flora, de afgelopen weken hebben je vader en ik de toekomst van... ons gezin besproken.'

'Ik begrijp het.'

'Ik hoop dat je niet zult schrikken van wat ik je te zeggen heb. Je zegt weinig, maar ik weet dat niets je ontgaat.'

'O ja?' Flora verbaasde zich over de opmerking van haar moeder.

'Ja. Je bent een verstandige, opmerkzame jonge vrouw.'

Nu wist Flora dat ze slecht nieuws zou krijgen, want ze kon zich niet herinneren dat ze ooit zo'n compliment over haar moeders lippen had horen komen. 'Dank u, mama.'

'Er is geen andere manier om je dit te vertellen, maar je vader gaat Esthwaite Hall verkopen.'

Flora's adem stokte in haar keel. Zonder haar dochter aan te kijken ging Rose verder: 'De laatste jaren hebben we elke duit aan onderhoud besteed en daarom hebben we met de hand op de knip moeten leven. Maar nu is het geld eenvoudig op. Je vader wil zich niet in de schulden steken om de noodzakelijke herstelwerkzaamheden te bekostigen, en dat is ook terecht. We hebben een koper gevonden die een goede prijs wil betalen en het geld heeft om de Hall te restaureren. Je vader heeft een huis in de Schotse Hooglanden gevonden, bij Loch Lee, en daar gaan we in november naartoe. Het spijt me, Flora. Ik weet dat jij van ons allemaal het meest van ons huis en de omgeving houdt. Maar er is niets aan te doen.'

Flora zei niets, kon niets zeggen.

'Het is niet ideaal, neem dat maar van me aan, en...' Flora zag dat haar moeder krampachtig slikte om haar kalmte te bewaren. 'Ik weet zeker dat ik het moeilijk zal vinden, maar we hebben geen keus. Wat jou betreft, Flora, je vader en ik vinden het niet goed om je mee te nemen naar zo'n afgelegen oord, want je bent nog jong en hebt gezelschap van andere mensen nodig. En dus heb ik een baan in een huishouding in Londen voor je geregeld waarvan ik denk dat die goed bij je zal passen.'

Een ogenblik zag Flora zichzelf het fornuis al poetsen en aardappelen schillen in een souterrainkeuken. 'Wat voor baan dan, mama?' vroeg ze ten slotte stamelend en met een droge mond.

'Een goede vriendin van me heeft extra scholing voor haar twee dochters nodig. Ik heb haar verteld dat jij goed kunt tekenen en schilderen en heb het ook over je botanische kennis gehad. Ze heeft me gevraagd of je in haar huishouding opgenomen wilt worden en of je haar dochters je vaardigheden wilt bijbrengen.'

'Dus ik word gouvernante?'

'Niet echt, nee. De huishouding waarvan je deel zult uitmaken is rijk en er is veel personeel om voor de kinderen te zorgen en ze te onderwijzen. Ik zie je rol liever als die van lerares.'

'Mag ik vragen hoe die vriendin heet?'

'Haar naam is Alice Keppel. Ze heeft veel aanzien in de Londense society.'

Flora knikte, hoewel ze als bewoonster van het woeste Lake District niet de naam van wie dan ook in Londen kende, of het nu mensen met veel aanzien waren of niet.

'Ze is een vrouw die zich in de allerhoogste kringen beweegt en het is een eer dat ze jou voor die positie in aanmerking wil laten komen.' Er gleed een vreemde uitdrukking over het gezicht van haar moeder. 'Nou, dan weet je het nu. Begin oktober word je opgenomen in haar huishouding.'

'En Aurelia? Gaat ze met jullie mee naar de Hooglanden?'

'Aurelia gaat bij haar tante Charlotte in Londen wonen nadat ze teruggekomen is uit Kent. In ieder geval voor een tijdje. We hopen dat het niet lang zal duren voordat Aurelia haar eigen huishouding zal leiden.'

Flora's hart sloeg over. 'Gaat ze dan trouwen? Met wie?'

'Dat zal je zus je wel vertellen zodra de verloving bevestigd is. Nu dan, Flora, heb je nog vragen?'

'Nee.' Wat had het voor zin? Haar lot was toch al bezegeld.

'Lieve.' Rose stak aarzelend haar hand naar Flora uit. 'Ik vind dit echt heel jammer. Waren de dingen maar anders voor jou en mij. Maar dat zijn ze niet en we moeten er simpelweg het beste van zien te maken.'

'Ja.' Opeens kreeg Flora met haar moeder te doen. Ze zag er net zo terneergeslagen uit als zijzelf. 'Ik zal... me vast aan mijn nieuwe omstandigheden kunnen aanpassen. Zeg Mrs. Keppel maar... dat ik haar heel dankbaar ben.'

En voordat ze zichzelf te schande kon maken door luid en verdrietig in snikken uit te barsten liep Flora snel de ochtendkamer uit. Boven deed ze de deur van haar slaapkamer op slot. Ze liet zich op haar bed neerploffen, trok de dekens over haar hoofd en huilde zo zacht mogelijk.

Nu ben ik alles kwijt... mijn thuis, mijn zus, mijn leven...

Panther was ook onder de dekens gekropen en toen ze zijn zachte, warme vacht voelde, kwamen er nog meer tranen. 'En wat zal er met jou gebeuren? En met Posy en mijn andere dieren? Ik kan me niet voorstellen dat Mrs. Keppel,' ze spuwde de naam uit alsof het gif was, 'een oude pad en een rat in haar brandschone huis zou willen. En ik moet kinderen lesgeven! Lieve hemel, Panther, ik zie bijna nooit kinderen, laat staan dat ik weet hoe ik ze moet opvoeden. En ik weet ook niet of ik ze wel zo leuk vind.'

Panther hoorde haar geduldig aan en snorde bij wijze van antwoord in Flora's oor.

'Hoe kunnen mama en papa me dit aandoen?' Flora gooide de dekens van zich af, ging rechtop zitten en staarde door het raam naar het prachtige uitzicht over Esthwaite Water. Ze was nu boos in plaats van verdrietig en stond op, liep heen en weer en probeerde wanhopig te bedenken wat ze zelf zou kunnen doen om haar geliefde thuis te redden. Toen ze alle mogelijkheden had uitgeput – er waren er eenvoudig geen – opende Flora de deurtjes van al haar kooien. De dieren renden en sprongen uit hun gevangenschap en verdrongen zich beschermend om hun bazinnetje.

'Lieve hemel.' Flora slaakte een lange, diepe zucht. 'Wat moet ik in vredesnaam doen?'

Terwijl het elke avond vroeger donker werd en er een mistwolk boven het meer begon te hangen, bracht Flora zo veel mogelijk tijd buitenshuis door. Haar vader had nog niets tegen haar gezegd over de voorgenomen verkoop van Esthwaite Hall en Flora's ophanden zijnde vertrek naar Londen. De maaltijden verliepen zoals gebruikelijk en Flora vroeg zich af of haar vader nog wel afscheid van haar zou nemen wanneer ze over twee weken zou vertrekken.

Het enige teken dat er iets ging veranderen was dat er een aantal vrachtwagens voor het huis aan kwam rijden en wegreed met meubelen – of ze naar een veilinghuis of de nieuwe woning van haar ouders in Schotland gingen wist Flora niet. Toen ze de mannen met lege kisten de bibliotheek zag binnengaan, rende ze erheen en snel als een gauwdief nam ze zo veel mogelijk van haar favoriete boeken in haar armen, waarop ze zich met haar buit naar boven haastte.

Het was hooitijd in Esthwaite en omgeving en omdat het ongewoon mooi weer was, waren alle dorpelingen in de weiden het hooi binnen aan het halen voordat het zou gaan regenen. Flora liep met haar mand over de landweggetjes, groette bekenden van wie ze binnenkort afscheid zou moeten nemen en verzamelde zo veel mogelijk verschillende plantensoorten. In Londen, dacht ze, zouden de kinderen die aan haar waren toevertrouwd niet veel interessante planten en dieren hebben om te schetsen en te tekenen.

Het meest prangende probleem was wat te doen met haar dieren. Als ze ze vrijliet, zou geen van hen in het wild overleven na jaren kost en inwoning in Esthwaite Hall. Maar wat kon ze anders doen?

Toen ze op een ochtend vroeg wakker werd, wist ze het. Na het ontbijt zette Flora haar mooiste hoed met linten op en liep naar de stal om de pony voor het wagentje te spannen. 'Nou,' zei ze tegen Myla terwijl ze de teugels liet neerkomen en ze vertrokken, 'nee heb ik en ja kan ik krijgen.'

Flora bracht het wagentje tot stilstand voor Hill Top Farm en bond de pony aan een paal. Daarop streek ze haar jurk glad, zette haar hoed recht en opende het houten hek. Ze liep het pad op en zag de goed onderhouden bedden vol paarse herfstkrokussen en dahlia's. Links van haar, achter een groen smeedijzeren hek, lag een moestuin waarin ze grote kolen en bossen wortelloof zag. Een blauweregenrank klom tegen de voorgevel van het huis op, waarvan de grijze muren ook door rijpende Japanse kwee werden verfraaid.

Ze bleef ervoor staan en wist dat het enige obstakel tussen haar en haar heldin de eiken paneeldeur was. De moed zonk haar bijna in de schoenen. Maar toen dacht ze aan het lot van haar dieren als ze het niet ten minste probeerde en ze liet de koperen klopper neerkomen. Een paar seconden later hoorde ze voetstappen. De deur ging open en een paar stralende, vragende ogen namen de bezoekster op.

'Hallo. Wat kan ik voor je doen?'

Flora herkende Miss Potter onmiddellijk, en omdat ze had verwacht dat de deur door een dienstmeid zou worden geopend, wist ze niet meteen wat ze moest zeggen toen ze haar zag. Haar heldin zag er enigszins verfomfaaid uit en veegde haar handen af aan een schort vol fruitvlekken, die ze droeg over een effen rok van grijze wol en een eenvoudige witte bloes.

'U weet waarschijnlijk niet meer wie ik ben,' begon ze schuchter, 'maar mijn naam is Flora MacNichol en ik woon in Esthwaite Hall, niet ver hiervandaan. Op een keer was u daar met uw ouders op theevisite en daarna heeft u mij een brief geschreven met een verhaal over een rups en een slak…'

'Ach, ja, natuurlijk weet ik dat nog! Nou, Miss MacNichol, je bent intussen veel volwassener geworden. Wil je binnenkomen? Ik was net bramenjam aan het maken en ik moet opletten als de boel gaat koken. Het is de eerste keer dat ik het doe, begrijp je.'

'Dank u,' zei Flora. Ze kon bijna niet geloven dat de beroemde Miss Potter haar vroeg of ze in haar huis wilde komen.

Ze stapte een weelderig gedecoreerde hal binnen die een contrast vormde met het bescheiden exterieur van het huis. Bij de trap tikte een grootvaderklok en tegen de muur stond een groot eiken dressoir vol kleine kostbaarheden. Alles was keurig netjes, een beetje zoals in een poppenhuis, en Flora zag de muizen uit de verhalen van Miss Potter al bijna voor zich rondrennen en alles overhoophalen. Ze kneep onopvallend in haar arm om na te gaan of dit echt was.

'O, hemel, het koekt weer aan,' zei Miss Potter. Ze snelde naar een boven het haardvuur opgehangen ketel waarvan de inhoud wel erg lustig pruttelde. Het hele huis rook naar aangebrande suiker. 'Neem me niet kwalijk, maar ik moet erin blijven roeren. Gewoonlijk doet Mrs. Cannon dit voor mij, maar ik vond dat ik het zelf ook moest leren. Maar ga zitten, alsjeblieft, en vertel waaraan ik het genoegen van je bezoek te danken heb.'

‘Ik… Nou, eerlijk gezegd ben ik hier om u om een gunst, of in ieder geval raad, te vragen.’ Flora ging zoals haar was gevraagd aan de tafel zitten en hoorde een verontwaardigd ‘miauw’ toen er een grote, cyperse kat van de stoel sprong. Dit zou toch niet Tabitha Twitchit zelf zijn?

‘Let maar niet op Tom, hij wil de boel alleen maar op stelten zetten. Wat voor gunst precies?’

‘Ik… Nou…’ Flora schraapte haar keel. ‘Ik heb een aantal dieren gered, en op het ogenblik verblijven die in mijn slaapkamer in de Hall.’

‘Net als ik toen ik nog een kind was!’ Miss Potter lachte verrukt. ‘Welke soorten heb je?’

Flora somde haar verzameling op terwijl Miss Potter in de jam roerde en haar aanhoorde. ‘Ja, ik had ook alle dieren die je hebt beschreven, behalve een pad misschien. Hoewel, op een gegeven moment heb ik er misschien toch een gehad… Maar goed, je hebt nog steeds niet uitgelegd welke gunst je van me wilde vragen?’

‘Misschien had u het al gehoord, maar Esthwaite Hall wordt verkocht. Ik moet naar Londen verhuizen en in een huishouding gaan werken, de kinderen botanie, tekenen en schilderen leren. En eerlijk gezegd weet ik nu niet wat ik met mijn arme, verweesde huisdieren aan moet.’

‘Ah!’ Miss Potter tilde de ketel van het vuur en zette hem op een kurkonderzetter op de tafel. ‘Het antwoord is doodeenvoudig: ze moeten hier bij mij op Hill Top komen wonen. Ik kan niet zeggen dat ze de aandacht die ze gewend waren zullen krijgen, want ik heb het tegenwoordig razend druk. Ik schrijf boeken, weet je.’

‘Ja, Miss Potter, ik heb alle boeken die u tot nu toe hebt gepubliceerd.’

‘Echt waar? Wat aardig van je. Maar wat je probleem betreft, ik heb een grote schuur in de tuin die warm en droog is en waarin ik regelmatig gewonde vogels en dergelijke onderbreng. Jouw dieren zijn daar ook welkom. Er zijn genoeg insecten voor je pad. En voor onze andere dieren hebben we zaden op voorraad, hoewel ik heb geleerd dat ik konijnen geen hennepzaadjes meer moet voeren – daar is mijn arme Benjamin een keer heel raar van gaan doen. Je zei dat er ook een witte rat bij was? Dan moet ik zorgen dat Tom niet in de schuur kan komen.'

Terwijl Miss Potter een verbale checklist doorliep over hoe ze de nieuwe aanwinsten kon beschermen, voelde Flora zich enorm opgelucht en dankbaar. 'Ik heb ook nog een jong katertje dat Panther heet,' voegde ze er hoopvol aan toe.

'Ik ben bang dat dat best een probleem kan worden, want mijn beste Tom heeft hier zo lang de scepter gezwaaid dat hij niets van een rivaal zal moeten hebben. Zal Panther nog ergens anders heen kunnen, denk je?'

'Ik zou geen mogelijkheid weten die ik echt vertrouw.'

'Nou, ik zal eens rondvragen, er moet zeker iemand te vinden zijn die hem wil hebben.'

'Dank u,' zei Flora, hoewel ze vond dat haar woorden in het niet vielen bij Miss Potters grootmoedigheid.

'Zou je me kunnen helpen met het zeven en in de potten gieten van de jam?'

'Natuurlijk.' Flora stond onmiddellijk op, want Miss Potter zette een dienblad met jampotten op de tafel. Ze gingen naast elkaar staan en zeefden de jam door een mousselinen doek om de bramenpitjes eruit te verwijderen. Toen goten ze hem in de potten.

'Wat is het toch een makkelijke bes,' zei Miss Potter. 'Hij rijpt zelfs in de regen, en zoals je weet hebben we daar genoeg van hier. Maar wil je graag naar Londen?'

'Helemaal niet. Ik zou niet zonder Esthwaite kunnen,' bekende Flora. 'Alles waarvan ik houd is hier.'

'Tja, maar er zit niets anders op voor je.' Miss Potter schraapte de laatste jam uit de ketel. 'Ik ben opgegroeid in Londen. Er zijn veel mooie parken en tuinen, en het Natural History Museum, natuurlijk. O ja, en Kew Gardens! Ik raad je aan, lieverd, om het beste van je ervaringen in de stad te maken. Verandering van spijs doet eten, zeggen ze.'

'Ik zal het proberen, Miss Potter.'

'Goed.' Ze knikte en ze legden paraffineschijfjes op de jam en draaiden deksels op de potten. 'Nou, ik vind dat we wel een glaasje vlierbloesemlikeur verdiend hebben voor ons harde werk. Wil je voor ons allebei een glaasje inschenken terwijl ik de potten in de voorraadkamer zet om af te laten koelen?'

Flora deed wat haar was gevraagd. Ze wilde dat ze Miss Potter kon zeggen dat ze alleen haar oude leventje wilde houden. Maar ze was bang dat dat een cliché was en gaf haar heldin alleen het glaasje vlierbloesemlikeur aan. Ze gingen aan de tafel zitten en ze probeerde er een heuglijk moment van te maken om zichzelf te troosten met haar ongewisse toekomst.

'Teken je nog steeds, Miss MacNichol? Ik herinner me dat je dat deed toen je nog klein was.'

'Ja, maar vooral natuurtaferelen en af en toe een dier.'

'Wat valt er hier ook anders te portretteren?' Miss Potter gniffelde. 'En planten en dieren zijn geen afschrikwekkende kunstcritici, zoals mensen. Dus je wordt een soort van gouvernante. Zou je niet liever een huwelijksleven hebben? Je bent in ieder geval knap genoeg om een man aan te trekken.'

'Ik... Misschien. Maar het leven heeft me de kans nog niet geboden.'

'Ik ben drieënveertig, lieverd, en ik wacht nog steeds tot het leven me de kans biedt! Helaas duurt het jaren voordat een gebroken hart geheeld is.' Opeens verscheen er een droevige blik in de blauwe ogen van Miss Potter. 'Vertel eens,' ging ze verder, 'voor wie ga je in Londen werken?'

'Een zekere Mrs. Alice Keppel. En de kinderen die ik les zal geven heten Violet en Sonia, dacht ik.'

Nadat ze dat had gezegd wierp Miss Potter haar hoofd in haar nek en barstte in lachen uit.

'Alstublieft, Miss Potter, waarom lacht u?'

'O, neem me niet kwalijk dat ik zo kinderlijk doe. Maar lieverd, je bent toch wel gewaarschuwd voor de... connecties van Mrs. Keppel?'

Flora wilde voorkomen dat ze naïef over zou komen en ze liet niet blijken dat ze in verwarring was gebracht. 'Ik... Ja.'

'Nou, echt, als iets het waard is om de schoonheid van het Lake District voor te verlaten, zou ik geen interessantere huishouding kunnen bedenken om in te worden opgenomen! Maar nu moet ik echt weer aan het werk, want ik moet morgen zelf ook terug naar Londen, op bezoek bij mijn arme oude moeder, en ik heb hier nog een heleboel te doen voor ik vertrek. Breng je dieren gerust hierheen, de komende dagen. Als ik nog niet terug ben, zullen Mr. en Mrs. Cannon, die in de andere vleugel van de hoeve wonen, er met alle plezier voor zorgen. In mijn huis komen dieren op de eerste plaats, dat weten ze. Ook die van u zullen behandeld worden alsof ze... van koninklijke afkomst zijn.' Miss Potter lachte nog eens in zichzelf en liep met Flora mee naar de voordeur. 'Tot ziens, Miss Potter. Heel veel dank voor uw vriendelijkheid.'

'Wij dierenvrienden en liefhebbers van het Lake District moeten samen sterk staan, toch? Tot ziens, Miss MacNichol.'

14

De weinige dagen die ze nog in het huis van haar jeugd overhad gingen pijlsnel voorbij en toen Flora zag dat de familiebezittingen werden ingepakt en afgevoerd werd de pijn in haar hart steeds dieper. Ze kreeg een grote koffer om haar persoonlijke bezittingen en kostbaarheden in te doen, en dan zouden die met haar ouders naar Schotland meegaan. Terwijl ze haar dagboeken met zijden kaft en de gedetailleerde beschrijvingen van haar leven hier in Esthwaite klaarlegde om in bruin papier te pakken, kon ze het niet laten om ze in te zien, een paar stukjes te lezen en te treuren om alles wat ze binnenkort zou missen.

Haar ouders hadden het zo druk dat er maar zelden een vriendelijk woord voor haar af kon. Hoewel ze hun manier van doen gewend was, begon ze zich steeds eenzamer te voelen, en misschien, dacht ze, zou ze zelfs opgelucht zijn wanneer de dag van het vertrek naar Londen gekomen was.

Bovendien had ze ook geen bericht van Archie meer gehad, en Flora had besloten dat ze de herinnering aan de tijd die ze samen hadden doorgebracht beter bij de rest van haar verleden kon opbergen, ondanks wat hij had gezegd over dat ze hem moest vertrouwen. Gezien Aurelia's gevoelens voor hem, die ze had geuit in haar brieven aan Flora vanuit High Weald, zou dat het verstandigste zijn. Niet dat dat besluit haar veel hielp. Ze bleef bijna elk moment van de dag aan hem denken.

Het pijnlijkst van alles was het afscheid nemen van haar geliefde dieren, toen ze die had ondergebracht in de schuur van Miss Potter en tegen Mrs. Cannon had gezegd wat ze nodig hadden. Het uit elkaar gaan was alleen iets draaglijker geworden toen ze had gezien hoe blij Ralph en Betsy, de oudste kinderen van Mrs. Cannon, ermee waren. Ze hadden Maisie en Ethel, de twee relmuizen, onmiddellijk opgepakt en beloofd er even goed voor te zullen zorgen als Flora zelf had gedaan.

Wat Panther betreft: Sarah, die had geweigerd mee te gaan naar de Hooglanden, 'vanwege alle mijten en teken', zou hem meenemen naar het knusse landhuisje in Far Sawrey waar zij en haar moeder woonden. Flora was in ieder geval blij dat haar dieren veilig waren, ook al was ze dat zelf niet.

Op de ochtend van haar vertrek naar Londen liep Flora met een hart zo zwaar als het grote rotsblok op de oevers van Esthwaite Water naar beneden om voor de laatste keer de zon boven het Lake District te zien opkomen.

Buiten bood het landschap haar een laatste mooie herinnering. In de herfstlucht lichtten stroken scharlakenrood en purper op en toen ze op de rots ging zitten hing er een dichte laag mist boven het meer. Ze genoot van elke triller van het koor van ochtendvogels en ademde de frisse, zuivere lucht met diepe teugen in. 'Vaarwel,' zei ze, zacht haar adem uitblazend. Toen kneep ze haar ogen dicht, als de klep voor een cameralens, om het beeld onuitwisbaar in haar geheugen te prenten.

Terug in haar slaapkamer trok Flora snel haar reiskleding aan en terwijl ze haar reiscape om haar schouders hing, riep ze Panther. Normaal gesproken kroop hij slaperig onder de dekens vandaan, en dan rekte hij zich loom uit, met een geërgerde uitdrukking in zijn amberkleurige ogen omdat hij gestoord werd. Maar vandaag was hij er niet, en Flora concludeerde dat ze de deur op een kier moest hebben laten staan toen ze naar beneden ging en dat Panther haar was gevolgd.

Tilly en Mrs. Hillbeck waren al bezig in de keuken.

'Uw moeder heeft ons gevraagd een picknick voor u in te pakken. Het is een lange reis naar Londen,' zei Tilly, terwijl ze de leren riempjes van de sluitmand aantrok.

'Hebben jullie Panther gezien?' vroeg ze, en ze keek onder de tafel. 'Ik heb overal gezocht, maar ik kan hem nergens vinden. Ik moet afscheid van hem nemen...'

'Hij kan er niet vandoor gegaan zijn, Miss Flora, zeker weten, maar uw moeder staat al bij de voordeur op u te wachten. Ik ga kijken waar hij is, maakt u zich niet ongerust,' zei Sarah, die opdook uit de provisiekamer.

'Vaarwel, Miss Flora, en veel geluk in die heidense stad waar u naartoe gaat. U liever dan ik,' zei Mrs. Hillbeck, haar neus ophalend. 'Ik heb een paar krentenkoeken voor u gebakken, ik weet dat u daar dol op bent.'

'Dank je, en wil je me alsjeblieft beloven dat je voor Panther zult zorgen en me zult schrijven dat hij veilig is?'

'Natuurlijk. En past u goed op uzelf. We zullen u missen,' voegde Mrs. Hillbeck er met een traan in haar oog aan toe.

'Dat zal ik zeker doen. Vaarwel.' Flora keek nog een laatste keer vertwijfeld in de keuken rond en toen liep ze naar haar moeder.

'Flora, we moeten gaan nu, anders zijn we te laat voor de trein.' Haar moeder stond als een vorstin in de hal, haar handen in een met bont gevoerde mof gestoken vanwege de ochtendkou. Flora liep naar de deur, gevolgd door Sarah met de picknickmand. 'Ga afscheid nemen van je vader. Ik zie je in het rijtuig.'

Tot haar verbazing was haar vader de trap naar de hal af gekomen. Hij leunde zwaarder dan gewoonlijk op zijn stok.

'Flora, lieveling.'

'Ja, papa?'

'Ik... eh, nou, ik wilde zeggen... dat het me ontzettend spijt dat alles zo gegaan is.'

'Het is niet jouw schuld dat we het geld niet hebben om het huis te houden, papa.'

'Nee, maar...' Alistair keek naar zijn voeten. 'Dat bedoelde ik niet direct, maar hoe dan ook bedankt. Je zult je moeder regelmatig schrijven, dus ik zal vast over je avonturen horen. Ik wens je een gelukkige toekomst. Vaarwel, lieveling.'

'Dank u wel, papa. Vaarwel.'

Flora wendde zich van hem af en toen ze hoorde hoe definitief de afscheidswoorden van haar vader klonken, voelde ze zich opeens verschrikkelijk bedroefd. Ze stapte in het rijtuig en wierp nog een laatste blik op Esthwaite Hall. Toen ze de poort door reden vroeg ze zich af of dit de laatste keer was dat ze het huis zag. En of het de laatste keer was dat ze haar vader zag.

Nadat ze zich in het eersteklasrijtuig hadden geïnstalleerd voor de lange reis naar Londen, ging Flora stil zitten kijken naar het landschap, dat algauw van ruige heuvels en dalen overging in een haar onbekend laagland, en ze treurde inwendig om alles wat ze nog maar zo kort geleden had verloren. Rose' stemming daarentegen verbeterde naarmate de mijlen voorbijgleden en de trein de passagiers steeds verder wegvoerde van hun thuis.

'Misschien moet ik je wat meer over het huishouden van de Keppels vertellen.'

'Ja, mama.'

Flora luisterde maar half terwijl Rose sprak over het prachtige huis aan Portman Square, de hoge maatschappelijke positie van de familie en de twee meisjes Violet en Sonia, respectievelijk vijftien en negen jaar oud.

'Violet is natuurlijk een schoonheid en Sonia... nou ja, het arme schaap, laten we maar zeggen dat ze andere kwaliteiten heeft die haar alledaagse uiterlijk compenseren. Het is een heel lieve meid, maar Violet is lastig. Maar ja...' Rose staarde met een flauw glimlachje uit het raam. '... gezien het leven dat ze heeft geleid, kun je haar dat amper kwalijk nemen.'

'Welk leven, mama?'

'O.' Rose rilde zichtbaar. 'Misschien wordt het eerste kind altijd verwend.'

Nu was het Flora's beurt om haar ogen af te wenden. Maar niet voordat ze had gezien dat er een blosje op de wangen van haar moeder was verschenen. Ze wisten allebei dat dat bij hen thuis niet zo was geweest.

Om één uur verklaarde Rose dat ze trek had en Flora opende prompt de picknickmand. 'Ik kan het eten in de restauratiewagon echt niet door mijn keel krijgen,' zei ze, terwijl Flora haar een servet en bord aangaf. Ze slaakten allebei een gilletje toen er een klein zwart duiveltje uit de mand sprong dat na snel om zich heen te hebben gespied onder de rokken van zijn bazinnetje verdween.

'Lieve hemel! Wat doet híj nou hier?' Rose keek haar doordringend aan. 'Flora, je hebt hem toch niet verstopt?'

'Natuurlijk niet, mama!' Vreugdetranen prikten achter haar ogen en ze pakte Panther vanonder haar rokken en drukte hem tegen zich aan. 'Hij heeft zichzelf verstopt.'

'Ik weet echt niet wat we in vredesnaam met hem in Londen moeten. De Keppels zullen zeker geen levende dieren in hun huis willen, gezien de kringen waartoe ze behoren.'

'Mama, ik begrijp dat Panther me misschien tot last zal zijn, maar voor zover ik weet houden de meeste kinderen van katten, dus Violet en Sonia waarschijnlijk ook.'

'Nou, het is geen goed begin,' zei Rose met een zucht. 'Helemaal geen goed begin.'

Met Panther in een diepe slaap in de picknickmand – het leek bijna alsof hij het spelletje dat hij moest spelen begreep – stapten moeder en dochter in station Euston uit de trein.

'Alice heeft gezegd dat ze haar automobiel en chauffeur zou sturen om ons te begroeten. Ah, daar is Freed.'

Flora liep snel achter haar moeder door de drukke stationshal naar een kleine man met een keurige snor, die een fraaie donkergroene jas met blinkende koperen knopen droeg. Hij nam zijn pet af en maakte een buiging voor hen. Door de lucht en het aanhoudende lawaai van de locomotieven en de menigte voelde Flora zich duizelig en overdonderd. Ook Panther miauwde van angst en ongenoegen vanuit de diepten van de mand.

'Goedenavond, *madam* en miss, welkom in Londen,' zei Freed. Hij riep een kruier om hen te helpen met hun koffers. 'Ik neem aan dat de reis goed verlopen is?' vroeg hij beleefd, terwijl hij het station uit liep, gevolgd door Flora, haar moeder en de kruier met het bagagekarretje. Een elektrische automobiel met open chauffeursplaats en glimmende houten panelen stond op hen te wachten in de middagzon. Ze stapten in en gingen op de zachte, met leer beklede bank zitten. Freed startte de motor met een zacht geronk en toen reden ze de brede straten van Londen in.

Flora staarde naar de modieus geklede mannen en vrouwen die over de Marylebone Road slenterden en de imposante gebouwen die oneindig naar de hemel leken op te rijzen. Uit de mand steeg voortdurend een klaaglijk gemiauw op, maar met haar moeder naast zich durfde Flora hem niet te openen om Panther te troosten.

De automobiel reed om een prachtig, met hoge bakstenen huizen omringd park heen en stopte voor een ervan. Meteen daarop ging de voordeur open en er kwam een livreiknecht aanlopen om hen te helpen uitstappen. Ze gingen het huis binnen en de man bood aan Flora's picknickmand van haar over te nemen.

'Nee, dank u, *sir*. Er zitten... cadeaus voor de huishouding in,' loog Flora snel.

Hun capes en hoeden werden aangenomen en ze werden over een smalle trap naar een ontvangstkamer geleid die op het eerste gezicht meer op een plantenkas dan een binnenkamer leek en vol stond met zoetgeurende orchideeën, lelies en enorme Bourbonrozen in vazen van geslepen glas.

Op een bank met kanten kussens zat misschien wel de mooiste, en zeker de best geklede vrouw die Flora ooit had gezien. Haar glanzende, overvloedige kastanjebruine haar was als een waterval van krullen, het parelsnoer om haar hals accentueerde haar albasten huid en een diep decolleté onthulde de bolling van een imposante boezem. Haar ogen waren helderblauw en Flora bleef als aan de grond genageld staan toen de vrouw opstond en door de weelderig ingerichte kamer op hen af kwam lopen om hen te begroeten.

'Mijn lieve Rose,' zei ze en omhelsde Flora's moeder. 'Was de reis vermoeiend? Toch niet, hoop ik?'

'Nee, Alice, heel gerieflijk, maar Flora en ik zijn wel blij dat we zijn aangekomen.'

'Natuurlijk.' Toen richtte Alice Keppel haar doordringende blik op Flora. 'Dus dit is de veelbesproken Flora. Welkom in mijn huis, lieverd. Ik hoop dat je hier heel gelukkig zult zijn. De kinderen willen dolgraag kennis met je maken. Nannie heeft me verteld dat de kleine Sonia de hele dag tekeningen voor je heeft gemaakt. Op het ogenblik worden ze allebei in bad en in bed gestopt, tot hun grote ongenoegen, dus ik heb beloofd dat ik je morgenvroeg aan hen zal voorstellen.'

Uit de picknickmand steeg een klaaglijk gemiauw op en er werd een klein zwart pootje onder het deksel uitgestoken.

'Wat heb je daar in vredesnaam?' vroeg Mrs. Keppel. Alle ogen in de kamer werden op de mand gericht.

'Eh... een katje,' antwoordde Flora, met een snelle blik op het ontstelde gezicht van haar moeder. 'Alstublieft, Mrs. Keppel, ik wilde hem niet meenemen, maar hij is als verstekeling met ons meegereisd.'

'O ja? Dan moet het een vindingrijk dier zijn.' Ze barstte in lachen uit. 'Laat die verstekeling maar eens zien. De kinderen zullen het vast prachtig vinden.'

Flora bukte zich om de leren riempjes van de mand los te maken en Rose mompelde gegeneerd excuses. Mrs. Keppel lette er niet op en bukte zich ook. Toen ze Panther zag, pakte ze hem met een vaste, geoefende hand op.

'Wat een mooie jongen ben je, en je zult ook wel ondeugend zijn. Als meisje vroeger in Duntreath had ik ook zo'n kat. Ik weet zeker dat hij een welkome aanwinst voor het kinderverblijf zal zijn.'

Mrs. Keppel gaf de spartelende Panther aan zijn bazinnetje terug en Flora had wel op haar knieën willen vallen om de voeten van de vrouw te kussen.

'Goed dan, het diner is om acht uur en ik heb een paar oude vrienden van je uitgenodigd, beste Rose. Ik zal tegen Miss Draper, onze huishoudster, zeggen dat ze jullie jullie kamers moet laten zien, dan kunnen jullie je omkleden. Flora, jouw kamer is naast die van je moeder. Ik hoop dat hij je zal bevallen.' Mrs. Keppel nam Flora's handen stevig in de hare. 'Welkom.'

Terwijl ze een andere trap op werden geleid, vroeg Flora zich af of de genereuze begroeting van Mrs. Keppel gemeend of gespeeld was. Want als ze het had gemeend, was dit het hartelijkste welkom dat ze ooit had gehad. Toen Rose op het punt stond haar kamer binnen te gaan, schoot Flora iets te binnen en ze nam haar moeder ter zijde.

'Mama, ik heb niets geschikts om bij het diner te dragen,' fluisterde ze, terwijl de huishoudster en de dienstbode van de bovenverdieping nog achter hen stonden.

'Dat is zo, ja,' zei Rose. 'Neem me niet kwalijk, Flora, daar had ik aan moeten denken, maar ik wist niet dat Mrs. Keppel je gelijk al aan mensen wilde voorstellen. Ik zal tegen haar zeggen dat je doodmoe bent van de reis en een van de bedienden vragen je eten bij je te brengen op een dienblad. Ik zal de japon die ik heb meegenomen voor je achterlaten als ik morgen naar huis terugga. Hij zal vermaakt moeten worden, maar ze zullen hier vast een naaister hebben. Mrs. Keppel heeft een enorme garderobe, zoals je wel zult begrijpen.'

'Dank je, mama.'

De huishoudster leidde Flora verder door de lange gang en opende de deur van een grote, rijk gemeubileerde slaapkamer met een hoog plafond, een vaas met verse bloemen op de ladekast en zachte, aan een wastafel opgehangen handdoeken.

'Als u nog wat nodig hebt, miss, dan belt u Peggie maar,' zei de huishoudster. Ze gebaarde naar de dienstbode achter haar, die een reverence maakte. 'Zij zal ook uw kat meenemen naar het souterrain wanneer die zijn... behoefte moet doen.'

'Dank u,' zei Flora. Ze wilde zeggen dat ze de kat zelf wel zou meenemen, maar de twee bedienden waren de kamer al uit. Ze liep naar het raam en zag dat het al donker was. Het plein beneden was verlicht door gaslantaarns. Rijtuigen hielden stil voor andere huizen, passagiers met glimmende hoge hoeden op of platte, brede hoofddeksels met veren stapten uit.

Ze wendde zich af van het raam en zag dat Panther zich al thuis voelde en zich midden op het grote bed met koperen spijlen zat te wassen. Ze ging naast hem liggen en staarde omhoog naar het smetteloze plafond zonder scheurtjes of vochtplekken.

'Lieve hemel, wat moeten ze rijk zijn, dat zelfs hun personeel in kamers zoals deze woont,' mompelde Flora in zichzelf. Haar ogen vielen vanzelf dicht en ze doezelde weg. Toen er later op haar deur werd geklopt schrok ze op. Ze ging gedesoriënteerd rechtop zitten en had moeite zich te herinneren waar ze was.

'Hallo, lieve. Heb ik je wakker gemaakt?' zei Rose terwijl ze de kamer binnenkwam. Ze droeg een smaragdgroene jurk en de familietiara, die gewoonlijk kwijnend in de brandkast van Esthwaite Hall lag, want daar had ze niet veel gelegenheid om hem te dragen. Maar vanavond leek Rose even fel te schitteren als de diamanten op haar hoofd.

'Ik zal wel moe zijn van de reis, mama. Ik hoop dat Mrs. Keppel het niet erg vindt dat ik niet kom dineren.'

'Ze heeft er alle begrip voor. Nou, ik heb iets voor je meegebracht. Ik dacht dat deze je wel zouden staan,' zei Rose, en ze gaf haar dochter een juwelenkistje.

Flora opende het en hield haar adem in toen ze het parelsnoer en de oorbellen van haar moeder in het fluweel genesteld zag. Rose pakte het snoer op en maakte het vast om Flora's hals. Samen bewonderden ze Flora's spiegelbeeld.

'Ik heb het gekregen van mijn moeder toen ik voor het eerst naar een societybal in Londen zou gaan,' zei Rose zacht. 'Ik heb het heel lang gekoesterd, maar nu is het tijd om het aan jou te geven.' Teder legde ze haar hand op de schouder van haar dochter.

'Dank je wel, mama.' Flora was echt ontroerd.

'Ik hoop echt dat je je hier op je gemak voelt. Mrs. Keppel lijkt je nu al graag te mogen.'

'Ik zal het hier vast leuk vinden. En Mrs. Keppel lijkt me ook ontzettend aardig.'

'Ja. En nu moet ik naar het diner. Mrs. Keppel heeft gezegd dat ze je morgenochtend stipt om acht uur in de kinderkamer verwacht, om je voor te stellen aan de meisjes en de rest van het personeel. En dan nemen we later afscheid van elkaar. Ik neem morgen al de trein naar de Hooglanden om het nieuwe huis voor te bereiden op de komst van je vader.' Rose kuste Flora boven op haar hoofd. 'Peggie brengt je een dienblad met je avondmaaltijd. Slaap lekker, Flora.'

'Dat zal ik doen, mama. Welterusten.'

15

De volgende ochtend werd Flora wakker van de haar onbekende geluiden in het huis en de lawaaiige omgeving. Om zeven uur werd er op haar deur geklopt. Peggie kwam binnen met een ontbijtblad en ze stak het haardvuur aan.

Flora nipte van haar thee en vroeg zich verwonderd af hoe rijk deze huishouding waar bedienden de bedienden bedienden wel niet moest zijn. Nadat Peggie met Panther stevig onder haar arm geklemd was weggegaan, trok ze het beste kledingstuk van haar magere garderobe aan, een blauwe linnen jurk die Sarah eigenhandig met distelmotieven had bestikt. Terwijl ze haar weerbarstige haar in het gareel aan het brengen was, ging de deur open en kwamen Panther en Peggie de kamer weer binnen.

'Bent u klaar, miss? Ze wachten op u in het kinderverblijf.'

Flora pakte Panther op en klom achter Peggie aan nog een trap op. Ze werd binnengelaten in de kamer en zag dat die helderwitte muren en grote ramen had, die een prachtig uitzicht over het park beneden boden. Mrs. Keppel stond met haar dochters naast haar bij de haard. Sonia, de jongste van de twee, was gekleed in een vers gesteven wit jak en zwarte lakleren schoenen met gespen. Haar oudere zus Violet, die vijftien was, zoals mama haar had verteld, droeg een rok en een kledingstuk dat eruitzag als een mannenoverhemd met boord, plus een stropdas om het geheel te completeren.

'Goed, liefjes, zeg hallo tegen Miss MacNichol.'

'Hoe maakt u het, Miss MacNichol,' zeiden de twee kinderen beleefd in koor.

'Hallo.' Flora keek hen glimlachend aan en ze zag dat Violet, ondanks haar merkwaardige kleding, nu al het evenbeeld van haar moeder was: een en al vrouwelijke krullen en blauwe ogen. Sonia was donkerder en had een smaller gezicht, met eenzelfde uitdrukking als dat van Flora zelf. Het contrast tussen de zusjes deed haar onmiddellijk aan haarzelf en Aurelia denken.

'Hoe heet die kat?' Violet wees naar Panther, die in de kromming van Flora's arm zat. 'Kun je hem veilig vasthouden? Zijn klauwen zien er best scherp uit en misschien krabt hij.'

'Dit is Panther, en hij is heel tam, dat kan ik je verzekeren. Maar hij vindt het niet leuk om geplaagd te worden,' voegde Flora eraan toe. Haar intuïtie zei haar dat Violet een wispelturig temperament had.

'Mag ik hem aaien?' Sonia kwam dichter bij Panther staan en stak aarzelend haar hand uit.

'Natuurlijk,' antwoordde Flora. Ze legde Panther in haar armen en hij vond het jongste kind onmiddellijk aardig, want hij wreef zijn kop tegen Sonia's vingers en kneep zijn ogen tevreden tot spleetjes.

'Goed, Miss MacNichol, mag ik u dan nu voorstellen aan Nannie en *Mademoiselle* Claissac?' zei Mrs. Keppel terwijl twee vrouwen het kinderverblijf binnenkwamen. Een van hen was een brede vrouw gekleed in een grijze jurk met een kreukloos schort eroverheen; de ander was een kleine, gezette blondine die Flora aankeek met een gezicht alsof ze iets onaangenaams rook.

'Aangenaam kennis te maken,' zei Flora. Om een of andere reden vond ze dat ze een reverence voor Nannie moest maken, want ze vermoedde dat zij de natuurkracht moest zijn die de twee kinderverdiepingen in het gareel hield.

'Insgelijks, Miss MacNichol,' antwoordde ze, veel zachter dan Flora had verwacht en met een brouwend, Schots klinkend accent.

'*Enchantée*,' zei Mademoiselle Claissac. 'U mag me Moiselle noemen,' voegde ze er hooghartig aan toe.

'Moiselle geeft Sonia les in de schoolkamer,' legde Mrs. Keppel uit. 'En Violet gaat naar de school van Miss Wolff in South Audley Street.'

'Ik mag niet te laat komen, mama,' zei Violet. Haar ogen gingen naar de klok aan de muur. 'Vita staat buiten op me te wachten.'

'Natuurlijk, lieverd. Goed, ik laat het aan jullie drieën over om te bepalen wat de beste tijd is voor het uur per dag dat de meisjes met Miss MacNichol zullen doorbrengen.'

'Ja, *ma'am*,' antwoordde Nannie. Ze maakte een eerbiedige maar onbeholpen reverence.

Opeens nieste Violet, en haar moeder draaide zich fronsend naar haar toe. 'Ik hoop dat je niet verkouden aan het worden bent, Violet.'

'Nee, ik weet bijna zeker dat het dááraan ligt.' Violet wees naar Panther, die nog steeds tevreden in Sonia's armen lag.

Flora hield haar adem in om te zien of het katertje uit het kinderverblijf verbannen zou worden, maar Mrs. Keppel haalde slechts haar schouders op. 'Ik geloof niet in die zogenaamde "allergieën", en naar mijn mening, lieverd, kun je maar beter aan dierenvachten wennen.'

Flora begon Mrs. Keppel steeds sympathieker te vinden.

Violet vertrok naar school en een onwillige Panther werd uit Sonia's armen genomen, waarop ze achter Moiselle aan de kamer uit liep voor haar ochtendlessen. Flora bleef alleen met Nannie achter, en met zijn tweeën probeerden ze een uur van de dag te vinden waarop Flora de kinderen les kon geven. Wat – tussen de danslessen, gymnastiek en culturele uitstapjes naar musea en galerieën met Moiselle door, laat staan op de talrijke middagen met sociale activiteiten – een onmogelijke opgave bleek.

'Om zes uur dan, misschien?' Een wanhopende Flora wees naar een onbezet uur in de agenda.

'Op sommige dagen gaat dat misschien, Miss MacNichol, maar rond die tijd moeten ze vaak naar beneden om thee te drinken met... een bezoeker van hun moeder.'

'Maar we moeten toch érgens beginnen, anders zie ik ze nooit.'

'Ik zal het er met Moiselle over hebben en zien of ze Sonia 's ochtends een paar uur in de week kan missen,' sprak Nannie haar moed in. 'En natuurlijk bent u welkom om de lunch en de avondmaaltijd met ons te gebruiken in het kinderverblijf, maar ik denk dat u voor die laatste maaltijd al heel snel naar beneden zult gaan.' Nannie stond op. 'En nu moet ik verder met mijn werk.'

Omdat niemand haar had gezegd wat ze moest doen, liep Flora terug naar haar slaapkamer. Ze ging op het bed zitten en vroeg zich af waarom Mrs. Keppel haar in vredesnaam had gevraagd voor een huishouding waarin ze haar duidelijk niet nodig hadden.

Er werd op de deur geklopt en Peggie kwam binnen.

'Miss MacNichol, uw moeder wacht op u in de salon van Mrs. Keppel.'

'Dank je, Peggie.'

Flora daalde de trap naar de benedenverdieping af en trof haar moeder al met haar reiscape om de schouders aan. 'Hallo, Flora. Hoe vind je de kinderen?'

'Het lijken me allebei aardige meisjes, ook al heb ik tot nu toe maar een paar minuten met ze doorgebracht.'

'Goed, goed,' zei ze met een knikje. 'Je zult hier vast gelukkig zijn, Flora. Mrs. Keppel is vriendelijk en begripvol. En je zult kennismaken met mensen uit de hoogste kringen. Ik hoop dat je me niet teleur zult stellen.'

'Ik zal mijn best doen, mama.'

'Heb je ons nieuwe adres?'

'Jazeker, ik zal vaak schrijven.'

'Dan zal ik op jou rekenen voor de nieuwtjes uit Londen. Ik moet eerlijk zeggen dat ik jaloers op je ben, kon ík hier maar blijven. Vaarwel, Flora, lieveling, ik hoop dat dit de juiste beslissing was. Voor ons allemaal.'

Rose kuste haar dochter op beide wangen en daarop liep ze de kamer uit.

Flora voelde tranen achter haar ogen prikken. Ze liep naar het raam om haar moeder beneden in het rijtuig te zien stappen. Hoewel zij degene was die van haar geliefde thuis was weggestuurd, had Flora sterk het gevoel dat het haar moeder was die was verbannen.

'Gaat het, lieverd?' Mrs. Keppel was de kamer binnengekomen.

'Ja, dank u.' Flora streek snel haar tranen weg.

'Het moet moeilijk voor je zijn om weg te zijn uit het Lake District en van je familie. Maar beschouw deze huishouding alsjeblieft als je nieuwe thuis en ons allemaal als je plaatsvervangende familie. Morgenochtend om tien uur komt mijn kleermaker bij je langs. We moeten een garderobe voor je laten maken voordat we je kunnen tonen.' Mrs. Keppel cirkelde om Flora heen als een adelaar die een prooi bekijkt. 'En dat prachtige haar van je moet ook eens behoorlijk in model worden gebracht.'

'O, maar, Mrs. Keppel, ik heb genoeg aan wat ik bij me heb en mijn haar is nog maar een paar weken geleden geknipt.'

'Misschien heb jíj daar genoeg aan, lieverd, maar ík zeker niet!'

'Ik dacht dat ik een uniform zou krijgen.'

'Een uniform! Lieve hemel, je dacht toch niet dat je bij de bedienden hoort?' Opeens barstte Mrs. Keppel in een muzikaal klinkend gelach uit. 'Beste Flora, de situatie wordt elk moment absurder! Ik zou je Assepoester moeten noemen,' voegde ze eraan toe, terwijl ze Flora naar de chaise longue leidde en haar met zachte hand dwong naast haar te gaan zitten. 'Je kunt erop vertrouwen dat je hier geen bediende bent, maar een jonge vriendin van de familie die bij ons te gast is. Wacht maar tot ik het Bertie heb verteld! Hij zal het kostelijk vinden. Maar voorlopig, tot je garderobe klaar is, moet ik je op de bovenverdiepingen houden, bij de kinderen. Dan kun je ze in ieder geval leren kennen. Sonia is heel lief en Violet...' zei Mrs. Keppel met een zucht. 'Nou ja, ik vind dat ze begeleiding van een ouder meisje nodig heeft. Ze is op een kwetsbare leeftijd en heel beïnvloedbaar.'

'Ik zal proberen om hen allebei te helpen, Mrs. Keppel.'

'Dank je, lieverd. En nu moet ik me gaan omkleden. Ik krijg gasten voor de lunch.'

Flora verliet de salon van Mrs. Keppel en vroeg zich af waarom deze vrouw in hemelsnaam tijd of geld aan háár zou besteden. Ze was aangekomen met het idee dat ze eenvoudig een soort gouvernante zou worden. Maar nu was het haar niet meer duidelijk wat haar plaats in de huishouding was.

Toch had ze uit het weinige dat ze had gezien al opgemaakt dat dit geen gewone huishouding was. En Alice Keppel was geen gewone vrouw.

Flora maakte gebruik van Nannies aanbod om samen te lunchen en at met Moiselle en Sonia in het kinderverblijf. Sonia was blij dat er een onbekende was om mee te praten en kletste erop los.

'Moiselle zei dat u me misschien gaat leren schilderen? En over bloemen gaat leren.'

'Ja, dat zou ik graag doen, als we de tijd kunnen vinden.'

'Hopelijk vindt u er tijd voor,' zei Sonia zacht, terwijl Moiselle opstond om de pudding van de trolley te pakken. 'Ik haat Moiselle en ik haat de lessen.'

'Ik zal mijn best doen,' fluisterde Flora terug.

'Heeft u ook een zus, Miss MacNichol?'

'Jazeker.'

'Houdt u van haar?'

'Heel veel. Ik ben zelfs dol op haar.'

'Zelfs Nannie zegt dat Violet een beetje verwaand is. En ze doet niet erg aardig tegen mij.'

'Sommige zussen zijn niet aardig, maar toch houden ze van je.'

Sonia opende haar mond om nog iets te zeggen, maar bedacht zich toen Moiselle weer bij hen kwam zitten. 'Ik zal proberen meer van mijn zus te houden,' zei ze ernstig.

Na de lunch werd Sonia door Nannie meegenomen voor een was-en-schrobbeurt voordat ze met de automobiel naar dansles zou worden gebracht, en dus trok Flora zich op haar kamer terug om wat te lezen. Later kreeg ze behoefte aan frisse lucht, en ze liep met Panther de trap af om voor hen allebei de weg naar buiten te zoeken.

Op de benedenverdieping had ze juist een deur in de achtergang geopend en gezien dat de trap erachter op een soort binnenplaats uitkwam, toen Mr. Rolfe, de butler, haar bij de arm pakte.

'Waar gaat u naartoe, Miss MacNichol?'

Flora legde uit wat haar missie was en Mr. Rolfe was stomverbaasd. Hij keek snel naar de klok op een bijzettafel. 'Ik zal Peggie roepen om die kat te gaan halen nadat hij buiten is geweest, en dan brengt zij hem naar u terug.'

'Ik vond dat ik zelf ook frisse lucht nodig had.'

'Dat gaat nu niet. Mrs. Keppel verwacht elk moment een gast voor de thee.' Mr. Rolfe riep Peggie erbij, die een paar seconden later verscheen en Panther uit Flora's armen nam.

'Geen zorgen, miss, ik zal goed op hem letten. Ik hou van katten, echt waar.'

De dienstbode haastte zich weg en Mr. Rolfe liep met Flora terug naar de hoofdtrap, voortdurend achteromkijkend naar de voordeur. Terwijl Flora de trap op klom, hoorde ze buiten een rijtuig stoppen. 'Hij is er, Johnson. Doe de deur open, wil je?' zei Mr. Rolfe tegen de livreiknecht, die opsprong om te doen wat hem was gezegd.

Flora wilde dat ze kon blijven om te zien wie de speciale gast was, maar ze was te bang om de butler niet te gehoorzamen. Ze klom snel de trap op en liep langs de salon van Mrs. Keppel, waar een sterk, bloemachtig parfum vandaan kwam. Ze zocht toevlucht op de verdieping erboven en gluurde over de balustrade toen ze het geluid van een mannenstem en zware voetstappen de trap op hoorde komen. De man, wie het ook was, had een diepe, schorre hoest en verspreidde een sterke sigarenlucht in het trappenhuis. Ze boog zich nog verder voorover om te proberen een glimp van hem op te vangen, maar toen voelde ze een hand op haar schouder die haar terugtrok.

'Hoor eens, Miss MacNichol, het is beter als wij geen mensen bespioneren in dit huis,' zei Nannie. Ze keek Flora geamuseerd aan.

Op de verdieping beneden hen sloeg een deur dicht en het geluid van de voetstappen verdween erachter.

'Mrs. Keppel mag beslist niet gestoord worden als ze 's middags bezoek heeft. Begrijpt u?'

'Ja, Nannie.'

Met een rood gezicht van gêne trok Flora zich opnieuw in haar kamer terug.

16

Twee weken later hield Flora haar adem in toen Barny, de persoonlijke kamenierster van Mrs. Keppel, haar baleinkorset zo strak aantrok dat ze dacht dat haar ribben zouden breken.

'Ziezo, dat was dat.'

'Maar ik kan geen adem meer halen...'

'Nee, dat kunnen dames zoals u niet, maar kijk,' zei Barny, en ze wees in de spiegel. 'Nu heeft u een middel. U raakt er wel aan gewend, Miss MacNichol, net als alle dames. Later gaat het ook ruimer zitten. Maar nu is het nog nieuw.'

'Ik kan me nauwelijks bewegen...' mopperde Flora. Barny pakte een lap lichtblauwe zijde en gebaarde Flora dat ze moest opstaan.

'Mrs. Keppel zei dat deze kleur past bij de kleur van uw gezicht, en daar had ze gelijk in. Ze heeft altijd gelijk, vergeet dat niet,' zei Barny goedkeurend, terwijl ze de piepkleine parelknoopjes op de rug van de jurk sloot.

'Ja,' stemde Flora hartgrondig met haar in. Als zij Assepoester was, dan was Mrs. Keppel ongetwijfeld de goede fee van Portman Square 30. Iedereen aanbad haar, van de keukenmeid tot de fraai geklede gasten die bijna elke avond op een van de benedenverdiepingen kwamen dineren. Het leek alsof ze door een haast magische aura van kalmte was omgeven. Ze hoefde nooit haar stem te verheffen om gedaan te krijgen wat ze wilde en had meestal aan één woord genoeg.

'Ze lijkt net een koningin,' had Flora tegen Nannie gezegd toen ze de week tevoren met ogen die schitterden was thuisgekomen, de dag waarop ze voor het eerst met Mrs. Keppel en de meisjes was gaan winkelen. Ze waren in de speelgoedzaak van Morrell geweest, waar het personeel elke wens van haar met buigingen had vervuld.

De gewoonlijk zo ingetogen Nannie was in lachen uitgebarsten om Flora's opmerking. 'Ja, dat is ze zeker, Miss MacNichol, ongetwijfeld.'

Flora begon de ritmes van het huis en de personen die er het belangrijkst waren te leren kennen. Net als Mrs. Keppel zelf waren de meeste mensen die voor haar werkten heel aardig en ze leken het als een eer te beschouwen om deel van de Keppel-huishouding uit te maken. Mr. Rolfe en Mrs. Stacey, de kokkin, deelden de lakens uit, terwijl Miss Draper, de huishoudster, en Barny het voorrecht hadden Mrs. Keppel en haar privésalon voor te bereiden op de ontvangst van gasten, wat neerkwam op urenlang bloemschikken, schoonmaken, aankleden en opmaken.

Op grond van het weinige dat Flora had gezien van de echtgenoot van Mrs. Keppel, 'Mr. George', zoals het personeel hem noemde, een zachtaardige reus van een man met een vriendelijk gezicht en een zachte stem, was ze tot de conclusie gekomen dat ze hem ook aardig vond. Elke avond verdween Sonia in de zitkamer van haar vader om zich op zijn knie te nestelen, en dan las hij haar avonturenverhalen voor die Sonia later weer aan Flora vertelde.

De afgelopen twee weken had ze het grootste deel van haar tijd op de kinderverdieping doorgebracht en geprobeerd Nannie en Moiselle te helpen, omdat ze niets anders te doen had. 's Avonds zaten zij en de kinderen bij het vuur in het kinderverblijf en dan roosterden ze broodjes terwijl Flora hun verhalen over haar jeugd in Esthwaite vertelde. Violet deed alsof het haar niet interesseerde en zat met haar hoofd over een schrift gebogen, waarin ze minder schreef dan ze op haar potlood kauwde, maar Flora wist dat ze wel naar haar luisterde.

'Dus je mende je eigen ponywagen?' vroeg ze nadat Flora hun over Myla had verteld.

'Ja.'

'Zonder koetsier? Of kindermeid of bediende?'

'Ja.'

'O, was ík maar zo vrij,' zei Violet zacht. Toen richtte ze haar aandacht meteen weer op haar schrift.

In ieder geval, dacht Flora, haar aandacht weer op het heden richtend, had ze nu genoeg kleren om een koninklijke hofhouding uit te rusten, en ze hoopte dat Mrs. Keppel haar toestemming zou geven om te gaan wandelen in het park aan de overkant van de straat, en misschien nog verder Londen in. Na zo'n lange tijd binnenshuis te hebben doorgebracht was Panther niet de enige die zich een gekooid dier voelde.

'Zal ik uw haar doen, Miss MacNichol?'

'Ja, dank je.' Flora ging voor de kapspiegel zitten en Barny begon haar lange, dikke haar te borstelen met een platte borstel met zilverkleurige rug.

Hoewel Flora de huishouding nu redelijk goed kende, bleef één ding haar een raadsel: wie de middaggast van Mrs. Keppel was. Flora wist altijd wanneer hij zou komen, want dan leek de hele huishouding in een staat van tastbare spanning te geraken. Het eerste wat de komst van de gast aankondigde, was het geluid van Mabel en Katie die de koperen traproeden poetsten wanneer Flora om zeven uur 's ochtends opstond. Ze begonnen boven in het huis en werkten naar beneden. 's Middags kwam de bloemist en werd de salon vol geurige rozen gezet en na de lunch verdween Barny in het boudoir van Mrs. Keppel om haar mevrouw voor te bereiden op zijn komst.

Wanneer de gast aankwam, maakte iedereen zich uit de voeten, en dan werd het stil in het huis terwijl de man met de schorre hoest de trappen op klom en de lucht van oude sigarenrook achterliet. Op sommige avonden werden Violet en Sonia, gekleed in hun mooiste jurk, stipt om zes uur naar beneden gebracht om thee te drinken in de salon van Mrs. Keppel.

Wanneer de gast vertrok in een enorme, luxueuze koets – Flora had het dak ervan gezien vanuit het raam van haar kamer – leek het alsof de huishouding een collectieve zucht van opluchting slaakte, en dan was alles weer bij het oude. Flora zou graag van een van de meisjes horen wie ze achter de stevig gesloten salondeur zagen, maar ze vond het ongemanierd om nieuwsgierige vragen te stellen.

'Klaar, Miss Flora. Vindt u het mooi?' Barny deed een stap achteruit om haar werk te bewonderen.

Flora bekeek de opgestoken stijl die Barny had bewerkstelligd, maar ze betwijfelde of de kammen sterk genoeg zouden zijn om haar haren langer dan een paar minuten hoog te houden. Desondanks verbaasde het haar dat mooie kleding en een fraai kapsel zo'n verschil konden maken.

'Ik zie er... anders uit.'

'Ik zou zeggen dat u er práchtig uitziet, miss,' zei Barny glimlachend. 'U bent klaar om naar beneden te gaan. Mrs. Keppel wil u zien in haar salon.'

Flora stond op en liep naar de deur. De tournure achter op haar jurk en haar door het korset ingesnoerde borst hinderden haar bewegingen. 'Dank je, Barny,' bracht ze uit terwijl ze de overloop op liep, op hetzelfde moment dat Sonia door Nannie de trap af werd geloodst.

'*Lawks!*'

Dit was de nieuwe favoriete uitroep van Sonia, ontleend aan Mabel het dienstmeisje, die hem had gebruikt toen er een grote spin uit de kolenkit was gekropen. 'Je ziet er schitterend uit, Flora! Ik zou je bijna niet meer herkennen.'

'Dank je.' Ze grinnikte en maakte een houterige reverence voor Sonia.

'Waar ga je heen?'

'Je moeder houdt salon en heeft me uitgenodigd.'

'O, dat betekent dat er een heleboel dames thee staan te drinken en koekjes staan te eten, toch, Nannie?'

'Zo is het, lieverd.'

'Het zal vreselijk saai zijn, Flora. Waarom ga je niet met ons mee naar het park? Dan kun je naar de orgeldraaier luisteren, het aapje aaien en een ijsje eten.'

'Ik zou willen dat ik dat kon,' fluisterde Flora in Sonia's oor. Toen liep ze verder naar de salon van Mrs. Keppel.

Het gezicht van Mrs. Keppel was een en al tevredenheid over Flora's uiterlijk. 'Je ziet er echt uit als een piekfijne jongedame, lieverd. Kom, dan gaan we naar de gasten die ik heb uitgenodigd om je te leren kennen.' Mrs. Keppel bood haar arm aan en arm in arm liepen ze de trap af. 'En ik heb een verrassing voor je. Je zus is er ook.'

'Aurelia? Wat fijn! Ik wist niet dat ze al terug in Londen was.'

'O nee? Nou, ik denk dat ze in Kent misschien een beetje moe geworden is van wachten op iets wat nooit leek te zullen gebeuren.' Mrs. Keppel dempte haar stem toen ze de salon binnenstapten. 'Hoewel ze erop stond die nogal saaie vriendin van haar mee te nemen, Miss Elizabeth Vaughan. Ik heb gehoord dat Elizabeth verloofd is, met een theeplanter nog wel, en dat ze kort na haar huwelijk al naar Ceylon zal vertrekken. Vind jij haar ook saai, Flora?'

'Ik... ken haar niet goed genoeg om haar karakter te beoordelen, maar ze leek me altijd wel aardig.'

'Wat ben je discreet! Dat zal je goed van pas komen in Londen,' antwoordde Mrs. Keppel goedkeurend, terwijl de klok drie uur sloeg en er buiten een rijtuig stopte. 'Goed, dan gaan we nu aan je zus, en Londen, laten zien hoe je bent opgebloeid.'

'Flora! Ben jij dat echt?' zei Aurelia toen ze de salon binnenkwam en haar omhelsde. 'Je ziet er... schitterend uit! En je jurk...' Ze bekeek de dure kanten kraag en mouwomslagen en het kunstige borduurwerk van de rokken. 'Wat is hij mooi.' Ze boog zich dichter naar Flora toe en fluisterde in haar oor: 'Het lijkt erop dat jij nu ook een beschermvrouw hebt, lieve zus. Mrs. Keppel nog wel, een van de invloedrijkste vrouwen van Londen.'

Na een opgetogen Elizabeth te hebben begroet, die zelfvoldaan met de grote saffier in haar verlovingsring pronkte, nam Flora Aurelia apart om haar onder vier ogen te spreken. 'Mrs. Keppel is echt ontzettend aardig voor me geweest,' zei ze en wees naar een chaise longue. 'Zullen we gaan zitten? Ik wil alles over je zomer horen.'

'Dan kan ik beter blijven voor het diner en het ontbijt morgenochtend,' zei Aurelia met een zucht. Het klonk alsof ze niet echt gelukkig was. Er kwamen andere vrouwen binnen en de zussen zagen dat Mrs. Keppel hen een voor een met warmte en belangstelling begroette. 'Kon mama ons nu maar zien, haar twee meisjes te midden van de crème de la crème van de Londense society. Dan zou ze zo trots als een pauw op ons zijn.'

'Nou, afgezien van mijn winkeluitstapje is dit mijn eerste dag "buiten". Mrs. Keppel wilde niet dat ik gezien zou worden tot mijn nieuwe garderobe aangekomen was.'

'Dat verbaast me niets. Dit is de chicste salon van Londen.'

'Ik moet eerlijk zeggen dat ik best in de war ben door deze verandering. Ik dacht dat ik hier was om haar dochters les te geven, maar Mrs. Keppel schijnt andere ideeën te hebben.'

'Als zij ervoor gekozen heeft je te helpen bij je eerste stappen in de society, had je geen betere kunnen treffen. Hoewel je moet weten dat er ook een paar mensen zijn die anders over haar denken en dat sommige deuren voor haar gesloten blijven. Nu je onder haar dak woont, zul je wel weten dat...'

'Flora, mijn lieve meid!' Tante Charlotte dook voor hen op en Flora kwam overeind in een poging snel een eerbiedige reverence voor haar te maken, maar ze werd gehinderd door haar ingesnoerde bovenlichaam.

'Tante Charlotte, alles goed met u?'

'Doodmoe na het Seizoen, natuurlijk. Maar wat zie jij er goddelijk uit, lieve nicht! Londen moet je goed bevallen.'

'Ik begin nog maar net te leren hoe alles hier eraan toegaat, tante.'

'Het is echt een wonder dat Mrs. Keppel heeft besloten je onder haar hoede te nemen. Maar anderzijds vind ik het begrijpelijk. Je moet binnenkort eens bij ons langskomen aan Grosvenor Square. Het is fantastisch om Aurelia in huis te hebben. Ik zal het erg jammer vinden als ze terug naar jullie huis en geliefde papa en mama gaat. Nou, excuses, hoor, maar nu moet ik met Lady Alington over onze kleine liefdadigheidsvereniging voor weeskinderen gaan praten.'

'Ga je terug naar Schotland?' Flora wendde zich weer tot haar zuster.

'Ja.' Plotseling werd Aurelia's blik somber.

'Maar er moeten toch tientallen jongemannen zijn die allemaal even graag om je hand willen vragen?'

'Die waren er, ja, maar ik heb hun attenties afgewezen, helaas, en toen hebben ze hun genegenheid op andere vrouwen gericht. Mijn burggraaf uit Berkshire is verloofd met een vriendin van me. Dat stond eerder deze week in *The Times*.'

'Was er echt niemand bij die je hart veroverd heeft?'

'O ja, maar dat was nu juist het probleem. En is nog steeds het probleem, zou ik zeggen.'

'Wat bedoel je daarmee?' Flora wist al wat het antwoord zou zijn en de moed zonk haar in de schoenen.

'Nou, toen de uitnodiging om bij de Vaughans op High Weald te verblijven kwam, dacht ik eigenlijk... dat Archie een aanzoek zou doen. Hij was in juli met papa gaan jagen en ik wist dat ze... de zaak besproken hadden. En dus wees ik de andere aanzoeken die ik kreeg af en ik nam aan dat ik in Kent was uitgenodigd zodat Archie mijn hand kon vragen. Maar hoewel ik een maand met hem onder hetzelfde dak woonde, kreeg ik eerder het gevoel dat hij me probeerde te ontlopen. Ik zag hem maar zelden, alleen bij de maaltijden. En o...' Aurelia beet op haar lip, en ze kreeg tranen in haar ogen. 'Flora, toch hou ik zo veel van hem.'

Flora hoorde haar aan, haar verraderlijke hart vervuld van spontane opluchting, maar ook van een knagend schuldgevoel omdat ze misschien een rol had gespeeld in de ontreddering van haar zus.

'Ik... Misschien wachtte hij gewoon het goede moment af.'

'Flora, schat, het is lief van je dat je me probeert te troosten, maar meer kansen had hij niet kunnen krijgen. Zijn moeder moedigde hem constant aan om met me te gaan wandelen in de tuinen, echt de prachtigste die ik ooit heb gezien. Maar het enige waarover hij sprak waren zijn plannen om er allerlei exotische planten in te zetten waar ik nog nooit van had gehoord! En dan liepen we weer naar het huis en verdween hij in zijn geliefde broeikas en...' Aurelia beet opnieuw op haar onderlip. 'Ten slotte besloot ik terug te gaan naar Londen.'

'Misschien zal hij beseffen dat hij je mist en komt hij ook hierheen,' opperde Flora mat. Eindelijk begon ze op een verschrikkelijke manier wijs te worden uit Archies brief aan haar.

'Nee. Ik kan niet langer op tante Charlottes kosten leven, dus ik ga terug naar huis.'

'O, Aurelia, wat ontzettend jammer voor je. Maar misschien is Archie gewoon niet het type om te trouwen.'

'Daar gaat het niet echt om. Een van de redenen waarom papa besloot Esthwaite Hall te verkopen was om mij van een goede bruidsschat te voorzien, zodat de Vaughans High Weald konden behouden, want dat zou mijn familiewoning worden. Je weet dat

Lady Vaughan en mama als kind al hechte vriendinnen waren.' Aurelia dempte haar stem nog meer toen ze zag dat Elizabeth maar een paar passen van hen vandaan stond. 'Ze hadden het met zijn tweeën gepland, en dat was het onderwerp dat papa en Archie in Schotland hadden besproken.'

'Ik begrijp het.' En Flora begreep het ook echt maar al te goed.

'En nu heb ik geen andere keuze dan naar Schotland terug te gaan. Ironisch, nietwaar?' Aurelia keek haar zus met een flauw glimlachje aan. 'Dat ik als mislukkeling naar huis terugga en jij hier in Londen onder de hoede van Mrs. Keppel bent. Niet dat ik je dat misgun natuurlijk, schat.'

'Geloof me, Aurelia, mijn hart brak toen mama me vertelde dat we weg moesten uit Esthwaite. Je weet hoeveel ik ervan hield. Ik mis het tot in elke vezel van mijn lichaam. Ik zou er alles voor overhebben om er terug te zijn.'

'Dat weet ik, lieve zus,' zei Aurelia. Ze pakte Flora's hand vast. 'Neem me mijn sombere gezicht niet kwalijk, maar als ik dit niet met jou kan bespreken, met wie dan wel?'

'Als Archie en papa een overeenkomst hadden, dan zou Archie die toch moeten nakomen?' Flora fronste.

'Ook al had hij zich eraan gehouden, dan zou ik niet meer met hem willen trouwen, zeker weten. Aan het begin van het Seizoen overlaadde hij me met attenties, maar nadat ik in Kent was aangekomen, leek hij me niet meer te zien staan. Ik vermoed dat iemand anders zijn hart gestolen heeft. Maar ik zou echt niet weten wie.' Aurelia slaakte een diepe zucht en Flora wilde dat ze met haar verraderlijke hart en al door de grond kon zinken en Archie Vaughan kon meesleuren.

'Maar laten we niet meer over mijn problemen praten, schat. Vertel me alles over het leven in de huishouding van de Keppels.'

Flora probeerde Aurelia over Violet en Sonia en haar dagelijkse bezigheden te vertellen, maar door het verraad waaraan ze onschuldig maar bereidwillig had meegedaan kon ze bijna niet meer denken. Ze was maar al te dankbaar toen Mrs. Keppel bij hen kwam staan omdat ze Flora aan haar vriendinnen wilde voorstellen.

'Ze staan te popelen om het nieuwste en mooiste jonge lid van onze huishouding te leren kennen.' Mrs. Keppel pakte Flora glimlachend bij haar arm en liep met haar de kamer rond. Ze toonde haar alsof ze een persoonlijke trofee was. En het leek ook echt alsof velen van de dames haar graag wilden leren kennen. Van tijd tot tijd wierp ze een blik op Aurelia, die terneergeslagen op de chaise longue zat en probeerde een gesprek op gang te houden met een oude, geheel in het zwart geklede vrouw, die even alleen leek te zijn als zij.

Toen de gasten ten slotte afscheid begonnen te nemen, excuseerde Flora zich bij gravin Torby, die haar uitnodigde voor de soiree die ze binnenkort zou geven.

'Dame Nellie Melba zal voor ons optreden. Ze is nog maar net terug van haar rondreis door Australië, schat, en ze komt regelrecht naar Kenwood House,' zei de gravin. Ze was uit de kring bewonderaarsters die zich om Flora had gevormd naar voren getreden.

Aurelia kwam naar haar toe om haar te kussen en afscheid van haar te nemen.

'Wanneer vertrek je naar Schotland?'

'Eind deze week. Hoe eerder, hoe beter, vind ik,' zei Aurelia zacht. 'In Londen moeten ze niets van mislukkelingen hebben.'

'Kom je me hier nog een keer opzoeken voordat je weggaat?'

'Natuurlijk, en maak je alsjeblieft geen zorgen over me. Misschien kom ik in de Hooglanden wel een landheer tegen en word ik mevrouw op een prachtig landgoed.' Aurelia glimlachte flauwtjes. 'Het wordt tijd dat ik Archie Vaughan helemaal uit mijn gedachten zet. Vaarwel, allerliefste zus.'

Nadat iedereen was vertrokken en Mabel en de livreiknecht de achtergelaten theekoppen en schalen met onaangeroerde lekkernijen hadden opgeruimd, leidde Mrs. Keppel Flora naar een paar stoelen bij het haardvuur en zei dat ze moest gaan zitten.

'Nou, Flora, je eerste optreden in de Londense society was een doorslaand succes, als je het mij vraagt! Ik denk dat je het de komende weken behoorlijk druk zult krijgen. Er zijn veel uitnodigingen gedaan. Ze zeiden allemaal dat ze je aardig vonden.'

'Dank u. Maar ik mag mijn verplichtingen aan uw dochters niet verzuimen.'

'Mijn lieve meid, begrijp je dan niet dat dat een voorwendsel was dat ik jou en je moeder heb gegeven om het mogelijk te maken dat je onder mijn dak kon komen wonen? Omdat ik je nog nooit had ontmoet, wist ik natuurlijk niet hoe je je zou... presenteren... en dus wilde ik iets hebben om op terug te kunnen vallen. En toen kwam je aan, zo elegant, zo beschaafd en absoluut verrukkelijk! Na deze middag, het schitterende diner later deze week en een nog veel... intiemere theevisite heel snel daar weer na, zal er geen huishouding in Londen zijn die zich niet met jouw aanwezigheid zal willen sieren. Je bent hét onderwerp van gesprek!'

Flora staarde de bijzondere vrouw in opperste verwarring aan. 'Mrs. Keppel, ik begrijp echt niet waarom wie dan ook in Londen mij thuis zou willen uitnodigen. Ik ben toch nog niet aan het hof gepresenteerd?'

'Begrijp je dan niet dat dat je nóg fascinerender maakt?'

'Eerlijk gezegd niet, nee,' bekende Flora. 'Denkt u alstublieft niet dat ik ondankbaar ben, maar ik had mijn levenslot geaccepteerd, en nu alles om me heen plotseling veranderd is, zonder dat ik begrijp waarom, is dat een beetje... vreemd.'

'Dat begrijp ik wel, lieverd. Op een dag zal alles je duidelijk zijn, maar ik vind dat het niet aan mij is om je zover te krijgen. Voorlopig vraag ik niet meer van je dan me te vertrouwen. Ik zal je niet de verkeerde kant op sturen. En hoewel jij dat niet kunt weten, hebben we veel met elkaar gemeen. Zolang ik kan, wil ik je graag helpen.'

Flora was nog steeds niets wijzer, maar ze kon alleen instemmen.

Die avond ging ze voorzichtig op haar bed liggen, blij dat ze eindelijk was verlost van het baleinkorset. Ze bekeek haar ribbenkast, telde de blauwe plekjes die erop verschenen waren en vroeg zich af hoe de vrouwen in de salon van Mrs. Keppel die pijn elke dag van hun leven konden verdragen.

Panther probeerde op haar borst te klimmen maar ze duwde hem weg en aaide hem.

'Ik vind dat ik deze pijn verdien voor wat ik heb gedaan. Tenzij Archie tegen ons allebei heeft gelogen en gewoon de ploert is waarvoor ik hem had aangezien. Ik kan alleen maar hopen dat ik het bij het rechte eind had toen ik tegen Aurelia zei dat hij niet het type om te trouwen is,' zei ze tegen hem, terwijl ze hem achter zijn fluweelzachte oren krabde. 'En wat deze dag betreft, moet ik eerlijk zeggen dat ik me voel als Alice die in het konijnenhol valt, dus dan zul jij de Kolderkat wel zijn. De vraag is, Panther, schat, waarom zijn we in vredesnaam hier in dit huis?'

Panthers antwoord bestond slechts uit een tevreden gesnor.

17

‘Miss Flora, u moet onmiddellijk beneden bij Mrs. Keppel in haar salon komen.’

‘Waarom?’

‘Er is bezoek voor u.’

‘Echt waar? Is het mijn zus?’

‘Nee, het is een heer.’

‘Hoe heet hij?’

‘Neemt u me niet kwalijk, Miss Flora, maar dat weet ik niet.’

Flora liep achter Peggie aan de trap af en hield haar lange wollen rokken op, zodat ze er niet over zou struikelen. Mrs. Keppel stond bij het vuur met Archie Vaughan.

‘Flora, lieverd, is het niet aardig van Lord Vaughan dat hij bij ons langsgekomen is om te vragen of je gelukkig bent in je nieuwe thuis? Ik heb geprobeerd hem ervan te overtuigen dat ik je niet op water en brood in de kelder heb laten wonen, maar hij stond erop dat ik het zou bewijzen. Dus hier is ze, Lord Vaughan.’

Flora kon een heleboel adjectieven bedenken om de reden voor Archies aanwezigheid hier te beschrijven, maar de laatste daarvan was ‘aardig’.

‘Dag, Miss MacNichol.’

‘Dag, Lord Vaughan.’

‘U ziet er erg... goed uit.’

‘Ik ben in goede gezondheid, dank u. En u?’

‘Ik ben hersteld van mijn verkoudheid, ja.’

Flora ontweek zijn starende blik en Mrs. Keppel kwam als de goede fee die ze was tussenbeide in de stilte die volgde. ‘Wil je ook een glaasje sherry, Flora? Dat is een goed middel tegen verkoudheid.’

‘Dank u wel.’ Flora nam het glas aan en met zijn drieën brachten ze een toost uit, op wat wist ze niet.

'Mrs. Keppel, ik zie dat u uw verzameling Fabergés heeft uitgebreid. Dat is een mooi stuk daar,' zei Archie beleefd, en hij knikte naar een met edelsteentjes bezet eitje op de tafel.

'Aardig van u dat u dat zegt, Lord Vaughan,' zei Mrs. Keppel. 'En neemt u me alstublieft niet kwalijk, maar nu moet ik Mrs. Stacey spreken over het menu voor het diner van morgenavond, en de bloemist kan elk moment komen. Doe uw moeder alstublieft de groeten van me.'

'Dat zal ik doen, natuurlijk.'

Mrs. Keppel ging de kamer uit, maar niet voordat ze Flora een veelbetekenende blik had toegeworpen.

De twee bleven zwijgend staan. Flora keek in alle richtingen behalve naar hem, maar was zich er wel van bewust dat hij zijn blik op haar liet rusten. Uiteindelijk dwong de pijn van de baleinen en de nieuwe schoenen haar tot overgave.

'Zullen we gaan zitten?' Ze plofte haast in een leunstoel bij het vuur neer en gebaarde dat Archie de leunstoel tegenover haar moest nemen. Ze nipte van de verwarmende sherry en wachtte tot hij iets zou zeggen.

'Neem me niet kwalijk, Miss MacNichol... Mag ik je Flora noemen?'

'Nee. Dat mag u niet.'

Archie slikte krampachtig. 'Nee, dus... Ik zal het uitleggen... U begrijpt het niet.'

'O, jawel. Ik heb mijn zus gezien, gisteren nog. Ik begrijp alles.'

'Ah. Mag ik vragen wat ze u verteld heeft?'

'Dat u en mijn vader overeengekomen waren dat Esthwaite Hall verkocht moest worden, om Aurelia van een bruidsschat en High Weald van een broodnodige geldinjectie te voorzien als u met haar zou trouwen.'

Archie wendde zijn starende ogen van haar af. 'Ja, dat is een goede beoordeling van de situatie.'

'Ware het niet, Lord Vaughan, dat mijn zus me heeft verteld dat u haar nog steeds geen aanzoek hebt gedaan, ook al had u daar alle kans toe op High Weald. En nu heeft Aurelia, na een aantal aantrekkelijke aanzoeken te hebben afgewezen, geen andere keus dan zich terug te trekken in het huis van onze ouders in de Schotse Hooglanden. De enige reden voor hun recente verhuizing was dat ze ons huis in het Lake District hebben verkocht om úw toekomst, en die van mijn zus, te financieren.'

'Ja,' antwoordde hij, na lang te hebben gezwegen.

'Dus, Lord Vaughan, zegt u me dan alstublieft waarom u met mij in de salon van Mrs. Keppel zit, terwijl u achter mijn zus aan zou moeten rennen om te voorkomen dat ze naar huis teruggaat, naar de eenzame, geïsoleerde toekomst waartoe u haar hebt veroordeeld?'

'Mijn god, Flora! Je woorden kunnen een man van twintig passen ver dodelijk treffen. Heb je er ooit aan gedacht ze op te schrijven?'

'Ik ben niet in de stemming voor spitsvondigheden, Lord Vaughan. En spreekt u me alstublieft niet aan met Flora.'

'Dat begrijp ik, net zo goed als ik zie hoe goedgekleed en verfijnd je bent...'

'Genoeg!' Flora stond bevend van woede op. 'Waarom wilt u me niet zeggen waarom u met ons, twee vrouwen die zussen van elkaar zijn, hebt gespeeld zoals Panther met een muis zou doen? En waarom heeft u ook nog mijn vader misleid, zodat hij het huis dat al vijf generaties het eigendom van onze familie was heeft verkocht?'

'Kunt u dat niet raden?'

'Ik doe mijn best, Lord Vaughan.'

'Goed, dan zal ik u iets vertellen dat u níét weet.' Archie stond op, begon door de kamer te ijsberen en bleef alleen even staan om zijn glas bij te vullen uit de sherrykaraf. 'Toen ik uw zus op Esthwaite leerde kennen, was ik na alle toekomstige bruiden die mijn moeder had laten opdraven tot de conclusie gekomen dat het er niet veel toe deed met wie ik zou trouwen. Ik weet dat u op de hoogte bent van de verhalen die over mij de ronde doen en ik zal die dingen niet ontkennen. Door de jaren heen heb ik romances met verschillende vrouwen gehad. In mijn verdediging kan ik zeggen dat ik daar geen egoïstische motieven voor had, maar alleen wanhopig verlangde een echtgenote naar mijn hart te vinden. Misschien denkt u, Miss MacNichol, zoals zo veel vrouwen, dat mannen niet dezelfde romantische noties over de liefde hebben als jullie hebben. Maar ik kan u verzekeren dat u het, in ieder geval wat mij betreft, bij het verkeerde eind hebt. Ook ik heb Dickens, Austen en Flaubert gelezen… en was op zoek naar liefde.'

Flora staarde in het vuur, dronk haar laatste slokje sherry op en bleef zwijgen.

'Tegen de tijd dat ik uw zus leerde kennen, had ik, eerlijk gezegd, de hoop zo'n vrouw te zullen vinden opgegeven. En mama wilde, zoals u zich waarschijnlijk wel kunt voorstellen, niets liever dan dat Aurelia, de dochter van haar oudste vriendin, mijn aanstaande zou worden. Zij en uw eigen moeder hadden die mogelijkheid al besproken en uw moeder had toegezegd met uw vader over de verkoop van Esthwaite te zullen spreken. Misschien weet u dat ze altijd een hekel heeft gehad aan dat huis en het zag als haar… straf voor misstappen die ze in het verleden had begaan. Het idee een excuus te hebben om wanneer ze maar wilde haar dochter en oudste vriendin in Kent te kunnen bezoeken en zo lang ze zou willen bij hen te kunnen blijven, maakte het ongerief van de verhuizing naar de Hooglanden, een oord waarvan ze maar al te goed wist dat uw vader ervan houdt, ruimschoots goed.'

'Welke "misstappen"?' diende Flora hem van repliek. 'Wilt u nu ook al karaktermoord op mijn moeder plegen?'

'Vergeef me, Flora, maar ik probeer eenvoudig uit te leggen wat ons vandaag bij elkaar heeft gebracht. Laat me alsjeblieft verdergaan.'

Flora staarde weer in het vuur en haalde lichtjes haar schouders op om hem toestemming te geven.

'Om het maar ronduit te zeggen, je zus beviel me zodra ik haar in Londen had ontmoet. Ik vond haar lief en knap, en had het gevoel dat ze iemand was met wie ik in ieder geval zou kunnen samenleven. En dus kwam ik tijdens die jachtvakantie met je vader overeen dat ik haar een aanzoek zou doen en dat Esthwaite Hall verkocht zou worden.'

'Waarom kwam u dan in vredesnaam bij me langs toen u op de terugweg was?'

'Eerlijk gezegd omdat ik het gewoon… niet weet.' Archie staarde haar aan. 'Alles wat ik kan zeggen, en ik weet dat het niet goed genoeg is, is dat iets in mijn binnenste me ertoe dwong. Flora, het kleine meisje dat ik met wilde appels bekogelde en later bijna doodreed toen ik op mijn paard naar Esthwaite Hall galoppeerde. Jij die dat nooit had verteld, zoals andere meisjes gedaan zouden hebben. En nu, helemaal volwassen en zo verstandig, trots en onverschrokken, met een zielskracht die ik nooit in een andere vrouw heb waargenomen. En mooi ook, ja. Neem me niet kwalijk, Flora, ik ben nu eenmaal een man.'

'U heeft gelijk. Dat antwoord is niet goed genoeg,' zei ze na een tijdje gezwegen te hebben.

'Je fascineerde me,' ging Archie verder. 'Zo sterk zelfs dat ik naar je toe kwam, ondanks de dingen die ik maar een dag tevoren was overeengekomen met je vader. En alles wat ik me had voorgesteld van de vrouw met wie ik wilde trouwen zag ik voor me verschijnen in de dagen die we met elkaar doorbrachten. En ik besefte dat ik dat waarnaar ik altijd had gezocht de hele tijd onder mijn neus had gehad.'

Flora durfde geen adem meer te halen; ze bleef zich concentreren op de lichte, dansende vlammen van het vuur, en niet op zijn ernstige, op haar gerichte ogen.

'Dus ik vertrok van Esthwaite en zei tegen je dat er iets was gebeurd waaraan ik iets moest doen. Maar toen was de zaak al aan het rollen gebracht en een paar dagen later kwam Aurelia in High Weald aan. Ik deed mijn best om haar te ontlopen, maar zag dat ik zowel haar als mijn familie teleurstelde. Niettemin hield ik mijn poot stijf, en ik slaagde erin om haar géén aanzoek te doen. Uiteindelijk vertrok ze. Ik zag hoe ontdaan ze was, maar aan mijn besluiten en gemoed valt niet te tornen. Omdat jíj degene bent van wie ik houd.'

Archie plofte neer op de chaise longue. In de salon viel een stilte.

'Wilt u niet op mijn innige liefdesverklaring reageren, Miss MacNichol?' smeekte Archie.

Ten slotte keek Flora naar hem op en ging weer staan. 'Ja, dat zal ik doen. Mijn antwoord is: u zegt dat alles wat u heeft gedaan voor míj was. Dat is níét waar. Alles wat u heeft gedaan was voor ú. Om een of andere reden die u niet goed begrijpt, denkt u dat ík de sleutel tot uw geluk in handen heb. En in uw zoektocht naar uw geluk heeft u ervoor gezorgd dat ons familiehuis, het huis waar ik dol op was, weet u nog, verkocht is en heeft u mijn ouders gedwongen in ballingschap te gaan in Schotland. Maar, belangrijker nog, u heeft ook mijn zus vernederd ten overstaan van de Londense society en haar hart gebroken. Ik vraag u, Lord Vaughan, hoe is het mogelijk dat u dat allemaal voor míj heeft gedaan?'

Ze werd steeds bozer en begon heen en weer te lopen. 'Begrijpt u dan niet wat u heeft aangericht? Door toe te geven aan uw eigen zelfzuchtige verlangens heeft u mijn familie geruïneerd!'

'Maar het zoeken naar liefde is toch heel vaak zelfzuchtig? Ik dacht… Ik had het idee dat je mijn gevoelens zou beantwoorden.'

'Dat ziet u verkeerd, maar ook al zou ik dat wel doen, dan zou ik mijn eigen gevoelens nooit boven de behoeften van mijn dierbaren stellen.'

'Dan ben je de persoon die ik dacht dat je was,' fluisterde hij, bijna in zichzelf. 'En natuurlijk, Flora,' zei hij, met een diepe zucht, 'je hebt gelijk. Dus wat stel je voor dat we doen?'

'Er is geen sprake van "we",' antwoordde ze, vermoeid nu. 'En dat kan er ook nooit zijn. Maar als u werkelijk wilt bewijzen dat u van me houdt en nog iets van uw integriteit wilt herstellen, gaat u dan onmiddellijk naar Aurelia en doet u haar uw veel te late huwelijksaanzoek. En bovendien, overtuig haar ervan dat u van haar houdt.'

'Dus dat wil je dat ik doe?'

'Ja.'

'En je wilt niet toegeven dat je gevoelens voor me hebt?'

'Nee.'

Archie hief zijn hoofd om Flora aan te kijken en zag niets dan woede in haar ogen. 'Het zij zo,' zei hij zacht. 'Als dat is wat je wilt, dan doe ik het voor je.'

'Dit is wat ik wil.'

'Dan ga ik nu weg en wens ik je geluk in de toekomst.'

'En ik u.'

Flora keek hem na terwijl hij de salon verliet. 'Ik hou ook van jou,' fluisterde ze diepbedroefd in het lege vertrek, terwijl ze zijn rijtuig met kletterende wielen van de voordeur hoorde wegrijden.

18

Gelukkig voorkwamen Mrs. Keppels plannen om Flora in het wervelende sociale leven van Londen te lanceren dat ze veel kon nadenken over het feit dat ze Archie doelbewust in de armen van haar zus teruggedreven had.

De volgende avond begon de campagne van Mrs. Keppel serieus. Flora, uitgedost in een japon van kobaltblauw duchessesatijn en met geleende saffieren om haar hals, werd voorgesteld als eregast bij een officieel diner. Bij de drankjes in de salon kwam er een zee van gezichten om haar heen staan die haar zelfverzekerdheid en schoonheid bewonderden en Mrs. Keppel prezen omdat ze Flora naar Londen had gehaald.

'Ik vind het niet meer dan terecht dat ze haar eigen debuut krijgt. Dat probeer ik simpelweg voor haar te regelen.' Mrs. Keppel keek haar gasten glimlachend aan. Flora was in zo'n mist van namen en titels aan hen voorgesteld dat het haar duizelde van de inspanning om ze allemaal te onthouden – 'Maakt u alstublieft kennis met Lady Dit en Lord Dat' – en dus was ze opgelucht toen ze gravin Torby herkende van de theevisite van een paar dagen geleden. En natuurlijk kende ze ook de Alingtons van de overkant van het plein, van wie de kinderen speelkameraadjes van Sonia en Violet waren.

Het diner vond plaats in een prachtige eetkamer op dezelfde verdieping als de salon. Flora was blij dat ze aan de linkerhand van George Keppel mocht zitten. Hij keek haar aan met een glimlach op de lippen onder zijn keurig gekrulde snor.

'Miss MacNichol, Flora, wat een genoegen dat je vanavond naast me zit bij het diner,' zei hij. Hij hielp haar haar zenuwen de baas te blijven door haar glas vol robijnrode wijn te schenken. 'Ook al moet het een schok voor je zijn in een stad te moeten wonen na je thuis in het mooie Lake District, ik hoop dat je hier ook veel gevonden hebt dat je passie voor botanie en kunst stimuleert. In de vele galerieën hier kun je meer leren dan uit welk boek dan ook. Je moet proberen onze meisjes tot eenzelfde passie te bewegen.'

'Dat zal ik zeker doen.' Flora hoorde Mr. George maar half, want tegenover haar aan de tafel zei Lady Alington dat het erop leek dat 'het meisje van de Vaughans een geschikte verloofde heeft gevonden. En wat die nachtbraker van een zoon van hen betreft, er gaan geruchten...'

'Flora? Gaat het wel? Je bent zo bleek geworden.' De stem van Mr. George bracht haar weer bij haar positieven.

'Neemt u me niet kwalijk, sir, ik ben vermoeid van de dag.'

'Natuurlijk, lieverd. Ik hoop dat Violet je niet te veel aan je hoofd heeft gezeurd over haar laatste idee voor een gedicht.'

'Ze heeft een sterke persoonlijkheid,' zei Flora behoedzaam. 'Dat is bewonderenswaardig.'

Links van haar hoorde ze iemand snuivend lachen. De uitpuilende ogen van Lady Sarah Wilson schitterden van vrolijkheid. 'Alice zei al dat u diplomatiek bent aangelegd, Miss MacNichol.'

Deze hatelijke Londense gesprekken gingen haar begrip te boven. 'Ik spreek alleen over wat ik zelf heb gezien, Lady Sarah. Wat vindt u van de foie gras?'

Er waren tien gangen, dus minstens zeven te veel, vond Flora. Ze nam maar een paar hapjes van het vlees, geschokt door het aantal dieren dat Mrs. Stacey die dag had moeten braden of tot stoofpot en curry had moeten verwerken.

Nadat Mr. George de mannen ten slotte had meegenomen voor sigaren en cognac, ging Flora met de vrouwen naar de salon, waar ze stil van haar koffie nipte en de loze praatjes, meestal over vrouwen die in de stad waren gezien in gezelschap van een man met wie ze niet getrouwd waren, langs zich heen liet gaan. Ze hoorde hen met een mengeling van fascinatie en afschuw aan. Misschien was het naïef, maar ze had altijd aangenomen dat het huwelijk onaantastbaar was.

'Dus heb je al een jongeman voor Flora in gedachten?' vroeg Lady Alington aan Mrs. Keppel.

'Misschien heeft Flora daar zelf ideeën over,' antwoordde haar beschermvrouw, en ze wierp Flora een doordringende blik toe.

'O, en wie mag de gelukkige dan wel zijn?'

'Ik... O hemel, ik ben nog niet zo lang in Londen,' antwoordde Flora diplomatiek.

'Nou, ik weet zeker dat het niet lang zal duren voordat het klikt met iemand, nu Mrs. Keppel achter u staat. Er zijn genoeg winterbals waar u rond kunt kijken. Hoewel de meeste acceptabele kandidaten al bezet zijn.'

Sinds ze Archie de dag tevoren had gezegd dat ze hem niet in haar leven wilde, vond Flora het prima om haar oorspronkelijke plan weer op te pakken en de rest van haar dagen alleen te blijven.

Nadat iedereen was vertrokken, kuste Mrs. Keppel haar op beide wangen. 'Goedenacht, lieverd, ik vind dat je het er goed vanaf hebt gebracht. Ik was trots op je, vanavond. Zie je, George, dat ik gelijk over haar had,' zei ze tegen haar man terwijl hij haar de kamer uit leidde.

'Zeker, liefste, maar wanneer heb jij nou ooit ongelijk?' hoorde Flora hem zeggen terwijl ze de trap op klommen.

Flora had Moiselle en Mrs. Keppel toestemming gevraagd om een dagje met Sonia naar Kew Gardens te gaan. Mr. Rolfe had al geregeld dat ze er met de automobiel naartoe zouden worden gebracht en Flora tintelde van opwinding bij het idee door natuur omringd te zijn en zeldzame soorten te bestuderen. Ook al zou het uitstapje haar waarschijnlijk aan Archie herinneren.

'Ik zal het níét door hem laten bederven,' zei ze vastberaden in zichzelf.

'Sorry, Miss Flora,' zei Peggie toen ze Flora's kamer binnenkwam met haar ontbijt op een dienblad, 'maar Mrs. Keppel wil dat u vanmiddag thee komt drinken met haar en een gast. Ze zegt dat u maar op een andere dag naar de tuinen moet gaan.'

'O.' Flora beet op haar onderlip. 'Weet je wie die gast is?'

'Daar zult u snel genoeg achter komen, miss, maar ik kom nog bij u voordat u naar de salon van Mrs. Keppel gaat. Ik zie u hier om drie uur precies.'

'Geen zorgen,' zei Flora tegen Sonia toen ze haar zag in het kinderverblijf en Sonia haar teleurstelling over het uitgestelde uitje had gelucht. 'Moiselle zal het vast niet erg vinden als we vanochtend in plaats daarvan een eindje gaan wandelen in St. James' Park. Maar dan zullen we haar wel moeten beloven de hele heen- en terugweg Frans te spreken.' Flora gaf haar een knipoog. 'Hoe gaat het met jou vanochtend, Violet?' vroeg ze, terwijl ze zich naar haar omdraaide.

'Goed, dank je. Mijn beste vriendin Vita komt hier na haar lessen lunchen. We hebben vandaag maar een halve dag school.'

'Ah.'

'Ik verwacht je om klokslag één uur hier, Nannie,' zei Violet.

Violet liep de kamer uit. Nannie keek haar na, met opgetrokken wenkbrauwen vanwege haar heerszuchtigheid.

'Neemt u maar van mij aan dat die Miss Sackville-West een heel raar type is,' fluisterde Nannie tegen Flora. 'Ik ben blij dat ze niet bij mij op school zit. U zou die twee eens moeten horen als ze boeken en literatuur bespreken, dan lijken het net echte professoren. Die meid heeft het hoog in de bol. En Violet is in haar ban, dat is duidelijk.'

'Dan zou ik haar graag leren kennen.'

'Nou, Miss Flora, ik zou zeggen dat u hoe dan ook een interessante dag voor de boeg hebt.'

De wandeling met Sonia in het park was precies wat Flora nodig had. Het was een zonnige maar kille oktoberdag en de bladeren die begonnen te vallen creëerden een veelkleurig tapijt van alle mogelijke tinten amber, bruingoud en rood onder hun voeten.

'Kijk.' Flora wees naar een dak hoog boven hen aan de rand van het park. 'Zie je dat de zwaluwen zich aan het verzamelen zijn? Ze bereiden zich voor om naar het zuiden te vliegen, naar Afrika. De winter komt eraan.'

'Wauw, naar Afrika!' zei Sonia. Ze keek op naar de kwetterende vogels. 'Dat is ontzettend ver weg. Wat gebeurt er als ze moe worden terwijl ze boven de zee vliegen?'

'Goeie vraag, en het antwoord is dat ik het echt niet weet. Misschien vliegen ze dan omlaag en liften ze mee op een boot. Kijk daar, een eekhoorn. Waarschijnlijk verzamelt hij noten om in zijn huisje op te slaan voor in de winter. Binnenkort gaat hij slapen, dan zien we hem pas weer als het lente wordt.'

'Ik zou willen dat ik ook een eekhoorn was.' Sonia trok haar neusje op. 'Ik zou ook graag een winterslaap houden.'

Flora was nog juist op tijd in het kinderverblijf voor de lunch, en ze ging met het personeel en de kinderen aan tafel. Violet keek nauwelijks op van het op fluistertoon gevoerde gesprek met haar vriendin, een wicht met een vale huid, kort bruin haar en een tenger bovenlichaam. Als ze niet had geweten dat dit een meisje was, had Flora haar voor een jongen gehouden. Wat haar opviel was de merkwaardige intimiteit tussen hen; Violet raakte voortdurend Vita's hand aan en liet haar eigen hand op een gegeven moment zelfs lichtjes op de knie van het meisje rusten.

'Nannie, Vita en ik willen naar mijn kamer. Vita wil me haar nieuwe gedichten voorlezen.'

'O ja, wil ze dat?' mompelde Nannie onverstaanbaar. 'Goed, maar stipt om drie uur zijn jullie hier terug, want dan komt Miss Vita's kindermeid om haar naar huis te brengen. De speciale gast van je moeder komt om vier uur, en dan moet het stil in huis zijn. U moet om vijf uur bij hen zijn, Miss Flora,' voegde Nannie eraan toe, terwijl ze Sonia meenam om haar gezicht te wassen en Vita en Violet arm in arm achter haar aan de kamer uit liepen.

Om drie uur kwam Barny Flora's kamer binnen met een jurk over haar arm.

'Mrs. Keppel wil dat u deze jurk draagt bij de thee, dus ik heb hem beneden opgeknapt.'

Flora ging aan de kaptafel zitten om Barny haar haren in geordende in plaats van wilde krullen te laten touperen, die ze keurig bij elkaar hield met paarlemoeren kammen met spitse tanden. Terwijl ze opnieuw aan het baleinkorset werd onderworpen bedacht ze dat ze zich, hoewel Mrs. Keppel duidelijk het beste met haar voorhad, al aardig als een uit de kluiten gewassen pop begon te voelen, die net zoals zijn eigenares werd aangekleed. Niet dat ze daar veel aan zou kunnen doen zonder erg ondankbaar te lijken. Terwijl Barny de jurk met roomkleurige en blauwe strepen dichtknoopte, herinnerde Flora zich dat ze, in weerwil van de sociale norm dat mannen van hun vrouwen zouden willen dat ze zich opdirkten, schilderden en versierden, de Scafell had beklommen in de kniebroek van haar vader. En dat Archie dat niet erg leek te vinden...

'Miss Flora?'

'Ja?' Ze schudde zich wakker uit haar dagdroom.

'Ik vroeg of u die oorbellen wat vaster kunt klemmen. De hemel sta ons bij als er vanmiddag een in uw theekopje valt!'

'Lieve hemel, ja, dat zou een ramp zijn,' stemde ze met haar in, terwijl ze probeerde een glimlach te onderdrukken.

'Ik zal wat rozencrème op uw wangen doen om ze allebei dezelfde kleur te geven, en dan bent u klaar om naar beneden te gaan wanneer u wordt geroepen. Blijft u maar stilzitten met een boek, dan komt Miss Draper u halen als ze klaar zijn.'

'Dank je.'

'Succes, miss.'

Barny liep de kamer uit en Flora fronste. Ze vroeg zich af waarom ze in vredesnaam 'succes' nodig zou hebben om thee te drinken met de mysterieuze gast, die ze tien minuten later hoorde aankomen. Om de tijd door te komen ging Flora achter haar schrijfbureau zitten, en ze pakte haar dagboek om verder te gaan met het optekenen van haar verschrikkelijke gesprek met Archie. Alleen door het te beschrijven barstte ze bijna opnieuw in tranen uit. Ten slotte werd er op haar deur geklopt en verscheen Miss Draper.

'Mrs. Keppel wil dat u nu bij haar in de salon komt.'

'Goed.'

Flora volgde Miss Draper naar beneden en bespeurde de gespannen stilte in het huis die aankondigde dat de speciale gast van Mrs. Keppel er was.

'Klaar?' vroeg Miss Draper.

'Ja.'

'Goed dan.' Ze hief haar hand om op de deur van de salon te kloppen en Flora zag dat hij lichtjes trilde.

'Binnen,' riep de stem van Mrs. Keppel.

'En vergeet in hemelsnaam niet een reverence te maken wanneer ze u voorstelt,' siste Miss Draper. Toen pakte ze de deurkruk beet en opende de deur.

'Flora, lieverd,' Mrs. Keppel kwam op haar aflopen. 'Wat zie je er enig uit vandaag, nietwaar, Bertie?' Ze nam Flora bij de hand en leidde haar naar een heer met een grijze baard, die met zijn enorme lichaamsomvang de hele tweezitsbank in beslag nam.

Mrs. Keppel trok haar dichterbij tot ze nog maar een halve meter van hem vandaan stond en Flora voelde dat een paar gitzwarte ogen haar opnamen. Er hing een wolk van sigarenrook in de kamer en de heer pafte nog eens terwijl hij haar bleef observeren. Flora schrok toen er iets bewoog bij het been van de heer. Ze zag dat het een witte foxterriër met bruine oren was, die was opgesprongen toen ze binnen was gekomen en haar nu wilde begroeten.

'Hallo.' Flora keek glimlachend omlaag naar het hondje en stak instinctief haar hand uit om het aan te halen.

'Flora, dit is mijn beste vriend Bertie. Bertie, mag ik je Miss Flora MacNichol voorstellen?'

Flora maakte een diepe, en, hoopte ze, gracieuze reverence, zoals haar was gezegd. Terwijl ze zo elegant mogelijk weer overeind kwam, besefte ze dat deze heer haar heel bekend voorkwam. In de stilte die volgde, waarin de ogen haar op een erg verontrustende manier bleven aanstaren, schoot Flora eindelijk te binnen wie het was. Haar knieën knikten.

'Had ik je niet gezegd dat ze een schoonheid is?' Mrs. Keppel verbrak de stilte. 'Kom bij me zitten, Flora.'

Ze volgde Mrs. Keppel naar de chaise longue die tegenover de man, die hier kennelijk 'Bertie' werd genoemd, was neergezet. Flora was maar al te dankbaar dat ze tenminste kón gaan zitten, want anders was ze misschien van schrik op de vloer gevallen.

De man zei nog steeds niets en bleef haar aanstaren.

'Ik zal bellen om verse thee te laten brengen. Dat zal ons alle drie goed doen.' Mrs. Keppel drukte op een bel naast de haard en Flora zag dat zelfs de fabuleuze kalmte van haar beschermvrouw verstoord leek door zijn zwijgen. Ten slotte pakte Bertie zijn sigaar op, stak hem weer aan en pafte.

'Hoe vindt u Londen, Miss MacNichol?' vroeg hij haar.

'Ik vind het een schitterende stad, dank u...' Haar stem stierf weg, want ze wist niet hoe ze hem moest aanspreken.

'Zolang we elkaar onder vier ogen spreken, mag je me Bertie noemen, net als Mrs. George. We zijn hier als vrienden onder elkaar.

En misschien ben je wat te oud om me Kingy te noemen, zoals Violet en Sonia.' Hij keek haar goedkeurend glimlachend aan, met olijke blauwe ogen, en de spanning in de kamer nam iets af.

'Zo,' zei hij, en hij pafte nog eens aan zijn sigaar, 'dus hoe gaat het met je lieve moeder?'

'Ik... Goed, dank u. Of tenminste, ik denk dat het goed met haar gaat, want ik heb haar niet meer gezien sinds ze naar Schotland is vertrokken.'

'Weet je nog, Bertie, dat ik je heb verteld dat Flora's ouders van hun huis in het Lake District naar de Hooglanden verhuisd zijn?' polste Mrs. Keppel hem.

'Ah ja, en dat was een verdomd goeie keus van ze. Schotland is zonder meer mijn favoriete deel van de Britse Eilanden. Vooral Balmoral. Bent u weleens in de Hooglanden geweest, Miss MacNichol?'

'Toen ik jaren jonger was ben ik op bezoek geweest bij mijn grootouders van vaderskant, en ik weet nog dat het er heel mooi was.' Het kostte Flora de grootste moeite kalm genoeg te blijven om samenhangende zinnen te vormen. De klank van zijn stem had haar verrast. Zijn woorden hadden een welhaast Teutoonse klank en klonken daardoor nogal buitenlands.

Miss Draper en de livreiknecht kwamen binnen met de thee en een trolley vol broodjes, plakken cake en gebakjes. Er schoot een donkere schaduw voor de voeten van Miss Draper langs, en de terriër, die tot dan toe opmerkelijk kalm was gebleven, stoof er met een oorverdovend gekef op af. Zonder na te denken sprong Flora op, en ze nam de sissende en blazende kat in haar armen.

Het geblaf van de terriër werd onderbroken door een bulderend gelach. 'Caesar, zit!' commandeerde hij, en de hond deinsde terug en ging zitten voor zijn baasje. 'Maar wie is dat nu, Miss MacNichol?'

'Dit is Panther,' zei Flora, en ze probeerde de trillende kat te kalmeren.

'Wat een prachtexemplaar,' zei Bertie. 'Waar heeft u hem vandaan?'

'Ik heb hem gered uit een bergmeertje toen hij nog klein was, thuis in het Lake District.'

'Doe Panther alsjeblieft de kamer uit, Flora,' zei Mrs. Keppel.

'Voor mij hoeft het niet, Mrs. George. Ik hou van dieren, zoals u weet.'

Flora liet Panther gehoorzaam los in de gang, deed de deur stevig achter hem dicht en ging weer zitten. Mrs. Keppel schonk thee in, maar Flora wilde haar kopje niet oppakken, omdat ze bang was dat haar hand zo hevig zou beven dat ze de inhoud over haar mooie jurk zou morsen.

'Miss MacNichol, u heeft een zeer bekwame, verstandige medestander gevonden in Mrs. George hier. Want...' Bertie pafte aan zijn sigaar en keek Mrs. Keppel vertederd glimlachend aan. '... ik kan u eerlijk zeggen dat ik nooit had gedacht dat ik het nog eens mee zou maken dat...'

Flora zou er nooit achter komen wat hij bedoelde, want het inhaleren van de sigarenrook had geleid tot een enorme hoestaanval en ademloosheid. Zijn toch al rode gezicht werd zo rood als een biet, zijn ogen traanden en zijn borst zwoegde om genoeg lucht binnen te krijgen. Mrs. Keppel schonk een glas water voor hem in, wrong zich naast hem op de bank, zette het glas aan zijn lippen en dwong hem een slokje te nemen.

'Nee, verdomme, mens! Geen water, ik heb cognac nodig!' Hij haalde een grote paisleyzakdoek uit zijn jas, duwde het glas weg, zodat Mrs. Keppel het water over haar rokken kreeg, en snoot luidruchtig zijn neus.

'Bertie, je moet eens stoppen met die sigaren van je,' berispte Mrs. Keppel hem. Ze stond op en liep naar de karaf op het bijzettafeltje. 'Je weet dat al je artsen dat ook zeggen. Die dingen worden echt nog eens je dood.' Ze gaf hem een glas cognac aan, dat hij in één teug leegdronk, waarop hij het voor haar ophield om nog eens vol te schenken.

'Onzin! Het ligt gewoon aan dat Britse snertweer, die eeuwige vochtigheid. Herinner je je nog hoe goed het met me ging in Biarritz?'

'Je weet dat het niet zo is, Bertie. Alleen de laatste keer dat we daar waren, was je...'

'Genoeg!' bulderde hij. Hij sloeg de tweede cognac achterover en richtte zijn blik opnieuw op Flora. 'Ziet u nu wat ik met haar te stellen heb, Miss MacNichol? Ik word behandeld als een kleuter.'

'Je wordt behandeld alsof er iemand van je houdt,' wierp Mrs. Keppel resoluut tegen.

Flora wachtte op een nieuwe uitbarsting, maar toen Mrs. Keppel naast hem ging zitten en zijn hand in de hare nam, knikte hij gedwee.

'Ik weet het, lieve. Maar ik heb echt het gevoel dat iedereen er tegenwoordig op uit is om mijn genoegens te bederven.'

'Iedereen is erop uit om ervoor te zorgen dat niemand van ons verdrietig hoeft te zijn omdat we jou verloren zijn.'

'Genoeg van dat alles.' Hij zwaaide met zijn hand naar Mrs. Keppel alsof hij naar een vlieg mepte. 'Ik maak nou niet bepaald een goede eerste indruk op Miss MacNichol. Maar vertelt u eens wat over uzelf. Waar houdt u van?'

'Van het landleven,' antwoordde Flora. Dat was het eerste wat bij haar opkwam. 'Natuurlijk,' voegde ze er snel aan toe, 'is dat alles wat ik ooit gekend heb, en als ik hier was opgegroeid, zou ik misschien evenveel van het stadsleven houden. Maar ik ben er wel achter aan het komen dat Londen een prachtige stad is.'

'U hoeft zich niet te excuseren, Miss MacNichol. Als het lot me vriendelijker gezind geweest zou zijn, had ik ook voor het platteland gekozen. Vertelt u eens, rijdt u paard?'

'Zeker,' antwoordde Flora. Ze was eenvoudig niet in staat om hem met 'Bertie' aan te spreken. 'Hoewel ik eerlijk moet zeggen dat ik niet zou weten hoe ik op Rotten Row zou moeten rijden. Ik ben ruig terrein gewend en heb niet bepaald een gracieuze zit.'

'Ah, dat waren nog eens tijden!' Hij klapte als een kind in zijn handen. 'Toen ik nog een jonge man was, deed ik niets liever dan galopperen over de woeste gronden in Schotland. Van welke dingen gaat uw hart nog meer sneller kloppen, Miss MacNichol?'

'Ik zou willen dat ik kon zeggen van poëzie of borduren, of dat ik perfect piano kan spelen, maar de waarheid is dat ik alleen houd van dingen die ik in de buitenlucht kan doen. Dieren verzorgen, bijvoorbeeld...'

'Helemaal goed!' Hij gebaarde teder naar het hondje, dat kwispelend voor zijn voeten zat. 'En wat de kunsten betreft... wel, in mijn positie moet ik die tolereren en ervoor applaudisseren. Maar u wilt niet weten van de eindeloze avonden in de opera of bij toneelstukken waarin ik een of andere spirituele of psychologische betekenis zou moeten zien, of voordrachten van poëzie waarvan ik geen woord begrijp...'

'Bertie! Nu doe je jezelf onrecht aan,' viel Mrs. Keppel hem in de rede. 'Je bent heel belezen.'

'Alleen omdat het moet. Dat maakt deel uit van mijn werk.' Hij gaf Flora een knipoog.

'Ik hou er wel van om dieren te schilderen, maar mensen vind ik moeilijker. Die lijken veel... gecompliceerder.' Flora hoopte dat dat antwoord hen allebei tevreden zou stellen.

'Goed gezegd!' Bertie gaf een klap op zijn machtige dij.

'Bertie, je rijtuig wacht beneden. Je weet dat je vanavond een afspraak hebt en...'

'Ja, dat weet ik maar al te goed.' Hij rolde met zijn ogen en keek Flora met een uitdrukking van stilzwijgende vriendschap aan. 'Miss MacNichol, Mrs. George heeft gelijk. Ik moet gaan om het land en de koningin te dienen.'

Flora stond onmiddellijk op en stond op het punt wederom een diepe reverence te maken, maar hij wenkte haar naar zich toe.

'Kom hier, lieverd.'

Ze deed een paar stappen en bleef voor hem staan. Ze was verbaasd toen hij haar handen in de zijne nam, zijn vingers zwaar van ringen met robijncabochons en goudranden.

'Het was aangenaam kennis met u te maken, Miss MacNichol. Het herinnert me eraan dat Mrs. George altijd de juiste mensen weet te vinden. En help me nu overeind, wil je?'

Geholpen door Mrs. Keppel stond hij op van de bank. Flora was lang, maar toch torende hij boven haar uit. 'Ik hoop echt dat we in de toekomst meer tijd met elkaar kunnen doorbrengen. Het liefste op het platteland. In Duntreath, misschien?' Zijn blik viel op Mrs. Keppel, die knikte.

'Natuurlijk.'

'Goed dan, Miss MacNichol, of ik bedoel Flora, ik moet gaan. Tot ziens, lieverd.'

'Tot ziens.'

'Kom, Bertie, laat me je naar beneden brengen.'

En daarop verlieten Mrs. Keppel, de terriër en de Koning van het Verenigd Koninkrijk van Groot-Brittannië, Ierland en de Britse overzeese gebieden, verdediger des geloofs en keizer van Indië de salon.

19

'Heb je Kingy gezien?' Twee uur later kwam Sonia, klaar om naar bed te gaan en met papillotten in haar haar, Flora tegen op de overloop voor het kinderverblijf.

'Ja.'

'Vond je hem niet lief? Hij ziet er doodeng uit en hij is erg dik, maar eigenlijk is hij heel aardig.'

'Dat ben ik helemaal met je eens,' zei Flora lachend. Ze kuste Sonia boven op haar hoofd. 'Welterusten.'

'Flora?'

'Ja?'

'Wil je alsjeblieft meekomen en me een verhaaltje vertellen? Wat jij vertelt is veel interessanter dan de plaatjesboeken die Nannie me voorleest.'

'Dat zal ik morgen doen.'

'Dat zeggen grote mensen altijd.' Sonia pruilde en Nannie boog zich over haar beschermeling heen, klaar om haar snel naar boven te brengen.

'Ik beloof het je, Sonia. En nu naar bed en lekker slapen.' Flora had behoefte aan afleiding na de vermoeiende middag en ze liep verder naar het kinderverblijf, waar ze Violet aantrof. Ze had zich in een leunstoel voor de haard genesteld en las een boek.

'Stoor ik je?' vroeg Flora zacht. Violet schrok op en keek over de rand van haar boek.

'Het zou onbeleefd zijn om ja te zeggen.'

'Dan ga ik weer weg.'

'Nee.' Violet wees naar de leunstoel tegenover haar.

'Weet je het zeker?'

'Ja,' zei Violet resoluut.

Flora liep naar de stoel en ging erin zitten. 'Wat ben je aan het lezen?'

‘Keats. Vita heeft me dit boek cadeau gegeven, voor mijn verjaardag nog.’

‘Leuk van haar. Ik moet eerlijk zeggen dat ik geen goede van slechte poëzie kan onderscheiden.’

‘Het is natuurlijk mijn mening, maar zeker bij de romantische dichters zoals Keats doet het er niet toe wat je van literatuur weet. Maar wel wat je van de liefde weet.’

‘Ik kan je niet helemaal volgen, Violet,’ antwoordde Flora, hoewel ze bijna zeker wist dat ze het wel begreep.

‘Nou, voordat ik Vita leerde kennen en zij me had uitgelegd wat poëzie is, vond ik het zelf ook erg saai,’ zei Violet. Ze staarde in het vuur. ‘Maar nu ik zijn woorden lees, begrijp ik dat het een universele uiting van liefde is, voor mensen die dat zelf niet kunnen verwoorden. Begrijp je?’

‘Ik denk het wel, Violet. Ga verder, alsjeblieft.’

‘Nou, dat Vita me deze bloemlezing heeft gegeven wijst erop dat ze wil dat ik de woorden lees die ze zelf niet tegen me kan zeggen.’

‘Bedoel je dat je denkt dat ze van je houdt?’

‘Net zoals ik van haar houd.’ Violets openhartige blauwe ogen, die als twee druppels water op die van haar moeder leken, daagden Flora uit. ‘Vind je dat verkeerd?’

Nadat ze de hele dag over haar woorden had nagedacht voordat ze wat zei, gaf Flora nu een oprecht antwoord.

‘Er zijn een heleboel vormen van liefde, Violet. Je kunt van een ouder houden, of van een broer of zus, minnaar, vriendin of dier… maar van allemaal houd je op een andere manier.’

Flora keek naar Violets gezicht. Alles wat er deel van uitmaakte, leek zachter te worden en de stuurse blik in haar ogen was verdwenen.

‘Ja, ja! Maar Flora, hoe kunnen we ooit kiezen van wie we houden als de maatschappij dat ons oplegt?’

‘Nou, ook al moeten we voor de buitenwacht doen wat de maatschappij ons oplegt, wat we voelen in ons hart kan daar lijnrecht mee in strijd zijn.’

Violet zweeg een ogenblik, maar toen glimlachte ze en zag ze er voor het eerst sinds Flora haar had leren kennen gelukkig uit.

'Je begrijpt het!' Violet klapte haar boek dicht, stond op en stapte naar Flora toe. 'Ik wist eerst niet wat mama in je zag, maar nu wel, en ik ben blij dat je hier bent. Jij bent ook weleens verliefd geweest. Welterusten, Flora.'

Terwijl Violet de kamer uit liep, verscheen Barny bij de deur. 'Neem me niet kwalijk, Miss Flora, maar Mrs. Keppel vraagt of u bij haar in haar boudoir wilt komen voordat ze buitenshuis gaat dineren.'

Flora stond op en volgde Barny naar het andere eind van de gang, waar Mr. en Mrs. Keppel hun privésuite hadden.

'Flora, kom bij me zitten, alsjeblieft.' Mrs. Keppel zat als een vorstin achter haar kaptafel.

'Dank u,' zei Flora. Ze ging op de rand van een met fluweel beklede stoel zitten en bewonderde het loshangende, kastanjebruine haar van Mrs. Keppel, dat in natuurlijke krullen over haar blanke schouders golfde. Ze droeg een peignoir van chantillykant en daaronder een korset dat haar boezem uitbundig deed bollen. Flora had Mrs. Keppel nog nooit zo mooi gezien.

'Ik wilde je nog zeggen dat Bertie vandaag zeer met je ingenomen was.'

'Ik ook met hem,' antwoordde Flora behoedzaam.

'Wel, hij is niet meer de man die hij vroeger was,' zei Mrs. Keppel, die haar toon had opgemerkt. 'Hij is ziek en wil niets doen om beter te worden. Desondanks is hij een vriendelijke, wijze man en ik mag hem bijzonder graag.'

'Ja, Mrs. Keppel.'

'Barny, wees zo goed ons een paar minuten alleen te laten.'

'Zeker, *ma'am*.' Barny, die achter haar mevrouw was gaan staan en had gewacht tot die haar het teken zou geven om aan haar haren te beginnen, ging de kamer uit en Mrs. Keppel keek Flora weer aan.

'Lieverd.' Ze reikte naar Flora's handen en kneep erin. 'Ik wist niet of het wel wijs zou zijn om je aan Bertie voor te stellen, maar je had het er niet beter vanaf kunnen brengen.'

'Echt waar? Ik was wel verschrikkelijk nerveus.'

'Je was jezelf en, zoals de koning tegen me zei toen hij vertrok, naturel als een wilde Schotse bloem tussen de brem.'

'Ik ben... blij dat hij tevreden over me was.'

'O, Flora.' Mrs. Keppel zuchtte diep. 'Je hebt geen idee hoe tevreden. En hoe dankbaar ik jou ben dat je bent... wie je bent. Hij zei dat ik je niet mocht bederven door de zoveelste societydame van je te maken, ervoor moest zorgen dat je zuivere karakter niet verloren gaat hier in de stad. Hij hoopt vurig dat hij opnieuw tijd met je kan doorbrengen. Maar omdat je nog niet officieel gepresenteerd bent, zou ik, en hij ook, de ontmoeting van vandaag en alle toekomstige contacten tussen jullie liever geheimhouden.'

'Ja, maar Sonia en Violet weten allebei dat ik bij hem ben geweest.'

'Natuurlijk!' Mrs. Keppel grinnikte. 'Ik heb het ook niet over de mensen binnen deze muren. Een van de redenen waarom Bertie zo graag hier aan Portman Square op bezoek komt, is dat hij hier de volledige discretie en privacy aantreft waaraan het in de rest van zijn leven volkomen ontbreekt. Begrijp je, Flora?'

'Zeker, Mrs. Keppel.'

'Goed. Dan kunnen jij en Bertie jullie erop verheugen dat jullie elkaar in de toekomst beter zullen leren kennen.'

'Ja, dat zou ik fijn vinden. Ik...'

'Wat, lieverd?'

'Ik vroeg me af of Mr. George... weet van de geheime bezoeken van de koning hier.' Flora voelde dat ze bloosde om haar insinuatie.

'Natuurlijk is hij daarvan op de hoogte! Bertie en hij zijn goede vrienden en ze gaan vaak samen op jacht wanneer de koning in het najaar naar Duntreath komt.'

Flora vond het dwaas van zichzelf dat ze het had gevraagd en werd nog roder.

'In dit huis hebben we geen geheimen voor elkaar. En nu moet ik Barny laten komen, want over een half uur vertrekken we naar een diner in Marlborough House.' Mrs. Keppel luidde het belletje op haar kaptafel. 'De premier eet vanavond mee, en dus zullen we de laatste capriolen van *Kaiser* Wilhelm bespreken.'

Flora verbaasde zich over deze vrouw, die beroemde namen liet vallen alsof het kersenpitten waren. 'Dan wens ik u een prettige avond.'

'Dank je, maar ik weet wel zeker dat het dat niet zal zijn. Het schoot me zojuist te binnen dat je op bezoek moet bij je zus Aurelia en je tante aan Grosvenor Square. Ik heb andere dingen te doen, maar Freed zal je erheen brengen en ophalen.'

'Dank u.'

'En nu, lieverd, nogmaals gefeliciteerd met je optreden van vanmiddag bij de thee. Het zal vast niet je laatste ontmoeting met Bertie zijn.'

'Lieve zus!'

Flora werd begroet met een enorme omhelzing bij de deur van tante Charlottes salon. Aurelia duwde hem achter hen dicht terwijl ze naar binnen stapten. 'Ik heb tante Charlotte gevraagd of we elkaar ergens onder vier ogen konden spreken, want ik heb dringend je raad nodig.' Ze leidde Flora naar de bank en ging naast haar zitten. Flora vond dat haar zus er heel anders uitzag dan de vorige keer dat ze elkaar hadden gezien. Haar mooie ogen schitterden van levenslust en ze had een blos op haar wangen. En Flora wist precies wat daarvan de reden moest zijn.

O god, zorg alstublieft dat ik niet laat zien dat dit me pijn doet...

'Ik heb je gevraagd hierheen te komen omdat ik bezoek heb gehad sinds we elkaar voor het laatst hebben gezien.'

'O ja? Van wie dan wel?'

'Van Archie Vaughan!' riep ze uit. 'Twee dagen geleden kwam hij langs, net toen ik mijn laatste spullen had ingepakt. Overmorgen vertrek ik naar Schotland, weet je. Je kunt je wel voorstellen hoe blij ik was om hem te zien.'

'Lieve hemel!' Flora deed alsof ze stomverbaasd was. 'Ja, dat kan ik me zeker voorstellen.'

'Ik dacht natuurlijk dat hij alleen gekomen was om afscheid van me te nemen. Dus hij kwam hier binnen, deed de deur achter zich dicht, en toen pakte hij meteen mijn handen vast en zei tegen me dat hij een verschrikkelijke fout had gemaakt! Ik was er helemaal ondersteboven van.'

'Dat zal wel, ja.'

'Ik vroeg hem wat voor fout hij bedoelde, en toen zei hij dat hij plotseling bang was geworden voor de verantwoordelijkheden van het huwelijk, dat hij misschien het type niet was om te trouwen – net zoals jij had gezegd – en dat hij bang was dat hij me als echtgenoot zou teleurstellen en me daarom geen aanzoek had gedaan toen ik op High Weald logeerde.'

'Aha.'

'Hij zei dat hij zich pas na High Weald gerealiseerd had dat hij me erg miste.' Terwijl ze dat zei, dwaalde Aurelia's blik af alsof ze het moment opnieuw beleefde.

'Wauw, wat... romantisch.'

'En toen zijn moeder tegen hem had gezegd dat ik op het punt stond om uit Londen te vertrekken en elke dag naar Schotland kon afreizen, wist hij dat hij naar me toe moest komen en me tegen moest houden, zei hij. En dat deed hij ook.'

'Dus hij heeft je een aanzoek gedaan?'

'Ja! O Flora, hij vroeg of ik hem ooit zijn verschrikkelijke beoordelingsfout zou kunnen vergeven en hij ging onmiddellijk op één knie zitten en bood me een schitterende diamanten verlovingsring aan.'

'En wat was je antwoord?'

'Nou, en nu hoop ik dat je trots op me zult zijn, ik zei dat ik, vanwege de plotselinge keer die de gebeurtenissen hadden genomen, een paar dagen nodig zou hebben om erover na te denken. En daarom heb ik jou ook gevraagd om bij me te komen. Jij bent zo verstandig als het over hartsaangelegenheden gaat, Flora. Wat vind je dat ik moet doen?'

Flora hield haar persoonlijke mening over het onderwerp voor zich. 'De eerste vraag die ik je moet stellen is misschien waarom je zijn aanzoek niet meteen geaccepteerd hebt. Wat hield je tegen?'

'Nou, Flora, een paar dagen geleden nog maar heb ik je gezegd dat ik alle verdere aanzoeken zou afwijzen, hoewel ik dat misschien deed om mezelf en mijn trots te beschermen. En ook omdat ik nog steeds niet zeker weet of hij van mij houdt zoals ik van hem houd.'

'Heeft hij dan gezegd dat hij van je houdt?'

'Ja... of in ieder geval dat zijn leven zonder mij leeg zou zijn.'

'Nou dan, zie je wel!' Flora dwong zichzelf tot een brede glimlach. 'Het komt op hetzelfde neer, welke woorden Archie ook gebruikte.'

'O ja?' Aurelia keek haar smekend aan. 'Misschien verwacht ik te veel en heb ik te veel romantische ideeën in mijn hoofd, maar omdat hij in het begin aarzelde, vermoed ik, ondanks de redenen die hij me heeft gegeven, dat hij bedenkingen had.'

'Maar die heeft hij nu opgelost, en het had niets met jou te maken.'

'Ik heb hem gevraagd of iemand anders zijn hart veroverd had. Maar hij zwoer van niet.'

Flora's hart begon sneller te kloppen. 'Dan volstaat alles wat hij tegen je heeft gezegd toch om zijn aanzoek te accepteren?'

'Ja, maar je weet dat ik eerder in het Seizoen andere aanbidders had die me overal achtervolgden.' Aurelia stond op en begon in de kleine salon op en neer te lopen. 'Ze bestookten me met bloemen en liefdesbriefjes, en hoewel ík hen niet wilde, was ik er wel van overtuigd dat zij mij wilden. Met Archie heb ik veel meer het gevoel dat ik de volhardende aanbidder ben en achter een man aan zit die altijd... niet in mij geïnteresseerd leek.'

'Maar ondanks mijn beperkte ervaring met mannen weet zelfs ik dat ze de liefde vaak heel anders benaderen dan vrouwen. Sommigen van hen zijn openlijk romantisch, maar velen zijn dat niet. Kijk maar naar onze vader,' zei Flora, een voorbeeld gevend. 'Al is het duidelijk dat hij mama aanbidt, hij is niet openlijk romantisch, en dat is hij ook nooit geweest.'

'Denk je echt dat hij haar aanbidt?' Aurelia stopte met op en neer lopen. 'Dat heb ik me altijd afgevraagd. En zo'n huwelijk wil ik zeker niet.'

Flora besefte dat ze terrein had verloren door de afstandelijke verbintenis van hun ouders als voorbeeld te gebruiken. 'Misschien ligt het gewoon aan het feit dat mannen geleerd wordt geen emoties te tonen. En misschien is Archie Vaughan een van die mannen.'

Aurelia staarde haar zus aan met een zweem van achterdocht in haar blik. 'Ik weet dat je hem nooit sympathiek gevonden of vertrouwd hebt. Het verbaast me wel dat je hem op dat punt wilt verdedigen.'

'Wat ik voor hem voel doet er niet toe. Ik probeer alleen pragmatisch te zijn en tegenover jou zo eerlijk mogelijk. Je vroeg me om mijn mening, en die heb ik gegeven. Hij heeft ingezien dat hij fouten heeft gemaakt en wil met je trouwen. Ik betwijfel of je nog meer van hem zou kunnen vragen, vooral gezien het alternatief…'

'Ik weet het. Tot Archies voorstel moest ik er niet aan denken dat ik naar mama en papa in Schotland zou worden verbannen.'

'Dan is dat je antwoord.'

'Ja, maar het stond me tegen dat Archie niet echt van me hield en alleen met me wilde trouwen vanwege mijn bruidsschat en om het huis van zijn familie te behouden.'

'Beste Aurelia, ik denk dat Lord Vaughan maar al te duidelijk heeft bewezen dat hij zijn eigen gang gaat en niet gedwongen kan worden om iets te doen wat hij niet wil.'

'Vind je dus echt dat ik ja moet zeggen?'

Flora vertelde haar de grootste leugen tot dan toe.

'Ja, dat vind ik echt.'

'En wil je ondanks je afwijzende gevoelens voor hem mijn eerste bruidsmeisje zijn en dansen op mijn bruiloft?'

'Natuurlijk.'

'Dan…' Aurelia's betrokken gezicht lichtte op. '… heb je me overtuigd. Ik zal hem zeggen dat ik zijn aanzoek zal accepteren als hij me morgenmiddag komt opzoeken. Dank je, lieve zus, ik weet niet wat ik zonder jou moest beginnen. Nou, we hebben het besluit genomen, dus ik zal thee laten brengen. Ik voel me echt verzwakt door de spanning.'

Een uur later liet Flora zich door Freed in de automobiel helpen, uitgeput door de nervositeit die haar bedrog veroorzaakt had. Ze had gedaan wat goed was door Aurelia over te halen Archies aanzoek te accepteren. Toch knaagde de twijfel aan haar, de hele weg naar Portman Square. Aurelia wilde alleen dat Archie haar liefde zou beantwoorden.

En Flora wist dat dat het enige was wat hij haar nooit zou kunnen geven.

'Ik neem aan dat je al wist van de aankondiging in *The Times* van vanochtend?' Mrs. Keppel gaf haar de krant aan en Flora las de advertentie.

'Ja, Aurelia heeft me verteld over Lord Vaughans aanzoek.'

'En je bent er blij om dat ze nog voor de kerst gaan trouwen? Dat is een ongewoon korte verloving.'

'Misschien vinden ze allebei dat ze kostbare tijd hebben verspild. Ik ben dolblij, voor hen allebei. Ze houden veel van elkaar.'

Mrs. Keppel kneep haar ogen veelbetekenend samen. 'Dan ben ik er ook blij om, en ik zal ze meteen een felicitatiebriefje sturen.'

'Dat ga ik ook doen.'

'Toevallig is er vanochtend een handgeschreven brief met het adres van de Vaughans in Londen erop voor je aangekomen. Ik heb tegen Mr. Rolfe gezegd dat ik hem persoonlijk aan je zou geven.'

'Dank u.' Zo kalm mogelijk nam Flora de brief aan uit de delicate blanke hand van Mrs. Keppel.

Mrs. Keppel zag dat ze met haar vingers over de envelop streek. 'Flora, lieverd, ik ben vanmiddag thuis en er komt geen bezoek, dus als je wilt, kun je thee bij me komen drinken nadat je je brief gelezen hebt.'

'Ik... Dank u.' Flora liep de salon uit, haastte zich de trap op en ging naar haar kamer. Ze deed de deur stevig dicht, ging op haar bed zitten en staarde naar de brief. Alleen al door het zien van zijn handschrift kreeg ze brandende tranen in haar ogen. Ze scheurde de envelop open en met trillende vingers ontvouwde ze het vel papier.

18 Berkeley Square
Mayfair
19 oktober 1909

Ik heb gedaan wat je me hebt gevraagd, hoewel ik weet dat het voor ons alle drie verkeerd is. Nu het is geregeld, heb ik voorgesteld zo snel mogelijk te trouwen.
Ondanks alles hou ik van je.

Archie

'Ah, Flora, ik verwachtte je.'

'O ja?' Later die middag bleef Flora in de deuropening van de salon van Mrs. Keppel staan.

'Natuurlijk,' zei die zakelijk. 'Doe de deur achter je dicht. Je thee is er al, dus we zullen niet gestoord worden.'

Flora sloot de deur en toen liep ze, ten prooi gevallen aan een diepe besluiteloosheid, naar Mrs. Keppel toe. Ze was nooit het type geweest dat anderen in vertrouwen nam, maar vandaag...

'Ga alsjeblieft zitten, lieverd, en warm je bij het vuur.' Mrs. Keppel gaf haar een kop thee aan en Flora nipte dankbaar. 'Goed, we kunnen hier thee gaan zitten drinken en kletsen, of we kunnen praten over de echte reden waarom je nu bij me bent. Wat doe je liever?'

'I... ik weet het niet.'

'De liefde is erg verwarrend, nietwaar? En net als ik geef jij je liever niet bloot. Mijn lieve Bertie zegt altijd tegen me dat kennis macht is en dat het, hoe verleidelijk het ook is om die macht in ruil voor steun aan iemand anders over te dragen, niet wijs is om dat te doen. En wij allebei hebben ervoor gekozen om het niet te doen.'

'Ja.' Flora verbaasde zich over haar inzicht.

'Dus, Flora, jij kent míjn geheim. Iedereen in Londen denkt de relatie tussen mij en de koning te begrijpen en bekritiseert die. Maar hun boosaardige praatjes en wensen om me in diskrediet te brengen maken hen blind voor het simpele feit dat ik van hem houd. Een buitenstaander zou kunnen beweren dat mijn relatie met hem niet meer is dan een schijnvertoning om mijn eigen ambities te behartigen, net zoals ze van jouw afwijzing van Lord Vaughans attenties misschien zullen zeggen dat het hardvochtig was. Maar ik weet dat je ware motivatie uit liefde voor je zus voortkomt.'

'Wat zegt u nu, Mrs. Keppel? Ik... Niemand weet iets van de relatie tussen mij en Lord Vaughan...'

'Dat weet ik, en ik betwijfel of er behalve ik nog iemand anders in Londen is die heeft geraden hoe de vork in de steel zit. Ik zag jullie gezichten nadat jullie elkaar hier een paar dagen geleden hadden gesproken. En op allebei was het... dilemma duidelijk te lezen. Je geheim is veilig bij me. Alsjeblieft, Flora, vertrouw me en praat er met me over voordat je er gek van wordt.'

Uiteindelijk praatte Flora. En toen Mrs. Keppel haar een glaasje sherry inschonk, een schone kanten zakdoek aanbood en met haar sprak over alles wat er tussen hen was voorgevallen, begon Flora zich ook echt beter te voelen.

'Je zult niet de eerste of de laatste zijn die de man die ze liefheeft in de armen van een andere vrouw drijft, omdat ze vindt dat het moet,' zei Mrs. Keppel. 'Ik had ooit een soortgelijke toestand voordat ik met mijn lieve George getrouwd was en Bertie ontmoette. Je hebt het juiste gedaan om de nobelste redenen en nu moet je verder.'

'Dat weet ik. En dat is het moeilijkste.'

'Nou, de beste manier is te zorgen dat je afgeleid blijft, en ik ben blij dat ik je daarbij kan helpen.' Mrs. Keppel glimlachte. 'Er staat een aantal bals op het programma, en ik kan je verzekeren dat we, nog voordat je zus trouwt, minstens twee aanzoeken voor je zullen hebben.'

'Dank u, maar op het ogenblik ben ik niet geïnteresseerd in aanbidders.'

'Dat is omdat je ze nog niet ontmoet hebt.' De ogen van Mrs. Keppel glinsterden. 'Om te beginnen is er een bal in Devonshire House, en daarna is er een groots gala in Blenheim. Dat is een hele reis, maar ik vind dat we die moeten maken en...'

'Mrs. Keppel?'

'Ja, lieverd?'

'Waarom doet u dit allemaal voor mij?'

Ze keek snel in het vuur, en toen weer naar Flora. 'Omdat ik je beschouw als het kind dat we nooit hebben gehad.'

STAR

OKTOBER 2007

Ceanothus
(Amerikaanse sering – wegedoornfamilie)

20

Ik voelde dat een hand me een paar keer op de schouder tikte en kwam weer bij mijn positieven. Ik keek op en zag de aftiteling van *Superman* op het scherm en Rory die naast me stond.

'Nu *Superman II*?'

Ik keek op mijn horloge en zag dat het half zes in de middag was geweest. 'Nee.' Ik schudde mijn hoofd. 'Zo is het wel genoeg voor vandaag. Wil je de fazant zien?' vroeg ik, om hem af te leiden.

Hij knikte gretig en ik stond op uit de leunstoel en het verleden. Ik wist dat dit niet het moment was om te analyseren wat ik had gelezen en na te gaan of het verband hield met mijn eigen leven. In de keuken doorzocht Orlando de bestelling van de boerderijwinkel.

'Die fazant is heel goed geplukt,' zei hij. 'En wees gerust, ik heb de hagel die zijn leven heeft beëindigd eruit gepeuterd, dus onze tanden zullen morgen heel blijven.' Hij hief een schoteltje met drie loden hagelkorrels.

Rory pakte er gelijk eentje op en bekeek het aandachtig. 'Arme vogel.'

'Ach ja, maar wij hebben geluk morgen. Miss Star, dit is voor het feestmaal van vanavond.'

Ik zag een verrukkelijke, bloedrode biefstuk van de haas op de marmerplaat voor hem liggen.

'Ik ken niemand anders die dit perfect kan klaarmaken. Als u het niet erg vindt, eet ik liever precies om acht uur vanavond. Dan heb ik nog ruim drie uur de tijd om het eten te verteren voordat ik naar bed ga,' zei Orlando, met een blik op de klok.

'Dan moet ik op gaan schieten.'

'Terwijl u het eten klaarmaakt, neem ik deze knaap hier mee voor een partij schaak. De verliezer doet de afwas na het eten.'

'Maar jij wint altijd, oom Lando,' klaagde Rory, terwijl ze achter elkaar de keuken uit liepen.

Ik maakte het vlees en de groenten klaar, ging zitten, snoof de kookgeuren op en genoot van de weldadige warmte in de keuken. Ik dacht na over wat ik had gelezen en realiseerde me dat het beeldje dat Pa me had gegeven van Flora's geliefde kat moest zijn, en niet van een echte panter, zoals ik had aangenomen. En toen dacht ik na over Flora, die, zoals Pa Salt had aangegeven, iets voor me betekende. We hadden zeker dingen met elkaar gemeen – namelijk onze wederzijdse interesse in botanie en liefde voor de natuur. Maar miljoenen andere mensen genoten daar ook van, en op grond van wat ik had gelezen was het veel waarschijnlijker dat ik verwant was aan Aurelia. Het leek er immers op dat zij degene was die met iemand van de Vaughans zou trouwen.

Het ergste was dat ik per se een verband wilde vinden, iets wat me onverbrekelijk zou verbinden met High Weald en me in staat zou stellen deel uit te maken van deze bijzondere familie, waarvan ik vooral twee leden met de dag aardiger begon te vinden.

Nadat we de biefstuk hadden opgegeten en Orlando hem 'heroïsch' had verklaard, ging ik met Rory naar boven om hem in bad te stoppen, hoewel ik niet precies wist hoe ik dat moest aanpakken. Ik liet het aan hemzelf over, en hij haakte zijn hoorapparaat los en legde het voorzichtig op een plank.

'Zal ik weggaan?' vroeg ik, terwijl hij in het bubbelbad stapte dat ik voor hem had laten vollopen. Maar hij schudde zijn hoofd.

'Praat met me. Vertel over je familie, Star.'

En dus ging ik op de ouderwetse houten toiletbril zitten en zwaar vertrouwend op mime en gezichtsuitdrukkingen als mijn gebarentaal me in de steek liet, vertelde ik Rory zo eenvoudig mogelijk over mijn jeugd op Atlantis, en voor de afwisseling een paar verhalen over hoe CeCe en ik kattenkwaad uithaalden en in een lastig parket verzeild raakten.

'Stoute zusjes!' zei Rory en hij stapte giechelend uit het bad in de handdoek die ik voor hem ophield. Toen kregen zijn groene ogen een ernstige uitdrukking. 'Ik wil ook een zusje of een broertje. Dat is leuk.'

Ik hielp hem zijn pyjama aan te trekken en gaf hem zijn hoorapparaat aan. Hij stopte de luidsprekertjes in zijn oren, sloeg zijn armen om mijn schouders en gaf me een kus op mijn wang. 'Wil jij mijn zusje zijn, Star?'

'Natuurlijk,' zei ik terwijl we door de gang naar zijn slaapkamer liepen.

Een paar minuten later verscheen Orlando in de deuropening, waar hij onzeker bleef staan treuzelen. 'Is de reiniging voltooid?'

'Ja. Welterusten, lieverd,' zei ik en gaf Rory een zoen.

'Welterusten, Star.'

Na het ontbijt de dag daarop schroeide ik de poten van de fazant dicht in een grote gietijzeren braadpan, en ik voegde er bessen, kruiden en een scheut rode wijn aan toe, die, hoopte ik, tot een heerlijke saus zouden sudderen. Toen wikkelde ik de borsthelften in rookspek en zette ze apart om later te bakken. Rory zat te schilderen aan de keukentafel en we werkten vredig samen terwijl ik het deeg voor een vruchtentaart rolde. Ik had CeCe talloze keren zien schilderen, maar zij ging meestal heel precies te werk, terwijl Rory de waterverf tot de tint die hij wilde mengde en die dan geestdriftig op het doek smeerde. Ik zette de taart in het fornuis en zag dat hij een herfstlandschap had geschilderd dat ik nooit zou kunnen evenaren, ook al zou ik er maanden de tijd voor hebben.

'Fantastisch,' zei ik, terwijl hij zijn naam op het schilderij zette. Ik zag zijn hand de letters vormen, onbeholpen, in tegenstelling tot zijn vloeiende penseelstreken.

'Ik hou van schilderen.'

'We houden allemaal van dingen waar we goed in zijn,' zei ik met een glimlach.

Orlando was er eerder die ochtend op uitgegaan. Hij had niet gezegd waarheen, maar ik had zo'n vermoeden dat hij er niet naar uitkeek. Hij kwam terug met Mouse op sleeptouw toen ik de aardappelen aan het pureren was.

'Kijk.' Rory wees naar zijn schilderij. 'Voor Star.'

Orlando prees het plichtsgetrouw, terwijl Mouse het alleen vluchtig bekeek.

'Wat zouden jullie ervan zeggen als ik de fles vacqueyras die ik heb afgeschonken om Stars fazant te completeren erbij haal?' zei Orlando tegen niemand in het bijzonder, terwijl hij naar de provisiekamer liep om de wijn te pakken.

'Heb je mijn transcriptie al gelezen?' vroeg Mouse kortaf.

'Ja, dank je.' Ik wees naar de keurige stapel papieren naast de telefoon.

'Vond je het informatief?'

'Zeker.'

'Ik zou graag dat beeldje zien, als je het hier hebt.'

'Ik heb het eigenlijk toch niet bij me,' loog ik, in de hoop dat ik niet zou blozen, wat ik meestal deed wanneer ik een onwaarheid vertelde.

'Jammer. Orlando denkt dat het een Fabergé is.'

'Ik zal er nog eens naar zoeken voor ik wegga.'

'Doe dat.'

De telefoon ging en Mouse nam op.

'Ha, Marguerite. Ja, alles prima hier. Met jou toch ook, Rory?'

'Ja!' riep Rory, zodat zijn moeder hem kon horen. 'Goed.'

'Hoe laat verwacht je terug te zijn?'

Ik ging bij het fornuis staan, om niet de indruk te wekken dat ik meeluisterde.

'Ik begrijp het. Nou, ik in ieder geval niet, maar ik zal het Orlando en Star vragen. Orlando?'

'Ja?' Hij kwam de provisiekamer uit met de wijn.

'Ze hebben Marguerite gevraagd of ze langer in Frankrijk kan blijven. Ze wil weten of jij en Star hier nog een paar dagen kunnen blijven om voor Rory te zorgen.'

'Dat zal niet gaan, helaas. Ik heb twee grote veilingen in Londen waar ik heen moet. En jij, Mouse?'

'Ik heb ook geen tijd. Je weet wat ik op het ogenblik allemaal te doen heb op de boerderij. Bovendien heeft Rory herfstvakantie en...'

Ik keek naar Rory, die tussen de twee broers in zat en zijn hoofd van links naar rechts draaide terwijl zij hun verbale tenniswedstrijd speelden. En zich waarschijnlijk niet belangrijker voelde dan de denkbeeldige bal die ze naar elkaar toe sloegen.

'Ik wil het wel doen,' zei ik ineens. 'Ik bedoel, als jij me op de zaak kunt missen, Orlando.'

'Ik zal er in ieder geval over nadenken.'

Rory tikte op Orlando's handen en gebaarde heftig. 'Ja, laat Star blijven, alsjeblieft! Lekker eten!' Het bleef even stil en de blikken van de twee broers richtten zich op mij.

'Gezien het gebrek aan klanten in de boekwinkel heeft ze waarschijnlijk niets inspannenders te doen dan stof afnemen,' zei Mouse.

Bij die opmerking gingen mijn nekharen overeind staan, maar ik wist me met moeite te beheersen. Ik zag dat hetzelfde gold voor Orlando.

'Het belangrijkste is natuurlijk dat Rory gelukkig is,' zei hij uiteindelijk.

'Goed dan, heb je dat gehoord, Marguerite? Star blijft hier en Rory is blij dat het zo geregeld is,' zei Mouse in de telefoon. 'Ik ben in de buurt om een oogje in het zeil te houden. Laat ons weten hoe laat je woensdag terug bent, wil je? Oké, dag dan.'

'Het eten is klaar,' zei ik tegen Orlando, die voor ons alle drie een glas wijn had ingeschonken.

'Geweldig. Zullen we hier eten? En ik... of we, bedoel ik,' Orlando wierp een blik op zijn broer, 'zijn je ontzettend dankbaar voor je aanbod.'

'Geen probleem,' antwoordde ik, terwijl ik naar het fornuis terugliep.

Na de lunch, die, ook al zeg ik het zelf, toch wel een triomf was, aangezien ik nog nooit een fazant had klaargemaakt, werd Orlando in de Land Rover van Mouse naar Ashford gebracht om de trein naar Londen te nemen. Het was duidelijk dat er *froideur* tussen de twee broers heerste, en ik vermoedde dat het te maken had met hun eerdere ontmoeting en het gesprek met Marguerite.

Mouse had gezegd dat hij terug zou komen om welterusten te zeggen tegen Rory, maar het was al over achten, en hij was er nog steeds niet. Ik trok Rory weg bij zijn *Superman*-film, waste hem en stopte hem in bed.

Terug op mijn eigen kamer zocht ik in mijn rugzak naar de brief van Pa Salt en het beeldje van de zwarte kat. Ik bestudeerde het diertje zorgvuldig en herinnerde me Flora's levendige beschrijvingen van 'Panther'.

'Ben jij het?' vroeg ik de lucht om me heen, en toen ik geen antwoord kreeg, stopte ik het weer weg. Als het een Fabergé was, zoals Mouse had geopperd, wist ik dat het kostbaar was. Misschien had Mrs. Keppel, die Fabergés creaties ook mooi vond, Flora het kattenbeeldje cadeau gedaan...

Er was maar één manier om het te weten te komen, en dat was het aan de Rioolrat, Móúse, corrigeerde ik mezelf, te laten zien. Ik moest ervoor zorgen dat mijn eigen bijnaam voor zijn bijnaam niet bekend zou worden.

Ik ging naar de badkamer en dompelde me zo snel mogelijk onder in het bad vol bubbels dat ik kort tevoren voor Rory had laten vollopen, aangezien ik de vorige avond had geleerd dat de warmwatertank slechts water bevatte voor één bad per dag. Toen haastte ik me naar de slaapkamer om mijn laagjes aan te trekken voordat ik naar beneden ging.

Ik bleef bij de voordeur staan treuzelen en vroeg me juist af of ik die 's nachts op slot zou moeten doen, toen er uit het donker achter me een gedaante opdook en ik een verschrikte kreet slaakte.

'Ik ben het maar,' zei Mouse. 'Ik heb mezelf binnengelaten door de achterdeur toen jullie boven waren. Ik wilde je deze nog even geven.' Hij hield een ring met twee enorme koperen sleutels op.

'Dank je.'

'En bedankt dat je dit doet. Het is duidelijk dat Rory je nu al aardig vindt. Marguerite heeft gezegd dat ze morgen zal bellen. Het is helemaal niets voor haar om langer weg te blijven. Er moet iets aan de hand zijn,' mopperde hij. 'Normaal gesproken werkt ze in de buurt, zodat ze 's avonds in ieder geval thuis kan zijn voor Rory. Maar het lijkt erop dat haar roem zich heeft verspreid. Nou, jij hebt wat voorraden nodig om de komende dagen op de been te blijven. Maak maar een lijst, dan val ik morgenochtend even binnen om hem op te halen. Maar ik kom wel vroeg.'

'Geen probleem,' antwoordde ik. 'Mag ik bellen met de telefoon hier om mijn zus te laten weten dat ik vanavond niet terugkom? Mijn mobiel doet het hier niet.'

'Voel je vrij. En als je niet kunt mailen, kom je maar naar mij toe. Rechtsaf bij de poort en dan is het aan de andere kant van het weggetje. Een paar honderd meter naar links zie je een bordje waar 'HOME FARM' op staat. Het huis is niet groot, maar er is wel wifi.'

'Het zal wel lukken.'

'En als je dat beeldje kunt vinden, zou ik het graag zien. Er zitten hiaten in de geschiedenis van onze familie die ik graag gevuld zou zien.'

'Ik zal nog eens in mijn tas kijken.'

'Ik hoop dat je het uiteindelijk zult vinden. Welterusten dan.'

'Welterusten.'

Ik liep met hem mee naar de deur en deed die stevig achter hem op slot. Toen ging ik naar de keuken, pakte de telefoon en belde het nummer van CeCe.

'Hoi, met mij.'

'Sia! Waar ben je? En waarom bel je vanaf een onbekend nummer?'

Ik legde het zo goed mogelijk uit, en het bleef een poos stil.

'Dus die familie betaalt je niet alleen een habbekrats om lange uren in een boekwinkel te maken, maar ze gebruiken je nu ook als onbetaalde kindermeid en kok?'

'Orlando heeft gezegd dat ik mijn loon nog steeds krijg en ik krijg ook nog een extraatje van Marguerite.'

'Het probleem met jou is dat je te weekhartig bent.'

'Het was een noodgeval, en ik was de enige die kon helpen. En ik vind het echt niet erg. Ik vind het hier prachtig,' antwoordde ik naar waarheid.

'Als je maar zorgt dat ze je betalen wat ze je verschuldigd zijn. Ik mis je, Sia. Dit appartement is veel te groot voor één persoon.'

'Ik ben snel weer thuis. Als je me nodig hebt, kun je me bereiken op dit nummer.'

'Ik zal woensdag het laatste college overslaan, dan kunnen we samen dineren. Ik heb het gevoel dat ik je nauwelijks heb gezien, de afgelopen weken.'

'Ik weet het. Het spijt me. Slaap lekker, Cee.'

'Ik zal het proberen. Dag.'

Aan het andere eind werd de verbinding abrupt verbroken, en ik zuchtte en liep de zitkamer in om te zien of er 's nachts geen brand kon uitbreken door het haardvuur – ook een van de gulden regels van Pa. Ik knipte het licht uit en ging naar boven om te gaan slapen. Ik keek nog even bij Rory, die diep in slaap was, en dankte de hemel dat ik nog twee nachten in dit prachtig mooie huis mocht doorbrengen.

21

De volgende ochtend werd ik al vroeg gewekt door Rory, die boven op me sprong in mijn bed en zei dat hij honger had. We zaten aan het ontbijt toen Mouse bij me in de keuken kwam om mijn boodschappenlijst op te halen.

'Wat ruikt het hier lekker,' zei Mouse, tot mijn verbazing. Het kwam zelden voor dat je een positieve opmerking van hem hoorde.

'Wil je wat eten? We hebben alleen wentelteefjes.'

'Die heb ik niet meer gehad sinds ik een kind was. Dus ja, als het niet te veel moeite is.'

'Er staat een pot verse koffie op de tafel,' zei ik en wees.

Rory gaf Mouse een tikje op zijn arm en gebaarde. 'Kan ik mee op de tractor?'

'Wat?' Mouse keek nauwelijks naar hem om.

'Rory wil weten of hij met je mee mag op je tractor,' zei ik. Ik zette het bord iets harder voor hem neer dan nodig was.

'God, nee,' zei hij, en hij viel op de wentelteefjes aan met een trek waaraan het hem de laatste keren dat ik voor hem had gekookt opvallend had ontbroken. 'Heerlijk, ik ben dol op kindereten. Oké.' Hij sloeg zijn koffie achterover, stond op en pakte de lijst van de tafel. 'Ik kom die boodschappen afleveren zodra ik kan.'

En daarop liep hij de deur uit.

'Geen tractor?' Rory keek met een treurig, hartverscheurend gezicht naar me op.

'Vandaag niet, nee, Rory. Maar kleed je maar aan, dan gaan we fietsen.'

Rory fietste naar de boomgaard, en daar verzamelden we zo veel appels en damastpruimen als we konden. De oeroude bomen moesten nodig eens gesnoeid worden, maar ik wist dat dat aan het eind van de winter pas kon gebeuren.

'Die kunnen we nooit allemaal op,' gebaarde Rory terwijl we de vruchten in een piepende kruiwagen die ik had gevonden naar het huis vervoerden.

'Nee, maar ze zullen goed smaken in een paar taarten en jam.'

'Máák jij jam?'

'Ja.' Ik lachte om zijn verbazing en realiseerde me dat hij opgegroeid moest zijn met het idee dat een onzichtbare supermarktfee zorgde voor de meeste dingen die hij at.

Ik bracht de middag door met het bakken van taarten en Rory vroeg om zijn gebruikelijke *Superman*-film. Nadat ik een dvd voor hem in het apparaat had gestopt ging ik weer naar de keuken om een kop thee te maken en te kijken hoe het ging met de taart in de oven. Mijn vingers jeukten om de provisiekamer en kasten te reorganiseren, maar ik bood weerstand aan de verleiding omdat ik wist dat het niet aan mij was om dat te doen.

Ik keek op de klok en zag dat het tegen zessen was, dus tijd voor Rory's avondmaaltijd. Ik had nog niets van de beloofde boodschappen gezien, en dus keek ik wat ik kon vinden.

Ik was juist de laatste taart uit de oven aan het halen toen de achterdeur openging en Mouse binnenkwam met twee plastic zakken vol boodschappen.

'Alsjeblieft,' zei hij en zette ze op de keukentafel. 'Ga je een feest geven?' Hij wees naar de taarten.

'Ik maak alleen het gevallen fruit uit de boomgaard op.'

Hij pakte een biertje uit een van de zakken en trok het open. 'Wil je er ook eentje?' bood hij aan.

'Nee, dank je.'

'Gaat het goed met Rory?'

'Prima,' zei ik. Ik stak mijn hand in de zak met boodschappen en haalde er een paar worsten uit. Ik legde ze op een bakplaat en schoof die in de oven om ze te braden. 'Ik ga zelfgebakken friet maken,' voegde ik eraan toe, terwijl ik een zak aardappelen opende en een dunschiller uit de la haalde. 'Ik hoop dat Rory daarvan houdt.'

'Hij en Marguerite leven voornamelijk op eieren en blikken witte bonen in tomatensaus, dus ik denk het wel. En ik vind het ook lekker, als er genoeg is.'

Ik glimlachte heimelijk om zijn plotselinge enthousiasme.

'Natuurlijk.' Ik wees naar de grote zak aardappelen. 'Ik ga tegen Rory zeggen dat je er bent.' Ik liep naar de deur.

'Voor je dat doet...' Zijn toon hield me tegen en ik draaide me om en zag zijn gezicht opeens betrekken. '... wilde ik je vragen of je dat Fabergébeeldje hier ergens hebt. Eerlijk zeggen. Of je hebt het echt niet, of je wilt het me gewoon niet laten zien. Ik begrijp wel waarom je misschien denkt dat je mij niet kunt vertrouwen,' ging hij verder. 'Ik ben tenslotte niet erg uitnodigend geweest. Maar maak je geen zorgen, Star, iedereen denkt dat ik een zak ben. En daar hebben ze geen ongelijk in. Dat ben ik ook echt.'

En daarmee waren we terug bij zijn zelfmedelijden. Als hij verwachtte dat ik hem zou tegenspreken, had hij het mis.

'Maar goed,' ging hij verder toen ik bleef zwijgen, 'zullen we het op een akkoordje gooien? Ik vertel je de rest van wat ik over onze familiegeschiedenis te weten ben gekomen, en jij laat me dat kattenbeeldje zien. Want als het echt een Fabergé is, dan weet ik wel wie het aan Flora MacNichol heeft gegeven.'

'Ik...'

'Mouse!' Rory kwam de keuken in en het moment was weg.

Onder het eten was Mouse veel vrolijker dan ik hem tot dan toe had meegemaakt. Of hij nu zijn best deed om me een gevoel van schijnveiligheid te geven voordat hij tot zijn gebruikelijke norse zelf verviel, of dat het door de zelfgebakken friet kwam, wist ik niet. Maar ik was blij voor Rory dat Mouse in ieder geval probeerde hem te vermaken. Ik stelde aan hen voor om boter-kaas-en-eieren te doen, een spelletje waarvan Rory nog nooit had gehoord. Nadat ik het hem had voorgedaan, deed hij enthousiast mee, en hij schreeuwde van plezier, telkens wanneer zijn kruisjes wonnen. Ik wist dat Mouse hem liet winnen, en ook dat was een verbetering.

'Bedtijd,' zei Mouse ineens.

Ik keek op de klok en zag dat het nog maar net zeven uur was geweest, maar Rory was al opgestaan, als een onervaren militair die zojuist zijn marsorders heeft gekregen van een sergeant-majoor.

'Maar eerst in bad,' zei ik en stak mijn hand naar hem uit.

'Welterusten, Mouse,' zei Rory.

'Welterusten, Rory.'

Ik liet het bad vollopen en Rory stapte er met veel gespat in. Toen ging hij achterover liggen en kneep zijn ogen dicht terwijl ik shampoo in zijn haar wreef. Hij ging kopje-onder, kwam weer boven en opende zijn ogen.

'Star?'

'Ja?'

Zijn handen kwamen boven het water uit om te gebaren. 'Ik denk niet dat Mouse me aardig vindt.'

'Ik denk dat hij je wel aardig vindt, maar hij kan hier niets van.' Ik wees naar onze handen.

'Niet moeilijk. We zullen het hem leren.'

'Ja,' zei ik. Ik hield de handdoek voor me zodat hij uit het bad kon stappen zonder zich naakt aan mij te hoeven laten zien. Ik hielp hem in zijn pyjama en liep met hem door de gang naar zijn kamer.

'Wil je dat ik je nog een verhaaltje voorlees, of doe ik dat niet goed?' vroeg ik plagend, terwijl ik hem een beetje kietelde.

'Je vertelt veel beter dan Mouse, dus ja, graag.'

Rory draaide zich sneller om dan ik, en we zagen Mouse in de deuropening staan. Ik was blij dat hij de taal van onze handen niet begreep.

'Zal ik je in je bed stoppen, Rory?' vroeg Mouse.

'Ja, alsjeblieft,' zei hij gehoorzaam.

'Welterusten.' Ik gaf Rory een kusje op zijn voorhoofd en liep de kamer uit.

'Je kunt heel goed met hem overweg,' zei Mouse toen hij later de keuken binnenkwam, op het moment dat ik de laatste hand aan de afwas legde. Van alle moderne gemakken die ik op High Weald zou willen stond een vaatwasser op de eerste plaats.

'Dank je.'

'Ik neem aan dat je eerder met dove kinderen hebt gewerkt?'

'Nee, nog nooit.'

'Maar hoe heb je dan...'

Ik legde hem in het kort uit hoe ik gebarentaal had geleerd. Hij pakte een biertje uit de koelkast en trok het open.

'Het is interessant dat jij en Rory kennis met elkaar hebben gemaakt en een emotionele band hebben gevormd, want jij bent zeker een vrouw van weinig woorden. Hij mist ze niet zoals iemand die kan horen dat zou doen. Je zegt niet veel over jezelf, hè?'

Dat doe jij ook niet, dacht ik.

'Je woont toch bij je zus?'

Dus dat had hij onthouden. 'Ja.'

'Heb je een vriend? Iemand die heel belangrijk voor je is?'

'Nee.' Dat gaat je niet aan, dacht ik. 'Jij?' kaatste ik de vraag naar hem terug.

'Ik weet heel goed dat niemand me wil hebben, en dat vind ik best.'

Ik liet me niet tot een reactie verleiden. In de stilte die volgde borg ik de borden en het bestek op.

'Eigenlijk,' zei hij na een tijdje, net als iedereen die lang heeft gezwegen, meer zeggend dan hij eerst had gewild, 'was ik ooit getrouwd.'

'O.'

'Zij dacht wel dat ik oké was.'

Ook nu weer zei ik niets.

'Maar toen...'

Ik bleef zwijgen.

'Overleed ze.'

Ik wist dat ik verslagen was. Op die uitspraak moest ik wel reageren.

'Wat erg voor je.' Ik draaide me om en zag hem onbeholpen bij de tafel staan.

'Dat was het ook. Maar zo is het leven... en de dood, nietwaar?'

'Ja,' zei ik. Ik dacht aan Pa Salt.

Hij zweeg een paar tellen. Toen keek hij op de klok aan de muur en zei: 'Ik moet gaan. Ik heb nog van drie maanden uitstaande rekeningen te verwerken. Bedankt voor het eten.'

Mouse liet zijn half opgedronken biertje op de tafel staan en vertrok door de achterdeur.

Die avond kon ik de slaap niet vatten. Ik voelde me verschrikkelijk naar over zijn abrupte vertrek, waarvan ik wist dat het was veroorzaakt door mijn kille reactie nadat hij me had verteld dat zijn vrouw was overleden. Hoe nors hij meestal ook was, hij had me iets emotioneels toevertrouwd. En ik had gereageerd met een gevoelloos cliché.

In wezen had ik mezelf toegestaan om me te verlagen tot zijn niveau.

Na verloop van tijd werd ik doodmoe van het doodmoe zijn, en om half zeven kroop ik uit bed, trok mijn laagjes aan en ging naar de keuken.

Daar deed ik het enige waarvan ik wist dat het me zou kalmeren. Ik bakte een cake.

Na het ontbijt vroeg ik Rory of hij me mee kon nemen naar de hoeve van Mouse. Hij knikte gretig.

'Ik zat eraan te denken om deze cake bij wijze van geschenk voor hem mee te nemen,' zei ik.

'Ja.' Rory stak zijn duimen naar me op. 'Mouse is eenzaam.'

We gingen de oprijlaan op, Rory op zijn fiets en ik met de cake in een bakblik in mijn handen, en staken het weggetje over. Rory fietste voor me uit over de smalle grasberm en ik ademde de indringende en onmiskenbare lucht van de volle Engelse herfst in; de rijke geur van fermentatie terwijl het land de overblijfselen van weer een zomer afdankte en zich klaarmaakte om in het voorjaar weer nieuw leven voort te brengen.

'Hier.' Rory wees naar een bordje dat ons een overwoekerde oprijlaan in leidde. Hij stoof weg en ik volgde hem in een bedaarder tempo met de cake. Ten slotte kwam de hoeve in zicht, een robuust gebouw van rode baksteen zonder de verfraaiingen van het naburige gebouw aan de overkant van de weg. Als High Weald aristocratisch was, dan was Home Farm proletarisch en gezellig.

Midden in de hoeve was een grote deur aangebracht, die ooit vrolijk rood geweest moest zijn, maar nu een afbladderende, vervaagde versie van zijn oude zelf was. Voor de voorgevel van het huis stonden lavendelbossen die hun beste tijd hadden gehad en aan vervanging toe waren, maar hun vredige geur vulde nog steeds de lucht. Rory racete om de zijkant van het huis heen, recht naar de achterdeur.

'Kun je kloppen?' gebaarde ik, terwijl hij erop bonsde en genoot van de vibraties. Er kwam geen antwoord.

'Nog eens,' stelde ik voor.

'Altijd open. Binnengaan?'

'Oké.'

Met een gevoel alsof ik een schuldige indringer was, volgde ik Rory. We stapten een keuken binnen die een miniatuurversie was van de keuken die we zojuist hadden verlaten. Alleen was deze nog chaotischer, de grenenhouten tafel bijna onzichtbaar onder gebruikte koffiemokken, kranten en wat eruitzag als ringbanden met recepten en rekeningen die tussen de bladen uit staken. Door de tochtvlaag die de deur die achter ons dichtklapte veroorzaakte, fladderden er een paar naar de deur. Ik zette de taart neer, bukte en pakte ze op, op hetzelfde moment dat Mouse door een binnendeur in de keuken verscheen.

Hij keek naar de rekeningen in mijn hand en fronste.

'Die lagen op de vloer,' zei ik mat, terwijl ik ze weer op de tafel legde. 'We hebben wat voor je meegebracht. Rory, geef Mouse het blik maar.'

'Star heeft hem gebakken,' zei hij in gebarentaal. 'Voor jou.'

'Het is citroencake,' voegde ik eraan toe.

Mouse staarde naar het blik alsof er een bom in zat. 'Dank je.'

'Graag gedaan.'

We stonden er ongemakkelijk bij en ik huiverde in het kille vertrek. Er brandde geen vuur in het fornuis en de gezelligheid die het exterieur van het huis beloofde, was binnen ver te zoeken.

'Alles goed?' vroeg Mouse.

'Prima.'

'Mooi. Nou dan, neem me niet kwalijk, maar ik heb meer te doen.'

'Oké.' Rory en ik liepen op onze schreden terug naar de deur. Ik bleef staan met mijn hand op de deurkruk en besloot de grootmoedigste te zijn. 'We hebben *shepherd's pie* vanavond, dus als je mee wilt eten...' Toen opende ik de achterdeur en liet ons de relatieve warmte van de ijskoude oktoberdag in.

Rory en ik brachten de middag door met eindeloze spelletjes boter-kaas-en-eieren. Toen het hem begon te vervelen, leerde ik hem Zeeslag spelen. Ik wist niet zeker of hij de bedoeling van het spel begrepen had; in plaats van een kruisje voor zijn schip in het ervoor bestemde hokje te zetten, tekende hij een schip, wat in ieder geval de tijd doodde, want hij stond erop alle afbeeldinkjes perfect lijkend te maken en gumde ze uit als ze dat niet waren.

Ik zette zijn favoriete *Superman*-dvd op en kookte geeuwend water. Ik moest niet alleen geeuwen door het slaapgebrek van de afgelopen nacht, maar ook omdat dit mijn eerste ervaring was in het non-stop vermaken van een kind.

Ik dacht terug aan Atlantis en hoe wij meisjes ons tijdens de vakanties amuseerden, en verwonderde me erover hoe Ma ons met zijn zessen, ieder in een ander ontwikkelingsstadium, had aangekund. Ik kon me niet herinneren dat ik me ooit had verveeld, realiseerde ik me, omdat ik altijd CeCe en mijn andere zussen om me heen had gehad. Rory was enig kind en hij had niemand om mee te spelen. En als er ooit een klein deeltje van mij was geweest dat zich vijandig had gevoeld als middelste van ons enorme vrouwelijke nest en vanwege het gebrek aan een-op-eenaandacht, dan was ik daar nu blij om.

Ik had de shepherd's pie voorbereid en het gerecht in de oven gezet om gaar te worden. Toen ging ik naar boven om de bedden van mij en Rory op te maken. Ik ging op het mijne zitten, met stijve vingers door de bittere kou, en haalde het doosje waar 'PANTHER' op stond tevoorschijn. Omdat de citroencake de wrijving tussen ons niet leek te hebben opgelost, schoof ik het in een achterzak van mijn spijkerbroek en ging toen naar beneden. Ik wist dat dit het enige was wat ik Mouse die avond kon aanbieden om het goed te maken.

Het werd zeven, toen acht uur en later. Ik deed Rory in bad, stopte hem in bed en daalde de trap weer af om het avondeten af te ruimen. Ik stond juist op het punt het licht in de keuken uit te doen en bij het vuur te gaan zitten lezen toen de deur openging.

'Sorry dat ik laat ben. Er kwam iets tussen,' zei Mouse. 'Is er nog wat shepherd's pie over?'

'Jazeker.' Ik liep naar de provisiekamer om het eten er weer uit te halen en zette het in de oven. 'Het duurt een paar minuten voordat het is opgewarmd.' Ik wist niet wat ik verder moest zeggen en bleef een ogenblik staan dralen bij de keukentafel.

'Ik snak naar een biertje. Wil jij een glaasje wijn?' vroeg hij.

'Oké.'

Mouse bekommerde zich om de drankjes. 'Proost.' Hij stootte zijn bierblikje tegen mijn glas en we gingen zitten.

'Bedankt voor de cake nog, trouwens. Ik heb een paar plakken gegeten bij wijze van lunch en hij was verrukkelijk. Ik was ook gekomen om je te zeggen dat ik er morgen niet ben. Dan ga ik naar Londen om met Orlando in de clinch te gaan over de verkoop van de winkel.'

'Dat zal zijn hart breken,' zei ik ontzet. 'Het is zijn leven.'

'Dacht je dat ik dat niet wist?' bitste hij. 'Maar op deze manier kunnen we niet doorgaan. Zoals ik al tegen jou, en ook tegen hem zei, kunnen we de zaak ook online runnen. Met het geld van de verkoop van het gebouw kunnen we in ieder geval de schulden die we hebben opgestapeld afbetalen. En ik heb een paar nieuwe machines nodig om de boerderij in bedrijf te houden. Ik begrijp je gevoelens, maar het leven is gewoon hard, Star, zo is het nu eenmaal.'

'Dat weet ik,' zei ik. Ik beet op mijn onderlip om de tranen die zich dreigden te vormen tegen te houden.

'Jammer genoeg moet een van ons broers in de werkelijkheid leven en om eerlijk te zijn, als ik nu niets doe, lopen we het risico dat de bank de zaak failliet verklaart en er beslag op legt als onderpand voor onze schuld. Dat zou betekenen dat ze het voor een tiende van de waarde verkopen en wij amper een rooie cent terug zouden zien van het geld dat na de verkoop overbleef.'

'Ja, dat begrijp ik. Maar je moet begrijpen dat het een verlies is. Het is een erfenis...'

'Erfenis?' zei hij, spottend zijn neus ophalend. 'Deze familie heeft nooit veel geluk, of moet ik zeggen veel verstand gehad als het op geld aankomt. Het had niet veel gescheeld of we waren High Weald kwijt geweest. Niet dat het mij wat aangaat, maar ik weet dat Marguerite er ook tot over haar oren in zit.'

'Lieve hemel,' zei ik maar. Ik wist niet wat ik er nog meer over moest zeggen en stond op om de shepherd's pie uit de oven te halen.

'Maar goed, het is niet jouw probleem, ik weet het. Alleen zul je de komende maanden misschien een andere baan moeten zoeken. We treffen het net dat de prijzen van bedrijfsgebouwen dalen vanwege de toestand van de wereldeconomie. Een ongeluk komt zelden alleen, zeggen ze.'

'Maak je over mij geen zorgen. Orlando is degene die eronder zal lijden.'

'Je mag hem heel graag, nietwaar?'

'Ja, heel graag.'

'En hij mag jou heel graag. Er zijn niet veel mensen die met zijn excentriciteit om kunnen gaan. Tegenwoordig zou hij waarschijnlijk een of andere diagnose krijgen, een obsessief-compulsieve stoornis of zo, en dan heb ik het nog niet over zijn neiging om te leven zoals honderd jaar geleden.' Hij schudde zijn hoofd. 'Toen we nog klein waren, kreeg Orlando altijd alle aandacht van onze moeder. Hij was haar lieveling; vanaf zijn negende gaf ze hem zelf thuis les, omdat hij zo veel last van zijn astma had. Dan sloten ze zich met zijn tweeën op in de bibliotheek en lazen hun geliefde Dickens. Hij heeft nooit in de echte wereld hoeven leven. In het verleden ging alles er veel beschaafder en rustiger aan toe, zegt hij altijd.'

'Afgezien van de voortdurende, verschrikkelijke oorlogen dan,' zei ik. 'En het gebrek aan antibiotica of gezondheidszorg voor de armen.'

Hij keek me geschokt aan. Toen schonk hij me opeens een lach. 'Dat is waar. Om nog maar te zwijgen van de gevangenissen voor debiteuren.'

'Daar zou Orlando niet moeten zijn.'

'Nee. Met zijn sancerre en gesteven overhemden in het armenhuis.'

We keken elkaar droogjes glimlachend aan en ik zette zijn bord voor hem neer en besefte hoeveel deze broers van elkaar verschillen, net als CeCe en ik, eigenlijk.

'Een heleboel mensen, en niet alleen Orlando, idealiseren het verleden. Ik in ieder geval ook,' mompelde hij gevoelvol, terwijl hij zijn vork oppakte en begon te eten.

'Hoe oud was je vrouw toen ze overleed?' vroeg ik behoedzaam.

Ik vond dat ik het onderwerp moest aansnijden en moest proberen mijn gedrag van gisteravond goed te maken.

'Negenentwintig. We waren dolgelukkig.'

'Een paar maanden geleden heeft mijn zus haar verloofde verloren bij een zeilongeluk, heel kort nadat onze vader was overleden. Het leven is hard, zoals je zei.' Ik dwong mezelf de woorden uit te spreken, zei veel meer dan ik normaal gesproken zou zeggen, om boete te doen.

'Dat is naar voor je zus. Ik zou het niemand toewensen om vlak na elkaar een partner en vader te verliezen. Dat is mij ook overkomen,' zei hij met een zucht. 'Om nog eens op het verleden terug te komen, heb jij een theorie over hoe je met deze familie verwant zou kunnen zijn?'

'Nee.'

'Wat? Bedoel je dat je de afgelopen drie dagen op High Weald niet de laden hebt doorzocht om een verband te vinden?'

'Nee, ik...'

Ik voelde dat mijn wangen schuldig rood kleurden. Mouse was zo moeilijk te doorgronden dat ik niet wist of hij me plaagde of een verwijt maakte.

'Dat zou ik zeker hebben gedaan als ik jou was,' zei hij. 'Laten we wel wezen, als je een verband had gevonden, had je misschien gedacht een groot bedrag te zullen erven. Maar zoals de zaken er nu voor staan, kunnen we je in de faillietverklaring opnemen.'

'Ik heb het huis niet doorzocht en ik ben ook niet arm,' voegde ik er opstandig aan toe.

'Nou, dan heb je geluk gehad. Voor de goede orde, Star, ik zei het om je te plagen.'

'O.' Het beviel me niet dat hij mijn gedachten had gelezen.

'Alsjeblieft, ik weet dat mijn gevoel voor humor verwarrend is, maar ik maakte echt een grapje. Een verdedigingsmechanisme, *n'est-ce pas*? Om mensen op afstand te houden. Dat hebben we allemaal. Kijk maar naar jou. Jij bent erg moeilijk te doorgronden... Soms denk ik dat ik weet wat je denkt door de uitdrukking in die blauwe ogen van je... maar meestal heb ik geen idee.'

Ik wendde mijn hoofd onmiddellijk van hem af en hij grinnikte en nam nog een slokje van zijn bier. 'Maar goed, ik hoopte eerder dat je tijdens je verblijf hier iets had gevonden wat ik al heel lang niet meer heb gezien.'

'Wat dan?'

'Zoals je al had geraden was Flora MacNichol haar hele leven een productief dagboekenschrijfster. Haar dagboeken, zo'n veertig, vijftig stuks, hebben jarenlang op een boekenplank in de studeerkamer van Home Farm gestaan. Mijn vader vond ze in een kist op zolder toen hij het huis opruimde nadat zijn ouders waren overleden. Zo wist hij van de... anomalie waarover hij me vertelde toen hij op zijn sterfbed lag.'

'Welke anomalie?'

'Het had te maken met de erfenis toen High Weald in de jaren veertig verdeeld werd. Om een lang verhaal kort te maken, hij vond dat onze lijn, de Forbes, was afgenomen waar we recht op hadden.'

'Aha.'

'Toen ik onze familiegeschiedenis onderzocht, pakte ik ze er natuurlijk bij en begon ze door te werken. Maar ik kwam tot stilstand, want vanaf 1910 waren er geen dagboeken meer van haar. Star, ik weet dat er veel meer moeten zijn dan nu op de plank staan. Ze namen altijd twee planken in beslag, maar nu minder dan een.' Hij haalde zijn schouders op. 'Het probleem is dat die ontbrekende jaren het bewijs van mijn vaders theorie kunnen bevatten. Niet dat ik er nu nog iets aan kan doen, maar ik zou het graag zeker weten, op een of andere manier.'

'Ik begrijp het,' zei ik.

'Heb je je beeldje trouwens nog gevonden?'

'Ja.' Ik besloot dat het weinig zin had om te blijven liegen.

'Dat dacht ik wel. Mag ik het zien?'

Ik stak mijn hand in de zak van mijn spijkerbroek en haalde het doosje tevoorschijn. 'Hier.' Ik schoof het over de tafel naar hem toe.

Hij opende het doosje plechtig, haalde een leesbril uit het borstzakje van zijn overhemd tevoorschijn en onderzocht het beeldje nauwgezet.

'Wel, wel,' mompelde hij. Toen nam hij de bril van zijn neus. 'Kan ik het voor een week of zo lenen?'

‘Waarom?’

‘Ik wil de authenticiteit laten nagaan.’

‘Ik weet niet…’

‘Vertrouw je me niet, Star?’

‘Ja, maar ik bedoel…’

‘Je vertrouwt me wel, of je vertrouwt me niet,’ zei hij met een glimlach. ‘Dus Asterope, Star… het lijkt net alsof we een spelletje kat…’

‘En Mouse spelen.’ Daarop barstten we allebei in lachen uit en was de spanning tussen ons gebroken. ‘Als je wilt, kun je het beeldje meenemen, als je maar belooft dat je het teruggeeft. Het is me erg dierbaar,’ zei ik.

‘Ik beloof het je. O, trouwens, Marguerite heeft gebeld en gezegd dat ze pas morgenavond laat terug is.’

‘Dat is oké. Ik blijf nog tot donderdagochtend en dan ga ik meteen door naar mijn werk in Londen.’

‘Dank je. Goed,’ zei hij en dronk zijn bier op, ‘ik moet gaan. Ik moet vanavond de boekhouding rond hebben, dan kan ik Orlando morgen alles laten zien wat hij niet wil zien.’

‘Wees niet te hard, wil je?’ smeekte ik hem terwijl ik hem het beeldje aangaf.

‘Voor Orlando of dit?’ zei hij gekscherend terwijl hij het doosje in de zak van zijn Barbour stopte. ‘Ik zal het proberen.’ Hij stond op en liep naar de achterdeur. ‘Maar soms doet de waarheid pijn.’ Hij zweeg een paar tellen. ‘Ik vond het leuk vanavond. Dank je.’

‘Graag gedaan.’

‘We spreken elkaar binnenkort weer. Welterusten, Star.’

‘Welterusten.’

22

De volgende dag kwam er een vrouw aan de achterdeur die zei dat ze Rory kwam ophalen voor paardrijles. Ik vroeg mijn beschermeling dringend of dit de normale gang van zaken was, maar de warme omhelzing en de kus die hij haar gaf bewezen dat ze er niet was om hem te ontvoeren. Hij kwam met rode wangen van de kou en opwinding terug, en toen we samen aan de keukentafel zaten, vroeg ik hem een zelfportret voor me te maken. Hij zei dat ik niet mocht kijken terwijl hij schilderde, en dus maakte ik een paar porties chocoladecakejes voor hem, een om in de diepvries te doen en een om gelijk op te eten.

Ik zag dat hij zijn bruinrode hoofd vlijtig over zijn schilderij boog en er welde een golf van beschermende liefde in me op voor deze kleine jongen die op een of andere manier mijn hart veroverd had. Wie wist wat de toekomst voor hem in petto had, gezien wat Mouse me had verteld. Zou High Weald nog steeds van hem zijn als hij oud genoeg was om het te beheren? Het goede nieuws was dat hij zich nauwelijks bewust scheen te zijn van de problemen van volwassenen, en hij had een optimistisch, open karakter waar mensen zich toe aangetrokken voelden.

Hij heeft vertrouwen in de mensen…

'Voor jou, Star.' Rory tikte me op mijn arm en gaf me trots het schilderij aan.

Ik pakte het van hem aan en bekeek het aandachtig. En kreeg een brok in mijn keel. Rory had ons met zijn tweeën samen in de tuin geschilderd, hij met zijn hand in de mijne terwijl ik me voorover boog om een paar bloemen te bekijken. Hij was erin geslaagd weer te geven hoe ik stond en hoe mijn haar over mijn wangen viel, en zelfs mijn lange vingers, waarmee ik het schilderij nu vasthield, waren levensecht.

'Het is prachtig, Rory. Dank je wel.'

'Ik hou van je, Star. Kom snel terug.'

'Ik zal het voor altijd bewaren,' zei ik tegen hem, terwijl ik mijn best deed om me groot te houden. 'Zo, en wil je dan nu een chocoladecakeje en een *Superman*-film?'

Hij stak gretig zijn duimen naar me op en we liepen hand in hand naar de zitkamer.

Na het laatste verhaaltje voor het slapengaan, stopte ik mijn spullen in mijn reistas, zodat ik de volgende ochtend vroeg kon vertrekken. Ik hoopte dat Marguerite me een lift naar het station zou willen geven, zodat ik op tijd in de boekwinkel zou zijn. Ik probeerde niet na te denken over het gesprek dat de twee broers bijna zeker gevoerd moesten hebben. Ik liep de trap af met mijn hand op de leuning en probeerde de massieve schoonheid ervan in mijn geheugen te prenten tot ik hier terug zou komen.

Om tien uur zag ik de lichten van een auto flitsen op de oprijlaan. Een paar seconden later sloeg de voordeur dicht, en ik ging de tegenwoordige chatelaine van High Weald begroeten.

'Dag Star, schat.' Marguerite sloeg haar armen om me heen. 'Alles goed met Rory? Ontzettend bedankt dat je hier bij hem bent gebleven. Mouse heeft me verteld dat je het geweldig hebt gedaan. Is er iets te eten? Ik rammel,' bracht ze in één adem uit.

'Ja, het gaat prima met Rory. Hij is nu diep in slaap, maar hij zal het erg leuk vinden je weer te zien. En ja, ik heb iets warm gehouden in de oven.'

'Fantastisch. Goeie god, ik ben hard aan een glas wijn toe. Jij ook?' zei Marguerite, en ze liep naar de koelkast in de voorraadkamer.

'Nee, dank je.'

Ze schonk zich een flink glas wijn in en nam meteen een diepe teug. 'Ik voel me alsof ik de hele dag op weg geweest ben. Het chateau ligt in een uithoek. En toen had het vliegtuig natuurlijk ook nog vertraging.'

Ondanks haar gemopper zag Marguerite er geweldig uit. Haar ogen straalden en haar huid glansde, en dat zei me dat ze, waar ze ook geweest was en hoe lang ze ook over de terugreis had gedaan, gelukkig was.

'Hoe was het in Frankrijk?'

'Fantastisch,' antwoordde Marguerite dromerig. 'O, en het schilderen ging ook fantastisch.' Ze lachte zacht.

'Rory heeft ook talent. Dat moet hij van jou hebben.'

'Dat betwijfel ik.' Marguerite trok haar wenkbrauwen op. 'Zijn kunst is van een heel ander niveau. Hij heeft zijn gave van iemand anders,' voegde ze er even later aan toe. 'Wist je dat Mouse vandaag naar Orlando toe is geweest, in de boekwinkel?' Ze stak haar hand in haar lijvige leren handtas en haalde er een pakje Gitanes uit. 'Rook je?'

'Dank je.' Ik pakte een sigaret uit het pakje en zij gaf me vuur. Het was lang geleden dat ik een Franse sigaret had gerookt. 'Mouse zei gisteravond dat hij naar Londen zou gaan.'

'Orlando is natuurlijk in de war.' Marguerite nam een diepe haal van haar sigaret en tikte as in een aftandse cactuspot op de keukenvensterbank. 'Kennelijk heeft hij vierkant geweigerd om de boekhouding zelfs maar te bekijken.'

'Dan kijk ik uit naar morgen,' mompelde ik onhoorbaar, terwijl ik coq au vin op een bord schepte.

'Eerlijk gezegd ben ik heel blij dat jij naar hem toe gaat. En Mouse ook. Hij is me op de terugweg uit Londen op komen halen op Gatwick. Ook al is het onwaarschijnlijk dat Orlando iets doms zal doen, je weet het maar nooit. Lieve hemel, geld is echt de wortel van alle kwaad, hè?'

'Ja,' stemde ik met haar in. Ik zette het bord voor haar neer, maakte een kopje kamillethee voor mezelf en ging zitten.

'Je bent echt een heldin, Star. Dit ziet er zalig uit. Wat een genot om thuis te komen als er meteen een maaltijd voor je klaarstaat.' Ze nam wat kip op haar vork en keek me geamuseerd glimlachend van de andere kant van de tafel aan. 'Wanneer de boekwinkel eindelijk verkocht is, zit jij zonder werk. Zou je dan hierheen willen komen en mij helpen met de huishouding en Rory?'

Ik begreep dat ze het half voor de grap zei en haalde mijn schouders op. 'Misschien.'

'Natuurlijk is dat ver beneden je niveau. Wees alsjeblieft niet beledigd dat ik het je voorstel. Maar het is gewoon erg moeilijk om iemand te vinden aan wie ik de zorg voor Rory kan toevertrouwen, en Mouse was er erg over te spreken dat jullie twee het zo goed met elkaar kunnen vinden. En Hélène, de eigenares van het chateau, heeft me een andere kamer aangeboden om in te schilderen. Ik zou haar aanbod graag aannemen. Het is er echt prachtig en ik ben er ontzettend graag.'

Ik zat er zwijgend bij en wist dat Marguerite niet besefte dat ze me mijn droom had aangeboden. Om hier op High Weald te wonen, voor Rory, het huis en de tuinen te zorgen en elke dag te kunnen koken voor dit bijzondere, fascinerende huishouden. Ik wist dat ik gebruik van het moment moest maken voordat Marguerites brein op iets of iemand anders zou overschakelen.

'Ik zou je echt graag helpen. Ik ben hier ontzettend graag,' zei ik. 'En ik ben ook graag bij Rory.'

'Echt waar?' Marguerite trok haar wenkbrauwen op. 'Hemel, meen je dat? Ik kan je niet veel betalen, zoals je je wel gerealiseerd zult hebben, maar je krijgt wel kost en inwoning... Ik zou het Orlando moeten vragen, maar misschien kunnen we je zelfs delen? Als hij ermee akkoord gaat, zou dat betekenen dat ik die opdracht kan aannemen. Hélène zou graag willen dat ik zo snel mogelijk begin...' Haar stem stierf weg en ik zag de opwinding over de kans in haar ogen.

'Ik wil Orlando natuurlijk niet laten vallen of hem het gevoel geven dat ik hem in de steek laat. Vooral niet nu. Maar hij heeft me niet echt de hele tijd nodig.'

'Orlando zal het beste voor Rory willen, dat weet ik zeker. En trouwens...' Marguerites ogen twinkelden. '... hij heeft gezegd dat je misschien familie van ons bent.'

'Ik begrijp alleen niet hoe. Nog niet, tenminste.'

'Nou, je bent er zeker in geslaagd een weg naar ons aller hart te vinden sinds je hier bent aangekomen, Star. Ik ben reuzebenieuwd om te weten te komen hoe je met ons verwant bent. Mouse moet je verteld hebben hoe onduidelijk de Vaughan/Forbes-stamboom was. En nog steeds is.' Opeens hield ze haar mond en geeuwde hartgrondig, waarbij haar zinnelijke, volle lippen zich openden en sloten. Ze had niets delicaats, maar haar aantrekkelijkheid lag in haar forse gelaatstrekken en de kracht die ervan uitging.

'Tijd om naar bed te gaan,' zei ze, en ze stond op.

'Ik zal de deuren op slot doen,' bood ik aan.

'O, ja? Fantastisch.'

'Wil je me morgenochtend bij het station afzetten? Ik moet met de trein van acht uur naar Londen.'

'Mouse heeft gezegd dat hij je zal brengen. Ik denk dat hij je wil informeren over Orlando. Welterusten, Star, en nogmaals bedankt.'

De volgende ochtend stond ik vroeg op, zodat ik het ontbijt voor Rory en Marguerite kon klaarmaken voordat ik vertrok.

Ik schreef op een briefje voor Marguerite dat er worstjes, bacon en pannenkoeken warm in de oven stonden en maakte haar attent op de vier taarten onder in de diepvries. Mouse klopte op de achterdeur en ik pakte mijn reistas en volgde hem naar de auto.

'Heb je Marguerite gisteravond nog gezien?' vroeg hij terwijl we de oprijlaan af reden.

'Ja.'

'Dan zal ze je wel verteld hebben dat Orlando niet blij was met het nieuws.'

'Dat heeft ze verteld, ja.'

'Luister, Star, als jij hem op een of andere manier wat gezond verstand kunt inpraten, zal ik je heel dankbaar zijn. Ik heb geprobeerd uit te leggen dat de bank hoe dan ook zal ingrijpen als we de boekwinkel niet zelf verkopen, maar hij hield letterlijk zijn handen over zijn oren en stormde naar boven. En toen sloot hij zich op in zijn slaapkamer.'

'Als een kind dat een driftbui heeft.'

'Precies. Orlando komt leuk en aardig over, maar niemand is koppiger als het aankomt op moeilijke beslissingen die hij niet wil nemen. Het komt erop neer dat we geen keus hebben. Dat moet hij tot zich laten doordringen.'

'Ik zal mijn best doen, maar ik weet niet of hij naar me zal luisteren.'

'Het is in ieder geval een poging waard. Hij vindt je aardig en vertrouwt je. Dus probeer het in ieder geval.'

'Ik zal zien wat ik kan doen,' zei ik terwijl we het station naderden.

'Kun je me bellen om me te laten weten hoe het met hem is? Gisteravond nam hij niet op, niet op zijn mobiel en niet op zijn vaste telefoon.'

'Doe ik,' beloofde ik, en ik stapte uit de Land Rover. 'Bedankt voor de lift.'

'Dit was wel het minste wat ik voor je kon doen. Als je weer op High Weald bent, vertel ik je over de volgende delen van Flora's dagboeken,' riep hij door het portierraampje. 'Bereid je er maar op voor dat je verbaasd zult zijn. Dag, Star.' Daarop plooiden zijn lippen zich tot een brede glimlach die zich langzaam tot zijn ogen uitbreidde en zijn knappe gezicht liet stralen. 'Pas goed op jezelf.'

Ik wuifde nog even naar hem en liep het station in.

Aangekomen in Kensington Church Street, opende ik de deur van de boekwinkel. Ik was ongerust, niet alleen omdat ik geen idee had van wat ik binnen zou vinden, maar ook vanwege de eindeloze stroom sms'jes en voicemailberichten die ik van CeCe had ontvangen nadat mijn mobiel het signaal in de trein had opgepikt. Ik was zo in High Weald opgegaan dat ik was vergeten haar te bellen om te zeggen dat ik er nog een nacht zou blijven. Haar laatste bericht luidde:

Star, als ik morgenochtend nog niets van je heb gehoord, bel ik de politie en geef ik je op als vermist. Waar ben je?

Ik voelde me er verschrikkelijk over en had evenveel verontschuldigende sms'jes en voicemailberichten voor haar achtergelaten, waarin ik haar vertelde dat het prima met me ging en dat ik haar later die avond in het appartement zou zien.

Het stelde me gerust te zien dat alles in de boekwinkel bij het oude was, en omdat Orlando er nooit was wanneer ik aankwam, voerde ik mijn normale routine uit om iets omhanden te hebben. Maar toen hij er om elf uur nog niet was, begon ik me zorgen te maken. Ik keek naar de deur achter in de winkel die toegang gaf tot de trap naar de ruimte boven, waar ik nog nooit was geweest, maar waarvan ik alleen kon aannemen dat Orlando er woonde. Natuurlijk zou hij er bezig kunnen zijn met een van zijn veilingen… Maar omdat hij nog altijd niet met zijn gebruikelijke taart door de deur was gekomen werd ik ongerust. Ik wist dat Orlando's routine hem heilig was.

Het volgende half uur bracht ik door met ijsberen. Ik keek afwisselend door het raam naar de straat en aarzelde om aan de deur achter in de zaak te luisteren.

Om twaalf uur 's middags was ik buiten mezelf en ik besloot dat ik geen andere keus had dan te gaan kijken of hij boven was. Ik opende de deur. Hij kraakte toen ik ertegen duwde, en ik sloop de steile trap op, kwam uit op een overloopje en zag drie deuren. Ik klopte aarzelend op de deur aan mijn rechterkant.

'Orlando? Ik ben het, Star. Ben je daar?'

Er kwam geen antwoord, en dus pakte ik de kruk beet en duwde de deur open. Ik stapte een piepklein keukentje binnen met een oeroude gootsteen, een Baby Belling-oven en een koelkast met vormen die na vijftig jaar weer in waren – maar het kon bijna niet anders, of dit was er een van de originele versie. Ik liep de overloop weer op, deed hetzelfde met de volgende deur en vond een al even antieke badkamer met een afgrijslijke linoleumvloer, die me deed denken aan het appartement waar CeCe en ik hadden gewoond voordat we verhuisd waren. Het was me een raadsel hoe Orlando erin slaagde om er zo overdreven verzorgd uit te zien met de faciliteiten die hij tot zijn beschikking had.

Ik wendde me tot de laatste deur en klopte opnieuw aan. 'Orlando,' zei ik, luider dit keer. 'Ik ben het, Star. Alsjeblieft, als je daarbinnen bent, laat het me dan weten. Ik maak me zorgen om je. Net als iedereen,' voegde ik er klaaglijk aan toe.

Nog steeds niets. Ik probeerde de deurkruk, maar die bood weerstand toen ik hem omlaagdrukte. De deur was kennelijk op slot gedaan. Plotseling hoorde ik een doffe bons binnen, alsof er een zwaar boek op de vloer gevallen was. Er ging een angstscheut door me heen. Stel je voor dat hij zijn medicijnen niet heeft ingenomen, dacht ik.

Ik klopte harder op de deur. 'Alsjeblieft, Orlando, ik weet dat je daar bent. Gaat het met je?'

'Ga weg,' klonk een gedempte stem.

Ik haalde opgelucht adem. Als hij zich goed genoeg voelde om me af te snauwen, hoefde ik me geen zorgen te maken.

'Oké, dan ga ik,' riep ik door de deur. 'Maar als je wilt praten ben ik in de winkel.' Ik liep terug naar de trap, stookte het vuur nog eens op en liep naar buiten om Mouse te sms'en dat Orlando in ieder geval nog leefde, maar nog steeds weigerde zich te laten zien.

Om één uur, de tijd waarop ik hoopte dat hij tevoorschijn zou komen om zijn altijd veeleisende maag te vullen, hoorde ik nog steeds geen voetstappen de trap af komen. Ik pakte mijn tas en sleutels, verliet de boekwinkel, deed de deur achter me op slot en liep naar de winkels verderop in de straat. De beste manier om Orlando uit te roken was met de geur van voedsel.

Toen ik twintig minuten later terug was met mijn ingrediënten ging ik naar het piepkleine keukentje op de bovenverdieping. Het gebrek aan benodigdheden bleek een probleem, maar ik vond een steelpannetje waarin ik sjalotten en knoflook fruitte voor een saus van room, kruiden en een scheut cognac. Er was ook een vervormde braadpan voor de twee filets mignon, waaraan ik ook nog paddenstoelen en gehalveerde coeur-de-boeuftomaten toevoegde. Zodra alles onder controle was, liep ik vanuit de keuken het overloopje op en ik constateerde tot mijn genoegen dat het gevuld was met de verleidelijke geuren van knoflook en vleessappen.

Ik klopte op Orlando's deur. 'De lunch is klaar,' riep ik opgewekt. 'Ik schep het eten nu op borden en dan ga ik ermee naar beneden. Misschien kun jij de wijn meenemen, hij staat koud in de koelkast.' Toen legde ik de biefstukken en de garnering op onze borden en ging ermee bovenaan de trap staan.

'Niet te lang meer wachten, nu, niets is erger dan een halfwarme filet mignon,' zei ik. Toen daalde ik voorzichtig de trap af met mijn lokaas. Er gingen ongeveer drie minuten voorbij voordat ik hem de trap af hoorde komen. Daarop verscheen een droevige, verfomfaaide Orlando-lookalike in de deuropening, met een fles sancerre en twee wijnglazen in de hand. Zijn haar zat in de war en een waas van baardstoppels bedekte zijn kin. Hij droeg de paisleykamerjas waarin ik hem op High Weald had gezien en zijn groenblauwe, geborduurde slippers.

'Is de deur op slot?' vroeg hij, er snel en bezorgd een blik op werpend.

'Natuurlijk. Het is lunchtijd,' antwoordde ik kalm.

Hij slofte vooruit en voor het eerst van mijn leven zag ik het cliché van iemand die in één nacht jaren ouder was geworden voor me staan.

'Ik hoop dat je de biefstuk lekker zult vinden. Hij is zo kort mogelijk gebakken, en er zitten kruiden in de saus,' moedigde ik hem aan. Ik hoorde zelf dat ik klonk als een kinderjuffrouw die het tegen een kind had.

'Dank je, Star,' mompelde hij en zette de sancerre en de twee glazen neer. Toen liet hij zich op de stoel zakken alsof zijn lichaam hem pijn deed. Hij slaakte een enorme zucht en verzamelde zijn krachten om zijn hand naar de fles uit te steken en de twee glazen goed vol te schenken.

'Op jou,' toostte hij. 'Mijn enige vriend en bondgenoot.'

Ik keek toe terwijl hij de inhoud van het glas achteroversloeg en het onmiddellijk weer volschonk, en vroeg me zorgelijk af hoe een dronken Orlando zou zijn.

'Eet nou,' spoorde ik hem aan.

Het was de enige keer in onze korte geschiedenis dat ik als eerste mijn mes en vork bij elkaar legde. Hij at als een lijdende patiënt, sneed de biefstuk in minuscule stukjes en kauwde er eindeloos op.

'Het eten is perfect, zoals je heel goed weet, Star. Ik ben degene die niet…' Hij stak opnieuw een stukje biefstuk in zijn mond en zijn stem stierf weg. Hij slikte het door met een enorme slok wijn, keek me met een flauw glimlachje aan en legde zijn bestek neer. 'Vandaag heb ik zelfs geen zin om te eten. Ik neem aan dat je het van mijn broer hebt gehoord.'

'Ja.'

'Hoe kan hij? Ik bedoel… wat wreed! Dit,' hij zwaaide met zijn armen naar de boekwinkel, 'is mijn wereld. Mijn enige wereld.'

'Dat weet ik.'

'Hij zegt dat we failliet zullen gaan, of, beter gezegd, dat de bank alles in beslag zal nemen, tenzij we verkopen. Geloof jij dat?'

'Ja, dat geloof ik ook, helaas.'

'Maar hoe dan? Die... bankpersoon zal het toch niet wagen om ons af te nemen wat van ons is? Mijn broer overdrijft toch zeker?'

Zijn gezichtsuitdrukking was zo hartverscheurend dat ik iets moest wegslikken voordat ik hem antwoord kon geven. 'Ik vrees van niet. Het schijnt dat er schulden zijn...'

'Ja, maar die stellen niets voor in vergelijking met de prijs die dit gebouw zou opbrengen als ze het zouden verkopen. Ze moeten toch weten dat er zekerheid is.'

'Het probleem is denk ik dat het met de banken ook niet goed gaat. Die zijn...' Ik wist dat ik mijn woorden zorgvuldig moest kiezen. '... ook nerveus. De wereldeconomie is op het ogenblik niet echt gezond.'

'Wil je me nou zeggen dat de verkoop van Arthur Morston Books, om nog maar te zwijgen van mijn zíél, hun crisis zal oplossen? Goeie genade, Star, ik had beter van je verwacht. Ik dacht dat je aan mijn kant stond.'

'Ik sta ook aan jouw kant, Orlando, echt waar. Maar soms gaat het in het leven niet zoals je wilt. Dat is vreselijk, maar het is nu eenmaal zo. Het leven behandelt je gewoon niet eerlijk. En met de boerderij gaat het ook niet goed, heb ik begrepen.'

'Wat?!' Orlando's bleke gelaatskleur veranderde van roze in rood in paars. 'Heeft hij je dat verteld?'

'Ja. Hij moet nieuwe machines kopen, wil de boerderij nog een kans maken om wat op te brengen.'

Nadat ik dat had gezegd, vroeg ik me af of Orlando acuut in woede zou uitbarsten. Zijn sympathieke gezicht vertrok zich tot een uitdrukking van zo'n grote woede en hoon dat ik me haast niet kon voorstellen dat een lichaam zulke hevige emoties in toom zou kunnen houden.

'Ha! Ha, ha, ha! En heeft hij je toevallig ook verteld waaróm het zo slecht gaat met de boerderij?'

'Nee.'

'Dus hij heeft je niet verteld dat hij de eerste drie jaar nadat Annie was overleden nauwelijks zijn slaapkamer uit kwam? Dat hij alle akkers liet verwilderen omdat hij niet in staat was zijn bed uit te komen, de trap af te gaan en de beheerder van de boerderij te spreken, die dagen en weken op hem wachtte met de onbetaalde rekeningen? Tot alle leveranciers weigerden de basisbenodigdheden die elke boerderij nodig heeft te bezorgen en de manager geen andere keus had dan ontslag te nemen? Er zijn dieren doodgegaan terwijl mijn broer de leiding had, Miss Star, door ondervoeding en verwaarlozing. Om nog maar te zwijgen van de gewassen die jarenlang stonden te verpieteren, tot zelfs die de wil tot overleven niet meer konden opbrengen… Die situatie was bijna uitsluitend aan mijn broer te wijten, dat kan ik je wel vertellen. Aan mij lag het niet.'

'Maar,' was ik zo vrij te zeggen toen Orlando eindelijk zweeg om zijn wijnglas nog eens vol te schenken, 'je begrijpt toch wel waarom?'

'Natuurlijk. Hij had de liefde van zijn leven verloren. Ik sta niet zonder medeleven tegenover zo'n beproeving. Maar,' zijn gezicht liep opnieuw rood aan, 'er zijn dingen gebeurd waarvan jíj geen weet hebt en waarover ik niet kan praten, en die, in mijn ogen tenminste, onvergeeflijk zijn. Iedereen komt in zijn of haar leven op een punt waarop je je eigen tragedie moet vergeten en moet opkomen voor de mensen die je nodig hebben. Mijn broer wentelde zich jarenlang in zelfmedelijden en dat is de waarheid. We deden allemaal ons best om hem liefde en steun te geven, maar zelfs de zachtste en begripvolste harten kunnen zich verharden als je ziet dat iemand erop uit is om zichzelf de das om te doen.'

Orlando stond op en hij begon met zijn handen in de zakken van zijn kamerjas op en neer te lopen.

'Ik kan u verzekeren, Miss Star, dat zijn familie hem op alle mogelijke manieren heeft gesteund. Zoals je weet, kiezen de mensen voor de slachtoffer- of de heldenrol. Hij koos voor de eerste mogelijkheid. En nu zijn ik… en dít,' hij gebaarde weer naar de kamer waar stofdeeltjes als engeltjes in het zwakke oktoberlicht ronddwarrelden, 'daardoor de pineut.'

Nadat hij dat had gezegd, zonk hij op de vloer neer en barstte in tranen uit.

'God, wat een puinhoop…' hoorde ik hem met een hoge stem mompelen. 'We zijn allemaal een puinhoop. Iedereen, niemand uitgezonderd.'

Ik knielde naast hem neer en sloeg aarzelend mijn armen om zijn schouders. Eerst bood hij weerstand, maar toen nestelde hij zich in mijn omhelzing en ik wiegde hem als een klein kind.

'Je begrijpt niet wat dit voor me betekent. Je begrijpt het niet...'

'Ik begrijp het wél, Orlando. En als ik kon, zou ik je voor altijd hier laten blijven. Dat beloof ik je.'

'Je bent een goed mens, Star. Je staat aan mijn kant, hè?'

Hij keek naar me op met zijn gekwelde ogen.

'Natuurlijk. En als je wat kalmeert, kan ik je misschien een paar ideeën die ik heb gehad vertellen.'

'Echt waar? Ik doe alles, echt alles...'

Natuurlijk had ik ook echt een paar ideeën, maar het waren rationele ideeën die de omstandigheden in aanmerking namen en ik betwijfelde of ze Orlando zouden bevallen.

'Nou, ik ben een en al oor.' Hij deinsde achteruit en bleef met moeite staan, keek alsof ik op het punt stond om hem het gulden vlies aan te bieden. 'Wat vind je ervan als ik naar boven ga om me te reinigen? Ik ben *déshabillé* op het ogenblik en ik walg van mezelf,' bekende hij, omlaagkijkend naar zijn kleding. Hij wilde de borden pakken, maar ik schudde mijn hoofd.

'Het is een ongewone dag vandaag, laat mij de boel maar opruimen.'

'Het zij zo.' Hij liep naar de achterdeur en draaide zich om alsof hij zich bedacht had. 'Dank je voor alles, Miss Star. Ik wist dat ik je kon vertrouwen. En als ik weer naar beneden kom, zal ik jou ook een geheim vertellen.'

Toen bleef hij staan giechelen, net als Rory.

'Wat dan?' kon ik niet laten hem te vragen.

'Ik weet waar ze zijn.' Orlando grijnsde, draaide zich om en liep naar de trapdeur.

Ik wachtte tot ik hoorde dat hij boven was. Toen ruimde ik de restanten van onze lunch op en volgde hem, met het gevoel dat ik weer een horde had genomen omdat hij me in zijn privé-enclave had toegelaten. Terwijl ik de borden afwaste in het piepkleine gootsteentje dacht ik na over wat hij had gezegd voor hij naar boven ging. Ik wist bijna zeker wat Orlando had bedoeld: het konden alleen de dagboeken van Flora MacNichol zijn. Ik voelde me heen en weer geslingerd tussen de strijdende broers.

Weer beneden draaide ik het bordje met 'GESLOTEN' erop om, zodat het nu op 'OPEN' stond, want het was allang twee uur geweest. Toen ging ik midden in de zaak staan en bekeek de boekenkasten. Want ik wist dat ik ergens een set boeken had gezien, gebonden in bruine zijde, toen ik een boek van een plank ernaast had gepakt. En ik kende Orlando's speelse geest. Waar zou hij wat hij van Home Farm had meegenomen beter kunnen wegmoffelen dan tussen de duizenden boeken die hier stonden?

Ik liet mijn ogen over de planken gaan en toen kneep ik ze dicht en probeerde te bepalen waar ik het boek precies gevonden had…

En daar zag ik het. Zo duidelijk als een virtuele map die ik uit mijn geheugenbank had opgediept.

'Orlando,' mompelde ik, terwijl ik naar de afdeling Engels liep en mijn blik op de drie onderste planken richtte. Daar stonden ze, op de plank met het bordje 'BRITSE FICTIE, 1900-1950'.

Ik bukte me, pakte er een dun boek uit en sloeg het open op de eerste bladzij.

Dagboek van Flora MacNichol 1910

Ik sloeg het boek dicht en zette het terug op de plank, want ik hoorde voetstappen op de trap. Orlando kwam sneller dan gewoonlijk naar beneden, en ik stond nog maar net bij de kachel om die op te stoken toen hij het vertrek binnen kwam stormen.

'Voel je je nu beter?' vroeg ik hem kalmpjes terwijl ik nog wat kolen op het vuur gooide.

Het bleef zo lang stil dat ik me omdraaide om te zien waarom. Zijn gezicht was opnieuw paars aangelopen en hij kwam met zijn armen over elkaar geslagen naar me toe.

'Wil je me alsjeblieft niet meer zo neerbuigend behandelen? Omdat je me had gekalmeerd heb ik zojuist mijn broer aan de telefoon gehad. Hij zei dat je een baantje als huishoudster annex kindermeid op High Weald hebt aangenomen.'

'Ik…'

'Lieg niet tegen me, Star! Ben je wel of niet ingegaan op het voorstel dat je is gedaan?'

'Marguerite was wanhopig omdat ze een lopende opdracht heeft en dus zei ik dat ik...'

'Mij in de steek zou laten en je hielen zou lichten om samen te gaan werken met de vijand?!'

'Ik heb gezegd dat ik er af en toe naartoe zou gaan om Marguerite te helpen door voor Rory te zorgen! Dat is alles. Ze zei dat ze je zou vragen of jij het erg zou vinden als ze mij een paar keer leende op tijden dat het niet druk was in de zaak. Het heeft niets met Mouse te maken.'

'Goeie god, mens! Het heeft álles met mijn broer te maken. Hij doet al haar vuile werk, waaronder mij zonet bellen met de smoes dat hij wilde weten of alles goed met me was. En dan zeggen dat jij vanaf het weekend op High Weald nodig zou zijn.'

'Orlando, ik heb echt geen idee waar je het over hebt.'

'Nee, dat zal wel niet. En ik maar denken dat je aan mijn kant stond...'

'Dat is ook zo, Orlando, echt waar.'

'Nee, dat is niet zo. Begrijp je dan niet dat dat hem goed uitkomt? Maar míj niet!'

Hij zweeg en voerde een paar broodnodige diepe ademhalingen uit.

'Het spijt me,' zei ik hulpeloos.

'En mij nog meer,' zei hij. Hij staarde me aan. Zijn woede was gezakt en hij had een uitdrukking in zijn ogen die ik niet helemaal kon thuisbrengen. 'Nou, wegwezen dan.'

'Wegwezen waarheen?'

'Hoepel op naar welk konijnenhok je ook woont, pak je spullen en ga naar High Weald. Marguerite en Mouse hebben je nodig.'

'Alsjeblieft, zeg, ik ben jouw werknemer, en ik ben loyaal aan jou. Ik vind het hier heerlijk...'

'Neem me niet kwalijk, hoor, maar als je verwacht dat ik na je verraad voor je zal vechten heb je het mis.'

Hij haalde theatraal zijn schouders op, kruiste zijn armen nog stijver voor zijn borst en wendde zich als een nukkige kleine jongen van me af.

'Ik ga niet naar High Weald. Ik wil hier blijven.'

'En ik ontsla je.'

'Dat is niet eerlijk!'

'Zoals je zelf vandaag nog gezegd hebt, Star, het leven is niet eerlijk.'

'Ja, maar...'

'Star, het is me verblindend helder geworden sinds het moment waarop ik zo dom was je mee te nemen naar het wespennest waarop je op slag verliefd geworden bent, High Weald en de praatzieke leden van mijn familie. Wie ben ik om je van hen weg te houden? Het is sirenenzang, meisje, en je bent ervoor gevallen, helemaal. Vlucht, maar verwacht dat je gestoken zult worden.'

Als zijn woorden niet zo pijnlijk waren, zou ik om de melodramatische situatie gelachen hebben. Maar ik dreigde in tranen uit te barsten.

'Oké,' zei ik. Ik liep langs hem om mijn reistas en rugzak te pakken. 'Tot ziens, Orlando. Het spijt me.'

Ik liep zwijgend naar de deur en had mijn hand juist op de kruk gelegd toen hij weer sprak.

'In ieder geval zal Rory profijt hebben van je tedere zorgen. Daar ben ik blij om. Tot ziens, Miss Star.'

Ik trok de deur open en liep de mistige straat op. Het begon al donker te worden. Mijn voeten voerden me automatisch de weg over en naar de bushalte. De bushalte vanwaar ik voor het eerst Arthur Morston Books had gezien.

Ik ging in het hokje staan en keek om naar de zaak, en daar in de schaduwen, achter de in de etalage uitgestalde kaarten, zag ik een mannengedaante die me gadesloeg.

Ik wendde mijn hoofd af, want Orlando's stilzwijgende hoon was onverdraaglijk.

23

Gelukkig was er niemand in het appartement toen ik thuiskwam. Ik dumpte mijn reistas in onze gezamenlijke slaapkamer, die nog verstikkender leek nadat ik de afgelopen vijf nachten alleen had doorgebracht, en ik nam een langdurige douche. Terwijl het gloeiendhete water over mijn lichaam stroomde, liet ik niet alleen de vrije loop aan mijn tranen, maar ook aan mijn stem, en ik schreeuwde het uit en vroeg me af hoe ik alles in slechts vierentwintig uur zo had kunnen verknallen.

Ik stapte de douche uit, sloeg een donzige witte badhanddoek om me heen en toen wist ik hoe het kwam. Ik was hebberig geweest. En egoïstisch. Net als een vrouw die hartstochtelijk verliefd is, had ik niet begrepen wat de gevolgen van mijn gedragingen zouden zijn, omdat ik veel te begerig was geweest naar wat ik wilde.

Dat was High Weald, zoals Orlando het kort en bondig had uitgedrukt. En de mensen die er woonden...

Natuurlijk had ik nooit moeten zeggen dat ik werk dat me daar werd aangeboden zou aannemen, vooral onder de huidige omstandigheden. Nee, ik had moeten zeggen dat ik eerst Orlando wilde spreken – tenslotte had hij me in dit wonderland geïntroduceerd – voordat ik ergens mee akkoord zou gaan.

Maar dat had ik niet gedaan. En nu was ik opnieuw werkloos. Want als ik nu naar High Weald zou gaan, het wespennest, zoals Orlando het had genoemd, zou de beste vriend die ik ooit had gehad me als verrader zien. En die gedachte kon ik gewoonweg niet verdragen.

Toen ik op zoek naar mijn haarborstel mijn rugzak leegkieperde, zag ik tot mijn schrik dat de koperen sleutels van de boekwinkel nog in het binnenvak zaten. Ik herinnerde me dat glorieuze moment een paar weken geleden toen Orlando me de sleutels glimlachend in de hand had gedrukt, en bande het snel uit mijn geheugen. Opstandig besloot ik dat hij ze of zelf kon komen halen, of ik zou ze afgeven als ik bij hem in de buurt was. Maar ik zou me zeker niet uitsloven om ze terug te bezorgen.

Ik hobbelde de trap af om een kop thee te zetten en trof een chaos in de normaal gesproken onberispelijke keuken aan. Er stond een stapel borden van vijf dagen in de gootsteen, hoewel er een afwasmachine onder het aanrecht stond. De vloer was bezaaid met kruimels en vlekken en toen ik in het theeblikje keek of er een zakje in zat dat ik in de mok die ik had schoongemaakt kon doen, zag ik dat het leeg was.

'Jezus, CeCe!' mompelde ik boos, terwijl ik wanhopig de kastjes doorzocht om mijn hunkering te stillen. Ten slotte vond ik een zakje kruidenthee. Ik deed het in het kokende water, liet de keuken voor wat die was en ging buiten op het balkon zitten. Gelukkig waren de meeste planten die er stonden al in overwintering of ze hadden dankzij de zware dauw geen water nodig. Ik zag dat de camelia naar binnen moest voordat hij vorstschade zou oplopen, maar ik voelde me te zwak om de grote, zware plant te verslepen, dus voor de komende nacht zou hij het met een vuilniszak over zijn tere bloemen moeten doen.

Ik ging weer naar binnen en omdat het al zes uur was, vond ik het wel oké om een glas wijn in te schenken en op een van de enorme crèmekleurige banken te gaan zitten. Terwijl ik om me heen keek in de perfecte, steriele ruimte – het tegenovergestelde van alles waar High Weald voor stond – kreeg ik nog meer tranen in mijn ogen.

Want ik wist dat ik in geen van beide werelden thuishoorde, niet hier in de omgeving die mijn zus had gecreëerd, en waar weinig of niets van mij was, en ook niet in High Weald.

Ik lag in bed toen ik een paar uur later de voordeur hoorde dichtslaan. Ik had een briefje voor CeCe op de koelkast geplakt, in grote letters, zodat ze het direct zou zien. Ik had geschreven dat ik een verschrikkelijke verkoudheid had en in de logeerkamer was gaan slapen, om te voorkomen dat ik haar ermee zou aansteken. Ze riep mijn naam toen ze binnenkwam, zoals ik had verwacht, en ik hoorde haar voetstappen naar de keuken gaan, waar ze me meestal begroette. Het bleef even stil, en ik stelde me voor dat ze het briefje las. Toen hoorde ik haar de trap op komen. Er werd op de deur geklopt.

'Star? Gaat het met je? Kan ik binnenkomen?'

'Ja,' zei ik met een schorre, zielig klinkende stem.

De deur ging open en de schaduw van CeCe verscheen in het licht dat erdoor binnenviel.

'Kom niet te dicht bij me. Ik ben verschrikkelijk ziek.' Ik kuchte zo schor ik kon.

'Arme meid. Kan ik iets voor je gaan halen?'

'Nee. Gebruik medicijnen.'

'Als je me vannacht nodig hebt, weet je waar ik ben.'

'Ja.'

'Probeer te slapen. Misschien voel je je beter, nu je thuis bent.'

'Ja. Dank je, Cee.'

Door mijn halfgeopende linkeroog zag ik dat ze nog bij de deur stond te treuzelen en naar me keek.

'Ik heb je gemist,' zei ze.

'Ik jou ook.'

De deur ging dicht en ik realiseerde me dat dat de zoveelste leugen was die ik die dag had verteld. Ik rolde me op mijn zij en bad tot de hemel dat ik in slaap zou vallen. En goddank werd mijn gebed verhoord.

Toen ik de volgende ochtend wakker werd, voelde ik me net alsof ik onder invloed van de medicijnen was waarvan ik de avond tevoren tegen CeCe had beweerd dat ik ze gebruikt had. Ik kwam moeizaam mijn bed uit en zag dat er een briefje onder de deur door was geschoven.

Ik ben naar college. Bel als je me nodig hebt. Ik hou van je. Cee.

Ik liep de trap af en zag dat de keuken was opgeruimd en er even onberispelijk als gewoonlijk uitzag, en dat maakte dat ik me schuldig voelde omdat ik de avond tevoren tegen haar gelogen had. Ik zette de waterkoker aan en herinnerde me dat we geen theezakjes meer hadden.

Ik liep de zitkamer in, tuurde door het raam en zag dat het vandaag veel zonniger was dan de dag tevoren.

Terwijl ik uit het raam staarde, gingen mijn gedachten onwillekeurig uit naar High Weald, en ik vroeg me af of Rory al wakker was, en wat hij zou eten als ontbijt, nu ik er niet meer was om het voor hem klaar te maken. Ach kom nou, Star, hij is bij zijn moeder, hij is gelukkig, dacht ik.

En toch – misschien was het meer ijdelheid dan instinct – vóélde ik dat hij me miste.

Nee.

'Het is jouw leven niet. Zij zijn je familie niet. Rory is je kind niet,' zei ik hardop tegen mezelf.

Ik liep naar boven, en bij gebrek aan iets om de leegte te vullen volgde ik Orlando's hang naar routine en nam nog een douche, waarna ik me aankleedde en beneden achter het bureau ging zitten. Vandaag, zei ik tegen mezelf, ga je proberen aan je roman te beginnen. Doe iets voor jezelf, begin je eigen toekomst vorm te geven. En dus pakte ik mijn schrift en pen en begon te schrijven.

Een paar uur later kwam ik weer bij mijn positieven en zag ik dat er al een vuurrode schemering begon te vallen. Ik legde mijn pen neer, masseerde de vingers waarmee ik hem stijf had omklemd en stond op om een glas water te gaan drinken. Ik keek op mijn mobiel en zag dat ik een aantal sms'jes en voicemailberichten had, die ik welbewust negeerde, tot mijn nieuwsgierigheid en vrees dat er iets met Orlando, of misschien Rory, was gebeurd me op andere gedachten brachten.

'Ha, Star, hier Mouse. Ik weet niet of Orlando het bericht heeft doorgestuurd, maar Marguerite is dit weekend naar Frankrijk. Ze zei dat jij misschien op Rory en het huis wilde passen als zij er niet is. Kun je zo snel mogelijk contact met me opnemen? De vaste telefoon op High Weald doet het niet, dat heeft iets te maken met een niet-betaalde rekening, dus ze heeft aan mij gevraagd of ik je wilde bellen. Dank je.'

Het volgende bericht was van Shanthi, die me vroeg hoe het met me ging en waar ik was en zei dat ze het geweldig zou vinden om me binnenkort te zien. Het zachte geluid van haar stem troostte me, en ik prentte in mijn geheugen dat ik haar terug moest bellen om een dag en tijd af te spreken. Ik controleerde mijn tekstberichten en zag dat er twee bij waren van een duidelijk wanhopige Mouse. Nu Orlando buiten beeld was, zou hij voor Rory moeten zorgen. Ik stond op het punt mijn mobiel neer te leggen toen Mouse weer belde. Dit keer, besloot ik, moest ik opnemen.

'Star, goddank. Ik vroeg me al af of ik wel het goede nummer had. Ik probeerde Orlando te bellen, maar hij neemt ook niet op.'

'Nee, dat zal hij niet doen.'

'Heb je mijn voicemail en sms'jes van eerder ontvangen?'

'Ja.'

'En kun je volgende week naar High Weald komen?'

'Nee, ik vrees dat dat niet gaat.'

'Ah.' Het bleef even stil aan de andere kant van de lijn. 'Mag ik je vragen waarom niet? Marguerite zei dat het haar leek dat je graag af en toe voor haar zou willen werken.'

'Ja, maar alleen met instemming van Orlando. En hij was ertegen.'

'Hij kan je toch wel een paar dagen missen als het in het belang van zijn neef is?'

'O ja, dat kan hij zeker. Maar hij heeft me gisteren ontslagen, na jouw telefoontje. Hij noemde me een verrader,' voegde ik er abrupt aan toe.

'O god.' Aan het andere eind van de lijn slaakte Mouse een diepe zucht. 'Sorry, Star. Dit zijn niet jouw problemen, en we hadden je er niet bij moeten betrekken. Ik had niet goed nagedacht voor ik hem belde...'

'Tja, zo gaat dat nu eenmaal.'

'En je wilt er niet over nadenken of je hierheen kunt komen, ook al is het maar voor het weekend?'

'Sorry, maar dat gaat niet. Orlando is heel aardig voor me geweest. Ik wil die vriendelijkheid niet verraden.'

'Nee, dat begrijp ik. Ah, nou... je bent waarschijnlijk beter af zonder onze krankzinnige familie. Rory zal er kapot van zijn. We zijn het alle drie beu dat hij maar blijft zeggen dat hij je geweldig vond.'

'Doe hem de groetjes van mij.'

'Dat zal ik doen, natuurlijk. En misschien verander je van gedachten nadat het stof is opgetrokken.'

'Dat denk ik niet. Sorry.'

'Oké. Dan laat ik je met rust. Maar nog één ding. Kun je me je adres geven, zodat ik je in ieder geval kan sturen wat ik je verschuldigd ben voor het zorgen voor Rory, vorige week?'

'O, dat maakt me echt niet uit, hoor. Ik heb het met plezier gedaan.'

'Mij maakt het wel uit, dus als je het niet erg vindt...'

Ik gaf hem ons adres en hij zei dat hij een cheque zou sturen met de post.

'Goed, dan zullen mijn lastige familieleden en ik je nu met rust laten. Misschien kalmeert Orlando nog en komt hij je op zijn knieen smeken of je terug wilt komen.'

'Dat betwijfel ik. Je hebt me verteld hoe koppig hij is, en ik heb hem diep gekwetst.'

'Nee, Star, ík heb hem diep gekwetst. Dit is helemaal mijn fout. In ieder geval succes met het vinden van ander werk, en we houden contact. Tot ziens.'

'Jij ook tot ziens.'

De verbinding werd verbroken. En ondanks mijn besliste opstelling voelde het als het beëindigen van een mooie liefdesverhouding. Met een huis, een familie en wat al dan niet mijn eigen verleden zou kunnen zijn. Ik slikte krampachtig om mijn tranen tegen te houden en ging toen naar de keuken om de avondmaaltijd voor CeCe en mezelf klaar te maken. We waren weer met zijn tweeën.

Terwijl ik veel agressiever dan nodig was roerbakgroenten sneed, realiseerde ik me dat ik op alle fronten terug bij af was. Ik wachtte tot CeCe zou komen en hoopte maar dat ik haar door net te doen alsof ik ziek was, zou weerhouden van een uitgestelde chagrijnige bui omdat ik er niet aan had gedacht haar te vertellen dat ik op High Weald was. Vervolgens sms'te ik Shanthi – ik moest ergens beginnen met een eigen leven – en nodigde haar uit om koffie te komen drinken wanneer het haar schikte. Ze sms'te onmiddellijk terug en zei dat ze graag de volgende dag om vier uur langs zou komen. Daar was ik in ieder geval blij om, want het was een prachtexcuus om een cake te bakken. Maar dit keer geen citroencake, dacht ik somber. Toen hoorde ik de voordeur open- en dichtgaan.

'Ha, Sia, hoe voel je je?'

'Stukken beter, dank je.'

Ze fronste en bekeek mijn gezicht. 'Je ziet nog steeds erg bleek.'

'Ik zie altijd bleek, Cee,' zei ik met een lachje. 'Maar ik voel me goed, zeker weten. Hoe gaat het met jou?'

'O, wel goed,' zei ze, en ik wist meteen dat het niet zo was. 'Wil je ook een biertje?' vroeg ze, terwijl ze naar de koelkast liep en er eentje uit pakte.

'Nee, dank je.'

'Hoe was het om kindermeisje te zijn?' vroeg ze, nadat ze tegenover me was gaan zitten.

'Goed, dank je. Rory is heel lief.'

'Ga je terug?'

'Nee. Het was maar voor één keer.'

'Daar ben ik blij om. Lieve hemel, Star, je bent cum laude afgestudeerd in de Engelse literatuur, spreekt twee talen vloeiend en bent de intelligentste vrouw die ik ken. Je moet jezelf niet zo tekortdoen.'

Het was CeCe's vaste refrein en ik wilde er niet op ingaan.

'En hoe gaat het met jou? Wat is er aan de hand?'

'Hoe weet je dat er iets is?' CeCe kwam naast me zitten en sloeg haar armen om me heen. 'Goddank dat ik jou heb,' zei ze met een diepe zucht.

'Maar wat is er aan de hand?'

'Het is moeilijk uit te leggen, maar het is net als vroeger op school, waar alle andere leerlingen contacten leggen, terwijl ik me er niet bij voel horen. Eigenlijk is het erger op school, omdat ik jou daar niet heb. Ik probeer me er niets van aan te trekken, maar ik had echt gedacht dat een groep kunstenaars anders zou zijn. Maar dat zijn ze niet. En het doet pijn, Sia, het doet echt pijn.'

'Natuurlijk.'

'De docenten bekritiseren mijn werk non-stop. Ik bedoel, ik weet dat ze daarvoor betaald worden, maar af en toe een complimentje zou toch niet verkeerd zijn? Op het ogenblik ben ik compleet gedemoraliseerd en ik sta op het punt er de brui aan te geven.'

'Maar het ging je toch om de show aan het eind van het jaar, dacht ik? Dat de academie uitmuntende kunstcritici en verzamelaars zou binnenhalen om je werk te bekijken? Hoe zwaar het nu ook is, dat kun je toch niet laten schieten?'

'Dat wil ik ook niet, Sia, maar Pa zei altijd dat het leven te kort is om je ellendig te voelen.'

'Hij zei ook altijd dat we nooit op moesten geven,' zei ik vermanend. Ik dacht bij mezelf dat wij zusjes Pa's vele wijze woorden konden uitleggen zoals ons goeddunkte, nu hij er niet meer was.

'Ja.' CeCe beet op haar onderlip en tot mijn verbazing zag ik dat ze tranen in haar ogen had. 'Ik mis hem echt. Ik dacht dat ik er wel bovenop zou komen, maar er is een leegte, weet je wel?'

'Ja,' zei ik zacht. 'Cee, je bent er nog maar net. Waarom blijf je niet wat langer om het aan te zien?'

'Ik zal het proberen, maar ik heb er echt moeite mee, Sia. Vooral nu jij er zo vaak niet bent.'

'Nou, maar nu ben ik er weer.'

CeCe ging naar boven om een douche te nemen en ik begon de ingrediënten van een roerbakgerecht in een wok te doen. Misschien waren we alle twee voorbestemd om buitenstaanders te zijn, dacht ik, twee eenzame wolvinnen die niemand anders hadden dan elkaar. Hoe ik de laatste tijd ook geprobeerd had te ontsnappen, de geschiedenis en de literatuur stonden bol van de verhalen over ongetrouwde zussen die troost bij elkaar hadden gezocht. Misschien moest ik me erbij neerleggen en mijn lot aanvaarden.

We gebruikten de avondmaaltijd samen, en voor het eerst sinds enige tijd troostte CeCe's aanwezigheid me meer dan dat ik me eraan ergerde. En terwijl ze me de foto's van haar laatste schilderijen toonde op haar telefoon, echt de beste die ik in lange tijd van haar had gezien, dacht ik dat een verandering van perceptie en acceptatie alles zou kunnen veranderen.

We gingen die avond vroeg naar bed, allebei doodmoe, maar om heel andere redenen.

Misschien verschilden we meer van elkaar dan ik wilde geloven, dacht ik, terwijl ik door het raam naar de maan staarde. We waren allebei bang voor de harde wereld buiten ons comfortabele nest.

24

Om redenen die waarschijnlijk te maken hadden met mijn oude bekende genaamd trots had ik CeCe niet verteld dat ik ontslagen was. De volgende dag stond ik dus gelijk met haar op, en wetend dat ze een half uur voor mij weg zou gaan doorliep ik mijn gebruikelijke ochtendroutine.

'Prettige dag,' riep CeCe toen ze de deur uit ging.

'Jij ook.' Ik zwaaide naar haar en deed alsof ik snel mijn koffie opslurpte.

Nadat ze de deur had gesloten bladerde ik mijn kookboeken door, op zoek naar een recept voor een cake voor Shanthi. Ik besloot voor iets typisch Engels te gaan – een moutcake – maar dan met wat toegevoegde specerijen als knipoogje naar haar afkomst. Toen ging ik naar de supermarkt om de ingrediënten en een paar theezakjes te kopen.

Precies om vier uur ging de deurbel en ik drukte de buzzer in, zodat Shanthi het gebouw kon binnenkomen. Het was hartverwarmend dat iemand de moeite nam om bij me langs te komen. Toen ze de lift uit kwam, stond ik haar op de drempel van de voordeur op te wachten.

'Star!' Ze sloeg haar armen om me heen en drukte me tegen zich aan. 'Wat is dát lang geleden.'

'Ja. Kom binnen.'

'Wauw!' zei ze, terwijl ze de enorme zitkamer in zich opnam. 'Wat een mooie flat. Je had me niet verteld dat je een trustfonds had.'

'Dat heb ik ook niet. Mijn zus heeft dit gekocht. Ik ben gewoon haar huurder.'

'Dan heb je geluk gehad,' zei ze, en ze ging zitten.

'Thee? Koffie?'

'Nou, doe maar water. Of kruidenthee, als je dat ergens in een kastje hebt. Ik ben aan het vasten, zie je.'

Ik keek naar de moutcake, die zwaar en vers lag te wachten om verslonden te worden, en ik zuchtte.

'Dus hoe is het met je gegaan, *ma petite étoile*?'

'Spreek je Frans?'

'Nee,' zei ze lachend, 'dat is zo ongeveer de enige uitdrukking die ik ken in die taal, en toevallig komt je naam erin voor.'

'Het gaat prima met me,' zei ik terwijl ik het dienblad met de thee, de moutcake en een kluit verse boter om erop te smeren meenam. Orlando's gewoonte om 's middags cake te eten was op me overgeslagen en ik wilde er wel wat van.

'Wat heb je uitgevoerd?'

'Ik heb gewerkt in een boekwinkel.'

'Welke?'

'O, een waarvan je nog nooit hebt gehoord. Er worden zeldzame boeken verkocht en we krijgen niet veel klanten.'

'Maar vind je het leuk?'

'Ik vind het geweldig. Tenminste, ik vónd het geweldig.'

'Werk je er dan niet meer?'

'Nee, ik ben gevraagd te vertrekken.'

'Wat jammer voor je, Star. Wat is er gebeurd?'

Ik overlegde met mezelf of ik het haar zou vertellen. Ik had het tenslotte nog niet eens tegen CeCe gezegd. Maar Shanthi was er goed in om me uit te horen. En om eerlijk te zijn was de reden waarom ik haar zo graag had willen zien dat ik behoefte had aan iemand om mee te praten.

'Het is een lang verhaal.'

'Ik ben een en al oor,' zei ze. Ze keek naar me terwijl ik op een plak van de kruidige moutcake kauwde. 'Oké,' voegde ze eraan toe, 'ik geef me over. Die cake ziet er absoluut verrukkelijk uit.'

Ik sneed een plak voor haar af en begon haar over de familie Vaughan/Forbes te vertellen. Shanthi onderbrak me af en toe om te dubbelchecken of ze de feiten goed begreep, tot ik bij de ontknoping van mijn treurige verhaal gekomen was.

'Dus ik ben weer terug bij af.' Ik haalde mijn schouders op. 'Opnieuw werkloos.'

'Ze lijken me absoluut fascinerend,' zei Shanthi ademloos. 'Ik vind altijd dat die oude Engelse families veel karakter hebben.'

'Dat kun je wel zeggen, ja.'

'En jij zou op een of andere manier met ze verwant kunnen zijn?'

'Als dat zo is, zal ik het nu nooit meer te weten komen. Ik betwijfel of ik ooit nog van hen zal horen.'

'Ik denk dat je zeker van hen zult horen, en heel snel ook. Vooral van één bepaalde persoon.'

'Orlando?' vroeg ik haar gretig.

'Nee, Star. Niet Orlando. Maar als je niet kunt begrijpen wie het zou kunnen zijn, dan zeg ik niks. En... het lijkt me ook dat ze iets verbergen.'

'O ja?'

'Ja. Er klopt gewoon iets niet met ze. Maar dat huis lijkt me fantastisch,' voegde ze eraan toe.

'Dat was het ook. Ik vond het ontzettend fijn om er te zijn. Hoewel mijn zus tegen me heeft gezegd dat ik me door hen liet gebruiken en dat ik meer waard ben... Ik hou van huishoudelijk werk en voor mensen zorgen. Vind jij dat verkeerd?'

'Bedoel je in een tijd waarin wij vrouwen allemaal carrièregericht moeten zijn en het glazen plafond moeten doorbreken?'

'Ja.'

'Ik vind dat helemaal niet verkeerd, Star.'

'Nou, ik hou van eenvoudige dingen. Zoals koken, tuinieren, zorgen voor een mooi huis... En ik vond het ook leuk om voor Rory te zorgen. Daar werd ik blij van.'

'Dan moet dat je doel zijn, Star. Natuurlijk zou je nog één ingrediënt moeten hebben om de magie te laten werken.'

'Wat dan?'

'Weet je dat dan niet?'

Ik keek haar aan en toen wist ik het. 'Ja, liefde.'

'Precies. Zoals je weet kan de liefde veel verschillende vormen en gedaanten aannemen; het hoeft niet het traditionele man-vrouwscenario te zijn. Kijk maar naar mij, ik heb een behoorlijk constante stroom minnaars van beide seksen.'

Ik bloosde, ondanks mezelf. Shanthi sloeg mijn reactie gade met een glimlach op haar lippen.

‘Vind je het moeilijk om over seks te praten, Star?’

‘Ik… Nee… Ik bedoel…’

‘Dan vind je het vast niet erg als ik je iets vraag wat ik je erg graag wilde vragen sinds ik je heb leren kennen: heb je liever mannen of vrouwen? Of net als ik allebei?’

Ik staarde haar ontzet aan en wenste dat ik helemaal in de zachte kussens van de bank kon wegzinken, of dat er nu een natuurramp zou gebeuren, zodat ik die vragen niet zou hoeven te beantwoorden.

‘Ik ben hetero,’ mompelde ik ten slotte. ‘Dat wil zeggen, ik hou van mannen.’

‘O ja?’ Shanthi knikte wijs. ‘Dan had ik het verkeerd gezien. Maar maak je geen zorgen, ik schrap je van mijn lijst van mogelijke veroveringen.’ Ze lachte beminnelijk.

‘Ja,’ mompelde ik. Ik wist dat mijn gezicht vuurrood zag. ‘Nog thee?’ Of ze nog thee wilde of niet, ik ging het water opzetten. Als ik haar onderzoekende blik maar kon ontwijken.

‘Je bent zo mooi, Star, maar je lijkt je er totaal niet van bewust te zijn. Je hoeft je niet te schamen voor je fysieke persoonlijkheid, weet je. Dat is een geschenk van de goden en het is vrij. Je bent jong en aantrekkelijk. Je moet genieten van je lichaam.’

Ik stond in de keuken, niet in staat terug te gaan naar de bank en die ogen weer op me gericht te zien. Want ik kon dit gesprek gewoon niet voortzetten. Ik vroeg, nee smeekte, om goddelijke tussenkomst, in welke vorm dan ook. En tot mijn verbazing kwam die een paar seconden later in het geluid van de buzzer.

Het maakte me niet uit of de persoon voor de deur een bijlmoordenaar was of, waarschijnlijker, CeCe, die wel vaker aanbelde om niet in haar tas naar haar sleutelkaart te hoeven zoeken, en ik pakte de hoorn op.

‘Hallo?’

‘Star? Ik ben het, Mouse. Ik kwam hier toevallig langs, en toen dacht ik, ik geef haar de cheque persoonlijk in plaats van hem met de post te sturen.’

‘O.’

‘Misschien kun je naar beneden komen om hem aan te nemen. Ik zie geen postbussen hier bij de voordeur.’

Dat klopte, de projectontwikkelaar was vergeten ze aan te brengen, en de portier was altijd opvallend afwezig wanneer ik de lobby in kwam. Na een pijnlijke besluiteloosheid won mijn angst voor een voortgezet gesprek met Shanthi uiteindelijk het pleit.

'Kom maar boven,' zei ik. 'Het is op de derde verdieping, de deur direct tegenover de lift.'

'Dank je.'

'Sorry,' zei ik. Ik slenterde naar de banken en bleef bedeesd staan. 'Er kwam een vriend binnenvallen.'

'Het was toch tijd om te gaan,' zei ze, en ze stond op.

Ik liep met haar naar de deur, niet in staat mijn opluchting over haar snelle vertrek te verbergen.

'Het was leuk je te zien, Star. En excuses als ik je in verlegenheid heb gebracht.'

'Geeft niet.' Ik hoorde het geronk van de opstijgende lift en realiseerde me dat ik hen aan elkaar zou moeten voorstellen.

'Nou, tot ziens, lieve Star.' Shanthi sloeg haar armen om me heen en drukte me stevig aan haar volle boezem. Zo zag Mouse ons toen de liftdeuren opengingen.

'Sorry,' zei hij, terwijl Shanthi me losliet. 'Ik stoor toch niet?'

'Helemaal niet,' zei Shanthi met een vriendelijke glimlach, 'ik sta op het punt om weg te gaan. Star is helemaal van jou.' Ze stapte langs ons allebei de lift in. 'Wat is je naam, trouwens?' vroeg ze aan hem terwijl ze de knop voor de benedenverdieping indrukte.

'Mouse.'

'Ha! Ik had het je gezegd, Star.' Shanthi stak achter zijn rug haar duimen op voordat de deuren dichtgingen, en ik hoorde haar schorre lach in het gebouw weerklinken terwijl de lift omlaagging.

'Wat was er zo grappig?' vroeg hij terwijl ik met hem het appartement in liep. 'Ik begreep het niet.'

'Maak je geen zorgen, ik ook niet,' zei ik gevoelvol.

'Ze zag eruit als een interessant type. Een vriendin van je?'

'Ja. Wil je een kop thee of koffie?'

'Heb je geen bier, toevallig?'

'Ja, dat heb ik wel.'

'Wat een fantastische flat is dit,' merkte Mouse op. Hij stapte naar de ramen waar de lichten van Londen twinkelden in de vallende schemering beneden ons. 'Nu weet ik zeker dat je geen goudzoeker bent die uit is op High Weald. Wie heeft die vermolmde troep daar nodig als je dit hebt.'

'Dit is het eigendom van mijn zus,' legde ik voor de tweede keer die dag uit.

'Nou,' zei hij terwijl ik hem het bier aangaf, 'op rijke familieleden dan maar. Ik zou willen dat ik die had,' voegde hij eraan toe. Hij nam een slok. Ik leidde hem naar de bank en hij ging zitten. Hij wierp hongerige blikken op de moutcake. 'Mag ik daar wat van? Ik heb vandaag nog niets gegeten.'

'Natuurlijk.' Ik sneed een plak voor hem af en smeerde er een dikke laag boter op.

'Dit is absoluut verrukkelijk, net als alles wat jij klaarmaakt. Je hebt echt een gave.'

'Dank je,' mompelde ik, terwijl ik me nijdig afvroeg wat de bedoeling van zijn charmeoffensief was en wat hij van me wilde. Omdat er niemand zomaar 'langs' onze voordeur kwam. Je moest zelfs een kaart en kompas hebben om de ingang van de flat te kunnen vinden.

'Hier, voordat ik het vergeet.' Hij haalde een envelop uit de zak van zijn Barbour. 'Ik hoop dat je het genoeg vindt. Ik heb er ook twee weken loon voor de boekwinkel bij gedaan.'

'O, dat was echt niet nodig, hoor,' zei ik, me ten volle bewust van zijn benarde financiële toestand. 'Hoe gaat het met Orlando?'

'Strijdlustig, en hij houdt geen contact... Dat is ook de reden waarom ik naar Londen ben gekomen. Ik heb niets meer van hem gehoord sinds ik hem over jou had gebeld. Ik maakte me natuurlijk zorgen. De zaak was dicht toen ik er vanmiddag aankwam. Maar gelukkig heb ik ook een set sleutels. Hij was nog steeds op die slaapkamer en wilde me niet binnenlaten. De enige manier om hem aan de praat te krijgen was dreigen de politie erbij te halen om de deur in te trappen en te kijken of hij nog leefde.'

'Dan is er nog niets veranderd.'

'Nee. Ik ben ook bij een bedrijfsmakelaar geweest om het gebouw in de markt te zetten. Als de bank ziet dat we stappen ondernemen om te verkopen en ze zullen krijgen wat wij hun verschuldigd zijn, dan leggen ze er voorlopig geen beslag op, hoop ik.'

'Heb je dat ook aan Orlando verteld?'

'Hemel, nee. Ik dacht dat hij uit zijn zolderraam zou springen als ik dat zou doen. Het is erg jammer dat hij je niet terug wil nemen. Hij zit daar maar te broeden, dag en nacht. Nou ja, hij komt er wel een keer overheen. Dat moet iedereen die iets waarvan hij hield verloren heeft.'

'Maar dat kan wel even duren. Toch?' zei ik, me afvragend of de opmerking zou overkomen. 'Het is tenslotte nog maar een paar dagen geleden.'

'Ik begrijp wat je bedoelt,' antwoordde Mouse. Aan zijn gezichtsuitdrukking zag ik dat hij erover nadacht of hij er aanstoot aan zou nemen of niet. Ik zou het eerlijk gezegd niet erg vinden als hij dat deed.

'Je hebt gelijk,' zei hij na een poos te hebben gezwegen. 'Luister, Star, er is nog een andere reden waarom ik naar je toe gekomen ben, en die heeft niets met mijn familie te maken. Maar wel met jou.'

'Met mij?'

'Ja. Tenslotte kwam je die eerste keer naar de boekwinkel omdat je op zoek was naar je verleden. En nu hebben wij allemaal je leven overhoopgehaald, buiten jouw schuld, moet ik erbij zeggen. Dus ik vond het wel zo eerlijk om hier bij je te komen en je aan te bieden wat ik nog meer over Flora MacNichol weet te vertellen. En je ten minste uit te leggen waar dat kattenbeeldje volgens mij oorspronkelijk vandaan komt.'

'Ah.'

'Het is trouwens bij Sotheby's. Daar heb ik het eerder vandaag afgegeven. Ze bellen me zodra ze er inlichtingen over hebben ingewonnen, maar ze waren er behoorlijk zeker van dat het een Fabergé is. En ik moest je zeggen dat het een fortuin waard is, als het authentiek blijkt. Zelfs een piepklein beeldje als "Panther" kan voor tonnen worden geveild.'

'Echt waar?' Ik was stomverbaasd.

'Ja, echt waar. Het lijkt erop dat het heel goed zou kunnen dat je zojuist je eigen erfenis hebt gerealiseerd. Maar goed...' Mouse trok enkele dunne, in zijde gekafte boekjes uit een van zijn ruime zakken. Ik zag dat ze leken op de boekjes die ik op de plank in de boekwinkel had gevonden. 'Dit,' hij tikte erop met zijn vingertoppen, 'gaat verder waar mijn transcriptie ophield. Op een of andere manier heb ik niet de tijd gehad om dat ook te doen met deze hier, maar ik heb ze wel gelezen. Wil je dat ik je meer vertel, Star? Laat ik het zo zeggen, het is een absoluut fascinerend verhaal. Met wat je een dramatische ontknoping zou kunnen noemen.'

Ik aarzelde. De dag tevoren, en die ochtend, had ik de grootste moeite moeten doen om de afgelopen weken achter me te laten en vastberaden door te gaan naar een toekomst die ik zelf zou bepalen. Was het wel goed voor me om naar High Weald en de lang geleden overleden bewoners teruggesleurd te worden? Als er echt een connectie tussen ons was, zou ik voor de rest van mijn leven onverbrekelijk met hen verbonden zijn. En ik wist niet meer of ik dat wel wilde.

'Oké dan,' zei ik ten slotte. Ik wist dat ik woest op mezelf zou zijn als ik weigerde.

'Misschien hebben we er wel wat tijd voor nodig. Flora's handschrift is erg moeilijk te ontcijferen, dus ik zal je voorlezen, want ik ben nu aan haar handschrift gewend. We kunnen hier toch niet gestoord worden, hè?' vroeg hij, het dagboek openslaand.

'Voorlopig niet, in ieder geval.'

'Goed. Dan begin ik.'

FLORA

LONDEN

DECEMBER 1909

25

De Keppels waren niet uitgenodigd voor de bruiloft van Archie en Aurelia, die zou worden gehouden op High Weald, het buitenverblijf van de Vaughans in Kent. Gezien hun populariteit in Londen verbaasde het Flora dat ze waren overgeslagen. Mrs. Keppel zelf had het goedschiks geaccepteerd.

'Eerlijk gezegd kennen we de Vaughans nauwelijks,' zei ze met een luchtig, wegwuivend handgebaar. 'Ze zijn geneigd zich te beperken tot de plattelandschic.'

Flora had haar uitleg geaccepteerd, hoewel ze wist dat Mrs. Keppel een villa in Kent had en vermoedelijk ook tot de plaatselijke 'chic' aldaar behoorde.

Voor het weekend van de bruiloft had ze welwillend een automobiel tot Flora's beschikking gesteld. Flora zat op de achterbank terwijl Freed Londen met haar uit reed en ze vroeg zich af hoe ze zich door de komende twee dagen heen moest slaan. Ze had tientallen plannen bedacht om het onmogelijk te maken dat ze de bruiloft zou bijwonen, van proberen de moed te vinden om zich van de trap te laten vallen, zodat ze kon zeggen dat ze haar been had gebroken, tot in de gure novemberwind en neergutsende regen in het park te gaan staan en wensen dat ze een longontsteking zou krijgen. Maar lichamelijk was ze onverwoestbaar. En dus was ze nu onderweg naar de bruiloft van haar zus en Archie Vaughan, de man die ze liefhad.

Wat het nog erger maakte, was dat ze High Weald en Archies geliefde tuinen zou zien, die hij haar die zomer zo enthousiast had beschreven. Maar toch kon ze niet vergeten dat zij degene was die de aanzet tot de gebeurtenissen had gegeven.

Flora herinnerde zich het geanimeerde gezicht van haar moeder bij het verlovingsfeest, waarbij tante Charlotte in haar huis in Londen als gastvrouw voor het gelukkige paar was opgetreden. Iedereen was oprecht opgelucht dat de opoffering van Esthwaite Hall de moeite waard was geweest. Haar ouders waren al in situ op High Weald en klaar voor het huwelijksfeest.

Er waren in totaal acht bruidsmeisjes, maar Elizabeth, Archies zus, zou er niet bij zijn. Ze was in november met haar nieuwe man naar Ceylon gevaren en er was al een erfgenaam voor de theeplantage onderweg.

Over twee dagen is het allemaal voorbij en ben ik op de terugweg naar huis, dacht Flora vastberaden, terwijl de voorsteden plaatsmaakten voor winterse, bladerloze hagen aan weerszijden van de weg.

Een uur later zag Flora een aantal hoge, dunne schoorstenen door de kale takken van de bomen heen. Toen reed de automobiel een oprijlaan op en doemde er een prachtig oud gebouw van rode baksteen voor haar op.

'Ik wil niet van dit huis gaan houden,' zei Flora in zichzelf. Ze staarde naar de zachtgetinte voorgevel. De charmant ongelijke ramen hadden zich gewonnen gegeven aan hun ouderdom, en op sommige plaatsen waren de scharnieren en kozijnen kromgebogen als de ruggen van bejaarde mensen. Hoewel het een ijskoude dag was, scheen de zon, en de rijp op de perfect geknipte buxushagen schitterde in het licht. Het leek net de ingang van een sprookjesland.

'We zijn er, Miss MacNichol,' zei Freed. Toen liep hij plichtsgetrouw naar het achterportier van de automobiel en opende het voor haar.

Flora stapte uit en staarde naar de hoge eiken boogdeuren, aarzelend als een veroordeelde die op het punt staat de gevangenis in te gaan. Terwijl ze over het grind naar de deuren toe liep, gingen ze open en Aurelia kwam naar buiten.

'Schat! Je bent er. Ik hoop dat de reis niet te vermoeiend was.'

'We hebben er nog geen twee uur over gedaan, het is vlak bij Londen.'

'Maar een wereld van verschil, nietwaar? En de omgeving is veel lieflijker dan rond Esthwaite. Maar goed,' zei ze, en ze gaf Flora een arm, ‘omdat er veel drukte is nu al die mensen aankomen, vind ik dat wij een tijdje moeten doen alsof we er niet zijn, zodat ik je helemaal voor mezelf heb.’

Ze gingen een hal met een laag plafond binnen, en een haard waarin een vrolijk knapperend vuur brandde dat zijn warmte over de uitgesleten stenen vloer verspreidde.

‘Kom met me mee naar boven, dan verstoppen we ons in mijn kamer,’ zei Aurelia. Giechelend trok ze haar zus een brede houten trap op, die was verfraaid met zwaar houtsnijwerk uit de Tudortijd. Aurelia leidde haar door een gang, opende een deur aan het eind en onthulde een kamertje met twee koperen eenpersoonsledikanten. Ook hier waren de muren betimmerd met de kostbare eikenhouten panelen die de rest van het huis comfortabel warm maakten, zelfs in het kille winterlicht dat door de smalle ramen scheen.

‘Hier slaap ik vanavond. Ik hoopte dat jij hier ook zou willen overnachten, in het andere bed.’

‘Natuurlijk logeer ik hier, als jij dat graag wilt,’ antwoordde Flora.

‘Dank je. Het is allemaal heel overdonderend, zoals je je wel kunt indenken. En ik heb Archie amper gezien sinds ik aangekomen ben. We hebben het allebei zo druk ge…’

Flora zag dat het gezicht van haar zus even betrok, maar toen herstelde Aurelia zich en ze glimlachte stralend.

‘Dus vertel me eerst maar eens wat jij in Londen allemaal hebt uitgevoerd. Ik heb gehoord dat je van het ene feest naar het andere gefladderd bent.’

Flora vertelde Aurelia in het kort over de eindeloze bals, diners en soirees waar ze de afgelopen twee maanden naartoe was geweest.

‘Ja, ja,’ Aurelia wuifde de details met haar hand weg, ‘maar over wie ik je echt wil horen is Freddie Soames.’

‘O ja, Freddie.’ Flora rolde met haar ogen. ‘Hij is een prominent in het Londense uitgaansleven.’

‘Dat weet ik ook wel, maar ik wil over jullie tweeën horen.’

‘Er is geen sprake van een “wij tweeën”.’

‘Kom nou, Flora, ik mag hier dan wel op het platteland weggestopt zitten, maar zelfs ík heb de praatjes gehoord.’

‘Hij betekent niets voor me, Aurelia, echt waar.’

'Ik vind dat je te gereserveerd bent. Heel Londen heeft het erover dat hij jou het hof maakt. Iedereen zegt dat het niet lang zal duren voordat hij je een aanzoek doet.'

'Ze kunnen zeggen wat ze willen, daar in Londen.'

'Flora, hij is een burggraaf, nog wel! En op een dag zal hij graaf worden!'

'Dat kan wel zijn. Maar ik zal nooit trouwen om een titel, dat weet je.'

'Zelfs niet als daar uitgestrekte, vruchtbare landerijen in Hampshire en een tiara tegenover staan? Je weet toch dat hij morgen komt, hè? Hij is een verre neef van de Vaughans, in de tweede graad, wat dat ook mag betekenen.'

'Dat wist ik niet. Maar ik heb dan ook al zijn brieven in het vuur gegooid.'

'Flora! Bijna alle vrouwen die samen met mij hun debuut hebben gemaakt zijn alleen met hun tegenwoordige man getrouwd omdat ze Freddie niet konden krijgen. Hij is niet alleen rijk, maar ook nog eens duivels knap. En hij ligt aan je voeten!'

Duivels, dat is het juiste woord, ja, dacht Flora. Ze zuchtte.

'Hij sloeg de eerste bruiloftsuitnodiging die we hem stuurden af,' ging Aurelia verder. 'Maar toen hoorde hij dat jij mijn eerste bruidsmeisje zou zijn en schreef hij Lady Vaughan dat hij toch zou komen. Weet je zeker dat je niet een klein beetje verliefd op hem bent?'

'Absoluut.'

'O, nou, dat is teleurstellend. Ik hoopte dat je midden in een regelrechte liefdesaffaire zat en dat ik de eerste zou zijn die alle details zou horen.'

'Er valt simpelweg niets over details te zeggen.'

'Maar kun je niet doen alsof? In ieder geval morgen?'

'Nee,' zei Flora met een lach. 'En mag ik nu je bruidsjurk zien?'

Die avond was het huis tot Flora's grote opluchting verboden terrein voor de bruidegom, en hij logeerde bij de Sackville-Wests in het niet ver van High Weald gelegen Knole. Het souper voor het bruidsgezelschap werd opgediend in de lange eetkamer, waar honderden kaarsen brandden in de kroonluchters. Flora had de andere bruidsmeisjes al ontmoet in Londen, en sociaal vaardig als ze bij dergelijke gelegenheden was geworden, probeerde ze zich te ontspannen en over koetjes en kalfjes te praten.

Haar moeder zag er gelukkiger uit dan ze haar ooit had gezien, en zelfs haar vader leek haar die avond joviaal. Zijn favoriete dochter had de vis aan de haak geslagen die hij zo graag voor haar had willen vangen; en hij had hun familiehuis ervoor opgeofferd om het mogelijk te maken.

Ze was blij toen de toekomstige bruid aankondigde dat ze naar bed ging en Flora mee naar boven nam.

'Dit is de laatste nacht dat ik alleen slaap,' zei Aurelia. Ze was aan haar kaptafel gaan zitten en Flora hielp haar met het uitkammen van haar lange blonde haar.

'Echt waar? Ik dacht dat je zo vaak alleen kunt slapen als je wilt als je getrouwd bent,' merkte Flora droogjes op. 'Mr. en Mrs. Keppel slapen in ieder geval alleen.'

'Dát zal best.'

'Wat bedoel je?' Flora wist heel goed wat haar zus bedoelde, maar wilde het uit haar eigen mond horen.

'Nou, stel je voor dat je die arme Mr. Keppel bent. Iedereen in Londen weet over Alice en de koning. Jij toch zeker ook?'

'Ze zijn goed bevriend, ja.' Flora's gezicht gaf niets prijs.

'Je bent toch niet zo naïef dat je gelooft dat ze alleen maar vrienden zijn? Iedereen weet dat...'

'Iedereen weet wat ze willen weten. Ik woon bij hen in en heb nog nooit iets onbehoorlijks aan hun relatie gezien. En trouwens, hoe zou Mr. George ooit wat jij bedoelt over zijn kant kunnen laten gaan? Hij is een heel trotse, integere man en Mrs. Keppel aanbidt hem.'

'Als jij het zegt.'

'Dat zeg ik, ja. En net als Mrs. Keppel trek ik me niets van geklets aan. Dat is als nevel, zonder inhoud, en het drijft snel weg.'

'Nou, die "nevel" van Mrs. Keppel en de koning hangt over Londen als een dichte mist.' Ze keken elkaar aan in de spiegel, en Aurelia's gezicht nam een mildere uitdrukking aan. 'Laten we niet langer aan onvolmaakte huwelijken denken en ons concentreren op een huwelijk dat ik zo perfect mogelijk hoop te maken.' Ze stond op van de kruk en liep naar haar bed. Flora trok de dekens terug en hielp haar erin.

'Welterusten.' Flora kuste haar zacht op het voorhoofd, kroop in haar eigen bed en draaide de lamp uit.

'Flora?' Aurelia's stem klonk zacht in de aardedonkere kamer.

'Ja?'

'Denk je... dat het pijn zal doen?'

Flora's hart sprong op toen ze dacht aan de intimiteit waarop haar zus doelde. Ze zweeg een paar tellen en zei toen: 'Eerlijk gezegd weet ik het niet. Maar ik geloof dat God goed is en ons niet zou laten lijden om een man onze liefde te tonen. Of hem kinderen te geven.'

'Ik heb er verhalen over gehoord.'

'Dat zijn maar praatjes.'

'Ik wil hem genot geven.'

'Dat zal je zeker lukken. Probeer nou maar om niet bang te zijn. Ik heb gehoord dat dat het belangrijkste is.'

'Echt waar?'

'Ja.'

'Dank je. Nogmaals welterusten, lieve zus. Ik hou van je.'

'En ik van jou.' De beide vrouwen sloten hun ogen, sliepen in en droomden allebei dat ze door dezelfde man omhelsd werden.

'Ik ben klaar. Hoe zie ik eruit?'

Flora bekeek haar zus, zag het crèmekleurige kant van haar trouwjurk zacht op haar perzikachtige huid en de Vaughan-tiara glinsterend op haar gouden krullen. 'Absoluut schitterend.' Glimlachend gaf Flora haar een corsage van donkerrode rozen aan.

'Dank je, lieve zus,' zei Aurelia ademloos. 'Zo, dan is het nu tijd om te gaan.'

'Ja. Papa staat onderaan de trap op je te wachten.'

'Wens me geluk.' Aurelia pakte Flora bij de hand en kneep erin.

'Veel geluk, schat.'

Aurelia wilde de deur van de slaapkamer uit gaan, maar toen

draaide ze zich om. 'Jij alleen hebt me ervan overtuigd dat ik deze dag mogelijk moest maken. Dat zal ik nooit vergeten.'

Terwijl ze het vertrek uit liep, keek Flora snel naar haar beeld in de spiegel, en ze zag de pijn en het schuldgevoel op haar gezicht.

De oude kerk op het landgoed zat afgeladen vol met vierhonderd gasten toen de bruid, haar vader en de bruidsmeisjes het portaaltje achterin binnenkwamen.

'Flora,' fluisterde Aurelia, terwijl de lange sleep van haar bruidsjurk zorgvuldig achter haar geschikt werd, 'is hij er? Kun je voor me kijken?'

Flora liep naar de deur die hen scheidde van de samengekomen gasten en opende hem op een kiertje om te gluren. Van de plaats waar hij stond, voor in de kerk, keerden een paar donkere ogen zich naar haar en keken haar aan. Ze deed de deur snel weer dicht, wendde zich tot haar zus en knikte. 'Ja, hij is er.'

Er werden tekens gegeven en het orgel begon de bruiloftsmars te spelen. De deur zwaaide open en Flora liep achter haar vader en zus het gangpad op. Flora hoorde hen de geloften afleggen en rilde in haar dunne, ivoorkleurige zijden jurk toen ze zag dat haar zus Archies vrouw werd ten overstaan van God. Toen de bruid en bruidegom na het register te hebben getekend uit de vestiaire kwamen, dwong Flora zichzelf Archie in de ogen te kijken terwijl hij haar met Aurelia aan zijn arm voorbijliep. Ze nam haar plaats in om achter hen aan de kerk uit en de ijzige winterdag in te lopen.

Ondanks zichzelf bewonderde Flora de pracht van het bruiloftsontbijt van haar zus. Het zou over drie weken al kerst zijn, en de grote zaal van High Weald was getooid met flakkerende kaarsen en aan de zolderbalken, zwartgeblakerd door de hitte van de enorme haard, hingen bosjes hulst en maretak. Kennelijk, vertelde een van de gasten haar, had Hendrik VIII ooit Anna Boleyn het hof gemaakt in deze zaal. Bij de toespraken was er toen getoost met bisschopswijn in plaats van champagne en er waren zoete pasteitjes geserveerd in plaats van trifle.

Flora voelde zich als verdoofd door de hitte en al het voedsel en de wijn. Ze was dankbaar toen Archie opstond en een pauze in de festiviteiten aankondigde, terwijl het orkest zich opmaakte voor het bal van die avond. Ze nam de gelegenheid te baat om een broodnodig luchtje te gaan scheppen en liep gehuld in haar fluwelen cape de kille avondlucht in. Het was al helemaal donker en op het brede terras en langs de randen van de vele borders in de prachtige, ommuurde tuin eronder twinkelden lantaarns. Flora wilde alleen dat ze hem midden in de zomer kon zien, en niet verfraaid door kunstlicht. Ze liep de stenen trap af, trok haar cape dichter om haar schouders en liep helemaal naar achter in de tuinen, zodat het feestgedruis achter haar steeds verder weg klonk. Ze bleef staan toen ze bij een hoge bakstenen muur was aangekomen en haar adem kristalliseerde in de koude lucht.

'Mooi, hè?'

Flora schrok, draaide zich om en zag een schimmige figuur naast een enorme taxusboom staan. Haar hart sprong op toen ze de stem hoorde.

'Ja.'

'Hoe gaat het, Flora?' klonk de stem vanuit het donker.

'Goed. En met jou?'

'Ik ben getrouwd. Ik heb gedaan wat je me hebt gevraagd.'

'Dank je.'

'Ik hou van je,' fluisterde hij.

Flora stond als aan de grond genageld.

'Wil je niets terugzeggen? Ik zei dat ik van je houd.'

'Je verklaring verdient geen antwoord. Je bent een paar uur geleden met mijn zus getrouwd.'

'Alleen op aandringen van jou.'

'In godsnaam! Probeer je me soms te straffen?'

'Misschien, ja.'

'Als je van me houdt, zoals je zegt, hou hier dan alsjeblieft mee op. Wat er die paar dagen ook tussen ons geweest is, nu is het er niet meer.'

'Als jij dat gelooft, dan bedrieg je jezelf. Het kan nooit verdwenen zijn.'

'Genoeg!' Flora draaide zich om en wilde teruglopen naar het huis. Maar voor ze dat kon doen, schoot er een hand naar haar uit die haar bij haar bovenarm pakte en haar dichter naar zich toe trok.

Flora kon het niet uitschreeuwen omdat ze bang was aandacht te trekken en ze viel in Archies armen. En hij drukte zijn lippen op haar mond.

'Mijn god, Flora, wat heb ik ernaar verlangd dit weer te doen...'

Veel langer dan ze wilde toegeven gaf Flora zich over aan de pure vreugde van het in zijn armen zijn met zijn mond op die van haar. Uiteindelijk kwam ze weer bij haar positieven en het kostte haar de grootste moeite om zich los te maken uit zijn armen.

'Wat hebben we gedaan...' fluisterde ze. 'Laat me alsjeblieft gaan.'

'Neem me niet kwalijk, Flora. Ik zag je vanaf het terras de tuinen in lopen, en toen herinnerde ik me alles waarover we hebben gepraat toen ik met jou op Esthwaite was en... je moet het jezelf niet verwijten.'

'Laten we bidden dat Aurelia ons nooit zal hoeven te vergeven,' zei ze huiverend. 'Ik smeek je, maak mijn zus gelukkig.' Zonder een antwoord af te wachten strompelde Flora over het pad terug naar het huis.

Archie bleef in de schaduwen van de oeroude taxusboom staan en zag zijn geliefde van hem wegrennen.

26

Flora rende de trap op en naar haar kamer. Ze smeet de deur dicht, ademde met korte, abrupte teugen in en uit, ging op haar bed zitten en probeerde haar hartslag tot bedaren te brengen.

'Heer, vergeef me,' mompelde ze, te ontzet en beschaamd om zichzelf de troost van tranen toe te staan. Even later werd er op de deur geklopt. Ze schudde haar cape af en deed open.

'Waar ben je geweest?'

'Ik…' Flora dacht dat ze flauw zou vallen toen ze zag dat het Aurelia was, en dat ze een ongewoon gespannen en boze indruk maakte.

'Nou ja, dat doet er ook niet toe. Ik heb op je gewacht tot je me zou komen helpen om mijn jurk uit en mijn avondjapon aan te trekken!'

'O, hemel, natuurlijk! Ik moet weggedoezeld zijn.'

'Kun je alsjeblieft opschieten, Flora? Om zeven uur moet ik Archie zien bij de deur van de Grote Zaal, en het is nu bijna half zeven.'

Zich nog steeds uitputtend in excuses volgde Flora Aurelia door de gang naar een imposant grote kamer die werd gedomineerd door een enorm hemelbed. Het was gemaakt van solide donker hout, en Flora wendde haar ogen ervan af en probeerde niet te denken aan waarvoor het gebruikt zou worden. Er brandde al een vuur om de kamer voor het bruidspaar te verwarmen, en het licht ervan danste over de zware wandkleden die de muur sierden.

Flora friemelde aan de parelknoopjes op de rug van Aurelia's jurk en bad dat haar gevoelloze vingers zouden bevriezen en van haar handen zouden vallen – dat zou haar verdiende loon zijn.

'En natuurlijk viel het iedereen tijdens het bruiloftsontbijt op dat Freddie Soames je geen moment uit het oog verloor,' kletste Aurelia verder terwijl Flora haar in een donkerroze avondjapon hielp. 'Het is duidelijk dat hij smoorverliefd op je is. Mama zegt dat hij bijna vijfentwintig is en snel moet trouwen. Zou je ja zeggen als hij je een aanzoek deed?'

'Daar heb ik nog nooit over nagedacht.'

'Flora, ondanks alle tijd die je in de huishouding van Mrs. Keppel hebt doorgebracht, ben je heel naïef als het op mannen aankomt. Maar goed, ik vind dat ik mijn haar los op mijn rug moet dragen. Wat vind jij?'

'Dat zou je heel goed staan.' Flora hoopte maar dat Aurelia de diepe, schuldbewuste blos die zich als huiduitslag over haar hals verspreidde niet zou zien.

'Kun je Jenkins halen? Kennelijk wordt zij mijn permanente kamenierster, een huwelijkscadeau van Archies moeder. Ik weet niet of ik haar wel sympathiek vind, maar ze kan echt alles met haar. En dan moet jij je ook mooi gaan maken. Ik weet zeker dat Freddie je vanavond vaak ten dans zal vragen.'

Flora ging op zoek naar Jenkins en daarna ging ze zichzelf omkleden. Niet dat het haar uitmaakte hoe ze er die avond uit zou zien. Hoewel ze het tegenover Aurelia had ontkend, had Freddie Soames de afgelopen twee maanden onophoudelijke achter haar aan gezeten. De meeste vrouwen van de Londense society dweepten met hem vanwege zijn knappe uiterlijk, maar Flora vond hem arrogant, onbetrouwbaar en vervelend, en bij alle gelegenheden waarbij ze hem had ontmoet, had hij haar aangeschoten geleken. Als hij al hersens in zijn hoofd had, wist ze nog steeds niet wat erin omging.

Maar hij leek wel verliefd op haar te zijn en niemand in de Londense society zou er vreemd van opkijken als er een verloving werd aangekondigd…

Toen ze een paar minuten later de grote zaal binnenkwam, zag ze dat de tafels waren verwijderd en de stoelen achteruitgeschoven om ruimte te maken voor het bal.

'Stilte voor de bruid en de bruidegom! Lord en Lady Vaughan.'

Flora keek toe terwijl Archie Aurelia onder applaus de dansvloer op leidde. Hij sloeg zijn arm om het middel van zijn vrouw voor de traditionele eerste dans, en het orkest begon te spelen. De vloer stroomde vol met andere paren en de ruimte veranderde in een wervelende regenboog van prachtige gewaden en zware parfums.

'Mag ik de eer van de eerste dans?'

Flora schrok op toen ze een zware arm op haar schouder voelde. Ze keek in de doffe ogen van Freddie Soames.

'Goedenavond, Lord Soames.'

'U denkt zeker dat het uw lot is altijd het bruidsmeisje te zijn en nooit de bruid, hè, Miss MacNichol?' Hij trok haar omhoog en leidde haar op onvaste benen de dansvloer op. 'Ik moet zeggen dat die jurk van u me bevalt,' fluisterde hij in haar oor.

'Dank u.' Flora wendde haar hoofd van hem af, want ze walgde van zijn alcoholadem.

'U heeft me toch niet ontlopen, hè? Telkens wanneer ik u op het spoor was gekomen, leek u er opeens niet meer te zijn.'

'Ik ben het eerste bruidsmeisje, dus ik ben bij mijn zus geweest.'

'Natuurlijk. Dus ik heb u niet met de bruidegom in de tuin gezien toen ik eerder vandaag naar u op zoek was?'

'Nee...' Flora hapte geschrokken naar adem en moest moeite doen om kalm te blijven. 'Ik was boven bij Aurelia om haar te helpen met omkleden.'

'O ja? Nou, nou, ik had anders durven zweren dat ik u heb gezien, maar wie de dame in kwestie ook was, het belooft niet veel goeds voor het huwelijk van uw zus.'

'Zeg niet zulke dingen! Archie en Aurelia zijn dol op elkaar! U moet u vergissen.'

'Ik vergis me niet, maar u kunt ervan op aan dat het geheim veilig bij me is,' voegde hij eraan toe terwijl de dans ten einde kwam. 'Geen wonder dat u de afgelopen weken zo ontwijkend was, Miss MacNichol.'

'U had het niet fouter kunnen hebben.'

'Bewijst u het dan door te zeggen dat u met mij zult trouwen.' Freddie stak zijn neus in haar haren en het orkest begon aan een nieuwe wals. 'Anders geloof ik u misschien niet.'

Flora slikte krampachtig, keek snel naar Archie en Aurelia, en toen naar Freddies hooghartige, zelfingenomen gezicht. Hij had haar gezien en ze wisten het allebei. Haar hart klopte in haar keel, en als ze er tot op dit moment aan had getwijfeld wat haar te doen stond, dan moest ze nu de knoop doorhakken. Dit was haar verdiende loon, en ze moest het accepteren.

'Ja, ik wil.'

'Wat?! Je wilt met me trouwen?' Freddie verstapte zich even, maar toen rechtte hij zich weer.

'Ja.'

'Nou, ik moet toegeven dat ik dát niet had verwacht.'

'Als u een loopje met me wilde nemen, zegt u het dan, alstublieft, en...'

'Nee, dat wilde ik niet,' zei hij vlug. 'Maar ik nam aan dat ik geduld voor u moest blijven hebben.' Op dat moment stopte Freddie abrupt met dansen, waardoor hij rondom hen een opstopping veroorzaakte. Hij hief een vinger en streelde haar wang, terwijl Flora probeerde niet te rillen. 'U bent echt een raadselachtige jongedame, Miss MacNichol. Ik weet nooit wat u denkt. Weet u zeker dat u mijn aanzoek accepteert?'

'Ja. Heel zeker.'

'En mag ik vragen of u die beslissing zuiver op grond van uw gevoelens voor mij genomen hebt?'

'Welke andere reden zou ik kunnen hebben?'

'Geen enkele, natuurlijk,' zei hij lachend. 'Nou, ik heb hier geen ring om aan u te geven.' Freddie leek opeens nerveus en onzeker van zichzelf.

'Blijven we dansen of gaan we aan de zijkant staan?' Flora had het gevoel dat ze opvielen als ze midden op de dansvloer bleven staan.

'We zullen dansen. Ik geniet ervan dat we onze verbintenis bespreken terwijl we rondzweven op de muziek van Strauss. U moet natuurlijk kennismaken met mijn ouders; ze weten al van mijn bedoelingen met u.'

'En zijn ze daar blij mee?'

'Ze zijn benieuwd, zoals heel Londen sinds u hier bent aangekomen. Ik hoop zeer dat uw nieuwe thuis u zal bevallen. Het is een uitgestrekt landgoed.'

'Dat heb ik gehoord.'

'En maakt dat u bang?'

'Ik ben niet zo bang uitgevallen, my lord.'

'Dat is u aan te zien. En dat windt me ook op. De vraag is, zult u ooit getemd worden?'

'Ik had niet gedacht dat een "tamme" vrouw u zou opwinden.'

Freddie wierp zijn hoofd in zijn nek en barstte in lachen uit. 'God, u stelt me voor een uitdaging. Maar een die ik wil aannemen.'

Flora voelde dat zijn vingers zich strakker om haar middel sloten en in haar vlees knepen.

'We zullen onze verloving zo snel mogelijk aankondigen. We zouden het ook nu kunnen doen, aangezien bijna heel Londen hier verzameld is.'

'Ja, dat moeten we doen.' Flora wilde niet dat er na deze avond nog ontsnappingskansen zouden zijn.

Freddie staarde haar aan. 'Meent u dat echt, Miss MacNichol? Vindt u het goed dat ik onze verloving nu al aankondig?'

'Natuurlijk. Het maakt geen verschil of u dat nu, morgen of volgende week doet. U heeft me gevraagd of ik uw vrouw wil zijn, en ik heb ja gezegd.'

'Dan doe ik het.'

Het orkest besloot de wals in perfecte harmonie. Freddie leidde haar door de menigte en sprak met de dirigent. Hij trok haar naast zich en riep om aandacht. 'My lords, dames en heren, ik heb een aankondiging. Ter gelegenheid van het huwelijk van haar zus met Lord Vaughan, heeft Miss Flora MacNichol toegezegd dat ze mijn vrouw wil worden.'

De toeschouwers hielden hoorbaar de adem in terwijl Freddie haar hand kuste, en toen applaudisseerden ze. Aurelia kwam onmiddellijk naar haar toe. 'Ik wist het!' zei ze opgetogen.

'Dus we kijken ernaar uit om je in Selbourne Park te zien om plannen voor een lentebruiloft te maken,' zei Freddie. Hij had een bediende gewenkt om hem een glas champagne te brengen. 'Op mijn verloofde!' Freddie hief zijn glas om te toosten en de toegestroomde bruiloftsgasten pakten ook snel een glas dat ze konden heffen.

Archie, naar voren getrokken door Aurelia, kwam voor hen staan. Flora zag de blik in zijn ogen voordat hij zich tot zijn eigen gasten wendde. 'Dit is een geweldige avond, en des te meer door het nieuws van mijn schoonzus. Op Freddie en Flora!'

'Op Freddie en Flora!' riepen de gasten in koor.

Terwijl Archie het orkest een teken gaf om door te spelen, werd Flora omringd door mensen die haar geluk wilden wensen, onder wie haar moeder en vader.

'Lieve hemel,' zei Rose en ze kuste Flora. 'Dit had ik nooit gedacht. Mrs. Keppel had gelijk, het was een prima idee om je naar haar in Londen toe te sturen. Nu word je een burggravin. En dat verdien je ook, lieve Flora.'

Ze omhelsden elkaar en toen Rose haar losliet, zag Flora dat ze tranen in haar ogen had.

'Huil alsjeblieft niet, mama.'

'Neem me niet kwalijk, ik heb je onderschat. Ik hoop dat je me het ooit zult vergeven.'

'Je wat vergeven, mama?'

'Niets,' antwoordde Rose snel. 'Als je maar weet dat ik vanavond zo trots op je ben als een moeder maar kan zijn.'

Nu sprak zelfs haar moeder tegen haar in raadselen, maar Flora was te overdonderd om ze op te lossen. 'Dank je, mama.'

Haar vader volgde het voorbeeld van haar moeder en hij omhelsde haar snel, zoals altijd gegeneerd wanneer hij in het openbaar genegenheid moest tonen. 'Goed gedaan, Flora, lieveling, goed gedaan.'

De volgende in de rij van mensen die haar wilden feliciteren was Archie.

'Gefeliciteerd, schoonzus.'

'Dank je wel,' zei Flora. Haar hart klopte in haar keel.

Zonder haar nog een blik waardig te keuren, liep Archie van haar vandaan.

'Dus je komt bij me terug als een verloofde vrouw?' Mrs. Keppel omhelsde Flora toen ze de volgende dag de salon binnenkwam.

'Ja.'

'En ben je gelukkig? Tenslotte is burggraaf Soames op het ogenblik de felst begeerde vrijgezel van Londen.'

'Ik ben heel gelukkig.'

'Zet het dienblad daar maar neer,' beval Mrs. Keppel Mabel. Toen wendde ze zich weer tot Flora. ‘Zet je stoel dichter bij het vuur en vertel me over Freddies aanzoek. Was het wanhopig romantisch?’

‘Ik denk het wel, ja. Hij vroeg me om mijn hand tijdens het dansen.’

‘Op de bruiloft van je zus! O, Flora, wat ben ik blij voor je.’

‘Ik moest van mijn ouders zeggen dat ze van u houden en u dankbaar zijn.’

‘Het is erg jammer dat we hen met de kerst niet zullen zien. Zoals je weet, gaan we naar Crichel. Heb je al besloten of je met ons meegaat? Ik weet dat je zus je op High Weald heeft uitgenodigd.’

‘Ik zou heel graag meegaan naar Crichel, Mrs. Keppel. Ik heb het besproken met Freddie, en hij heeft me gezegd dat zijn eigen familielandgoed er niet ver vandaan ligt, in het New Forest.’

‘Dat klopt, ja. Misschien kunnen Freddie en zijn vader met de mannen meegaan op de kerstjacht, dan stel ik je voor aan zijn moeder, de gravin. Goed, dat is geregeld, en het zal de Alingtons een genoegen zijn om jou te gast te hebben.’

‘Dank u, het zal mij ook een genoegen zijn.’

Mrs. Keppel keek haar onderzoekend aan. ‘Voor een verloofd meisje zie je er niet uit zoals je eruit zou moeten zien.’

‘Hoe zou ik er dan uit moeten zien?’

‘Gelukkig. En ja, ik geef toe dat ik verbaasd was toen ik het hoorde. Ik wist dat burggraaf Soames stapel op je was, maar...’

‘Ik ben gelukkig,’ onderbrak Flora haar. ‘Heel gelukkig. En ik wilde u bedanken voor alles wat u heeft gedaan om deze situatie mogelijk te maken.’

‘Mijn lieve meid, dit zou niet gebeurd zijn als jij niet gewoon jezelf geweest zou zijn. Dus ga je kennismaken met Freddies ouders?’

‘Ik geloof dat ze iets geregeld hebben.’

‘Ondanks hun onberispelijke stamboom en een naam die ver teruggaat in de Britse geschiedenis, zijn ze... ongewoon. De graaf is erg openhartig in het Hogerhuis. En Daphne mag ik erg graag. Ze is een bijzonder mens, zoals je nog wel zult ontdekken. Met een behoorlijk pikant verleden.’ Ze hief haar theekopje en keek Flora glimlachend aan. ‘Ik neem aan dat je hier blijft tot de bruiloft?’

‘Mama heeft niet gezegd dat ik ergens anders heen moest.’

'Dan moet ik haar schrijven om te zien of we het verlovingsfeest hier voor je kunnen houden. Ik weet zeker dat al onze vrienden erbij willen zijn.'

Flora zag dat het gezicht van Mrs. Keppel begon te stralen bij de gedachte, en ze vroeg zich af of ze in haar toekomstige rol van burggravin ooit plezier zou hebben in het organiseren van feesten. Om een of andere reden betwijfelde ze dat.

'Wilt u me excuseren, Mrs. Keppel? Het is erg laat geworden, gisteravond, en ik ben doodmoe na alle opwinding.'

'Natuurlijk. Zetten je ouders de aankondiging in *The Times* of zal ik het doen?'

'Daar hebben we het nog niet over gehad.'

'Dan zal ik de kwestie in mijn brief aan je moeder aankaarten. We zien je bij het diner. Ik weet zeker dat George en onze andere gasten je persoonlijk geluk zullen willen wensen.'

Flora liep de kamer uit en klom vermoeid de trap naar haar kamer op. Verlovingsaankondigingen, nog meer feesten... ze wilde dat het allemaal achter de rug was. Ze was ook nog niet aan het hof gepresenteerd en bovendien had ze geen bruidsschat – die konden haar ouders zich niet veroorloven. Hoe zou zij een burggravin moeten worden?'

'Panther vroeg zich af waar je was.'

Violet dook op als een geestverschijning in de halfdonkere, door gaslampen verlichte gang met de kat in haar armen.

'Bedankt dat je voor hem hebt gezorgd, Violet.'

'Graag gedaan, hij lijkt me aardig te vinden. Mama zegt dat je met burggraaf Soames verloofd bent?'

'Ja.'

'Ik moet eerlijk zeggen dat ik verbaasd ben.'

'Waarom?'

'Ik wil niet brutaal zijn over de man met wie je wilt gaan trouwen, maar elke keer dat ik hem hier gezien heb, leek hij dronken te zijn. En als je met hem praat, merk je dat hij echt erg dom is. En dat ben jij niet.'

'Het is heel lief van je dat je dat zegt, maar ik verzeker je dat het goed voor me zal zijn om dit te doen.'

'Omdat je bang bent om een ouwe vrijster te worden?'

'Nee, omdat ik met Freddie wil trouwen.'

'Nou, succes dan, maar ík zal níét voor de sociale conventies buigen.' Violet gaf Panther aan zijn bazinnetje en sloop de trap naar de kinderverdieping op.

'Nee, Violet, dat denk ik ook niet,' zei Flora met een zucht terwijl ze het meisje nakeek. Toen sloot ze de deur van haar kamer. Ze bleef een tijdje staan, aaide haar snorrende kat en werd overmand door wanhoop.

Gedane zaken nemen geen keer. Nu mocht ze absoluut niet meer doen wat haar hart haar ingaf.

Flora verliet Londen met de Keppels op kerstavond en een paar uur later kwamen ze bij Crichel House in Dorset aan, een gigantisch georgiaans gebouw van lichte, grijsbruine steen, waarbij Esthwaite een landhuisje was. Een enorme kerstboom stond te schitteren in de vestibule, en nu het donker werd, waren de dienstmeisjes de kaarsen aan het aansteken.

'Hemel, ik zal straks een kaart nodig hebben om mijn kamer te vinden,' merkte Flora op tegen Mrs. Keppel, terwijl het bijeengekomen gezelschap van dertig personen naar de verfijnde salon liep om iets te drinken voor ze aan tafel gingen.

'Lieverd, als je denkt dat dít een groot huis is, dan heb je Selbourne Park nog niet gezien!'

Op eerste kerstdag liep het hele gezelschap naar de kerk, die gemakkelijk dicht bij het huis en vreemd genoeg, dacht Flora, in de tuin stond. Daarna werden er over en weer extravagante cadeaus gegeven. De vrouwen, zag Flora, kregen allemaal prachtig vormgegeven broches of miniatuurbeeldjes van dieren, bloemen en bomen. Gemaakt, lichtte Mrs. Keppel haar in, door Fabergé.

'En deze is voor jou,' zei Mrs. Keppel. Ze gaf haar een prachtig ingepakt doosje. 'Van je vriend Bertie,' fluisterde ze. 'Hij wenst je een gelukkige kerst. Pak maar uit.'

Dat deed Flora, en ze zag dat het een onyxbeeldje van een zwarte kat was, met amberkleurige ogen, gemaakt, zag ze toen ze het wat beter bekeek, van piepkleine halfedelsteentjes.

'Het is Panther!' riep Flora uit toen ze de naam op het metalen voetstukje zag. 'Wat mooi!'

'Hij heeft het speciaal voor jou laten maken,' voegde Mrs. Keppel eraan toe, terwijl Flora haar vingers over het beeldje liet gaan.

Op tweede kerstdag kwamen Freddie en zijn ouders aan. Vader en zoon gingen direct naar de jagers op het landgoed, en Mrs. Keppel nam Flora en de gravin mee naar de ochtendkamer om hen kennis met elkaar te laten maken.

'Kom bij me zitten, lieverd. En noem me alsjeblieft Daphne, zoals ik hoop dat ik jou Flora mag noemen.'

'Natuurlijk,' zei Flora. Ze wurmde zich naast de veel forsere vrouw op de smalle bank.

'Ik zal een dienstmeisje gaan zoeken om ons wat versnaperingen te brengen,' zei Mrs. Keppel, en ze liep de kamer uit.

'Ah, de lieve Alice,' merkte Daphne op, 'altijd zo bescheiden en gedienstig. Nou, lieverd, je zult je wel kunnen voorstellen dat het een pak van mijn hart is dat Freddie eindelijk een bruid gekozen heeft. Het zal je wel bekend zijn dat hij een vurig temperament heeft, maar ik weet zeker dat je hem zult kunnen temmen. Hij had een ongewone vrouw nodig, en jij, met je exotische verleden, lijkt me de juiste.'

'Ik... Dank u.'

'Wij zijn zelf ook een ongewone familie, maar nogmaals, welke familie is dat niet, achter gesloten deuren?' De gravin gaf haar een knipoog. 'Natuurlijk moest de graaf worden overgehaald, maar hij heeft zich er nu bij neergelegd. Een vrouw van betere afkomst hadden we tenslotte niet kunnen vinden, toch?' Ze lachte kruiperig en gaf Flora een tikje op de knie. 'Je bent echt een aantrekkelijke jongedame,' ging de gravin verder. Ze bekeek Flora door de bril die aan een ketting om haar dikke hals hing. Flora zag de dikke laag poeder op het gezicht van de vrouw en door de lichte kleur die ze op haar wangen en lippen had aangebracht, deed ze haar denken aan een personage uit een van de georgiaanse kluchten van Sheridan. 'Voordat we morgen vertrekken, moeten we een datum afspreken waarop je naar Selbourne zult komen. Het vierde weekend van januari, misschien? Het is wel een sombere maand, vind je ook niet?'

Die avond tijdens het diner bespraken zij en Daphne datums voor de bruiloft.

'Nou, mama,' zei Freddie, en hij drukte zijn dij onder de tafel tegen die van Flora, 'wat mij betreft kan het niet snel genoeg gebeuren.'

'Heb jij voorkeur, Flora, lieverd?'

'Juni?' stelde Flora neutraal voor.

'Persoonlijk vind ik junibruiloften altijd nogal vulgair, en in mei is het veel frisser. Zullen we zeggen de tweede vrijdag? Dat komt goed uit met het begin van het Seizoen.'

'Zoals je wilt, Daphne.' Flora sloeg haar ogen neer.

'Dan is het afgesproken! Ik zal de uitnodigingen laten drukken door de zaak van Mr. Smythson in Bond Street. Ze zullen natuurlijk pas zes weken van tevoren verstuurd worden, maar iedereen die het moet weten zal het veel eerder horen. Wat vind je, crème of wit velijn?'

'Nu duurt het niet lang meer, meisje,' fluisterde Freddie tegen haar, terwijl hij opstond om een cognac te gaan drinken en een sigaar te roken met de mannen. 'Ik kan niet wachten tot onze huwelijksnacht. Waar wil je naartoe op huwelijksreis? Ik heb vrienden in Venetië, of zullen we naar Zuid-Frankrijk gaan? Ach, laat ook maar, we regelen wel wat, en dan zijn we de hele zomer weg!'

Net als zijn moeder had hij de mening die Flora misschien over het onderwerp had elegant opzijgezet. Dit was een familie die het kennelijk gewend was om haar zin te krijgen. Maar toen Flora door de lange gangen van Crichel naar haar kamer liep, was ze alleen maar opgelucht dat ze niet op High Weald was, waar ze de aanblik van Archie en Aurelia, pasgetrouwd en terug van hun huwelijksreis, zou moeten verdragen.

27

In de stad ging januari voorbij in een waas van ijzel, sneeuw en modder – het lelijke equivalent van de ongerepte witte deken die de puinhellingen en bergen van het Lake District bedekte. Flora had niet veel tijd om over haar verleden of toekomst na te denken. Haar dagen waren gevuld met het maken van afspraken en het nemen van beslissingen voor haar aangekondigde huwelijk, of, beter gezegd, instemmen met alles wat haar schoonmoeder voorstelde. En als ze niet over menu's, gastenlijsten en zitplaatsplanningen gebogen zat, was ze bij de kleermaker om haar maten te laten nemen, niet alleen voor haar trouwjurk, maar ook voor haar uitzet. Mrs. Keppel had haar ouders geschreven en aangeboden bij wijze van huwelijksgeschenk Flora's nieuwe garderobe te betalen. Toen zowel Flora als haar moeder bezwaar had gemaakt tegen deze vrijgevigheid, had Mrs. Keppel dat met een polsbeweging weggewuifd.

'Gezien de omstandigheden is dat wel het minste wat je hebt verdiend. Wees gerust, het zal geen invloed op mijn financiën hebben. We kunnen onze nieuwe burggravin er niet als een sloddervos bij laten lopen, toch?' Ze glimlachte, terwijl Miss Draper Flora een hoed met oneindig lange struisvogelveren op haar verbijsterde hoofd zette. 'We veranderen je van Assepoester in de prinses die je werkelijk bent.'

Flora was in januari naar Hampshire gegaan om Selbourne Park te bezoeken en was overdonderd door de enorme omvang van het gebouw. Het leek haar even groot als Buckingham Palace, maar zoals de gravin had uitgelegd, was Selbourne veel ouder dan 'die pas gebouwde' koninklijke residentie. Nadat Flora met hoffelijke lakeien links en rechts van haar de enorme ontvangsthal met de marmeren vloer was binnengeleid, vroeg ze zich af hoe ze ooit het legioen van personeel zou kunnen leiden.

‘Maak je geen zorgen, Flora,’ zei Daphne, terwijl ze een salon zo groot als twee tennisbanen binnenstapten. ‘Ik blijf nog een paar jaar bij je. Je bent een bijdehand jong ding, daar twijfel ik niet aan, en je zult het wel leren, net als ik nadat ik met Algernon getrouwd was.’

Het diner die avond verliep gespannen, met de graaf die in zijn schildpadsoep bromde over het laatste tumult in het Hogerhuis en Freddies handen die onder de tafel naar haar tastten als de tentakels van een wellustige octopus. In ieder geval was Flora Daphne aardiger gaan vinden. De gravin was een vrouw van middelbare leeftijd, maar Flora probeerde zich de onstuimige jonge schoonheid voor te stellen die ze geweest moest zijn toen ze, zo werd verteld, naar Gretna Green was weggevlucht met een ‘ongeschikte man’. Daarna had de familie haar schoppend en schreeuwend teruggesleept naar Hampshire en haar uitgehuwelijkt aan de graaf.

Er werd een bord met gelatinepudding voor de eters neergezet en Flora keek toe terwijl Algernon het in zijn grimmige mond lepelde.

‘Als die verrekte Asquith dat wetsvoorstel aanneemt, dan…’

‘O, stil toch, Algy, niet aan tafel!’ riep Daphne uit. Toen wendde ze zich met een vermoeide zucht tot Flora. ‘Laten we het over prettiger dingen hebben. De uitnodigingenlijst schiet aardig op, maar jammer genoeg moet ik je zeggen dat je grootouders er tot hun spijt niet bij zullen zijn…’

‘Mijn grootouders?’ Flora, gewend aan haar kleine familie, was bijna vergeten dat ze grootouders had.

‘Ja, die van moederskant, de Beauchamps.’

‘Als ik mijn zin kon krijgen,’ fluisterde Freddie tegen Flora, met zijn hand over haar rokken strijkend, ‘zouden we er vanavond nog vandoor gaan.’

Op een druilerige februariochtend aan Portman Square, slechts twee dagen na haar twintigste verjaardag, die was gevierd met een groots diner, werd er op haar slaapkamerdeur geklopt en kwam Miss Draper binnen. ‘Miss Flora, Mrs. Keppel verwacht u in haar salon.’

Flora ging naar beneden zoals haar was gevraagd.

‘Flora, lieverd, het lijkt alsof we elkaar de afgelopen weken nauwelijks hebben gezien.' Mrs. Keppel draaide zich om om haar te begroeten. Het viel Flora op dat ze bleek zag en een gespannen gezicht had onder haar verwelkomende glimlach.

'Ik was druk bezig met mijn bruiloft.'

'Ik vrees dat dat nog veel vermoeiender is dan het huwelijk zelf. Ga alsjeblieft zitten en vertel me hoe het met de voorbereidingen gaat.'

Flora haalde plichtsgetrouw de feiten en cijfers van het evenement op en Mrs. Keppel knikte goedkeurend.

'Het zal de gebeurtenis van het Seizoen zijn, dat weet ik zeker. En ik zal zo trots als welke moeder ook zijn als je over het gangpad naar je verloofde toe loopt. En nu wil ik je iets vragen, Flora. Zou ik je volgende maand een paar dagen kunnen meeslepen naar Biarritz? Daar gaan Violet, Sonia en ik elk jaar naartoe en we logeren in Villa Eugénie van Mr. Cassel. De koning is dan ook in de stad. Hij logeert in het Hôtel du Palais. Ik denk dat het je goed zal doen na de lange winter in Londen. Dan kan de zeelucht wat kleur op je wangen brengen voordat je trouwt.'

'Dank u, maar ik betwijfel of de gravin er blij mee zal zijn als ik een paar weken voor de bruiloft op vakantie ga. Ik kan haar niet met een gerust hart achterlaten als er nog zo veel te doen is.'

'O, ze is dol op dit soort werk. En trouwens, ik heb haar zegen al. En die van Freddie.'

'Ik begrijp het.' Het was niet voor het eerst dat Flora het gevoel had dat haar leven niet van haar was en dat ze voor alle wensen van haar beschermvrouw moest buigen. 'Als het toch al geregeld is, ga ik graag mee.'

'Fantastisch! Dan is het afgesproken. Violet en Sonia zullen vast heel blij zijn. Je weet dat ze allebei dol op je zijn. En Bertie zal ook blij zijn. De arme ziel, ik maak me de grootste zorgen over hem. Zijn regering heeft grote druk op hem uitgeoefend, en hij blijft sukkelen met zijn gezondheid. Ik...'

Flora zag tranen in Mrs. Keppels ogen komen. Ze had er nog nooit eerder een kwetsbare uitdrukking in gezien.

'Ik maak me zorgen over hem,' besloot ze. Ze kalmeerde en slaagde erin flauwtjes te glimlachen. 'Het is dit jaar een lange, koude winter geweest en we voelen ons allemaal even grauw als de lucht buiten. Maar de lente komt eraan, en ik weet zeker dat je dol op Biarritz zult zijn. En vertel me nu over Freddie.'

Zoals Mrs. Keppel had gezegd, mocht Flora met Daphnes zegen naar Biarritz.

'Natuurlijk moet je gaan,' had ze tijdens haar laatste bezoek aan Portman Square gezegd. 'Van wat zeelucht en goed gezelschap kun je alleen maar opbloeien voor je trouwdag. En wie weet? Misschien moeten we de zitplaatsplanning veranderen en een plaats toevoegen voor een extra gast. We zullen een hele grote stoel voor hem nodig hebben.' Daphne had gegniffeld om haar eigen grap.

Ook Freddie had de reis gesteund. 'Je moet altijd buigen voor een hogere zaak,' had hij gezegd terwijl hij haar hand kuste, klaar om na het diner bij Lord en Lady Darlington te vertrekken met zijn ouders. 'Op de dertiende mei zul je van mij zijn. Helemaal van mij,' had hij er met een begerige blik op het lijfje van haar jurk aan toegevoegd.

Flora hielp de meisjes inpakken voor de reis. Ze zouden een paar dagen eerder vertrekken en een weekje in Parijs blijven. Later zou ze zich bij hen aansluiten in Villa Eugénie, waar ze te gast zouden zijn bij Sir Ernest Cassel, die regelmatig bij Mrs. Keppel op bezoek kwam en – zo had Nannie haar verteld – de belangrijkste financieel adviseur van de koning zelf was.

De Keppel-meisjes hadden ieder een hutkoffer en diverse manden om hun garderobe en bezittingen in te doen. Het zag eruit alsof ze niet voor een maand maar voor een half jaar op reis gingen.

'Denk je dat Panther zich in mijn mand kan verstoppen, net als in die van jou toen je naar Londen kwam?' vroeg Violet.

'Dat moeten we aan hem overlaten. Misschien kun je het deksel vanavond openlaten en zien wat er gebeurt?'

'Ja.' Violet plofte neer op haar bed, haar gezicht een toonbeeld van melancholie. 'Ik wil in ieder geval iets meenemen waarvan ik houd.'

'Je gaat met Nannie, je zus en je moeder, Violet. Van hen hou je toch?'

'Natuurlijk, maar ze zijn familie. Ze zijn niet... van míj.' Violets schouders begonnen te beven en tranen rolden stil over haar wangen.

'Wat is er in hemelsnaam aan de hand?' Flora kwam naast haar zitten.

'Niets... Alles... O, Flora! Ik hou zo veel van haar...'

'Van wie?'

'Van Mitya, natuurlijk! Maar Rosamund wil haar ook, en terwijl ik er niet ben, zal ze proberen haar van me af te pakken. Ik kan er niet meer tegen!'

Meer tranen volgden en Flora zocht in haar geheugen naar wie deze 'Mitya' kon zijn. Ze had erg met de ontredderde Violet te doen.

'Houdt Mitya ook van jou?'

'Natuurlijk! Alleen realiseert ze het zich nog niet.'

'Misschien helpt het als je een tijdje weggaat. Dat is soms goed.'

'Denk je?' Violet keek naar haar op, met pure wanhoop in haar ogen.

'Ja, dat denk ik.'

'Omdat ik zonder haar nooit gelukkig zal kunnen zijn, begrijp je.'

'Ik begrijp het, Violet.'

'Dat weet ik, en ik ben blij dat je meegaat naar Biarritz.'

Toen Flora die avond op haar bed lag, telde ze twee bij twee op en realiseerde ze zich dat 'Mitya' Violets koosnaam was voor Vita Sackville-West, het meisje met het kleurloze gezicht dat was komen lunchen. Flora dacht na over Violets obsessie met haar vriendin. Ze wist dat het tamelijk veel voorkwam dat meisjes verliefd werden op hun vriendinnen, maar Violet was vijftien en Vita twee jaar ouder. Ze vroeg zich af of iemand anders in de huishouding ervan op de hoogte was. Ze wist bijna zeker dat Mrs. Keppel het veel te druk had met haar eigen leven om het te hebben opgemerkt, en Flora dacht erover na of ze het met Nannie moest bespreken. Maar dit was nu niet bepaald een onderwerp voor een Schotse oude vrijster van middelbare leeftijd.

De volgende dag zag Flora dat er voor het huis een vrachtwagen werd geladen. Met spijkers beslagen hangkasten bijna net zo hoog als zij, tientallen hoeden- en schoenendozen en een reizende juwelenkist werden op de wagen geladen, die zou vertrekken naar station Victoria. Een paleiskoerier stond zwijgend in de vestibule, met zijn handen over elkaar voor zijn uniform. Hij rechtte zijn rug toen Mrs. Keppel en de meisjes verschenen, klaar om naar het station en de trein naar de veerboot in Dover te vertrekken.

'Flora, lieverd, tot ziens in Biarritz. Moiselle zal met je meegaan en zorgen dat je veilig bent.'

'Ja, Mrs. Keppel. Ik hoop dat u het naar uw zin zult hebben.' Ze zag dat haar beschermvrouw tintelde van opwinding.

'Dank je. Kom mee, nu, meisjes, we moeten de trein niet ophouden.'

'Tot volgende week, Flora,' zei Sonia. Ze zag er schitterend uit in haar nieuwe roze reisjas. 'Ik vind het jammer dat ik je niet onze privéwagon kan laten zien, met echte stoelen, tafels en alles. Ze behandelen mama als de koningin van Engeland in Frankrijk, weet je.'

Een week later kwamen Flora en Moiselle ook in Biarritz aan. Ze hadden een lange reis gemaakt, over het Kanaal naar Calais en met de trein naar het zuidwesten van Frankrijk. Flora was doodmoe.

'*Bienvenue à Biarritz, mesdemoiselles!*'

'*Merci, monsieur*,' zei Moiselle tegen de livreiknecht die hen uit de trein op het perron hielp stappen. Toen ze het station uit liepen, trok Flora haar gezicht in een grimas naar de zwaarbewolkte grijze lucht waaruit het dreigde te gaan regenen. Op alle schilderijen en foto's die ze van Zuid-Frankrijk had gezien scheen altijd de zon, maar nu deed het meer denken aan Engeland.

'Het is niet ver naar Villa Eugénie,' zei de livreiknecht. Hij hielp hen op de achterbank van een schitterende Rolls-Royce en ging zelf voorin naast de chauffeur zitten. Flora staarde uit het portierraampje en verlangde er opgetogen naar de Atlantische Oceaan te zien. Als klein meisje was ze weleens aan zee geweest, maar daarna nooit meer. Ze reden door de ingeslapen stad; de brede promenades lagen er verlaten bij, misschien vanwege het gure weer, en ze bewonderde de tamarisken en hortensia's die voor de chique roomgeel en roze geschilderde huizen stonden. Flora strekte haar hals om een glimp van de zeekant op te vangen, waar de schuimende golven braken op het strand.

De Rolls-Royce reed de klinkerstraten van het stadscentrum uit en sloeg kort daarna de oprijlaan van een grote villa in. De lakei hielp hen de automobiel uit en ze werden begroet door een butler nadat ze de stenen trap naar de grote witte deuren opgeklommen waren.

Flora voelde zich net een dier dat van de ene naar de andere dierentuin vervoerd wordt en ze volgde Moiselle door een reusachtige, paleisachtige zaal naar een brede trap. Het enige geluid dat ze kon horen was dat van voetstappen die weergalmden op de betegelde treden. Op hetzelfde moment dat een dienstmeisje de deur van haar kamer opende, voelde ze dat er een paar kleine armen om haar middel werd geslagen.

'Flora! Je bent er!'

'Ja, ik ben er.' Flora draaide zich glimlachend om en werd begroet door het verrukte gezicht van Sonia.

'Daar ben ik heel blij om,' zei Sonia, terwijl ze achter Flora en het dienstmeisje de kamer binnenstapte. De ramen stonden open en de zeelucht rook in ieder geval fris en zuiverend. Sonia sprong op het bed en het dienstmeisje begon Flora's koffer uit te pakken. 'Het is zo saai geweest sinds we in Frankrijk zijn. Kingy is ziek, zie je. Mama heeft voor hem gezorgd.'

'O? Wat heeft hij dan?'

'Mama heeft gezegd dat hij kou heeft gevat toen hij in Parijs was. We hebben hem of mama niet meer gezien sinds hij hier twee avonden geleden is aangekomen, en nu zitten we hier met zijn tweeën opgesloten.' Sonia ging op het grote bed liggen, waarvan het hoofdeind was bekleed met gewassen blauwe zijde met vergulde eikels op de hoeken. 'Het matras ligt erg lekker,' merkte ze op. 'Kan ik vanavond bij jou slapen?'

'Natuurlijk, als Nannie het goedvindt.'

'Nannie is er zo bezorgd over dat mama zich zorgen over Kingy maakt dat ik denk dat ze ons de hele dag met rust zal laten en dat we zelfs geen handen hoeven te wassen!'

Toen Flora haar dat hoorde zeggen wist ze dat de koning erg ziek was. 'Dit is een prachtig huis, hè?' Flora ging bij Sonia op het bed zitten en het dienstmeisje sloot de deur.

'Dat is het zeker, maar het heeft veel geregend sinds we hier zijn en iedereen lijkt erg somber.'

'Nou, ik vind het erg leuk om in Frankrijk te zijn. Ik ben hier nog nooit eerder geweest.'

'Het verschil is niet zo groot,' zei de negenjarige kenner van het land. 'Ze spreken alleen een andere taal en ze eten rare dingen zoals slakken bij het souper.'

Nannie kwam haar beschermeling ophalen en Sonia liep met haar de kamer uit. Flora ging op het bed liggen en ze voelde dat haar oogleden dichtzakten.

Ze werd gewekt door een scherp klinkend geklop op de deur.

'*Entrez*,' zei ze en ging rechtop zitten.

'Mademoiselle Flora, ik heb u zolang we konden alleen gelaten.'

Het was Moiselle. 'Dank je, ik... Hoe laat is het?'

'Drie uur geweest. Madame Keppel heeft gevraagd of u om vijf uur bij haar in het Hôtel du Palais komt. Ik wilde u voldoende tijd geven om u om te kleden.'

'Blijf ik ook voor het diner?'

'Dat heeft ze niet gezegd, maar het is bijna zeker dat de koning bij u zal zijn. Ik zal het dienstmeisje naar boven sturen om u te helpen met aankleden.'

'Dank u.'

Flora sloot het raam en bereidde zich snel voor. Bij de gedachte met de koning te zullen dineren kwam haar maag in opstand. Ze had hem niet meer gezien sinds ze in oktober samen thee hadden gedronken.

Na in een smaragdgroene theejurk te zijn gesjord en geduwd, werd ze naar de automobiel gebracht en vervoerd naar het Hôtel du Palais, dat uitzag op de zee. Met zijn weelderige rood en wit geschilderde voorgevel en hoge ramen deed het gebouw zijn naam eer aan. Bij de ingang werd ze begroet door een welgeklede man.

'Miss MacNichol?'

'Ja.'

'Ik ben Sir Arthur Davidson, de opperstalmeester van de koning, en ik zal u escorteren naar zijn kamers.'

Flora werd snel door de paleisachtige hotelentree naar een lift geleid en ze gingen naar boven. Ze stapten uit en liepen door een brede gang met weelderige tapijten naar een geüniformeerde butler die voor een dubbele deur stond.

'Zegt u alstublieft tegen Mrs. Keppel dat Miss MacNichol er is,' zei haar begeleider.

De butler knikte en verdween naar binnen. Flora wachtte zwijgend. Ze wist niet waarover je met een opperstalmeester van de koning zou moeten praten.

'Flora, lieverd!' Mrs. Keppel kwam door de dubbele deur naar buiten en omhelsde haar spontaan. 'Kom binnen, kom binnen,' zei ze. Ze sloot de deur voor de opperstalmeester en leidde Flora naar een verfijnd gemeubileerde zitkamer met lange ramen die een prachtig uitzicht over de oceaan boden. 'De koning slaapt op het ogenblik, maar hij zal tijdig op zijn voor het diner. Hij wil hier in onze privé-eetkamer eten. Ik moet je waarschuwen dat hij er niet al te best aan toe is. Ik...'

Daarop werden de woorden van Mrs. Keppel onhoorbaar gemaakt door een verschrikkelijk, diep gehoest in de kamer ernaast.

'Kom bij me zitten, dan drinken we een glaasje sherry. Daar ben ik wel aan toe.'

Mrs. Keppel liep naar de verzameling karaffen op een bijzettafeltje en schonk voor hen allebei een glas in. Ze gaf Flora haar sherry met trillende handen aan en Flora zag dat ze donkere kringen onder haar ogen had.

'Is de koning erg ziek?' waagde Flora nerveus te vragen.

'Hij heeft kougevat in Parijs en de afgelopen twee dagen heeft hij een verschrikkelijke bronchitisaanval gehad. Dokter Reid, zijn lijfarts, en ik hebben hem verpleegd, maar goddank is zuster Fletcher nu uit Engeland gekomen; zij heeft hem al eerder verzorgd.' Mrs. Keppel dronk snel haar glas leeg.

'Wordt hij beter?'

'Zijn toestand verslechtert in ieder geval niet, hoewel de dwaas natuurlijk weigert zichzelf te helpen. Hij wil per se zijn routine volgen, in plaats van in bed te blijven, maar we zijn er in ieder geval in geslaagd hem binnen deze kamers te houden.' Er klonk opnieuw een door merg en been gaande hoestbui in de aangrenzende kamer en Flora nam een flinke slok van haar sherry.

'Weet u zeker dat ik hier wel moet zijn als hij zo ziek is?'

'Zoals ik al zei, lieverd, weigert de koning zich bij zijn ziekte neer te leggen, en ik betwijfel of hij ooit ook maar één avond van zijn leven alleen heeft gedineerd. Markies de Soveral, de ambassadeur van Portugal, eet ook mee, want de koning zou natuurlijk niet tevreden zijn als hij alleen wij tweeën en zijn lijfarts aan tafel had. Toen ik zei dat jij hier eerder vandaag zou aankomen, wilde hij per se dat jij ook zou aanzitten.'

'Ik ben vereerd.'

'Hij heeft tenminste niet meer van die vervloekte sigaren gerookt. Dokter Reid is ervan overtuigd dat die de problemen met zijn luchtwegen veroorzaakt hebben. Zodra hij hersteld is, zal hij er ongetwijfeld weer mee beginnen. Maar wat kunnen wij eraan doen? Hij is nu eenmaal de koning.'

Flora wilde vragen waarom de koningin niet bij haar man was als de koning zo ziek was, maar ze voelde aan dat ze dat beter niet kon doen.

'U zult wel moe zijn als u de afgelopen twee nachten niet geslapen hebt,' zei Flora.

'Dat ben ik zeker, ik heb de hele nacht bij hem gezeten en hem afgesponsd omdat hij zo'n hoge koorts had. Eerlijk gezegd, Flora, waren er momenten waarop ik vreesde voor zijn leven. Maar nu zuster Fletcher er is, is hij in veilige handen.' In de kamer ernaast barstte weer een hoestbui los. 'Neem me niet kwalijk, Flora, ik moet naar hem toe.'

Het volgende kwartier gingen de deuren van de suite open en dicht en werden er dampende kommen en vreemd ruikende kompressen naar de koning gebracht. Flora trok zich terug in de verste hoek van de salon, bij het raam, en probeerde zich onzichtbaar te maken.

Een poos later, toen het zonlicht boven de zee vervaagde en de wolken oplichtten met prachtige rode en oranje tinten, kwamen Mrs. Keppel en dokter Reid diep in gesprek de kamer uit.

'De vraag is, moeten we de koningin waarschuwen?' vroeg dokter Reid.

'De koning heeft gezegd dat hij zijn vrouw niet ongerust wil maken,' bitste Mrs. Keppel. 'En bovendien heeft ze een hekel aan Biarritz.'

'Dat kan wel, maar het zou erg tragisch zijn als...' Dokter Reid wreef geagiteerd in zijn handen. 'Natuurlijk zou hij in een ziekenhuis opgenomen moeten worden, maar daar wil hij niet van horen.'

'Ik moet er ook niet aan denken. Stel je de ophef voor als de kranten hier lucht van krijgen.'

'Er staan al een paar journalisten beneden, madam, en ze vragen waarom de koning niet zijn gebruikelijke wandelingen op de promenade maakt of het hotel verlaat om te dineren. Ik betwijfel of we hen nog veel langer van ons af kunnen houden.'

'Wat moeten we dan doen?'

'Ik zal vannacht bij hem blijven zitten en hem om het uur onderzoeken, maar als hij morgen nog niet gemakkelijker ademhaalt... moeten we contact met het paleis opnemen, of de koning nu wel of niet wil dat zijn vrouw en de rest van de wereld van zijn slechte gezondheidstoestand weten.'

Er werd op de deur geklopt en ze draaiden zich allebei om. Flora stond op om open te gaan doen.

'Flora, lieverd, ik was vergeten dat je hier was.' Mrs. Keppel begon licht te blozen toen ze besefte dat iemand hun gesprek had gehoord.

De opperstalmeester kwam de suite binnen. 'De dienstmeisjes zijn hier om de tafel van de koning te dekken voor het diner.'

'Ja, ja, laat ze maar binnen,' zei Mrs. Keppel met een zucht en een wanhopige blik op Flora. 'Hij wil nog steeds met alle geweld uit bed komen en hier met ons eten, vanavond.'

Mrs. Keppel ging naar haar eigen kamer om zich klaar te maken voor het diner en dokter Reid verdween in de slaapkamer van de koning. Flora keek toe terwijl de eettafel van de koning werd gedekt door de drie dienstmeisjes. Ze zetten de borden van porselein met gouden randen neer en legden de delen van het zware zilveren bestek nauwkeurig op hun plaats, zodat het precies haaks op de kristallen wijnglazen lag. Toen vertrokken de dienstmeisjes even geruisloos als ze gekomen waren.

Flora was blij dat de hoestbuien in de aangrenzende kamer waren afgenomen; misschien sliep de koning nu eindelijk. De deur van de slaapkamer ging open. Flora verwachtte dat dokter Reid het was en ze draaide zich ongerust om. Maar in plaats van Reid kwam de koning zelf de kamer binnen, met al zijn kleren aan en zwaar ademend.

'Majesteit.' Flora ging snel staan en maakte gegeneerd een diepe reverence. De koning keek met half dichtgeknepen ogen de enorme salon rond en Flora voelde zijn blik op haar rusten.

'Hé, wie hebben we daar! Als dat de jonge Miss Flora MacNichol niet is,' bracht hij uit.

'Ja, Majesteit.'

'Kom en help me op een stoel, wil je? Ik ben ontsnapt terwijl mijn cipiers in de badkamer bezig zijn, vast en zeker om zo'n smerig ruikend kompres of een injectie klaar te maken.'

Flora liep naar hem toe, hoorde zijn onregelmatige ademhaling en bad dat hij niet in haar bijzijn zijn laatste adem zou uitblazen. Hij stak zijn arm naar haar uit en ze legde er bedeesd haar hand op.

'Waar zou u graag willen zitten?' vroeg ze, terwijl ze zich pijnlijk langzaam door de kamer bewogen. Door de moeite die het lopen hem kostte, kon hij niets meer zeggen, en alleen naar zijn favoriete stoel wijzen. Flora had al haar krachten nodig om hem te ondersteunen. Hij plofte neer en ze zag dat hij een volgende hoestaanval onderdrukte. Zijn ogen traanden en hij haalde sneller adem.

'Zal ik dokter Reid roepen, Majesteit?'

'Nee!' siste hij. 'Schenk me een cognac in!'

Flora liep naar het dienblad met de karaffen en wenste dat de koning toch een hoestbui zou krijgen en dat de dokter erop zou attenderen dat hij uit de slaapkamer was ontsnapt. Ze volgde de dikke, wijzende vinger, gaf een knikje, pakte een van de karaffen, schonk een glaasje in en draaide zich naar hem om.

'Voller!'

Flora deed wat haar was opgedragen, schonk het glas tot de rand vol, liep ermee naar hem toe en keek toe terwijl hij het achteroversloeg.

'Nog eentje,' fluisterde hij, en Flora kon niet anders dan een tweede glas voor hem inschenken.

‘Zo,’ zei de koning, en hij gaf haar het lege glas aan, ‘dat noem ik pas medicijn. Sst.’ Hij hield een trillende vinger voor zijn lippen terwijl Flora het glas weer op het dienblad zette. ‘Ga zitten.’ Hij wees naar de stoel het dichtst bij hem en ze nam plaats.

‘Zo, Miss MacNichol, Flora... Ik hou van die naam. Het is een Schotse, weet je.’

‘Ja, Majesteit.’

‘Het is vreemd, hè?’

‘Wat, Majesteit?’

Het bleef lang stil voordat de koning weer kon spreken.

‘Dat jij en ik hier alleen zijn. Op een moment dat ik de zon morgen misschien niet meer zal zien.’

‘Alstublieft, Majesteit, zegt u niet zulke dingen.’

‘Ik...’

Flora sloeg gade hoe de grote man naar adem hapte en zag dat zijn ogen zich vulden met tranen.

‘Ik heb veel fouten gemaakt.’

‘Ik weet zeker dat dat niet zo is.’

‘Dat heb ik wel... dat heb...’

Er volgde opnieuw een lange pauze.

‘Ik ben ook maar een mens, weet je. En ik heb gehouden van...’

Flora besloot dat ze haar ogen maar beter kon afwenden terwijl de koning zijn staccato alleenspraak voortzette.

‘... vrouwen,’ wist hij ten slotte uit te brengen. ‘Dus je gaat binnenkort trouwen?’

‘Ja, dat klopt.’

‘Een burggraaf, heb ik gehoord?’ Plotseling glimlachte hij.

‘Ja, Majesteit, Freddie Soames.’

‘En... hou je van hem?’

‘Ik denk dat ik wel van hem zou kunnen houden, ja.’

Daarop begon de koning te grinniken. Toen besefte hij dat hij zich in zijn toestand niet vrolijk kon maken, en hield zich in.

‘Je hebt een sterke geest, net als ik. Kom hier.’

Flora ging bij hem staan, nam de hand die hij had uitgestoken in de hare en hoorde het dodelijke gereutel in zijn borst.

‘Ik was er niet zeker van, zie je.’

'Van wat niet, Majesteit?'
'Toen Mrs. George het suggereerde. Slimme vrouw, Mrs. George... heeft altijd gelijk.'
Op dat moment ging de deur van de slaapkamer open en dokter Reid kwam binnen, met een verpleegster in zijn kielzog.
'We dachten dat we u hadden achtergelaten om te slapen, Majesteit.' Dokter Reid keek beschuldigend naar Flora. 'U weet dat dat verreweg het beste medicijn is.'
'Dat heeft u gezegd, ja,' zei de koning met zijn hese stem. 'Maar dat is... goed gezelschap ook.' Toen gaf de koning Flora een knipoog, voordat hij de hoestbui die hij had ingehouden niet langer kon bedwingen.
Er werden water en nog meer stoombaden gebracht en Mrs. Keppel verscheen, verfrist en kalm, in een blauwe avondjurk.
'Mrs. George, waar bent u in hemelsnaam geweest?'
'Maar Bertie, jij hoort in bed te liggen,' vermaande ze hem.
'Waar is Soveral? Hij is te laat voor het diner. En ik ben... uitgehongerd.'

Twee uur later verliet Flora de hotelsuite om de korte terugreis naar Villa Eugénie te maken. Tijdens het diner dat ze zojuist had verdragen – verdragen was het juiste woord – had een angstige spanning geheerst. De gasten van de koning hadden gehoord dat hij steeds moeizamer ademde en hadden gedaan alsof alles bij het oude was, maar ze waren ook bang dat hij zou bezwijken als zijn hoestbuien hem te veel zouden worden. De koning had wat Flora een stevig diner voor minstens twee personen genoemd zou hebben verorberd en daarbij rijkelijk rode wijn gedronken, ondanks de afkeurende blikken van sommige van zijn gasten.
'Ik blijf hier bij hem,' had Mrs. Keppel tegen Flora gezegd. 'Zeg tegen de meisjes dat ik van ze houd en dat ik hen weer zal zien als Kingy beter is.'
Ze hadden afscheid genomen, en Flora was naar de beneden wachtende Rolls-Royce gebracht. Ze ging met haar hoofd tegen de stevige leren achterbank zitten en voelde zich lichamelijk en geestelijk doodmoe na de gebeurtenissen van de afgelopen dag.

28

De drie daaropvolgende dagen zag Flora Mrs. Keppel niet meer, en dus amuseerden zij en de kinderen zich met het maken van verkwikkende wandelingen over de promenade, waarna ze naar Villa Eugénie teruggingen om te lunchen. Wanneer de zon scheen, tekenden en schilderden ze de opmerkelijke planten in de tuinen van de villa.

Violet was tot dan toe niet echt geïnteresseerd geweest in schilderen, maar ze had zich gehecht aan Flora en haar delicate waterverfschilderijen getuigden van talent. De beide zusjes vroegen zich verward af waarom hun vertrouwde Biarritz-routine was verstoord. Flora kon het hun niet vertellen, omdat Mrs. Keppel haar streng had verboden te zeggen dat het helemaal niet goed ging met de koning.

'Waarom gaan we niet met mama en Kingy picknicken? Het is doodsaai om hier in de Villa te blijven, en ik heb nog niet eens een van mijn nieuwe jurken gedragen,' klaagde Sonia.

'Omdat het zulk nat weer is geweest en de koning geen kou wil vatten.'

'Maar vandaag schijnt de zon, Flora, en we hebben mama nu in geen dagen meer gezien. Zij moet zich ook vervelen.'

'We zullen haar vast binnenkort weer zien, en Kingy ook,' antwoordde Flora met een zekerheid die ze niet voelde.

Die avond ging Nannie na een vroeg souper met Sonia naar boven om haar in bad te doen, en Violet bleef bij Flora zitten en krabbelde in het schrift dat ze altijd bij zich had.

'Flora?'

'Ja?'

'Kingy is erg ziek, hè? Gaat hij dood?'

'Lieve hemel, nee, hij is alleen heel erg verkouden. Maar iedereen let op hem omdat hij de koning is.'

'Ik weet dat het niet zo is. Maar laat verder maar.' Violet keek

weer naar haar schrift en kauwde op het uiteinde van haar potlood.
'Wat schrijf je?'

'Gedichten, hoewel die van mij verschrikkelijk zijn in vergelijking met die van Vita. Ik denk dat zij op een dag schrijfster zal zijn. Ze schijnt een geweldige tijd te hebben in Londen en bereidt zich voor op het Seizoen. Aan mij zal ze wel niet denken.'

'Ik weet zeker dat dat niet zo is,' zei Flora geruststellend tegen Violet toen ze de duistere blik in haar ogen zag die altijd aan haar sombere buien voorafging.

'Het is wel zo. Ze is zo mooi, als een ongetemde volbloed... wild en ongebonden. Maar het leven, en de mannen, zullen haar natuurlijk temmen.'

'Misschien temt het leven ons allemaal, Violet. Misschien hoort het dat te doen.'

'Waarom? Waarom moeten wij vrouwen trouwen met iemand die door anderen voor ons is uitgekozen? Die dingen zijn aan het veranderen, Flora! Kijk maar wat de suffragettes doen voor vrouwenrechten! Het kan toch allemaal anders? En het huwelijk op zich...' Violet huiverde. 'Ik kan niet begrijpen dat twee mensen die elkaar nauwelijks kennen voorbestemd zouden zijn om de rest van hun leven met elkaar door te brengen. En... dat waarover je niet mag praten te doen terwijl ze volkomen vreemden voor elkaar zijn.'

'Je zult het vast begrijpen als je ouder wordt, Violet.'

'Nee, ik zal het níét begrijpen,' zei ze kortaf. 'Dat zeggen de mensen steeds, maar ik hou gewoon niet van mannen. Het is als een kat en een hond vragen samen te leven en met elkaar te slapen. We hebben niets gemeen. Kijk maar naar papa en mama.'

'Kom, kom! Ik heb gezien dat je ouders heel gelukkig zijn. En ze zijn goede vrienden.'

'Zeg me dan maar eens waarom mijn vader op het ogenblik op zijn kantoor in Londen is, terwijl mama hier voor een zieke koning zorgt.'

'Misschien is het te veel gevraagd om van je echtgenoot te willen dat hij je van alles wat je nodig hebt voorziet.'

'Dat vind ik niet. Vita geeft me op elk niveau voldoening. Ik zal me nooit met haar vervelen.'

'Gelukkig voor je dat je zo'n vriendin gevonden hebt.'

'Ze is veel meer dan een vriendin. Ze is... alles voor me. Maar ik verwacht niet dat jij of wie dan ook dat begrijpt.' Violet stond plotseling op. 'Ik ga naar bed. Welterusten, Flora.'

Mrs. Keppel verscheen de volgende ochtend vroeg in Villa Eugénie. Ze kwamen elkaar op de trap tegen toen Flora naar het ontbijt op weg was.

'Hoe gaat het met de koning?' fluisterde Flora.

'Goddank is hij het ergste te boven. Zijn koorts is gezakt en hij heeft vannacht voor het eerst rustig geslapen.'

'Dat is geweldig nieuws.'

'Dat is het zeker. En vanochtend staat hij erop om met vrienden te gaan lunchen, dus ik moet me gaan voorbereiden. Het zijn een paar lange dagen geweest en ik ben doodmoe, eerlijk gezegd. Zijn de meisjes boven op hun kamer?'

'Ja.'

'Dan ga ik ze geruststellen. Bertie zal vast willen dat het leven op de normale manier verdergaat nu hij denkt dat hij weer gezond is. Hij heeft vanochtend zelfs weer een van zijn smerige sigaren opgestoken.'

Daarna ging het leven ook echt op de normale manier verder. Flora hielp de meisjes elke dag zich aan te kleden voor uitjes met hun moeder en de koning.

'Het is erg raar, Flora. Er zijn zo veel leuke plekken waar we kunnen gaan zitten om te eten, en toch staat Kingy erop dat we aan de kant van de weg picknicken!' zei Sonia toen ze terugkwam van zo'n uitje en haar strooien hoed van haar hoofd rukte.

'Dat doet hij omdat hij graag wil dat de Fransen hem zien en voor hem buigen en kruipen,' zei Violet cynisch. 'Misschien denkt hij dat hij de koning van Frankrijk zo jaloers maakt.'

'Nou, dat weet ik niet,' zei Sonia, 'hij ziet er ontzettend oud uit. En heel ziek.'

'Dat had je ook over Caesar kunnen zeggen. Die hond van hem stinkt verschrikkelijk,' klaagde Violet, en ze klopte hondenharen van haar rokken.

De volgende dag gaf de butler Flora een brief.

High Weald
Ashford, Kent
Engeland
14 maart 1910

Beste Flora,

Ik weet dat je op het ogenblik bij Mrs. Keppel bent. Mr. Rolfe van Portman Square was zo goed me je adres in Biarritz te geven. Want, lieve zus, ik wil dat jij de eerste bent die weet dat je voor het eind van het jaar tante zult zijn! Ja, ik ben in verwachting! Ik beken dat ik doodsbang ben en me vreselijk voel, maar volgens mijn arts is dat normaal in de eerste stadia van de zwangerschap. Flora, schat, ik verlang ernaar je te zien, dus kun je hierheen komen en een tijdje bij me logeren als je terug in Engeland bent? Mama kan niet weg uit de Hooglanden om bij me te zijn, want papa is gevallen met zijn slechte been en heeft zijn enkel gebroken. Ik ben hier een groot deel van de dag alleen, omdat ik me nu te misselijk voel om de deur uit te gaan. Ik ben eenzaam, lieve zus. Ik weet dat je bruiloft voor de deur staat, dus ik wil je niet van de voorbereidingen afhouden, maar kun je er misschien een paar dagjes tussenuit? Schrijf me alsjeblieft zo snel je kunt en zeg me wanneer ik naar je bezoek kan uitkijken.

Je liefhebbende zus,
Aurelia

Flora las de brief onder het ontbijt en voelde zich even misselijk als haar zus beweerde te zijn. Nu het concrete bewijs van de paring van Aurelia en Archie geleverd was, stond ze op van de tafel om naar haar kamer te gaan.

Alleen al de gedachte aan een verblijf op High Weald was haar een gruwel.

'Wees toch niet zo egoïstisch!' vermaande ze zichzelf terwijl ze op en neer liep. 'Aurelia heeft je nodig, en je moet naar haar toe gaan.'

Flora ging achter haar bureau zitten en haalde haar schrijfpapier en pen tevoorschijn.

Villa Eugénie
Biarritz
Frankrijk
19 maart 1910

Lieve zus,

Mijn blijdschap voor je kent geen grenzen. Over een week ben ik terug in Engeland. Ondanks de drukke huwelijksvoorbereidingen heb ik natuurlijk tijd voor een bezoek aan jou. Ik kom direct naar je toe, zodra ik in Engeland ben.

Je liefhebbende zus,
Flora

Op Flora's laatste avond in Villa Eugénie kwam de koning voor de eerste keer op bezoek in het huis. Toen ze beneden kwam, zat de salon al vol gasten, van wie velen een snel, onverstaanbaar Frans spraken. Mrs. Keppel hield hof, met een tiara glinsterend te midden van de weelderige krullen op haar hoofd. Ze was een maand per jaar weg uit Engeland, en dan was ze de koningin die ze zo graag wilde zijn.

De aankomst van de koning werd aangekondigd door Caesar de foxterriër, die voor hem uit door de dubbele deuren trippelde en gevolgd werd door de gebruikelijke wolk prikkelende sigarenrook. De aandacht in de kamer werd onmiddellijk van Mrs. Keppel afgewend en op de nieuwkomer gericht. Flora zag opgelucht dat de koning in ieder geval weer kon ademhalen, maar hij had nog steeds rode, waterige ogen en een bleek gezicht.

'Ik heb gehoord dat u morgen vertrekt.' Een heer die verontrustend veel op de koning leek, dook naast haar op. Met zijn grijze baard en snor en dikke buik had hij zijn dubbelganger kunnen zijn.

'Ja.'

'De koning lijkt goed van zijn ziekte hersteld te zijn, nietwaar?'

'Zeker,' antwoordde Flora. Ze wilde dat de heer zich zou voorstellen, want ze kon niet op zijn naam komen. 'Gelukkig wel.'

'Ik heb van de koning gehoord dat u een grote steun voor hem bent geweest tijdens zijn ziekte.'

'Dat vind ik niet, sir, ik...'

'De koning denkt er anders over. En wij danken u namens ons allen.'

'Neem me niet kwalijk, sir.' Flora hield zich niet langer in. 'Maar ik dacht niet dat wij ooit officieel aan elkaar waren voorgesteld.'

'Mijn naam is Ernest Cassel, en u bent op het ogenblik te gast onder mijn dak.' Hij keek haar glimlachend en met pretlichtjes in zijn ogen aan.

'Dan moet ik u mijn excuses aanbieden, sir, ik heb de laatste maanden zo veel nieuwe gezichten gezien...'

'Dat hoeft u niet te doen. Het goede nieuws is dat ik wel weet wie ú bent. Staat u me toe dat ik u mijn kaartje geef. Misschien moet u in de toekomst nog eens contact met me opnemen. Ik ben niet alleen uw gastheer in Villa Eugénie, maar ook een goede vriend van zowel de koning als Mrs. Keppel. Goed, wilt u dan nu naast me komen zitten bij het diner?'

Pas later, toen de koning en zijn gevolg afscheid namen, kwam de koning naar haar toe. Ze keek hem glimlachend aan terwijl ze overeind kwam na haar reverence.

'Ik ben blij dat u er vanavond zo goed uitziet, Majesteit.'

'Dank u, Miss MacNichol. We zien elkaar weer, zo God het wil, wanneer ik terug in Londen ben. Tot ziens, lieverd.' Daarop kuste de koning haar hand en vertrok met een glimlach op zijn gezicht.

Twee dagen later kwam Flora bij High Weald aan. Aurelia begroette haar aan de voordeur en liep met haar naar de salon voor een kopje versterkende thee.

'Zo, en vertel me nu maar eens alles over de koning. Ik kan bijna niet geloven dat je hem ontmoet hebt!'

'Hij was gezond en joviaal, zoals gewoonlijk,' antwoordde Flora.

'Natuurlijk kan het niet de eerste keer geweest zijn dat je hem hebt ontmoet. Gezien Mrs. Keppels... plaats in zijn leven.'

'Ze zijn zeker heel goed met elkaar bevriend.'

'Ik begrijp dat Mrs. Keppel je geheimhouding heeft laten zweren.'

'Dat is echt niet zo.'

'Arabella zegt dat ze zelfs macht in de regering heeft! Neem me niet kwalijk, Flora, maar ik was vergeten dat je zo naïef bent om altijd het beste van mensen en dieren te denken. Maar goed, ik zal niet langer proberen je geheimen te ontfutselen en je in plaats daarvan alles vertellen over wat hier gebeurd is sinds de laatste keer dat we elkaar hebben gezien.'

Flora luisterde naar het opgewekte gebabbel van haar zus over Archies goede zorgen en verweet zichzelf dat ze dubbel spel met haar speelde.

'Ik kan bijna niet geloven dat ik binnenkort mijn handen vol zal hebben aan een kind. Iedereen hier bidt dat het een jongen zal zijn. Terwijl ik op een meisje hoop. En dat het een gezond kind zal zijn, natuurlijk.'

'Dus Archie is blij met de baby?'

'O ja, en ik denk dat het me zelfs gelukt is een glimlach op Arabella's gezicht te brengen. Weet je, ik vraag me soms af waarom mama zo vriendelijk tegen haar was.' Aurelia dempte haar stem. 'Misschien was ze vroeger aardiger. Of misschien komt het doordat ze Archies vader heeft verloren in de oorlog. Maar ze is niet echt een warmhartig mens.'

'Ik vrees dat ik er niets over kan zeggen, want tegen mij heeft ze nog nooit meer dan een paar zinnetjes gezegd. Arme jij, het moet moeilijk zijn om met haar onder één dak te wonen.'

'In ieder geval is zij er nu ook niet, en dus hebben we het huis en elkaar voor onszelf. En ik heb ook nieuws! Al kan mama nu niet komen vanwege papa's gebroken enkel, ze heeft me wel geschreven dat Sarahs moeder een paar maanden geleden is overleden, en ze zei dat ik Sarah moest schrijven om te vragen of ze hier permanent wil komen wonen, als mijn persoonlijke bediende en om me te helpen bij de zwangerschap en de geboorte. Ik was blij toen ze meteen terugschreef dat ze niets liever wilde. Dus morgen komt

Sarah op High Weald aan, en dan heb ik tenminste het gevoel dat ik iemand in deze huishouding heb die aan mijn kant staat.'

'Geweldig! Maar je zei toch dat Archie goed voor je heeft gezorgd?'

'O ja, dat doet hij zeker, als hij niet met zijn hoofd in een boek over botanie zit of naar een plant in zijn kas staart. Helaas is hij nu naar Londen, voor zaken. Hij zei dat hij ergens volgende week terug zou zijn. Het hangt er natuurlijk van af wanneer je weggaat, maar waarschijnlijk zul je hem niet meer zien, en dat is jammer.'

'Ja.' Het luchtte Flora op dat te horen, maar meteen daarop was ze verraderlijk teleurgesteld. 'Dat betekent in ieder geval dat ik je helemaal voor mezelf heb.'

'Ik weet dat je hem nooit echt aardig hebt gevonden, Flora, maar hij is een fatsoenlijke man en hij is aardig voor me.'

'Dat is heel belangrijk.'

'Ja. Maar neem me niet kwalijk, Flora, nu moet ik gaan rusten.'

'Natuurlijk. Zal ik je naar je kamer brengen?' vroeg Flora. Ze pakte Aurelia bij haar arm en merkte op dat haar gezicht onmiskenbaar groen zag.

'Alsjeblieft, ja. En 's middags voel ik me altijd beter.'

Flora liep met Aurelia naar boven. Terwijl Aurelia het dienstmeisje riep en om thee vroeg, trok Flora het brede laken en de deken terug van het enorme hemelbed waar Aurelia, en Archie vast ook, in sliep.

'Dank je,' zei Aurelia terwijl Flora haar op het matras hielp. 'Ik heb gehoord dat die misselijkheid snel zal overgaan. En het helpt ontzettend dat jij hier bent.'

Flora bleef op de stoel bij het bed zitten tot de ogen van haar zus dichtgingen en ze in slaap viel. Ze liep op haar tenen naar haar eigen kamer om zich op te frissen, maar werd aangetrokken door het raam en de tuin in het zonlicht. Hoewel ze wist dat zwangere vrouwen zich de eerste twee tot drie maanden ziek kunnen voelen, had Aurelia die tijd nu, na bijna vier maanden, achter de rug. Flora bad dat alles goed zou zijn.

De volgende dag kwam de dikke Sarah aan en was Flora weer wat geruster. Sarah zag er overdonderd uit en had een rood gezicht na de lange reis uit Esthwaite, maar ze was dolgelukkig om haar twee meisjes weer te zien.

'Mama heeft gezegd dat ze komt bij de geboorte, maar Sarah is een godsgeschenk,' zei Aurelia toen ze die avond bij Flora in de eetkamer kwam zitten. 'Ze lijkt erg blij met haar nieuwe bediendenuniform, hoewel het wijder gemaakt zal moeten worden. Ik hoop dat de andere personeelsleden haar niet zullen pesten of op haar neer zullen kijken. Ze lijken te denken dat iedereen die uit het noorden komt minderwaardig is, met inbegrip van mij,' zei ze met een gemaakt lachje.

'Ach, kom nou toch, Aurelia. Dat is vast je verbeelding.'

'Ik weet wel zeker van niet. Zelfs mijn eigen man noemt me een bangerik en zegt dat ik me niet door Arabella en de bedienden moet laten commanderen. Misschien ben ik niet uit het goede hout gesneden om leiding aan een huishouding te geven.'

'Dat je lief en zachtaardig bent wil nog niet zeggen dat je geen leiding kunt geven, en, niet te vergeten, respect af kunt dwingen. Je voelt je alleen kwetsbaar vanwege je toestand, dat is alles.'

'En ik zeg nog eens dat ik het niet kan. Het is erg raar, want – neem me niet kwalijk dat ik het zeg – thuis leek jij altijd onzichtbaar, terwijl ík dat in dit huis ben. Wat zijn de dingen veranderd, het afgelopen jaar.'

'Maar ben je gelukkig met Archie?'

'Natuurlijk. Je weet dat ik veel van hem houd, maar nu ik in verwachting ben, doet hij niets meer met me. En...' Aurelia zuchtte. 'Het is moeilijk uit te leggen, maar dat zijn de enige momenten dat ik het gevoel heb dat ik hem echt helemaal bezit. Je zult snel genoeg begrijpen wat ik bedoel als je met Freddie getrouwd bent.'

'Ja, dat zal wel,' antwoordde Flora. Ze onderdrukte haar gebruikelijke huivering. 'En als jij denkt dat je problemen met je huishouding hebt, dan zou je míjn toekomstige huis eens moeten zien. Ik ben maar al te blij dat ik de leiding voorlopig aan de gravin kan overlaten, want ik zou niet weten waar ik moest beginnen.'

'Mijn zus, de burggravin...' Aurelia schudde haar hoofd. 'Wie had dat ooit gedacht?'

'Wie o wie, ja.'

Het luchtte Flora op dat Sarah letterlijk en figuurlijk wat broodnodige frisse lucht uit het Lake District had meegebracht. En in haar vaardige, liefhebbende handen leefde Aurelia de volgende dagen aanzienlijk op.

'Ik had nooit gedacht dat ik het nog eens mee zou maken dat ik mijn meisjes terug zou zien. De een getrouwd en in verwachting, en de ander op het punt om... bijna royalty te worden!' riep Sarah uit toen ze Aurelia voor een middagdutje in bed stopte. 'Ik mocht Lord Vaughan altijd graag, hij is zo'n aardige man. Weet u nog, Miss Flora, toen hij u vorige zomer kwam opzoeken in Esthwaite en jullie de Scafell gingen beklimmen en half verdronken?'

Het bloed stolde in Flora's aderen toen Sarah dat zei. Ze had geen woord tegen Aurelia of wie dan ook gezegd over waar ze was geweest op die dag dat ze drijfnat in de keuken van Esthwaite was verschenen.

'En u in de broek van uw pa en met zijn hoed op! Zoiets had ik nog nooit gezien! Mrs. Hillbeck en ik lachten ons slap toen we u zo zagen.'

'Is Archie vorige zomer bij jou geweest op Esthwaite?' Aurelia keek haar zus verbijsterd aan.

'Ja.' Flora had haar kalmte hervonden. 'Hij was op de terugweg van de jacht in Schotland en besloot langs te komen. Ik dacht dat ik je dat verteld had, schat.'

'Als dat zo is, kan ik het me niet herinneren.' Aurelia perste haar lippen op elkaar. 'Dus jullie hebben samen de Scafell beklommen?'

'Dat hadden ze gedaan, en ze viel die avond al in slaap voordat ik haar bad had laten vollopen,' kletste Sarah verder. 'In die rare kleren, ze zag eruit als een man, en nu wordt ze over een paar weken burggravin!'

'Dát heb je me zéker niet verteld,' zei Aurelia.

'Nee. Ik schaamde me ervoor, dat kun je je misschien wel voorstellen. Sarah heeft gelijk, ik kwam in een vreselijke toestand thuis, maar Archie wilde de bergen in en ik had geen andere keus dan ze hem te laten zien. Nou, lig je lekker? Dan laten we je nu met rust.' Flora stapte naar het bed en gaf haar zus een kus op haar wang. 'Welterusten. Ik ga naar mijn kamer om te lezen.' Voordat Flora's blik haar kon verraden, liep ze naar de deur.

Veilig in haar eigen kamer liet ze zwaar ademend haar hoofd in haar handen zakken en begon toen over de houten vloer heen en weer te lopen. Nu wilde ze dat Archie er wel was, zodat ze met hem zou kunnen praten over wat er zojuist was gebeurd. Sarah kende ongetwijfeld de kastelein in het dorp die zijn kleren aan Archie had uitgeleend voor de reis, of misschien had iemand haar bij de poort in Archies automobiel zien stappen – het was een kleine gemeenschap. Het deed er nauwelijks toe hoe Sarah te weten was gekomen dat ze die dag samen was geweest met Archie. Wat er wel toe deed, was uitleggen waarom ze het nooit aan Aurelia had verteld.

Tijdens het eten die avond zei Aurelia niets over Sarahs onthulling. Ze vroeg ook niet om nadere details toen Flora haar naar bed bracht en een nachtzoen gaf. Toch – maar misschien was dat haar verbeelding – voelde ze afstandelijkheid in het gedrag van haar zus.

Die nacht sliep Flora onrustig. Al met al was ze blij toen er een brief van de gravin aankwam, waarin die haar vroeg of ze een paar dagen naar Selbourne wilde komen om plannen voor de bruiloft te bespreken.

Aurelia mopperde nauwelijks toen Flora haar vroeg of ze het erg zou vinden als ze naar Hampshire vertrok.

'Natuurlijk moet je gaan. En ik voel me al een stuk beter.' Aurelia keek liefdevol naar Sarah, die de kamer aan het schoonmaken was. 'En Archie komt ook binnenkort naar huis.'

'Ik vertrek morgenochtend, dus misschien zie ik je niet meer voordat ik ga. Maar over drie dagen ben ik terug, dat beloof ik je.'

'Dank je. Nu Sarah bij me is, is alles goed. Doe de hartelijke groeten van mij aan de gravin en Freddie.' Aurelia keek haar krampachtig glimlachend aan en draaide zich op haar zij om te gaan slapen.

Flora liep de kamer uit. Ze wist zeker dat haar zus argwaan koesterde. In haar kamer ging ze direct achter haar bureau zitten en pakte een vel schrijfpapier en haar pen.

High Weald
Ashford, Kent
2 april 1910

Aurelia weet van je bezoek aan het Lake District. Sarah, onze oude dienstmeid, die naar High Weald is gekomen om voor haar te zorgen, heeft het haar verteld. Probeer haar er alsjeblieft van te overtuigen dat er niets onbetamelijks tussen ons is voorgevallen. Ik maak me zorgen om de gemoedstoestand van mijn zus en wil haar gezondheid niet in gevaar brengen. Ze is niet sterk. Je wordt vader en het is heel belangrijk dat je kind gezond ter wereld komt.
F.

29

'Eindelijk!' zei Freddie toen hij haar in de vestibule van Selbourne Park begroette en haar hand kuste. 'Ik begon me al af te vragen of je soms voorgoed van mij en Engeland was weggelopen. Hoe was Biarritz? En hoe was het met de koning? In Londen gaan geruchten dat hij er veel slechter aan toe is geweest dan zijn onderdanen is verteld.'

'O, toen ik vertrok, ging het prima met hem,' kon Flora bijna naar waarheid antwoorden. 'Hij was verkouden, dat was alles.'

'Mooi, mooi. Mama hoopt dat hij bij ons huwelijksfeest zal kunnen zijn. Er is een uitnodiging verstuurd. Heeft hij het erover gehad toen je bij hem was?' Freddie bood haar zijn arm en ze liepen door naar de enorme salon.

'Nee, zijn privésecretaris beheert zijn agenda, dus ook al komt hij, dan weet hij het misschien zelf nog niet. Is je moeder hier?'

'Op het ogenblik niet, nee. Ze is op bezoek bij een van haar liefdadigheidsinstellingen in Winchester. En papa is in Londen. Dus, mijn liefste Flora, we hebben het rijk alleen.' Freddies handen kronkelden om haar middel en hij trok haar tegen zich aan. Hij zette zijn lippen op de hare en drong haar mond binnen met zijn tong.

'Alsjeblieft, Freddie!' Flora probeerde zich uit zijn armen te bevrijden. 'Er kan elk moment een bediende komen.'

'Nou en? Die hebben vast wel meer gezien,' zei hij grinnikend, en hij probeerde haar opnieuw te kussen.

'Nee! Ik kan het niet. We zijn nog niet getrouwd.'

'Zoals je wilt.' Freddie liet zijn greep verslappen en zette een pruillip op. 'Ik zie niet wat een ring en een vermelding in een kerkregister voor verschil maken. Maar ik hoop dat je daarna je passie voor me niet zult inhouden.'

'Natuurlijk niet. We zullen verenigd zijn in Gods ogen.' Ze sloeg kuis haar ogen neer.

'Ach, hou toch op,' zei hij. 'Ik verlang naar dat moment. Maar goed, als je me niet dichter bij je wilt laten komen dan een lepralijder, bestel ik thee en dan vertel jij me alles over je avonturen in Frankrijk.'

Het was een pak van Flora's hart dat de gravin een uur later verscheen. Proberen Freddies handen af te weren was als voortdurend de klauwen van een hongerige tijger tegenhouden. Na de lunch verdween Freddie om, zoals hij het uitdrukte, wat stoom af te blazen op zijn paard, terwijl zij en Daphne de details van de bruiloft nog eens doorpraatten.

Daphne nam haar bril van haar neus en keek haar glimlachend aan. 'Je zult dit allemaal wel belachelijk vinden, lieverd. En zo niet, dan vind ik dat in ieder geval. Maar we moeten ons natuurlijk aan de conventies houden. Hoe gaat het met de jongedame Violet Keppel?' vroeg ze, van onderwerp veranderend.

'Goed, en zij en haar zus kijken ernaar uit om bruidsmeisje te zijn.'

'Een raar meisje, heb ik altijd gevonden... Lady Sackville, een goede vriendin van me, heeft me vorige week nog verteld dat Violet op een vreemde manier gefixeerd lijkt op haar dochter Vita. Wat denk jij ervan?'

'Ik weet alleen dat ze vriendinnen zijn.'

'Hoe het ook zij, Victoria heeft geweigerd Mrs. Keppel in Knole te ontvangen. Wat me zeer verbaast, gezien het schandaleuze verleden van haar eigen moeder. Maar het is vaak zo dat degenen die uit hun eigen glazen huis gezet zijn vooraan staan om de eerste steen naar anderen te gooien. Victoria keurt het niet goed dat de Keppelmeisjes deel van jouw gevolg uit zullen maken. Het heeft me veel moeite gekost om Algernon ervan te overtuigen dat we daar goed aan zouden doen. Hij is een schat maar ook een ouwe mopperkont, en hij houdt er niet van om met zijn tijd mee te gaan. Maar goed,' zei de gravin, en ze gaf Flora een klopje op haar hand, 'ik vind dat het tijd is voor een glaasje sherry, jij ook?'

Later stond Flora voor een van de slaapkamerramen die van de vloer tot het plafond reikten over de enorme tuinen uit te kijken. Achter de taxushaag lag een hertenpark, en ze zag de dieren als schimmen bewegen in het schemerlicht. Door de reusachtige afmetingen van alles in het huis had ze het gevoel dat ze een popje was dat uit haar poppenhuis was weggenomen en in een mensenhuis was gezet.

Toen dacht ze aan High Weald, dat ook groot was, maar toch een knusse, warme sfeer had. Ze hoopte dat Archie haar brief zou ontvangen voordat hij uit Londen op weg ging.

Als hij die niet kreeg, en Aurelia confronteerde hem met wat ze wist en hij bekende, dan zou alles wat ze had gedaan om haar leven van dat van hem en haar zus gescheiden te houden tevergeefs zijn geweest.

Na drie dagen met Freddie – de langste tijd die ze ooit met hem had doorgebracht – wist Flora dat hij zich absoluut niet kon concentreren. Vaak vroeg hij haar iets, en tegen de tijd dat zij met haar antwoord begon, was zijn blik al van haar afgedwaald en had hij zijn belangstelling helemaal verloren. Op een dag had Flora hem bij wijze van test over haar kindertijd verteld, en toen ze zag dat zijn gedachten afdwaalden, had ze in plaats van haar verhaal een kinderrijmpje opgezegd. Hij had het niet eens opgemerkt.

Flora had besloten haar energie niet aan gesprekken met hem te verspillen. Van de dingen die hij graag deed, stond drinken bovenaan. Als hij dronken was, wist ze, kon ze in haar onderbroek op de eettafel op haar hoofd gaan staan zonder dat hij het zou opmerken. De laatste avond van haar verblijf had hij zijn louche vrienden uitgenodigd voor een diner met hen. Ze waren allemaal in kennelijke staat en aan tafel werd Flora het mikpunt van vele schunnige grappen.

Daphne hield haar staande op de trap nadat ze zich had teruggetrokken van de ruwe drinkspelletjes en het onbehouwen gelach dat uit de salon opsteeg.

'Lieverd, ik beken dat het gedrag van mijn zoon vanavond niet was zoals wij beiden zouden wensen. Maar geloof me, dit is de laatste opflakkering. Hij begrijpt zijn toekomstige verantwoordelijkheid, ten opzichte van jou en van Selbourne, en zal die op zich nemen.'

'Natuurlijk.' Flora sloeg eerbiedig haar ogen neer. De gravin reikte naar Flora's hand.

'Bedenk dat het huwelijk niet het einde van een vrouwenleven is. Je kunt het ook als het begin zien. En zolang je maar een erfgenaam levert en discreet bent, kan het uitermate prettig zijn. Kijk maar naar je beschermvrouw en leer van haar. Welterusten, lieverd.' Daphne kneep in Flora's hand en liep naar haar eigen suite.

Flora keerde opgelucht maar met schroom naar High Weald terug.

'Aurelia slaapt op het ogenblik. Ze is helemaal niet goed geweest sinds jij vertrok,' lichtte Arabella, terug uit Londen, haar in toen ze elkaar in de vestibule bij de voordeur begroetten. 'Die nieuwe dienstmeid van haar staat erop haar allerlei schadelijke brouwsels toe te dienen, die haar vast niet zullen helpen.'

'Ik heb Sarahs middeltjes geslikt sinds ik een baby was, en ik vond altijd dat ze wél hielpen,' antwoordde Flora defensief.

'Dat zal dan wel. Nu dan, Cissons zal je naar je kamer brengen.'

'Dank u.'

'Ik dacht niet dat de kokkin iets voor u heeft klaargemaakt, Miss MacNichol, maar zo nodig heeft ze vast een kop soep voor u,' zei de huishoudster terwijl ze met Flora naar haar kamer liep.

'Ik heb nu geen honger, dank je.'

Flora wachtte een paar minuten en liep toen door de gang naar Aurelia's slaapkamer. Ze opende de deur en kromp ineen toen het zware hout knarste. Het was donker in de kamer, maar nadat haar ogen zich op het schemerachtige licht hadden ingesteld zag ze dat Sarah was ingedut in een leunstoel bij het raam. Ze verliet de kamer, kreeg plotseling behoefte aan frisse lucht, maakte rechtsomkeert en ging naar beneden.

Toen ze naar buiten stapte, rook ze de eerste lentegeuren. De narcissen in de perkranden deden haar denken aan Esthwaite, en toen ze de ommuurde tuin in liep, zag ze tot haar vreugde dat die na een lange winterslaap aan het ontwaken was.

Gelukkig was de tuin verlaten, hoewel Flora zichzelf onderweg hierheen streng had toegesproken en de confrontatie met Archie kalm tegemoetzag. Wat geweest was, was geweest, en ze konden er nooit meer over spreken. Archie was nu niet langer alleen haar zwager, maar zou binnenkort ook de vader van haar nichtje of neefje zijn. En zelf zou Flora over een paar weken gaan trouwen. Ze waren nu familie van elkaar en zouden tijd met elkaar moeten doorbrengen. Ze was vast van plan hun relatie platonisch te houden, want meer zou die nooit kunnen zijn.

En als ik hem zie, zal ik dat ook zeggen, zei ze in zichzelf terwijl ze over de paden liep. Flora zag dat Archie bloemen met veel nectar in de ommuurde tuin had gezet om zo veel mogelijk bijen aan te trekken, die dik en vergenoegd boven de kerstrozen en witte sneeuwbalheesters rondzoemden. De lucht voelde zinderend en levend aan, alsof de tuin even zwanger was als haar zus. Flora hoopte dat ze hem in de zomer zou kunnen zien, wanneer hij wat alleen een welriekende overdaad van kleuren kon zijn voortgebracht zou hebben.

'Flora.' Ze schrok op van een stem achter haar.

'Archie,' zei ze, en ze draaide zich naar hem om. 'Waarom lijkt het toch altijd alsof je me besluipt?'

'Omdat jij altijd ergens anders bent met je gedachten. Ik heb je brief ontvangen, in Londen.'

'Gelukkig maar. Ik was bang dat hij in verkeerde handen zou vallen. Ik wilde je waarschuwen voor het geval dat Aurelia het met je over onze... ontmoeting in Esthwaite zou hebben.'

'Dank je. Ik ben gisteren teruggekomen en tot nu toe heeft ze er niets over gezegd.'

'Laten we dan maar hopen dat ze er niet meer aan denkt. Ze ziet er niet goed uit.'

'Nee, dat klopt. Maar jij wel, Flora. Zullen we een eindje wandelen?'

Flora stemde in en met zijn tweeën liepen ze de paden op. Terwijl Archie over zijn toekomstige plannen met de tuinen praatte, moest Flora zichzelf blijven herinneren aan haar eerdere belofte dat ze vrienden kon en zou zijn met haar zwager.

'En hoe gaat het nu met jou?' Archie bleef ineens staan onder de prachtige taxusboom. Flora zag de lichtgroene punten van de uitgroeiende takken en probeerde de herinnering aan de laatste keer dat ze onder deze boom had gestaan van zich af te schudden.

'Goed. Ik ben net naar Selbourne geweest om Freddie te zien.'

'En verloopt alles volgens plan?'

Flora aarzelde een ogenblik. Toen knikte ze. Archie merkte het onmiddellijk op.

'Van alle mensen kun je met míj toch wel open kaart spelen? Ook al wordt Freddie de felst begeerde vrijgezel van Londen genoemd, dat is een fiscale en fysieke illusie. Je zult intussen wel weten dat hij in werkelijkheid een stapelgekke dronkenlap is. Als je het mij vraagt, is hij als kind uit de wieg gevallen en op zijn hoofd terechtgekomen.'

'Hij is zeker… anders, ja.' Flora onderdrukte een glimlach.

'Wat een toestanden allemaal. Geloof me, ik zeg dit niet uit egoïsme, maar ik wens van ganser harte en voor je eigen bestwil dat je niet met hem zult trouwen.'

'Het is zoals het is. Maar zijn moeder is aardig.'

'Met haar zul je niet je bed moeten delen. Maar goed.'

'Hoe durf je zo tegen me te spreken!' Flora voelde dat ze bloosde tot achter haar oren.

'Neem me niet kwalijk. Ik kan er niets aan doen, maar als ik aan jou en hem denk… God, Flora, je begrijpt toch wel hoe ik me voel? Ik heb je zo gemist, de laatste maanden.'

'Zeg geen woord meer tegen me. Ik meen het.' Ze draaide zich om en wilde weglopen, maar hij pakte haar bij de hand voordat ze zich uit de voeten kon maken. Bij zijn aanraking liepen er onwillekeurig rillingen over Flora's rug, maar die onderdrukte ze. 'Laat me los, Archie,' mompelde ze. 'Echt, ik moet terug naar Aurelia. Je vrouw.'

'Ja, natuurlijk.' Hij zuchtte diep, knikte berustend en liet haar hand los. 'Ik zie je bij het diner.'

Flora ging meteen naar boven om te zien of Aurelia al wakker was, maar Sarah versperde haar de weg en hield een vinger voor haar lippen.

'Ze is vandaag niet goed, de arme meid, en ze klaagt dat ze erge hoofdpijn heeft. Ze heeft tegen me gezegd dat u haar met rust moest laten, maar ik weet zeker dat ze wil dat u later bij haar komt.'

Flora ging naar haar kamer om zich om te kleden voor het diner en had het er verschrikkelijk moeilijk mee dat Aurelia haar niet bij zich wilde toelaten. Ze piekerde over alle keren dat ze vroeger wanneer Aurelia ziek was aan haar bed had gezeten, en ze kreeg een naar gevoel in haar maag van bezorgdheid. Zodra ze zich had aangekleed ging ze naar beneden, waar ze zich in de salon bij Arabella en Archie aansloot.

'Het lijkt erop dat je vrouw weer ziek is,' zei Arabella, zacht sprekend over de rand van haar sherryglas. 'Ik hoop echt dat dit stadium nu snel over zal gaan. Toen ik jou moest krijgen, schat, kon ik gewoon alles doen. De meisjes van tegenwoordig zijn heel anders.'

'Misschien is het gewoon zo dat álle mensen anders zijn, mama,' wierp Archie tegen. 'Ik geloof niet dat Aurelia zich zo beroerd wil voelen.'

'Ik weet bijna zeker dat ze een meisje krijgt. Al mijn leeftijdgenoten die een meisje kregen waren zo ziek als een hond toen ze zwanger waren.'

'Nou, ik zou het prachtig vinden om een dochter te hebben,' zei Archie. 'Dat zal vast gemakkelijker zijn dan een jongen.'

'Gemakkelijker, misschien, maar niet praktisch. Zullen we naar de eetkamer gaan?'

Toen ze gedrieën om het uiteinde van de lange tafel in de eetkamer met eikenhouten muurpanelen zaten, realiseerde Flora zich dat ze de plaats van haar zus innam en hoe ironisch het was dat ze tegenover Archie zat met zijn moeder tussen hen in. Op het moment dat de soep zou worden opgediend, ging de deur open en kwam Aurelia binnen.

'Neem me niet kwalijk dat ik zo laat ben, maar de rust heeft me kennelijk goedgedaan, want ik voel me stukken beter.'

Nadat Aurelia naast haar man was gaan zitten en het dienstmeisje snel voor nog een persoon had gedekt, zag Flora dat ze erg bleek zag. Maar in haar blauwe ogen schitterde een vreemde, intense gloed.

'Weet je zeker dat je je goed genoeg voelt om aan te zitten, schat?' vroeg Archie aan haar. Hij legde een hand op haar schouder.

'Ja, natuurlijk. Ik ben zelfs uitgehongerd!' zei ze, en ze giechelde. Haar stem klonk hoog en gemaakt. Het deed Flora genoegen te zien dat Archie heel attent voor haar was, zelfs haar rundvlees voor haar sneed en haar tot kennelijk ongenoegen van Arabella kleine stukjes voerde.

'We mogen je niet laten wegkwijnen, schat. Je bent echt verschrikkelijk mager geworden.'

'Daar zal ik je aan herinneren als ik over een paar maanden helemaal uitgedijd ben.'

Toen Flora later op de avond wat meer kleur op de wangen van haar zus zag, voelde ze zich weer wat geruster.

'Dus vertel eens, hoe was je toekomstige huis? Ik heb gehoord dat het indrukwekkend is.' Aurelia keek haar zus schuin aan.

'Dat is het zeker, ja. Het zal een uitdaging voor me zijn.'

'Het huwelijk is een uitdaging die we allemaal moeten aannemen.'

'Ja.'

'En Freddie lijkt je al helemaal toegewijd te zijn. Dat is toch alles wat een vrouw zich wensen kan?' Aurelia wendde haar hoofd tot Archie en keek hem stralend aan.

Flora keek toe terwijl Aurelia's onaangeroerde trifle werd afgeruimd en Arabella voorstelde koffie te gaan drinken in de salon.

'Vinden jullie het erg als ik nu naar mijn kamer ga? Ik voel me echt stukken beter, maar ik wil niet overdrijven. Wil jij met me mee naar boven gaan, Flora?'

'Natuurlijk.' Flora stond op. Aurelia wenste haar man goedenacht en ze liepen samen de eetkamer uit.

Op de trap zei Aurelia niets. Toen ze de deur van haar slaapkamer opende, kwam Sarah haastig door de gang naar hen toe.

'Zal ik u helpen uw nachtjapon aan te trekken, Miss Aurelia?'

'Nee, dank je, Sarah. Vanavond kan Flora me wel helpen. Ga jij maar naar bed.'

'Als u nog wat nodig hebt, weet u waar ik ben. Welterusten, miss.'

'Is het niet grappig dat ze me nog steeds miss noemt? Hoewel ik een getrouwde vrouw ben, en sinds een paar maanden zelfs een lady,' merkte Aurelia op terwijl ze de slaapkamerdeur stevig achter hen sloot.

'Zal ik je helpen je jurk los te knopen?'

'Alsjeblieft.' Aurelia ging op de kruk voor de kaptafel zitten en

Flora ging achter haar staan en keek naar het beeld van haar zus in de spiegel.

'Interessant, hè, dat de dingen zo anders kunnen zijn dan je ze ziet?'

'Hoe bedoel je?' vroeg Flora nerveus terwijl ze de knoopjes van Aurelia's jurk los begon te maken.

'Bijvoorbeeld dat ik ervan overtuigd was dat jij en Archie elkaar niet konden luchten of zien. Maar toen kwam ik erachter dat je in werkelijkheid drie hele dagen met hem hebt doorgebracht op Esthwaite toen ik vorig jaar in Londen was.'

'Zoals ik zei, was Archie gewoon onderweg vanuit Schotland, en toen kwam hij op het idee om bij ons langs te gaan.' Flora dwong haar handen om door te gaan en duwde de knoopjes een voor een door de gaatjes.

'Ja.' Aurelia stond op, zodat Flora de jurk van haar schouders kon nemen. 'Dat vertelde je me een paar dagen geleden, en ik geloofde je,' zei ze, terwijl Flora de baleinen van het korset van haar zus begon los te maken. 'Tot ik na begon te denken.'

'Over wat?'

'O, over het een en ander. Geef me mijn nachtjapon even aan, zus. Het is hier koud.'

Verbijsterd pakte Flora de zijden nachtjurk op die op het bed lag en Aurelia stak haar armen in de lucht, zodat de jurk ongehinderd over haar lichaam en haar bollende buik kon glijden.

'Het kwam door iets wat Freddie op mijn trouwdag tegen me zei, kort nadat hij jullie verloving had aangekondigd,' ging Aurelia verder.

'Wat zei hij dan?' Flora trok de dekens terug, zodat Aurelia eronder kon gaan liggen.

'Hij kuste me en feliciteerde me met mijn huwelijk, en ik hem op mijn beurt met zijn aanstaande huwelijk met jou. Toen lachte hij en fluisterde dat we allebei maar beter onze respectievelijke man en vrouw in de gaten konden houden, omdat het hem leek dat ze stapel op elkaar waren. Ik wees hem natuurlijk terecht en zei dat hij dat helemaal verkeerd zag, dat ik me juist zorgen had gemaakt over het feit dat mijn zus en mijn man van kind af aan een hekel aan elkaar hadden gehad. "O, maar dat zie je verkeerd," fluisterde hij, en toen leidde hij me de dansvloer op. En dat was ook zo, toch Flora?'

Hoog op Aurelia's bleke wangen waren twee gekleurde vlekjes verschenen en ze leunde met glinsterende ogen achterover in de kussens.

'Dat denk ik niet, Aurelia. Freddie was die avond erg dronken.'

'Dat dacht ik toen ook, en ik vergat het hele verhaal. Tot ik ontdekte dat Archie het Lake District had bezocht.'

'Neem me niet kwalijk dat ik je dat niet heb verteld. Ik had er gewoon niet aan gedacht, en...'

'Toch wel, beste zus. Toen ik je kort daarna in Londen zag en je vroeg wat je van Archies gemoedsstemming dacht, vroeg ik je ook waarom je dacht dat hij me geen aanzoek had gedaan. Je zei dat je geen idee had, en toch had je maar een paar weken daarvoor drie dagen met hem doorgebracht. Als iemand had kunnen weten wat hij dacht, was jij het wel.'

'We hebben het er niet over gehad... eerlijk waar, we hebben alleen maar over planten gepraat...'

'Ja!' Aurelia glimlachte flauwtjes. 'Jullie wederzijdse interesse in botanie. Maar ook als jullie niet over zijn toekomstige bedoelingen met mij hebben gepraat, zul je toch moeten begrijpen dat ik het vreemd vind dat je nooit met mij over het bezoek van mijn man hebt gesproken.'

'Ja... ja, achteraf wel, ja. Maar ik was toen juist in Londen aangekomen en een beetje overdonderd. Vergeef me, Aurelia. Ik heb er echt niet aan gedacht.'

'Misschien had ik er ook niet meer aan gedacht, zelfs na wat Freddie op de avond van mijn bruiloft tegen me had gezegd. Maar helaas bleef het door mijn gedachten spelen. Dus terwijl Sarah vandaag dacht dat ik sliep en ik wist dat Archie buiten in de tuinen was, ging ik naar zijn kleedkamer. En kijk eens wat ik daar vond, in de zak van de jas die hij aanhad toen hij gisteren uit Londen terugkwam?'

Aurelia stak haar hand onder het kussen, haalde een brief tevoorschijn en gaf hem aan Flora.

'Ik geloof dat dit jouw handschrift is, mijn lieve zus?'

Flora las het snel door. Het was de brief die ze aan Archie had geschreven en waarin ze hem waarschuwde dat Aurelia wist van de tijd die ze samen in Esthwaite hadden doorgebracht.

'Dit bewijst niets! Maar ik maakte me gewoon zorgen dat jij het als bewijs zou zien. En dat heb je nou net gedaan.'

'Doe alsjeblieft niet zo neerbuigend tegen me!' Aurelia's stem beefde van ingehouden woede. 'Deze brief alleen al wijst duidelijk op intimiteit, een relatie tussen jullie twee waarvan ik niets wist. En alsof dat nog niet genoeg was, toen ik hem in het licht bij het raam van mijn slaapkamer stond te lezen, zag ik jullie samen in de tuin. Terwijl mijn man jouw hand vasthield, Flora.'

'Ik...' Flora schudde haar hoofd; ze had geen woorden meer om zichzelf te verdedigen. 'Vergeef me, lieve zus. Ik kan je alleen maar zweren dat er nooit iets... onbehoorlijks tussen Archie en mij is gebeurd, hoewel het bewijs me veroordeelt.'

'En ik maar geloven dat jullie elkaar niet konden uitstaan.' Aurelia lachte schamper. 'Nou, menige wijze dichter heeft gezegd dat het verschil tussen haat en liefde ragfijn is. En dat lijkt dus ook voor de verhouding tussen mijn man en zus op te gaan. Goeie genade, wat moeten jullie gelachen hebben om mijn domheid!'

'Helemaal niet! Ik wilde alleen maar dat Archie met je zou trouwen.'

'Uit medelijden!' viel Aurelia tegen haar uit. Flora deinsde een stap terug van het bed. 'Misschien wilde hij de hele tijd met je trouwen, maar smeekte je hem dat niet te doen nadat je in Londen had gezien hoe verdrietig ik was. Nou, líéve zus? Heb je het met hem op een akkoordje gegooid om je eigen schuldgevoel te verlichten?'

Haar woorden klonken na. Flora bleef staan, als versteend door de woedeaanval van haar zus en haar ware woorden.

'Ik begrijp het.' Aurelia knikte. Glinsterende tranen werden zichtbaar in haar ogen. 'Nou, ik dank je er niet voor. Want je hebt me gebonden aan een ellendig leven, nu ik getrouwd ben met een man van wie ik houd, maar die mij nooit zal kunnen liefhebben. En nu krijg ik ook nog een kind van hem en is er voor ons geen ontkomen meer aan. Wat heb je me aangedaan, Flora? En wat heb ik jou aangedaan om deze wreedheid te verdienen?' Diepbedroefd schudde Aurelia haar hoofd. 'Ik zou liever dood zijn.'

Haar stem brak en ze begon te huilen. Flora wilde haar troosten, maar Aurelia duwde haar agressief weg.

'Alsjeblieft, Aurelia, ik zeg je nog een keer dat het niet mijn bedoeling was dat dit zou gebeuren. Ik wil er alles aan doen om je niet gekwetst te zien. Ik zal... weggaan, hoewel er niets tussen Archie en mij is.'

'Vanmiddag nog maar had mijn man je hand vast in de tuin!' siste Aurelia door haar tanden. 'Waag het niet me nog meer leugens te vertellen! Je behandelt me als een klein meisje, terwijl ik een getrouwde vrouw ben en op het punt sta zelf een kind te krijgen! En weet je wat het ergste is? Niet dat jij een relatie van welke aard dan ook hebt gehad met mijn man, maar het feit dat ik je altijd meer vertrouwd heb dan wie ter wereld ook! Ik dacht dat je van me hield, dat je het beste met me voorhad. Vanaf mijn geboortedag heb ik naar je opgekeken. Ik heb niet alleen mijn man verloren, als ik hem om te beginnen al had, maar ook mijn geliefde zus.'

'Alsjeblieft, Aurelia, denk aan je toestand,' smeekte Flora. Ze zag dat Aurelia hysterisch aan het worden was.

'Dacht je ook aan mijn toestand toen je vanmiddag in de tuin de hand van mijn man vasthad?'

'Híj pakte míjn hand vast, ik kon hem niet tegenhouden...'

'Geef hem niet de schuld! Ik heb gezien dat jullie daar veel langer dan nodig stonden, en je keek in zijn ogen alsof je smoorverliefd op hem was.'

Flora draaide zich om en liep naar de kruk bij de kaptafel, met het gevoel dat ze flauw zou vallen als ze niet ging zitten. Het bleef lang stil tussen de zussen.

'Het is nooit van mijn leven mijn bedoeling geweest om je te kwetsen, Aurelia. Ik neem de volle verantwoordelijkheid voor mijn schandelijke gedrag en zal het mezelf nooit vergeven.'

'Als dat maar waar is! De vraag is, wat moet ík nu in hemelsnaam beginnen?'

'Ik kan je pijn en gekwetstheid begrijpen, maar ik zweer je dat Archie veel om je geeft.'

'Maar jij bent zijn ware passie. Misschien moeten we hem delen, net als je beschermvrouw de koning deelt met zijn koningin, die daar al jaren onder lijdt! Misschien kun jij zijn minnares zijn, terwijl ik simpelweg zijn baby's ter wereld breng, zou dat je niet goed uitkomen?'

Flora stond op. Ze beefde over haar hele lichaam. 'Ik vertrek morgenochtend. Ook al wil je me niet geloven, ik weet dat jij en Archie een gelukkig en geslaagd huwelijk kunnen hebben. Ik zal hem zeggen...'

'Je zegt niets! Het minste wat je kunt doen is beloven dat je mijn man nooit meer zult spreken of op een andere manier contact met hem zult opnemen. Als we nog een kans op een gezamenlijke toekomst willen hebben, mag hij niets van dit gesprek weten. Ik zal tegen hem zeggen dat je snel naar Londen moest.'

'Kom je niet naar mijn bruiloft?'

'Nee. Ik zal zeggen dat ik verhinderd ben vanwege mijn zwangerschap. Het is een schrale troost dat het bijna zeker is dat jij je even ellendig zult voelen als ik, in een huwelijk met een man van wie je niet kunt houden, van wie niémand zou kunnen houden, eerlijk gezegd.'

'Zeg je me nou dat je me niet meer wilt zien?'

'Nooit meer. Je bent mijn zus niet meer,' antwoordde Aurelia kortaf.

Er viel opnieuw een stilte en Flora stond op. 'Kan ik iets doen om het goed te maken?'

'Nee. Ga weg nu, alsjeblieft. Vaarwel, Flora.'

'Ik zal elke dag van de rest van mijn leven aan je denken en het mezelf nooit vergeven dat ik je gekwetst heb. Vaarwel, lieve Aurelia.'

Met haar ogen vol tranen die ze niet wilde vergieten omdat ze zich er te schuldig over voelde, wierp Flora nog een laatste blik op haar zus om haar voor altijd in haar geheugen te prenten, en toen liep ze de kamer uit.

30

'Lieve hemel! Zo snel had ik u niet terug verwacht, Miss Flora,' merkte Nannie op toen Flora het kinderverblijf aan Portman Square binnenkwam.

'Ik moest mijn trouwjurk en uitzet weer komen passen,' loog ze.

'U mist het leven in Londen, zeker? Terwijl u altijd lyrisch was over het landleven. U bent een echt stadsmens geworden,' zei Nannie lachend.

'Zijn Mrs. Keppel en de meisjes er?'

'Nee, ze zijn teruggegaan naar Frankrijk. Volgende week zijn ze weer hier.' Ze zweeg een paar tellen en keek Flora onderzoekend aan. 'Gaat het wel goed met u, miss? U ziet eruit alsof u zich niet lekker voelt.'

'Ja, het gaat prima, dank je,' zei ze, en ze liep het kinderverblijf uit met het gevoel dat ze zich nooit meer 'prima' zou voelen.

De volgende dagen merkte Flora tot haar opluchting dat het rustig was in het huis, zodat ze haar leed alleen kon verdragen. Ze maakte lange wandelingen in de snel groen wordende parken van Londen en hoopte dat de natuur haar troost zou bieden. Maar die herinnerde haar alleen aan Archie, en dan automatisch aan Aurelia. Terwijl ze vastberaden doorliep en wanhopig probeerde moe te worden, opdat ze 's avonds in een verdovende slaap zou vallen, werd ze verscheurd door de pijn van het verlies van de persoon van wie ze het allermeeste hield. Ze kon niet rusten en niet eten. Ze voelde zich verschrikkelijk schuldig en terwijl ze zich voorbereidde op haar huwelijk met een man van wie ze walgde, dacht Flora dat een leven lang ellende haar verdiende loon zou zijn.

Iets meer dan drie weken voor de bruiloft kwamen Mrs. Keppel en de meisjes terug uit Frankrijk.

'Maar lieverd, wat ben je mager geworden!' riep Mrs. Keppel uit toen ze samen thee dronken in de salon. 'Het moet door de spanning voor je aanstaande huwelijk komen. Ik werd ook een paar centimeter dunner om mijn middel voordat ik met George trouwde.'

'Hoe gaat het met de koning?' Flora veranderde van onderwerp.

'Hij is aardig hersteld sinds jij hem voor het laatst hebt gezien, maar hij staat ontzettend onder druk van zijn regering, die vastbesloten is hem te dwingen, of nee: hem te chanteren, om akkoord te gaan met een aantal grondwetswijzigingen waarmee hij het niet eens is. Ik ben blij dat hij in het buitenland geweest is en er in ieder geval wat afstand van heeft kunnen nemen. Die spanning heeft ongetwijfeld invloed op zijn gezondheid gehad, om nog maar te zwijgen van zijn gemoedstoestand. Hij is niet sterk, zoals je hebt gezien in Biarritz. Ik heb ontzettend met de arme man te doen. Hij is een veel betere koning, en een veel betere man, dan de mensen denken.'

Toen Flora later de salon verliet, dacht ze dat Mrs. Keppel er zelf ook niet goed uitzag. En ze vroeg zich af wat háár geheimen waren.

Terwijl de gevreesde dag de volgende twee weken dichterbij kwam, was Flora dankbaar dat ze het druk had. Ze was samen met de zeven bruidsmeisjes naar Worth geweest om haar bruidskleding nog één keer te passen en had Daphne uitgelegd dat Aurelia zich vanwege haar zwangerschap niet in staat voelde om bij de bruiloft aanwezig te zijn. Violet had gehoord wat ze zei en was later thuis naar haar toe gekomen.

'Flora, het spijt me ontzettend voor je te horen dat *votre sœur* niet je eerste bruidsmeisje kan zijn.'

De hele huishouding ergerde zich aan Violets nieuwe gewoonte om haar zinnen te doorspekken met een paar woordjes Frans, en Flora glimlachte.

'Dank je.'

'Ik wilde maar zeggen dat ik nu het oudste bruidsmeisje ben, en als je wilt dat ik de rol van eerste bruidsmeisje speel, beschouw ik dat als een eer.'

'Dat is heel sympathiek van je, Violet, en ik zal je hulp vast nodig hebben. Ik heb de tiara die ik bij de bruiloft zal dragen uitgeprobeerd, en de hemel mag weten hoe ik dat gewicht moet dragen,' zei Flora, ontroerd door haar aanbod.

Violet ging op Flora's bed zitten en sloeg haar gade terwijl ze zich voorbereidde op het diner beneden.

'Flora?'

'Ja, Violet?'

'Kan ik eerlijk tegen je zeggen wat ik denk?'

'Dat hangt ervan af.'

'Nou, ik wil niet onbeleefd tegen je zijn, maar je ziet er de laatste tijd volkomen *misérable* uit. Kijk je er niet naar uit om getrouwd te zijn?'

'Natuurlijk wel, maar ik ben nerveus, net als alle meisjes.'

'Hou je van Freddie?'

Violets directheid verdiende een eerlijk antwoord. 'Ik... Daar ken ik hem niet goed genoeg voor. Maar na verloop van tijd zal ik vast van hem gaan houden.'

'Ik denk dat ik simpelweg ga weigeren om te trouwen. Ik zou veel liever een ouwe vrijster blijven dan trouwen met iemand van wie ik niet hield. Iedereen zegt tegen me dat ik van gedachten zal veranderen, maar ik weet zeker dat ik dat niet zal doen. Ik ben niet zoals Vita...' Violets gezicht betrok. 'Wat een overloopster is dat.'

'Wat bedoel je?'

'Van de zomer maakt ze haar debuut, en al waarover ze kan praten zijn haar nieuwe jurken en de jongemannen die haar nu al aanspreken in Knole. En toch zei ze tegen me...'

'Mensen veranderen, Violet. Soms kan de wereld gewoon niet zijn zoals we willen.'

'Toen ik klein was, geloofde ik in sprookjes. Jij ook?'

'Dat doen alle kinderen.'

'Misschien was het voor mij anders. Ik ben opgegroeid met een moeder die een tiara draagt en op vakantie gaat met de koning van Engeland. Ik ben altijd als een prinses behandeld. Waarom zou ik van mening moeten veranderen nu ik volwassen word? Ik wil alleen...' Violet zuchtte en rekte zich dramatisch uit, '... met iemand samen zijn van wie ik echt houd. Is dat verkeerd?'

'Nee.' Flora slikte krampachtig. 'Of tenminste, het is niet verkeerd om dat te willen. Of het ook echt gebeurt, is een ander verhaal.'

'En geen sprookje.' Violet ging rechtop zitten en zwaaide haar voeten van het bed.

'Misschien verdient niet iedereen een goede afloop,' zei Flora, grotendeels tegen zichzelf.

'Goed.' Violet stond op en liep naar de deur. 'Maar ík wel.'

Daarop verliet ze de kamer en Flora dacht terug aan haar meisjesjaren in Esthwaite, toen ze ook in sprookjes had geloofd.

Op een regenachtige dag begin mei werd Flora in de salon van Mrs. Keppel ontboden.

'Laat ons, alsjeblieft,' snauwde Mrs. Keppel tegen het dienstmeisje. 'We willen niet gestoord worden.'

Een verschrikte Mabel repte zich de kamer uit en Flora vroeg zich af wat er was gebeurd. Ze had Mrs. Keppel nooit anders dan beleefd tegen haar personeel zien optreden.

'Ga zitten, alsjeblieft.'

Flora nam plaats en Mrs. Keppel liep naar het vuur, pakte de pook uit de standaard en viel agressief op de gloeiende sintels aan. 'Het is al mei, maar het is kil hier, vind je niet? En de koning heeft opnieuw kougevat, heb ik gehoord. Maar raad eens waar hij dineert vanavond? Bij dat mens van Keyser! Hij gaat bridgen met háár sinds hij weer in Londen is. God mag weten wat hij in haar ziet. Neem me niet kwalijk, Flora,' zei Mrs. Keppel, en ze ging zitten. 'Misschien is het niet gepast dat ik over wat me dwarszit met je begin, maar met wie kan ik er anders over praten?'

Flora had geen idee wie 'dat mens van Keyser' was, maar raadde dat Mrs. Keppel misschien niet de enige 'gezelschapsdame' van de koning was. 'Zal ik een glaasje sherry voor u inschenken?' bood ze mat aan.

'Misschien is een cognac beter. Ik heb het steenkoud, net als de koning. Normaal gesproken gaat hij meteen na Frankrijk cruisen in de Middellandse Zee. Maar in verband met de huidige politieke crisis moest hij eerder terug naar huis, want anders zouden zijn criticasters roepen dat hij er niet was. En waar is zijn echtgenote? Ze heeft hem in de steek gelaten en maakt een cruise langs de Griekse eilanden! Is er dan geen vrouw die werkelijk iets om die arme man geeft?'

Flora gaf haar de cognac waarom ze had gevraagd en Mrs. Keppel nam het glas met een bevende hand van haar aan. 'Dank je, lieverd. Neem me niet kwalijk dat ik me zo laat gaan.'

'Ik vind niet dat uw bezorgdheid om het welzijn van de koning u kwalijk te nemen valt.'

'Er zijn in deze stad veel mensen die hun gram willen halen omdat ik een relatie heb met Bertie, maar die is niet op egoïsme gebaseerd. Ik hou gewoon van hem. Dat is toch geen misdaad?'

'Ik dacht het niet, nee.'

'Ja, hij heeft fouten gemaakt,' ging Mrs. Keppel verder, terwijl ze het glas neerzette, 'maar als je van je moeder hoort dat je niet waardig bent om op dezelfde wereld rond te lopen als je vader, en dan wil ze je je rechtmatige positie als koning onthouden omdat ze het je eenvoudig niet toevertrouwt haar taken over te nemen, wat moet een kind dan nog, ook al is hij de prins van Wales? Wat moest hij beginnen, al die jaren waarin hij niets omhanden had en moest afwachten tot hij zijn natuurlijke rol op zich kon nemen? En dat allemaal vanwege haar blinde liefde voor zijn "perfecte" vader. Neem maar van mij aan, Flora, dat niemand perfect is. Bertie heeft enorm onder haar voortdurende minachting geleden.'

Flora had Mrs. Keppels uitbarsting geschokt aangehoord. Ze was geboren tijdens de regeerperiode van koningin Victoria, de machtigste vorstin van de christelijke wereld en de essentie van het moederschap, met haar enorme familie en liefhebbende echtgenoot. Wat Mrs. Keppel zei was zo flagrant in tegenspraak met Flora's eigen madonna-achtige beeld van de oude vorstin dat het haar begrip te boven ging.

'En nu hij tot het uiterste gegaan is om de wereld te bewijzen dat hij een goede koning zou kúnnen zijn, is hij eenvoudigweg uitgeput en gaat zijn gezondheid rap achteruit.' Mrs. Keppel pakte haar hand beet en kneep erin met koude vingers. 'Flora, ik vrees voor zijn leven. Echt waar.'

'Maar in het paleis zijn er toch een heleboel mensen die over hem waken en voor hem zorgen?'

'Daar zou je van staan te kijken. Bertie is omringd door zwakke mannen en vrouwen die naar zijn pijpen dansen en leven om hem of wie dan ook die op de troon zit te behagen. Als je dicht bij een vorst staat, kom je erachter dat het echt de eenzaamste positie ter wereld is, ook al zijn er nog zo veel mensen die zich om hem lijken te bekommeren.'

De volgende dag zag Flora slechts een glimp van Mrs. Keppel vanachter het raam van het kinderverblijf, toen ze 's avonds het huis verliet, de veren op haar grote fluwelen hoed heftig schuddend bij elke geagiteerde stap. Violet kwam met Panther in haar armen bij haar aan het raam staan.

'Mama doet erg raar, de laatste tijd. Is Kingy soms weer ziek?'

Flora zorgde dat haar stem luchtig bleef klinken. 'Ik weet zeker dat het goed gaat.'

De dag daarop zag Flora Mrs. Keppel helemaal niet; ze was uit of bleef in haar privékamers. Ze kon alleen maar hopen dat de koning geen nieuwe aanval van de bronchitis had gekregen waaraan hij in Biarritz had geleden.

Toen ze de volgende ochtend met Sonia naar beneden liep om te genieten van de heerlijke meizon en de uitbottende riddersporen in het park tegenover het huis te schetsen, liep ze Mrs. Keppel in de vestibule tegen het lijf.

'Hoe is het met hem?' vroeg ze fluisterend terwijl ze samen naar de voordeur liepen.

'Dokter Reid zegt dat hij erg ziek is. Hij krijgt zuurstof en heeft gevraagd of ik bij hem wil komen. De koningin is nog steeds niet thuis.' Ze stapte in de automobiel en Sonia en Flora staken de straat over en liepen het park in.

Om half zes zag Flora de automobiel weer stoppen voor het huis en Mrs. Keppel stapte eruit. Later ging ze naar beneden om te dineren, maar Mr. George zat alleen aan tafel. Ze ging bij hem zitten en hij begroette haar met een vermoeide glimlach.

'Ik vrees dat Mrs. Keppel vanavond onwel is en op haar kamer eet,' zei hij. 'Ik neem aan dat je gehoord hebt dat de koning ziek is?'

'Ja.'

'Bij Buckingham Palace is een aankondiging aangeplakt waarop staat "de toestand van Zijne Majesteit geeft aanleiding tot enige zorg". Mijn vrouw is vandaag bij de koning geweest en heeft bevestigd dat hij ernstig ziek is. Goddank is de koningin teruggekomen van haar cruise, en nu is ze in het paleis.'

'Dus al wat we kunnen doen is bidden,' zei ze ten slotte.

'Ja.' Mr. George knikte bedroefd. 'Dat zei mijn vrouw vanavond ook al.'

'Miss Flora, bent u wakker?'

Flora kwam geschrokken bij bewustzijn. Ze had geen idee hoe laat het was. 'Wat is er aan de hand?' vroeg ze toen ze Barny in de halfdonkere deuropening zag staan.

'Het is Mrs. Keppel, ze is hysterisch. Als u naar haar toe kunt gaan...'

'Natuurlijk. Waar is ze?'

'In haar boudoir. Probeert u haar te kalmeren.'

Ze had Flora eigenlijk niet hoeven te vertellen waar Mrs. Keppel was, want het jammerlijke snikken achter de deur zou haar toch naar haar toe hebben geleid. Ze vond het zinloos om aan te kloppen, maar toch deed ze het een paar keer, omwille van de beleefdheid, en toen opende ze de deur.

Mrs. Keppel liep in haar nachtjapon en zijden kamerjas heen en weer. Haar dikke kastanjebruine haar viel verward over haar schouders en weerspiegelde haar gemoedstoestand.

'Wat is er aan de hand? Is er iets met de koning?'

'Nee.' Mrs. Keppel bleef staan om te kijken wie de vraag had gesteld, zag dat Flora het was en ging verder terwijl Flora de deur achter zich sloot. 'De koningin! Gisteravond kwam ze thuis, na weken niet bij Bertie te zijn geweest toen hij zo ziek was, en ze ontzegde me de toegang tot het paleis! Dus nu hij op sterven ligt, mag ik niet bij hem komen! Hoe kan dat nou? Hoe is dat mogelijk?'

Mrs. Keppel zakte als een zijden hoopje op het vloerkleed en barstte in snikken uit. Flora liep naar haar toe en knielde naast haar neer. Na enige tijd hervond Mrs. Keppel haar kalmte en haar spraakvermogen.

'Flora, ik hou van hem. En hij van mij! En hij heeft me nodig! Ik weet dat hij me daarginds wil zien!' Mrs. Keppel stak haar hand in de zak van haar kamerjas, haalde er een brief uit en vouwde hem open. 'Zie je,' zei ze, en wees ernaar met een priemende wijsvinger, 'lees maar.'

Flora nam het papier gehoorzaam uit haar trillende handen.

Lieve Mrs. George,

Mocht ik erg ziek worden, dan hoop ik dat u bij me zult komen en me zult opbeuren, maar als er geen kans op herstel is, hoop ik dat u ook bij me zult komen – opdat ik u vaarwel kan zeggen en bedanken voor al uw vriendelijkheid en vriendschap in de tijd dat ik zo gelukkig was u te kennen. Ik ga ervan uit dat allen die enige genegenheid voor me koesteren de wensen die ik in deze regels heb neergelegd zullen uitvoeren.

'Ik begrijp het,' zei Flora zacht.

'Wat moet ik doen?'

'Wel,' zei ze langzaam. 'Ik denk dat hij de koning is en u zijn onderdaan. En… in deze brief staat dat hij u opdraagt bij hem te komen.'

'Maar kan ik dit wel aan de koningin laten zien? Zijn vrouw? Zou het niet onfatsoenlijk zijn om dit briefje te gebruiken om haar te smeken of ze me wil toelaten tot een man die nog maar een paar uur te leven heeft, zodat ik afscheid van hem kan nemen? Ik wil… alleen maar… afscheid van hem nemen.'

Als Flora ooit het gewicht van de hele wereld op haar schouders had gevoeld, was het op dat moment. Het was niet aan haar om de maîtresse van de koning te vertellen of ze naar hem toe moest rennen op zijn sterfbed en het ongenoegen van de koningin moest negeren. Ze kon zich alleen maar voorstellen hoe het moest zijn voor een vrouw die een man liefheeft en hem wil zien voordat hij overlijdt.

'Ik denk,' zei Flora, en ze haalde diep adem, 'dat ik naar het paleis zou gaan. Ja, dat zou ik doen,' herhaalde ze. 'Alleen omdat u, ook als u niet bij de koning wordt toegelaten, dan altijd zult weten dat u heeft geprobeerd te doen wat uw soeverein u heeft gevraagd. Ja.' Flora keek Mrs. Keppel in de ogen. 'Dat zou ik doen.'

'Mijn tegenstanders in het paleis zullen me er des te meer om haten.'

'Misschien. Maar hij niet.'

'God mag weten wat er van me zal worden als hij er niet meer is… Ik durf er niet aan te denken.'

'Hij is nog niet overleden.'

'Lieve Flora.' Mrs. Keppel hief haar trillende armen naar haar op. 'Je bent de vreugde van mijn leven. En van de koning.' Ze sloeg haar armen om Flora heen en drukte haar tegen zich aan. 'Ik zal hem de groeten van je doen.'

'Doe dat, alstublieft. Ik mag hem echt heel erg graag.'

'En hij jou.' Mrs. Keppel droogde haar tranen en stond op. 'Ik ga naar het paleis, en als ze me niet toelaten bij mijn geliefde, dan is dat maar zo. Dan heb ik het in ieder geval geprobeerd. Dank je, Flora. Kun je tegen Barny zegen dat ze naar me toe moet komen om me te helpen met aankleden?' Ze huiverde. 'Ik wil geen zwart dragen, maar een bonte kleur die hem zal opbeuren.'

'Natuurlijk. Succes.' Flora liep de kamer uit.

De rest van de dag wachtten de bewoners van Portman Square 30 tot Mrs. Keppel thuis zou komen. Nannie kwam met regelmatige bulletins over de gezondheid van de koning, die ze had doorgekregen van Mrs. Stacey, die de praatjes die op straat de ronde deden hoorde van de kooplieden die aan de keukendeur kwamen leveren voor de huishouding.

Sonia kwam bij Flora in het kinderverblijf zitten.

'Denk je dat Kingy vandaag naar de hemel gaat? Al de bedienden zeggen dat hij doodgaat.'

'Als hij sterft, weet ik zeker dat hij naar de hemel gaat,' zei Flora. 'Hij is een heel goede man.'

'Ik weet dat sommige mensen bang voor hem zijn, maar met mij speelde hij altijd spelletjes. Hij schoot altijd stukjes toast naar me toe over zijn broekspijp, en dan kwam er overal boter op. En hij is aardig, maar zijn hond vind ik niet leuk. Dus ik denk dat Kingy vleugels krijgt en op een wolk bij God gaat wonen. Tenslotte is Híj ook een koning.'

'Ja, dat is zo,' zei Flora, terwijl Sonia op haar duim zuigend tegen haar aan kroop.

De avond was al aan het vallen toen Flora eindelijk de automobiel hoorde terugkomen en stilhouden onder het raam voor het huis, en ze zag dat er iemand half uit gedragen werd. Ze rende naar de trap, bleef boven bij de leuning staan, boog zich eroverheen en luisterde ingespannen of ze Mrs. Keppels stem hoorde. Maar er was alleen maar stilte.

'Mr. en Mrs. Keppel souperen op hun kamers, Miss Flora. Ik breng ook een dienblad naar uw kamer,' zei Mrs. Stacey. Flora zag dat ze zwarte kleren droeg. Of misschien heeft ze dat altijd gedaan en valt het me nu pas op, dacht Flora.

Rond middernacht lag ze nog steeds wakker en hoorde ze de klok van de kerk in de buurt twaalf uur slaan. Het klonk alsof de doodsklok werd geluid. Iets voor enen hoorde ze de rouwklokken van heel Londen luiden.

'Hij is dood, God zegene hem, God zegene de koning,' begroette Nannie Flora toen ze de volgende ochtend op de kinderverdieping binnenkwam. 'De meisjes zijn ontroostbaar. Kun je mee naar ze toe komen?'

'Natuurlijk.' Flora liep naar binnen en trof ze onderuitgezakt naast elkaar in een leunstoel aan met Panther dwars over hun schoot.

'O, Flora, Kingy is vannacht doodgegaan! Is het niet verschrikkelijk?' riep Sonia uit.

'Ja, dat is verschrikkelijk triest.'

'Wat gaat mama nu doen? Nu zullen we nooit meer naar Biarritz gaan en zij zal nooit koningin worden,' zei Violet.

'Kingy zal altijd een koning zijn, en jullie moeder altijd een koningin,' zei Flora zacht. Ze sloeg haar armen om hen heen en de meisjes drukten zich tegen haar aan.

'Voor het paleis hebben zich duizenden mensen verzameld, maar bij ons op de stoep staan er ook een heleboel,' zei Nannie, die bij het raam stond en naar de straat beneden gluurde. 'Ze willen dat ze iets zegt, maar wat kan ze zeggen? Mrs. Keppel was de koningin van het volk, ziet u, maar nu is ze natuurlijk niet hier.'

'Waar is ze dan?' vroeg Flora.

'Ze logeert met Mr. George bij de familie James in Grafton Street,' zei Nannie zacht. 'Zo dadelijk gaan wij daar ook heen. Blijft u bij de kinderen, dan ga ik inpakken.' Flora knikte.

'Ik wil mama zien,' zei Sonia snikkend met haar hoofd tegen Flora's schouder. 'Waarom is ze met papa meegegaan en heeft ze ons hier gelaten?'

'Mensen die verdriet hebben, willen vaak met rust gelaten worden.'

'Waarom kunnen we dan niet de luiken van ons huis dichtdoen en hier droevig zijn?'

'Misschien zal dat moeilijk gaan met al die mensen buiten die lawaai maken, schat,' zei ze, en ze streelde Sonia's haar.

Violet maakte zich los uit Flora's armen en stond op. 'Waarom zijn ze naar de familie James gegaan? Dat is een vreselijk huis en het zijn nare mensen.' Violet perste haar lippen op elkaar en keek omlaag naar de menigte bij de voordeur. 'Waarom maken die mensen toch zo'n lawaai? Waarom kunnen ze ons niet gewoon met rust laten?'

'Zij zijn ook in de rouw en ze willen dicht bij de mensen zijn die dicht bij Kingy stonden.'

'Ik zou willen dat ik bij al die mensen voor het paleis was… dan kon ik tussen hen onzichtbaar zijn en om hem rouwen.'

'Wel, jullie zijn allemaal wie jullie zijn, en daar is niets aan te doen. En nu is Nannie aan het inpakken en jullie moeten allebei groot en sterk zijn, zoals Kingy had gewild.'

'We zullen het proberen, maar we zijn nog maar *enfants* en geen volwassenen, Flora,' zei Violet hooghartig en ze schreed het kinderverblijf uit.

Flora volgde haar prompt om Nannie te gaan zoeken.

'Weet je of er aanwijzingen voor mij zijn? Moet ik met jullie mee?'

'Mrs. Keppel heeft niets over u gezegd, Miss Flora. Ik moest alleen de kinderen en Moiselle meenemen naar Grafton Street.'

‘Ik begrijp het.’

‘Nou, u gaat over een week trouwen. Misschien dacht ze dat u naar uw zus of de familie van uw verloofde gaat?’

‘Ja, natuurlijk.’

‘Dit is het einde van een tijdperk, Miss Flora.’ Nannie schudde haar hoofd en zuchtte diep. ‘Na deze dag zal niets ooit nog zijn zoals het was, voor geen van ons allen.’

Flora wuifde de meisjes met tranen in haar ogen uit in de vestibule en zag dat ze samen met Nannie en Moiselle in de automobiel werden gestopt terwijl politieagenten de journalisten en het publiek op afstand hielden. Mr. Rolfe sloot het portier en Flora bedacht zich dat de omstanders in hun zwarte rouwkleding net gieren leken. Ze liep de trap op en vroeg zich af of ze de Keppels ooit zou weerzien.

Op haar kamer in het nu griezelig stille huis schreef Flora een telegram aan Freddie waarin ze hem vroeg of het gelegen kwam dat ze de volgende dag op Selbourne zou aankomen, en daarop gaf ze het aan Mr. Rolfe om te verzenden. Ze wist dat ze niet in High Weald terecht zou kunnen.

Na haar kleren in haar koffers te hebben gepakt, ging ze weer bij het raam staan en ze zag dat de menigte zich begon te verspreiden. Toen de avond viel, werd het stil in de straat. Doodstil, dacht ze. Ze probeerde zich niet gekwetst of verlaten te voelen. Tenslotte had Mrs. Keppel, zoals Nannie had gezegd, aangenomen dat Flora minstens twee toevluchtsoorden had waar ze heen kon gaan, als ze tenminste nog iets had gedacht in haar enorme verdriet.

Flora opende het raam van haar kamer, ging met Panther in haar armen op de vensterbank zitten en keek op naar de heldere nachthemel.

‘Vaarwel, lieve koning. En God zij met u,’ zei ze tegen de sterren boven haar.

31

'Er is bezoek voor u, Miss Flora,' zei Peggie toen ze Flora's slaapkamer binnenkwam.

'Wie is het?'

'De gravin van Winchester. Ik heb haar naar de salon beneden gebracht en thee voor haar ingeschonken.'

'Dank je.'

Hoewel het een opluchting voor Flora was dat de gravin al een dag na het versturen van haar telegram reageerde, verbaasde het haar dat Daphne haar in eigen persoon kwam opzoeken. Ze liep naar beneden en toen ze de deur van de salon opendeed, zag ze Daphne op de chaise longue zitten in een weelderige donker fluwelen japon en met een met zwarte saffieren bezette band in haar grijzende haar.

'Flora, lieveling, gecondoleerd met dit verlies.' Daphne stond op en omhelsde haar.

'Dit verlies raakt niet alleen mij, maar het hele land en de hele wereld.'

'Ja, het hele land is in diepe rouw.' Als vanzelf nam Daphne de rol van gastvrouw op zich en nodigde Flora uit om te gaan zitten. 'Het is allemaal zo tragisch, vind je niet? En de timing had niet slechter gekund.'

'Volgens mij komt het nooit goed uit om de koning van Engeland te verliezen.'

'Daar heb je natuurlijk gelijk in, maar nu kan de bruiloft volgende week niet doorgaan. Zo'n feestelijke aangelegenheid zou worden gezien als een belediging aan het adres van de koning.'

'Ik begrijp volkomen dat de bruiloft uitgesteld moet worden.'

'Ja, dat geloof ik graag. Zeker gezien... de omstandigheden.'

Hoewel Flora niet precies begreep wat die pinnige opmerking te betekenen had, vervolgde ze: 'Ik neem aan dat je mijn telegram hebt ontvangen. De Keppels hebben het huis verlaten en het voelt voor mij ook niet goed om hier te blijven. Ik hoopte dat ik op Selbourne zou kunnen logeren totdat Freddie en ik getrouwd zijn.'

'Kun je niet naar het huis van je zuster in Kent?'

'Dat zou nu niet erg... gelegen komen.'

'Echt niet?' Daphne nam haar vorsend op. 'Ik dacht dat die lieve Aurelia je zo graag om zich heen had?'

'Dat klopt, we hebben altijd een goede band gehad...' Flora zocht naar een passende verklaring, maar kon niets bedenken. 'Het komt nu niet gelegen, dat is alles.'

'Ik begrijp het.'

Er viel een stilte in het vertrek.

'Lieve schat,' verzuchtte Daphne uiteindelijk, 'nu de koning niet meer leeft, moet ik je helaas mededelen dat de bruiloft helemaal niet doorgaat. Dat begrijp je toch wel?'

Verbijsterd keek Flora haar aan. 'Wordt de bruiloft afgelast?'

'Ja.'

'Ik... Kun je me uitleggen waarom?'

Daphne nam ruim de tijd om haar gedachten te ordenen voordat ze weer iets zei. 'Zal ik een kop thee voor je inschenken?'

'Nee, dank je. Wil je me alsjeblieft vertellen waarom het huwelijk met Freddie niet doorgaat? Ik begrijp dat het feest uitgesteld moet worden, maar...'

'Het komt door wie je bent, liefje. Je begrijpt toch wel dat het volkomen ongepast zou zijn, nu iedereen meeleeft met de koningin en haar tragische verlies?'

'O,' zei Flora, bij wie het kwartje eindelijk viel, 'vanwege Mrs. Keppel.'

'Ja, dat ook.'

'Ik begrijp het.'

'Dat betwijfel ik, liefje, maar ik kan je wel zeggen dat ik het erg jammer vind dat het zo gelopen is. In mijn ogen had je Freddie de stabiliteit kunnen bieden die hij nodig heeft, en ik keek ernaar uit om je in ons huishouden te mogen verwelkomen. Gezien de omstandigheden kan mijn man echter geen goedkeuring verlenen aan een huwelijk tussen jou en zijn erfgenaam. En zoals je weet heeft een vrouw haar echtgenoot te gehoorzamen. Wees alsjeblieft niet verdrietig, liefje. Het is gewoon een samenloop van omstandigheden waar jij niets aan kunt doen.'

Flora zei niets. Ze voelde zich net een blaadje dat werd meegevoerd door de wind, niet bij machte om haar eigen lot te bepalen.

'Misschien kun je bij je ouders in Schotland intrekken, als je niet bij je zuster terecht kunt?' opperde Daphne.

'Misschien wel, ja.'

'Welja, dan valt er weinig meer te zeggen. Ik kan je verzekeren dat Freddie er kapot van is, net als wij allemaal, maar hij zal dit wel weer te boven komen, net als jij.' Daphne stond op en liep naar de deur. 'Vaarwel, lieve schat. God zij met je.'

Na Daphnes vertrek bleef Flora nog een tijdje als verstijfd in haar stoel zitten. Ze voelde zich verdoofd... Er was geen opluchting omdat ze onverwacht weer vrij was, of angst over wat ze nu moest doen. Het leek wel of haar leven in dit huis was begonnen en hier ook was geëindigd.

'Of misschien is het geëindigd en begonnen,' mompelde ze, in een poging om te gaan met het verdriet over het verlies van de koning, het abrupte vertrek van de familie Keppel en de schrik omdat haar toekomst in één klap was uitgewist.

De schemering viel in – een schemering die de koning nooit meer zou zien. Buiten op straat was het doodstil, alsof alle stadsbewoners zich hadden teruggetrokken in hun huizen om te rouwen om het overlijden van hun vorst. Flora leunde achterover op haar stoel en voelde een traan over haar wang rollen bij de gedachte aan die keer dat ze hem hier had gezien, dominant aanwezig en bruisend van enthousiasme. Op een gegeven moment moest ze ingedommeld zijn, want ze schrok wakker van de deurbel en toen ze haar ogen opende, was het donker in het vertrek. Op de tast zocht ze de deur van de salon, zette die op een kiertje en spitste haar oren.

Ze hoorde Mrs. Stacey en Peggie de trap op komen.

'Ga jij kijken of Miss Flora in haar kamer is, dan doe ik de verlichting in de salon aan. Wisten we maar wanneer ze van plan is om te vertrekken. Mr. George heeft een koerier gestuurd met het verzoek om alles in de mottenballen te leggen totdat ze besloten hebben wat ze gaan doen. Ik heb de livreiknecht al naar zolder gestuurd om de stoflakens te halen.'

'Als ik haar was, zou ik zo snel mogelijk maken dat ik uit Londen wegkwam. Al was het maar uit respect voor de koningin.'

'Misschien is ze zich wel van geen kwaad bewust,' reageerde Mrs. Stacey.

'Nou, dat zou wel moeten. De rest van Londen weet het maar al te goed,' siste Peggie.

'Schiet nou maar op! Ga kijken of ze boven is, dan doe ik de lampen aan.'

Flora deinsde weg van de deur toen Mrs. Stacey binnenkwam en een kreetje van schrik slaakte omdat Flora ineens in het donker voor haar bleek te staan.

'Hemeltje, Miss Flora! Ik schrik me een hoedje.'

'Neem me niet kwalijk,' zei Flora terwijl Mrs. Stacey de lampen aan begon te maken.

'Er is bezoek voor u,' zei de vrouw. 'Ik zal hem hierheen sturen en zorgen dat Mabel het vuur komt oppoken. Het is hier nogal frisjes.'

'Wie is het?'

'Sir Ernest Cassel, Miss Flora.'

Toen Mrs. Stacey de kamer uit was, liep Flora naar de grote vergulde spiegel boven de haard om haar kapsel te fatsoeneren. Ze vroeg zich af waarom Sir Ernest haar hier in vredesnaam kwam bezoeken en waar Peggie nou precies op had gedoeld met haar opmerking dat Flora uit respect voor de koningin Londen zou moeten verlaten. Het had er alle schijn van dat haar goede naam was aangetast vanwege haar omgang met Mrs. Keppel...

'Goedenavond, lieve Miss MacNichol.'

Sir Ernest Cassel kwam de kamer binnen en liep naar haar toe om haar een handkus te geven. Van dichtbij zag ze dat zijn ogen roodomrand waren en zijn huid bleek.

'Sir Ernest, gaat u toch zitten.'

'Dank u. Het spijt me dat ik u stoor in deze tijd van rouw. Dit is een vreselijke dag voor ons allen, die de koning kenden en van hem hielden. En natuurlijk voor zijn onderdanen. Hij zou versteld staan en dankbaar zijn om de vele steunbetuigingen vanuit zijn geliefde koninkrijk. Er waken nog steeds duizenden mensen bij Buckingham Palace. En dat voor een koning die dacht nooit in de voetsporen van zijn moeder, of zijn vader, te kunnen treden. Ik... Tja...' Hij slikte moeizaam. 'Het is een passend eerbetoon.'

'Mag ik vragen wat u hier komt doen, sir? Mrs. Keppel woont hier niet meer.'

'Daar ben ik me van bewust. Ik ben al bij haar geweest, in Grafton Street, om persoonlijk mijn condoleances over te brengen aan haar en haar gezin. Ze was onwel en die lieve Sonia vertelde me dat haar mama gek van verdriet is en zelfs haar eigen dochters niet onder ogen wil komen.'

'Ze hield ontzettend veel van hem.'

'Dat geloof ik ook, ja. En daarnaast, als ik het zo mag zeggen, Miss MacNichol, huilt ze misschien om zichzelf. Haar bewind is ook voorbij, net als dat van de koning.'

'Dit is een erg moeilijke tijd voor haar.'

'En voor haar dochters. Al ken ik Mrs. Keppel goed genoeg om te weten dat ze er wel weer bovenop zal komen, het is nu het beste als ze zich gedeisd houdt.'

'Weet u misschien of ze nog op audiëntie bij de koning is geweest voordat hij stierf?'

'Ja, ik was erbij. Het was een nogal betreurenswaardige vertoning. Zodra Mrs. Keppel de koning zag, werd ze volslagen hysterisch. De koningin moest haar uit het vertrek laten verwijderen. Het was niet het waardige gedrag dat we van haar kennen, maar aan de andere kant...' Sir Ernest slaakte een zucht. 'Wat is er nou waardig aan de dood? Ik heb in Grafton Street naar u gevraagd, maar tot mijn verbazing bleek dat ze u hier hadden achtergelaten.'

'O, dat hebben ze vast niet met opzet gedaan. Zoals u al zei is Mrs. Keppel gek van verdriet. In het ergste geval is ze het vergeten en in het beste geval kwam het omdat ze dacht dat ik wel bij mijn zuster terecht zou kunnen, of bij mijn verloofde.'

'Ik heb bewondering voor uw loyaliteit, maar ik kan u verzekeren dat alles wat Mrs. Keppel doet weldoordacht is. Misschien snapt u wel waarom het haar belangrijk leek om voorlopig niet met u geassocieerd te worden?'

'Nee.' Flora grinnikte bitter. 'Al bent u niet de eerste die hier vandaag bij me op bezoek komt. De gravin van Winchester, de moeder van mijn verloofde, burggraaf Soames, is me vanmiddag komen vertellen dat mijn bruiloft volgende week niet alleen is uitgesteld vanwege de dood van de koning, maar wordt afgelast. Definitief.'

'Dan was de koning echt een wijs man, want dit had hij al voorzien.'

'Is dat zo? Vanwege mijn omgang met Mrs. Keppel?'

'Deels wel, maar dat is natuurlijk niet de enige reden.'

'Sir Ernest.' Ze stond op en warmde haar handen bij het vuur, overmand door frustratie en uitputting. 'Sinds ik zeven maanden geleden naar Londen ben gestuurd om in dit huis te komen wonen, heb ik het gevoel dat ik een onschuldige pion ben in een spel waarvan iedereen de regels kent, behalve ik. Neem me niet kwalijk dat ik zo bot doe, maar vertelt u me alstublieft waarom ik naar Londen ben gehaald. Ik was een meisje van negentien uit een respectabele maar verre van aristocratische familie. Mijn ouders hadden niet eens genoeg geld om hun oudste dochter haar debuut te laten maken. Maar voordat ik het wist, werd ik door Mrs. Keppel voorgesteld in de hoogste kringen en mocht ik zelfs theedrinken met de koning in eigen persoon! En ik werd ten huwelijk gevraagd door een burggraaf, wat betekende dat ik ooit gravin zou worden en de leiding zou krijgen over een van de grootste landgoederen in heel Engeland.'

Buiten adem van alle emoties aarzelde Flora even en keek hem recht in de ogen. 'Nu is de koning dood, heeft Mrs. Keppel me hier achtergelaten en is mijn verloving verbroken. Eerlijk gezegd begrijp ik helemaal niets van al die veranderingen en word ik er gek van! Ik heb aldoor het gevoel dat iedereen iets weet wat ik niet weet. Ik...'

'Miss MacNichol, nu begrijp ik waarom u zegt dat u zich een onschuldige pion voelt. Net als velen met mij nam ik aan dat u op de hoogte was. Kom, dan schenk ik een glas cognac voor ons in.'

'Ik drink geen cognac.'

'Beschouw het maar als een medicijn. U zult het nodig hebben.'

Sir Ernest stond op en liep naar het dienblad met karaffen erop, terwijl Flora, beschaamd om haar emotionele uitbarsting, zichzelf weer in de hand probeerde te krijgen.

'Drink maar op, daar krijgt u het warm van.'

'Alstublieft, Sir Ernest. Het was helemaal niet mijn eigen wens om naar Londen te komen en achteraf bezien ben ik dolblij dat ik niet hoef te trouwen met een man van wie ik nooit had kunnen houden. Dus u hoeft niet bang te zijn dat u me nog erger van streek zult maken. Het feit dat u bij mij bent, op de avond na de dood van uw koning, bevestigt alleen maar dat u over de antwoorden beschikt die ik nodig heb.'

'Neem me niet kwalijk, want deze avond roept veel emoties bij me op. Vorig jaar vertelde de koning me dat hij zijn twijfels had over het idee van Mrs. Keppel om u naar Londen te halen, bij haar in huis. Maar daarna raakte hij natuurlijk op u gesteld, en daarmee ook nog meer op Mrs. Keppel, precies zoals haar bedoeling was geweest. Vooral aangezien zijn dagen al geteld waren toen ze u aan hem voorstelde. Dat wist hij maar al te goed, vergis u niet. Vlak nadat u hem in Biarritz hebt bezocht, riep hij me bij zich en vroeg me om iets voor u te regelen, mocht hij komen te overlijden. Hij vroeg me dit aan u te geven.' Sir Ernest maakte zijn aktetas open en haalde er een dunne envelop uit, die hij aan haar overhandigde.

Terwijl ze hem aanpakte, zag ze haar naam erop staan, in een grillig, puntig handschrift.

'Voordat ik gisteravond naar de koning ging, vroeg hij me om briefgeld mee te nemen – een flink bedrag. Eenmaal daar legde ik het geld naast zijn bed. Hij knikte, bedankte me en sprak de hoop uit dat hij nog zou kunnen zorgen dat het geld goed terechtkwam. Jammer genoeg raakte hij kort daarop in coma. Een van zijn adviseurs gaf de envelop aan me terug, omdat hij het niet gepast vond dat er zo'n groot geldbedrag naast het bed van de koning lag. Het was bijna tienduizend pond. Ik wist voor wie het bedrag bestemd was, dus hier ben ik dan.' Hij deed weer een graai in de aktetas en haalde er ditmaal een in bruin papier gewikkeld pakje uit, dat hij in Flora's trillende handen legde.

'U wilt toch niet beweren dat het geld voor mij is? Ik kende de koning amper. Ik heb hem maar twee keer ontmoet...'

'Lieve jongedame, het verbaast me echt dat Mrs. Keppel u nooit ingelicht heeft. En ik zou willen dat ik u dit niet hoefde te vertellen.' Sir Ernest sloeg de rest van zijn cognac achterover, terwijl Flora hem ongeduldig gadesloeg. 'Miss MacNichol... Flora...'

'Ja?'

'Je bent zijn dochter.'

Flora wist zeker dat ze dat korte zinnetje haar leven lang niet meer zou vergeten. Terwijl ze door het raam naar buiten staarde, vroeg ze zich af waarom ze hier zelf nooit aan had gedacht. Toch wist ze dat zelfs áls het al in haar opgekomen was, ze het meteen als klinkklare onzin zou hebben afgedaan. Maar nu, terwijl ze naar de enveloppen in haar schoot keek, en vervolgens naar de man die de belangrijkste adviseur van de koning was geweest, leek het volkomen logisch.

Misschien had ze het ergens, op een onbereikbaar plekje in haar geest, wel geweten, en had ze er niet bewust bij willen stilstaan omdat het zo schandalig was.

De maîtresse en het onwettige kind...

Om dit te verwerken, kon ze wel een cognacje gebruiken, dus nam ze een slok uit het glas dat ze tot nu toe onaangeroerd had gelaten. 'Neem me niet kwalijk, sir, het is nogal een schok. Er zal wel geen bewijs zijn dat het echt waar is?'

'Het wordt door alle betrokkenen voor waar aangenomen. Bovenal door uw vader. Uw échte vader,' corrigeerde hij zichzelf. 'U zult wel begrijpen dat er geen ruchtbaarheid werd gegeven aan de... toestand van uw moeder, na haar affaire met de koning. Ze stemde ermee in om onmiddellijk te trouwen en uit Londen te vertrekken.'

'Dus daarom wilden mijn grootouders me nooit zien, of naar mijn bruiloft komen...'

'Het is ook de reden geweest dat u uw debuut niet mocht maken. U kon onmogelijk aan het hof gepresenteerd worden ten overstaan van de koningin, die vrijwel zeker zou weten wie u was.'

'Dat ben ik met u eens, sir. En mijn vader – de echtgenoot van mijn moeder, bedoel ik dan – nu begrijp ik waarom hij me amper kon aankijken. Hij moet het geweten hebben.'

'Daar zult u wel gelijk in hebben. Als u de huwelijksakte en uw geboorteakte erop na zou slaan, zou u zien dat die data maar drie maanden uit elkaar liggen.'

Flora dacht terug aan de brief die ze in de ladekast van haar vader had gevonden. 'Ja. En ik weet ook dat er geld van eigenaar is gewisseld. Volgens mij is mijn... stiefvader betaald om met mijn moeder te trouwen. Hield hij... Hield de koning van mijn moeder?'

'Vergeef me, daar kan ik niets over zeggen, maar hij was absoluut dol op u.'

'Was Mrs. Keppel op de hoogte van de relatie tussen mijn moeder en de koning?'

'Die twee hebben samen hun debuut gemaakt. Ze waren vriendinnen.'

'Heel Londen wist wie ik was,' fluisterde ze. 'Behalve ik.'

'In ieder geval bent u erop vooruitgegaan onder de hoede van Mrs. Keppel.'

'Ik hoorde ook bij de "alternatieve koninklijke familie"...'

'En daar was de koning heel gelukkig mee.'

'Waarom heeft Mrs. Keppel me naar Londen laten komen?'

'Nogmaals, ik weet niet zeker of ze u aan uw vader wilde voorstellen voor uw bestwil, of die van hem. Of misschien wel om er zelf beter van te worden en de bescherming van de koning te genieten. Hoe dan ook is het nu eenmaal zo gelopen en heeft de koning meermaals tegen me gezegd hoezeer hij van uw gezelschap genoot. En ja, hij zag veel gelijkenissen tussen u en hemzelf. Het maakte hem erg blij dat u in zijn leven bent gekomen, Miss MacNichol. Als hij langer te leven had gehad, was jullie relatie vast nog een stuk hechter geworden.'

'Dus daarom was ik opeens populair, omdat iedereen wist dat ik de dochter van de koning was. En omdat hij me in zijn leven had toegelaten, ook al was ik een buitenechtelijk kind...' mijmerde Flora zachtjes. 'Daarom wilde Freddie met me trouwen. De gravin zei regelmatig dat ik van goede komaf was en had het er zelfs over dat de koning misschien naar onze bruiloft zou komen.'

'Het zal ongetwijfeld van invloed zijn geweest op bepaalde omstandigheden, ja. Maar nu is de koning natuurlijk dood, terwijl de koningin nog leeft...'

'En is de illusie die Mrs. Keppel heeft geschapen als bij toverslag weer verdwenen. Ach ja...' Flora glimlachte zuinigjes. 'Wat er ook is gebeurd en wat er verder ook nog gaat komen, ik ben blij dat ik hem in ieder geval heb leren kennen.'

'Hij was trots op u, Miss MacNichol, alleen kon hij daar niet openlijk voor uitkomen. Hopelijk heeft u daar begrip voor.'

'Natuurlijk.'

'En nu, zoals ik al eerder zei, breekt er een nieuw tijdperk aan. De koning is niet meer, en zijn dienaren zullen worden vervangen en moeten proberen op een andere manier te overleven. Namens de koning hoop ik dat de inhoud van deze envelop u ook daartoe in staat zal stellen. En ik raad u aan om niet te schromen er gebruik van te maken. Hij zag u als een vrije geest, een onschuldig mens dat niet bezoedeld was door alles waarmee hij al vanaf zijn geboorte te kampen had. Wat er ook voor u in het verschiet mag liggen, ga verstandig om met zijn nalatenschap. Bent u van plan om nu bij uw zuster in te trekken?'

'Dat kan niet.'

'Bent u daar niet meer welkom?'

'Inderdaad.' Flora besloot er niet over uit te weiden.

'Onthoud alstublieft dat u er niets aan kunt doen dat u in deze situatie verzeild bent geraakt. Voel u niet schuldig. U heeft er niet voor gekozen om op die manier ter wereld te komen. Dat is uw vloek geweest, maar ik hoop oprecht dat het vanaf nu vooral een zegen zal zijn.'

'Het was me inderdaad een genoegen om de koning te leren kennen.'

'En nu, Miss MacNichol, moet ik gaan. Zoals u zich vast wel kunt indenken heb ik nog veel te doen. Vergeet alstublieft niet dat u in de gedachten van de koning was, vlak voor zijn dood.'

'Bedankt dat u de tijd hebt genomen om mij te bezoeken.' Ze stond op.

Ernest Cassel volgde haar voorbeeld. 'U hoeft me niet te bedanken. Ik vind het vreselijk dat ik u alleen moet achterlaten in dit huis.'

'Nee, Sir Ernest, ik wil u wél bedanken. Hoe het me verder ook zal vergaan, u heeft me de antwoorden gegeven waar ik al sinds mijn aankomst in Londen naar op zoek ben. Nu ik weet hoe het zit, kan ik verder.'

'En ik zal altijd tot uw dienst staan. Als u wilt dat ik u help uw erfenis te beleggen, aarzel dan niet om contact met me op te nemen. Dan rest mij alleen nog te zeggen dat u mijn nieuws van vanavond hebt aangehoord met de waardigheid van een echte prinses. En als een typische dochter van uw vader. Een prettige avond nog, Miss MacNichol.'

Hij maakte een lichte buiging en liep haastig het vertrek uit, om zijn emoties te verbergen, wist Flora instinctief. Met Panther in haar kielzog liep ze bedaard de trap op naar haar kamer, alsof het een dag als alle andere was. Iemand had de gaslampen aangestoken en ze ging op het bed liggen, terwijl ze de zware envelop bekeek. Een merkwaardige kalmte had zich van haar meester gemaakt. Wat haar zojuist was verteld, was niet onwerkelijker dan wat er de afgelopen zeven maanden nog meer was gebeurd. Nu pasten alle puzzelstukjes tenminste in elkaar.

Prompt viel ze in slaap, alsof de natuur medelijden met haar kreeg en haar geschokte geest even respijt gunde. In de kleine uurtjes, vlak voor zonsopgang, werd ze weer wakker. En, met Panther spinnend aan haar zijde, opende ze de eerste envelop.

26 april 1909

Lieve Flora,

(Mijn complimenten aan je moeder voor je naam – je weet dat ik altijd een voorliefde voor Schotland heb gehad.)
Zoals je al wel zult weten wanneer je dit leest, ben ik je biologische vader. Mocht je daar nog aan twijfelen, net zoals ik voordat Mrs. Keppel voorstelde dat ik kennis met je zou maken, twijfel dan niet langer. Lieve meid, je hebt zelfs mijn neus! Wat dat betreft leef ik met je mee, want het is een onaantrekkelijk ding, maar jouw gezicht geeft het een adellijke uitstraling. Ik herken veel van mezelf in jou, en Flora, om eerlijk te zijn keek ik daar niet erg naar uit, ook al zijn de feiten rondom je verwekking onweerlegbaar: ik kan bevestigen dat je moeder nog puur was toen onze kortstondige verhouding begon.

Allereerst, vergeef me mijn gedrag tegenover haar en, als gevolg daarvan, tegenover jou. Ik hoop dat je begrip hebt voor de situatie waarin ik me bevond. Daar wil ik verder geen woorden aan vuilmaken, behalve dat ik blij was toen ik hoorde dat je moeder veilig getrouwd was.

Ernest Cassel is al bij je geweest en heeft je deze brief gegeven, samen met een bedrag waarmee ik hoop je van een goede toekomst te verzekeren. Wees maar blij dat je niet net zo'n leven leidt als je halfbroers en -zusters. Ik hoop dat ten minste een van mijn kinderen een leven zal kunnen leiden dat niet wordt belemmerd door het protocol en de eisen van een koninklijke functie. Leef een anoniem en vrij leven, zoals ik zelf graag gedaan had. En blijf bovenal trouw aan jezelf.

Lieve Flora, ik wens je alle geluk, voldoening en liefde van de wereld. En het doet me verdriet dat ik geen tijd heb gehad om je beter te leren kennen.

Denk alsjeblieft nog eens terug aan de korte momenten die we samen hebben gehad.

En ik smeek je deze brief te verbranden, omwille van alle betrokkenen.

De brief was ondertekend door Edward, met het koninklijke zegel erbij.

Vervolgens opende Flora de zware envelop, al had ze al een vermoeden wat erin zat. Er tuimelden honderden bankbiljetten uit – die ze pas later zou tellen.

Ze stopte het geld terug in de envelop en schoof de brief in de zijden flap achter in haar dagboek. Daarna stond ze op van het bed en belde om Peggie, die ze opdracht gaf om tegen Freed te zeggen dat hij haar naar station Euston moest brengen.

Nadat ze in de trein was gestapt en zich in een coupé had geïnstalleerd, keek ze door het raampje naar het station dat ze achter zich lieten. Panther miauwde in zijn mandje en aangezien er verder niemand in de coupé zat, nam ze hem in haar armen.

'Niet huilen, schatje,' murmelde ze. 'We gaan naar huis.'

STAR

OKTOBER 2007

Rubus fruticosus
(gewone braam – rozenfamilie)

32

'Dus zo zit de vork in de steel. Wat een verhaal, hè?'

De stem van Mouse had iets rustgevends en ik had mijn ogen dichtgedaan en was helemaal vergeten waar ik was toen hij me had meegenomen naar bijna honderd jaar geleden. Flora's bloemrijke, beschrijvende taalgebruik – het taaltje waar Orlando zo dol op was en dat hij nog steeds bezigde – had de beelden in mijn hoofd des te levendiger gemaakt.

Flora's echte vader... een koning. Maar daar ging het niet om. Ik slikte de brok in mijn keel weg over de emoties die ze had gevoeld en zo indringend had beschreven in haar dagboek. Ik vroeg me af hoe ik me zou voelen als zoiets mij overkwam.

'Star? Hallo?'

Ik deed mijn best om mijn aandacht op de man te richten die tegenover me op de bank zat. 'Dat... verhaal. Denk je dat het waar is? Ik bedoel, hij was de koning van Engeland...'

'Het zou absoluut waar kunnen zijn. Edward stond erom bekend dat hij er tijdens zijn bewind meerdere minnaressen opna hield. Ik heb de geschiedenisboeken erop nageslagen en één vermelding gevonden van een zwangerschap die kennelijk aan Edward VII wordt toegeschreven. Aangezien er in die tijd nog geen betrouwbare anticonceptiemethoden waren, lijkt het me een klein wonder als er niet meer zwangerschappen zijn geweest waarover niets is vastgelegd.'

'Wat vreselijk voor de koningin. Het verbaast me dat Mrs. Keppel zo veel aanzien genoot.'

'Hier in Engeland is monogamie nog maar relatief kort een vereiste voor een huwelijk, zeker in de hogere klassen. In Flora's tijd waren gearrangeerde huwelijken tussen belangrijke families in Engeland niets meer dan een zakelijke overeenkomst. Zodra er een erfgenaam was verwekt, mocht zowel de man als de vrouw er affaires opna houden, zolang ze maar discreet waren.'

'Ben jij historicus?'

'Ik heb architectuur gestudeerd. Maar interessant genoeg zijn de wensen en behoeften van mensen vaak terug te zien in de gebouwen waar ze wonen. Geheime doorgangen die van het ene boudoir naar het andere voerden, bijvoorbeeld...' Mouse keek me onderzoekend aan. 'Wat kijk je raar, Star. Ben je zo preuts?'

'Ik heb normen en waarden,' antwoordde ik zo bedaard mogelijk. In dit soort vragen had ik geen zin, na mijn gesprek met Shanthi.

'Oké. Enfin, vind je het een spannende gedachte dat je misschien familie bent van ons koningshuis? Per slot van rekening heeft je vader je een Fabergé-kat als aanwijzing gegeven, die Flora volgens haar dagboek van Edward VII heeft gekregen.'

'Niet echt,' gaf ik toe.

'Misschien moet je daar Engels voor zijn. Ik ken een heleboel mensen die dolgraag zo'n connectie zouden willen vinden. Wij Britten zijn een stelletje snobs dat almaar hogerop wil komen. In Zwitserland is er vast veel meer gelijkheid.'

'Dat klopt. Ik ben vooral benieuwd wat er met Flora is gebeurd na haar vlucht terug naar het Lake District.'

'Nou ja, het enige wat ik daarover kan zeggen is...'

Op dat moment hoorde ik een sleutel in het slot en stond ik abrupt op.

'Je zus?'

'Ja.'

'Ik moet er toch vandoor.'

Mouse stond net op toen CeCe de kamer binnenkwam.

'Jeetje, Sia, wat heb ik een rotdag gehad...' Ze maakte haar zin niet af toen ze Mouse bij de sofa zag staan.

'Hallo, ik ben Mouse.'

'CeCe, de zus van Star.'

'Aangenaam kennis te maken,' zei hij nog, maar CeCe beende al langs hem heen naar de keuken. 'Goed, dan ga ik maar weer eens.'

Ik liep achter hem aan naar de deur.

'Hier. Houd ze maar.' Hij drukte me Flora's dagboeken in de handen. 'Misschien wil je ze nog eens lezen. En trouwens...' Hij leunde naar me toe om iets in mijn oor te kunnen fluisteren. '... kijk ook maar eens in de zijden voering van de achterflap.'

'Dank je,' zei ik, vereerd dat hij erop vertrouwde dat ik goed zou zorgen voor wat in feite een belangrijk stukje Engelse geschiedenis was.

'Sia? Is het avondeten al klaar? Ik ben uitgehongerd!' klonk het vanuit de keuken.

'Ga maar gauw naar haar toe,' zei Mouse. 'Dag, Star.' Hij boog zich voorover en gaf me een kusje op mijn wang.

'Dag.' Zodra hij erdoor was, sloeg ik de deur achter hem dicht. Mijn wang gloeide op de plek waar hij me had gekust.

De volgende ochtend was ik al voor CeCe uit bed en toen ze naar beneden kwam, maakte ik als zoenoffer toast met honing, een van haar lievelingsgerechten.

'Ik moet ervandoor,' zei ze toen ze het ophad. 'Tot straks.'

Even later ging ik naar boven om de dagboeken te halen. Sinds Mouse ze hier gisteravond had achtergelaten, kon ik niet wachten om ze te lezen. Ik had besloten er niet te lang bij stil te staan hoe onbeschoft CeCe tegen Mouse had gedaan, of dat ze me niet eens had gevraagd wie hij was.

Een voor een sloeg ik de achterflappen van de dagboeken open, tot ik vond wat ik zocht. Met beleid trok ik het tere papier dat in de zijden voering verstopt zat tevoorschijn. Nadat ik het voorzichtig had opengevouwen, las ik de brief die de koning van Engeland had geschreven aan Flora, zijn onwettige dochter. Het was me een raadsel hoe dit bijna honderd jaar geheim had kunnen blijven. Ik stopte de brief terug en las de laatste bladzijden van het dagboek, al kon ik het handschrift maar moeilijk ontcijferen. Mijn gedachten dwaalden af naar de mogelijkheid dat ik verwant was aan de vorstin van dit land. Tegelijkertijd kende ik Pa Salt goed genoeg om te weten dat ik nog wel wat verrassingen tegen zou komen op mijn zoektocht naar de waarheid. Iets zei me dat de reis nog lang niet voorbij was.

Het probleem was dat ik het niet alleen kon. En er waren maar twee mensen op de wereld die me konden helpen, waarvan er een nu onbereikbaar voor me was. En de andere... Nou ja, eigenlijk wist ik amper iets over Mouse.

Toen besefte ik dat ik hem de avond tevoren de sleutels van de boekwinkel had kunnen geven. Nu moest ik ze terug gaan brengen en daarmee mijn laatste link met Orlando en de magische wereld van Arthur Morston Books verbreken. Bovendien kon ik wel een aanbevelingsbrief gebruiken en vond ik ook dat ik die verdiende. Ik schreef een briefje voor Orlando en besloot dat ik die samen met de sleutels door de brievenbus zou gooien, mocht de winkel gesloten zijn. Trouwens, ik moest nodig het appartement uit, anders zou ik maar blijven piekeren over wat Shanthi gisteravond tegen me gezegd had.

Terwijl ik in de bus stapte, bedacht ik dat het niet haar vraag over mijn geaardheid was die me zo van de wijs had gebracht. Op mijn reizen met CeCe waren de mensen die we tegenkwamen er immers vaak van uitgegaan dat we een stelletje waren. We zagen er niet uit als zussen; zij had een karamelkleurige huid en was klein van stuk, ik was lang en bleek. En we toonden duidelijk fysieke genegenheid voor elkaar. Het lag zelfs niet aan Shanthi's opmerking dat ze me aantrekkelijk vond... Het lag aan wat ze nog meer had gezegd. Scherpzinnig als ze was, had ze precies de vinger op de zere plek gelegd.

Ik stapte uit de bus en liep naar de deur van de boekwinkel, biddend dat Orlando zich nog steeds boven verschanste, zodat ik de brief en de sleutels door de brievenbus kon gooien en ervandoor kon gaan. De deur bleek echter niet op slot te zitten. Mijn maag draaide zich om bij de gedachte dat ik hem weer onder ogen zou moeten komen.

Tot mijn opluchting was hij nergens te bekennen, dus legde ik de sleutels en de brief op het tafeltje en liep terug naar de deur. Daar bleef ik staan, want ik bedacht hoe onverantwoordelijk het was om de sleutels van een winkel vol zeldzame boeken in het volle zicht achter te laten. Daarom pakte ik ze weer op en liep ermee naar het verborgen nisje achter in de winkel. Ik legde ze in een lade en besloot Orlando een sms te sturen om hem te laten weten waar ik ze had neergelegd.

Precies op het moment dat ik me weer uit de voeten wilde maken, zag ik dat de deur die naar de trap leidde op een kier stond.

Daarachter bleek een glanzend gepoetste zwarte brogue te liggen, om een voet die in een vreemde hoek gedraaid was. Ik onderdrukte een gil, haalde diep adem en duwde de deur zo ver mogelijk open.

Daar lag Orlando, in het piepkleine halletje onderaan de trap. Zijn hoofd rustte op de onderste trede, de taart van drie uur hield hij nog steeds in zijn hand geklemd.

'Lieve help!' Toen ik me bukte, hoorde ik hem oppervlakkig ademhalen en zag ik een bloederige jaap midden in zijn voorhoofd. 'Orlando, ik ben het, Star. Kun je me horen?'

Er kwam geen reactie, dus diepte ik mijn mobieltje op uit mijn tas, belde het alarmnummer en legde de telefoniste zo beknopt mogelijk uit wat er gebeurd was. Pas toen ze me vroeg of het slachtoffer aan een medische aandoening leed, herinnerde ik het me. 'Ja, hij heeft epilepsie.'

'Goed. De ambulance komt er zo aan.' Daarna legde ze me uit hoe ik Orlando in de stabiele zijligging kon leggen.

Ik deed mijn best om haar instructies zo goed mogelijk op te volgen. Orlando mocht dan mager zijn, hij was wel ruim een meter tachtig en de ruimte onderaan de trap was erg beperkt. Gelukkig hoorde ik na een paar minuten een sirene naderen en zag ik een blauw licht door het raam van de winkel flitsen.

'Hier ligt hij.' Ik zwaaide naar de ambulanceverpleegkundigen die binnenkwamen. 'Ik krijg hem niet wakker...'

'Geen paniek, miss, laat hem maar aan ons over,' zei een van de verpleegkundigen.

Ik stond op om hen de ruimte te geven en terwijl ze hem onderzochten en een klemmetje op zijn vinger bevestigden om zijn levensfuncties in de gaten te houden, toetste ik het nummer van Mouse in. Ik werd doorgeschakeld naar de voicemail en legde zo rustig mogelijk uit wat er gebeurd was.

'Hij komt al weer bij zijn positieven, miss. Hij heeft een lelijke buil op zijn hoofd, dus we brengen hem met de ambulance naar het ziekenhuis. Wilt u meerijden?'

Terwijl ze Orlando op de brancard tilden, pakte ik de sleutels van de winkel weer uit de lade, deed de deur achter me op slot en volgde de verpleegkundigen naar de ambulance.

Een paar uur later zat Orlando rechtop in bed, verdwaasd en bleek, maar in ieder geval weer aanspreekbaar. Een van de artsen had me uitgelegd dat Orlando een epileptische aanval had gehad en vrijwel zeker op de trap onderuit was gegaan en door de klap op zijn hoofd bewusteloos was geraakt.

'Door de val heeft hij een hersenschudding opgelopen, maar zijn hersenscan ziet er normaal uit. We houden hem nog een nachtje ter observatie. Morgen zal hij wel genoeg zijn aangesterkt om naar huis te mogen.'

'Sorry,' klonk het krakerig vanuit het bed.

'Orlando, je hoeft je nergens voor te verontschuldigen.'

'U bent altijd zo aardig voor me geweest, en nu heeft u ook nog mijn leven gered.' Er rolde een traantje over zijn wang. 'Ik ben u eeuwig dankbaar, Miss Star, eeuwig dankbaar.'

Daarna viel hij in slaap en liep ik naar buiten om een luchtje te scheppen. Ik sms'te CeCe dat mijn werkgever een ongeluk had gehad en dat ik misschien laat thuis zou zijn, omdat ik bij hem in het ziekenhuis was. Net op het moment dat ik weer naar binnen wilde gaan, ging mijn telefoon.

'Star, sorry dat ik nu pas bel. Ik heb de hele dag op die verdomde tractor gezeten en je hebt hier verdorie nergens bereik,' zei Mouse gespannen. 'Ik ben nu op het station in Ashford. Ik zie je over een uurtje, of zo. Hoe gaat het met hem?'

'Vol zelfmedelijden, maar verder wel oké.'

'Ik durf te wedden dat hij zijn medicijnen niet naar behoren heeft ingenomen. Misschien wel uit protest omdat ik de boekwinkel wil verkopen. Daar zie ik hem best voor aan.'

'Ik denk niet dat Orlando zijn leven moedwillig in gevaar zou brengen, Mouse.'

'Dan ken je hem niet zo goed als ik. Hoe dan ook, godzijdank heb jij hem op tijd gevonden.'

'Ik ga nu weer naar binnen. Tot straks.' Ik zette mijn mobieltje uit en ging weer door de ziekenhuisdeuren.

Orlando was overgebracht naar een eenpersoonskamer op de afdeling, en toen hij eenmaal was geïnstalleerd en de verpleegkundigen alle controles hadden uitgevoerd, mocht ik bij hem komen.

'Succes ermee,' mompelde een van de verpleegsters, die langs me heen de kamer uit liep.

'Wat heb je uitgespookt, Orlando?' vroeg ik, terwijl ik ging zitten.

'Wie, ik? Ik heb alleen gevraagd of ze earl grey hebben, in plaats van dat afwaswater dat ze hier thee durven te noemen. En kennelijk is er ook geen taart.'

'Het is allang drie uur geweest.'

'Dat zal wel,' antwoordde hij met een blik op de donkere lucht buiten het raam. 'Mijn maag zal wel twee uur achterlopen door dat... voorval. Een duidelijk geval van jetlag.'

'Waarschijnlijk.'

'Ik dacht dat u naar huis was gegaan en mij had verlaten,' voegde hij eraan toe.

'Ik moest een paar telefoontjes plegen. Mouse is onderweg hiernaartoe.'

'Dan zal ik de verpleegsters laten weten dat ik niet wil dat hij hier binnenkomt.'

'Orlando, hij is je broer!'

'Nou, wat mij betreft had hij zich de moeite kunnen besparen. Maar u zult wel blij zijn om hem te zien.'

Ik zweeg. Hoewel Orlando zich als een verwend kind opstelde, was ik stiekem wel blij dat hij weer de oude leek.

'Het spijt me echt, Miss Star,' zei hij uiteindelijk. 'Ik ben me ervan bewust dat deze hele toestand niets met u te maken heeft. En dat ik laatst veel te hard voor u ben geweest. Eerlijk gezegd heb ik uw gezelschap gemist. Vandaag was ik net op weg naar boven om u te bellen, om vergiffenis te smeken en te vragen of u weer voor me wilt komen werken. Tenzij u natuurlijk die betrekking op High Weald hebt geaccepteerd.'

'Nee, dat heb ik niet gedaan.'

'Heeft u al ander werk gevonden?'

'Nee. Ik ben loyaal aan jou.'

'Zelfs nadat ik u, in mijn wanhoop, overhaast de deur heb gewezen?'

'Ja.'

'Nou, dat is me wat.' Orlando wist een zwak glimlachje te produceren. 'Dus, wilt u weer in de winkel komen werken? Ten minste zolang het boekenschip nog niet helemaal gezonken is?'

'Ja. Ik heb het werk gemist... en jou ook.'

'Zo, zo, is het heus? Jemig, Miss Star, wat aardig dat u dat zegt. U bent een waar geschenk uit de hemel, voor ons allemaal. En natuurlijk...'

Hij zweeg en deed zijn ogen zo lang dicht dat ik me zorgen begon te maken dat hij het bewustzijn weer had verloren.

'Ja, Orlando?' drong ik aan.

Zijn ogen fladderden open. 'Ik begrijp dat het egoïstisch zou zijn om u voor mezelf te willen houden. Terwijl anderen, vooral Rory, u nodig hebben. Ik heb besloten dat ik zijn geluk vóór het mijne moet laten gaan, en u zal moeten delen.' Hij sloot zijn ogen weer en tilde vermoeid zijn hand op. 'U heeft mijn zegen om naar High Weald te gaan, wanneer dat nodig is.'

Er werd kort op de deur geklopt en de verpleegster stak haar hoofd door de opening. 'Uw broer is er voor u, Mr. Forbes.'

'Laat hem maar binnen. Hij wil alleen zien of het goed met je gaat,' zei ik, voordat Orlando zijn mond open kon doen om te protesteren.

Even staarde hij me aan, toen knikte hij als een gehoorzaam kind. Als hij verbaasd was over mijn felle optreden, dan was hij niet de enige.

'Ha, kerel. Hoe voel je je?' Mouse kwam binnen en liep naar ons toe. Hij zag er afgemat uit – veel slechter dan zijn broer in het ziekenhuisbed.

'Niet beter nu ik jou zie,' antwoordde Orlando kortaf, waarna hij zijn hoofd afwendde om uit het raam te kijken.

'Zo te horen is hij al weer aan de beterende hand.' Mouse keek me spottend aan.

'Ja.' Ik stond op en bood hem mijn stoel aan.

'U hoeft heus niet weg omdat mijn broer hier is,' merkte Orlando vinnig op.

'Ik moet er echt vandoor.'

'Natuurlijk,' zei Mouse.

'Gedraag je een beetje, of probeer het althans.' Glimlachend gaf ik Orlando een kus op zijn voorhoofd, waarbij ik zorgvuldig het gaasje op de wond vermeed. Daarna pakte ik mijn rugzak en liep naar de deur. 'Houd me op de hoogte hoe het met de patiënt gaat,' zei ik tegen Mouse.

'Zal ik doen. Nogmaals bedankt, Star. Je bent een heldin.'

Later die avond, tijdens het eten met CeCe, ging mijn mobieltje.

'Sorry, ik moet even opnemen.' Ik ging van tafel en liep naar het terras, hoewel ik CeCe's ogen in mijn rug voelde priemen.

'Hoi, Star,' zei Mouse. 'Ik zou je nog even iets laten weten. Als alles goed gaat, mag Orlando morgen weer naar huis. Maar de dokter wil liever niet dat hij de komende dagen alleen is, door die hoofdwond en zijn epilepsie. Het is goed mogelijk dat hij nog een aanval krijgt, zeker aangezien Orlando – zoals ik al vermoedde – de afgelopen tijd "vergeten is" zijn medicijnen in te nemen, zoals hij het zelf zegt. Als gevolg daarvan moet ik hem meenemen naar Kent, of hij het nou leuk vindt of niet.'

'Zal ik komen helpen? Orlando heeft ermee ingestemd.'

'Star, als je dat zou willen doen, zou dat fantastisch zijn. Marguerite vertrekt zondagavond weer naar Frankrijk en Orlando heeft me in niet mis te verstane bewoordingen verteld dat hij niet bij mij op Home Farm wil logeren, dus krijg jij op High Weald zowel Rory als Orlando onder je hoede. Sms me maar hoe laat je trein zondag aankomt, dan kom ik je van het station halen.'

'Oké, zal ik doen. Dag.' Ik hing op en ging weer aan tafel.

'Wat wil die familie nu weer van je?' wilde CeCe weten.

'Ik ga zondag naar High Weald. Mijn baas moet daar herstellen van zijn epileptische aanval en hij heeft mijn hulp nodig.'

'Je bedoelt dat hij je nodig heeft als onbetaalde verpleeghulp,' smaalde CeCe. 'Jemig, Sia. Je krijgt amper iets betaald en laten we wel zijn, je bent maar een winkelbediende.'

'Ik heb je al eerder gezegd dat ik dol ben op dat huis en de familie. Het is geen straf voor me.' Ik stapelde de vuile borden op en droeg ze naar de gootsteen. 'Kunnen we erover ophouden? Ik ga, en daarmee uit.'

'Weet je, Sia?' begon CeCe na een korte aarzeling. 'Je bent veranderd sinds je die familie kent. Ik ken je amper nog terug.'

33

Misschien was ik inderdaad wel veranderd. Maar nu ik groen licht had gekregen om naar High Weald te gaan, waren alle bezwaren daartegen spontaan uit mijn hoofd verdwenen, zoals je wel vaker zag bij mensen die verslaafd waren – of dat nou aan drugs was, of aan een persoon of een plek.

Mijn mobieltje ging over toen ik de ontbijttafel aan het afruimen was, en ik zag dat het Orlando was. 'Hallo. Hoe voel je je?' vroeg ik.

'In ieder geval ben ik uit het ziekenhuis ontslagen, maar daarna ben ik op onelegante wijze afgevoerd naar de vrieskou van High Weald. Tegen mijn zin, mag ik wel zeggen. Ik voel me prima en kan best voor mezelf zorgen, dus wens ik niet behandeld te worden als een kind van drie.'

'Ik weet zeker dat Mouse alleen het advies van je artsen opvolgt.'

'Het enige lichtpuntje is dat ik gehoord heb dat u zich binnenkort bij ons zult voegen. Dan kan ik me tenminste verheugen op een fatsoenlijke maaltijd, in het dal van mijn ellende.'

'Dat klopt, ja.'

'Godzijdank. Ik heb werkelijk waar geen idee hoe die arme Rory hier kan overleven. Het zou me niets verbazen als hij ondervoed was en scheurbuik bleek te hebben. Kent staat bekend als de tuin van Engeland, en toch leven wij hier op toast en witte bonen in tomatensaus. Ik zal alvast wat ingrediënten bestellen bij de boerderijwinkel, dan kunt u weer een vorstelijk maaltje bereiden als u hier bent. Zou ik u trouwens om een gunst mogen vragen?'

'Wat dan?'

'Zou u langs de boekwinkel kunnen gaan om mijn laptop op te halen? Volgens mij ligt die op mijn bed. Ik heb een paar klanten die een Trollope en een Fitzgerald zoeken om met kerst aan hun dierbaren te geven. Er is vast wel internet in Tenterden, en met geweld kan de kat de kerk ompissen.'

'Mouse heeft internet op Home Farm,' bracht ik hem in herinnering.

'Daar ben ik me van bewust, Miss Star, aangezien het strikt genomen ook mijn ouderlijk huis is. Maar gezien de omstandigheden zou ik nog geen voet bij hem over de drempel zetten als ik op het randje van de dood zou balanceren, laat staan om een boek te verkopen.'

'Goed, ik ga wel,' zei ik, zonder acht te slaan op zijn opmerking.

'Dank je. Ik kijk ernaar uit om je morgen weer te zien.'

'Dag, Orlando.'

Ik nam een bus naar Kensington Church Street en kocht onderweg naar de boekwinkel drie dikke wollen truien, een paar bedsokken en een warmwaterkruik om me tegen de kou te wapenen.

Eenmaal in de winkel liep ik de trap op en zwaaide de deur naar Orlando's slaapkamer open. Elke beschikbare centimeter lag vol met boeken. Een stapel ervan deed dienst als nachtkastje, en boven op *Robinson Crusoe* stond vervaarlijk een lamp te balanceren. De laptop lag midden op het bed, boven op het vaal geworden donzen dekbed en omringd door nog meer boeken, zodat ik me afvroeg hoe Orlando erin slaagde om 's nachts de ruimte te vinden om te slapen.

Terwijl ik de laptop naar beneden droeg, bedacht ik dat het wel duidelijk was wat de liefde van Orlando's leven was. En wat was zijn geliefde inschikkelijk; Orlando hoefde maar een bladzijde om te slaan om naar elke gewenste plek te kunnen ontsnappen, weg bij de sleur van het echte leven.

Terug in de winkel kwam er een gedachte bij me op, waardoor ik afdwaalde naar de sectie 'Britse fictie, 1900-1950'. Tot mijn schrik zag ik dat dat gedeelte van de plank leeg was. Er was alleen nog een dun lijntje stof zichtbaar op het hout, waar de dagboeken van Flora MacNichol hadden gestaan. Onderweg naar buiten vroeg ik me af of Orlando ze had verplaatst of dat hij er andere plannen mee had.

De reis naar High Weald was me inmiddels bekend en ik raakte niet in paniek toen ik in Ashford niet direct de auto van Mouse zag staan. Uiteindelijk kwam hij opdagen en zei kort 'hoi' tegen me, waarna we in volle vaart bij het station wegreden.

'Ik ben blij dat je er bent. Er is niks aan om voor mijn broer te zorgen. Ik weet dat je hem graag mag, maar god, wat kan hij toch dwars zijn. Hij weigert nog steeds met me te praten.'

'Na een poosje zal hij er wel overheen komen, dat weet ik zeker.'

'Dan mag hij wel opschieten. Ik ben gebeld door de eigenaars van het winkelpand naast Arthur Morston Books. Die verkopen antiquiteiten uit het Verre Oosten en kennelijk gaat het hun zakelijk voor de wind, nu de Russen zich massaal in Londen vestigen. Ze hebben een bod uitgebracht op de winkel. Een goed bod, en de makelaar denkt dat hij de prijs nog verder kan opdrijven door te dreigen het pand in de publieke verkoop te zetten.'

'Maar de boeken dan? Waar moeten die naartoe? Om over Orlando nog maar te zwijgen.'

'God mag het weten,' antwoordde Mouse grimmig. 'Ik had niet verwacht dat ik me al zo snel met dit soort kwesties bezig zou hoeven houden. Maar gezien de slappe vastgoedmarkt moeten we het bod wel in overweging nemen.'

'Blijft er nog geld over waarvan Orlando een ander onderkomen kan zoeken voor zichzelf en zijn boeken?'

'Als de winkel is verkocht en de schuld is afbetaald, dan wordt de winst tussen ons tweeën verdeeld. Als je bedenkt dat Orlando voor honderdduizenden ponden aan boeken op voorraad heeft, komen we er waarschijnlijk niet slecht vanaf. Er blijft ruim voldoende over waarvan hij een ander pand kan huren, mocht hij dat willen.'

'Gelukkig.'

'Om eerlijk te zijn is de situatie niet alleen aan Orlando te wijten. Het komt ook doordat ik de boerderij niet goed heb geleid. Maar ja...' Mouse zuchtte. '... vergissen is menselijk, zeggen ze weleens, en we zullen gewoon moeten afwachten hoe serieus het bod is.' Hij reed de oprijlaan van High Weald op. 'Hopelijk vind je het niet vervelend als ik je alleen afzet en er meteen weer vandoor ga. Ik heb vanavond thuis nog een miljoen dingen te doen.'

'Geen probleem.' Ik stapte uit de Land Rover en Mouse haalde mijn reistas uit de kofferbak.

'Wil je zorgen dat Rory morgenochtend om half negen klaarstaat om naar school te gaan? De school is nog geen kilometer verderop, in wat heel gewichtig "High Weald Village" heet. Kun jij eigenlijk autorijden, Star?'

'Ja. Ik heb mijn rijbewijs acht jaar geleden behaald, in Zwitserland.'

'Geweldig. Het zou veel makkelijker zijn als je in Marguerites Fiat kon rijden. Ik laat je wel bijschrijven op de verzekeringspolis.'

'Oké.' Ik slikte moeizaam bij de gedachte aan hoe onwennig het zou zijn om weer te rijden, en nog wel aan de linkerkant van de weg.

Mouse reed weg en ik sleepte mijn reistas naar de voordeur, die onmiddellijk open werd gedaan door een heus welkomstcomité.

'Star!' Rory stortte zich in mijn armen, waardoor ik bijna achterover van het opstapje naar de deur viel.

'De redding is nabij! De hemel zij geprezen,' zei Orlando, die mijn reistas overnam en onderaan de trap zette. Daarna ging hij ons voor naar de keuken, waar de tafel vol stond met ingrediënten die hij bij de boerderijwinkel had besteld.

Ik moest een zucht onderdrukken over de manier waarop Orlando met geld smeet. Ondanks hun economische crisis had de familie Forbes kennelijk nooit geleerd om zuinig te zijn.

'Ik wist niet precies wat u zou willen hebben, dus heb ik gewoon alles gekocht wat me maar te binnen schoot. Ik moet zeggen dat we stiekem hopen om vanavond lamsbout te eten. Rory en ik hebben de rozemarijn zelfs al geplukt. Wist u dat als er eenmaal een rozemarijnstruik in je tuin groeit, het ongeluk brengt om die te snoeien?' Hij pakte een takje en stopte het als een nepsnor onder zijn neus, waardoor Rory moest giechelen. 'Ik weet nog dat die rozemarijnstruik er al stond toen ik nog een opdondertje was zoals jij. Zo, Miss Star, wat kunnen we doen om te helpen?'

Twee uur later konden we aan tafel en na afloop deden we nog een potje Scrabble, dat Orlando glansrijk won.

'Ome Lando is zo slim,' gebaarde Rory terwijl ik hem naar boven bracht. 'Hij zei dat Mouse wil dat hij zijn boekwinkel verkoopt.'

'Misschien. Kruip nu maar onder de wol, dan stuur ik Orlando naar boven om je een verhaaltje voor het slapengaan voor te lezen.'

'Welterusten Star, ik ben blij dat je er weer bent.'

'Ik ook. Welterusten, Rory.'

'Goeiemorgen,' zei Mouse toen Rory en ik in de Land Rover stapten. Ik wierp een heimelijke blik op hem terwijl we bij het huis wegreden en bedacht voor de zoveelste keer hoe gespannen hij eruitzag.

'Let je op hoe we rijden, Star? Als je vandaag even oefent in de Fiat, zie ik niet in waarom je Rory voortaan niet naar school zou kunnen brengen.'

De route die hij nam duurde waarschijnlijk nog geen zeven minuten, maar bevatte heel wat afslagen naar links en naar rechts. We kwamen tot stilstand voor een charmant oud schoolgebouw, naast een brink in het midden van het dorp.

'Star, loop jij mee naar binnen?' gebaarde Rory, waarna hij me meetrok uit de auto.

We liepen door de poort en voegden ons bij de moeders die hun kinderen over het schoolplein loodsten. Terwijl iedereen zijn jas aan een haakje hing, stak Rory zijn armen naar me uit voor een knuffel. 'Kom jij me straks weer ophalen?' vroeg hij.

Een klein meisje stak haar hand naar hem uit. 'Kom, Rory,' zei ze. 'Anders komen we te laat.'

Met een laatste zwaai liet Rory zich door de hal meevoeren.

'Gelukt?' vroeg Mouse toen ik weer instapte.

'Ja. Rory heeft het daar duidelijk naar zijn zin.'

'Voorlopig nog wel. De school heeft het heel goed aangepakt met hem, maar het is nog maar de vraag of hij regulier onderwijs kan blijven volgen als hij wat ouder is,' zei hij terwijl we de terugtocht over de landweggetjes inzetten. 'Kun jij hem vanmiddag ophalen? Ik heb om half vier een vergadering.'

'Ik zal vanmiddag een oefenrondje rijden.'

'De sleutels liggen op de schaal bij de telefoon. Bel me als er problemen zijn.'

Aan het einde van de oprijlaan stapte ik uit en scheurde hij er zonder nog een woord te zeggen vandoor. In de keuken bleek Orlando al aan tafel te zitten. 'In de koelkast ligt een mooi stuk ontbijtspek, en we hebben champignons uit de streek. Ik ben dol op champignons,' zei hij, met een zijdelingse blik op mij.

'Hoe voel je je nu?' vroeg ik, terwijl ik de gewenste ingrediënten uit de provisiekamer en de koelkast haalde.

'Zo gezond als een vis, of *as fit as a fiddle,* zoals we hier zeggen. Al begrijp ik niet hoe een viool fit kan zijn. De violist, hooguit. Wat gaat u vandaag doen?'

'Mezelf leren rijden in de Fiat. Ik moet Rory om half vier van school halen.'

'Perfect! Misschien kunt u mij dan in uw plannen verwerken. Ik moet naar Tenterden, een alleraardigst plaatsje in de buurt. Er is daar een prachtige boekwinkel, waar mijn moeder me vroeger als kind vaak mee naartoe nam...' Zijn stem stierf weg toen zijn huidige situatie weer tot hem doordrong. 'Enfin,' zei hij snel, 'ik weet zeker dat ze daar ergens breedband zullen hebben, en de delicatessenwinkel maakt de beste mousse van gerookte zalm die ik ooit geproefd heb.'

Dus nadat ik de sputterende motor van de Fiat aan de praat had gekregen en een paar oefenrondjes over de oprijlaan had gemaakt om te leren omgaan met de versnellingspook die meer weg had van een grote zwarte lolly, vertrok ik met mijn al net zo nerveuze passagier naar Tenterden. Orlando's instructies waren even betrouwbaar als de auto waarin ik reed, en de rit over de smalle landweggetjes verliep hotsend, knarsend en met een motor die om de haverklap stilviel. Tegen de tijd dat we in Tenterden waren, was ik op van de zenuwen. Het lukte me een parkeerplaatsje te bemachtigen aan de brink vol bomen die hun bladeren nu snel verloren maar beschutting boden aan een rijtje goed onderhouden huizen met overnaadse plankenvloeren.

'Ik kan u verzekeren dat deze helse tocht de moeite waard zal zijn,' verkondigde Orlando terwijl hij over de brink liep.

Ik ging achter hem aan, met het gevoel dat ik was teruggereisd naar een veel gemoedelijker tijd. Een kerktoren hield de wacht over de oude houten gebouwen, en mensen stonden met elkaar te kletsen buiten de kleurrijke winkeltjes, of zaten op bankjes op de brink.

Hij hield abrupt stil voor een eethuisje met ramen die opgedeeld waren in kleine ruitjes, en hield de deur voor me open. Een vrouw die net een klant stond te helpen keek op en kreeg een brede glimlach op haar gezicht. 'Master Orlando! Wat fijn u hier te zien.'

'Insgelijks, Mrs. Meadows. Hoe gaat het er tegenwoordig mee?'

'Het zijn zware tijden voor kleine winkeliers. U zult wel gezien hebben wat er hiernaast is gebeurd.' Met haar duim wees ze naar links.

'Nee, we zijn vanaf de andere kant gekomen. Wat dan?'

'Mr. Meadows heeft de boekwinkel moeten sluiten. We konden de dubbele huurlasten niet meer opbrengen. En het eethuis is onze voornaamste bron van inkomsten.'

Orlando zag eruit alsof hij een stomp in zijn maag had gekregen. 'Is de boekwinkel gesloten?'

'Ja, twee maanden geleden al, maar tot nu toe hebben we nog niemand kunnen vinden die het pand wil huren. Blijven jullie lunchen?'

'Jazeker,' zei Orlando. 'Wat staat er vandaag op het menu?'

'Kippenpastei en aardappelpuree.'

'Dan willen we graag twee porties, Mrs. Meadows. Met twee glazen...'

'Sancerre,' maakte Mrs. Meadows zijn zin af. 'U ziet er nog net zo mager uit als altijd, Master Orlando. Krijgt u niets te eten van die jongedame van u?' Met een glimlachje knikte ze naar mij.

'Ik kan u verzekeren dat ze me net zo goed te eten geeft als u vroeger deed. Kom, Miss Star.'

We gingen aan een grenenhouten tafel vol knoesten zitten en Orlando zakte hoofdschuddend onderuit op zijn stoel. 'Wat een verdrietig nieuws. Weer een deel van mijn oude leven verdwenen. Meadows' Bookshop was een vredig en rustgevend lichtpuntje in mijn kindertijd. En nu is het er niet meer.'

Nadat we onze kippenpasteitjes ophadden, die inderdaad verrukkelijk bleken te zijn, vroeg Orlando aan Mrs. Meadows of 'het etablissement over breedband beschikte'. Plichtsgetrouw voerde ze Orlando en zijn laptop mee naar een kantoortje achter de winkel.

Om de tijd te doden ging ik Tenterden verkennen, een typisch

Engels plaatsje met eigenaardige huisjes en winkeltjes aan smalle geplaveide straatjes. Ik tuurde door het raam van een speelgoedwinkel, behangen met namaakspinnenwebben, plastic spinnen en bezems. Overmorgen was het Halloween en het leek me leuk om dat samen met Rory te vieren, net zoals mijn zussen en ik altijd op Atlantis hadden gedaan. Pa Salt had ons verteld dat het Zevengesternte tijdens Halloween zijn hoogste punt naderde, dus voelde het altijd als onze eigen privéfeestdag. Als hij thuis was, nam hij ons mee naar zijn observatorium en liet ons een voor een door de telescoop naar de sterrengroep kijken. Het kostte me altijd moeite om mijn ster te vinden – Asterope. Die leek niet zo veel licht te geven als de sterren waar mijn zussen naar vernoemd waren.

'Maar jij hebt maar liefst twee sterren op je naam, schat. Alleen staan ze zo dicht op elkaar dat ze één geheel lijken. Zie je wel?'

Pa Salt had me opgetild. En toen had ik het gezien.

'Misschien ben ik wel jouw tweelingster,' had CeCe zich ermee bemoeid.

'Nee, CeCe, jij hebt je eigen ster,' had Pa vriendelijk gezegd. 'En die staat heel dicht bij die van Star.'

Nadat ik een Harry Potter-kostuum voor Rory uit het rek had gepakt, nam ik nog een heksencape en een hoed voor mezelf en een tovenaarsoutfit voor Orlando. Het zou me in ieder geval geen moeite kosten om hem over te halen zich te verkleden. Uiteindelijk bleef ik staan voor een paar muizenoren, snorharen en een lange staart. In mezelf grinnikend rekende ik die ook af. Daarna liep ik de hoofdstraat weer op met een uitpuilende tas en ging nog ergens naar binnen om een pompoen te kopen.

'Goeie god! Laat een vrouw los in een winkelgebied, en voor je het weet jaagt ze er haar hele familiefortuin doorheen.' Orlando stond me al op straat op te wachten.

'Ik heb wat inkopen gedaan voor Halloween.'

'Op High Weald wemelt het al van de spoken uit het verleden, maar er kunnen er altijd nog wel een paar bij. Kijk nou toch.' Hij wees naar het pand naast de delicatessenwinkel, waar achter het erkerraam een groot bord met TE HUUR hing. 'Zo triest,' verzuchtte hij. 'Echt ontzettend triest.'

Tegen Halloween was ik al gewend aan de nukken van de Fiat. Toen ik Rory op school afzette, zei ik dat ik een verrassing voor hem had wanneer hij straks terugkwam naar High Weald. Op de terugweg reed ik voorbij de oprijlaan en sloeg links af naar Home Farm. In het ergste geval zegt hij nee, dacht ik terwijl ik naar de achterdeur beende en aanklopte.

'Hij is open,' werd er binnen geroepen.

Mouse zat aan de tafel, over zijn boekhouding gebogen. 'Hallo, Star,' zei hij, waarbij hij voor het eerst sinds ik terug was naar me glimlachte. 'Hoe gaat het met je?'

'Goed, bedankt.'

'Met mij toevallig ook. Ik heb nieuws gekregen. Wacht, dan zet ik de ketel op het vuur.' Hij vulde een oude ijzeren ketel en zette die op het fornuis. 'Onze buren uit Londen hebben het bod op de boekwinkel verhoogd en willen de koop zo snel mogelijk rond hebben. Er is zelfs een kans dat het geld met kerst al op onze rekening staat.'

'O.'

'Je klinkt niet erg verheugd.'

'Ik moest alleen aan Orlando denken, dat is alles.'

'Beter dit dan dat we allebei dakloos en berooid achterblijven. En nu blijft er echt genoeg geld over waarvan Orlando een boekwinkeltje in de buurt kan huren, en zelfs een eigen huisje kan kopen als hij dat wil.'

'Ik wilde je uitnodigen om vanavond naar High Weald te komen. Het is Halloween en we gaan allemaal verkleed.'

'Goed idee,' reageerde hij verrassend positief. 'Mijn god, Star, wat ben ik opgelucht. Je moest eens weten hoe slecht de financiën ervoor stonden.'

'Zou je het er vanavond niet met Orlando over willen hebben? Ik wil Rory zo graag een leuke avond bezorgen.'

'Oké. Hoe gaat het met hem?'

'Goed.'

'En met jou? Jij ziet er ook goed uit. Die trui staat mooi bij de kleur van je ogen. Trouwens, je bent die dagboeken zeker nog niet tegengekomen op High Weald?'

'Nee, sorry,' zei ik, wat maar een halve leugen was. Per slot van rekening waren de dagboeken weer verdwenen. En niet eens op High Weald.

'Nou ja, wie weet waar ze gebleven zijn. Het is alleen jammer dat ik niet kan bevestigen wat mijn vader me voor zijn dood heeft verteld. Maar misschien is het ook wel beter om het verleden te laten rusten. Heb je nog iets van Marguerite gehoord?'

'Ja, ze heeft gisteravond gebeld. Ze zei dat het werk haar goed bevalt.'

'Volgens mij is ze niet alleen door die muurschilderingen, het geld en de wijn terug naar Frankrijk gevlucht. Ik denk dat ze daar iemand heeft leren kennen.'

'Echt?'

'Zo energiek heb ik haar in jaren niet gezien. Wat liefde al niet met een mens kan doen, hè? Je gaat er van binnenuit door stralen.' Hij glimlachte even verdrietig. 'Ben jij weleens verliefd geweest, Star?'

'Nee,' antwoordde ik eerlijk.

'Dat is jammer.'

'Ja.' Abrupt stond ik op. Deze onverwacht intieme wending van ons gesprek gaf me een ongemakkelijk gevoel. 'Ik zie je vanavond bij het eten, stipt om zeven uur. Trouwens,' zei ik toen ik naar de achterdeur liep, 'voor jou hebben we ook een kostuum.'

Toen Rory thuis was van school, staken we een kaarsje in de uitgeholde pompoen aan en zetten die bij de voordeur. Daarna trokken we allebei ons kostuum aan.

'Ik heb nog nooit Halloween gevierd,' zei Rory opgewonden. 'Marguerite zei dat het een Amerikaans idee was en dat we het niet moesten vieren.'

'Volgens mij maakt het niet uit waar een idee vandaan komt, als het maar een goed idee is. En verkleedpartijtjes zijn altijd leuk.'

We liepen de trap af om Rory's Harry Potter-kostuum te showen aan Orlando, die al in de keuken stond, compleet met mantel, hoed en lange witte baard. Nu ik hem zo zag, dacht ik dat hij makkelijk een tweede carrière zou kunnen beginnen als invaller voor Albus Perkamentus.

'U ziet er inslecht uit,' merkte Orlando op bij het zien van mijn heksenkostuum.

'Star is een goede heks, geen slechte.' Rory omhelsde me.

Precies toen hij dat zei, kwam Mouse binnen en keek Orlando me afkeurend aan. 'U had weleens mogen zeggen dat hij ook zou komen,' fluisterde hij overdreven hard, zodat zijn broer het ook kon horen.

'Heeft Mouse ook een kostuum?' vroeg Rory.

'Natuurlijk. Hier.' Ik haalde de tas uit een kastje en gaf die aan Mouse.

Toen hij erin keek, fronste hij zijn voorhoofd. 'Star, dit is echt niks voor mij.'

'Voor Rory?' fluisterde ik tegen hem. 'Misschien alleen de oren.' Ik haalde ze uit de tas en hield ze hem voor.

'Nu kun je een echte muis zijn!' riep Rory verrukt uit. 'Ik help je wel.'

Ik roerde nog maar wat in de pompoensoep en durfde niet te kijken of Mouse zou bezwijken voor Rory's pogingen hem te overtuigen.

'Hoe gaat het met jou, Orlando?' vroeg Mouse, die naar de provisiekamer liep. Er kwam geen antwoord, dus kwam hij terug met een flesje bier en een fles wijn en bood mij een glas aan.

Toen ik opkeek, moest ik een lach onderdrukken bij het zien van de oren die Rory halfslachtig op zijn hoofd had gezet. Ik stak mijn hand uit om het kromme oor recht te zetten. 'Staat je goed,' zei ik glimlachend.

'Dank je,' mompelde hij, en hij liep terug naar de tafel.

Ondanks de spanning tussen de broers werkte Rory's enthousiasme aanstekelijk. Nadat we de soep ophadden, maakte ik 'spookburgers' en 'aardappelspinnen', waarvoor ik de aardappels eerst pureerde en daarna frituurde. Na het toetje liep ik naar de lade en haalde er een dvd van *Harry Potter* uit, die ik in het dorp had gekocht. 'Zullen we hiernaar gaan kijken?' vroeg ik aan de drie mannen.

'Niet naar *Superman*?' gebaarde Rory.

'Nee, maar dit vind je vast ook leuk,' moedigde ik hem aan. 'Zet jij de speler even aan, Perkamentus?'

'Natuurlijk. Ik probeer Rory al een jaar over te halen om me hem het boek te laten voorlezen.' Orlando stond op en zwaaide met zijn toverstaf. 'Kom, Harry, wijs jij me maar de weg naar de pracht en praal van Zweinstein.'

'Ik moet ervandoor.' Mouse zette zijn oren af en legde ze op de tafel. 'Bedankt voor vanavond, Star. Rory heeft genoten.'

'Daar ben ik blij om.'

'Je doet het echt heel goed met hem.' Hij liep naar me toe en gaf me, na een korte aarzeling, opeens een dikke knuffel.

Ik keek naar hem op en zag een bepaalde schittering in zijn ogen toen hij zijn hoofd omlaagbracht naar het mijne. Maar plotseling, alsof hij zich bedacht, drukte hij een stevige kus op mijn voorhoofd. 'Welterusten.'

'Welterusten,' antwoordde ik terwijl hij me losliet en door de keukendeur vertrok.

Hoewel de eerste *Harry Potter*-film een van mijn lievelingsfilms was, kreeg ik er amper iets van mee. Mijn gedachten dwaalden steeds af naar het moment dat Mouse aanstalten had gemaakt om me te zoenen.

'Kom, jongeman, het is de hoogste tijd om naar bed te gaan.' Ik sleepte mijn eigen onwillige Harry Potter van de bank toen de aftiteling over het scherm rolde.

'Geen verhaaltje vanavond, kerel, het is al laat,' besloot Orlando. 'Slaap lekker, droom maar zacht.'

Nadat ik Rory een nachtzoen had gegeven, liep ik weer naar beneden, met de bedoeling de keuken op te ruimen.

'Waar gaat u nu weer naartoe?' Orlando zwaaide met zijn toverstaf naar me toen ik de vuile mokken van de warme chocolademelk van de salontafel pakte. 'U heeft echt geen rust in uw lijf, hè? Alstublieft, Miss Star, ga zitten. De laatste tijd spreken we elkaar amper nog.'

'Oké.' Ik nam plaats in de fauteuil bij de haard, in de opstelling die we van de boekwinkel gewend waren. 'Waar wil je het over hebben?'

'Over u.'

'O,' zei ik verbaasd, want ik had mezelf al schrap gezet voor de zoveelste klaagzang over de verkoop van zijn winkel.

'Ja, Miss Star, over ú,' herhaalde hij. 'Het is me niet ontgaan hoeveel u voor deze familie doet, vooral voor mij en Rory. Daarom vind ik dat ik u iets verschuldigd ben.'

'Dat hoeft echt niet, Orlando. Ik...'

'Het is geen financiële vergoeding, maar in mijn ogen is het nog veel kostbaarder.'

'Echt?'

'Ja, echt. Ziet u, Miss Star, ik ben niet vergeten waarom u in eerste instantie naar Arthur Morston Books bent gekomen. U bent door uw vader op een zoektocht gestuurd om uw ware afkomst te achterhalen.'

'Ja.'

'Aanvankelijk was ik natuurlijk een beetje terughoudend. Dat is logisch wanneer een onbekende zegt verwant te zijn aan je familie. Zeker als die familie zo complex is als de onze. U vroeg me wie Flora MacNichol was, en ik zei dat ze de zus van onze overgrootmoeder was. Onze oud-oudtante, en dat is ook zo. Maar het is niet de héle waarheid.'

'Ik begrijp het.'

'Dat betwijfel ik ten zeerste. Niemand begrijpt het, behalve ik. Want, Miss Star, tijdens die vreselijke jaren waarin ik als kind vaak ziek was, kon ik daar alleen maar aan ontsnappen door te lezen.'

'Dat heeft Mouse me verteld.'

'Dat zal best, ja. Maar zelfs hij kan niet weten dat ik in mijn honger naar boeken alles heb verslonden wat er op de planken van Home Farm te vinden was. Ook de dagboeken van Flora MacNichol.' Orlando liet een dramatische stilte vallen. 'Al haar dagboeken.'

'Juist.' Ik besloot het spelletje mee te spelen. 'En je weet dat er een aantal ontbreekt? Mouse heeft ernaar gezocht om meer onderzoek te kunnen doen naar de familiegeschiedenis. Weet jij waar ze zijn?'

'Natuurlijk weet ik dat.'

'Waarom heb je dat dan niet tegen hem gezegd?'

'Eerlijk gezegd had ik niet het idee dat hij dat onderzoek met de beste bedoelingen deed. Miss Star, u moet begrijpen dat mijn broer een erg bittere en gekwelde man is sinds zijn vrouw en onze vader zijn gestorven. Ik dacht dat ik het alleen nog maar erger zou maken als ik hem de informatie uit de dagboeken gaf. Het is moeilijk een beschaafd gesprek met hem te voeren, zó gaat hij op in zijn eigen verdriet. Hij is niet meer de oude.'

'Waarom zouden de dagboeken dat nog erger maken?'

'Mouse zal u al wel verteld hebben dat hij bepaalde... informatie van onze vader heeft gekregen voordat die stierf. Daarna is het een obsessie voor Mouse geworden om de waarheid over zijn verleden te achterhalen. Simpelweg omdat hij geen toekomst meer zag. Begrijpt u?'

'Jawel. Maar wat heeft dit met mij te maken?'

'Welnu...' Orlando pakte een katoenen tas die naast zijn stoel was weggestopt. Hij dook er zowat in en haalde een stapel notitieboeken met zijden omslag tevoorschijn die me bekend voorkwam. 'Weet u wat dit zijn?'

'De dagboeken van Flora MacNichol.'

'Inderdaad, inderdaad.' Orlando knikte. 'Ik heb ze natuurlijk al een tijdje geleden weggehaald op Home Farm en ze verstopt tussen de duizenden boeken in de winkel. Zoals u weet zou het heel wat uurtjes kosten om ze daar te vinden,' zei hij glunderend.

Ik besloot hem zijn binnenpretje te gunnen en hem niet te vertellen dat ik ze al gevonden had.

'Dus, Miss Star, hier is het dan. Het leven van Flora MacNichol van 1910 tot 1944. De boeken bevatten het bewijs van het bedrog dat er in deze familie is geweest, waarvan de gevolgen nu nog steeds voelbaar zijn. Je zou zelfs kunnen zeggen dat het in belangrijke mate heeft bepaald hoe de zaken er nu voor staan, voor ons drieën.'

Ik bleef stilletjes zitten, ervan uitgaand dat hij op Mouse, Marguerite en zichzelf doelde.

'Aangezien u zich zo nobel hebt opgesteld tegenover de geplaagde familie Forbes, vind ik het wel zo eerlijk om u in de juiste richting te wijzen, vanaf het punt waarop mijn broer u niet verder kon helpen.'

'Oké, bedankt.'

'Waar bent u precies gebleven met Mouse?'

'Flora is er net achter gekomen wie haar echte vader was. En ze is uit Londen gevlucht om terug naar huis te gaan.'

'Dan stel ik voor dat ik het verhaal vanaf daar verder vertel. Neem me niet kwalijk dat ik het niet woord voor woord voorlees – we hebben ruim dertig jaar door te nemen.' Hij wees naar de stapel dunne boekjes. 'Bepaalde gedeeltes zijn oersaai, maar wees gerust, het werkt allemaal toe naar een prachtige climax. Laten we maar beginnen. Het klopt dat Flora die dag naar "huis" is gevlucht, naar het Lake District. Ze slaagde erin om Near Sawrey te bereiken en deed een beroep op Beatrix Potter, die haar in huis nam. Een paar maanden later gebruikte ze de erfenis van haar vader om een boerderijtje in de buurt te kopen. De daaropvolgende negen jaar leefde ze zo'n beetje als een kluizenares, alleen met haar dieren en haar akkers.'

'Ze was nog zo jong – nog maar net in de twintig,' fluisterde ik.

'Even geduld, Miss Star. Zoals ik al zei, is het tij later weer voor haar gekeerd.' Orlando pakte het eerste dagboek op, bladerde het door en legde het toen weg om een ander te pakken. 'Goed, we schrijven februari 1919, in het Lake District. Het was een bitterkoude ochtend en het sneeuwde...'

FLORA

NEAR SAWREY, HET LAKE DISTRICT

FEBRUARI 1919

34

Flora maakte een smal paadje vanaf haar voordeur sneeuwvrij; een ondankbare taak, want aan de bewolkte lucht zag ze dat er elk moment weer een pak sneeuw kon vallen. Niettemin moest ze haar cottage uit om over het landweggetje naar Beatrix te lopen, die onlangs een aanval van bronchitis had gehad. Het had geen zin om Giselle, haar in Northumberland gefokte pony, te nemen. Die zou dit soort omstandigheden wel gewend moeten zijn, maar begon al te hinniken als de sneeuw tot boven haar schenen kwam en weigerde vervolgens koppig om nog een stap te verzetten.

In haar zware laarzen en de dikke broek van tweed die ze voor zichzelf had gemaakt – veel praktischer dan een rok – pakte ze haar mand met proviand en begaf zich over de spekgladde helling naar het landweggetje dat onder het dikke pak sneeuw schuilging.

Zoals altijd bleef ze even staan toen ze de ramen van Esthwaite Hall aan de overkant van het meer zag glinsteren. Er lag zo'n dikke laag ijs op het meer dat ze op schaatsen waarschijnlijk binnen een paar minuten aan de overkant zou kunnen zijn. De winter was dit jaar strenger dan ze zich kon herinneren van de negen jaar dat ze hier nu woonde. Tot haar grote verdriet had een aantal van haar schapen de kou niet overleefd, net als bij de andere boeren in de omgeving.

In de verte zag ze Castle Cottage, het huis waar Beatrix woonde sinds ze was getrouwd met William Heelis, een schat van een man die als notaris werkte. Beatrix had haar verteld dat Wynbrigg Farm te koop stond en voorgesteld dat Flora de boerderij zou kopen. Daarna was Flora aan de slag gegaan om de cottage te renoveren en het boerenbedrijf weer operationeel te krijgen.

Beatrix was de jongste niet meer, al bleef ze dat halsstarrig ontkennen en trok ze nog geregeld de heuvels in op zoek naar een nieuw schapenras of wilde bloemen die nog niet bij haar in de tuin groeiden. Veel van die planten belandden uiteindelijk ook in Flora's borders, wanneer Beatrix haar een stekje gaf.

Na die noodlottige avond in 1910 waarop ze uit Londen was gevlucht, met als enig doel voor ogen om terug te gaan naar haar geliefde Lake District, was Beatrix haar redding geweest. In het dorp vonden veel mensen de schrijfster maar een eigenaardige, chagrijnige ouwe tang, maar Flora had gezien en gevoeld hoe vriendelijk ze diep vanbinnen was.

Ze was Flora's dierbaarste, en eigenlijk haar enige vriendin. Ze was dol op haar.

Eenzaamheid was een kleine prijs om te betalen voor je onafhankelijkheid, dacht Flora terwijl ze door de kniehoge sneeuw banjerde. In ieder geval was ze een stuk minder zwaar getroffen door de wereldoorlog dan de meeste mensen – de wapenstilstand was pas afgelopen november uitgeroepen – want ze had geen dierbaren die ze kon verliezen. Al zou ze liegen als ze zei dat ze niet nog steeds aldoor dacht aan de mensen van wie ze hield. Archie Vaughan spookte rond in haar dromen en nachtmerries, ondanks haar vaste voornemen om niet aan hem te denken zolang ze wakker was.

Maar aan het werk op de boerderij had ze tenminste haar handen vol, en door de oorlog had ze wel moeten leren in haar eigen behoeften te voorzien. De melkboerin had een tekort aan melk, want alles wat haar weinige koeien produceerden ging regelrecht naar de jongens in Frankrijk. Daarom had Flora een geit gekocht om zelf te melken. De trekpaarden uit de buurt waren ingevorderd omwille van de oorlog, en ze had alleen haar pony Giselle mogen houden. Ook groenten waren schaars, dus had Flora een moestuintje aangelegd en hield ze kippen voor de eieren. Ondanks haar honger was ze nooit in de verleiding gekomen om er een de nek om te draaien. Sinds ze weer in het Lake District woonde, had ze geen stukje vlees meer gegeten.

Soms dacht Flora terug aan de uitgebreide diners op Portman Square, aan de schandalige overvloed aan eten in het algemeen en vlees in het bijzonder, en dankte ze God op haar blote knieën omdat ze nu in staat was om haar eigen huishouden draaiende te houden, hoe schamel het menu hier ook was.

'Leef je nog?' vroeg ze de vrieskou toen het beeld van Archie zich aan haar geestesoog opdrong. De grootste kwelling was nog wel dat ze dat niet wist. Beatrix, bij wie ze haar hart had uitgestort toen ze hier al die jaren geleden was aangekomen, had haar gesmeekt om contact met haar zus te zoeken om te laten weten waar ze was – en om te vragen hoe het met hen ging. 'Oorlog verandert alles,' had Beatrix beweerd, maar Flora wist dat haar vreselijke verraad niet goed te maken was. Dat had ze al geweten zodra ze Aurelia's gezicht zag, op het moment dat zij had gezegd haar nooit meer te willen zien.

Zo nu en dan ving ze een nieuwtje over haar ouders op door de plaatselijke geruchtenmachine. Tot haar grote verdriet had ze gehoord dat haar vader twee jaar geleden was gestorven. Ze had een brief aan haar moeder in Schotland geschreven, maar nooit verstuurd. Verbitterd als ze zich voelde tegenover Rose, omdat ze na de dood van de koning aan haar lot was overgelaten, kon ze het niet opbrengen om contact met haar te zoeken. Onlangs had ze vernomen dat Rose uit de Hooglanden was vertrokken en naar het buitenland was gegaan – maar niemand leek te weten waarheen.

De winter was altijd de zwaarste tijd van het jaar voor haar, want dan kon ze zichzelf niet uitputten met zwaar werk om haar duistere gedachten te verdrijven. Ze zou blij zijn als de lente weer aanbrak en haar dagen weer wat meer gevuld zouden zijn. Hijgend van de zware tocht door de sneeuw kwam Flora aan bij Castle Cottage en klopte op de deur. Zoals altijd werd ze als eerste begroet door de twee pekineesjes van Beatrix.

'Flora, schat, kom toch binnen,' zei Beatrix, terwijl de warmte Flora tegemoetkwam. 'Ik heb net een cake gebakken met mijn laatste ei. Komt dit even goed uit, want William heeft de sneeuw getrotseerd om naar zijn kantoor in Hawkshead te gaan. Niet bang zijn om te proeven, hoor, want Mrs. Rogerson heeft me geholpen met bakken.'

'Wat lief van je. En kijk, ik heb verse eieren voor je meegebracht.' Flora deed haar handschoenen uit en legde voorzichtig drie eieren op tafel. 'Voel je je al wat beter, lieverd?'

'Stukken beter, dank je. Het was een fikse verkoudheid. En tegenwoordig slaat zoiets meteen op mijn longen.'

'Ik heb ook kamfer voor je meegenomen,' zei ze, terwijl ze het kruid uit haar mand haalde. 'En een pot honing die ik vorig jaar uit mijn korven heb gehaald.' Ze ging aan de keukentafel zitten terwijl Beatrix een plak cake voor haar afsneed. De schamele boven- en onderkant werden ruimschoots goedgemaakt door de hoeveelheid jam ertussen. Terwijl ze de plak naar haar lippen bracht en de geur diep opsnoof, kwam er opeens iets bij haar op. 'Welke datum is het vandaag?'

'16 februari.'

'Hemeltje!' Flora leunde achterover en begon te grinniken. 'Wil je wel geloven dat ik vandaag jarig ben? En jij geeft me een gebakje!'

'Lieve help! Ik had geen betere gelegenheid kunnen uitkiezen om een cake te bakken.' Beatrix ging zitten en gaf een kneepje in haar hand. 'Hartelijk gefeliciteerd, Flora.'

'Dank je.'

'Zeg eens, hoe oud ben je nu ook alweer geworden?'

'Ik ben...' Flora moest er even over nadenken. '... negenentwintig.'

'Zo jong nog. Net over de helft van mijn leeftijd,' merkte Beatrix op. 'Ik denk altijd dat je ouder bent. Probeer dat maar als een compliment te beschouwen.'

'O, dat doe ik ook. Het voelt alsof ik al heel lang leef.'

'Nou, je weet hoeveel ik van de buitenlucht houd, maar zelfs ik moet af en toe even terug naar de beschaafde wereld in Londen. Soms vraag ik me af of jij dat ook zou moeten doen. Zeker nu de oorlog voorbij is.'

'Ik vind het prima zo,' reageerde Flora een tikje geïrriteerd.

'Dat weet ik, liefje. Maar William en ik hadden het er laatst nog over dat we ons zorgen om je maken. Je bent nog zo jong en mooi...'

'Kom nou toch, Beatrix. Je hoeft me niet op te hemelen.'

'Dat doe ik ook niet, ik wijs je alleen op de feiten. Zou je geen contact willen opnemen met je familie? Misschien voorstellen om bij hen op bezoek te gaan, zodat jullie het verleden kunnen laten rusten?'

'Hier hebben we het al vaker over gehad, en het antwoord is nog steeds nee. Aurelia wil me nooit meer zien. Wat heb ik aan haar leven toe te voegen, behalve een pijnlijke herinnering aan het verleden?'

'Liefde misschien, Flora?'

Verward staarde ze Beatrix aan. Normaal gesproken was haar vriendin geen sentimenteel type, dus begreep ze niet waarom ze hier nu over begon. Ze schrokte de rest van de plak cake naar binnen en stond op. 'Ik moet weer gaan. Bedankt voor je lieve wensen, maar ik kan je verzekeren dat het goed met me gaat en dat ik gelukkig ben. Dag.'

Beatrix keek haar jonge vriendin na toen die de keuken uit liep en door de sneeuw op het landweggetje wegbeende. Het zat haar enorm dwars dat Flora zo'n eenzaam en geïsoleerd leven leidde.

Vier maanden later, op een zonnige dag in juni, deed Flora met betraand gezicht de voordeur van haar cottage open, nadat Beatrix herhaaldelijk had aangeklopt.

'Hemeltje!' Beatrix keek naar haar radeloze gezicht. 'Wat is er gebeurd?'

'Het is Panther! Gisteravond is hij zoals gewoonlijk bij mij in bed in slaap gevallen, maar vanochtend... werd hij niet meer wakker.'

'Och, lieve schat.' Beatrix stapte naar binnen en deed de deur achter zich dicht. 'Wat vreselijk voor je.'

'Ik hield zo veel van hem! Hij was het enige wat ik nog van vroeger had, weet je. Of eigenlijk was hij álles wat ik nog had...'

'Rustig maar.' Beatrix voerde Flora mee naar de keuken, zorgde dat ze ging zitten en zette de ketel op het vuur. 'Hij heeft een mooi, lang leven gehad.'

'Hij was pas tien. Het schijnt dat katten veel ouder kunnen worden.' Flora liet haar hoofd hangen en begon zachtjes en met schokkende schouders te snikken.

'Nou ja, al die tijd is hij gezond en gelukkig geweest. We weten allebei dat er niets erger is dan een oud dier een langzame en pijnlijke dood te zien sterven.'

'Maar het is zo plotseling gegaan! Ik begrijp het niet.'

'Dat geldt voor ons allemaal, behalve voor God in de hemel.'

Beatrix schonk het kokende water in de theepot. 'Waar is hij nu?'

'Nog steeds op mijn bed. Hij ligt er zo comfortabel bij dat ik hem niet wil verplaatsen.'

'Je moet even praktisch zijn, Flora. Panther moet begraven worden. Zal ik je helpen?'

'Ja...' Flora's ogen vulden zich weer met tranen. 'Neem me niet kwalijk dat ik zo sentimenteel ben. Je weet dat ik al veel dieren heb verloren, maar Panther was bijzonder.'

'Natuurlijk was hij dat. Sommige dieren zijn dat nu eenmaal.'

'Klinkt het belachelijk als ik zeg dat ik me heel eenzaam voel, zonder hem?'

'Helemaal niet.' Beatrix zette haar een kop thee voor. 'In je provisiekamer heb je vast nog wel een kistje staan. Zal ik dat halen en Panther er boven in leggen? Dan breng ik hem naar beneden en kun je nog afscheid nemen voordat ik het dichtdoe. Daarna kunnen we besluiten op welk plekje in de tuin je hem wilt begraven.'

'Dank je.' Flora glimlachte zwakjes toen Beatrix het vertrek uit liep.

Nadat ze Panther hadden begraven en Beatrix haar best had gedaan om de intens verdrietige Flora te troosten, verliet ze Wynbrigg Farm en liep langs het landweggetje terug naar Castle Cottage. Daar opende ze een lade van haar bureau om de brief die ze een paar dagen geleden had ontvangen nog eens te lezen. De inhoud ervan maakte haar aan het huilen, een zeldzaamheid in de nasleep van een oorlog waarin er zo veel tragische dingen waren gebeurd. Tijdens het avondeten besprak ze de situatie met haar man William.

'Vanmorgen ben ik naar Flora gegaan om het idee aan haar voor te leggen, maar het leek me geen geschikt moment. Ze was zo verdrietig om het verlies van haar kat.'

William tikte zijn pijp bedachtzaam leeg. 'Juist daarom denk ik dat je voorstel nu heel goed uitkomt. Misschien moet je haar gewoon voor een voldongen feit stellen. Ze kan hooguit weigeren.'

'Daar zou je weleens gelijk in kunnen hebben. Dank je, schat.'

Een week later zag Flora, nog steeds radeloos van verdriet, Beatrix over het pad naar haar cottage komen lopen met een grote bundel in haar armen.

'Goedemorgen, Flora,' zei Beatrix toen ze binnenkwam. 'Je borders liggen er weer prachtig bij. Vooral de sterrenlook is een schitterende aanvulling.'

'Dank je,' reageerde Flora, ook al kon het haar sinds de dood van Panther allemaal niet zo veel meer schelen. 'Wat... is dat?'

Beatrix trok de deken terug die de inhoud van het bundeltje aan het oog had onttrokken. 'Dit, lieve schat, is een baby.'

'Hemeltjelief.' Flora liep naar Beatrix toe en keek eens wat beter naar het piepkleine gezichtje, diep in slaap. 'En wat moet jij daar precies mee?'

'Het is een jongetje van twee weken oud. Zoals je weet ben ik beschermvrouw van het streekziekenhuis, en dit opdondertje is een paar uur na zijn geboorte binnengebracht. Een buurvrouw hoorde hem huilen in de hoeve van de buren, op Black Fell. Zijn moeder bleek verdrietig genoeg meteen na de geboorte te zijn gestorven, maar dit jochie lag de longen uit zijn lijf te schreeuwen tussen haar benen. De navelstreng was nog niet eens doorgeknipt. De buurvrouw heeft hem doorgesneden met een broodmes, heeft haar man naar de begrafenisondernemer gestuurd en is zelf met de baby de heuvel af gegaan, naar het ziekenhuis. Vind je het goed als ik ga zitten? Hij is zwaarder dan hij eruitziet.' Tegen het bundeltje koerde ze liefdevol: 'Je bent ook zo'n sterke jongen, hè?'

Flora ging Beatrix voor naar de keuken en schoof een stoel voor haar naar achteren, verwonderd over deze moederlijke kant van haar vriendin die ze nog nooit had gezien.

'Waar is de vader van de baby?'

'Tja, dat is een tragisch verhaal. Zijn vader was een schaapsherder die drie jaar geleden naar Frankrijk is gestuurd om mee te vechten in de oorlog. Zijn laatste verlof was in augustus en kort na zijn terugkeer aan het front is hij in de loopgraven gesneuveld, in de Slag bij Épehy. Slechts een paar weken voordat de wapenstilstand werd uitgeroepen. Zijn lichaam is nooit teruggestuurd naar huis.' Met een verdrietig gezicht schudde Beatrix haar hoofd. 'En nu kunnen ze hun zoon geen van beiden zien. Ik kan alleen maar bidden dat ze elkaar in de hemel weer hebben gevonden, God hebbe hun ziel.'

'Heeft de baby geen familie?'

'Niet voor zover de buurvrouw weet. Aan het ziekenhuispersoneel wist ze alleen te melden dat de moeder uit Keswick kwam en Jane heette. Toen ik voor mijn maandelijkse bezoek in het ziekenhuis kwam, kreeg ik over de baby en zijn tragische lot te horen. Ik ging bij hem op bezoek en hoewel hij er op dat moment niet best aan toe was, moet ik toegeven dat ik meteen in de ban was van hem en zijn verhaal.'

'Nu ziet hij er gezond uit.'

Onder hun toeziend oog rekte de baby zich uit, trok een afkeurend mondje met zijn piepkleine lipjes die eruitzagen als een rozenknopje, en maakte een smakkend geluid.

'Nog even, dan wordt hij wakker en moet hij een fles hebben. Er zit er eentje in mijn mand. Wil jij die warm maken? Het schijnt dat baby's niet van koude melk houden.'

'Is het moedermelk?' vroeg Flora gefascineerd, terwijl ze het flesje uit de mand opdiepte en in een pannetje water op het fornuis legde om te verwarmen.

'Alle baby's krijgen met water verdunde dierenmelk te drinken. Kennelijk krijgen ze soms koliek van koemelk, dus dan krijgen ze in plaats daarvan geitenmelk.'

'Ja...' Flora aarzelde. 'Waarom heb je die baby meegenomen? Denken jij en William erover hem te adopteren?'

'Hemeltje, nee! Hoe erg ik het ook vind dat ik nooit moeder zal worden, het zou niet eerlijk tegenover hem zijn om daar nu nog aan te beginnen. Flora, ben je soms vergeten dat ik al tweeënvijftig ben, oud genoeg om zijn grootmoeder te zijn? Ik moet er niet aan denken.' Ze grinnikte. 'William en ik zijn hoogstwaarschijnlijk al dood voordat dit jochie volwassen is.'

'Dus je past alleen een dagje op hem?'

'Ja.'

De baby begon nu echt te woelen. Zijn piepkleine armpjes kwamen onder de deken vandaan toen hij zich uitrekte.

'Tijdens mijn bezoekjes aan het ziekenhuis,' vervolgde Beatrix, 'zie ik veel zieke baby's en jonge kinderen, maar hij is echt een doorzettertje. Ondanks de tragische omstandigheden rondom zijn geboorte is hij volgens de zusters volledig hersteld. Zou jij hem even van me willen overnemen? Mijn armen gaan pijn doen.'

'Ik... ik heb nog nooit een baby vastgehouden. Ik wil hem niet laten vallen of pijn doen...'

'Daar hoef je niet bang voor te zijn. Jij en ik zijn ook allebei ooit een baby geweest en hebben die tijd overleefd, al zullen onze moeders ook vaak niet geweten hebben hoe ze met ons om moesten gaan. Hier. Ik pak de fles wel even.' Beatrix legde de baby in Flora's armen.

Het verbaasde Flora hoe stevig hij aanvoelde. Hij zag er zo teer uit en toch begon hij alle kanten op te wurmen en om eten te kermen, net zoals Panther had gedaan. Bij het zien van zijn wil om te leven sprongen de tranen in haar ogen.

'Ik heb een beetje melk op mijn hand gespoten om te voelen of hij er zijn mondje niet aan kan branden, of dat hij nog te koud is,' zei Beatrix toen ze Flora het flesje overhandigde.

'Wat moet ik nu doen?' vroeg Flora.

De baby, die misschien de melk rook die nu zo dichtbij en toch zo ver weg was, begon luid te krijsen.

'Nou, die fles in zijn mondje stoppen, natuurlijk!'

Flora duwde met de speen tegen de rozenknopachtige lipjes, die stijf op elkaar waren geklemd. 'Hij wil niet.'

'Druppel dan een beetje melk op zijn lippen. Flora, ik heb je genoeg lammetjes met de fles zien grootbrengen. Doe gewoon wat je gewend bent.'

Dat deed Flora, en na een paar spannende seconden lukte het haar eindelijk om de speen in zijn mond te krijgen en hem te laten drinken. Beide vrouwen slaakten een zucht van opluchting toen de rust terugkeerde in de keuken.

'Hoe moet het nu verder met hem?' vroeg Flora na een poosje.

'Wie zal het zeggen? Nu hij weer beter is, kan hij niet in het ziekenhuis blijven. Ze hebben mij geschreven om hier in de buurt een thuis voor hem te zoeken, maar als dat niet lukt, wordt hij naar een weeshuis in Liverpool gestuurd.' Beatrix huiverde. 'Dat schijnt een vreselijke plek te zijn. En dan, wanneer hij oud genoeg is, zullen ze hem als hij geluk heeft aan het werk zetten in een katoenfabriek, of als het tegenzit in de kolenmijnen.'

'Is dat echt het beste waarop dit onschuldige kindje mag hopen?' Vol afgrijzen keek Flora omlaag naar het tevreden gezichtje van de drinkende baby.

'Jammer genoeg wel, ja. Misschien had hij maar beter tegelijk met zijn moeder kunnen sterven. Er is weinig hoop op een goede toekomst, want het aantal vondelingen neemt elke maand toe. Veel vrouwen zijn niet in staat om hun kinderen te onderhouden, nu hun echtgenoten niet zijn teruggekeerd uit Frankrijk.'

'Zijn er nog niet genoeg mensenlevens te gronde gericht?'

'Het gaat van kwaad tot erger, lieve schat. De hele wereld probeert er weer bovenop te komen nadat alles bijna verwoest was. Neem me niet kwalijk dat ik het zeg, maar voor ons, knus bij de haard, is het heel makkelijk om onze ogen te sluiten voor wat er in de buitenwereld gebeurt. Pas als ik in Londen kom, zie ik de wanhoop van de verminkte soldaten die op straathoeken liggen te bedelen, en de armoede in de nasleep van die gruwelijke oorlog.'

'Hij heeft zijn flesje leeg, hij valt in slaap.' Flora zette het flesje op de tafel. 'Beatrix, waarom heb je hem hier mee naartoe genomen?'

'Omdat ik hem aan je wilde laten zien.'

'Is dat alles?'

'Voornamelijk wel. En...'

'Wat?'

'Soms ben ik bang dat je je afsluit voor de buitenwereld.'

'Misschien wil ik dat zelf wel. Net als jij heb ik liever met dieren te maken dan met mensen.'

'Dat is niet waar, Flora, dat weet je zelf ook wel. Mijn voornaamste bron van geluk is een ander mens. Zonder mijn man zou mijn leven heel leeg aanvoelen.'

'Hier.' Flora gaf de slapende baby terug aan Beatrix. 'Hij zit vol.'

'Voorlopig wel.' Beatrix nam hem weer over en stond op. 'Wil jij me mijn mand aangeven?'

Dat deed Flora, en ze keek toe terwijl Beatrix de baby weer stevig in de deken wikkelde. 'Bedankt dat je hem hebt meegenomen,' zei ze toen ze naar de deur en over het tuinpaadje liepen. 'Hoe heet hij eigenlijk?' Flora hield het tuinhekje voor hen open.

'Hij wordt Teddy genoemd, want alle zusters willen met hem knuffelen.' Beatrix glimlachte verdrietig. 'Dag, Flora.'

Later die avond ging Flora zitten om in haar dagboek te schrijven, maar het lukte haar niet om zich te concentreren. De enorme ogen van de baby en de onbevangen blik daarin lieten haar maar niet los. Na een poosje gaf ze het op en begon door haar keurig opgeruimde woonkamer te ijsberen. Alles stond op zijn plek, precies waar zij het had neergezet. Er was niemand die het veilige, overzichtelijke wereldje dat ze voor zichzelf had gecreëerd kon verstoren.

Ze maakte een kop ovomaltine voor zichzelf, iets wat Nannie altijd voor het slapengaan aan Violet en Sonia had gegeven.

Violet... Die lieve Violet, zo hartstochtelijk en in de ban van de liefde voor haar vriendin, Vita Sackville-West. Ze wist dat Vita een paar jaar geleden was getrouwd, maar onlangs was Beatrix uit Londen teruggekomen met de roddel dat de banden tussen de twee vrouwen weer waren aangehaald. Zoals altijd had Flora zich afgesloten voor het nieuws uit haar oude wereldje, maar toch had ze voldoende meegekregen om te begrijpen dat de liefde tussen de twee jeugdvriendinnen was uitgegroeid tot iets diepers.

Flora zuchtte, want het was niet zo verbazingwekkend dat uitgerekend Violet de meestbesproken affaire in Londen was aangegaan – ze was echt een kind van haar moeder. In haar jeugd had ze al geleerd dat het normaal was om berucht te zijn.

Terwijl Flora er juist voor was weggelopen...

Boven in bed lag ze te luisteren naar de roep van een uil – het enige levende wezen dat nog wakker was in het holst van de nacht. De eenzaamheid daalde over haar neer als een donkere mantel en ze ging weer naar beneden om achter haar schrijftafel te gaan zitten. Uit een van de lades haalde ze een sleutel om een geheim vakje open te maken. Daar haalde ze een dagboek uit en sloeg het open, waarna ze met haar vingers over het zijden vakje in de achterflap streek. Voorzichtig haalde ze de brief tevoorschijn die haar vader, Edward, haar via Sir Ernest Cassel had gestuurd.

Leef een anoniem en vrij leven, zoals ik zelf graag gedaan had. En blijf bovenal trouw aan jezelf.

Ze staarde een tijdje naar de handtekening. 'Edward...'

'Teddy,' zei ze opeens.

En toen moest Flora MacNichol opeens lachen, voor het eerst sinds zolang ze zich kon herinneren.

'Natuurlijk,' zei ze. 'Natuurlijk.'

35

Twee dagen later trok de kleine Teddy bij Flora in, en ze deden hun best – in voor- en tegenspoed – om aan elkaar te wennen. Flora behandelde hem als een weeslammetje dat warmte, liefde en bovenal melk nodig had. Toch bleef het haar verbazen dat ze er geen enkele moeite mee had om mest te ruimen, maar wel telkens een golf van misselijkheid moest onderdrukken als ze een volle luier verschoonde.

Teddy was allesbehalve een makkelijke baby. Als een puppy die zijn moeder had verloren, legde ze hem 's avonds na zijn laatste flesje in zijn geïmproviseerde wiegje: een lade gevuld met dekens die ze dicht bij de warmte van het fornuis zette. Daarna maakte ze zich klaar om zelf naar bed te gaan. Ze sloop de trap op, glipte tussen de lakens en deed opgelucht haar ogen dicht. Maar een paar minuten later begon het gehuil alweer.

Ze probeerde er geen aandacht aan te besteden, nadat Beatrix tegen haar had gezegd dat baby's afgericht moesten worden, net als dieren. Maar Teddy leek het spel niet volgens de regels te willen spelen. Naarmate het gekrijs harder werd en tegen de dikke stenen muren van haar cottage weergalmde, besefte Flora telkens weer dat het erom ging wie de langste adem had, en Teddy won altijd.

Hij leek alleen rustig te worden als hij bij haar in bed mocht. En uiteindelijk, ook al wist ze dat ze vooral zichzelf ermee had, was ze fysiek, mentaal en emotioneel zó uitgeput dat het haar allemaal niets meer kon schelen en liet ze hem elke nacht naast haar slapen.

Vanaf dat moment leek er een zekere rust over de cottage neer te dalen. Toch lukte het haar niet om de boerderij in haar eentje draaiende te houden, waardoor ze een jongeman uit het dorp in dienst nam voor het dagelijks terugkerende werk waar ze zelf niet meer aan toekwam. Hoewel haar zorgvuldig opgebouwde routine aan diggelen was geslagen, begon haar verkilde hart weer een beetje te ontdooien nu er elke avond een levend wezentje in haar armen lag.

Als de zon scheen, ging ze wandelingen maken met Teddy. Speciaal daarvoor had ze een draagdoek gemaakt van een katoenen lap die ze om hen heen wikkelde, want de hobbelige paden en het ruige terrein waren niet geschikt voor een kinderwagen. Ze negeerde de nieuwsgierige blikken van de dorpelingen, al moest ze soms wel grinniken om de roddels die ze vast en zeker over haar verspreidden. Met het verstrijken van de dagen maakte zich een gevoel van rust en voldoening van haar meester dat ze nooit verwacht had te zullen krijgen. Tenminste, tot er zich op een hete dag in juli een bezoeker aandiende.

Nadat ze Teddy in bed had gelegd voor zijn middagdutje, ging ze in de tuin aan de slag. Ze zaaide de borders die ze de afgelopen maand had verwaarloosd zorgvuldig in, want die schreeuwden inmiddels ongeveer net zo hard om haar aandacht als Teddy. Toen ze bezig was het onkruid tussen de lupines vandaan te halen, zwetend in de felle middagzon, bedacht ze dat de natuur, al werd die nog zo kort aan haar lot overgelaten, meteen weer het heft in eigen hand nam.

'Hallo, Flora.'

Haar handen, gevuld met aarde en onkruid, bleven doelloos in de lucht zweven.

'Ik ben het, Archie Vaughan. Ken je me nog?'

Volgens mij heb ik een zonnesteek, dacht ze. Of ze hem nog kende? De man die haar al negen jaar niet losliet? Waarom stelde haar eenzame geest haar van die absurde vragen?

'Mag ik alsjeblieft binnenkomen?'

Ze draaide zich om in een poging een eind te maken aan deze belachelijke hallucinatie, maar toen ze naar de gestalte keek die geduldig bij het tuinhek stond te wachten, en een paar keer met haar hoofd schudde en met haar ogen knipperde, weigerde het beeld te verdwijnen.

'Belachelijk!' riep ze uit.

'Wat is belachelijk?' reageerde de hallucinatie.

'Jij.' Ze kwam overeind en beende naar het tuinhek. In haar leven had ze genoeg boeken gelezen om te weten dat de luchtspiegeling die je zag als je uitgedroogd was, verdween zodra je dichterbij kwam.

'Ben ik belachelijk?'

Nu staarde ze hem over het tuinhek aan, dichtbij genoeg om zijn bekende geur te ruiken en zelfs zijn adem lichtjes op haar wang te voelen. 'Ga alsjeblieft weg!' droeg ze hem wanhopig op.

'Flora, alsjeblieft... Ik ben het, Archie. Weet je het niet meer?'

Op dat moment stak de luchtspiegeling een hand naar haar uit en beroerde haar wang met zijn vinger, wat een sensatie bij haar opriep die onmogelijk een droom kon zijn.

Onder zijn aanraking leek het bloed uit haar lichaam weg te trekken en ze zocht wankelend steun bij het hek toen het haar begon te duizelen.

'Goeie god, Flora...'

Opeens kwam de grond gevaarlijk dichtbij en zakte ze op het tuinpad in elkaar.

'Vergeef me,' hoorde ze vaag terwijl er een koele bries over haar gezicht streek. 'Ik had een telegram moeten sturen om je te waarschuwen dat ik zou komen. Maar ik was bang dat je me dan voor de deur zou laten staan.'

Bij het horen van de zachte stem deed ze haar ogen open, en ze zag iets wat leek op een beige katoenen waaier die tussen hen in wapperde. Toen haar zicht weer scherp werd, besefte ze dat het haar zonnehoed was en dat zich daarachter een gezicht bevond: magerder dan in haar herinnering, ingevallen bijna, met een lichtgrijze pluk aan zijn slaap. Zijn ogen sprankelden niet meer, maar behoorden toe aan een gekwelde man.

'Kun je opstaan? Je moet uit de zon.'

'Ja.' Zwaar op hem steunend liet ze zich door hem naar binnen helpen. Daar wees ze hem de weg naar de keuken.

'Kun je niet beter gaan liggen?'

'Hemeltje, nee!' Ze voelde zich toch al net zo zwak en dwaas als de heldin in een stuiverroman. 'Kun je een beetje water voor me inschenken uit de kan in de provisiekamer?'

Dat deed hij en ze sloeg het gulzig achterover, terwijl zijn ernstige blik haar geen moment losliet. Opeens zag ze voor zich wat hij in haar zag: een vrouw met rimpeltjes op haar gezicht, ontstaan door verdriet, eenzaamheid en het onverbiddelijke weer in het Lake District. Haar haren zaten zoals gewoonlijk in de war, weigerend om in haar knot te blijven zitten, en haar lichaam was gehuld in een vuile, grof in elkaar genaaide kiel. Het geheel werd afgemaakt met een katoenen broek vol grasvlekken en houten klompen. Kortom, ze zag er niet uit.

'Wat zie je er mooi uit,' mompelde Archie. 'De tijd is je gunstig gezind.'

Ze schoot in de lach. Misschien zag hij het allemaal wel niet zo helder meer, door de felle zon. Gelukkig begonnen haar verstandelijke vermogens weer terug te keren, als een uitgeput leger waar zij het bevel over voerde.

'Wat doe je hier?' vroeg ze scherp. 'Hoe heb je me gevonden?'

'Ik zal eerst antwoord geven op je laatste vraag. Je familie weet al jaren waar je bent. Het zal je niet verbazen dat jouw aanwezigheid hier vrijwel meteen aan je moeder werd doorgebriefd door Stanley, de oude stalknecht op Esthwaite Hall. En omdat Rose niets wist van het drama dat zich kort daarvoor tussen haar dochters had voltrokken, heeft zij het weer aan Aurelia geschreven.'

'Aha.'

'Zoals je vast wel begrijpt was het voor ons huwelijk het beste om geen slapende honden wakker te maken en geen contact met je te zoeken. Maar Aurelia heeft wel over je gewaakt, van een afstandje.'

'Daar kijk ik van op.'

'Het is echt zo dat de tijd alle wonden heelt, Flora. En de afgelopen jaren hebben we allemaal ingezien hoe weinig tijd ons misschien nog rest.' Archies gezicht betrok.

'Ja.'

Er viel een stilte waarin ze allebei voor zich uit staarden, overmand door herinneringen.

'Ik ben hier omdat Aurelia het goed wilde maken,' vervolgde Archie uiteindelijk.

'Maar wij zijn de schuldigen in dit verhaal.'

'Mee eens, maar Aurelia heeft jou uit haar leven verbannen. Toen ons kind een maand geleden geboren werd, was haar eerste ingeving om jou te schrijven. Ze vond dat de tijd er rijp voor was.'

'Weer een baby? Hoeveel hebben jullie er nu?'

'Eentje maar. Ik...'

Flora hoorde zijn stem breken en zag de uitdrukking op zijn gezicht. En toen drong het tot haar door.

'Nee,' fluisterde ze.

'Aurelia is drie weken geleden gestorven, tien dagen na de bevalling. Het spijt me ontzettend, Flora. Je weet dat ze altijd een zwak gestel heeft gehad, en de zwangerschap is haar uiteindelijk fataal geworden.'

Ze sloot haar ogen toen ze tranen voelde opwellen. Haar mooie, lieve zusje had haar laatste adem uitgeblazen. Flora zou nooit meer in die helderblauwe ogen kunnen kijken, zo vol met hoop en vreugde. Zelfs in haar zelfopgelegde ballingschap had ze altijd de aanwezigheid van haar zusje gevoeld. Nu hun afscheid definitief bleek te zijn geweest, was ze volkomen ontdaan. En ze nam het zichzelf kwalijk dat ze al die jaren had verspild.

'O god... o god...' prevelde ze. 'Ik kan het bijna niet aan. Hebben wij hieraan... bijgedragen? Ik had met alle liefde mijn leven voor haar gegeven, dat moet je geloven.'

'Als iemand dat weet, ben ik het wel, Flora. Je hebt je eigen geluk opgeofferd voor het hare. En toen we pasgetrouwd waren, was het inderdaad... moeilijk. Zeker omdat het niet zo eenvoudig bleek om datgene te krijgen wat een band tussen ons kon scheppen: een kind. Aurelia heeft ons eerste kindje verloren en daarna nog een aantal miskramen gehad. Kort daarna brak de oorlog uit. Ik sloot me aan bij het Royal Flying Corps en ben de afgelopen drieënhalf jaar amper op High Weald geweest. We bleven proberen een kindje te krijgen, zonder resultaat. De dokter zei dat het voor Aurelia's gezondheid beter zou zijn om er helemaal van af te zien, maar daar wilde ze niets van weten. En afgelopen herfst bleek ze opnieuw zwanger te zijn. We... Ik,' corrigeerde hij zichzelf, 'heb een dochter.'

'Ik... O, Archie...' Flora diepte een vuile zakdoek uit haar zak op en snoot haar neus.

'Ik vind het heel erg dat ik hier ben vanwege dit vreselijke nieuws, maar Aurelia wilde het zo.'

'Wat bedoel je?'

'Dat ik hiernaartoe zou gaan om je deze persoonlijk te overhandigen. Dat was haar laatste wens, voordat ze stierf.' Hij haalde een envelop uit de zak van zijn jasje en gaf die aan haar.

Alleen bij het zien van het vertrouwde handschrift begon het haar al weer te duizelen. 'Weet jij wat hierin staat?'

'Ik... heb misschien wel een idee, ja.'

Met trillende handen streek ze over de envelop, bang voor de harde woorden die er misschien in zouden staan.

Plots voelde ze een warme hand op de hare. 'Niet bang zijn. Zoals ik al zei: ze wilde het bijleggen. Ga je hem nu openmaken?'

'Excuseer me even.' Flora stond op en liep de keuken uit, door de hal naar de woonkamer. Daar ging ze in een fauteuil zitten en verbrak het wassen zegel.

High Weald
Ashford, Kent
16 juni 1919

Liefste zus,

Er is zo veel wat ik je wil zeggen, maar zoals je weet ben ik nooit zo'n woordkunstenares geweest als jij. En ik word met de dag zwakker, dus vergeef me dat ik het relatief kort houd.
Ik heb je ontzettend gemist, lieve zus. Er is geen dag voorbijgegaan waarop ik niet aan je heb gedacht. In het begin had ik een hekel aan je, dat klopt, maar de laatste tijd neem ik het mezelf kwalijk wat ik negen jaar geleden uit jaloezie heb gedaan. Er is zo veel tijd verloren gegaan, en die kan nu niet meer ingehaald worden.
Daarom, nu ik naar mijn lieve dochter kijk die tevreden in haar wiegje naast me ligt, zich niet bewust van het feit dat ze haar moeder nooit zal leren kennen, moet ik proberen het recht te zetten. Flora, ik wil niet dat mijn kind opgroeit zonder moeder. Hoeveel Archie ook van Louise zal houden, hij zal haar nooit de tederheid van een vrouwelijke omhelzing bieden, of een luisterend oor om haar te begeleiden en steunen in haar ontwikkeling tot vrouw.

Natuurlijk blijft Sarah hier om voor Louise te zorgen, maar ze wordt oud. En we weten allebei dat ze weinig onderwijs heeft genoten en een bekrompen kijk op de wereld heeft, al kan ze daar zelf niets aan doen.
Dat brengt me op de gunst die ik van je wil vragen. Toen ik onlangs aan mijn spionnen in Esthwaite vroeg of het goed met je gaat, zeiden ze dat je alleen woont. Als dat nog steeds zo is, en als je bereid bent om uit je isolement te treden, dan smeek ik je te overwegen om naar High Weald te verhuizen en mijn dochter groot te brengen alsof ze je eigen kind is.
Ik ben ervan overtuigd dat je met heel je prachtige hart van haar zult houden. En dat je mijn arme echtgenoot troost zult bieden in het rouwproces. Flora, je hebt geen idee wat hij tijdens de oorlog heeft moeten doorstaan. De gedachte dat hij nu ook nog zijn vrouw moet verliezen en onze dochter alleen zal moeten grootbrengen, kan ik niet verdragen.
Denk er alsjeblieft over na en geef mijn ziel de kans om zich van mijn egoïstische vergissing te verlossen. Je hebt lang genoeg geleden. Misschien zal deze brief je verbazen, maar door de jaren heen ben ik gaan inzien dat we er niets aan kunnen doen van wie we houden. En Archie heeft een groot deel van de schuld op zich genomen van wat er destijds gebeurd is. Hij heeft me verteld dat hij je het hof gemaakt heeft en je niet heeft ingelicht over de regeling die hij al met vader had getroffen in Schotland.
Lieve Flora, ik ben uitgeput en kan niet lang meer schrijven. Maar geloof me alsjeblieft als ik zeg dat er de laatste tijd al veel te veel leed in de wereld is en dat het mijn laatste wens is om mijn dierbaren in de toekomst van nog meer leed te verlossen. In de hoop dat ze gelukkig zullen worden.
Ik zal bidden dat je de kracht vindt om me te begrijpen en vergeven. Als je dat kunt, breng mijn dochter dan alsjeblieft groot in haar eigen huis, met liefde en compassie.

Alle liefs, mijn lieve zuster.
Bid ook voor mij.
Aurelia

Als verdoofd door de inhoud van de brief staarde Flora uit het raam. De vergevensgezindheid van haar zus was op een of andere manier nog erger dan de verwijten die ze naar haar mening verdiend had.

'Flora? Gaat het?' klonk er een stem vanuit de deuropening.

'Ze vroeg míj om vergiffenis,' fluisterde ze. 'O god, Archie, dat had ze niet moeten doen. Wij hebben háár juist verdriet gedaan.'

'Ja, al is dat voor het grootste gedeelte aan mij te wijten. Ik was verblind door mijn liefde voor jou.'

'Hoe heeft ze het over haar hart kunnen verkrijgen om ons te vergeven? Ik betwijfel of mij dat gelukt was als ik in haar schoenen had gestaan. En...' Ze zweeg even om haar kalmte te hervinden. '... nu kan ik haar nooit meer vertellen dat ik niet alleen vanwege jullie huwelijk ben weggelopen en hier in mijn eentje ben komen wonen.'

'Echt niet?'

Na een korte aarzeling besloot Flora dat het niet goed was om nog geheimen voor elkaar te hebben en liep naar haar bureau. Ze haalde de brief uit het zijden omslag van het dagboek uit 1910 en gaf hem aan Archie. 'Dit was ook een van de redenen.'

Ze keek naar hem terwijl hij de brief las en zo nu en dan een wenkbrauw optrok van verbazing. 'Zo,' zei hij, waarna hij de brief teruggaf. 'Zo, zo.'

'Wist je het? Volgens mij was heel Londen er destijds van op de hoogte.'

'Eerlijk gezegd heb ik wel geruchten gehoord over je... connecties met een bepaalde familie, maar daar heb ik nooit veel waarde aan gehecht. Trouwens, toen de oude koning overleed, verdwenen de geruchten over zijn hof algauw met hem in het graf, omdat de aanhangers van zijn opvolger, George V, vooral ruchtbaarheid wilden geven aan het nieuwe regime. Dus...' Voor het eerst verscheen er een zweempje van een glimlach op zijn gezicht. 'Moet ik je nu prinses Flora noemen? Goeie god, ik weet amper wat ik moet zeggen, al verklaart het wel een heleboel.'

'Er valt niets te zeggen, maar nu begrijp je wel waarom ik meteen uit Londen vertrokken ben. De wereld huilde mee met de koningin en net als Mrs. Keppel was ik een ongewenste herinnering aan de misstappen van haar echtgenoot.'

‘Maar in tegenstelling tot Mrs. Keppel viel jou niets te verwijten,’ wierp Archie tegen. ‘En waar jij het fatsoen had om je terug te trekken uit het maatschappelijke leven daar, is zij teruggekeerd naar Londen en gaat het haar nog steeds voor de wind. Nu is het vooral haar dochter die een roemruchte reputatie heeft. Violet en Vita zijn na de wapenstilstand samen naar Frankrijk gevlucht, waarbij Vita haar man en twee kinderen heeft achtergelaten. Heel Londen heeft het erover; ze zeggen zelfs dat Violet haar ertoe heeft aangezet. De familie Keppel kent geen schaamte, terwijl jij je altijd waardig hebt gedragen, als een ware prinses.’

‘Dat zou ik niet willen beweren.’ Met een glimlachje keek ze omlaag naar haar uitdossing.

‘Die eigenschappen komen van binnenuit, Flora. Maar als ik vragen mag, wat vind je van Aurelia’s laatste wens?’

‘Archie, ik kan het allemaal nog niet bevatten. En trouwens...’

Alsof het zo afgesproken was, klonk er een luid gekrijs van boven.

‘Wat is dat voor geluid?’ Archie fronste zijn voorhoofd.

‘Excuseer me even,’ zei ze, en ze stond op. ‘Teddy moet gevoed worden.’

Terwijl Flora naar boven liep om het bezwete, stinkende en altijd lawaaiige bundeltje te halen, stond ze zichzelf even toe om te grinniken. Hoewel haar leven de afgelopen jaren had stilgestaan, was het nu haar beurt om Archie Vaughan te verrassen. En hóé, dacht ze terwijl ze met Teddy in haar armen naar beneden liep, op weg naar de keuken en zijn flesje melk.

Een paar minuten later kon Archie zijn nieuwsgierigheid niet meer bedwingen en kwam hij achter hen aan. ‘Je hebt een kind.’

Zorgvuldig hield ze de fles in de hoek waarin Teddy hem het liefste had. ‘Ja.’

‘Ik begrijp het.’ Er ontsnapte een langgerekte zucht aan zijn lippen. ‘Woont de vader hier bij je?’

‘Nee, die leeft niet meer.’

‘Was je met hem getrouwd?’

‘Nee.’

‘Dus...’

Ze wachtte nog even zodat Archies verbeelding de vrije loop kon nemen, hoewel ze geen woord gelogen had. Pas toen zei ze: 'Hij is een vondeling. Hij woont nu iets minder dan een maand bij mij. Hopelijk kan ik hem adopteren.'

Pas toen keek ze op, en het lukte haar maar net om een grinnik te onderdrukken bij het zien van zijn opgeluchte gezicht. 'Hij heet Teddy,' voegde ze er voor de goede orde aan toe.

'Natuurlijk... naar Edward,' zei hij, meteen de link met de naam van haar echte vader begrijpend. 'Ik moet toegeven dat ik met stomheid geslagen ben.'

'Dat was ik ook toen ik net had besloten hem bij me in huis te nemen. Maar nu...' Ze keek omlaag naar de inmiddels verzadigde Teddy, die met zijn oogjes rolde van puur genot omdat zijn buikje weer was gevuld. Liefdevol drukte ze een kus op zijn hoofd. 'Ik zou niet meer zonder hem kunnen.'

'Hoe oud is Teddy nu?'

'Bijna zes weken. Hij is in de laatste week van mei geboren.'

'Een paar dagen voordat Louise geboren werd dus, begin juni. Ze hadden wel een tweeling kunnen zijn.'

'Maar ze komen uit heel verschillende werelden. De vader van dit kleintje was een schaapsherder die in de oorlog is gesneuveld.'

'Ik kan je vertellen, Flora, of je nou een edelman of een bedelaar bent, de dood maakt geen onderscheid. Tot welke klasse Teddy's vader ook behoorde, als hij zijn leven heeft gegeven voor zijn land, dan was hij een held. Dat moet je later ook aan zijn zoon vertellen,' benadrukte Archie.

'Ik weet nog niet wat ik hem wil vertellen.'

'Dus nu weet je hoe je een baby moet verzorgen en...'

Archies woorden bleven in de lucht hangen en Flora was zich ervan bewust waar hij op doelde. 'Waar is Louise nu?'

'Onder de hoede van Sarah, op High Weald. Als je vanwege je... gewijzigde gezinssituatie... niet in staat bent om bij ons in te trekken en voor Louise te zorgen, dan zal ik met de hulp van Sarah mijn best doen om zowel een moeder als een vader voor mijn dochter te zijn.'

'Maar zelfs als ik op het voorstel inga, hoe moet het dan met Teddy? Zou jij hem in huis willen nemen? Want als mijn kind niet welkom is, dan kan ik je nu al vertellen dat ik onder geen beding met je meega.'

'Flora, begrijp je het dan niet? Dit is juist perfect! Louise zou een speelkameraadje krijgen, een broertje nog wel, om haar gezelschap te houden. Ze zouden samen opgroeien...'

Pas toen zag ze de wanhoop in Archies ogen. Of hij die voelde vanwege zijn dochter, zijn overleden vrouw, of zichzelf, dat durfde ze niet te zeggen.

'Mag ik hem vasthouden?' vroeg hij opeens.

'Natuurlijk.' Flora legde Teddy in zijn uitgestrekte armen.

'Wat een knap kereltje, met die grote blauwe ogen en dat blonde haar. Ironisch genoeg lijkt Louise op mijn kant van de familie en heeft ze donker haar. Teddy lijkt meer op Aurelia dan haar eigen dochter. Hallo, kereltje,' murmelde hij terwijl hij een vinger uitstak, die meteen stevig door Teddy werd vastgegrepen. 'Volgens mij kunnen wij het uitstekend met elkaar vinden.'

Flora stond op. Ze had het gevoel dat ze werd gedwongen een beslissing te nemen waar ze nog niet klaar voor was. 'Het spijt me, maar ik wil dat je nu gaat.' Ze nam Teddy weer van hem over. 'Ik kan je niet meteen een antwoord geven. Hoe leeg mijn bestaan hier volgens jou misschien ook is, het zou een groot offer zijn. Ik heb een boerderij te runnen, er zijn veel dieren van mij afhankelijk. Ook al ben ik soms eenzaam, ik hou van mijn huis en van veel dingen in mijn leven, zeker nu ik zo'n fijne metgezel heb. En jij vraagt me dat allemaal op te geven, zonder er ook maar over na te denken.'

'Vergeef me, Flora, dat ik zo egoïstisch ben. Je weet dat ik van mijn hart nooit een moordkuil gemaakt heb, maar dat deze oplossing mij goed uitkomt, wil nog niet zeggen dat dat ook voor jou geldt.'

'Bedankt dat je naar me toe bent gekomen. Als mijn besluit eenmaal vaststaat, zal ik je schrijven.'

'En hoewel ik daar met smart op zal wachten, wil ik dat je alle tijd neemt die je nodig hebt.'

Ze liepen samen naar de voordeur en Flora hield die voor hem open. 'Dag, Archie.'

'Mag ik nog even benadrukken dat ik jouw voorwaarden zal accepteren als je besluit op High Weald te komen wonen? Ik zou er niet van uitgaan dat er... een relatie tussen ons zou ontstaan. Al mag je gerust weten dat mijn liefde voor jou er nog steeds is. Hoe schuldig ik me daar ook over voel, ik kan er niets aan doen. Het hoort gewoon bij me. Maar de allerbelangrijkste persoon in dit trieste verhaal is mijn dochtertje, dat het zonder moeder moet stellen. Verder zal ik je met rust laten. Een prettige dag nog.'

Toen Archie het pad af liep, viel het Flora pas op dat hij mank liep.

De twee dagen daarna herlas ze de brief van haar zusje keer op keer. Ze ging met Teddy in de heuvels wandelen en vroeg de grasssprietjes die in haar neus kietelden als ze in de schaduw van een boom lagen, de leeuweriken in de lucht en de hemelen zelf om wijze raad en steun.

Maar al die hulplijnen bleven net zo stil als haar eigen ziel. Uiteindelijk, vermoeid en snakkend naar een oplossing, bond ze Teddy weer in zijn draagdoek en liep over het landweggetje naar haar beste vriendin en raadgeefster.

'Zo, zo,' zei Beatrix toen ze samen in de tuin thee zaten te drinken. Ze had Flora's relaas over het nieuwste hoofdstuk in haar leven aangehoord zonder haar in de rede te vallen. 'Ik moet zeggen dat je een aangeboren talent lijkt te hebben om drama aan te trekken. Maar ach, je bent dan ook onder buitengewone omstandigheden ter wereld gekomen. Allereerst gecondoleerd met het verlies van je arme zusje. Zo jong nog en, te oordelen naar de brief die je me hebt voorgelezen, ook nog zo ruimhartig. En slim, mag ik wel zeggen.'

'Hoe bedoel je?'

'Je begrijpt toch wel dat ze als laatste geschenk aan haar man en haar dierbare zus een manier wilde vinden om jullie weer bij elkaar te brengen? Uit wat je me eerder hebt verteld, maak ik op dat ze altijd heeft geweten dat er sprake was van wederzijdse gevoelens tussen jullie. Tegelijkertijd was dit voor haar een kans om haar dierbare dochtertje een echte moeder te geven, in plaats van een bejaarde kindermeid. Zie je dan niet dat ze jullie alle drie het geluk wilde schenken dat jullie volgens haar verdienen?'

'Jawel. Maar zelfs als ik besluit te gaan, wat zullen de mensen dan wel niet denken?'

'Alsof jij en ik ons daar ooit druk om hebben gemaakt!' lachte Beatrix. 'En het is toch heel logisch dat je als vrijgezelle tante je nichtje komt grootbrengen? Ik durf te wedden dat niemand daar ook maar een wenkbrauw om zal optrekken.'

'En stel nou dat...'

'Dat jij en Archie de draad van jullie relatie weer oppakken?' maakte Beatrix haar zin af. 'Dan denk ik dat, als er maar voldoende tijd overheen is gegaan, iedereen juist blij zal zijn voor dat moederloze meisje en die arme weduwnaar, die zo snel na zijn terugkeer van het front alweer een tragisch verlies te verduren heeft gekregen.'

'En Archie zelf? Ik vraag me af hoe hij ooit zonder schuldgevoel naar me zal kunnen kijken.'

'Flora, als ik één ding heb geleerd in mijn vele jaren op deze aardbol, dan is het wel dat je altijd vooruit moet kijken, niet achterom. En ik kan je verzekeren dat jouw Lord Vaughan tijdens de oorlog genoeg dood en verderf heeft gezien om hem daarvan te doordringen. Zoals je zusje al in haar brief schreef, hebben we niet voor het kiezen op wie we verliefd worden. Hij heeft niet alleen de zegen van zijn vrouw voor een toekomst met jou, ze heeft die zelfs aangemoedigd. Er zijn geen geheimen meer, niets om je schuldig over te voelen. Je weet dat ik pragmatisch ben ingesteld. Treuren om de doden mag, maar het heeft geen zin om uit schuldgevoel de verkeerde beslissing te nemen.'

'Dus jij vindt dat we naar High Weald moeten gaan?'

'Flora, liefje, dat is toch zonneklaar? Een mens zonder liefde is als een roos zonder water. Hij kan een tijdje overleven, maar zal nooit tot volle bloei komen. En je kunt niet ontkennen dat je van hem houdt.'

'Nee, daar heb je gelijk in. Ik hou van hem.' Dat was de eerste keer dat Flora die woorden hardop uitsprak.

'En je zegt dat hij ook nog van jou houdt. Volgens mij heeft dit alles in veel opzichten zo moeten zijn. Louise heeft een moeder nodig en Teddy een vader. Het enige jammere vind ik dat ik je nu kwijtraak als mijn buurvrouw.'

'Ik zou jou ook vreselijk missen, Beatrix. En mijn dieren en de meren waar ik zo van houd.'

'Ach, offers moeten er altijd gebracht worden. Ik wil de boerderij graag van je overnemen, als je die wilt verkopen. Ik bezit hier toch al zo veel land. Onlangs heb ik mijn testament laten opstellen en als ik er niet meer ben, gaat de grond naar het National Trust en wordt die in beheer gegeven aan de bewoners van het Lake District, zodat dit gebied voorgoed bewaard blijft. Maar nu weer terug naar jouw kwestie. Ik heb gezegd wat ik kan om je daarbij te helpen, behalve dan dat je er niet te lang over moet piekeren. Het is zo makkelijk om jezelf ervan te overtuigen om niet voor iets nieuws te gaan dat je leven voorgoed verandert. Zeker als je er bang voor bent. Denk erom dat elke dag die verstrijkt weer een dag is die van je toekomst afgaat. Nu moet ik helaas weer verder. Er zijn weer brieven bezorgd van mijn lezertjes in Amerika, over die lieve kleine Diederik Stadsmuis. Ik wil de kinderen graag allemaal een persoonlijk briefje terugsturen.'

'Natuurlijk.' Flora stond op en ging Teddy halen, die onder een boom lag te kraaien naar de vogels die boven hem aan het zingen waren. 'Bedankt voor alles, Beatrix. Ik weet niet wat ik zonder jou had moeten beginnen.' Ze kreeg een brok in haar keel terwijl ze bedacht hoe het zou zijn om verder te leven zonder haar vriendin in de buurt.

En op dat moment besefte ze dat haar besluit al vaststond.

36

Sinds de dood van de koning, haar vader, was Flora niet meer naar het zuiden van Engeland afgereisd. Toen ze de ontvangsthal van High Weald binnenstapte, werd ze overvallen door een golf van herinneringen. Maar ook door schrik bij het zien van de staat waarin het huis en de landerijen verkeerden, de plekken die ze in haar hoofd op een voetstuk had geplaatst. Terwijl Archie haar hinkend rondleidde door de ooit zo betoverende tuinen, waarbij hij zorgvuldig ruim voldoende afstand tussen hen bewaarde, viel het haar op hoeveel er was overwoekerd sinds de laatste keer dat ze hier was geweest.

'Zoals je weet heeft de familie Vaughan altijd geldproblemen gehad,' zei Archie grimmig. 'Het viel niet mee voor Aurelia om het landgoed draaiende te houden toen ik er niet was en de jongemannen uit het dorp in Frankrijk moesten meevechten. Zeker aangezien mijn moeder al een paar maanden na het begin van de oorlog kwam te overlijden.'

Boven in het kinderverblijf verwelkomde Sarah haar met blijdschap en een overvloed aan tranen. 'Zo tragisch,' snifte ze toen ze Flora naar het wiegje meevoerde om haar aan haar nichtje voor te stellen. 'Na al die tijd heeft Aurelia eindelijk de baby waar ze zo naar verlangde, maar nu kan ze haar niet zien opgroeien. Het is nog een mooi meisje ook, en net zo zachtaardig als haar moeder.'

Flora tilde Louise op en werd meteen bevangen door liefde en de behoefte om het meisje te beschermen. 'Hallo, kleintje,' kirde ze naar de baby die rustig in haar armen lag. Op dat moment begon Teddy, die leek aan te voelen dat Flora's aandacht bij iemand anders was, in zijn reiswiegje te krijsen.

Snel tilde Sarah hem op. 'Wat een sterke jongen,' merkte ze op. 'Lord Vaughan heeft me verteld dat zijn ouders zijn gestorven. Het is heel ruimhartig van u dat u hem in huis hebt genomen, Miss Flora, echt waar. En ik weet zeker dat uw zus daar ook bewondering voor zou hebben gehad.'

De eerste twee weken werd Flora's tijd vooral opgeslokt door de kinderen, waarbij Teddy het leeuwendeel van de aandacht opeiste. Nu Flora hulp kreeg van Sarah, legde ze hem 's nachts in het kinderverblijf bij Louise. Per slot van rekening was het nooit haar bedoeling geweest om voorgoed haar bed met hem te delen. Elke avond krijste hij de longen uit zijn lijfje van verontwaardiging als Flora de kamer uit liep, tot Sarah op een dag zei dat ze de nachtdienst op zich zou nemen. Flora zocht dankbaar haar bed op en werd 's ochtends voor het eerst sinds weken wakker uit een ongestoorde nachtrust. In paniek rende ze naar het kinderverblijf, bang dat Teddy levenloos in zijn wiegje zou liggen.

Sarah bleek in een stoel bij het raam te zitten breien. 'Goedemorgen, Miss Flora.'

Die rende meteen door naar Teddy's wiegje, dat ze leeg aantrof. 'Waar is hij?'

'Kijk daar maar eens.' Sarah wees naar het wiegje van Louise.

En daar lag Teddy, met zijn hoofdje tegen dat van Louise genesteld. Allebei waren ze diep in slaap.

'Hij heeft gewoon graag gezelschap, geloof ik,' merkte Sarah op. 'Zodra hij begon te huilen, heb ik hem bij Louise gelegd. Sindsdien hebben ze allebei geen kik meer gegeven.'

'Sarah, je bent een engel,' verzuchtte Flora opgelucht.

'Dat deed ik ook met Aurelia als ze 's nachts onrustig was – dan legde ik haar bij u in bed. Het is net een tweeling, ze zijn zelfs bijna precies even oud.'

'Ja, dat vind ik ook,' beaamde Flora.

Toen Archie even later naar het kinderverblijf kwam om zijn dochter goedemorgen te wensen, keek hij naar de twee baby'tjes in de wieg. 'Zo vredig,' zei hij. 'Misschien heeft het wel zo moeten zijn.' Hij raakte Flora's schouder even aan en liep de kamer uit.

Naarmate Sarah zich meer met de kinderen bezig begon te houden, hield Flora zo nu en dan tijd over. In het Lake District was ze gewend van 's morgens vroeg tot 's avonds laat in de buitenlucht te zijn, dus ging ze ochtendwandelingen maken langs de akkers en door de tuinen om van de zomerlucht te genieten. Alleen zou ze nog liever haar handen uit de mouwen steken in de bloemperken, die zo overwoekerd waren door onkruid dat de schoonheid ervan verloren ging.

Maar de tuinen waren Archies terrein, niet het hare. Tot nu toe hadden ze zich aan een stilzwijgende afspraak gehouden dat ze uit respect voor Aurelia afstand zouden nemen – geen lastige opgave, gezien de omvang van het huis. 's Avonds aten ze samen een maaltijd die slecht bereid was door een bejaarde vrouw uit de buurt, de enige die genoegen nam met het karige salaris dat Archie haar kon bieden.

In de eetkamer hadden ze het uitgebreid over het reilen en zeilen van de kinderen – een neutraal onderwerp waarmee ze de stiltes konden opvullen, ook al hadden ze nog zo veel met elkaar te bespreken. Meteen na het toetje excuseerde ze zich en ging naar bed.

Niet omdat ze moe was, natuurlijk. Zelfs na een paar seconden in de buurt van Archie stonden al haar zenuwen al op scherp. Tijdens de warme augustusnachten, waarin ze haar raam open liet staan om ieder zuchtje wind binnen te laten, verlangde ze er zelfs naar dat Teddy krijsend wakker zou worden. Dat zou tenminste de onreine gedachten doorbreken die haar tot het ochtendgloren niet meer loslieten.

Maar naarmate september dichterbij kwam, de tijd waarin de tuinen – of wat daarvoor moest doorgaan – verzorging nodig hadden om de winter te kunnen doorstaan, besloot Flora de confrontatie met Archie aan te gaan. Ze trof hem aan in de boomgaard, waar hij een kruiwagen aan het vullen was met de pruimen die van de bomen waren gevallen.

'Hallo,' zei hij, bijna verlegen.

'Hallo.'

'Is alles in orde met de kinderen?'

'Perfect. Ze zijn een middagdutje aan het doen.'

'Mooi zo. Het is fijn dat ze elkaar als gezelschap hebben.'

'Ja, dat is zo. Archie, kan ik je even spreken?'

'Natuurlijk. Zit je iets dwars?'

'Nee, helemaal niet. Alleen... Nou ja, als ik High Weald als mijn thuis wil gaan beschouwen, dan wil ik ook mijn steentje bijdragen.'

'Dat doe je al, Flora.'

'In financieel opzicht, bedoel ik. Er moet geïnvesteerd worden in het landgoed en dankzij de erfenis van... mijn vader en de verkoop van Wynbrigg Farm, heb ik daar de middelen voor.'

'Dat waardeer ik zeer, maar je moet niet vergeten dat je familie al een bijdrage heeft geleverd aan de bodemloze put die we High Weald noemen, met de verkoop van Esthwaite Hall. Misschien ben je je er niet van bewust wat het kost om het landgoed draaiende te houden, laat staan om er iets aan te verbeteren.'

'Nou, mag ik je dan ten minste aanbieden om gratis in de tuinen te komen werken? En misschien om een paar jongemannen in dienst te nemen die ons kunnen helpen?'

'Als je er een paar kunt vinden die nog leven,' mompelde Archie grimmig. 'Het moge duidelijk zijn dat ik niet meer ben... wat ik geweest ben.' Hij wees naar zijn been.

'Ik zou graag een poging wagen, want als we voor de winter niets doen, is je werk hier voor niets geweest. En het geeft me iets omhanden. Ik begin Sarah behoorlijk op haar zenuwen te werken met mijn constante bezoekjes aan het kinderverblijf.'

'In dat geval zou ik heel blij zijn met alle hulp die je me kunt bieden,' zei hij glimlachend. 'Dank je.'

De rest van september brachten ze samen alle lichte uurtjes van de dag door met werken in de ommuurde tuin. Daarnaast was Flora erin geslaagd een paar ex-soldaten in het dorp te vinden die dolgraag wilden helpen de tuin onkruidvrij te maken.

Weer in haar element, in een wat damesachtiger outfit om in te tuinieren die Sarah voor haar had genaaid, voelde Flora zich een stuk rustiger. Als ze nu 's avonds zaten te eten, verliepen de gesprekken niet meer stroef, maar hadden ze het over snoeien en wieden en verdiepten ze zich in catalogi over zaden. Zo nu en dan werd er zelfs weer gelachen binnen de muren van High Weald.

's Middags zette Flora de wandelwagen soms onder de uit de kluiten gewassen taxusboom als ze aan het werk waren, waarin Teddy en Louise dan zij aan zij diep in slaap waren.

'Ze lijken echt net een tweeling,' zei Archie toen hij op een zachte septembermiddag naar de baby's keek. 'Wie had dat verwacht?'

Dat vroeg Flora zich ook af toen ze zich die avond in bed liet vallen, uitgeput door een dag hard werken in de tuin. In ieder geval kon ze daardoor beter slapen, hoewel ze zich wel afvroeg hoe lang ze haar gevoelens nog zou kunnen onderdrukken. Nu ze meer tijd doorbracht met Archie, was ze zich er pijnlijk van bewust hoezeer hij veranderd was door de oorlog. De uitbundige jongen van wie ze had gehouden, was uitgegroeid tot een wijze, bedachtzame man. Regelmatig zag ze dat zijn gedachten afdwaalden en hij een verdrietige blik in zijn ogen kreeg, terwijl hij misschien terugdacht aan iets wat hij had meegemaakt. En aan wat hij anderen had zien ondergaan.

Archie had nu iets kwetsbaars, waardoor zijn oude verwaande trekjes volkomen waren uitgewist. Daardoor werd hij haar zelfs nog dierbaarder. De afgelopen weken had hij zich keurig tegenover haar gedragen, zozeer zelfs dat ze zich al eens had afgevraagd of ze maar had gedroomd dat hij had gezegd dat hij nog steeds van haar hield.

Trouwens, door Aurelia's dood hing er nog steeds een donkere wolk boven High Weald. Wat er ook in haar brief had gestaan, Flora vroeg zich vaak af of die wolk ooit nog zou overwaaien.

De dagen werden steeds korter en omdat Archie en Flora wanhopig graag klaar wilden zijn voordat het begon te vriezen, werkten ze ook 's avonds door in de tuin, bij het licht van lantaarns.

'Ik ben doodop,' verklaarde Archie op een kille oktoberavond. Toen hij opstond, zag Flora dat hem dat moeite kostte. Hij stak een sigaret op – een gewoonte die hij aan de oorlog had overgehouden – en slenterde naar de taxusboom.

'Ga maar naar binnen, dan maak ik het hier af,' stelde ze voor.

'Dat lantaarnlicht en de kou doen me denken aan de avond dat ik je hier heb gekust,' merkte Archie op.

'Daar wil ik niet meer aan denken,' mompelde Flora.

'Aan die kus, of aan de omstandigheden?'

'Dat weet je best, Archie.' Flora richtte zich weer op het bloemperk.

'Ja.'

Er viel een stilte.

'Ik zou je heel graag nog eens willen kussen, Flora.'

'Ik...'

Pas toen hij haar schouder aanraakte, besefte ze dat hij achter haar was komen staan. Hij trok haar aan haar hand overeind en draaide haar om, zodat ze met haar gezicht naar hem toe kwam te staan. 'Mag ik? Liefde is nooit verkeerd, lieve Flora, alleen de timing kan fout zijn. En deze keer is die perfect.'

Ze keek hem aan in een poging een weerwoord te formuleren, maar voordat ze dat kon doen, drukte hij zijn lippen al op de hare. En terwijl hij haar dichter tegen zich aan drukte, kon ze geen enkele reden meer bedenken om hem niet te kussen.

Daarna leefden ze verder in een merkwaardige routine waarbij ze hun relatie geheimhielden voor het personeel, hoewel Archie het liefst zo snel mogelijk met haar wilde trouwen.

'We hebben al zo veel tijd verspild,' smeekte hij.

Maar Flora hield stand. 'We moeten minstens een jaar wachten voordat we onze verloving bekendmaken,' zei ze. 'Ik wil niet dat de mensen zich tegen ons keren of over ons gaan roddelen.'

'Allemachtig, Flora.' Archie sloeg zijn armen om haar heen. Voorlopig konden ze elkaar alleen stiekem zien in de kas, wat Flora eigenlijk des te spannender vond. 'Waarom hecht je daar zo veel waarde aan? Ik ben de lord van dit landhuis en als het aan mij ligt, ben jij binnen het jaar mijn lady. En vergis je niet, wat we ook doen, er zal toch wel geroddeld worden.'

'Dan wachten we uit respect voor Aurelia,' wierp ze tegen.

Na veel aandringen ging Archie er toch mee akkoord dat ze een deel van haar erfenis zou gebruiken om het huis en de landerijen te vullen met de hulp die ze nodig hadden. Terwijl ze personeel aannam en er werklui door het huis banjerden om het dak te repareren, het vochtprobleem te verhelpen en de muren te behangen om de kamers op te fleuren, begreep ze eindelijk wat er volgens Beatrix aan haar leven had ontbroken. Ondanks de chaos waarin ze nu leefden, voelde Flora zich gelukkiger dan ooit, zelfs al kende verder niemand de ware aard van haar relatie met Archie.

‘Schat, ik moet je iets opbiechten. Of eigenlijk is het een verrassing,’ zei Archie op een keer tijdens het avondeten. ‘Een tijdje terug dacht ik eraan dat ik Louises geboorte nog niet had aangegeven bij de burgerlijke stand. De ambtenaar was heel behulpzaam en gezien de tragische omstandigheden rondom de dood van Aurelia heeft hij me zelfs geen boete gegeven omdat ik langer dan tweeënveertig dagen met de aangifte heb gewacht. En...’ Archie haalde diep adem. ‘Toen ik daar toch was, leek het me wel zo praktisch om Teddy’s geboorte ook te laten registreren, op dezelfde dag dat Louise geboren is. Nu is Teddy veilig, schat. Hij kan nooit meer van ons afgenomen worden. In de ogen van de wet is hij nu mijn zoon en de tweelingbroer van Louise.’

‘Maar...’ Stomverbaasd staarde Flora in zijn donkere ogen. ‘Nu kan ik zijn wettige moeder niet meer worden! En jij hebt een valse verklaring afgelegd!’

‘Schat, liefde is nooit verkeerd. Ik dacht dat je dolblij zou zijn! Nu hoef je al dat vervelende papierwerk niet in te vullen, om nog maar te zwijgen van de keren dat je in de rechtbank moet verschijnen voordat je een kind mag adopteren. Nu kunnen onze kindjes opgroeien in de overtuiging dat ze echt een tweeling zijn.’

‘En Sarah dan? En de dokter?’ Flora vroeg zich af of Archie wel bij zijn volle verstand was. ‘Die weten allebei hoe de vork in de steel zit.’

‘Ik heb al tegen Sarah gezegd wat ik gedaan heb en gevraagd wat zij ervan vindt. In haar ogen is dit ook de makkelijkste manier om ervoor te zorgen dat Teddy veilig bij ons kan blijven. En wat betreft de dokter die bij de bevalling aanwezig was, die werkt inmiddels in een andere praktijk... in Wales.’

‘Goeie god, Archie. Had je mij maar om mijn mening gevraagd, voordat je zo’n ingrijpende beslissing nam.’

‘Het leek me beter om je voor een voldongen feit te stellen, gewoonweg omdat ik weet hoe eerlijk je bent. Je zou het me uit mijn hoofd gepraat hebben. Vergeet niet dat ik Teddy mijn titel en het landgoed op een presenteerblaadje aanbied. Op een dag zal de herderszoon uit het Lake District de nieuwe Lord Vaughan zijn.’ Archie glimlachte grimmig. ‘Ik kan geen betere manier bedenken om een gesneuvelde soldaat te eren dan door zijn zoon in de adelstand te verheffen.'

Flora zweeg, want ze begreep eindelijk wat Archies beweegredenen waren. Het werd haar steeds duidelijker hoe schuldig hij zich voelde omdat hij het had overleefd, terwijl er zo veel mannen gesneuveld waren. Op deze manier wilde hij zijn schuld inlossen voor al die verloren levens.

Ze wist dat ze er niets van kon zeggen. Gedane zaken namen geen keer en ze moesten er maar het beste van maken. Bovendien besefte ze heel goed dat ze nu ook medeplichtig was aan zijn bedrog.

Archie en Flora maakten hun verloving uiteindelijk de volgende herfst bekend, in 1920. De bruiloft zou drie maanden later, tijdens kerst, plaatsvinden.

Na lang aandringen van Archie had Flora besloten om haar moeder uit te nodigen voor de bruiloft. Rose was onlangs teruggekeerd uit India, waar ze sinds het overlijden van haar man bij een nicht had gelogeerd. Bij thuiskomst had ze het huis in de Hooglanden verkocht en een elegant appartement gehuurd aan Albemarle Street in Londen. In reactie op de uitnodiging had ze haar dochter geschreven en haar gevraagd haar te komen bezoeken. Toen het zover was, had Rose gehuild en haar excuses aangeboden voor het bedrog en de moeilijke jeugd die Flora had gehad. En omdat ze haar niet had opgevangen na het overlijden van de koning.

'Je begrijpt toch wel dat ik, net als Mrs. Keppel, afstand moest houden? Ik kon geen contact met je opnemen omdat er al zo veel argwaan over je bestond, om nog maar te zwijgen van het feit dat Alistair nog steeds geen vrede had met de situatie... Daarom leek het me beter zo. Bovendien was ik bang dat je geen goed woord voor me over zou hebben. Kun je het me vergeven?'

Uiteindelijk had Flora dat inderdaad gedaan. Nu ze op een roze wolk zat, was ze bereid heel wat door de vingers te zien. Bovendien konden ze nu samen rouwen om Aurelia.

'Ik hoorde pas twee maanden later dat ze overleden was. De post in Poona is erg onbetrouwbaar,' vertelde Rose. 'Ik heb niet eens naar de begrafenis van mijn eigen dochter kunnen gaan.'

Hoewel haar moeder zich in eerste instantie had verwonderd over het feit dat Archie het in zijn brief over het overlijden van Aurelia alleen over Louise had gehad, schreef ze dat toe aan de radeloosheid die hij gevoeld moest hebben na de dood van zijn vrouw. En toen Rose voor de trouwerij op High Weald arriveerde en de 'tweeling' samen zag rondkruipen en spelen, werden al haar twijfels weggenomen. 'Wat lijkt Teddy veel op zijn moeder.' Rose pinkte een paar traantjes weg terwijl Teddy op haar knie zat. Zijn onschuldige blauwe kijkers deden ook Flora regelmatig aan haar zus denken.

'Wie had dit kunnen denken?' mijmerde Rose hardop terwijl ze Flora op haar trouwdag in haar roomkleurige bruidsjurk hielp. 'We dachten allemaal dat je Archie Vaughan niet kon uitstaan. Aurelia zou vast blij zijn als ze kon zien wat er sindsdien gebeurd is. Onder jouw hoede bloeien haar kindjes helemaal op.'

De plechtigheid vond plaats in de oude kerk waar Flora haar echtgenoot eerder met haar zusje in het huwelijk had zien treden. Uit respect voor Aurelia was het een kleine, intieme dienst. De blik in Archies ogen toen hij eindelijk de ring om haar vinger schoof, zou ze nooit meer vergeten.

'Ik zal altijd van je blijven houden,' fluisterde hij voordat hij haar kuste.

'Ik hou ook van jou.'

Pas tijdens hun huwelijksnacht zag Flora de sporen die de oorlog had achtergelaten op zijn lichaam. Zijn beide benen waren overdekt met littekens van brandwonden, omdat hij was neergestort met zijn Bristol 22. Het was hem gelukt uit het brandende wrak te ontsnappen, maar zijn copiloot was een paar minuten later omgekomen toen het vliegtuig was ontploft.

Flora hield alleen maar meer van hem bij de gedachte aan zijn heldenmoed, terwijl hij voor het eerst voorzichtig de liefde met haar bedreef.

Tijdens het eerste jaar van hun huwelijk vroeg Flora zich regelmatig af of haar lichaam de vreugde wel aankon die ze voelde nu ze Archie aan haar zijde had en nu Teddy en Louise omringd door liefde en optimisme konden opgroeien op High Weald.

Louise was lief en zachtaardig, net als haar moeder, maar had ook de intelligentie en dominante houding van haar vader geërfd. Hoewel Teddy een stuk uitbundiger was, tolereerde Louise hem niet alleen, maar ze nam het vaak voor hem op en was dol op het jongetje dat voor zover zij en alle anderen wisten, haar tweelingbroertje was.

Op een avond tijdens het eten vertelde Archie aan Flora dat hij de tweejarige Teddy had meegenomen naar de stallen en hem voor zich in het zadel had gezet.

'Hij heeft niet één keer gehuild, zelfs niet toen we in draf gingen. Hij bleef maar roepen: "Meer, papa! Meer!"' glunderde Archie.

Het maakte Flora gelukkig om de band tussen hen steeds sterker en dieper te zien worden. Misschien had Archie er wel goed aan gedaan om te liegen over Teddy's ware afkomst.

Het gezin Vaughan genoot van de gouden jaren tussen de twee oorlogen in hun paradijselijke optrekje. De 'tweeling' groeide als kool en hun hechte band viel niet alleen de mensen binnen het huishouden op, maar ook iedereen die op bezoek kwam.

Op hun tiende begon Flora het er echter steeds moeilijker mee te krijgen om tegen hen te liegen dat zij hun biologische moeder was.

'Ik voel me een bedrieger,' zei ze bedroefd tegen Archie. 'Ik vind dat Louise op zijn minst moet weten wie haar echte moeder was. Trouwens, nu ze wat groter zijn, is het een kwestie van tijd voordat iemand uit het dorp over Aurelia begint. Maar dat betekent wel dat we tegen Teddy moeten liegen over zíjn echte moeder.'

'Daar hebben we het al vaker over gehad. Het is toch een bescheiden prijs om te betalen voor het veilige, comfortabele leventje dat hij hier bij ons leidt?' wierp Archie tegen. 'Al ben ik het wel met je eens dat we hen over Aurelia moeten inlichten.'

Een paar dagen later verschenen Teddy en Louise hand in hand in de salon. Nu ze net uit bad kwamen, zagen ze eruit als een paar blozende engeltjes. Flora en Archie gingen met hen om de tafel zitten en vertelden hun over hun echte moeder. Bij het zien van Teddy's kinderlijke vertrouwen ging er een steek door Flora's hart. Beide kinderen zagen er geschokt en onzeker uit.

‘Mogen we nog wel moeder tegen u zeggen?’ vroeg Louise timide, met haar donkerbruine ogen op Flora gericht.

‘Natuurlijk mag dat, schat.’

‘Want u bent altijd onze moeder geweest.’ Teddy’s ogen vulden zich met tranen.

‘Ja, dat klopt.’ Flora trok hen allebei tegen zich aan. ‘En ik zal altijd van jullie houden en voor jullie zorgen, dat beloof ik.’

Nu Teddy wat groter was, leerde Archie hem alles wat hij wist over het buitenleven. Als kind uit het Lake District had Teddy zich meteen als een vis in het water gevoeld. Maar op zijn dertiende stond Archie erop dat Teddy in zijn voetsporen zou treden en stuurde hij hem – tegen de wil van Flora en Louise – naar Charterhouse, een kostschool in de buurt. Daar begon Teddy zich af te zetten tegen de academische wereld en het vaste stramien dat hem door de school werd opgelegd. Flora probeerde Archie aan zijn verstand te brengen dat Teddy het gelukkigst was in de buitenlucht, dat het in zijn bloed zat om door de natuur te dwalen, maar daar wilde Archie niets van weten.

‘Hij moet zich gedragen zoals het een jongeman uit zijn klasse betaamt en leren hoe hij een heer moet worden,’ hield hij vol.

Dat Teddy zich zo ongelukkig voelde en zich opstandig bleef gedragen, was de enige smet op Flora’s geluk. Ze wist dat Archie, net als alle anderen op High Weald, was vergeten wie Teddy echt was.

37

December 1943
Beatrix is dood!

Door haar tranen heen kon Lady Flora Vaughan de bladzijde van haar dagboek niet meer zien. Ze legde haar pen neer en barstte in huilen uit. Het telegram was nog maar een paar uur geleden aangekomen en ze kon nog amper bevatten dat ze, te midden van alle dood en verderf van deze tweede wereldoorlog, waarin de dorpelingen van High Weald regelmatig onheilstijdingen over hun dierbaren kregen, nu zelf zo'n telegram had ontvangen.

'Mijn liefste, liefste vriendin...' Het leek bijna ondenkbaar dat zo'n levenslustig persoon – de vrouw, de schrijfster, de vriendelijkste, slimste mens die ze kende – nooit meer door haar geliefde heuvels zou wandelen.

'Schat, wat is er?' Archie leunde over haar heen om het telegram te lezen. 'O nee, wat erg voor je. Ik weet hoeveel ze voor je betekende.'

'Voor óns. Beatrix heeft me aangemoedigd om hier te komen wonen, bij jou en Louise. Om nog maar te zwijgen van het feit dat zij me met Teddy in aanraking heeft gebracht.'

'Ja, het is heel triest. Wil je dat ik vandaag bij je blijf? Ik heb een bespreking op het Air Ministry, maar die kan ik best afzeggen.'

'Nee.' Flora drukte een kus op de hand die hij op haar schouder had gelegd. 'Zoals Beatrix altijd zei, ook als er iemand sterft, gaat het leven gewoon door. Maar toch bedankt. Ben je vanavond voor het eten thuis?'

'Dat hoop ik wel. De treinverbindingen zijn momenteel erg slecht.' Archie gaf zijn vrouw een tedere kus op haar wang. 'Als je me nodig hebt, weet je waar je me kunt bereiken.'

'Brengt Teddy je naar het station?'

'Ik rij zelf,' zei Archie abrupt. 'Tot straks, schat.'

Nadat hij de studeerkamer uit was gelopen, staarde Flora door het raam naar de ommuurde tuin die ze samen in zijn oude glorie hadden hersteld. Momenteel ging alle pracht en praal schuil onder een dikke laag ijs, die haar deed denken aan die decemberdag, vierendertig jaar geleden, toen Archie haar onder de taxusboom had gekust. Inmiddels waren Louise en Teddy al ouder dan zij destijds. En het was weer bijna kerst.

Omdat ze wist dat ze vandaag amper tijd had om te rouwen, deed Flora een gebedje voor haar lieve vriendin en keek vervolgens op haar takenlijstje. Om vijf uur zou het feestseizoen afgetrapt worden met een partijtje voor de Land Girls. Ze moest Mrs. Tanit nog helpen de zelfgemaakte cider en de verse *mince pies* klaar te zetten. Flora wilde dat het een gezellige avond werd voor de meisjes, die een jaar geleden waren aangekomen om de mannen te vervangen die naar het front waren geroepen en die de handen uit de mouwen hadden gestoken op High Weald. Morgenochtend vroeg zouden ze met een speciaal voor de gelegenheid afgehuurde bus naar hun familie worden gebracht om daar kerst te vieren.

Op kerstavond zou Flora's moeder arriveren om de feestdagen door te brengen op High Weald. Het verbaasde Flora hoezeer haar relatie met haar moeder was veranderd. Rose was een graag geziene gast op High Weald en kwam steeds vaker op bezoek nu er in Londen strenge rantsoenen waren ingevoerd. Flora was God dankbaar voor de kippen die hun eieren legden, al zou de dikste kip vanavond niet meer in de ren zitten. Door de jaren heen had ze toegegeven aan de behoefte aan vlees van haar gezin, en 'Dottie' was het offer van dit jaar.

Om zichzelf op te beuren bedacht ze hoeveel geluk ze had dat haar familie niet zo zwaar onder de oorlog te lijden had als andere families. Geen van de mannen van wie ze hield was naar het front geroepen: Archie omdat hij tijdens de Eerste Wereldoorlog gewond was geraakt en te oud was om nog te dienen, en Teddy omdat hij gezegend was met platvoeten. Flora begreep niet helemaal waarom hij daar hinder van zou ondervinden als soldaat, want hij was juist heel erg energiek, maar het kon haar niet schelen, zolang haar zoon maar geen risico liep om gedood te worden.

Het nieuws had Archie wel zorgen gebaard. Per slot van rekening moest de landjonker het dorp het goede voorbeeld geven, maar Teddy kon er niets aan doen en had gezworen dat hij zijn best zou doen om zich vanuit hier in te zetten voor de goede zaak.

Helaas kwam er van zijn goede bedoelingen weinig terecht. Haar man weet dat aan een gebrek aan discipline, al lag het volgens Flora aan het feit dat Teddy nog een jonge hond was. Nadat zijn vrienden uit Oxford de universiteit hadden moeten verlaten om in dienst te gaan, had haar zoon nog maar weinig enthousiasme kunnen opbrengen voor zijn studie. Na een periode waarin hij volgens de rector magnificus 'gedrag had vertoond dat een Oxford-student onwaardig was', was hij van school gestuurd.

Sindsdien had hij zich aangesloten bij de Home Guard, een verdedigingsorganisatie voor vrijwilligers die niet in aanmerking kwamen voor de militaire dienst. Maar hij had het moeilijk gevonden om orders op te volgen en had de andere leden een stel ouwe sokken genoemd, omdat de meesten waren afgekeurd vanwege hun leeftijd. Daarna had Flora ermee ingestemd dat Teddy de leiding kreeg over het boerenbedrijf omdat Albert, die normaal gesproken het beheer voerde, in dienst was getreden. Maar Teddy's onwil om bij het krieken van de dag op te staan had zijn personeel, dat al lang in dienst was, op de zenuwen gewerkt.

Archie had een administratieve baan voor Teddy geregeld bij het Air Ministry aan Kingsway, waar hij zelf werkzaam was, maar ook dat was geen lang leven beschoren. Flora wist niet precies wat er was voorgevallen. Archie had alleen met een grimmig gezicht opgemerkt dat er in goed overleg was besloten dat Teddy beter op zoek kon gaan naar een andere baan. Tussen de regels door had Flora gelezen dat er een meisje in het spel was geweest.

Het was niet erg verrassend dat de vrouwen voor Teddy in de rij stonden. Met zijn lengte, sterke lichaamsbouw en blonde haar en blauwe ogen, om nog maar te zwijgen van zijn charmes, was hij moeilijk over het hoofd te zien door het andere geslacht. Hoewel hij al bijna vijfentwintig was, had hij zich nog niet gesetteld.

Flora was ervan overtuigd dat alles goed zou komen wanneer het eenmaal zover was en dat haar lieve zoon een waardige erfgenaam zou zijn van de titel en het landgoed die hem op een dag ten deel zouden vallen.

Ze liep door de kille hal naar de warme keuken, waar Mrs. Tanit iets aan het bereiden was dat naar mince pies rook, maar waarvoor ze op vernuftige wijze allerlei alternatieve ingrediënten gebruikte.

'Hoe gaat het hier?' vroeg Flora.

'Heel goed, dank u, ma'am. Wat wilt u vanavond eten? Ik wil de restjes deeg gebruiken om voor de anderen een hartige taart te bakken. Voor u zou ik spinazie met aardappelpuree en een gebakken ei kunnen maken,' zei ze met haar zachte accent.

'Hemeltje, een taart! Dat is nog eens een traktatie. Als we maar iets kunnen vinden voor de vulling.'

'Mr. Tanit heeft een runderschenkel op de kop weten te tikken in het dorp. Die wil ik er graag in verwerken.'

Flora wist wel beter dan naar de herkomst te vragen. Op de zwarte markt werd veel vlees verhandeld en voor deze ene keer zou ze daar niet tegenin gaan. 'Doe dat maar,' zei ze, dankbaar dat de Tanits er waren. Het jonge stel was niet vies van hard werk. Mr. Tanit was niet alleen chauffeur, maar hielp Flora ook met de oneindige klusjes in de tuinen en de boomgaard, zoals het rapen van gevallen appels. Daarnaast hielp hij de menagerie te onderhouden waar Flora zich al jaren over ontfermde.

'Kunt u straks ook de logeerkamer in orde maken voor mijn moeder?' vroeg ze aan Mrs. Tanit. O, en we hebben natuurlijk bisschopswijn nodig voor de dorpelingen, morgen bij de lunch. De rode wijn kunt u uit de kelder halen, maar we zullen het zonder sinaasappels moeten stellen.' Alleen al bij de gedachte aan een sinaasappel liep Flora het water in de mond.

'Ja, ma'am.'

'Vanavond komt Louise hier stipt om vijf uur naartoe met de Land Girls,' voegde Flora er nog aan toe. Ze liep de keuken uit en ging terug naar haar studeerkamer om een condoleancebrief te schrijven aan William, de echtgenoot van Beatrix.

Net toen ze haar pen had neergelegd, werd er op de deur geklopt.

'Kom binnen.'

'Hallo moeder, stoor ik?' Louise stak haar hoofd door de deuropening. Haar schouderlange haar werd netjes naar achteren gehouden met twee kammetjes en haar ogen waren net zo donker als die van Archie.

'Natuurlijk niet. Al heb ik wel heel verdrietig nieuws gekregen. Mijn vriendin Beatrix is gisteren overleden.'

'O moeder, wat vreselijk. Ik weet hoe erg u op haar gesteld was. En met haar is er ook een enorm talent verloren gegaan. Ik weet nog goed dat u mij en Teddy vroeger haar dierenverhalen voorlas.'

'De wereld zal een stukje minder mooi zijn zonder haar.'

'Wat verdrietig dat ze niet meer mag meemaken dat de vrede wordt uitgeroepen. Ik weet zeker dat dat niet lang meer zal duren. Of tenminste, dat hoop ik,' corrigeerde Louise zichzelf.

'Wat wilde je met me bespreken, schat?'

'O... niets. Dat kan ook wel een andere keer.' Opgewekt vervolgde ze: 'De meisjes hebben allemaal veel zin in het partijtje van vanavond.'

'We gaan ons best doen om er iets gezelligs van te maken.'

'Ik heb zakjes lavendel voor hen genaaid, om als cadeautje mee naar huis te nemen,' zei ze. 'En we trekken allemaal ons zondagse goed aan!'

'Geweldig. En wees alsjeblieft niet bang dat ik vanavond ga zitten treuren. Dat had Beatrix niet gewild.'

'Toch is het altijd moeilijk om iemand te verliezen, en ik weet dat u zich groot probeert te houden.' Louise liep naar haar toe en drukte een kus op haar wang. 'Dan zie ik u om vijf uur.'

'Weet je of Teddy vanavond ook komt? Ik heb hem gevraagd erbij te zijn.'

'Hij zei dat hij het zou proberen, maar hij heeft het vandaag erg druk.'

Waarmee dan, vroeg Flora zich af toen Louise het vertrek uit liep. Die gedachte zette ze snel uit haar hoofd. Hij was haar zoon en ze moest hem vertrouwen.

De Land Girls kwamen later die avond bijeen in de salon om cider te drinken en van Mrs. Tanits heerlijke eerbetoon aan de traditionele mince pies te proeven. Daarvoor had ze gedroogde pruimen gebruikt en appels die ze eerder die herfst in de boomgaard hadden verzameld. Louise werd opgejut om achter de piano plaats te nemen en samen zongen ze uit volle borst kerstliedjes, voordat ze afsloten met 'We'll Meet Again' van Vera Lynn.

Terwijl Louise de meisjes naar de hal loodste om hun jassen te halen en hen terug te brengen naar de twee cottages naast de stallen die ze bewoonden, zag Flora een bezorgde uitdrukking op het gezicht van haar dochter.

'Is alles wel in orde, Louise?'

'Een van mijn meisjes – Tessie – is nergens te bekennen. Maar goed, ze zal vroeg of laat wel weer opduiken.' Louise gaf Flora een kus op haar wang. 'Als u het niet erg vindt, eet ik vanavond niet met u en papa mee. Ik wil de rest van de avond graag met de meisjes doorbrengen.'

'Natuurlijk. Nog niets van Teddy vernomen?'

'Nee. Een prettige avond nog, moeder.' Louise nam de meisjes mee naar buiten.

Door een raam zag Flora dat ze hen bij het licht van een lantaarn voorging over het pad. Haar dochter was een enorme hulp gebleken. Ze voerde de Land Girls in haar eentje aan, op een rustige, vriendelijke manier, zonder ook maar even als een snob over te komen. Flora wist dat de meisjes dol op haar waren.

Ze liep naar de keuken en zag dat de hartige taart warm werd gehouden in de oven, samen met de aardappelpuree en de spinazie, omdat Mrs. Tanit naar haar eigen cottage was vertrokken.

Niet voor het eerst bedacht ze hoe goed ze door haar kluizenaarsbestaan zonder bedienden in het Lake District was voorbereid op de oorlogsjaren hier. Ze bracht een dienblad met lege ciderglazen van de salon naar de keuken en begon aan de afwas, terwijl ze wachtte tot Archie en Teddy thuiskwamen. Tegenwoordig aten ze aan de keukentafel. Dit was de warmste plek in huis en hoewel er genoeg bomen in de omgeving stonden die ze konden kappen als kachelhout, waren Flora en Archie het erover eens dat ze geen hogere levensstandaard moesten aanhouden dan de mensen in andere delen van de wereld, die in grote armoede leefden.

Twintig minuten later kwam Archie binnen door de achterdeur. De uitputting stond op zijn gezicht te lezen, maar zijn ogen straalden. 'Hoe gaat het, schat?' Hij kuste haar innig. 'En hoe was het partijtje? Neem me niet kwalijk dat ik het gemist heb, maar ik had een bespreking. En ik heb goed nieuws.'

'Het was heel gezellig.' Flora deed een schort om en begon het eten op te scheppen. Het leek haar beter om niet op Teddy te wachten, anders zou de hartige taart helemaal verpieteren. 'Vertel, wat voor nieuws heb je?'

'Laten we het erop houden dat ik voortaan niet meer heen en weer hoef te reizen naar Londen. Ik word overgeplaatst naar de vliegbasis in Ashford, een paar kilometer hiervandaan. Zoals je vast al in de krant hebt gelezen, hebben we daar eenheden van onze luchtmacht en die van Canada. En natuurlijk van de Yanks.'

'Ja.' Flora glimlachte bij de gedachte aan de opwinding eerder dat jaar, toen de Land Girls hadden gehoord dat er Canadese, Amerikaanse en Britse squadrons in de buurt gestationeerd zouden worden. Er waren meerdere dansfeesten georganiseerd op de vliegbasis, waarvan de meisjes waren teruggekeerd met bonbons en nylon kousen.

'Dat is heel goed nieuws, schat. Wat ga je daar precies doen?'

'Het enige wat ik kan zeggen is dat er grootse plannen zijn. Als verbindingsofficier tussen de verschillende squadrons moet ik vliegschema's maken en strategieën bepalen. Weet je schat, vandaag heb ik voor het eerst het idee dat het einde misschien wel in zicht is.'

'Ik hoop van harte dat je gelijk hebt.' Flora zette hem een bord voor en keek hem liefdevol aan.

'Dit ziet er heerlijk uit, dank je,' zei hij, terwijl hij zijn mes en vork oppakte. 'Eten de kinderen vanavond niet mee?'

'Nee, Louise is met de Land Girls in de cottages en Teddy is... uit.'

'Zoals gewoonlijk,' mompelde Archie.

Het was al twee uur 's nachts toen Flora, die de slaap maar niet kon vatten, de vloerplanken op de overloop hoorde kraken en verderop een deur hoorde dichtgaan. En ze wist dat haar zoon weer veilig thuis was.

‘Waar was je gisteravond?’ vroeg Flora aan Teddy toen hij de keuken binnenkwam, waar Flora en Mrs. Tanit druk bezig waren met het bakken en hakken ter voorbereiding op de feestdagen. Op de radio werden kerstliedjes gedraaid.

‘Uit. Heeft u daar bezwaar tegen, moeder? Ik hoef u allang niet meer om toestemming te vragen.’ Van het rek op tafel griste Teddy twee vruchtentaartjes die daar stonden af te koelen. ‘Hoe maakt u het op deze prachtige dag, Mrs. Tanit?’

‘Heel goed, dank u, sir,’ antwoordde ze.

Het was Flora al vaker opgevallen dat hun huishoudster een van de weinige vrouwen was die ze kende, die weigerden zich te laten inpalmen door de charmes van haar zoon.

‘Uitstekend.’ Hij schonk Mrs. Tanit een stralende glimlach. ‘Goed, wat zijn de plannen voor vandaag, moeder?’

‘Tijdens de lunch is er een borrel voor de dorpelingen en om vijf uur komt je grootmoeder aan in Ashford. Zou jij misschien zo vriendelijk willen zijn om haar van het station te halen?’

‘Dat ligt eraan.’ Teddy kuierde op zijn gemakje door de keuken om tegen het fornuis te leunen, waar Mrs. Tanit in de bisschopswijn stond te roeren. ‘De jongens in het dorp hebben me uitgenodigd om voor het avondeten mee naar de pub te gaan. Per slot van rekening is het kerstavond.’

‘We zouden er allemaal erg mee geholpen zijn als jij haar ging halen.’

‘Kan die man van jou dat niet doen?’ vroeg hij aan Mrs. Tanit, die ineenkromp toen hij zachtjes zijn hand op haar rug legde.

‘Mr. en Mrs. Tanit hebben vanavond vrij om samen kerst te vieren, want morgen komt Mrs. Tanit me ook al helpen om de lunch te bereiden en op te dienen. Je grootmoeder zou het vast erg op prijs stellen als jij het deed.’

‘Is er nog brood?’ Teddy keek om zich heen in de keuken. ‘Ik heb zo’n honger, ik zou wel een heel paard op kunnen.’

Flora wees naar de provisiekamer. ‘Er liggen drie versgebakken broden, maar niet meer dan één sneetje nemen, alsjeblieft. We hebben ze nodig om sandwiches te maken voor de dorpelingen.’

Terwijl haar zoon op zoek ging naar de broden, slaakte Flora een zucht. Soms kon zelfs zij geen geduld voor hem opbrengen.

'Volgens mij wordt het een heerlijke kerst,' zei Teddy toen hij weer opdook uit de provisiekamer, kauwend op een dikke snee brood.

'Dat hoop ik wel.'

'En natuurlijk ga ik oma ophalen.' Opeens glimlachte Teddy, liep naar zijn moeder en omhelsde haar. 'Ik plaagde u maar een beetje.'

Het bleek inderdaad een vrolijke kerst te worden. Archie leek alles een stuk zonniger in te zien dan Flora de laatste tijd van hem gewend was, waarschijnlijk vanwege zijn overplaatsing naar Ashford. Louise was, zoals altijd, de plichtsgetrouwe dochter die ervoor zorgde dat iedereen het naar zijn zin had. En zelfs Teddy wist zijn drang te onderdrukken om met zijn vrienden naar de plaatselijke pub te gaan en bleef thuis tot tweede kerstdag.

Die avond ploften Flora en Archie neer op bed, allebei uitgeput door de feestvreugde.

'Ik heb het gevoel dat we de hele regio – rijk en arm – hebben gefêteerd.'

'Dat is ook zo.' Flora grinnikte bij de gedachte aan alle mensen die de afgelopen dagen op High Weald waren geweest. 'Maar zo hoort het ook, vind je niet? Kerst draait immers om geven.'

'Ja, en jij hebt nog het allermeeste gegeven. Bedankt, lieve schat.' Archie gaf haar een innige zoen. 'Laten we hopen dat het nieuwe jaar ons de vrede brengt die we allemaal verdienen.'

38

De winter van 1944 leek Flora langer te duren dan alle winters daarvoor. Misschien omdat ze, net als de rest van de wereld, de oorlog beu was, evenals het slechte nieuws en de gemaakt opgewekte stem op de radio die iedereen aanspoorde om toch vooral de moed erin te houden.

Daarnaast hing er de hele tijd een akelig voorgevoel om haar heen, zoals de tuinen zich maar niet leken te kunnen ontworstelen aan het dikke pak sneeuw. Het enige lichtpuntje tijdens die strenge februarimaand was een brief van William Heelis.

Castle Cottage
Near Sawrey
15 februari 1944

Beste Lady Vaughan – of mag ik Flora zeggen?

Ik hoop dat je deze brief in goede gezondheid ontvangt. Terwijl ik dit schrijf, ligt er hier een dik pak sneeuw en vind ik het vreselijk stil nu mijn lieve Beatrix er niet meer is om op me te mopperen. Ik schrijf je om je te vertellen dat het testament van Beatrix is voorgelezen door mijzelf, met alleen de kat als aanwezige (die overigens een bescheiden nalatenschap heeft ontvangen in de vorm van een blik sardientjes). Het was een formele procedure, waarbij volgens de wet de notaris (ik) en de executeur-testamentair (ik) aanwezig moesten zijn. Mettertijd volgt er nog een formele bijeenkomst met alle begunstigden, maar vanwege de gure omstandigheden heb ik besloten die pas te beleggen wanneer de sneeuw gesmolten is. De bijeenkomst zal plaatsvinden in Londen, waar een aantal van de begunstigden, waaronder het National Trust,

gevestigd zijn. Je kunt je wel voorstellen dat de lijst lang is en dat de kans groot is dat ik een banketzaal zal moeten afhuren om hen allemaal tegelijk te ontvangen. Dat is natuurlijk een grapje, maar het is een gecompliceerd testament waarvoor veel af te handelen valt. Dat is vóóral erg pijnlijk voor deze nederige notaris, omdat het om de nalatenschap van Beatrix gaat.
Ik wilde je alvast laten weten dat Beatrix jou ook iets heeft nagelaten. In de bijgesloten korte brief heeft ze het zelf aan je uitgelegd. Hopelijk kan het je goedkeuring wegdragen!
Beste Flora, laten we in de tussentijd bidden dat deze eindeloze winter uiteindelijk voorbij zal gaan en dat de lente ons allemaal weer hoop voor de toekomst zal brengen. Ik moet toegeven dat ik maar moeilijk kan geloven dat het voorjaar weer aan zal breken, nu mijn lieve vrouw er niet meer is.

Houd alsjeblieft contact, lieve vriendin.
William Heelis

Flora haalde de tweede envelop tevoorschijn, maakte hem open en zette zich schrap terwijl ze begon te lezen.

Castle Cottage
Near Sawrey
20 juni 1942

Lieve Flora,

Ik zal het kort houden, want ik weet dat brieven van een overledene overdreven sentimenteel kunnen zijn.
Ter zake dus: ik heb je een boekwinkel in Londen nagelaten, die ik enkele jaren geleden heb gekocht omdat de oorspronkelijke eigenaars financieel in zwaar weer verkeerden. Arthur Morston (dat wil zeggen, de achterkleinzoon van de man naar wie de winkel vernoemd is) is een aantal jaar geleden gestorven en omdat ik al in die boekwinkel kwam toen ik als kind in Kensington woonde, en omdat ik erg gesteld was op de uitbater, heb ik de winkel van

hen overgekocht. Helaas is hij aan het begin van de oorlog gesloten, door een tekort aan personeel. En tot op de dag van vandaag is de zaak nog steeds niet open.
Lieve Flora, doe ermee wat je zelf wilt. Op zijn allerminst zal het pand nog wel iets opleveren. Aangezien jij veel dichter bij Londen woont dan ik zul je, mocht je besluiten de winkel te houden, vast een veel betere werkgeefster en eigenares zijn dan ik ooit ben geweest. Als je de winkel verkoopt, dan ben ik ervan overtuigd dat je, met je liefde voor boeken, een goed thuis zult vinden voor de voorraad. Het is een wonder dat de winkel de oorlog heeft overleefd – tot nu toe, tenminste – terwijl er zo veel gebouwen in de omgeving zijn verwoest. Het is een heerlijke plek en ik wil je vragen om er ten minste één keer naartoe te gaan voordat je een besluit neemt.
Zo, lieve Flora, nu is het tijd om afscheid van je te nemen. Ik zal altijd met veel genegenheid terugdenken aan de tijd die we samen hebben doorgebracht. Houd alsjeblieft contact met William. Als mijn einde komt, dan vrees ik dat hij zich zonder mij erg verloren zal voelen.

Beatrix

'Wat ontzettend gul en attent van haar,' zei Archie die avond aan tafel. 'Als je de eigendomspapieren en de sleutels hebt, moeten we maar eens naar Londen om er een kijkje te nemen.'

'Ik kan alleen maar hopen dat de winkel nog steeds overeind staat. Het lijkt me vreselijk om daar alleen een ruïne aan te treffen.'

'Misschien heeft Teddy er wel oren naar om de winkel te runnen? De laatste tijd heeft hij veel te weinig omhanden. Het lukt hem niet eens om voor de lunch zijn bed uit te komen. En in het dorp hoorde ik geruchten dat hij elke avond vaste klant is bij de herberg.'

'Hij heeft een vreselijke verkoudheid achter de rug, dat weet je.'

'We zijn deze winter allemaal verkouden geweest, maar dat weerhoudt ons er nog niet van om onze dagen nuttig te besteden.'

'Volgens mij is hij depressief. Zijn jonge jaren zijn overschaduwd door de oorlog.'

'Hij heeft tenminste nog heel wat jaartjes voor zich, in tegenstelling tot veel van zijn leeftijdsgenoten,' snauwde hij, maar hij probeerde zijn boosheid meteen weer in de hand te krijgen. 'Ik wil al een tijdje met je praten over de inhoud van mijn testament. Die is niet meer gewijzigd sinds vlak na ons huwelijk. Zoals het er nu voor staat, gaat High Weald naar Teddy, onze oudste en enige zoon. Hij is mijn wettige erfgenaam, maar ik moet toegeven dat ik me afvraag of hij het wel aankan. Vandaag zat ik er nog over na te denken dat ik er niets aan kan doen dat mijn titel direct op hem overgaat, maar dat ik misschien het landgoed wel aan jou moet nalaten, schat. Dan kun jij, afhankelijk van hoe Teddy zich in de toekomst gedraagt, en of Louise nog een zoon krijgt, bepalen wat het beste is. Door de manier waarop hij zich nu gedraagt vraag ik me af...'

'Kunnen we het hier later over hebben? Misschien als het stof van de oorlog weer is neergedaald? Nu Beatrix amper dood en begraven is, kan ik het niet aan om hierover na te denken.'

'Natuurlijk niet, schat.' Archie legde boven tafel zijn hand op de hare en gaf er een kneepje in. 'En als de oorlog eenmaal voorbij is, dan gaan we vieren dat we het allemaal overleefd hebben.'

Flora's humeur klaarde weer een beetje op toen Engeland langzaam de winter van zich afschudde en de eerste tekenen van de lente zich lieten zien. Tot haar grote vreugde begonnen de stekjes die ze afgelopen herfst met Mr. Tanit had geplant te groeien. Oorlog of geen oorlog, een tuin vereiste net als een kind constante aandacht. Alleen al het gevoel van de aarde onder haar vingers maakte haar evenwichtiger.

Ondanks haar cynische kijk op de overdreven positieve propaganda die werd verspreid door het ministerie van Oorlog, voelde zelfs zij aan dat de kansen van de geallieerden aan het keren waren. Door bepaalde dingen die Archie zei – en níét zei – wist ze dat de geallieerden zich klaarmaakten voor een grootscheepse aanval in Europa. Hoewel Archie op de vliegbasis vaak tot laat in de avond moest overwerken, zag ze weer hoop in zijn ogen.

Er was ook goed nieuws voor Louise, die op oudejaarsavond met

Teddy naar een dansfeest was geweest, na lang aandringen van Flora.

'Het zal je goeddoen om het dorp in te gaan en even pauze te nemen van je werk hier op High Weald,' had Flora gezegd. Ze had Louise een avondjurk geleend, die haar dochter zelf had vermaakt. Haar ranke vingers hadden over de stof gevlogen, net zoals die van Aurelia ooit hadden gedaan. Teddy had haar vergezeld in de trein en toen Louise een dag later naar huis kwam, merkte Flora een sprankeling in haar ogen op die er voordien nog niet was.

De jongeman die daarvoor had gezorgd was ene Rupert Forbes, een boekenwurm die door zijn ernstige bijziendheid niet voor zijn land mocht vechten. Teddy kende hem vaag van Oxford en Louise wist te melden dat hij nu voor een inlichtingendienst werkte.

'Natuurlijk kan hij niet zeggen wat hij precies doet, maar ik durf te wedden dat het iets heel gewichtigs is. Hij is zo intelligent, moeder... Hij heeft zelfs een beurs in de wacht gesleept om klassieke talen te studeren aan Oxford.'

'Een beetje een saaie kerel,' kwam Teddy tussenbeide. 'Veel te braaf, hij sloeg tijdens de jaarwisseling zelfs een tweede glas champagne af!'

'We hoeven niet allemaal continu aan de bar te hangen om gelukkig te zijn,' beet Louise hem toe.

Het kwam niet vaak voor dat Louise zo kortaf deed, zeker niet tegen haar broer op wie ze zo dol was. Flora vroeg zich af of haar dochter de neiging had om voor Rupert op te komen, of zich steeds meer aan Teddy begon te ergeren.

De romance tussen Rupert en Louise was al snel serieuzer geworden. Zowel Flora als Archie had de jongen meteen graag gemogen, en het was hartverwarmend om de liefde tussen die twee te zien ontluiken. Twee weken geleden had het stel hun verloving aangekondigd en had Rupert een weekend op High Weald doorgebracht om het te vieren. Hij was gefascineerd door Flora's erfenis van Beatrix en smeekte haar om mee te mogen als ze over een paar weken naar de boekwinkel ging. Navraag had uitgewezen dat het gebouw niet was gebombardeerd tijdens de blitzkrieg, en Flora verwachtte elk moment de eigendomspapieren te ontvangen.

Hoewel Rupert uit een goede familie kwam, had hij geen eigen inkomen. Daarom waren Archie en Flora het erover eens dat het jonge stel aan de overkant van de weg op Home Farm moest gaan wonen, dat al leegstond sinds de beheerder naar het front was vertrokken. Flora was ervan overtuigd dat het huis prima bij het pasgetrouwde stel zou passen als het eenmaal van een likje verf was voorzien en Louise met haar vaardige vingers nieuwe gordijnen had gemaakt en de meubels opnieuw had gestoffeerd. Bovendien had Flora al een ideaal huwelijkscadeau voor de twee in gedachten.

'Moeder, kan ik u even spreken?'

Louise trof Flora op een zonnige ochtend in mei aan in de tuin.

'Natuurlijk.' Flora stond op en zag dat Louise haar ongerust aankeek. 'Wat is er?'

'Zullen we even gaan zitten?' Louise wees naar een bankje in de schaduw, onder een rozenboog die Mr. Tanit onlangs had gebouwd.

'Wat is er aan de hand?' Flora zag dat Louise nerveus haar handen wrong.

'Het ligt nogal gevoelig. Het gaat om een van mijn Land Girls. En om Teddy.'

'Dan kun je het me maar beter vertellen.'

'Ik wist al sinds kerst dat er iets gaande was tussen die twee. Weet u nog, die avond van het partijtje voor de Land Girls, toen Tessie niet kwam opdagen?'

'Jazeker.'

'Nou, die avond liep ik van de cottages terug naar huis en zag ik Teddy en Tessie de oprit van Home Farm af komen. Het was al ver na middernacht en het bevestigde wat ik al van een aantal meisjes had gehoord.'

'Wisten zij dan waar ze was?'

'Ja, en ook met wie.'

'Aha.'

'Ik hoopte dat de relatie vanzelf zou doodbloeden. Zoals u weet kan Teddy nooit lang ergens zijn aandacht bij houden, vooral niet als het op vrouwen aankomt. En mijn hoop leek uit te komen.'

'Waarom vertel je het nu dan aan mij?'

Louise slaakte een diepe zucht en staarde voor zich uit in de tuin. 'Omdat Tessie gisteren huilend naar me toe kwam. Ze zei dat ze in verwachting is. Ze is zwanger, moeder, en ze zweert dat het kindje van Teddy is.'

'O god...' Nu was het Flora's beurt om haar handen te wringen. 'Is dat waar?'

'Ze is ongeveer vier maanden zwanger en haar verloofde vecht al zes maanden in Frankrijk, zonder tussentijds verlof. Alle andere meisjes wisten dat ze die avond tot in de kleine uurtjes met Teddy uit was geweest en hebben haar ingedekt. De data kloppen, ben ik bang. Dus ik zou zeggen dat het inderdaad waar is.'

'En Teddy? Wat zegt hij ervan?'

'Die heeft ze nog niet ingelicht. Zoals Tessie het zelf verwoordde, heeft hij de relatie verbroken nadat hij "zijn gang met haar had kunnen gaan".'

'Dan zal hij met haar moeten trouwen.'

'Dat doet hij nooit. Hij houdt niet van haar en hij vindt haar niet eens meer aardig! Trouwens, Tessie is een slimme en mooie jonge vrouw, maar ze komt uit East End in Londen. Die twee hebben niets met elkaar gemeen. En als het kind een jongetje blijkt te zijn, wordt hij de erfgenaam van High Weald. Wat zou papa daarvan zeggen?'

Flora dacht na over de gevolgen van het verwerpelijke gedrag van haar zoon en aan hoe Archie op het nieuws zou reageren. Het zou de toch al gespannen relatie tussen vader en zoon zeker de das omdoen. 'Zei je dat die vrouw een verloofde heeft?'

'Inderdaad. Ze waren elkaars jeugdliefde en hebben al jaren een relatie.'

'Denk je dat hij misschien genoeg van haar houdt om haar te vergeven en het kind als zijn eigen kind op te voeden? Per slot van rekening zou ze niet het eerste meisje in oorlogstijd zijn dat zoiets overkomt.'

'Dat durf ik niet te zeggen, moeder, maar ik betwijfel het. U niet?' Louise zei het voorzichtig, al bleek uit haar toon wel dat Flora zich in haar wanhoop naïef opstelde. 'Ik bedoel, Rupert zou dit nooit van mij accepteren. En het gaat niet alleen om wat Tessies verloofde voor haar voelt. Het gaat er ook om wat zij voor Teddy voelt. Ze denkt dat ze van hem houdt.'

'Door wat jij me net verteld hebt, is het wel duidelijk dat dat niet wederzijds is.'

'Kunt u misschien met hem praten? U bent de enige naar wie hij lijkt te luisteren. Moeder, de afgelopen maanden is hij echt losgeslagen. Als papa zou horen hoe berucht hij in de buurt is vanwege de hoeveelheden drank die hij tot zich neemt, dan zou hij zich een hoedje schrikken. Neem me niet kwalijk dat ik u hiermee opzadel, maar er moet iets gebeuren. En snel ook.'

'Bedankt dat je het me verteld hebt, Louise. Laat het verder maar aan mij over, dan probeer ik te bedenken wat de beste oplossing is.'

'Ik zal Tessie laten weten dat ik er met u over gepraat heb en dat u het met Teddy zult bespreken.'

De rest van de dag bracht Flora in de tuin door, wensend dat Teddy iets meer op de rustige, bedaarde Mr. Tanit leek – een man van weinig woorden die heel voorzichtig omsprong met planten en dieren.

Hij weet wat mededogen is, dacht ze, terwijl ze zich afvroeg of haar zoon ooit de betekenis van dat woord zou leren kennen.

Tijdens een lange nacht waarin Archie vredig naast haar lag te slapen, probeerde ze te bedenken wat ze moest doen. Als Archie hoorde dat zijn zoon zich zo misdragen had, dan twijfelde ze er niet aan hoe hij zou reageren. Eer stond bij hem hoog in het vaandel en het zou haar niets verbazen als hij Teddy acuut zou wegsturen van High Weald, zonder ook maar een cent op zak.

Die middag vroeg Flora aan Louise om de jonge Tessie naar haar toe te sturen. Het meisje kwam met een bleek gezichtje en een angstige blik in haar grote blauwe kijkers de studeerkamer in. Toen Flora de lichte bolling van haar buik zag, voelde ze een pijnscheut in haar binnenste. Hoewel zij en Archie hadden geprobeerd nog een kindje te krijgen, was het haar niet gelukt om zwanger te raken. Op het moment dat ze eindelijk de huwelijksgeloften aflegden was ze natuurlijk ook al dertig, en een paar jaar later had ze geweten dat hun kans was verkeken.

Nu ze het meisje bekeek, schoot het heel even door haar heen dat ze dit kindje zelf zou kunnen grootbrengen. Het kind van Teddy... voorbestemd om ook zonder zijn eigen vader op te groeien. Flora schudde de fantasie snel van zich af en zette zich schrap voor de confrontatie.

'Hallo, Tessie. Ga toch zitten.'

'Dank u, ma'am. Het spijt me dat u hierbij betrokken bent geraakt, zeker omdat u altijd zo vriendelijk bent geweest voor mij en de andere meisjes. Heeft u Teddy al gesproken? Wat zei hij?'

Flora maakte zich op om te liegen. 'Ja, dat heb ik gedaan, en jammer genoeg ontkent hij dat er sprake is geweest van een dergelijke relatie. Of van een dergelijk voorval.'

'Hoe kán hij? Iedereen weet dat hij in de herfst mijn vriendje is geweest, en met kerst ook nog. Vraag het maar aan de andere meisjes, die zullen hetzelfde zeggen. Ik...' Tessie begon luid te snikken.

Flora stond op en liep naar haar toe. Uit haar mouw trok ze een met kant afgewerkt zakdoekje tevoorschijn, dat ze aan het meisje gaf. Haar hart ging uit naar dat arme ding, maar ze moest haar gezin op de eerste plaats zetten. 'Rustig maar,' zei ze zacht. 'Achteraf vallen dingen altijd mee.'

'Niet waar! Het kan niet erger, als ik zo vrij mag zijn, ma'am. Een kindje op komst, verwekt door een man die niks met me te maken wil hebben, en een verloofde die zich ongetwijfeld meteen uit de voeten zal maken als hij ziet wat er in mijn buik zit. En mijn pa en ma... die zetten me geheid op straat zodra ze hier lucht van krijgen. Er komt niks van me terecht, ik zal op straat belanden. Misschien moet ik meteen maar van een brug springen, dan is het tenminste snel voorbij!'

'Tessie, alsjeblieft. Ik weet dat je van streek bent, maar voor elk probleem bestaat een oplossing, dat beloof ik je.'

'Wat voor oplossing dan, als ik vragen mag, ma'am?'

'Welnu, het belangrijkste is dat jij en de baby straks een dak boven jullie hoofd hebben, nietwaar? Je eigen dak, bedoel ik dan.'

'Natuurlijk. Maar van mijn salaris kan ik dat nooit betalen.'

'Nee. Daarom ben ik ook bereid je een bedrag te geven om een eigen huisje van te kopen. Het is ook genoeg om van rond te kunnen komen tot het kind op school zit en je zelf een baan kunt zoeken.'

'Neem me niet kwalijk, ma'am, maar waarom zou u?' Tessie keek haar argwanend aan. 'Ik bedoel, als die zoon van u gezegd heeft dat de baby niet van hem is, en dat hij niet eens... kennis van mij heeft gehad, waarom stuurt u me dan niet gewoon weg?'

'Ook al heeft mijn zoon gezegd dat het kindje niet van hem kan zijn, dat wil toch niet zeggen dat ik geen jongedame in nood mag helpen? Ik ben ook jong en wanhopig geweest, Tessie. En toen bij mij de nood aan de man was, kon ik ook rekenen op een vriendelijk woord en een helpende hand. Dat wil ik nu graag voor iemand anders doen,' antwoordde Flora bedaard.

'Maar een huis kost heel veel geld.' Tessie snoot haar neus luidruchtig in het zakdoekje.

'Als je wilt, kun je een geschikt onderkomen zoeken bij je ouders in de buurt. Waar wonen die?'

'Hackney.'

'Als de baby eenmaal geboren is, draaien ze heus wel bij. En je verloofde misschien ook wel. Als hij van je houdt, tenminste.'

'O ja, dat doet-ie zeker. Hij noemt me altijd zijn zonnestraaltje. En moet je nu eens zien wat ik hem heb aangedaan. Nee.' Tessie schudde haar hoofd. 'Dit vergeeft hij me nooit niet. Maar goed, wat verwacht u van mij?'

'Niets. Behalve dan misschien zo nu en dan een foto van de baby. En de belofte dat je de reputatie van mijn zoon niet door het slijk zult halen door leugens over hem te verspreiden.'

'Ik zweer het u, mevrouw, Teddy is de vader van de baby. En volgens mij weet u dat ook, anders zou u dit niet voor ons doen. Het is uw kleinkind.' Ze legde haar hand op haar buik. 'Als het een jongen is, zou hij dit hele landgoed kunnen erven.'

'Zoals je zelf ook wel weet, valt het gewoonweg niet te bewijzen. Mijn aanbod staat. Wil je het aannemen?'

'U neemt hem in bescherming, hè? Uw dierbare zoontje... Iedereen weet dat hij uw oogappeltje is en dat u geen kwaad woord over hem wil horen. Waar is hij?' Tessie stond op, trillend van woede. 'Ik durf te wedden dat u helemaal niet met hem gesproken heeft. Ik wil zelf met hem praten. Nu!'

'Ga je gang.' Zo nonchalant mogelijk haalde Flora haar schouders op, waarna ze zich omdraaide en naar haar bureau liep. 'Maar zodra je deze kamer uit bent, komt mijn aanbod te vervallen. En ik kan je garanderen dat Teddy je precies hetzelfde zal vertellen. Vraag het maar aan Louise. Tegenover haar heeft hij ook alles ontkend,' voegde ze er voor de goede orde aan toe. 'Dus zeg het maar. Je kunt hier vertrekken met een cheque van duizend pond, naar de cottage gaan en je spullen pakken. Dan laat ik Mr. Tanit je over een uur naar het station in Ashford brengen. Of anders vertrek je hier met lege handen en moet je maar hopen dat mijn zoon zich je lot zal aantrekken. En we weten allebei dat hij niet over zo veel mededogen beschikt.'

Er viel een stilte en Flora hoopte dat ze het meisje had weten te overtuigen. Maar Tessie was trots en intelligent en onwillekeurig had Flora bewondering voor haar moed.

'Dit is chantage...'

Zonder iets te zeggen draaide Flora de dop van haar vulpen.

Een lange zucht van verslagenheid weerklonk door de kamer. 'U weet ook wel dat ik geen keus heb. Ik zal uw geld aannemen en vertrekken.'

'Prima,' zei Flora terwijl ze opgelucht de cheque uitschreef. 'Dit is de juiste beslissing, Tessie.'

'Er viel weinig te kiezen, vindt u niet, ma'am?' Verdrietig voegde ze eraan toe: 'Ik hield van hem, weet u. Ik ben altijd een braaf meisje geweest, maar hij heeft me van alles wijsgemaakt, zoals dat hij met me zou trouwen.'

'Hier is de cheque, en dit is de naam van mijn notaris, die in het vervolg alle correspondentie zal afhandelen. Mocht het nodig zijn, dan zal hij je ook helpen bij de aankoop van een woning.'

'Dank u, ma'am,' wist Tessie uit te brengen. 'U bent altijd heel vriendelijk voor me geweest. Teddy moest eens weten hoeveel geluk hij heeft met een moeder die het vuile werk voor hem opknapt. Hij deugt niet, dat kan ik u wel vertellen.'

'Dag, Tessie. Pas goed op jezelf en je kindje.'

'Ik zal mijn best doen, ma'am. Dat zweer ik.'

Toen Tessie de kamer uit was, liet Flora zich op haar stoel zakken, tegelijkertijd opgelucht en van zichzelf walgend.

Liefde is nooit verkeerd...

Ze dacht terug aan wat Archie jaren geleden tegen haar had gezegd. Toch was ze door haar liefde voor Teddy en haar behoefte om hem te beschermen veranderd in een persoon die ze zelf niet herkende. En dat zou ze zichzelf nooit vergeven.

'Wat is er, moeder? Ik moet om vijf uur weg voor een afspraak,' mokte Teddy toen hij naar Flora's studeerkamer kwam.

'Dan ben je al tien minuten te laat, dus zullen we maar meteen ter zake komen.'

'Wat heb ik nu weer gedaan? Wat voor roddels heeft u gehoord?'

'Volgens mij weet je dat zelf heel goed.'

'O.' Teddy grinnikte. 'U heeft zeker gehoord over mijn zogenaamde affaire met dat meisje van Smith.'

'Inderdaad, van de andere Land Girls en van je zuster, die beweert jullie samen bij Home Farm te hebben gezien, de nacht voor kerstavond. En vandaag heeft Tessie het zelf nog eens bevestigd.'

'Is ze naar u toe gekomen?'

'Op mijn verzoek.'

'Goeie god, moeder. Bent u soms vergeten dat ik vierentwintig jaar ben en prima mijn eigen rotzooi kan opruimen?'

'Dus je geeft toe dat je er een rommeltje van hebt gemaakt?'

'Nee, ik...' Teddy aarzelde. 'Mijn moeder hoeft zich niet met mijn leven te bemoeien. U beseft toch wel dat het allemaal leugens zijn?'

'Nu ik Tessie zelf heb gesproken, waag ik dat te betwijfelen. Laat ik maar meteen ter zake komen. Je weet dat Tessie zwanger is en dat de kans groot is dat het kind van jou is. Je hebt geweigerd enige verantwoordelijkheid op je te nemen voor je daden, net zoals je nooit ergens verantwoordelijkheid voor neemt. Je doet niets anders dan liegen en bedriegen om je eigen huid te redden.'

'Moeder... Ik...'

'Laat me uitpraten. Je bent een luie, schaamteloze zuiplap en eerlijk gezegd maak je deze familie te schande. Vorige week heeft je vader nog aan me voorgesteld om zijn testament te herzien.'

'Wil hij me onterven?'

'Ja.' Toen Flora de uitdrukking op Teddy's gezicht zag, wist ze dat haar opmerking doel had getroffen. 'En daar heb ik alle begrip voor. Als je vader lucht zou krijgen van het gerucht dat nu de ronde doet over Tessie, zou dat voor hem de druppel zijn.'

'Ik begrijp het.' Teddy liet zich in de fauteuil zakken.

'Dus stel ik voor dat we van nu af aan niet meer tegen elkaar liegen, als we nog willen redden wat er te redden valt.'

Teddy staarde langs zijn moeder heen uit het raam. 'Goed.'

'Ik heb Tessie weggestuurd, met genoeg geld om ervoor te zorgen dat zij en de baby een veilig leven kunnen leiden.'

'Moeder, dat had u echt niet hoeven doen. Ik...'

'Volgens mij wel. Dit is zo goed als zeker jouw kind, en dus het kleinkind van mij en je vader. Geef het nou maar toe, Teddy. In hemelsnaam.'

'Ja,' zei hij uiteindelijk. 'Die kans bestaat, maar...'

'Niks te maren. Zo kun je niet doorgaan. Ik begrijp dat je je verveelt en dat het leven je zwaar valt, maar je reputatie als rokkenjager en zatlap loopt nu echt uit de hand.'

'Ik verveel me inderdaad. Zo verbazingwekkend is dat niet. Zonder die stomme platvoeten was ik jaren geleden al vertrokken om mijn plicht te vervullen en mijn land te dienen.'

'Wat je redenen ook zijn, je moet nu een keuze maken. Of je blijft hier en wordt een zoon waar je vader en ik trots op kunnen zijn, óf ik stel aan je vader voor dat we je naar Ceylon sturen om bij je tante Elizabeth en ome Sidney te gaan wonen en hen te helpen op hun theeplantage. Hoe dan ook zul je aan je vader moeten bewijzen dat je een waardige erfgenaam bent.'

Net als eerder bij Tessie bleef het even stil vanuit de fauteuil.

'Zou u me zomaar wegsturen? Het is oorlog, moeder.' Teddy's stem sloeg een beetje over. 'Er worden aan de lopende band schepen tot zinken gebracht.'

Flora haalde diep adem voordat ze antwoord gaf. 'Dat zou ik zeker doen, gewoonweg omdat ik niet langer bereid ben om je in te dekken of goed te praten wat je allemaal doet. Je hebt het alleen aan mij te danken dat de situatie met je vader al niet veel eerder het kookpunt heeft bereikt. Maar hoeveel ik ook van je houd, toen ik vandaag het gezicht van dat meisje zag nadat ik had gezegd dat jij geen relatie met haar wilde, zag ik in dat ik niet meer kan tolereren hoe jij je de laatste tijd gedraagt. Begrijp je dat, Teddy?'

Hij liet zijn hoofd hangen van ellende. 'Ja, moeder.'

'Ik geloof nog steeds dat je diep vanbinnen een goed mens bent. Je bent nog jong en hebt nog alle gelegenheid om het goed te maken en aan je vader te bewijzen dat je in staat bent om op een dag dit landgoed te bestieren.'

'Ja. Ik blijf hier, moeder,' zei hij uiteindelijk. 'En ik beloof dat ik u en papa niet langer zal teleurstellen.' Zonder nog iets te zeggen of haar aan te kijken verliet hij de kamer.

39

De weken daarna leek het er echt op dat Teddy een nieuwe weg was ingeslagen. In en om het huis was hij behulpzamer dan ooit. En er was heel wat te doen, aangezien Mr. Tanit de dag na Flora's gesprek met Teddy aankondigde dat hij en zijn vrouw High Weald per direct zouden verlaten. Over de redenen weidde hij niet uit. Zelfs toen Flora vroeg of ze hen op een of andere manier kon overhalen om te blijven, hield hij zijn lippen stijf op elkaar.

'Het is beter zo, ma'am. Mrs. Tanit voelt zich hier niet meer op haar gemak.'

Die avond vertrokken ze, en Flora lag zich tot in de kleine uurtjes af te vragen waarmee ze haar lieve huishoudster zo beledigd had.

De volgende ochtend in de keuken haalde Louise bij het horen van het nieuws moedeloos haar schouders op. 'U begrijpt toch wel hoe dit komt?' fluisterde ze. 'Teddy laat haar al een paar maanden geen moment met rust. Natuurlijk weet ik niet zeker of dat de reden is, maar ik geloof niet dat ik het in haar plaats had volgehouden.'

Flora sloot haar ogen even en dacht terug aan die keer dat haar zoon zijn hand op Mrs. Tanits rug had gelegd, bij het keukenfornuis.

De volgende avond at Flora in haar eentje. Archie had haar gebeld om te zeggen dat hij was opgehouden op de vliegbasis, iets wat de laatste tijd wel vaker gebeurde. Toen ze in bed lag, hoorde ze het gedrein van Duitse bommenwerpers in de buurt, maar sloeg er amper acht op. Zulke geluiden waren net zo gewoon geworden als de vogels die tjilpten bij zonsopgang. Vanavond klonk het echter wel erg dichtbij en ze bedacht met een zucht van ergernis dat ze misschien beneden in de kelder zouden moeten gaan slapen, als de bommenwerpers nog dichterbij kwamen.

En ja hoor, net voor middernacht ging het luchtalarm en sjokten Flora, Teddy en Louise de trap af. Twee uur later klonk het 'veilig'-sein en terwijl Flora weer in bed kroop, bedacht ze dat Archie waarschijnlijk in een van de stapelbedden op de vliegbasis zou overnachten.

'Moeder! Moeder, wakker worden!' riep Louise de volgende ochtend. 'Er is iemand voor u aan de telefoon. Ene squadronleider King. Hij wil u dringend spreken.'

Met haar hart in haar keel vloog Flora de trap af. In haar haast om bij de telefoon te komen, struikelde ze bijna over haar eigen voeten. Toch wist ze al wat ze te horen zou krijgen.

De squadronleider vertelde haar dat Archie en veertien anderen op de vliegbasis in Ashford waren omgekomen toen er een bom was gevallen op het tentenkamp waar de reservisten en andere personeelsleden sliepen.

Hoewel Flora altijd een sterke vrouw was geweest, stortte ze finaal in. De ironie van dit alles was bijna niet te bevatten... Dat Archie het tot dan toe had overleefd, dat ze zo blij waren geweest met zijn overplaatsing naar het relatief veilige Ashford vanuit Londen, het voornaamste doelwit van de Duitse bommenwerpers, en dat hij nu alsnog om het leven was gekomen op luttele kilometers van hun huis... Daar kon ze met haar verstand niet bij.

Louise liet een dokter komen, die kalmeringstabletten voorschreef, en dagenlang bleef Flora in bed liggen, zonder de wil of de fut om op te staan. Zonder haar geliefde Archie wilde ze zelf ook het liefst dood. Zelfs de aanblik van het bezorgde gezicht van haar dochter was niet genoeg om haar in beweging te krijgen. Ze lag daar maar en beleefde elk moment dat ze met Archie had doorgebracht in gedachten opnieuw, terwijl ze tekeerging tegen de god waar ze niet langer in kon geloven, nu Archie haar voorgoed was afgenomen.

Het ergste was nog wel dat ze niet de kans hadden gekregen om afscheid te nemen.

Op de zesde ochtend na het noodlottige telefoontje werd Flora uit haar verdoving gewekt door een tikkend geluid tegen het raam.

Toen ze opkeek, zag ze een jonge lijster die uit het nest in de oude kastanje naast het raam moest zijn gevallen. De richel buiten had zijn val gebroken, maar nu liep hij alsnog gevaar om ter aarde te storten, omdat hij paniekerig rondhupste en om zijn moeder krijste.

'Kom maar, kleintje,' fluisterde ze, terwijl ze voorzichtig het raam opendeed en het piepkleine vogeltje met haar handen opschepte. 'Rustig maar,' zei ze sussend. 'Nu ben je veilig. We gaan een ladder halen en dan ben je voordat je het weet weer bij je moeder.' Met de vogel in het kommetje van haar handen liep ze de trap af naar de keuken, waar Teddy en Louise samen aan tafel zaten.

'Moeder, u bent op! Ik wilde u net een kopje thee komen brengen,' zei Louise.

'Dat hoeft niet. Deze arme stakker is uit zijn nest in de kastanje gevallen. Teddy, kun jij een ladder halen zodat ik hem terug kan zetten, voordat hij bezwijkt aan de schrik?'

'Natuurlijk, moeder.'

Louise keek naar Teddy, die terwijl hij opstond naar haar knipoogde. 'Nu komt het wel weer goed,' zei hij geluidloos. Daarna liep hij achter hun moeder aan de keuken uit.

De uitvaartdienst werd gehouden in de kerk op het landgoed en werd druk bezocht door dorpelingen, vrienden en familie. Archie was een graag gezien en gerespecteerd lid van de gemeenschap geweest. Flora zat tussen haar twee kinderen in, door haar tranen heen glimlachend om de toespraken van zijn RAF-collega's uit beide oorlogen. Tijdens de dienst moest ze elk grammetje kracht en moed bij elkaar rapen. Door haar week van eenzame rouw had ze in ieder geval haar verdriet de vrije loop kunnen laten en nu was ze in staat om haar kinderen te steunen in hun eigen verdriet. Haar leven was dan misschien voorbij nu ze het zonder haar voornaamste bron van geluk moest zien te stellen, maar haar kinderen hadden nog een heel leven voor zich. En ze zou hen niet in de steek laten.

De dag na de begrafenis kwam Mr. Saunders, de notaris die hun familiezaken behartigde, bij hen langs. Na de nodige condoleances en andere plichtplegingen stak hij van wal.

'Zoals u misschien wel weet heeft Lord Vaughan zijn testament sinds 1921 niet meer gewijzigd.' Mr. Saunders haalde een keurig stapeltje papieren uit zijn oude leren aktetas. 'Ik neem aan dat hij nog steeds wilde dat het landgoed aan zijn zoon Teddy overgedragen zou worden?'

'Tja... voor zover ik weet wel,' zei Flora met een bezwaard gemoed.

'Dan zal ik alle voorbereidingen treffen om het landgoed op Teddy's naam te laten zetten. Helaas is nergens vastgelegd dat u op het landgoed mag blijven wonen, dus moet ik u erop wijzen dat uw zoon het recht heeft om, eh... u de deur te wijzen. Niet dat hij dat zou doen, daar ben ik van overtuigd, maar ik heb vaker dergelijke situaties meegemaakt.'

'Ik zal het met Teddy bespreken,' zei Flora stijfjes. 'Samen komen we er vast wel uit. Ik heb nog maar één vraag voor u, Mr. Saunders: als mijn zuster Aurelia alleen het leven had geschonken aan Louise, met andere woorden: aan een dochter, of als Teddy in de oorlog was gesneuveld, wat was er dan gebeurd?'

'Wel, dan zou het ingewikkeld worden. Allereerst zouden we een mannelijke erfgenaam van het landgoed moeten opsporen. Mocht die er niet blijken te zijn, dan zou Louise het landgoed vrijwel zeker in leenbezit krijgen totdat ze een zoon baarde. Als die de volwassen leeftijd bereikte, zou hij het landgoed en de titel erven. Mocht Louise in plaats daarvan een dochter krijgen, dan zou het leenbezit op die dochter worden overgedragen, net zo lang tot er zich een mannelijke erfgenaam aandiende. Tenzij een van de dochters van de zus van Lord Vaughan natuurlijk voor die tijd een mannelijke erfgenaam zou voortbrengen. Et cetera, et cetera.'

'Aha.'

'Zoals u wel zult begrijpen, mogen we God op onze blote knieën danken dat er wél een mannelijke erfgenaam is.' Hij grinnikte even. 'Ik ken talloze families waarin dat niet het geval is, door de twee oorlogen die veel vaders en zoons het leven hebben gekost. U boft maar, Lady Vaughan. De oorspronkelijke stamboom kan voortgezet worden op High Weald, terwijl dat voor veel families in dezelfde situatie niet zo vanzelfsprekend is.'

'Mr. Saunders, zou het misschien mogelijk zijn om Louise ten minste een deel van het landgoed te schenken? Binnenkort gaat ze trouwen en haar verloofde is geen rijk man.' Behoedzaam voegde ze eraan toe: 'Als vrouw vind ik niet dat het feit dat ze geen man is, zou moeten betekenen dat ze geen enkele aanspraak op de nalatenschap van haar vader kan maken. Zeker aangezien ze Teddy's tweelingzus is.'

'Daar ben ik het mee eens, Lady Vaughan. De regelgeving op dat vlak is ouderwets en ik hoop dat vrouwen mettertijd net zo veel recht zullen krijgen op zowel grond als adellijke titels. Maar ik vrees dat alleen uw zoon daar voorlopig over kan beslissen. Het spijt me om dit te moeten zeggen, maar noch u, noch uw dochter heeft enige zeggenschap over wat er met het landgoed zal gebeuren. Het is heel vervelend dat uw man geen kans meer heeft gezien om zijn testament te herschrijven. Nu bent u overgeleverd aan de genade van uw zoon. En dat geldt ook voor zijn zuster.'

'Dank u voor uw advies, Mr. Saunders. Ik neem aan dat ik binnenkort weer iets van u zal horen.'

'Van nu af aan zal alle communicatie rechtstreeks met Teddy verlopen, niet via u,' reageerde Mr. Saunders, die zijn papieren weer in de aktetas stopte. 'Nogmaals gecondoleerd met uw verlies. Uw man was een goed mens. Laten we hopen dat zijn zoon een waardige opvolger zal blijken te zijn. Ik wens u nog een prettige dag, Lady Vaughan.' Met een diepe zucht die wel aangaf dat de roddels over Teddy ook hem niet vreemd waren, liep Mr. Saunders het vertrek uit.

Flora bleef zitten waar ze zat, door het raam starend naar een tuin die niet langer onder haar hoede zou vallen. En ze realiseerde zich dat Archie, hoe goed zijn bedoelingen destijds ook waren geweest, Louise haar geboorterecht had ontzegd. Hoewel hij de laatste tijd vaak had gezegd dat Teddy niet geschikt was om High Weald van hem over te nemen, viel daar helemaal niets aan te doen zonder openbaar te maken dat Archie had gelogen over Teddy's afkomst.

Gelukkig was ze zo verstandig geweest om de erfenis van haar echte vader grotendeels te beleggen, oorspronkelijk met het advies en de hulp van Sir Ernest Cassel. In de jaren daarna had ze zelf interesse gekregen in aandelen en obligaties, en haar beleggingen hadden de ups en downs van de financiële wereld goed doorstaan. Kortom, ze was een rijke vrouw.

Bovendien was de procedure al in gang gezet om Home Farm op naam van Rupert en Louise te zetten. Archie had al voor de overdracht getekend, zodat het jonge stel er na hun bruiloft in augustus hun intrek zou kunnen nemen. Daar zou Teddy toch geen bezwaar tegen hebben?

Flora wist dat alleen al het feit dat het in haar opkwam dat hij er wél bezwaar tegen zou kunnen hebben, de ernst van de situatie onderstreepte.

Die avond ging ze met Teddy en Louise om de tafel zitten en vertelde wat ze met Mr. Saunders had besproken. Ze sloeg Teddy's gezicht nauwlettend gade en zag tot haar troost dat daar zowel verdriet als opluchting op te lezen stond.

'Nou, Rupert en ik zullen ontzettend gelukkig worden op Home Farm,' zei Louise opgewekt. 'Het is een mooi huis en ik weet zeker dat we er iets gezelligs van kunnen maken.'

'Ja, dat geloof ik ook,' reageerde Flora, die blij was met Louises volgzame en dankbare instelling. Natuurlijk had haar nichtje ook niet gerekend op meer dan dit, aangezien ze niet op de hoogte was van de ware toedracht van hun afkomst. 'Dus, Teddy, dit wordt allemaal van jou.' Flora gebaarde om zich heen in de keuken. 'Wat vind je daarvan?'

'Moeder, ik krijg alleen waar ik recht op heb, nietwaar?' zei hij ietwat hautain.

'Ja, maar je weet net zo goed als ik dat het landgoed veel onderhoud vergt. Zoals Mr. Saunders je nog wel zal uitleggen is daar amper geld voor. Zeker voor de boerderij. Je zult een nieuwe beheerder in dienst moeten nemen. En hulp in de huishouding, zeker nu Louise deze zomer haar eigen woning zal betrekken.'

'Daar kunt u me wel mee helpen, moeder. Tenminste, totdat ik getrouwd ben.' Om zijn lippen verscheen een sluwe glimlach. 'Misschien heb ik al iemand op het oog.'

'Echt?' Louise begon te stralen. 'Het lijkt me geweldig als we kinderen van dezelfde leeftijd zouden krijgen, zodat die samen kunnen opgroeien. Vind je ook niet, Teddy?'

‘Ik weet niet of ze wel zo’n moederlijk type is, maar ik ben wel heel erg op haar gesteld.’

‘Wat doe je weer geheimzinnig, Teddy. Hoe heet ze?’ wilde Louise weten.

‘Dat zal mettertijd wel duidelijk worden. Ze komt hier niet uit de buurt.’

‘Nou, zodra je getrouwd bent, ga ik natuurlijk verhuizen,’ zei Flora. ‘Ik kan altijd tijdelijk in het huis in Londen gaan wonen, totdat het weduwehuisje verbouwd is. Dat staat al jaren leeg.’

‘Van nu af aan is het huis in Londen alleen voor mijn eigen gebruik. Als u toch naar de stad wilt, kunt u misschien bij uw eigen moeder in Albemarle Street intrekken?’ Teddy keek op zijn horloge. ‘Ik moet gaan. De trein naar Londen vertrekt over een half uur. Ik rij zelf naar het station in Ashford, in papa’s Rolls-Royce.’

‘Maar die staat al jaren in de garage, Teddy. Dat ding slurpt te veel benzine en we hebben de brandstofbonnen hard nodig om de landbouwmachines aan de gang te houden.’ Louise wierp een nerveuze blik op haar moeder.

‘Daar is voor deze ene keer vast wel geld voor. Over een paar dagen ben ik weer thuis.’ Hij stond op, gaf zowel zijn moeder als zijn zus een kus op hun hoofd en liep de keuken uit.

De twee vrouwen bleven met stomheid geslagen achter.

‘Maak u geen zorgen, moeder,’ zei Louise uiteindelijk. ‘U bent altijd welkom bij ons op Home Farm.’

De daaropvolgende maand zette Flora zich schrap om afscheid te nemen van High Weald, terwijl Teddy schitterde door afwezigheid en zijn tijd grotendeels in het huis in Londen doorbracht. Flora en Louise deden hun best om hun verdriet te verwerken en samen het landgoed draaiende te houden. Mr. Saunders had Flora een brief geschreven – eerder uit tact dan uit noodzaak – om haar te laten weten dat de overdracht van het landgoed, het huis in Londen en de adellijke titel op Teddy’s naam soepel verliep en uiterlijk in november voltooid zou zijn.

Mochten Flora en Louise al twijfels hebben over Teddy’s erfenis, dan hielden ze die allebei voor zich. En in juni was er ten minste weer een sprankje hoop, dankzij de geslaagde invasie van Normandië. Flora deed haar best om zich op Louises aankomende bruiloft te concentreren en besloot alvast haar cadeau te geven wanneer Rupert in het weekend kwam om de plannen voor de grote dag door te nemen. Het deed haar goed om de verheugde uitdrukking op hun gezichten te zien toen ze hun over Arthur Morston Books vertelde.

'Goeie genade!' Rupert pakte een zakdoek en veegde ermee langs zijn ogen. 'En ik maakte me nog wel zorgen over hoe ik uw dochter dezelfde levensstijl zou kunnen bieden die ze nu gewend is. Dit is de oplossing. Ik weet niet hoe ik u kan bedanken. Dit is echt... overweldigend.'

Met tranen in haar ogen zag Flora het jonge stel – zo gelukkig en verliefd – elkaar omhelzen. En ze wist zeker dat ze hier goed aan had gedaan. 'Er is ook een klein appartement boven de winkel, dat opgeknapt kan worden voor het geval dat jullie af en toe in de stad moeten overnachten,' zei ze. 'Al ben ik ervan overtuigd dat je broer wel zal aanbieden dat je zijn huis in Londen mag gebruiken.'

'Dat betwijfel ik, moeder,' reageerde Louise. 'Maar zelfs al doet hij dat wel, dan denk ik dat de woning boven de boekwinkel, in wat voor staat die ook mag verkeren, veel beter bij ons past.'

Een paar dagen later ontving Flora een telegram van Teddy:

> VANDAAG MET DIXIE GETROUWD VOOR DE BURGERLIJKE STAND STOP DOLGELUKKIG STOP OP HUWELIJKSREIS NAAR ITALIË STOP BINNENKORT VIEREN WE HET STOP ZEG TEGEN LOUISE DAT IK HAAR VOOR BEN GEWEEST MET TROUWEN STOP TEDDY STOP

Louise las het telegram in stilte, maar haar gezicht verraadde precies wat er door haar heen ging. 'O jee,' zei ze.

'Ken je dat meisje?'

'Niet goed, nee. Maar ik heb wel veel over haar gehoord. Heel Londen, trouwens. Teddy heeft me met oud en nieuw aan haar voorgesteld.'

'Wie is ze?'

'Lady Cecilia O'Reilly. Een Ierse van geboorte, uit een goede maar nogal... onconventionele familie. Ze is absoluut een blikvanger. Alle mannen werden wild toen ze op oudejaarsavond het Savoy binnenkwam. Ze heeft rood haar tot op haar middel en een temperament dat al net zo vurig schijnt te zijn. Teddy heeft de hele avond om haar heen gehangen en ik vermoed dat hij daarom de laatste tijd zo vaak in Londen was,' legde ze uit. 'Ze zullen absoluut een... bijzonder stel vormen.'

'Aha.' Flora kon heel goed tussen de regels door lezen en voelde dat de moed haar nog dieper in de schoenen zakte.

'Vergeef me, moeder. U heeft me altijd geleerd om mensen niet op hun uiterlijk te beoordelen. Of op hun reputatie. Ook al staat Dixie bekend als een losbandige vrouw, dat wil nog niet zeggen dat ze geen goed mens is. En ze zal zeker reuring brengen op High Weald en zorgen dat Teddy op zijn tellen past.' Ze glimlachte zwakjes.

Die avond in bed snakte Flora naar het warme, troostende lichaam dat hier altijd naast haar had gelegen. Terwijl ze zich in de kussens liet zakken, begon ze plannen te maken voor haar eigen toekomst – en vroeg ze zich af hoe ze haar geweten ten opzichte van Louise kon sussen.

Een maand later bracht de nieuwe landheer van High Weald zijn kersverse bruid mee naar huis. Tegen haar verwachtingen in mocht Flora de jonge 'Dixie' direct. Met haar hese lach – ongetwijfeld veroorzaakt door de Franse sigaretten die ze aan één stuk door rookte – en haar prachtige roomblanke huid en ranke gestalte, was ze absoluut iemand om rekening mee te houden. Ze was ook razend slim, te oordelen naar de manier waarop ze Teddy op zijn nummer zette wanneer ze hem op een leugen betrapte.

Na een avond waarop hun verbintenis met veel alcohol was gevierd en die arme Louise steeds dieper in haar schulp was gekropen omdat Dixie luidruchtig haar mening had verkondigd over alles van de situatie in Ierland tot aan de oorlog en ook nog eens had vermeld dat ze 'uit betrouwbare bron' had vernomen dat Churchill chronisch depressief was, wenste Flora iedereen welterusten en ging naar bed. Ze troostte zich met de gedachte dat Archie het pittige karakter van zijn nieuwe schoondochter wel had kunnen waarderen.

De volgende dag riep Flora Teddy bij zich in haar studeerkamer. Ze kuste hem hartelijk en vroeg hem te gaan zitten. Voordat hij zijn mond kon opendoen, nam zij het woord. 'Gefeliciteerd, Teddy. Ik vind Dixie een schat. Je hebt een goede keus gemaakt en ik weet zeker dat we goede vriendinnen zullen worden. Ik wilde alleen even tegen je zeggen dat ik de renovatie van het weduwehuisje best zelf wil betalen. En zou je misschien willen overwegen om de tachtig hectare aan landbouwgrond eromheen aan mij te verkopen? Het perceel grenst ook aan Home Farm, aan de overkant van de landweg. Ik wil de grond graag van je overnemen en ervoor zorgen dat het land bewerkt wordt. Ik heb al met een makelaar uit de buurt gesproken en kan je een redelijk bedrag bieden, waarmee je dan het onderhoud van High Weald en het huis in Londen kunt bekostigen.'

'Ik begrijp het.' In Teddy's ogen stond verbazing te lezen. 'Dat zal ik moeten bespreken met Dixie en mijn notaris.'

'Doe dat maar. Na Louises bruiloft zal ik verhuizen.'

'Natuurlijk.'

'Dat is alles wat ik wilde zeggen.'

'Goed.' Teddy stond op. 'Neem gerust mee wat u wilt uit het huis.'

'Ik ben met weinig tevreden en kan heel goed opnieuw beginnen. Al wil ik nog wel even zeggen dat je een prachtige erfenis hebt ontvangen. High Weald is een bijzondere plek en ik hoop dat jij en Dixie die net zo zullen koesteren als je vader en ik hebben gedaan.' Voordat ze in tranen kon uitbarsten, vloog ze de kamer uit.

Op een broeierige augustusdag zag Flora haar dochter in het huwelijk treden met Rupert Forbes, in dezelfde kerk waar ze nog maar zo kortgeleden afscheid had moeten nemen van haar eigen man. In haar gebed voor het echtpaar kon ze de hogere machten alleen maar smeken om de vrede die al zo vaak beloofd was. Zowel in haar eigen leven als in de wereld.

Aan het eind van de herfst maakte Flora een ronde door High Weald, ook al schaamde ze zich een beetje omdat ze afscheid nam van een huis waar ze nog heel vaak zou komen, maar dat niet meer van haar zou zijn. Aan de andere kant, bedacht ze verdrietig, was het nooit echt van haar geweest, of van wie dan ook. Het huis behoorde alleen aan zichzelf toe, zoals dat met alle oude huizen het geval was. Lang nadat de huidige bewoners waren overleden, zou het huis er nog steeds staan.

Ze keek door het keukenraam naar de ommuurde tuin en dacht terug aan de gelukkige momenten die ze daar met Archie had gedeeld.

'Die kleine geluksmomentjes...' zei ze hardop. Niets bleef eeuwig duren, ook al leken mensen dat wel te verwachten. Je kon alleen maar genieten van je geluk, zolang het duurde.

De pony stond al buiten voor de wagen, volgepakt met haar dierbaarste bezittingen. Ze liep door de voordeur naar buiten en klom op de bok.

'Tot ziens...' Ze blies High Weald – en Archie en haar herinneringen – een kus toe. Daarna wendde ze haar hoofd af, nam even de tijd om zichzelf alle vergissingen te vergeven die ze ooit had gemaakt, gaf de pony een tikje tegen zijn flank en reed de oprijlaan af, een nieuwe toekomst tegemoet.

STAR

Rosa x centifolia
(koolroos – rozenfamilie)

40

Het geluid van de staande klok haalde me met een ruk terug uit het verleden. Op mijn horloge zag ik dat het al vier uur 's nachts was. Tegenover me waren Orlando's ogen dichtgevallen en hij zag grauw van de uitputting. Ik probeerde me te concentreren op alles wat hij me verteld had, maar wist dat ik slaap nodig had voordat ik er wijs uit zou kunnen worden.

'Orlando?' fluisterde ik zachtjes om hem niet te laten schrikken. 'Het is bedtijd.'

Zijn ogen vlogen open en hij keek me verdwaasd aan. 'Ja,' beamde hij. 'Morgen bespreken we wel wat ik u verteld heb.' Hij stond op en zwalkte naar de deuropening alsof hij gedrogeerd was. Daar bleef hij staan en draaide zich naar me om. 'Begrijpt u nu waarom het me beter leek om de dagboeken voor mijn broer te verbergen? Hij was zo verbitterd. En de wetenschap dat onze kant van de familie hun recht op High Weald ontzegd is, zou hem alleen nog maar ongelukkiger hebben gemaakt.'

'Dat denk ik ook.' Ik wees naar de dagboeken. 'Zal ik ze ergens opbergen?'

'Neem ze maar mee. Het verhaal is zo complex dat ik u alleen de grote lijnen heb kunnen vertellen. Daar staan de details in te lezen. Welterusten, Miss Star.'

'Maar ik begrijp nog steeds niet wat dit verhaal met mij te maken heeft.'

'O jee.' Onderzoekend nam hij me op. 'Daar sta ik van te kijken. Ik had gedacht dat u meteen door zou hebben hoe het zat. Morgen meer.' Hij zwaaide naar me en liep de kamer uit.

De volgende ochtend kwam Orlando pas na elven de keuken in.

'Vandaag voel ik al mijn zesendertig jaren, plus nog eens een jaar of vijftig erbij.' Hij plofte neer in een stoel.

Ik was ook moe, nadat ik de rest van de nacht in bed had liggen woelen. Uiteindelijk had ik nog een half uurtje geslapen voordat de wekker ging en was ik om zeven uur opgestaan om ontbijt klaar te maken voor Rory en hem naar school te brengen.

'Zullen we brunchen? *Eggs benedict* met gerookte zalm?' opperde ik.

'Dat klinkt me als muziek in de oren. Laten we doen alsof we in het Algonquin Hotel in New York zijn, nadat we regelrecht uit een clandestiene kroeg zijn komen rollen waar we tot zonsopkomst hebben gedanst. Hoe gaat het vandaag met u, Miss Star?'

'Ik loop veel te piekeren,' antwoordde ik naar waarheid, terwijl ik de eieren ging klaarmaken.

'Een hapje eten maakt al die informatie vast ook makkelijker te verteren.'

'Ik vraag me af waarom Mouse de indruk wekte dat Flora MacNichol een sluwe vrouw was. Mij lijkt ze juist geweldig.'

'Dat ben ik volkomen met u eens. Zonder haar bijdrage om het huis en de tuinen op te laten knappen, nadat overgrootmoeder Aurelia was gestorven, om nog maar te zwijgen van het werk dat ze zelf heeft gestoken in de renovatie en het beheer van het landgoed tijdens de Tweede Wereldoorlog, zou er tegenwoordig niemand van de familie Vaughan of Forbes meer wonen. Daarnaast heeft ze het perceel dat ze van Teddy heeft gekocht aan Louise en Rupert nagelaten. Die akkers zijn nog steeds de grootste inkomstenbron van Home Farm.'

'Ze heeft haar best gedaan om het goed te maken met Louise,' mijmerde ik hardop.

'Ja, en hoe. Tijdens de moeilijke jaren na de oorlog heeft Flora volgens mijn vader de familie bijeengehouden. Zij verzorgde de boekhouding van Arthur Morston Books en heeft Dixie geholpen met het grootbrengen van haar zoon Michael en met het bestieren van High Weald. Zoals u zich wel kunt indenken hadden ze aan Teddy niet zo veel. Ze heeft een lang en bevredigend leven gehad.'

'Hoe oud was ze toen ze stierf?'

'Achter in de zeventig. Mijn vader heeft me verteld dat ze is gevonden op een bankje onder de rozenboog, in het middagzonnetje.'

'Ik ben blij dat ze later nog mooie jaren heeft gekend. Die had ze verdiend. Hoe kan Mouse haar nou overal de schuld van geven? Per slot van rekening was het Archies beslissing om Teddy als Louises tweelingbroer te laten bijschrijven in het geboorteregister.'

'En dat deed hij om begrijpelijke redenen, en uit onbaatzuchtigheid,' viel Orlando me bij. 'Op zijn manier eerde hij daarmee al die mensen die hem door de oorlog waren ontvallen. Maar vergeet niet dat Mouse het verhaal alleen in grote lijnen heeft gehoord van onze vader, toen hij hem voor zijn dood in Griekenland ging opzoeken. Bij thuiskomst was hij ontzettend van slag. Misschien weet u nog wel dat ik verteld heb dat onze vader slechts twee jaar na Annie is overleden. Op dat moment heb ik de betreffende dagboeken verplaatst naar de boekwinkel. Als u het mij vraagt, kon Mouse op dat moment niets ergers doen dan in het verleden blijven hangen.'

'Hij had het gevoel dat alles hem ontnomen was,' murmelde ik. 'Zijn vrouw, zijn vader en de nalatenschap waar hij recht op had.'

'Ja. Een depressie is verschrikkelijk, Miss Star,' verzuchtte Orlando. 'Dat is ten minste één aandoening waar ik gelukkig geen last van heb.'

'Misschien kan hij ze beter wel lezen, Orlando, om erachter te komen wat er is gebeurd. Ik heb het gevoel dat Flora zelf nog het meeste is kwijtgeraakt.'

'Mee eens, al is het eeuwig zonde dat het landgoed niet aan grootmoeder Louise is overgedragen, in afwachting van de kinderen die zij misschien nog zou krijgen. Dat werd uiteindelijk onze vader, Laurence. Mijn grootvader Rupert was een geweldige vent.'

'Misschien wordt iedereen wel verblind door de liefde voor een kind.'

'In veel gevallen wel, ja,' vond ook Orlando. 'Flora was een verstandige en pragmatisch ingestelde vrouw. Ze wist dat de leugen over Teddy's geboorterecht aan Archie en haarzelf te wijten was. Hij wist niet beter dan dat hij hun wettige erfgenaam was. Daar kon hij natuurlijk niets aan doen. Als ze had geprobeerd hem zijn nalatenschap te ontzeggen, was ze hem waarschijnlijk voorgoed kwijtgeraakt aan de bordelen van Londen. Dan had hij zichzelf verloren in wijn, vrouwen en muziek. Al deed hij dat volgens haar dagboeken ook op High Weald. Zijn vrouw Dixie is ieders redding geweest. Zij heeft Marguerites vader Michael op de wereld gezet en het landgoed draaiende gehouden, terwijl Teddy net zo lang bleef drinken tot zijn lever het niet meer aankon. Het valt me op dat High Weald altijd al is gered door sterke vrouwen.'

'En nu zal Rory de titel en het landgoed erven, na Marguerite,' zei ik terwijl ik het ontbijt op tafel zette en ging zitten.

Orlando pakte zijn mes en vork en tastte toe. 'Ah, daar knapt een mens van op. Persoonlijk vind ik het geweldig dat Lady Flora de boekwinkel heeft nagelaten aan Rupert en Louise. Omdat hij er in de magere jaren na de oorlog zo goed voor heeft gezorgd, heb ik uiteindelijk een prachtige nalatenschap gekregen. Volgens Mouse is het winkelpand nu meer waard dan wat er over is van High Weald.'

'Flora had geen biologische kinderen, toch?' Daarmee bracht ik een van de gedachten onder woorden die al sinds de kleine uurtjes aan me knaagden.

'Nee.' Orlando keek me aan. 'Dus u heeft het verband gelegd?'

'Volgens mij wel.'

'Tja, het is wel erg jammer, Miss Star, want volgens mij had u een heel elegante Britse aristocraat kunnen zijn. Maar gezien de feiten lijkt het erop dat u geen spoortje koninklijk bloed bezit.'

'Waarom heeft mijn vader me dan de Fabergé-kat nagelaten als aanwijzing?'

'Aha! Vanaf het moment dat u over uw zoektocht begon, intrigeerde dat me nog het meest. Door wat u me over uw vader hebt verteld – en let wel, ik heb geluisterd naar alles wat u heeft gezegd en ook naar wat u niet hebt gezegd – denk ik dat hij daar een goede reden voor moet hebben gehad.'

'Waar denk je dan aan?' Zelf dacht ik het al te weten, maar ik wilde het eerst van Orlando horen.

'Hij had iets nodig wat u in verband bracht met de familie Vaughan, niet met de familie Forbes. En Teddy was de adoptiezoon van Lady Flora. Dus zou u naar *zíjn* stamboom moeten kijken...'

'Bedoel je het buitenechtelijke kind van de Land Girl?' bracht ik eindelijk mijn vermoeden onder woorden.

'Kijk eens aan! Ik wist wel dat u me niet zou teleurstellen.' Orlando leunde met zijn kin op zijn vuisten en keek me vorsend aan. 'Die bewuste dag in de boekwinkel, toen u uw dierbare plastic opbergmap kwam ophalen, zei u dat u volgens de coördinaten op het armillarium in Londen bent geboren.'

'Ja.'

'En waar woonde onze Land Girl?'

'In het Londense East End.'

'Precies. Welk adres leverden uw coördinaten op toen u ze invoerde op internet?'

'Mare Street, E8.'

'En dat ligt?'

'In Hackney.'

'Juist. In East End in Londen!' Orlando gooide zijn hoofd achterover en sloeg op tafel, uitgelaten over zijn eigen scherpe inzicht. Dat irriteerde me, want mijn afkomst was niet om te lachen. 'Neem me niet kwalijk, Miss Star, u moet toegeven dat dit alles nogal ironisch is. U kwam naar me toe met een Fabergé-kat die u in verband bracht met de koning van Engeland. En nu blijkt dat u vrijwel zeker geen bloedverwant bent van het koningshuis of de familie Vaughan, maar dat u misschien wel de onwettige achterkleindochter bent van het vermaledijde koekoeksjong uit onze familie.'

Onverwacht voelde ik tranen in mijn ogen opwellen. Hoewel ik inmiddels wist hoe kil en analytisch Orlando kon zijn als hij ergens over nadacht, sneed het me dwars door mijn ziel dat hij dit alles zo hilarisch leek te vinden. 'Het kan me niet schelen waar ik vandaan kom,' beet ik hem boos toe. 'Ik...' Er gingen wel duizend geschikte weerwoorden door mijn uitgeputte brein, maar ik besloot op te staan. 'Neem me niet kwalijk, ik ga een eindje wandelen.'

Ik haalde een stokoude parka en een paar regenlaarzen uit de hal, trok beide aan en beende de vrieskou in. Terwijl ik de poort uit liep, hekelde ik Pa Salt die ergens in het hemelrijk op me neerkeek en vroeg ik me af wat zijn beweegredenen waren geweest. In het beste geval was ik kennelijk de onwettige achterkleindochter van een man die zonder het te weten High Weald onder de neus van de rechtmatige erfgenaam had weggekaapt. In het slechtste geval stelde ik niets voor. Had ik hier helemaal niets mee te maken.

Terwijl ik rechts afsloeg de weg op, voerden mijn voeten me automatisch naar het bramenpad, zoals Rory en ik het noemden. De tranen maakten mijn zicht troebel en Orlando's lach bleef maar in mijn oren galmen. Was het zijn bedoeling geweest om me te vernederen? Had hij ervan genoten dat hij onweerlegbaar kon bewijzen dat ik geen noemenswaardige stamboom had? Vond hij dat hij beter was dan ik, met zijn zogenaamde aristocratische bloed? Waarom waren de Britten toch zo geobsedeerd door sociale klassen?

'Dat ze als een stel wilde beesten hebben huisgehouden in de hele wereld en een rijk hebben opgebouwd en een koninklijke familie hebben, zegt helemaal niks. Alle mensen zijn gelijk, waar ze ook vandaan komen,' siste ik boos naar een ekster, die zijn kopje schuin hield, knipperde en wegvloog. 'In Zwitserland doet het er niet toe,' hield ik mezelf voor. 'Pa Salt zou er maling aan hebben gehad, dat weet ik zeker. Dus waarom...'

Terwijl ik verder banjerde, verachtte ik mezelf om mijn wanhopige behoefte om bij iets of iemand anders te horen dan bij CeCe of de surrealistische wereld die Pa Salt op Atlantis had geschapen voor zijn groepje verdwaalde duiven. Om mijn behoefte om een eigen wereld op te bouwen, alleen van mij.

Bij een weiland liet ik me op een boomstam zakken, sloeg mijn handen voor mijn gezicht en barstte in tranen uit. Na een poosje raapte ik mezelf weer bij elkaar en veegde ik ruw mijn ogen droog. Kom op, Star, beheers je een beetje. Hier kom je geen steek verder mee.

'Hoi, Star. Gaat het wel?'

Toen ik me omdraaide, zag ik Mouse vlak achter me staan. 'Ja, het gaat wel.'

'Zo ziet het er anders niet uit. Wil je een kopje thee?'

Ik haalde mijn schouders op, een gebaar dat eerder bij een opstandige tiener paste.

'Nou, ik heb net water gekookt.' Hij wees achter zich, en ik besefte dat ik blindelings naar het weiland was gelopen dat aan Home Farm grensde.

'Sorry,' mompelde ik.

'Waarom zeg je dat?'

'Ik heb niet opgelet waar ik was.'

'Geen probleem. Wil je een kopje thee of niet?'

'Ik moet naar huis om de afwas te doen.'

'Doe niet zo raar.' Hij liep naar me toe, pakte me bij mijn arm en troonde me zonder plichtplegingen mee naar zijn huis. In de keuken duwde hij me op een stoel. 'Ga zitten, dan schenk ik de thee in. Melk en drie schepjes suiker, toch?'

'Ja, graag.'

'Hier.' Hij zette een dampende mok thee voor mijn neus.

Ik kon mezelf er niet toe zetten om op te kijken, dus bleef ik stug naar de knoesten in de oude grenenhouten tafel staren.

Mouse ging tegenover me zitten. 'Je trilt helemaal.'

'Het is koud buiten.'

'Ja, dat is zo.'

Daarna bleef het lange tijd stil. Ik nam een slokje van mijn thee.

'Wil je dat ik je vraag wat er gebeurd is?'

Weer kwam de opstandige tiener in me naar boven en haalde ik mijn schouders op.

'Nou, dan moet je het zelf maar weten.'

Ik omvatte de mok met mijn handen en voelde de warmte in het vertrek mijn ijskoude lichaam binnendringen. Waarschijnlijk was de stookolie aangevuld sinds ik hier voor het laatst was geweest.

'Volgens mij weet ik waarom mijn vader me naar Arthur Morston Books heeft gestuurd,' zei ik uiteindelijk.

'Juist. Is dat positief of negatief?'

'Dat weet ik niet.' Met de rug van mijn hand veegde ik langs mijn neus, voordat er heel onelegant een druppel snot in mijn mok kon belanden.

'Toen je voor het eerst in de winkel was geweest en je verhaal aan Orlando uit de doeken had gedaan, heeft hij mij gebeld.'

'O, mooi is dat,' zei ik, nijdig omdat de twee broers het achter mijn rug om over me hadden gehad.

'Star, hou op. We wisten niet wie je was. Het is heel logisch dat hij me over jou heeft verteld. Zou jij zoiets niet aan je zus vertellen?'

'Jawel, maar...'

'Maar wat? Wat je de afgelopen tijd ook gehoord en gezien mag hebben, Orlando en ik zijn altijd heel hecht geweest. We zijn broers. Wat er ook tussen ons gebeurt, we zijn er voor elkaar.'

'Die bloedband zal wel heel sterk zijn, ja,' zei ik moedeloos, want de enige persoon met wie ik voor zover ik wist een bloedband had, was ikzelf.

'Ik begrijp heel goed dat je het daar moeilijk mee hebt. Trouwens, ik wist dat Orlando die dagboeken had.'

'Ik ook.'

Over de tafel heen ving hij mijn blik op, en we lachten heel dunnetjes naar elkaar.

'Volgens mij hebben we allemaal een spelletje met elkaar gespeeld. Ik hoopte dat jij er misschien achter zou kunnen komen waar hij ze verstopt had. En ik wist ook waarom hij ze had meegenomen.'

'Ik niet, tot gisteravond. Ik dacht dat hij gewoon boos op je was omdat je de winkel wil verkopen,' gaf ik toe. 'Maar blijkbaar wilde hij je in bescherming nemen.'

'Wie denkt hij dat je bent?'

'Dat moet hij je zelf maar vertellen. Hij is je broer.'

'Zoals je misschien wel gemerkt hebt, praat hij momenteel niet met me.'

'Dat komt nog wel. Hij heeft het je al vergeven.' Ik stond op, moe van al dat gepraat. 'Ik moet ervandoor.'

'Star, toe nou.' Toen ik bij de deur aankwam en mijn hand naar de klink uitstak, pakte hij mijn arm beet.

'Laat me los!'

'Hoor eens, het spijt me.'

Ik schudde mijn hoofd. Praten lukte me niet.

'Ik begrijp hoe je je voelt.'

'Nee, niet waar,' zei ik met opeengeklemde kiezen.

'Wel waar, echt. Je hebt vast het gevoel dat we je allemaal gebruikt hebben. Net als Flora, een pion in een spel waarvan je zelf de regels niet kent.'

Zelf had ik het niet beter kunnen omschrijven. Ik knipperde nieuwe tranen weg en schraapte mijn keel. 'Ik moet terug naar

Londen. Kun je tegen Orlando zeggen dat ik weg ben en dat hij Rory om half vier moet ophalen?'

'Dat kan ik wel doen, maar Star...'

Toen hij me weer vastpakte, wurmde ik me los.

'Oké,' verzuchtte hij. 'Zal ik je naar het station brengen?'

'Nee, dank je. Ik bel wel een taxi.'

'Als je dat wilt. Het spijt me zo. Je had het niet verdiend... om met ons opgezadeld te worden.'

Ik liep de deur uit en deed die rustig achter me dicht, vechtend tegen de aandrang om met dingen te smijten. Daarna liep ik terug naar High Weald. Godzijdank was Orlando niet in de keuken, en ik zag dat alles na de brunch was opgeruimd en afgewassen. Ik belde een taxibedrijf met de mededeling dat ik zo snel mogelijk opgehaald wilde worden en rende naar boven om mijn spullen in mijn reistas te proppen.

Een kwartier later reed ik weg bij High Weald en hield ik mezelf voor dat alleen de toekomst ertoe deed, niet het verleden. Ik vond het een vreselijke gedachte dat Pa Salt – degene van wie ik het meeste hield en die ik het meest vertrouwde – me alleen maar meer verdriet had gedaan. Het enige wat ik van deze onderneming had geleerd, was dat ik niemand kon vertrouwen.

Bij aankomst op Charing Cross liep ik op de automatische piloot naar de bushalte waar de bus naar Battersea stopte. Terwijl ik daar stond, moest ik er niet aan denken om weer terug te keren naar CeCe, na de zoveelste mislukte poging om zelf een leven op te bouwen. CeCe zou wel blij zijn dat het niet gelukt was, dacht ik gemeen.

Ik sprak mezelf bestraffend toe om die gedachte, want hoewel ze ergens ongetwijfeld opgelucht zou zijn dat ze me weer helemaal voor zichzelf had, wist ik ook dat er op de hele wereld niemand was die meer van me hield dan zij en dat ik door niemand liever getroost zou worden. Maar dan zou ik haar wel moeten vertellen wat ik ontdekt had, en ik was er nog niet aan toe om dat met iemand te delen, zelfs niet met haar.

In plaats daarvan nam ik een bus naar Kensington en stapte uit voor Arthur Morston Books, waar alle ellende begonnen was. Nadat ik de sleutels in mijn rugzak had gevonden, deed ik de deur open en merkte dat het binnen nog kouder was dan buiten. Het begon al te schemeren en ik deed snel de lampen aan en de oude luiken voor de ramen dicht. Daarna maakte ik de haard aan, met trillende vingers van de kou. Terwijl ik in mijn vaste stoel plaatsnam en mijn vingers warmde bij het vuur, probeerde ik te bedenken waarom ik me nou eigenlijk zo rot voelde. Diep vanbinnen wist ik best dat ik me irrationeel gedroeg. Het was niet Orlando's bedoeling geweest om me te kwetsen, hij had me alleen willen helpen door me het verhaal te vertellen. Maar ik was zo moe, in de war en labiel dat ik overdreven had gereageerd.

Uiteindelijk haalde ik een paar truien uit mijn tas om me toe te dekken, krulde ik mezelf op het kleed voor de haard op en viel in slaap.

De volgende ochtend werd ik in dezelfde houding wakker en zag tot mijn verbazing dat het al bijna negen uur was. Kennelijk had ik als een blok geslapen. Ik stond op om koffie te zetten, dronk die heet, zoet en zonder melk op en voelde me eindelijk iets rustiger worden. Misschien moest ik hier de komende paar dagen maar blijven, dacht ik wrang. Rust en ruimte, dat kon ik nu wel gebruiken.

Ik haalde mijn laptop uit mijn tas en zette hem aan. De internetontvangst beneden in de winkel was matig, maar ik had tenminste verbinding. Ik ging naar Google Earth om mijn coördinaten nog eens in te tikken en te kijken of ik geen foutje had gemaakt.

Daar stond het: Mare Street, E8.

Dus... zou het na alles wat ik ontdekt had toeval zijn dat Tessie Smith in Hackney had gewoond?

Nee.

Ik haalde het notitieboek tevoorschijn waarin ik aan mijn roman was begonnen en sloeg de laatste bladzijde op, terwijl ik bedacht dat mijn eigen voorgeschiedenis een stuk interessanter was dan elk verhaal dat ik zou kunnen bedenken.

Ik krabbelde namen in twee kolommen – een voor de stamboom van Louise en een voor die van Teddy. Pas toen werd ik me ervan bewust dat de nog levende Forbes-mannen verre verwanten waren van Flora, als nazaten van haar zusje Aurelia. Flora was de oud-oudtante van Orlando en Mouse.

Maar... als ik Tessies achterkleindochter was, betekende dat dat ik een directe verwant was van Marguerite, door onze gezamenlijke voorouder Teddy. En dus was ik ook familie van Rory. Om die gedachte moest ik glimlachen. Mijn volgende dilemma was of ik hiermee wilde doorgaan. Het zat er namelijk dik in dat mijn ouders nog leefden.

Ik stond op en begon te ijsberen, in een poging erachter te komen of ik hen zou willen opsporen. Omdat ik Tessies naam en de buurt waar ze gewoond had kende, zou het waarschijnlijk vrij eenvoudig zijn om erachter te komen of ze in 1944 een kind op de wereld had gezet. En of er daarna nog meer kinderen waren gevolgd.

Maar... waarom hadden mijn ouders me afgestaan?

Mijn overpeinzingen werden ruw verstoord doordat ik een sleutel in het slot hoorde.

'Shit!' Ik rende naar de haard, in een wanhoopspoging om de sporen van mijn logeerpartijtje uit te wissen.

De voordeur ging open en daar kwam Mouse al binnen, gevolgd door een klein Chinees mannetje dat ik herkende van de antiekwinkel hiernaast.

'Hallo, Star,' zei Mouse verbaasd.

'Hallo.' Ik drukte een kussen tegen mijn borst.

'Mr. Ho, dit is Star, onze assistent-verkoopster. Ik wist niet dat je hier vandaag zou zijn.'

'Nee. Nou ja, het leek me goed om even te kijken of alles hier in orde was,' zei ik, terwijl ik naar het raam liep en haastig de luiken omhoogdeed.

'Dank je,' zei hij, met een blik op de haard, waar de truien die ik had gebruikt om mezelf warm te houden nog op een hoopje bij mijn open tas lagen.

'Zal ik de haard aanmaken?' vroeg ik. 'Het is hier frisjes.'

'Doe voor ons geen moeite. Mr. Ho wil het appartement boven de winkel bekijken.'

'Natuurlijk. Goed, nu jullie hier zijn, kan ik wel gaan.' Ik bukte me om mijn spullen in mijn tas te proppen.

'Eigenlijk had ik straks nog bij je thuis langs willen gaan. Orlando heeft me iets voor je meegegeven. Wacht hier maar even, we zijn zo terug.' Hij voerde Mr. Ho mee naar de achterkant van de winkel en ik hoorde hen samen de trap op lopen.

Ik besloot de haard toch maar aan te maken, ook al gloeiden mijn wangen van schaamte. Toen de mannen terugkwamen en bij de voordeur bleven staan praten, rommelde ik wat achter in de winkel en probeerde geen details op te vangen.

Nadat Mouse Mr. Ho had uitgelaten, liep hij naar me toe. 'Je hebt hier vannacht geslapen, hè?'

Ik wist niet of ik nou woede of bezorgdheid in zijn groene ogen zag. 'Ja, sorry.'

'Geen probleem. Ik ben alleen benieuwd waarom je niet naar huis bent gegaan.'

'Ik... wilde gewoon even rust.'

'Dat begrijp ik.'

'Hoe gaat het met Rory?'

'Hij mist je. Gisteren heb ik hem van school gehaald en nadat ik hem naar bed had gebracht, hebben Orlando en ik een lang gesprek gevoerd. Ik heb hem verteld over het bod van Mr. Ho. Eigenlijk vatte hij het beter op dan ik had verwacht. Hij leek vooral bang te zijn dat hij jou van streek had gemaakt.'

'Dat is fijn om te horen. Ik ben blij voor jullie.' Ik hoorde zelf hoe prikkelbaar ik klonk.

'Star, hou op. Dit grenst aan zelfmedelijden. Geloof me, daar weet ik alles van.' Dat laatste voegde hij er vriendelijk aan toe. 'Orlando maakte zich erg veel zorgen vanwege de manier waarop je vertrokken bent, en ik ook. We hebben allebei berichten achtergelaten op je mobieltje, want je nam niet op.'

'In de winkel zijn mobieltjes niet toegestaan.'

Er speelde een glimlachje om zijn lippen. 'Hoe dan ook...' Uit de zak van zijn parka haalde hij iets tevoorschijn. 'Dit is voor jou.' Hij overhandigde me een grote bruine envelop. 'Orlando heeft me verteld dat hij wat onderzoek voor je heeft verricht.'

'Juist. Nou ja...' Ik stopte de envelop voor in mijn rugzak en pakte mijn reistas op. 'Bedank hem maar voor me.'

‘Star, alsjeblieft… pas goed op jezelf. Je hebt in ieder geval je zus nog.’

Daar gaf ik geen antwoord op.

‘Hebben jullie soms ruzie gehad?’ vroeg hij na een poosje. ‘Ben je daarom gisteravond niet naar huis gegaan?’

‘Ik vind dat we niet zo op elkaar moeten leunen,’ zei ik abrupt.

‘Toen ik haar zag, deed ze wel erg bezitterig naar jou toe.’

‘Dat is ze ook. Maar ze houdt van me.’

‘Net zoals Orlando en ik van elkaar houden, ook al hebben we weleens ruzie. Ik had me geen raad geweten als hij er de afgelopen jaren niet voor me geweest was. Hij is een goed mens, weet je. Hij doet nog geen vlieg kwaad.’

‘Dat weet ik.’

‘Star, waarom maak je de envelop niet open die ik je van hem moest geven?’

‘Dat doe ik nog wel.’

‘Nu meteen, bedoel ik. Het lijkt me goed als je het niet in je eentje doet.’

‘Waarom doe je opeens zo aardig tegen me?’ vroeg ik zachtjes.

‘Omdat ik zie dat je het moeilijk hebt. En ik wil je helpen. Zoals je mij de afgelopen weken ook geholpen hebt.’

‘Volgens mij heb ik dat niet gedaan.’

‘Dat bepaal ik zelf wel. Je bent vriendelijk, geduldig en tolerant voor ons geweest, hoewel met name ik dat niet verdiend had. Je bent een goed mens, Star.’

‘Dank je.’ Weifelend bleef ik staan, met mijn reistas nog in mijn handen.

‘Luister, waarom ga je niet lekker bij de haard zitten? Dan loop ik even naar boven om de spullen te halen die ik van Orlando moet meenemen naar High Weald.’

‘Oké,’ gaf ik toe, simpelweg omdat ik mijn eigen benen niet vertrouwde. Toen Mouse door de deur naar achteren was gelopen, haalde ik de envelop uit mijn rugzak en maakte hem open.

High Weald
Ashford, Kent
1 november 2007

Lieve Star,

Met deze brief wil ik je smeken om me te vergeven dat ik me gisteren zo onhandig tegenover je heb uitgelaten. Geloof me, ik wilde je niet belachelijk maken – verre van, zelfs. Ik vond het alleen amusant dat onze genen en het lot zo ironisch kunnen zijn.
Laat ik maar meteen toegeven dat ik al sinds je voor het eerst naar de winkel kwam en me de Fabergé-kat en je coördinaten liet zien, zelf onderzoek aan het doen ben naar je afkomst. Want die kan natuurlijk onlosmakelijk verbonden zijn met de onze. Bijgesloten vind je een envelop met alles wat je over je echte familie moet weten. Meer zeg ik er niet over (wat erg ongebruikelijk voor me is), maar wees gerust, mocht je meer uitleg nodig hebben, dan sta ik tot je dienst.
Nogmaals, vergeef me alsjeblieft. En Rory wenst je ook veel liefs.

Je vriend en bewonderaar,
Orlando

Mijn vingers gingen over de dure envelop van velijnpapier, die was afgesloten met een wassen zegel. Hier was het dan, de waarheid over mijn afkomst. Ik kreeg er trillende vingers van en werd plotseling misselijk en duizelig.

'Gaat het wel?' vroeg Mouse, toen hij me aantrof, met mijn hoofd op mijn knokkels geleund.

'Ja... Nee,' bekende ik.

Mijn hoofd tolde nog steeds toen hij naar me toe liep en zijn hand op mijn schouder legde.

'Arme Star. Dokter Mouse vermoedt dat de patiënt last heeft van shock, emoties en vrijwel zeker honger. Daarom, en omdat het tijd is voor de lunch, ga ik even naar de overkant om eten te halen voor jou, voor de verandering. Ik ben zo terug.'

Toen ik hem nakeek, moest ik ondanks alles glimlachen omdat ik het beeld van de Rioolrat liet varen en hem – in ieder geval vandaag – voor me zag als een zacht, wit schepsel met snoezige oortjes en een roze snuitje.

Hoewel ik hem vanwege zijn verleden nog steeds niet helemaal vertrouwde, was het wel prettig om door iemand verzorgd te worden. Terwijl we zaten te eten en ik een glas sancerre dronk die meteen naar mijn hoofd steeg, probeerde ik te bedenken wat hij voor bijbedoelingen kon hebben, maar er schoot me niets te binnen.

Opeens kwam er iets in me op. 'Wie haalt Rory vanmiddag op?'

'Marguerite. Ze is gisteravond laat teruggekomen uit Frankrijk. Zo gelukkig heb ik haar nog nooit gezien. Vind je het niet verwonderlijk dat je soms jarenlang kunt watertrappelen en alles maar hetzelfde blijft, en dat er dan opeens een vloedgolf aan gebeurtenissen over je heen komt die je ofwel verder naar zee doet afdrijven of je rustig naar de kust brengt? De laatste tijd is er een aardverschuiving aan de gang, voor alle leden van de families Vaughan en Forbes. En daar lijk jij de aanzet toe te hebben gegeven.'

'Volgens mij is dat maar toeval.'

'Of het lot. Geloof jij in het lot, Star?'

'Ik denk het niet. Het leven is maar wat je er zelf van maakt.'

'Juist. Nou ja, de afgelopen zeven jaar heb ik gedacht dat het mijn lot was om te lijden. Daar gaf ik me volledig aan over. Sterker nog, ik heb erin gezwolgen. De schade die ik mijn familie daarmee heb berokkend kan ik nooit meer goedmaken. Daar is het te laat voor.' Zijn ogen werden somber en de gespannen trek op zijn gezicht kwam terug.

'Je zou het kunnen proberen.'

'Ja, dat is ook zo. Maar goed, genoeg over mij. Ga je die envelop nog openmaken zodat we het erover kunnen hebben, of niet?'

'Ik weet het niet. Er kan toch alleen maar in staan dat mijn ouders me hebben weggegeven?'

'Ik heb geen idee.'

'Dat, of ze zijn dood. Maar als ze me echt hebben afgestaan, hoe kan ik hen dat dan ooit vergeven? Hoe kan een ouder zijn kind nou afstaan? Zeker een baby'tje, want dat was ik nog toen ik op Atlantis aankwam.'

'Nou,' zei Mouse met een diepe zucht, 'misschien moet je eerst hun beweegredenen kennen voordat je een oordeel velt. Sommige mensen hebben ze niet helemaal op een rijtje als ze zoiets doen.'

'Een postnatale depressie, bedoel je?'

'Zoiets, ja.'

'Dat is heel iets anders dan niet genoeg te eten hebben, of geen dak boven je hoofd.'

'Daar heb je gelijk in. Hoe dan ook, laat ik maar eens teruggaan. Druk, druk, druk, je kent dat wel.'

'Ja.'

'Als ik je ergens mee kan helpen,' zei hij, terwijl hij opstond, 'dan kun je me altijd bellen.'

'Dank je.' Ik stond ook op, me bewust van de plotselinge omslag van zijn humeur. 'En bedankt voor de lunch.'

'Je hoeft me nergens voor te bedanken, Star. Dat verdien ik niet. Dag.'

Met die woorden vertrok hij.

Ik bleef hoofdschuddend achter, mezelf vervloekend omdat ik er weer in was getuind. Wat was dat toch met hem? Hij kon van het ene op het andere moment totaal omslaan. Het enige wat ik wist was dat hij ergens mee zat... Met iets wat hem maar bleef achtervolgen.

41

Die avond, toen CeCe en ik samen zaten te eten, was de spanning tussen ons te snijden. Normaal gesproken flapte ze er alles uit wat er in haar opkwam, maar vanavond waren haar ogen net een ondoordringbaar fort.

'Ik ga naar bed. Morgen een lange dag.' Ze stond op en maakte aanstalten om naar boven te gaan. 'Bedankt voor het eten.'

Nadat ik de borden had afgeruimd, stapte ik de avondkou in om naar de rivier onder me te kijken. Die deed me denken aan Mouse en zijn vergelijking met een vloedgolf. Mijn leven maakte ook een aardverschuiving door, zelfs mijn relatie met CeCe was eindelijk aan het veranderen. Toen dacht ik aan de ongeopende envelop die nog steeds in mijn rugzak brandde, en ik wist dat ik dringend iemand in vertrouwen moest nemen. Iemand die niet zou oordelen, die rustig bleef en me wijze raad kon geven.

Ma.

Ik haalde mijn mobieltje uit mijn achterzak en belde naar huis, mijn echte thuis. Daarna wachtte ik tot ze op zou nemen, zoals ze altijd deed als een van de meiden haar belde, ook al was het nog zo laat. Vanavond werd ik doorgeschakeld naar de voicemail en werd me door een robotstem verteld dat er niemand thuis was. De moed zonk me in de schoenen. Wie kon ik anders bellen?

Maia? Ally? Tiggy? Electra zeker niet... Hoeveel ik ook van haar hield en haar bewonderde om wat ze had bereikt, over enig inlevingsvermogen beschikte ze niet. Pa noemde haar altijd 'een opgewonden standje'. CeCe en ik noemden haar stiekem een kreng.

Uiteindelijk besloot ik Ally te bellen, omdat ik wist dat zij zich in tegenstelling tot Maia in ieder geval op het noordelijk halfrond bevond.

Bij de derde keer overgaan nam ze op. 'Star?'

'Hallo. Ik heb je toch niet wakker gebeld?'

'Nee. Is alles in orde?'

'Ja. Met jou?'

'Het gaat goed.'

'Dat is fijn om te horen.'

'Ik vertel je alles wel als ik je weer zie. Zeg het eens, wat kan ik voor je doen?'

Ik moest glimlachen om de automatische reactie van mijn grote zus. Ze wist dat haar jongere zusjes haar niet zomaar belden om te vragen hoe het met haar ging. En dat accepteerde ze als onderdeel van haar rol als 'leider' binnen ons gezin.

'Ik heb hier een envelop,' begon ik, 'en ik durf hem niet open te maken.'

'O. Waarom niet?'

Zo bondig mogelijk legde ik het uit.

'Aha.'

'Wat vind je dat ik moet doen?'

'Die envelop openmaken, natuurlijk!'

'Echt?'

'Ik beloof je, Star, hoe pijnlijk het ook is, Pa wilde ons helpen de draad op te pakken. Trouwens, als je hem nu niet openmaakt, blijf je het alleen maar voor je uit schuiven. Uiteindelijk maak je dat ding toch wel open.'

'Bedankt, Ally. Hoe is het in Noorwegen?'

'Het is hier... heel fijn. Echt waar. Ik... heb heel goed nieuws.'

'Wat dan?'

'Ik ben zwanger. Van Theo,' voegde ze er snel aan toe. 'Ma weet het al, maar ik heb het de andere zussen nog niet verteld.'

'Ally,' zei ik met een brok in mijn keel. 'Dat is echt geweldig! Mijn god, wat fijn!'

'Ja, hè? O, en ik heb mijn biologische familie gevonden, hier in Bergen. Dus ook al ben ik de twee belangrijkste mensen in mijn leven kwijtgeraakt, ik heb wel een vangnet en er is een nieuw leventje op komst.'

'Ik ben dolblij voor je, Ally. Je verdient het, je bent zo dapper.'

'Dank je. En Star, op 7 december treed ik als fluitist op in de

Griegzaal hier in Bergen. Natuurlijk nodig ik alle zussen uit, maar ik wil heel graag dat je komt. En CeCe, als ze kan.'

'Ik zal er zijn, beloofd.'

'Ma zei dat ze ook komt, dus misschien kun je je reisplannen met haar afstemmen? Ik ben gelukkig, Star, al had ik dat nooit meer verwacht na... wat er gebeurd is. Maar hoor eens, nu weer over jou. Ik kan alleen maar zeggen dat je nu dapper moet zijn als je wilt dat je leven verandert.'

'Dat wil ik.'

'Misschien is het niet precies wat je wilt horen. Atlantis was een sprookje... maar dat was ons leven toen, en nu zijn de dingen veranderd. Denk erom dat alleen jij je eigen lot kunt bepalen. Maar dan moet je het wel een handje helpen. Begrijp je?'

'Ja. Dank je, Ally. Ik zie je begin december.'

'Ik hou van je, Star. Je weet dat ik er altijd voor je zal zijn.'

'Ja. God zegene je.'

'Jou ook.'

Ik hing op en liep naar binnen toen ik besefte dat mijn vingers blauw waren van de kou. Daarna luisterde ik mijn berichten af, waaronder een aantal van Orlando en Mouse. Na een korte douche sloop ik de slaapkamer in waar CeCe al rustig lag te slapen.

'Een aardverschuiving,' mompelde ik terwijl mijn hoofd dankbaar het zachte kussen raakte.

Ik zou een voorbeeld nemen aan mijn grote zus.

En dapper zijn.

Rond vier uur kreeg CeCe een nachtmerrie en nadat ik bij haar in bed was gekropen om haar te kalmeren, was ik klaarwakker. Ik stond op en liep naar beneden om een kop thee voor mezelf te zetten. Door het raam keek ik naar het fluwelige duister boven Londen, naar het Zevengesternte dat in de winter op zijn helderst was aan het noordelijk halfrond en dat nu fel schitterde. Terwijl ik de rivier in oostelijke richting afkeek, vroeg ik me af of mijn echte familie daar ergens lag te slapen, of dat ze zich misschien afvroegen hoe het met mij ging. Of waar ik was.

Met mijn kiezen op elkaar geklemd haalde ik de envelop uit mijn rugzak. Zonder aarzelen, uit angst dat ik me anders weer zou bedenken, maakte ik hem open, met de slapende stad als mijn enige getuige.

Er zaten twee velletjes papier in, die ik openvouwde en op de glazen salontafel legde. Op een ervan was een stamboom uitgeschreven in Orlando's flamboyante handschrift, met pijlen naar verschillende kanttekeningen die hij erbij had gezet. Het tweede was een kopie van een geboorteakte:

Geboortedatum en -plaats: 21 april 1980
The Mothers' Hospital van het Leger des Heils, Hackney
Naam en achternaam: Lucy Charlotte Brown
Vader: -
Moeder: Petula Brown

'Lucy Charlotte,' zei ik ademloos. 'Geboren op dezelfde dag als ik.'

Was ik dit?

Ik keek naar de stamboom die Orlando zorgvuldig had uitgeschreven. Tessie Eleanor Smith was in oktober 1944 bevallen van een meisje dat Patricia heette en wier achternaam ook Smith luidde. Er stond geen vader vermeld in de stamboom, hoewel Orlando in de kantlijn 'Teddy's dochter?' had geschreven. Dat leek erop te duiden dat Tessie er niet in was geslaagd het bij te leggen met haar verloofde. En dat ze haar dochter Patricia in haar eentje had opgevoed...

Daarna, in augustus 1962, was Patricia bevallen van een dochtertje met de naam Petula. De vader was volgens de stamboom ene Alfred Brown. En op 21 april 1980 had Petula, op achttienjarige leeftijd, het leven geschonken aan Lucy Charlotte.

Ik keek nog eens goed en zag dat Orlando had vermeld dat Tessie in 1975 was gestorven en Patricia nog maar kortgeleden, in september van dit jaar. Wat waarschijnlijk betekende dat mijn moeder – zelfs bij de gedachte aan die term ging er al een huivering van angst langs mijn ruggengraat – nog steeds leefde.

Toen ik boven de badkamerdeur dicht hoorde slaan, stond ik op en begon ik het ontbijt klaar te maken. Ik vroeg me af of ik CeCe om raad moest vragen.

'Goeiemorgen.' Fris gedoucht kwam ze beneden. 'Lekker geslapen?'

'Niet slecht,' loog ik. CeCe kon zich haar nachtmerries nooit herinneren en ik wilde haar niet in verlegenheid brengen door haar erover te vertellen.

Terwijl ze aan tafel ging, was ze ongewoon bleek en stilletjes.

'Alles oké?'

'Yep.' Ze knikte, maar ik wist dat ze loog. 'Ben je nu definitief thuis?'

'Dat weet ik niet. Ik bedoel, als ze me nodig hebben, moet ik misschien wel terug.'

'Het is hier eenzaam zonder jou, Sia. Ik vind het maar niks zo.'

'Misschien kun je een paar studievrienden uitnodigen als ik er niet ben?'

'Ik heb geen vrienden, dat weet je best,' zei ze knorrig.

'Dat valt vast wel mee, Cee.'

'Ik moet ervandoor.' Ze stond op.

'Voor ik het vergeet, gisteravond heb ik Ally gesproken en ze heeft ons uitgenodigd om naar haar te komen luisteren op een concert in Bergen, begin december. Denk je dat je dan kunt?'

'Ga jij?'

'Natuurlijk! Ik dacht dat we er samen naartoe konden vliegen.'

'Oké, waarom ook niet. Tot straks dan.' Ze trok haar leren jas aan, pakte haar portfoliomap met tekeningen en blafte me nog 'dag' toe voordat ze het appartement verliet.

De eik en de cipres groeien niet in elkaars schaduw...

Ook al bakte ik er niet veel van om uit haar schaduw te stappen, ik probeerde het tenminste. En ik was er nog steeds van overtuigd dat dat ons allebei goed zou doen, al leek CeCe dat nog niet in te zien.

Ik ging douchen en controleerde daarna mijn voicemailberichten. Orlando had een bericht achtergelaten met de mededeling dat hij vandaag vanuit Kent terugkwam naar de winkel en hij wilde weten of ik daar zou zijn.

'Kom alsjeblieft, lieve meid. Ik wil je dolgraag spreken. Je bedanken. O, dit was trouwens Orlando Forbes.' Dat laatste voegde hij er geheel overbodig aan toe, waardoor ik moest glimlachen.

Omdat ik officieel nog steeds voor hem werkte, besloot ik te gaan. Maar in de bus naar Kensington moest ik toegeven dat dat maar een smoesje was. Ik moest met Orlando praten over de familie die hij voor me had gevonden.

'Goedemorgen, Miss Star. Wat heerlijk om u hier weer te zien. Hoe gaat het met u, op deze prachtige, mistige dag?' Orlando wachtte me in de deuropening op en zag er opvallend opgewekt uit.

'Wel oké.'

'Oké is niet genoeg. Daar ga ik linea recta verandering in brengen. Ga zitten, want we hebben veel te bespreken.'

Terwijl ik dat deed, zag ik dat de haard al was aangemaakt en rook ik dat hij koffie aan het zetten was. Orlando ging ertegenaan. Nadat hij voor ons allebei een kop koffie had neergezet, legde hij een dikke plastic map voor ons op de tafel.

'Allereerst, aanvaardt u mijn excuses omdat ik zo gevoelloos ben omgesprongen met uw familiecrisis?'

'Ja.'

'Voortaan kan ik beter alleen in mezelf praten, of tegen personages in boeken schreeuwen. De menselijke omgang gaat me niet zo goed af.'

'Met Rory kun je goed overweg.'

'Ach ja, hij is een ander verhaal, maar gelukkig is hij niet mijn kind. En, heeft u uw envelop opengemaakt?'

'Ja. Vanmorgen.'

'Mijn hemel!' Orlando sloeg zijn handen in elkaar als een opgetogen kind. 'Daar ben ik blij om. En als ik zo vrij mag zijn, Miss Star, u bent veel dapperder dan ik. Na een heel leven Orlando te hebben geheten, zou ik het heel erg vinden om erachter te komen dat ik eigenlijk een Dave of een Nigel ben of, God verhoede, een Gary!'

'Lucy bevalt me wel. Ik heb ooit een heel lieve vriendin gehad die zo heette,' wierp ik tegen, niet in de stemming voor Orlando's snobisme.

'Ja, maar u, Asterope, bent voorbestemd om naar de sterren te reiken. Net zoals uw moeder heeft gedaan,' voegde hij er mysterieus aan toe.

'Wat bedoel je?'

'Nou, behalve haar geboorteakte kon ik geen gegevens vinden over een Petula Brown, tijdens mijn lange en ijverige zoektocht naar jouw achtergrond. Geen spoor op het internet, wat vreemd is, gezien haar opvallende voornaam. Uiteindelijk heb ik het Nationaal Archief aangeschreven, en alle andere instanties die ik kon bedenken, om erachter te komen wat er van haar geworden is. Gisteren kreeg ik eindelijk een reactie. Raad eens wat daarin stond.'

'Ik heb echt geen idee, Orlando.'

'Dat Petula haar naam officieel heeft laten veranderen. Niet echt verrassend, met zo'n naam. Ze heet dus niet langer Petula Brown, maar Sylvia Gray. Miss Star, de vrouw van wie ik vrijwel zeker weet dat ze uw moeder is, werkt momenteel als hoogleraar in de Russische literatuur aan Yale University! Wat zegt u daarvan?'

'Ik...'

'Volgens haar biografie op de website van Yale University...' Orlando bladerde door de map op tafel en haalde er een vel papier uit. '... is professor Sylvia Gray geboren in Londen en heeft ze een studiebeurs voor Cambridge in de wacht gesleept. Hoogst ongebruikelijk, Miss Star, dat een meisje uit East End zoiets presteert. Daarna heeft ze een master en een doctoraat behaald en is ze daar nog vijf jaar gebleven, voordat ze een vaste aanstelling kreeg aangeboden op Yale.' Hij las voor: '"Daar ontmoette ze haar echtgenoot, Robert Stein, hoogleraar in de astrofysica aan Yale. Momenteel woont ze in New Haven, Connecticut, met haar drie kinderen en vier paarden en werkt ze aan haar nieuwe boek."'

'Is ze auteur?'

'Ze heeft een aantal opiniestukken uitgegeven bij Yale University Press. Kijk! Is het niet verbazingwekkend hoe genen altijd hun weg vinden?'

'Ik heb een hekel aan paarden. Altijd al gehad,' mompelde ik.

'Doe niet zo aanmatigend. Ik dacht dat u door het dolle heen zou zijn!'

'Niet echt. Per slot van rekening heeft ze me afgestaan.'

'Maar in de stamboom die ik voor u uitgetekend heb, zult u vast gezien hebben dat Petula, of Sylvia, pas achttien was toen ze u het leven schonk. Ze is in 1962 geboren.'

'Ja, dat had ik al uitgerekend.'

'Destijds moet ze in haar eerste jaar op Cambridge gezeten hebben, wat inhoudt dat ze in de loop van de zomer daarvoor zwanger geraakt moet zijn...'

'Orlando, even rustig, alsjeblieft. Het valt niet mee om dit allemaal te verwerken.'

'Neem me niet kwalijk. Zoals ik daarnet al zei, kan ik het beter bij fictie houden, niet bij de werkelijkheid.' Hij viel stil als een kind dat een standje had gekregen, terwijl ik probeerde te bevatten wat hij me net allemaal had verteld.

'Mag ik iets zeggen?' vroeg hij schuchter.

'Ja,' verzuchtte ik.

'Er is iets wat u moet zien, Miss Star.'

'Wat dan?'

Hij overhandigde me een uitdraai. 'Volgende week is ze hier in Engeland. Ze geeft een lezing op Cambridge, haar alma mater.'

'O.' Ik keek naar het papier zonder het echt te zien en legde het weer neer.

'Vindt u het niet ongelofelijk? Dat ze zo veel heeft bereikt, zonder de steun van een rijke familie. Daaruit blijkt maar weer eens hoeveel er veranderd is in de wereld.'

'En dat vind jij vreselijk.'

'Toegegeven,' zei hij, 'ik heb me altijd tegen verandering verzet. Maar onlangs had ik het er nog met mijn broer over dat u me hebt geholpen om te veranderen. Ten goede, mag ik wel zeggen. Het onderzoek naar uw afkomst... Nou ja, daar heb ik veel van geleerd. Dank u, Miss Star. Ik ben u zeer erkentelijk, in meerdere opzichten. Gaat u?'

'Waarheen?'

'Naar Cambridge om haar op te zoeken, natuurlijk.'

'Dat weet ik niet. Ik heb er nog niet over nagedacht...'

'Natuurlijk niet.' Orlando vouwde zijn lange vingers in elkaar en leek de hint eindelijk te snappen. 'Zal ik dan maar vertellen wat ik besloten heb over mijn eigen toekomst?'

'Dat is goed.'

'Nou, ik heb dus een lang gesprek met Mouse gevoerd. En u zult wel blij zijn om te horen dat we het hebben bijgelegd.'

'Dat hoorde ik al van Mouse, ja.'

'Dan zult u ook wel weten dat Mr. Ho een verbazingwekkend hoog bedrag heeft geboden voor de winkel. Genoeg zodat Mouse en ik onze schulden kunnen aflossen en ik een ander heenkomen kan zoeken voor mezelf en mijn boeken. Het goede nieuws is dat ik al een locatie op het oog heb.'

'Echt waar?'

'Jazeker.'

En toen vertelde hij me over de boekwinkel van Mr. Meadows in Tenterden, en dat hij al had aangeboden om het huurcontract over te nemen. Mr. Meadows had er meteen mee ingestemd. 'Boven de winkel is er ook een appartement waar ik kan wonen,' voegde hij eraan toe. 'En na al die jaren in het vak vind ik dat ik het wel verdiend heb om de winkel "O. Forbes Esquire – Zeldzame Boeken" te noemen. Wat vindt u?'

'Van het idee, of van de naam?'

'Van beide.'

'Ik vind ze allebei perfect.'

'Meent u dat?' Orlando begon te stralen. 'Nou, dat vind ik ook. En misschien is het voor iedereen in onze familie wel tijd voor een frisse start. Ook voor u. Per slot van rekening bent u familie van die lieve Marguerite.'

'En van Rory,' voegde ik daaraan toe.

'Mouse en ik hebben het erover gehad of we haar alles over het verleden moeten vertellen. Ik bedoel, eigenlijk doet het er amper nog iets toe, nu het al zo lang geleden is. Maar de ironie wil dat ze High Weald helemaal nooit heeft willen hebben. Door Teddy's extravagante levensstijl is het landgoed zo goed als failliet gegaan. Mijn vaders neef Michael, de zoon van Teddy en Dixie, heeft de resterende landbouwgrond deels moeten verkopen, evenals het weduwehuisje en de cottages, om het hoofd boven water te houden. Maar natuurlijk was er niets over voor renovaties. Mouse en ik zijn van plan om Marguerite een deel van de opbrengst van de winkelverkoop te geven, om haar te helpen met de noodzakelijke dingen als de leidingen en verwarming. Wie had kunnen denken dat...'

'Wie had wat kunnen denken?' vroeg ik toen Orlando afdwaalde naar zijn eigen wereldje.

'Dat het meer dan zestig jaar later zou neerkomen op ons, de arme tak van de familie van de overkant van de weg, een eenvoudige winkelier en een boer, om de huidige lady van het landhuis uit de brand te helpen. Net zoals de kansen voor uw moeder zijn gekeerd, is er ook bij ons de afgelopen twee generaties veel veranderd.'

'Inderdaad.'

'Gaat u naar Cambridge om naar haar lezing te luisteren?'

'Orlando.' Ik sloeg mijn ogen ten hemel omdat hij er nu alweer over begon. 'Ik kan daar niet zomaar komen opdagen en zeggen dat ik haar verloren gewaande dochter ben.'

'Ik wil graag dat u nog één bewijsstuk bekijkt, zogezegd de kroon op mijn grondige speurwerk. Waar heb ik het gelaten?' Hij bladerde nog een keer door de map met papieren. 'Aha! Hier!' Met een zwierig gebaar gaf hij het aan me.

Toen ik naar de pagina keek, staarde er een gezicht naar me terug. Het was net zo bekend als mijn eigen gezicht, alleen ouder en verzorgder. De blauwe ogen werden benadrukt met subtiele make-up, de albasten huid werd omlijst door een glanzende platinablonde boblijn. Ik voelde Orlando's ogen zich in me boren. Zijn opwinding was duidelijk voelbaar.

'Hoe kom je hieraan?'

'Van internet, natuurlijk. Van zo'n site om te netwerken. Ga me nou niet vertellen dat u denkt dat professor Sylvia Gray uw moeder niet is, Miss Star.'

Ik staarde weer naar het beeld van hoe ik er ongetwijfeld uit zou zien wanneer ik halverwege de veertig was. Ondanks al het schriftelijke bewijs dat Orlando me had voorgelegd, leek het door de foto pas werkelijkheid te worden.

'Ze is heel mooi, vindt u niet?' vroeg hij. 'Net als u. En het lot heeft ervoor gezorgd dat ze over een paar dagen hier in de buurt is. Zo'n kans laat u toch niet schieten? Persoonlijk zou ik dolgraag een praatje met haar maken. Ze is een ware autoriteit op het gebied van Russische literatuur, en zoals u weet heb ik daar een voorliefde voor. Volgens haar biografie heeft ze een jaar in Sint-Petersburg gewoond, terwijl ze voor haar doctoraat studeerde.'

'Nee, Orlando, hou alsjeblieft op! Dit gaat allemaal veel te snel. Ik heb tijd nodig om na te denken...'

'Natuurlijk. Nogmaals mijn excuses omdat ik zo doordraaf.'

'Ik kan niet zomaar een lezing bijwonen op Cambridge University! Ik ben daar geen student.'

'Dat is waar,' gaf Orlando toe. 'Maar gelukkig kennen we iemand die dat wel is. Of liever gezegd, was.'

'Wie dan?'

'Mouse. Die heeft daar architectuur gestudeerd en weet hoe het daar werkt. Hij heeft ermee ingestemd om u naar binnen te smokkelen.'

'Weet hij hier ook van?'

'Natuurlijk, lieve meid.'

Abrupt stond ik op. 'Genoeg, Orlando. Alsjeblieft.'

'We hebben het er niet meer over, totdat u het wilt. Hopelijk vóór aanstaande dinsdag,' voegde hij er met een sluwe grijns aan toe. 'En nu weer hup, aan het werk. Van Mr. Meadows mogen we ons nieuwe optrekje zo snel betrekken als we zelf willen. Ik heb een termijn van twee weken voorgesteld, zodat we nog kunnen profiteren van de klandizie voor kerst. De huurovereenkomst wordt op dit moment in orde gemaakt.' Hij wees naar de boeken op de planken. 'Deze moeten zorgvuldig ingepakt worden in genummerde kisten, die ik al besteld heb en die hier morgen bezorgd worden. Tegen Marguerite en Mouse heb ik gezegd dat ze geen beroep op ons mogen doen tot we klaar zijn. We zullen dag en nacht door moeten werken, Miss Star, dag en nacht.'

'Natuurlijk.'

'Het is allemaal nogal snel gegaan, omdat de winkel zo vlug verkocht is. Mr. Ho is heel enthousiast en wil hier graag voor de kerst klaar zijn. U moet Meadows' Bookshop eens vanbinnen komen bekijken. Het interieur daar is zelfs nog wonderlijker dan hier. En het belangrijkste is nog wel dat er een open haard is. Tijdens het inpakken zullen we de voorraad moeten uitdunnen. Helaas is er daar minder ruimte, maar Marguerite is zo lief geweest om aan te bieden de rest op te slaan op High Weald. En dan hebben we ook nog de inboedel van Mr. Meadows, die ik van hem overneem. We zullen overstelpt worden met het geschreven woord!'

Ik probeerde me op Orlando te concentreren en blij te zijn omdat hij zo opgetogen en opgelucht was over hoe het allemaal was gelopen. Mijn blik dwaalde echter steeds af naar het vel papier dat voor me lag. De foto van professor Sylvia Gray, mijn moeder...

Ik draaide het blad om en plakte een glimlach op mijn gezicht. 'Goed, waar zullen we eens mee beginnen?'

Het inpakken van de inboedel bood me gelukkig wat afleiding, zowel fysiek als mentaal. Terwijl de dagen aftikten naar dinsdag, sloot ik me af voor alle gedachten over dat onderwerp. En zo kwam het dat maandagavond aanbrak en we allebei uitgeput en met stof overdekt waren, door dagen achtereen inpakken.

'Tijd voor een pauze, Miss Star,' zei Orlando toen hij uit de kelder kwam, waar hij de kostbaarste boeken uit de stokoude kluis had ingepakt. 'Goeie genade, ik ben al dat lichamelijke werk helemaal niet gewend. Het past ook niet bij me. Als u het mij vraagt, hebben we wel een glas goede rode wijn verdiend.'

Terwijl Orlando naar boven liep, liet ik me in mijn stoel vallen bij de open haard die als een oase afstak tegen de hoog opgestapelde kisten om me heen.

'Ik heb hem twee uur geleden al ontkurkt, om hem te laten ademen,' kondigde Orlando aan, die met een fles en twee glazen door de smalle gang tussen de kisten door liep en tegenover me plaatsnam.

'Tchin-tchin,' zei hij toen we met de glazen klonken. 'Ik kan u niet genoeg bedanken voor uw hulp. Zonder u was het me gewoonweg niet gelukt. En natuurlijk hoop ik dat u bereid bent om met me mee te verhuizen naar het nieuwe pand.'

'O.'

'Hoe bedoel je, "o"? Die gedachte moet toch al wel eerder bij u opgekomen zijn? Om u over te halen, wil ik u een promotie aanbieden tot manager, met een passende salarisverhoging, natuurlijk.'

'Dank je. Mag ik erover nadenken?'

'Niet te lang. U weet hoezeer ik uw vaardigheden op prijs stel. Als team zijn we onverslaanbaar. En weet u wat dat betekent?'

'Wat bedoel je?'

'Het betekent dat de twee ongelijkwaardige takken van de familie Vaughan/Forbes weer herenigd zijn, zestig jaar na dato, in een gezamenlijke onderneming.'

'Dat zal wel, ja.'

'En aangezien dit ooit de winkel van Flora MacNichol is geweest, en zij uw betovergrootmoeder was, zij het niet biologisch, heeft u net zo veel recht om hier te zijn als ik. Ziet u wel? Uiteindelijk komt alles toch nog goed.'

'Is dat zo?'

'Kom op, Miss Star, het is niets voor u om zo negatief te doen. Welnu, ik moet u vragen...'

'Nee!' Ik wist al wat hij wilde zeggen. 'Ik ga morgen niet. Dat... kan ik niet.'

'Mag ik vragen waarom niet?'

'Omdat...' Ik beet op mijn lip. 'Omdat ik bang ben.'

'Natuurlijk bent u dat.'

'Misschien neem ik ooit nog wel contact met haar op. Maar nu ben ik er nog niet aan toe.'

'Ik begrijp het,' verzuchtte Orlando verslagen.

Ik dronk mijn glas leeg en stond op. 'Nu moet ik gaan, het is al acht uur geweest.'

'Zie ik u dan morgenochtend vroeg weer? En denk nog eens na over mijn aanbod. Ik heb al aan Marguerite gevraagd of u op High Weald mag logeren, tot u zelf een huisje hebt gevonden in de buurt. Dat zou ze heel erg leuk vinden. En Rory ook.'

'Je hebt haar toch nog niet verteld over... mijn connectie met haar?'

'Nee, maar Mouse misschien wel. Trouwens, Marguerite is geen type dat in het verleden blijft hangen. Zeker nu niet. Een prettige avond nog, Miss Star.'

'Jij ook.'

Ik zou liegen als ik zei dat ik de volgende dag – en nacht – niet de hele tijd aan professor Sylvia Gray moest denken en mezelf verachtte omdat ik zo laf was. Stipt om half acht stelde ik me voor dat ze onder luid applaus het podium op liep.

Tot mijn schaamte wist ik dat er nog een reden was waarom ik vanavond niet naar Cambridge was afgereisd: de kans die ik tien jaar geleden had laten schieten toen ik het plaatsje dat ze me hadden aangeboden had afgeslagen. Nadat mijn zus naar bed was, bleef ik nog lang op en gaf ik aan mezelf toe dat ik jaloers was op de moeder die ik nooit had gekend. De moeder die zich nergens door had laten weerhouden om naar Cambridge te gaan, waardoor ze uiteindelijk zo veel had bereikt als literair academicus. Zelfs ik, haar baby, was voor haar geen belemmering geweest...

Door haar vastberadenheid om iets van haar leven te maken, ondanks haar bescheiden komaf, kreeg ik het gevoel dat ik in vergelijking met haar heel weinig had bereikt. Ze was de moeder van drie kinderen die waarschijnlijk uitzonderlijk slim en gedreven waren, en had ook nog een echtgenoot, paarden en een carrière waarin ze het hoogst haalbare had bereikt.

Ze zou zich net zo voor mij schamen als ik me voor mezelf schaamde...

Ik liep naar het raam en keek naar de koude, heldere lucht, besprenkeld met sterren.

'Help me, Pa,' fluisterde ik. 'Help me alsjeblieft.'

42

'Dit weekend heb ik u in Kent nodig, om me te helpen de boeken uit te pakken in de nieuwe winkel,' zei Orlando de volgende dag toen we om drie uur aan de taart zaten. 'Ik vertrek 's ochtends om alles daar in goede banen te leiden en hoop dat de winkelpui opnieuw geschilderd is en dat er aan de belettering wordt gewerkt tegen de tijd dat u aankomt. Dan kan ik u tenminste echt welkom heten bij O. Forbes Esquire – Zeldzame Boeken.'

Orlando straalde van opwinding, terwijl ik mijn eigen ster voelde verflauwen tot een vaag speldenprikje aan de hemel.

'We hebben alle hens aan dek nodig,' vervolgde hij. 'Mouse heeft gezegd dat hij komt helpen, net als Marguerite, die trouwens zondag weer naar Frankrijk vertrekt. Dus het zou in meerdere opzichten heel goed uitkomen als u een tijdje op High Weald zou willen blijven, om mij en Rory te helpen. Misschien kunt u het beschouwen als een proefperiode, voordat u besluit of u een vaste betrekking bij mij in de winkel wilt?'

'Ja, ik zal er zijn,' stemde ik toe. Wat had ik hier immers te zoeken als de winkel definitief gesloten was?

'Geweldig! Dat is dan geregeld.'

We spraken af dat ik hier zou toezien op het inladen van de kisten in de verhuiswagen, terwijl Orlando de ongewenste voorraad uit het nieuwe pand zou overbrengen naar High Weald en de komst van de verhuiswagen zou afwachten.

Die avond vertelde ik CeCe dat ik over een paar dagen naar Kent zou vertrekken.

'En daarna kom je weer terug, toch?' Alsof haar woorden nog niet smekend genoeg klonken, keek ze me zielig aan.

'Natuurlijk.'

'Ik bedoel, je overweegt toch zeker niet om daar te gaan wonen?

In hemelsnaam, Star, je bent maar een winkelbediende. Hier in Londen kun je vast en zeker een veel beter betaalde baan vinden. Laatst liep ik langs de boekwinkel Foyles, en daar zoeken ze nog personeel. Het zal niet lang duren voordat je iets gevonden hebt.'

'Nee, dat zal wel niet.'

'Je weet hoe vreselijk ik het vind om hier alleen te zijn, zonder jou. Beloof je dat je weer terugkomt?'

'Ik zal mijn best doen,' zei ik. Het werd tijd om aan mezelf te denken en ik wilde CeCe geen valse hoop geven. Per slot van rekening was ze geen hulpeloos baby'tje, zoals ik was geweest toen mijn moeder haar eigen belangen voor die van mij had laten gaan...

Omdat CeCe liep te mokken, bleef ik de volgende dag van zonsopkomst tot ver na zonsondergang in de winkel. Op vrijdagochtend, toen de verhuiswagen voor de deur stopte, was ik klaar. Orlando vond het nodig om elke paar minuten te bellen om instructies te geven en uiteindelijk verbrak ik de gulden regel en nam mijn mobieltje in de winkel op.

Een aantal van de 'vaste klanten' kwam opdagen en keek verdrietig toe terwijl de boeken in de verhuiswagen werden gereden. Daar was ik op voorbereid, want Orlando en ik hadden voor ieder van hen een boek uitgekozen, bij wijze van afscheidscadeau. Nadat de verhuiswagen was vertrokken, met Orlando's schamele bezittingen uit zijn appartement achterin gepropt, liep ik nog eens door de verlaten winkel. Het voelde echt als het einde van een tijdperk, dat zich via deze familie uitstrekte tot aan Beatrix Potter in eigen persoon.

Als laatste taak pakte ik de ingelijste brief die Beatrix aan Flora had geschreven toen ze nog een klein meisje was en verpakte die in bruin papier om hoogstpersoonlijk mee te nemen naar Kent. Onderwijl nam ik me heilig voor om ooit naar het Lake District af te reizen, zodat ik zou kunnen zien waar Flora had gewoond. Hoewel ik wist dat we geen bloedverwanten waren, voelde ik me toch met haar verbonden. Net als ik was ze een vreemde eend in de bijt, die nergens bij hoorde. Maar ze had het overleefd, puur door haar kracht en doorzettingsvermogen. En uiteindelijk had ze haar thuis gevonden, bij de man van wie ze hield.

'Vaarwel,' fluisterde ik in het schemerduister voor me uit, voor de laatste keer in het vertrek waar mijn leven voorgoed was veranderd.

Later die avond kwam ik met een taxi in Tenterden aan en bleef ik voor de nieuwe winkel staan, in de heldere verlichting die het mistige duister verdrong. Ik keek naar de pas geschilderde voorgevel – Orlando had voor flessengroen gekozen, dezelfde kleur als van de winkel in Kensington. Boven het raam zag ik de vage omtrekken die de beletteraar alvast had aangebracht. Het deed me goed om te weten dat ten minste één lid van de familie Forbes-Vaughan vanavond tevreden zou zijn.

Orlando baande zich tussen de kisten door een weg naar me toe. 'Miss Star, welkom in mijn nieuwe stulpje. Mouse en Marguerite kunnen er ook elk moment zijn. Ik heb hiernaast champagne besteld en de familie Meadows drinkt ook een glaasje mee. Weet u dat ik het hier misschien nog wel fijner vind dan in de oude winkel? Kijk eens naar dat uitzicht.'

Ik keek naar buiten, naar de bomen op de brink achter het smalle pad, waar ik ouderwetse straatverlichting gemoedelijk zag fonkelen. 'Het ziet er prachtig uit.'

'En er is zelfs een directe doorgang naar het eethuis, dus voortaan geen lunch uit aluminium bakjes meer. Die wordt straks stomend heet opgediend op een bord, vers uit de oven. Ah.' Orlando keek over mijn schouder en zwaaide. 'Daar zijn ze.'

Ik zag dat de oude Land Rover van Mouse voor de deur stond. Zowel Marguerite als Rory liep achter hem aan de winkel in.

'Precies op tijd,' kondigde Orlando aan, toen ik Mrs. Meadows door een deur achter in de winkel zag komen met een dienblad vol glazen en champagne. Ze werd vergezeld door een gedrongen oude man met een gestippelde vlinderdas.

'Mr. en Mrs. Meadows, volgens mij kennen jullie mijn broer en mijn lieve nicht Marguerite al. En Rory, natuurlijk. Mijn assistente heeft u al even ontmoet, Mrs. Meadows,' voegde Orlando eraan toe terwijl hij me mee naar voren trok. 'Dit is de vrouw met de perfecte naam, Asterope D'Aplièse, Star voor vrienden. En een ster is ze zeker.' Hij wierp me een blik vol genegenheid toe.

Orlando liet mij bij Mr. en Mrs. Meadows achter om de rest van zijn familie te begroeten. Ik nipte van mijn champagne en babbelde wat met het oudere echtpaar, dat dolblij was dat Orlando de zaak wilde overnemen.

'Hoi, Star.'

'Hoi,' zei ik toen ik Mouse naast me zag staan. Op dat moment werd ik door een paar dunne armpjes van achteren bij mijn middel gegrepen. 'Hallo, Rory.' Er verscheen een oprechte glimlach om mijn lippen.

'Waar ben je geweest?'

'In Londen, om Orlando te helpen alle boeken hierheen te verhuizen.'

'Ik heb je gemist.'

'Ik jou ook.'

'Kunnen we morgen brownies bakken?'

'Natuurlijk kan dat.'

'Mouse heeft geprobeerd er een paar met me te bakken, maar die waren waardeloos. Hartstikke plakkerig, bah!' Rory maakte overdreven kokhalsgeluiden.

'Dat vond ik ook,' zei Mouse schouderophalend. 'Het viel te proberen.'

'Star!' Ik werd om de hals gevallen door Marguerite, die me niet één, niet twee, maar drie kussen op mijn wangen gaf. 'Zo begroeten mensen elkaar in de Provence!' riep ze lachend.

Ik keek naar Marguerite, met haar grote violetkleurige ogen en lange ledematen, en verwonderde me over onze familieband. Qua uiterlijk waren we heel verschillend, hoewel het me wel opviel dat haar teint op die van mij leek. Maar dat gold voor zo veel mensen die voor zover ik wist geen familie van me waren.

'Mouse vertelde me dat je een paar interessante dagen achter de rug hebt.' In mijn oor fluisterde ze: 'Welkom in onze ontspoorde familie.' Ze grinnikte erbij. 'Geen wonder dat we je allemaal zo snel in ons hart gesloten hebben. Je hoort bij ons. Zo simpel is het.'

Die avond, in Orlando's nieuwe boekwinkel, omringd door 'familie', durfde ik dat gevoel voor het eerst ook heel voorzichtig toe te laten.

De volgende ochtend werd ik later wakker dan gewoonlijk, waarschijnlijk omdat de afgelopen dagen mentaal en fysiek zo inspannend waren geweest. Ik liep de trap af naar de verlaten keuken, die tijdens mijn afwezigheid weer razendsnel in zijn oude chaotische staat was teruggebracht, en vond een briefje op de tafel:

> *We zijn allemaal in de boekwinkel om Orlando te helpen. Mouse haalt je om elf uur op, dus zorg dat je dan klaarstaat. M en R. x*

Aangezien het al half tien was geweest, haastte ik me naar boven om een bad te nemen in het ijskoude water. Ik vroeg me af of ik echt een leven zou kunnen opbouwen, hier in Kent. Zo snel ik kon droogde ik me af, schudde mijn haren uit en kneedde er model in met mijn vingers. Daarna trok ik een spijkerbroek en mijn blauwe trui aan.

De trui waarvan Mouse had gezegd dat die me goed stond...

Niet dat dat er iets toe deed, uiteraard.

Waarom probeer je hem dan een plezier te doen?

Ik legde mijn geweten het zwijgen op en tegen de tijd dat er een auto voor kwam rijden en ik bekende zware voetstappen naar de keukendeur hoorde komen, stond ik al bij het fornuis met een dienblad vol verse brownies.

'Hoi, Star,' zei Mouse toen hij binnenkwam.

'Hoi. Gaan we meteen weg? Ik heb brownies gebakken en er staat koffie te pruttelen.'

'Dat klinkt heerlijk,' zei een stem die me tegelijkertijd nieuw en vertrouwd in de oren klonk. Het leek alsof ik het zélf was, maar dan met een Amerikaans accent.

'Ik wil iemand aan je voorstellen,' zei Mouse met een schuldbewuste uitdrukking op zijn gezicht.

En toen, achter hem vandaan, stapte het evenbeeld van de foto die Orlando me had laten zien vanuit de hal de keuken in.

'Hallo, Star,' zei het evenbeeld.

Ik staarde naar haar, naar haar gezicht, naar haar lichaam, en toen zag ik niets meer, omdat mijn blik vertroebeld werd door tranen. Van woede, angst of liefde, dat wist ik zelf niet.

'Star,' zei Mouse zachtjes, 'dit is Sylvia Gray. Je moeder.'

Van de daaropvolgende paar minuten herinner ik me weinig, behalve dan dat Mouse zijn armen om me heen sloeg en ik op zijn schouder in snikken uitbarstte.

'Het spijt me zo,' fluisterde hij in mijn oor. 'Ik ben naar Cambridge gegaan om naar haar lezing te luisteren en na afloop heb ik mezelf aan haar voorgesteld. Ze wilde dolgraag hierheen komen om kennis met je te maken. Wat wil je dat ik doe?'

'Ik weet het niet.' Mijn stem werd gedempt door zijn parka.

Toen voelde ik nog een paar armen om me heen. 'Het spijt mij ook zo enorm,' zei ze. 'Vergeef me, Star, vergeef me. Ik ben je nooit vergeten, nog geen moment. Dat zweer ik. Ik heb elke dag aan je gedacht.'

'Nee!' schreeuwde ik, en ik rukte me los.

Ik rende door de hal naar buiten, door de bijtende novemberlucht naar de tuin, waar ik in het doolhof van onkruid en planten begon te ijsberen. Ik had geen verleden nodig, ik hoefde geen moeder... Ik wilde alleen maar een toekomst – eentje die veilig, echt en zuiver was. En die vrouw die me opwachtte op High Weald was niets van dat alles.

Blindelings liep ik naar de kas, waar Archie ooit de zaailingen had verzorgd die Flora voorzichtig had geplant zodat ze door hun liefde groot en sterk waren geworden. Daar liet ik me op de grond zakken, bibberend van de kou.

Hoe durfde ze achter me aan te komen! En hoe durfde Mouse haar hierheen te halen? Dacht die familie nou echt dat ze iets over mijn leven te vertellen had?

'Star? Ben je hier?'

Ik weet niet hoeveel tijd er al verstreken was toen ik Mouse de kas binnen hoorde komen.

'Het spijt me zo, Star. Dit was geen doordachte actie van me. Ik had je moeten waarschuwen, je om je toestemming moeten vragen... Toen ik die avond op Cambridge was en na afloop tegen Sylvia zei wie ik was en wie jij volgens Orlando en mij bent, smeekte ze me om haar naar High Weald te brengen zodat ze jou kon ontmoeten.'

‘Waarschijnlijk wil ze alleen het huis van haar grootvader zien, niet mij,’ beet ik hem toe.

‘Nou, misschien wil ze dat inderdaad wel zien, maar ik zweer je dat ze vooral benieuwd was naar jou.’

‘Dat is ze de afgelopen zevenentwintig jaar ook niet geweest, dus waarom nu wel?’

‘Omdat haar moeder haar heeft voorgelogen. Zij heeft gezegd dat je als baby gestorven bent. Ze kan je zelfs een vervalste overlijdensakte laten zien die ze van haar moeder heeft gekregen.’

‘Wat?’ Nu keek ik hem pas aan.

‘Het is echt waar. Maar...’ Hij slaakte een diepe zucht. ‘Ik denk dat het aan haar is om dit allemaal uit te leggen, niet aan mij. Star, vergeef me alsjeblieft. Dit was helemaal fout... We hadden je wensen moeten respecteren. Maar toen ik haar zag, werd ik gegrepen door haar wanhoop om je te leren kennen.’

Daar gaf ik geen antwoord op. Ik moest nadenken.

‘Nou, dan laat ik je verder maar met rust. Nogmaals mijn excuses.’

‘Het gaat al weer.’ Ik veegde mijn neus af aan mijn mouw en stond op. ‘Ik ga wel met je mee.’

Het kostte me al mijn kracht om op te staan, maar het lukte. Ik liep naar hem toe en hij sloeg een sterke arm om me heen, waarna hij me door de ommuurde tuin meevoerde, het huis in.

In de keuken zag ik dat Sylvia gehuild had. Haar perfecte, subtiele make-up was uitgelopen onder haar ogen en opeens zag ze er een stuk breekbaarder uit dan toen ze was binnengekomen.

‘Zal ik de ketel op het vuur zetten?’ stelde Mouse voor.

‘Goed idee,’ zei de vrouw die kennelijk mijn moeder was.

Terwijl Mouse de ketel vulde, ging ik rillend tegen het fornuis geleund staan en probeerde mezelf weer in de hand te krijgen.

‘Waarom kom je niet even zitten?’

‘Waarom heb je me weggegeven?’ flapte ik eruit.

Haar gezicht betrok en er viel een stilte waarin ze naarstig naar woorden zocht. ‘Dat heb ik niet gedaan, Star. Nadat je tijdens de voorjaarsvakantie was geboren, stond mijn moeder erop dat ik terug zou gaan naar Cambridge voor de afsluitende tentamens van het eerste jaar. Ze had hoge verwachtingen van me. Ik was intelligent… In mij zag ze een toekomst die haar was ontzegd. Ze heeft een moeilijk leven gehad. Mijn vader is al op jonge leeftijd komen te overlijden, waardoor ze mij in haar eentje heeft moeten grootbrengen. Ze was verbitterd, Star. Ontzettend verbitterd.'

'Dus nu geef je je moeder maar de schuld?' kaatste ik terug, gruwend van de bitterheid in mijn eigen stem.

'Je hebt alle recht om boos te zijn. Maar ik zweer je dat je een gezonde, vrolijke en prachtige baby was toen ik je in mei aan de zorg van mijn moeder toevertrouwde. Het was de bedoeling dat zij voor je zou zorgen tot ik was afgestudeerd. Het is niet eens bij me opgekomen om je af te staan. Niet één keer, dat zweer ik. Maar ja, als je het echt wilt weten, ik wilde wel zorgen dat we allebei een beter leven zouden krijgen. Een paar dagen na de tentamens kreeg ik een brief waarin stond dat je was gestorven – aan wiegendood, volgens mijn moeder.' Uit haar leren handtasje haalde ze een envelop. 'Dit is de overlijdensakte die ze me gegeven heeft. Kijk maar.'

'Hoe kun je zoiets nou vervalsen?' wilde ik weten, zonder het document van haar aan te nemen.

'Heel gemakkelijk, als je zo goed als getrouwd bent met de plaatselijke huisarts. Na de dood van mijn vader is ze jarenlang zijn werkster geweest. Waarschijnlijk stond hij net zo te popelen om mijn moeder te helpen als dat zij stond te popelen om me te bedonderen. Hij was een vreselijk starre man, een trouw lid van de katholieke gemeenschap. Waarschijnlijk vond hij dat ik gestraft moest worden.'

'Door tegen je te zeggen dat je baby dood was?' Ik schudde mijn hoofd. 'Dit is moeilijk te geloven. Hoe wist je nu dan dat ik nog leefde, als je dacht… dat dat niet zo was?'

'Omdat mijn moeder een paar weken geleden is gestorven. Ik ben niet naar de begrafenis gegaan, ik had haar al bijna zevenentwintig jaar niet meer gesproken. Maar ik kreeg wel een brief van haar notaris, die pas na haar overlijden geopend mocht worden. Daarin biechtte ze op wat ze jaren geleden had gedaan.' Meer tegen zichzelf dan tegen mij vervolgde ze: 'Natuurlijk biechtte ze dat op. Waarschijnlijk dacht ze dat ze anders naar de hel zou gaan, door die vreselijke leugen die ze mij verteld had.'

‘Stond er in de brief wie me geadopteerd heeft?’

‘Volgens haar heeft de dokter je aan de priester gegeven en heeft die je weer naar een weeshuis gebracht, ergens in East End. Maar toen ik daar twee dagen geleden was, vlak voordat ik Mouse leerde kennen, zeiden ze dat er geen gegevens waren over een baby die Lucy Charlotte Brown heette.’

‘Mijn vader had me nooit geadopteerd als hij de ware toedracht had gekend,’ zei ik afwerend.

‘Dat geloof ik graag, maar mijn moeder is altijd een goede leugenaar geweest. Godzijdank lijk ik meer op mijn grootmoeder, Tessie. Wat een geweldige vrouw was dat. Heeft haar hele leven hard gewerkt, zonder dat er een klacht over haar lippen kwam.’

Mijn benen voelden slap aan. Ik liet me langs het fornuis op de vloer glijden, met mijn armen over elkaar geslagen. ‘Ik begrijp niet hoe Pa Salt me gevonden heeft.’

‘Is hij je adoptievader?’

Ik sloeg geen acht op haar vraag. ‘Waarom kon je mijn naam niet terugvinden in het weeshuis?’

‘Misschien heeft de priester je onder een andere naam ingeschreven, maar interessant genoeg is er geen enkele baby binnengebracht in de twee weken nadat ze me heeft verteld dat je dood was. Ik heb de originele dossiers samen met de secretaresse bekeken. Ik weet het echt niet, Star. Het spijt me.’

‘En nu is mijn vader ook dood en kan ik het hem nooit meer vragen.’ Mijn hoofd tolde. Ik sloeg mijn armen om mijn knieën en liet mijn hoofd erop rusten.

‘Nou,’ merkte Mouse op. ‘Je coördinaten zijn van Mare Street, waar Patricia Brown, je grootmoeder, tot aan haar dood gewoond heeft. Daar ben je naartoe gestuurd, niet naar een weeshuis. Misschien was het een privéadoptie.’ Na een korte stilte voegde hij eraan toe: ‘Ironisch wel, hè? Dat jullie allebei rond dezelfde tijd naar elkaar op zoek zijn gegaan?’

‘Als ze de waarheid vertelt wel, ja,’ mompelde ik.

‘Dat is zo, Star. Geloof me, ik heb haar zelf aangesproken na de lezing. Niemand zou zo’n verhaal even uit haar duim kunnen zuigen.’ Hij zette een dampende mok thee naast me op de vloer.

‘En Mouse had me nooit bij je in de buurt gelaten als hij me niet had geloofd,’ viel Sylvia hem bij. ‘Hij heeft zelfs bij het Nationaal Archief nagevraagd of je dood officieel was geregistreerd. Dat bleek niet zo te zijn. O Star, ik was zo, zo blij! Ik had al vergeefs geprobeerd je op te sporen en ik ben eerder dan nodig voor de lezing naar Engeland gekomen om het nog eens te proberen. Ik had de hoop al bijna opgegeven toen die jongeman van jou ineens opdook.’

‘Hij is mijn jongeman niet.’

‘Je vriend, dan,’ corrigeerde ze zichzelf.

‘Waarom heb je je naam veranderd?’

‘Nadat mijn moeder me had verteld dat je dood was, was ik radeloos. Ik zag haar er zelfs voor aan dat ze je eigenhandig vermoord had. Ze zei tegen me dat ze je uitvaart zelf maar geregeld had, om mij dat verdriet te besparen. Natuurlijk ben ik meteen naar huis gegaan om te controleren of ze niet loog, waarop ze me die overlijdensakte gaf. Toen beschuldigde ik haar ervan dat ze niet goed voor je gezorgd had...’ Ze beet op haar lip en in haar ogen zag ik oprecht verdriet. ‘Daarom heeft ze me het huis uit gegooid. Ik zwoer dat ik nooit meer zou terugkomen, en dat heb ik ook niet gedaan. Ik bleef in Cambridge en werkte tijdens de vakanties om mezelf te kunnen onderhouden. Ik wilde niets meer met haar te maken hebben. Dus heb ik mijn naam veranderd, zodat ze me nooit meer zou kunnen vinden.’

‘Wie was mijn vader?’

‘Mijn baas in de kledingfabriek waar ik werkte in de zomer voordat ik naar Cambridge ging. Ik was aan het sparen om mezelf tijdens mijn studie te kunnen onderhouden. Natuurlijk was hij al getrouwd... Christus! Ik schaam me gewoon om dit tegen je te moeten zeggen...’ Mijn moeder sloeg haar handen voor haar gezicht en begon te huilen.

Ik troostte haar niet. Dat kón ik niet.

Uiteindelijk kreeg ze zichzelf weer in de hand en vervolgde: ‘Ik ben niet degene die zou moeten huilen. Het valt niet goed te praten, maar op dat moment was ik volkomen van hem in de ban. Hij nam me mee naar chique restaurants, zei dat ik mooi was... Jezus, wat was ik naïef. Je moest eens weten hoe mijn moeder was, overbezorgd, en als kind moest ik meedoen aan allerlei kerkactiviteiten. Ik had geen idee hoe ik een zwangerschap kon voorkomen. Neem maar van mij aan, de katholieke methode werkt niet. Daar ben jij het levende bewijs van.'

'Zou je me hebben laten weghalen als dat had gekund?'

'Ik... Dat weet ik niet. Ik wil zo eerlijk mogelijk tegen je zijn, Star. Het punt is dat ik na de zomer terugging naar Cambridge en pas in november doorhad dat er iets niet klopte. Ik vertelde het aan een vriendin, en die kocht een zwangerschapstest voor me. De dokter bevestigde dat ik al ruim vier maanden zwanger was.'

Toen ze haar mok oppakte om een slok thee te nemen, zag ik haar handen hevig trillen. Voor het eerst voelde ik een greintje medeleven voor haar. Dit had ze niet hoeven doen, dacht ik. Ze had ook tegenover Mouse kunnen ontkennen dat ze van mijn bestaan afwist.

'Het spijt me als ik bot overkom,' zei ik.

'Normaal gesproken is ze dat niet,' viel Mouse me bij. 'Sinds je dochter in ons leven is gekomen, zijn we allemaal veranderd.'

Ik keek op en zag dat hij me aankeek met iets wat op genegenheid leek.

'Nou, dan laat ik het verder maar aan jullie over.' Hij liep de keuken uit, en ik had opeens de neiging om hem terug te roepen.

'Hier, ik heb iets voor je meegenomen dat ik voor je heb laten maken toen ik vlak na je geboorte terugkwam in Cambridge. Ik was van plan het om je polsje te doen zodra ik weer naar huis ging om jou te zien.' Sylvia stond op en knielde naast me. 'Het was bedoeld als aandenken aan mij, voor wanneer ik er zelf niet kon zijn.' Ze overhandigde me een met leer bekleed doosje van een juwelier.

Ik maakte het open en zag de naam van een juwelierswinkel in Cambridge aan de binnenkant gedrukt staan. Op het blauwe fluweel lag een piepklein armbandje. Ik pakte het op en bekeek het hartvormige bedeltje dat eraan hing.

Lucy Charlotte
21-04-1980

'Ik had er elk jaar op je verjaardag een bedeltje aan willen toevoegen, maar heb nooit de kans gehad om het aan je te geven. Tot nu toe dan. Hier.' Ze pakte het doosje weer terug, haalde het met fluweel beklede steuntje eruit en toverde een vergeeld stukje papier tevoorschijn. Ze gaf het aan me, en ik las het. Het was het bonnetje van het armbandje, met de datum 20 mei 1980 erop. Het had dertig pond gekost. 'Dat was best veel geld in die tijd.' Ze glimlachte zwakjes naar me en ik zag de enorme diamanten verlovingsring aan haar vinger fonkelen en rook haar zoete, dure parfum.

Stilletjes bleef ik met het armbandje in mijn hand zitten. Als dit een truc was, had ze het allemaal wel heel zorgvuldig uitgedacht.

'Lucy... Star, wil je me alsjeblieft aankijken?' Ze stak haar hand uit en tilde mijn kin op. 'Ik hield toen al van je, en nu nog steeds. Alsjeblieft. Geloof me alsjeblieft.' Ze glimlachte naar me, nog steeds met tranen in haar blauwe ogen.

Opeens geloofde ik het écht.

'Mag ik... mag ik je omhelzen? Daar heb ik zo lang op gewacht,' smeekte ze me.

Ik zei geen nee, en ze kwam dichter naar me toe en trok me in haar armen. Na lang aarzelen sloten mijn armen zich als vanzelf om haar heen en beantwoordde ik haar omhelzing.

'Het is een wonder,' mompelde ze in mijn haar, terwijl ze er voorzichtig over streelde. 'Mijn kindje... Mijn prachtige kleine meisje...'

'Gaat het?' vroeg Mouse toen hij zeker een uur later binnenkwam en we allebei op de grond zaten, met onze rug tegen het warme fornuis.

'Ja.' Ik glimlachte naar hem. 'Heel goed, zelfs.'

'Nou...' Hij wierp nog een vorsende blik op ons. '... roep me maar als je me nodig hebt.' Hij liep naar de deur en draaide zich daar weer om. 'Jullie lijken echt als twee druppels water op elkaar.' Daarna liep hij de keuken uit.

'Die Mouse is een goeie vent,' zei mijn moeder, terwijl ze mijn vingers bleef strelen alsof ze die in haar geheugen wilde prenten. Het afgelopen uur had ze me de hele tijd aangeraakt, met het excuus dat ze zichzelf er steeds van moest overtuigen dat ik echt was en dat ze niet droomde. 'Is hij familie van ons?'

'Nee.'

Ik had al geprobeerd haar in het kort te vertellen over mezelf en mijn kindertijd, met mijn vijf zussen op Atlantis. Daarna hadden we verder gepraat over High Weald en de ingewikkelde familie Forbes-Vaughan.

'Ik heb gehoord dat Mouse een nogal excentrieke broer heeft. Orlando heet hij toch?'

'Ja, ik ben dol op hem.'

'Ik geloof dat Mouse een zwak voor je heeft, Star. En trouwens, ik ben blij dat je adoptievader je zo'n prachtige naam heeft gegeven. Hij past bij je. Wist je dat Lucy licht betekent?'

'Ja.'

'Dus je bent een heldere ster,' merkte ze glimlachend op.

We bleven praten en dwaalden geregeld af als er een vraag in me opkwam. Ik hoorde over mijn halfbroers en -zus, die allemaal een stuk jonger waren dan ik en 'James' waren genoemd naar James Joyce, 'Scott' naar F. Scott Fitzgerald en 'Anna' naar de tragische heldin van Tolstoj. Ze vertelde me dat ze een heel gelukkig huwelijk had met Robert, hun vader. Zo te horen leidden ze echt een idyllisch leventje.

'Natuurlijk is Robert van jou op de hoogte. Hij is een grote steun voor me sinds ik een paar weken geleden die brief van de notaris van mijn moeder kreeg. Volgens mij zal hij dolblij zijn als ik hem bel om te zeggen dat ik je gevonden heb. Hij is een goed mens. Je zou hem vast aardig vinden.'

'Ik heb een plaatsje aangeboden gekregen op Cambridge,' biechtte ik opeens op.

'Echt? Wauw! Dat is tegenwoordig een hele prestatie. In mijn tijd was het makkelijker om een plekje te veroveren, zeker als je zoals ik uit een wat minder milieu kwam. De overheid was destijds erg bezig met gelijke kansen. Je hebt het veel beter gedaan dan ik. Waarom ben je niet gegaan?'

'Dan had ik mijn zus moeten achterlaten. En we hadden elkaar nodig.'

‘Bedoel je CeCe? De zus met wie je samenwoont in Londen?’

‘Ja.’

‘Nou, je kunt nu alsnog gaan, als je wilt. Het is nooit te laat om je lot te veranderen.’

‘Nu klink je net als Pa Salt.’ Ik glimlachte. ‘Dat soort dingen zei hij ook altijd.’

‘Die Pa Salt van jou lijkt me een aardige man. Jammer dat ik hem niet meer kan leren kennen.’

‘Ja, hij was een geweldige vader, voor ons allemaal.’

Naast me voelde ik haar huiveren, maar ze herstelde zich snel. ‘Heb je enig idee wat je met je leven wilt doen, nu je in Engeland woont?’

‘Niet echt, nee. Ik bedoel, ik dacht dat ik wilde schrijven, maar dat is makkelijker gezegd dan gedaan en ik weet niet of ik er wel zo goed in ben.’

‘Misschien is de tijd er nog niet rijp voor en komt dat later pas, zoals bij zo veel schrijvers. Voor mij gold dat in ieder geval wel.’

‘Eigenlijk hou ik heel erg van eenvoudige dingen, het huishouden, koken, tuinieren...’ Abrupt draaide ik me naar haar toe. ‘Ik ben niet zo ambitieus. Is dat erg?’

‘Welnee! Natuurlijk zijn we allemaal blij dat vrouwen een stuk geëmancipeerder zijn dan vroeger. Ik kan je wel vertellen dat wij, de meiden van de jaren tachtig, de echte pioniers waren, de eerste generatie hoogopgeleide vrouwen die een voet – of moet ik zeggen stilettohak – over de drempel van door mannen gedomineerde werkterreinen durfde te zetten. Maar daarmee hebben we er vooral voor gezorgd dat de vrouwen na ons de keus hadden. Met andere woorden, nu kunnen vrouwen zijn wie ze maar willen zijn.’

‘Is het dan niet erg als ik zeg dat ik, nu in ieder geval, niet echt een carrière ambieer?’

‘Dat is prima, liefje.’ Ze gaf een kneepje in mijn hand en drukte een kus op mijn kruin. ‘Dat is de vrijheid die mijn generatie aan die van jou geschonken heeft. Er is niks op tegen om huismoeder te zijn, al weet ik wel dat het een stuk makkelijker is als je iemand vindt die bereid is om je te helpen bij het opvoeden van de kinderen.’

'Nou, die man heb ik nog niet gevonden,' zei ik grinnikend.

'Dat komt nog wel, schat, echt waar.'

'Eh, hoi,' zei Mouse vanuit de deuropening. 'Ik wilde alleen even zeggen dat Orlando heeft gebeld. Hij is met Marguerite en Rory op weg hiernaartoe, vanuit Tenterden.'

'Dan kan ik maar beter gaan.' Mijn moeder maakte aanstalten om op te staan.

Ik trok haar echter terug. 'Vind je het goed als ze hier blijft, Mouse?'

'Ja, Star,' zei hij glimlachend. 'Natuurlijk vind ik dat goed.'

43

Die avond, besloot ik toen ik veel later onder de wol kroop, was een van de mooiste avonden van mijn leven geweest. Iedereen van de families Vaughan en Forbes was gekomen en had Sylvia – kennelijk goed geïnstrueerd door Orlando en Mouse – met open armen verwelkomd.

'Per slot van rekening hoort ze bij de familie,' merkte Marguerite lachend op, terwijl ze haar zoveelste Gitane opstak en van haar rode wijn dronk, terwijl ik een stuk rundvlees braadde dat Orlando had meegenomen uit de boerderijwinkel. Aan tafel legden we verder aan Sylvia uit hoe zij en ik in de ingewikkelde legpuzzel van deze familie pasten. Terwijl de wijn rijkelijk vloeide, kreeg ik steeds meer het gevoel dat er een diepe rust neerdaalde vanuit de oude, vochtige muren van High Weald. Alsof de geheimen uit het verleden eindelijk als een sneeuwstorm naar beneden waren gekomen en nu rustig op de grond neerdwarrelden.

Later, toen ik met mijn voeten wiebelde om een warm plekje tussen de ijskoude lakens te zoeken, besefte ik dat ik vanavond, met mijn moeder aan mijn zijde, eindelijk het gevoel had gehad dat ik ergens bij hoorde.

'Jezus christus!' zei mijn moeder toen ze de volgende ochtend de keuken binnenkwam, waar ik al bij het fornuis het ontbijt klaar stond te maken. 'Ik heb een enorme kater. Ik was even vergeten hoe stevig de Engelsen kunnen drinken.' Ze liep naar me toe en gaf me spontaan een knuffel. 'Wat ruikt het lekker,' zei ze, met een blik op de worstjes die ik voor Rory aan het bakken was. Hij zat ondertussen stiekem naar *Harry Potter* te kijken – zijn nieuwe lievelingsfilm – nu er toch nog niemand wakker was die hem een standje kon geven.

‘Je kunt heerlijk koken, Star, echt waar. Net als je overgrootmoeder Tessie. Ik droom nog steeds weleens van haar zelfgemaakte frietjes.’

‘Die maak ik ook,’ zei ik.

‘Nou, dan zou ik die graag eens proeven.’ Haar blik dwaalde naar de cafetière. ‘Mag ik koffie pakken?’

‘Ga je gang.’

‘Dank je. Weet je, Marguerite en ik zijn nog een tijdje opgebleven nadat jullie allemaal naar bed waren gegaan. We hebben geprobeerd uit te vogelen wat we nou precies van elkaar zijn. Verder dan halve achternichten komen we niet, maar wie weet? En wat maakt het ook uit? Die meid kan trouwens zuipen als een tempelier.’ Ze ging aan tafel zitten. Ondanks de kater die ze beweerde te hebben, zag ze er elegant uit in haar spijkerbroek en kasjmieren trui. ‘Ze heeft me verteld dat ze als een blok is gevallen voor de eigenares van het chateau in Frankrijk waar ze die muurschilderingen aanbrengt. En dat ze het kotsbeu is om High Weald draaiende te moeten houden. Volgens mij zou ze het liefst verhuizen.’

‘Waarheen?’

‘Naar Frankrijk, natuurlijk!’

‘En Rory dan? Daar zou hij Franse gebarentaal moeten leren, en die is heel anders dan de Britse versie...’

‘Ik heb echt geen idee, Star. Maar misschien zal ze het zelf nog wel met je bespreken. Weet je, nu ik hier ben besef ik pas hoe normaal ik eigenlijk ben. En wat een eenvoudig leven ik heb, vergeleken met mijn pas ontdekte Engelse neven en nicht.’

‘Wanneer ga je terug naar de VS?’

‘Ik neem vanavond de nachtvlucht. Vind je het goed als we de tijd die ik hier nog heb samen doorbrengen?’

‘Dat zou ik heel graag willen.’

Nadat ik het ontbijt had opgediend en de afwas had gedaan, lieten we ons door Rory rondleiden in de tuinen. Hij fietste voor ons uit over de stijfbevroren paadjes en gebaarde ‘trage slak’ naar me als we te ver achterbleven.

‘Wat een schatje is hij toch. En nog slim ook,’ merkte mijn moeder op. ‘Om nog maar te zwijgen van het feit dat hij dol is op jou.’

'Ik hou ook van hem. Hij is zo'n optimist.'

'Dat is hij zeker. Ik kan alleen maar hopen dat het leven hem genadig zal zijn.'

'Hij heeft een familie die hem kan beschermen.'

'Ja, dat is zo. Voorlopig wel, tenminste,' zei mijn moeder met een verdrietig glimlachje.

Later die middag vroeg ik aan Marguerite of ik haar Fiat mocht lenen en reed ik met mijn moeder naar Tenterden, waar Orlando, die zo te zien ook een kater had, boeken aan het uitstallen was op de planken.

'Ah! De dames van het goede leven vereren me met een bezoekje in mijn nederige stulpje. Welkom, professor Gray. Mag ik nu zeggen dat mijn eerste klant een hoogleraar van Yale is? Wacht, dan laat ik u mijn prachtige eerste druk zien van *Anna Karenina*.'

'Orlando, ik heb je gisteravond al gevraagd om gewoon Sylvia te zeggen.'

Terwijl Orlando en mijn moeder in gesprek raakten over hun gezamenlijke passie, ging ik verder met het uitstallen van de boeken. Het voelde een beetje alsof ik Rory was, nu ik zo lastig kon volgen waar ze het over hadden.

'Maar natuurlijk is Star onze expert als het op literatuur uit het begin van de twintigste eeuw aankomt.' Orlando wierp een blik op mij, alsof hij aanvoelde dat ik me weleens buitengesloten kon voelen. 'U kunt haar alles vragen over de Bloomsburygroep. Met name over de oude buurvrouw van High Weald, onze dierbare Vita Sackville-West en haar geliefden. Best ironisch, gezien het verleden van Lady Flora Vaughan.'

'Star heeft me gisteravond een beetje bijgepraat over het verband tussen die twee,' zei mijn moeder.

'De volgende keer dat u hier weer voet aan wal zet, Miss Sylvia, moet u de dagboeken maar eens helemaal lezen. Ze bieden een fascinerend inkijkje in het Engeland uit de tijd van koning Edward.'

'Nou, misschien moet Star ze maar eens herschrijven tot een boek. Ik weet zeker dat de hele wereld het verhaal van Flora fascinerend zou vinden.'

'Nou en of! Miss Sylvia, wat een geweldig idee. Met haar diepgaande kennis over de literatuur uit die periode en haar persoonlijke connectie met Lady Flora ken ik niemand die daar beter toe in staat zou zijn.'

Ik voelde twee paar ogen op me gericht. 'Misschien over een tijdje,' zei ik schouderophalend.

'Als je het doet, weet ik zeker dat Yale University Press het graag zou willen uitgeven.'

'Net als veel commerciële uitgeverijen hier in de buurt,' viel Orlando mijn moeder bij. 'Het verhaal bevat alle ingrediënten voor een sensuele historische roman, en het is nog waargebeurd ook!'

Mijn moeder keek op haar horloge. 'Ik vrees dat ik terug moet naar het huis. Mijn trein naar Londen vertrekt al snel.'

Terug op High Weald kwam mijn moeder met haar koffer de trap af.

'Mouse brengt je naar het station,' zei ik.

'O, Star.' Ze nam me in haar armen en hield me stevig tegen zich aan. 'Laat alsjeblieft zo vaak mogelijk iets van je horen. Anders ga ik straks nog denken dat dit allemaal maar een droom was. Heb je al mijn nummers? En mijn e-mailadres?'

'Die heb ik, ja.'

Buiten werd er getoeterd.

'Goed, dan nemen we nu maar afscheid. Maar zodra ik thuis ben, gaan we een nieuw bezoekje inplannen. Dan kun jij naar Connecticut komen om je halfbroers en halfzusje te ontmoeten, of ik kom weer naar jou toe, oké?'

'Heel graag.'

Mijn moeder gaf me een dikke knuffel, blies me nog een handkus toe en liep naar buiten, waar ze bij Mouse in de Land Rover stapte.

Ik keek hen na en voelde me opeens heel erg verloren zonder haar. Die vrouw leek me op een heel intieme manier te kennen – beter dan wie dan ook – terwijl ik haar nog maar net had ontmoet.

Later, nadat Rory al naar bed was, bakte ik de kliekjes van de dag daarvoor op en aten we in een prettige stilte, allemaal uitgeput door de afgelopen twee dagen. Na het eten excuseerde Orlando zich en ging naar bed, terwijl Mouse boven naar de lekkage ging kijken die

Marguerite in het plafond in haar slaapkamer had ontdekt.

'Voorlopig heb ik er maar een steelpan onder gezet,' verzuchtte ze terwijl ze hielp de tafel af te ruimen. 'Morgenochtend vroeg vertrek ik trouwens weer naar Frankrijk. Mouse geeft je wel geld om boodschappen van te doen, zolang ik er niet ben.'

'Wanneer kom je terug?'

'Nooit meer, als het aan mij ligt, maar het is niet anders. God, wat heb ik een hekel aan dit huis. Het voelt alsof ik voor een stokoud, ziek familielid moet zorgen dat toch al niet meer te redden valt.' Nadat ze een bord had afgedroogd, stak ze een Gitane op en plofte neer in een stoel. 'Ik heb al tegen Mouse gezegd dat ik echt zou moeten overwegen om het huis te verkopen. Ik weet dat het later voor Rory bestemd is, maar ik durf te wedden dat er wel ergens een snelle jongen en een ambitieuze vrouw te vinden zijn die er dolgraag een paar miljoen tegenaan zouden smijten voor zo'n landelijk optrekje. In ieder geval heeft Mouse al gezegd dat hij en Orlando me wat geld zullen toeschuiven van de verkoop van de boekwinkel. Dat mag ook wel, gezien de omstandigheden,' voegde ze er grimmig aan toe.

'Rory is hier gelukkig.'

'Ja, omdat dit zijn thuis is geworden. Ironisch, eigenlijk...'

Haar ogen dwaalden naar het raam en ze blies een grote wolk rook uit. 'Hoe dan ook, vanaf morgen kan ik er weer een tijdje tussenuit en dat is grotendeels aan jou te danken, Star. Echt waar, je hebt het huis en de inwoners een stuk stabieler gemaakt. Vooral Mouse.'

'Dat betwijfel ik,' mompelde ik.

'Jij weet niet hoe hij was voordat jij hier kwam. Hij is veranderd, Star, en dat geeft mij weer de hoop dat het nooit te laat is om iets te veranderen. Nu doet hij echt zijn best met Rory, wat in mijn ogen al een wonder is. En zelfs Orlando staat minder ver van de echte wereld af sinds jij in zijn leven bent gekomen. Ik heb me vaak afgevraagd of hij homo is, maar ik heb hem nog nooit met iemand gezien, man of vrouw. Volgens mij is hij aseksueel. Wat denk jij?'

'Volgens mij is hij verliefd op zijn boeken en heeft hij verder niets nodig.' Ik vond het niet prettig om over de geaardheid van mijn werkgever te praten.

‘Weet je? Volgens mij heb je volkomen gelijk.’ Marguerite glimlachte.

‘Rory zal je wel missen als je weg bent,’ bracht ik het gesprek weer op een veiliger onderwerp.

‘Ik hem ook, maar het goede nieuws is dat hij het altijd gewend is geweest om verzorgd te worden door nieuwe gezichten. Hij heeft een hele stoet kindermeisjes gehad voordat ik het tijd vond om het over te nemen. Maar als je het niet erg vindt, ga ik je nu verlaten.’ Ze stond op en drukte haar sigaret uit in de pot met de troosteloze cactus. ‘Ik heb nog een tip voor je: verliefd zijn is heerlijk. Daar gaat iedereen van stralen. Welterusten, Star.’ Ze blies me een kus toe en liet me met tollend hoofd achter, met mijn handen nog in het afwaswater.

Toen ik klaar was met opruimen, liep ik door de hal naar de woonkamer met een mok warme chocolademelk. Ik had het gevoel dat ik even uit moest blazen.

‘Hoi.’ Zodra ik zat, kwam Mouse al binnen.

‘Hoi.’

‘Morgen moet ik een loodgieter bellen om naar die lekkage te kijken. Niet dat hij er veel aan zal kunnen doen. Volgens mij ligt het aan het dak.’

‘O.’ Ik richtte mijn blik op de vlammen die aan het haardhout likten.

‘Vind je het vervelend als ik erbij kom zitten?’

‘Nee. Zal ik warme chocolademelk voor je maken?’

‘Nee, dank je. Ik... wil graag met je praten, Star.’

‘Waarover?’

‘Allerlei dingen, eigenlijk.’ Hij ging in de stoel tegenover me zitten en leek zich net zo slecht op zijn gemak te voelen als ik. ‘Nou,’ verzuchtte hij, ‘het is een heel avontuur geweest sinds je voor het eerst naar de boekwinkel kwam, hè?’

‘Ja, inderdaad.’

‘Hoe voelt het dat je je moeder gevonden hebt?’

‘Goed. Bedankt dat je de moeite hebt genomen om voor mij naar Cambridge te gaan.’

‘Dat was geen enkele moeite. Het heeft me juist goedgedaan om terug te gaan naar de plek waar ik zo gelukkig ben geweest. Daar heb ik Annie leren kennen.'

'Echt?'

'Ja. Een paar uur voor de lezing begon ben ik al naar Cambridge gereden om een biertje te drinken in de pub waar ik voor het eerst met haar heb gepraat.'

'Dat moet een troostende ervaring zijn geweest,' gokte ik.

'Nee, niet bepaald. Het was vreselijk. Ik zat daar maar en het ging almaar door me heen wat zij ervan zou vinden hoe ik me gedragen heb sinds haar dood. En hoe egoïstisch en wreed ik ben geweest sinds ze er niet meer is. Ik ben echt een slecht mens geweest, Star.'

'Je was in de rouw. Dat maakt je nog geen slecht mens.'

'Wel als iedereen om je heen eronder lijdt. Ik heb deze familie bijna te gronde gericht, en dat is niet overdreven.' Dat laatste zei hij met klem. 'Later die avond ontmoette ik je moeder en zag ik de liefde die ze al die jaren voor jou heeft gevoeld, zelfs al dacht ze tot een paar weken geleden dat je dood was. En ik stelde me voor dat Annie van bovenaf met me meekeek en zag wat ik heb gedaan. Of niet heb gedaan,' corrigeerde hij zichzelf. 'Ik liep de brug bij King's College op en stond op het punt om in de Cam te springen. Ik weet al heel lang hoeveel chaos ik heb aangericht met mijn gedrag. Maar net zoals een alcoholist weet dat hij een zuiplap is en dan nog maar een borrel neemt om zichzelf te troosten, wist ik niet hoe ik het goed moest maken.'

'Dat begrijp ik,' zei ik zacht maar welgemeend.

'Die avond in Cambridge was een keerpunt,' vervolgde hij. 'Ik besefte dat ik het verleden moest laten rusten en eindelijk afscheid moest nemen van Annie. Dat ik moest ophouden met zwelgen in zelfmedelijden. Wat heb ik eraan om me aan mijn herinneringen aan haar vast te klampen als dat zo'n negatieve invloed heeft op de mensen die nog leven? Daarna ben ik naar huis gereden met het vaste voornemen om te proberen alles recht te zetten.'

'Dat is mooi,' zei ik bemoedigend.

'Daarvoor moet ik met jou beginnen. Die avond op de brug heb ik onder ogen gezien dat ik... gevoelens voor je heb. Dat maakte me in de war, want ik dacht echt dat ik nooit meer van iemand zou kunnen houden. Ik ging gebukt onder schuldgevoel. Omdat ik mijn vrouw sinds ze er niet meer is op een voetstuk heb geplaatst, voelde het alsof ik haar verraadde. Alsof het verkeerd was dat ik weer geluk voelde, als ik bij jou in de buurt was.' Hij vervolgde: 'En ik deed het, en doe het nog steeds, in mijn broek van angst. Zoals je misschien wel doorhebt, word ik er helemaal door opgeslokt als ik eenmaal van iemand houd.' Hij wierp me een wrang glimlachje toe. 'En Star, hoe vervelend je het misschien ook vindt, ik ben erachter gekomen dat ik echt van je houd. Je bent prachtig, in alle opzichten.'

'Dat valt wel mee, hoor, Mouse,' zei ik snel.

'Nou, voor mij ben je dat wel, ook al begrijp zelfs ik dat je best je tekortkomingen zult hebben, net zoals Annie die had. Luister...' Hij leunde naar voren om mijn handen beet te pakken. Dat liet ik aarzelend toe, terwijl mijn hart zo snel klopte dat ik het gevoel had dat het elk moment uit mijn borst kon barsten. 'Ik heb geen idee wat jij voor mij voelt. Door je rustige manier van doen kan ik maar geen hoogte van je krijgen. Gisteravond heb ik het aan Orlando gevraagd, aangezien hij je het beste lijkt te kennen. Hij zei dat je, als je al iets voor me voelde, waarschijnlijk doodsbang zou zijn omdat ik me tegenover jou zo wispelturig heb gedragen, doordat ik heen en weer werd geslingerd tussen liefde en schuldgevoel.'

Mouse, die normaal zo welbespraakt en zuinig met zijn woorden was, leek nu haast te hebben. 'Dus heb ik iets besloten. Om alles te verwerken en hopelijk een beter mens te worden, moet ik me vermannen en mijn hart bij je uitstorten. En? Wat denk je ervan? Voel je misschien ook iets voor mij?'

Op dit moment had ik vooral het gevoel dat Mouse een oneerlijke voorsprong op mij had, vanwege zijn openbaring op de brug. Sindsdien had hij zijn gevoelens – of die nou echt of ingebeeld waren – op een rijtje kunnen zetten. Die tijd had ik niet gekregen.

'Ik... weet het niet.'

'Nou, dat was niet bepaald een tekst die regelrecht uit *Romeo en Julia* afkomstig zou kunnen zijn, maar in ieder geval zeg je niet meteen nee.' Hij trok zijn handen terug van de mijne, stond op en begon te ijsberen. 'Voordat je een besluit neemt, moet ik je nog iets vertellen. Iets wat zo vreselijk is dat je eventuele gevoelens voor mij misschien wel meteen weer in de kiem zullen worden gesmoord. Maar ik kan je niet voorliegen, Star, en als we samen een kans willen maken in de toekomst, moet je het weten.'

'Wat dan?'

'Nou...' Mouse hield op met ijsberen en draaide zich naar me toe. 'Het zit zo. Annie was doof.'

Ik keek hem aan, terwijl hij duidelijk hoopte dat ik zelf het verband zou leggen. Ik wist dat het er was, maar kon het niet bevatten.

'Met andere woorden, Rory is onze... míjn zoon.'

'O, mijn god...' fluisterde ik. Alles wat ik tot nu toe niet had begrepen van deze familie viel nu op zijn plaats. Ik staarde naar het haardvuur.

Met een zucht plofte Mouse weer neer in zijn stoel. 'Toen ze zwanger bleek te zijn, waren we allebei door het dolle heen. Tot ze haar eerste echo liet maken en de artsen erachter kwamen dat ze eierstokkanker had. Natuurlijk kon ze niet behandeld worden omdat dat schadelijk zou zijn voor de baby, dus stonden we voor een gruwelijke keuze: de zwangerschap laten voortduren met alle risico's van dien, of het kindje laten weghalen en haar meteen laten behandelen. Optimistisch als ze was besloot Annie het eerste te doen, in de wetenschap dat dit haar enige kans op een kindje zou zijn, of ze het nou zou overleven of niet. De artsen hadden gezegd dat haar eierstokken meteen na de bevalling verwijderd zouden moeten worden. Volg je het nog, Star?'

'Ja.'

'Na Rory's geboorte werd Annie vrijwel direct geopereerd. Maar tegen die tijd was de kanker al uitgezaaid naar haar lymfeklieren en lever. Een paar maanden later is ze gestorven.' Zijn stem brak en het duurde even voordat hij verder praatte. 'Om heel eerlijk te zijn heb ik haar na de diagnose gesmeekt om de baby weg te laten halen, zodat de kans dat zij het zou redden zo groot mogelijk zou zijn. Je weet hoe dol ik op haar was. Dus als ik na haar dood naar Rory keek, zag ik geen onschuldige baby maar de moordenaar van zijn moeder. Star, ik haatte hem. Ik haatte hem omdat hij zijn moeder had vermoord... mijn grote liefde. Ze betekende alles voor me.'

De woorden kwamen er verstikt uit en in de tijd die hij nodig had om zich te vermannen, bleef ik stokstijf zitten, amper in staat om adem te halen.

'Van de tijd daarna herinner ik me niet veel meer, maar ik heb een soort inzinking gehad en een tijdje in het ziekenhuis gelegen. Daardoor had Marguerite, die lieve schat, geen andere keus dan Rory bij zich in huis te nemen, op High Weald. Uiteindelijk kwam ik mijn inzinking te boven met eindeloos veel medicijnen en kreeg ik Rory weer terug, hoewel er een kindermeisje voor hem zorgde. Mijn therapeut spoorde me aan om, zoals hij het noemde, een band met Rory op te bouwen. Maar dat lukte niet. Ik kon zijn aanblik niet eens verdragen. Toen mijn vader ook nog eens overleed, was dat de druppel die de emmer deed overlopen. Nadat ik een hele rits kindermeisjes had afgeschrikt met mijn agressieve gedrag, stelde Marguerite voor om Rory fulltime in huis te nemen. Mij beschouwden ze als een verloren zaak. En dat was ik ook. Ik heb zowel het architectenbureau van mijn vader als de boerderij de vernieling in geholpen. Daarnaast heb ik Marguerite de afgelopen vijf jaar opgezadeld met de zorg voor Rory, waardoor haar eigen leven en carrière stil zijn komen te staan. En Rory zelf... God, Star, hij denkt dat ik zijn oom ben! En het ergste is nog wel dat hij niets over zijn moeder weet! Ik heb ervoor gezorgd dat niemand zijn hele leven iets over Annie tegen hem heeft gezegd! Hij lijkt zo veel op haar; zij was ook zo creatief... Hoe kan ik het ooit goedmaken met hem?'

Er viel een stilte en Mouse bleef zwaar ademend met zijn hoofd in zijn handen zitten.

'Nou,' zei ik na een poosje, 'laatst heb je tenminste brownies voor hem gebakken.'

Toen hij weer naar me opkeek stond het verdriet duidelijk in zijn ogen te lezen. Opeens bracht hij zijn handen omhoog. 'Daar heb je gelijk in. Dank je wel,' gebaarde hij zonder haperen naar me.

44

Ik zei tegen Mouse dat ik slaap nodig had. Door de heftige gebeurtenissen van de afgelopen dagen was ik al uitgeput, en nu dit nog eens. Ik ging op bed liggen en wikkelde de deken en het donzen dekbed als een cocon om me heen. Voordat ik de beslissing aan mijn hart overliet, moest ik eerst de feiten op een rijtje zetten.

Hoewel ik meeleefde met Mouse, om het ingewikkelde verlies dat hij te verduren had gekregen, ging mijn hart ook uit naar Orlando, Marguerite en vooral Rory. Die was volkomen onschuldig. Zijn enige misdaad was dat hij geboren was.

Desalniettemin was hij een vrolijk, zorgeloos kind dat het je heel makkelijk maakte om van hem te gaan houden, gewoonweg omdat hij zelf zo gul was met zijn liefde. Hij had zich neergelegd bij zijn ongebruikelijke omstandigheden, zoals kinderen dat nu eenmaal deden – zonder vragen te stellen. En ondanks de houding van zijn vader waren er anderen geweest om hem op te vangen, net zoals ik zulke mensen om me heen had gehad.

De bekentenis van Mouse over zijn gevoelens voor mij besloot ik niet al te serieus te nemen. In Cambridge waren zijn ogen geopend. En al die jaren van eenzaamheid en ellende hadden zich hoogstwaarschijnlijk geuit als een misplaatste liefde voor de enige vrijgezelle vrouw binnen handbereik. Ik had voor zijn broer gewerkt, Mouse te eten gegeven en voor zijn zoon gezorgd...

Niet zo verwonderlijk dat hij zich vergist had.

Ja, dacht ik, dat moet het zijn. Dus was het uitgesloten dat ik mijn kwetsbare hart zou openstellen en al mijn gevoelens in de woelige wateren van Mouse' emoties zou storten.

Maar ik blijf hier wel, dacht ik terwijl ik mijn ogen sloot. Voor Rory.

De volgende ochtend was ik net terug op High Weald, nadat ik Rory naar school had gebracht, toen Mouse binnenkwam. Het viel me op dat hij dezelfde kleren droeg als gisteravond, alsof hij helemaal niet naar bed was gegaan.

'Hoi.'

'Hoi,' zei ik, terwijl ik de eieren en het ontbijtspek uit de provisiekamer pakte voor Orlando's ontbijt. Op weg naar het fornuis wierp ik een korte blik op hem en bedacht dat hij er vanochtend volkomen gebroken uitzag. Ergens vond ik dat zijn verdiende loon.

'Heb je nog nagedacht over wat ik gisteravond tegen je zei?' wilde hij weten.

'Ja.'

'En?'

'Mouse, alsjeblieft. Ik heb de afgelopen dagen zo veel te verduren gehad, dit kan ik er echt niet bij hebben.'

'Natuurlijk.'

'Trouwens, dit gaat niet om jou en mij, maar om Rory. Je zoon.'

'Dat weet ik. Hoor eens, ik heb ook nagedacht. En je hebt gelijk. Ik kan niet van je verwachten dat je me vertrouwt, laat staan dat je van me houdt, na de manier waarop ik jullie allebei behandeld heb. Maar... blijf je wel hier?'

'Ja. Rory heeft stabiliteit nodig. En trouwens, ik werk nu hier in de boekwinkel.'

'Nou...' Hij verplaatste zijn gewicht naar zijn andere been. 'In dat geval zou ik graag, met jouw hulp, willen proberen om de relatie met mijn zoon te lijmen, of in ieder geval een relatie met hem op te bouwen. Tot de verkoop van de boekwinkel rond is en het geld op onze rekening staat kan ik weinig doen, dus zou ik die tijd graag met Rory willen doorbrengen. Zoals je weet ben ik daar niet zo goed in, maar ik weet zeker dat ik beter kan.'

'Als je het echt wilt, denk ik ook dat je dat kunt.'

'Ik wil het echt, Star. Geloof me.'

'Nou, dat is dan meteen een zorg minder. Als jij Rory nou eens van school haalt, kan ik Orlando wat langer helpen in de winkel en hem een lift naar huis geven. Er is nog veel te doen voor de opening.'

‘Geweldig,’ zei hij meteen. ‘Al weet ik niet of mijn kookkunsten je zullen bevallen.’

‘Ik kook wel als ik terug ben, maar Rory moet nog wel in bad...’

‘En hij moet voorgelezen worden. Dat weet ik.’ Aarzelend glimlachte hij naar me.

‘Goedemorgen, allemaal.’ Orlando kwam binnen, keek naar ons en leek de spanning in het vertrek op te merken. ‘Stoor ik?’

‘Helemaal niet,’ antwoordde ik. ‘Het ontbijt is bijna klaar. Haal jij Rory om half vier op?’ vroeg ik voor de zekerheid aan Mouse. Ik was echt niet van plan hem ook een ontbijtje aan te bieden.

‘Ik zal er zijn. Tot vanavond,’ mompelde hij, en ging weg.

Orlando hield zijn hoofd schuin en keek me vragend aan.

‘Mouse heeft het me gisteravond verteld. Dat Rory zijn zoon is.’

‘Ah. Nou, dat is zeker een stap in de juiste richting, aangezien hij dat tot voor kort niet eens tegenover zichzelf wilde toegeven. U heeft een wonder verricht, Miss Star. Echt waar.’

‘Ik heb helemaal niets gedaan, Orlando,’ zei ik, terwijl ik hem het bord met eieren en spek voorzette.

‘Dan moet ik misschien zeggen dat de liefde een wonder heeft verricht. Natuurlijk wist ik het al vanaf het moment dat hij u voor het eerst zag...’

‘Hou op, Orlando.’

‘Neem me niet kwalijk, maar alsjeblieft, Miss Star. Geef hem op zijn minst een kans om zijn leven te beteren en zich bij u geliefd te maken.’

‘Ik heb liever dat hij zichzelf bij Rory geliefd maakt.’ Ik liet een koekenpan in de gootsteen kletteren om die af te wassen.

‘Bespeur ik daar eindelijk enige pit bij u? Misschien is Mouse niet de enige die de laatste tijd veranderd is door een hartenkwestie.’

‘Orlando...’

‘Ik zeg al niets meer. Behalve dan dat het onze taak als christen is om mensen te vergeven die hun zonden opbiechten en proberen het goed te maken. Dat heb ik tenminste wel gedaan. Mijn broer is een fatsoenlijke kerel en als Annie niet was gestorven...’

‘Hou op!’ Met de natte koekenpan in mijn hand draaide ik me naar hem om.

Zogenaamd om zichzelf te beschermen stak hij zijn handen omhoog. 'Ik hou al op, beloofd. Mijn lippen blijven stevig op elkaar. Nu is Mouse aan zet.'

'Ja,' beaamde ik hartgrondig. 'Inderdaad.'

De dagen daarna deed Mouse precies wat hij gezegd had. Elke ochtend bracht hij Rory naar school en 's middags haalde hij hem weer op. Omdat ze dan een paar uur eerder thuis waren dan ik, deden zij de inkopen die ik elke ochtend op een boodschappenlijstje schreef. Ik gaf Orlando een lift naar huis vanuit Tenterden en kookte dan voor ons vieren, terwijl ik vanaf een afstandje zag dat Mouse zijn best deed om de verloren jaren met zijn zoon in te halen.

Rory stond er nog steeds versteld van dat Mouse opeens zo goed gebarentaal kon. 'Hij is nog beter dan jij, Star. Dat heeft hij snel geleerd, vind je niet?'

'Misschien heeft hij gewoon hard doorgezet omdat hij van je houdt.' Ik gaf hem een nachtzoen.

'Ik hou ook van hem. Welterusten, Star.'

Ik liep naar de deur en deed het licht uit. Al die jaren, dacht ik, had Mouse al gebarentaal gekend. Dat had hij geleerd om beter met Annie te kunnen communiceren. Ik kon alleen maar hopen dat Rory op een dag ingelicht zou worden over zijn moeder, die zo veel van hem had gehouden dat ze haar leven voor hem gegeven had.

Op donderdag zei Mouse dat Marguerite had gebeld toen ik in de winkel was. 'Ze wil graag tot begin december in Frankrijk blijven en pas terugkomen voor de opening van de boekwinkel. Ik heb tegen haar gezegd dat ik dit weekend op Rory pas. Want jij zult wel terug moeten naar Londen?'

'Dat klopt, ja.' Ik knikte. Het was belangrijk dat Mouse zo veel mogelijk tijd met Rory doorbracht, zonder andere mensen erbij.

'Oké, dan brengen we je morgenavond naar het station, als je klaar bent in de winkel.'

'Dank je. Misschien kunnen jij en Rory dit weekend Orlando een handje helpen? Hij wil zondag naar het appartement boven de winkel verhuizen.'

‘Doen we. Welterusten dan maar.’
‘Welterusten.’

De volgende avond, toen ik in Londen uit de trein stapte en de bus naar Battersea nam, zag ik dat de straten al volhingen met kerstversiering. Vaag vroeg ik me af waar ik de kerst zou doorbrengen. Ik kon me niets ergers voorstellen dan eerste kerstdag vieren in ons steriele, kille appartement, na jaren de kerst te hebben doorgebracht op Atlantis of bij maanlicht op stranden in afgelegen delen van de wereld.

Kerst op High Weald, dat zou ideaal zijn...

Ik legde mijn gedachten het zwijgen op. En weigerde te denken aan die keer dat ik Mouse geduldig had zien zitten met Rory op zijn knie, terwijl hij hem in gebarentaal een boek voorlas, en ik... ja, een vleugje van emotie voor hem had gevoeld. Het was nog veel, veel te vroeg om me open te stellen en los te laten wat er naar ik vreesde in mijn hart omging.

Toen ik thuiskwam was CeCe dolblij om me te zien en spraken we af om het weekend samen door te brengen.

‘Trouwens, ik moet mijn haar dit weekend laten knippen,’ merkte ze op. ‘Het wordt veel te lang.’

Ik keek naar CeCe en herinnerde me dat ze als kind een waterval van prachtige chocoladebruine krullen had gehad die tot ver over haar schouders reikte. Tot ze op haar zestiende was thuisgekomen met een kortgeknipt kapsel en de mededeling dat dat lange haar veel te veel werk was.

‘Niet doen, Cee,’ zei ik, want nu haar haren in zachte golven om haar prachtige donkerbruine ogen vielen, zag ze er heel mooi uit. ‘Dat langere haar staat je goed.’

‘Oké,’ zei ze tot mijn verbazing. ‘Ik moet ook warmere kleren kopen, maar je weet dat ik een hekel heb aan winkelen.’

‘Dan ga ik met je mee. Dat wordt vast gezellig.’

Dus de volgende ochtend togen we naar Oxford Street om ons tussen de mensen te begeven die bezig waren met hun kerstinkopen. Ik betaalde een exorbitant hoog bedrag voor een jurk die ik naar Ally’s concert aan kon en haalde CeCe over om een mooie zijden blouse, een goed gesneden grijze pantalon en enkellaarsjes met hoge hakken aan te schaffen.

'Dit is echt niks voor mij,' bromde ze, terwijl ze zichzelf in de spiegel in het pashokje bekeek.

'Je ziet er beeldschoon uit, Cee,' zei ik naar waarheid, met een blik op haar slanke figuur. De afgelopen weken moest ze zijn afgevallen, al had ik dat niet gemerkt omdat ze normaal gesproken alleen ruimvallende sweatshirts en wijde spijkerbroeken droeg. En trouwens, ik was amper thuis geweest.

Op zondag bereidde ik een traditionele Engelse lunch, haalde diep adem en vertelde haar over de ontmoeting met mijn moeder.

'Jezus christus, Sia! Waarom vertel je me dat nu pas?' In haar ogen lag een gekwetste blik.

'Ik weet het niet. Misschien moest ik eerst zelf aan het idee wennen, voordat ik het aan iemand anders kon vertellen.'

'Ik ben niet zomaar iemand,' wierp ze tegen. 'Vroeger vertelden we elkaar alles, vooral privédingen.'

'In het begin was het echt vreemd, Cee,' probeerde ik uit te leggen, 'maar ze lijkt me heel aardig. Misschien ga ik haar wel opzoeken in de vs. Trouwens, vanmorgen heb ik nog een mailtje van haar gehad waarin ze me uitnodigt om kerst en oud en nieuw bij haar te vieren.'

'Dat ga je toch niet doen?' vroeg ze verschrikt. 'Het is al erg genoeg dat je de hele week weg bent, laat staan met kerst. We hebben de feestdagen nog nooit zonder elkaar gevierd. Wat moet ik dan?'

'Natuurlijk vieren we de feestdagen samen,' troostte ik haar.

'Mooi zo. Trouwens, ik wil jou ook iets vertellen. Ik denk erover om met mijn studie te stoppen.'

'Cee! Hoe dat zo?'

'Omdat ik het vreselijk vind. Volgens mij kan ik niet zo goed tegen al die regeltjes, zeker niet nadat we er al die jaren maar op los hebben geleefd.'

'Wat ga je dan doen?'

'Mijn geluk beproeven als kunstenares, denk ik.' Ze haalde haar schouders op. 'Maar dat ter zijde. Ik ben zo blij dat je je moeder gevonden hebt. En nu kan ik je vertellen dat...'

Op mijn horloge zag ik dat het al na drieën was. 'Het spijt me ontzettend, Cee, maar ik moet mijn trein halen. We praten wel verder als ik weer terug ben, oké?'

'Ja hoor.' Een beetje verloren keek ze me na toen ik naar boven liep.

Ik pakte haastig mijn spullen en eenmaal terug beneden zag ik dat ze in haar atelier aan het schilderen was. 'Dag, hoor,' zei ik luchtig, op weg naar de voordeur. 'Ik laat je nog wel weten of ik er volgend weekend ben. Een fijne week gewenst.'

'Jij ook,' was haar gedempte antwoord.

Terug in Kent stortte ik me op de voorbereidingen voor de grote opening van Orlando's boekwinkel, over twee weken. Hij stond voor de winkel, in zijn beste fluwelen pak, terwijl de plaatselijke krant foto's van hem maakte voor bij het interview dat ze gingen plaatsen. Ik was apetrots op hem.

Het leven op High Weald kabbelde voort en ik zag dat zowel Rory als Mouse zich steeds beter op zijn gemak voelde met dit nieuwe ritme. Ik deed mijn best om me er niet mee te bemoeien als Mouse af en toe kortaf uit de hoek kwam tegen zijn zoon, want dat hoorde er natuurlijk ook bij. Ook al moest Mouse dat zelf nog leren.

Omdat de opening op zaterdag viel, koos ik voor de makkelijkste weg en stuurde ik CeCe een sms'je vanuit Tenterden, met de mededeling dat ik dat weekend niet naar huis zou komen. Als reactie kreeg ik een bruusk berichtje terug:

Prima. Bel me! Ik wil met je praten.

Ik weigerde me door haar een schuldgevoel te laten aanpraten. In bepaalde opzichten was het net alsof ik een liefdesrelatie verbrak – pijnlijk, maar uiteindelijk beter voor ons allebei. Zelfs als ik morgen van High Weald zou vertrekken en nooit meer zou terugkomen, was dit onvermijdelijk. Want ik kon niet meer terug naar hoe het geweest was. En dat was ook niet goed voor CeCe. Ik hoopte alleen dat we mettertijd een manier zouden vinden om beter en op een natuurlijkere manier met elkaar om te gaan.

Mouse respecteerde dat ik tijd nodig had om na te denken over wat hij tegen me had gezegd. Elke avond nadat hij Rory welterusten had gewenst, zwaaide hij naar me, zei 'tot morgen' en vertrok door de keukendeur. Nu Orlando zich had teruggetrokken in zijn piepkleine appartement boven de winkel in Tenterden, strekten de avonden zich leeg voor me uit en besefte ik dat ik het net als CeCe niet gewend was om alleen te zijn.

Nou ja, dan moest ik dat maar leren. Hoewel het vaak op het puntje van mijn tong lag om Mouse te vragen nog een biertje te blijven drinken, deed ik dat niet. In plaats daarvan maakte ik de haard in de salon en ging erbij zitten om Flora's dagboeken te lezen. Ik vroeg me af of het me zou lukken om al die details over haar leven te bewerken tot een boek dat mensen daadwerkelijk zouden willen lezen. Bovendien dwaalden mijn gedachten steeds af naar de overkant van de weg, naar Home Farm. Dan vroeg ik me af waar Mouse aan dacht of wat hij aan het doen was...

Die gekwelde, beschadigde man die beweerde dat hij van me hield.

De vraag was: hield ik ook van hem?

Misschien.

Maar... er was ook iets aan mij wat hij niet wist. En dat ik dat zou moeten vertellen aan hem, of aan wie dan ook, dáár moest ik echt niet aan denken.

'Bent u zover?' Orlando zag er geweldig uit in een pas aangeschafte nette vintage jas uit de tijd van koning Edward VII, compleet met gesteven kraag en kastanjebruine das.

'Ja.'

'Goed dan.'

We keken allebei nog een keer om ons heen in de onberispelijke winkel en ik liep achter hem aan naar de deur, in de hoop dat er buiten mensen zouden staan die getuige zouden zijn van het moment waarop hij het rode lint doorknipte dat ik vanochtend op zijn aandringen voor de deur had gespannen.

Toen hij de deur opendeed, zag ik Mouse, Rory en Marguerite staan, naast een tengere blonde vrouw die ik niet herkende. Achter hen stond een groepje geïnteresseerde voorbijgangers, die bij de aanblik van Orlando in zijn nette ouderwetse pak verbaasd bleven staan met hun boodschappentassen.

'Dames en heren, hierbij verklaar ik O. Forbes Esquire – Zeldzame Boeken voor geopend. En nu overhandig ik de schaar aan de manager van mijn winkel, zonder wier hulp ik hier niet had gestaan.' Tegen mij siste hij: 'Pak die schaar aan,' terwijl hij me er zowat mee in mijn buik prikte.

'Nee, Orlando! Dit moet jij doen.'

'Alstublieft, Miss Star, u bent het kloppend hart van deze winkel, wat dat ook moge betekenen, en ik wil dat u het lint doorknipt.'

'Oké dan,' verzuchtte ik.

Dus knipte ik het lint door en begon onze 'familie' luid te applaudisseren en juichen, evenals de voorbijgangers. De mensen dromden de winkel in en er kwam een fotograaf om nog meer foto's te maken, terwijl wij de champagne opentrokken.

'Star, hallo.' Marguerite gaf me op iedere wang een kus. 'Dit is Hélène, trouwens. De eigenares van het chateau, en inmiddels ook mijn wederhelft, zou je kunnen zeggen.' Ze glimlachte teder naar Hélène en kneep in haar hand.

'Ik ben 'eel blij om 'ier te zijn,' zei Hélène met een zwaar accent in het Engels.

'Star spreekt vloeiend Frans, naast haar vele andere talenten,' legde Marguerite haar uit.

Hélène en ik kletsten een tijdje over haar chateau in de buurt van Gigondas, een dorp midden in de prachtige Rhônevallei, over de wonderschone muurschilderingen die Marguerite maakte en over hoe geweldig Marguerite wel niet was.

'Volgens haar hebben we het aan jou te danken dat we wat tijd met elkaar hebben kunnen doorbrengen,' voegde Hélène eraan toe. 'Bedankt daarvoor, Star.'

'Hoi,' klonk een stem achter me.

'Hoi.' Ik draaide me om en liet me door Mouse formeel op beide wangen een kus geven.

Naast hem stond Rory. 'Wat vind je van Orlando's nieuwe winkel?' vroeg ik aan hem.

'Ik heb er een schilderij van gemaakt, voor hem.'

'En ik heb het laten inlijsten. Is het niet prachtig?' zei Mouse toen Rory het omhooghield zodat ik het kon bewonderen.

Het was een aquarel van de voorkant van de winkel. 'Wauw, Rory, dit is echt fantastisch,' gebaarde ik. 'Wat een talentje is het toch,' voegde ik er tegen Mouse aan toe.

'Nou, hè?'

In zijn stem hoorde ik oprechte trots. Meteen kreeg ik de neiging om in tranen uit te barsten.

'Hoor eens...' Hij boog zich voorover om iets in mijn oor te fluisteren. 'Wil je vanavond met me uit? Ik durf te wedden dat de rest van High Weald het wel een avondje zonder ons kan stellen.'

'Ja,' zei ik zonder aarzelen.

Misschien had ik eerder vandaag iets te veel champagne gedronken en daarom meteen ja gezegd, dacht ik grimmig toen ik die avond mijn armzalige selectie aan kleding bekeek. Ik had de keus uit twee truien en een paar spijkerbroeken. Ik ging voor de blauwe trui en liep de keuken in, waar de bewoners van High Weald nog steeds de opening van de winkel aan het vieren waren.

'Mouse heeft net gebeld om te zeggen dat hij u over een paar minuten bij de voordeur komt ophalen,' zei Orlando.

'Dank je.' De geur van aangebrande worstjes drong mijn neusgaten binnen en ik maakte instinctief aanstalten om de pan van het vuur te halen. Op dat moment werd er voor het huis geclaxonneerd.

'Veel plezier,' zei Marguerite grijnzend. Hélènes arm lag om haar schouder en Rory zat op haar knie tevreden een buisje Smarties naar binnen te werken. 'En waag het niet om voor zonsopgang thuis te zijn,' voegde ze eraan toe.

Daarop barstte iedereen in de keuken in lachen uit.

Met een rood gezicht liep ik de hal in en deed de deur open, met het gevoel dat ik als een lammetje naar de slachtbank werd geleid.

'Hoi.' Mouse gaf me op iedere wang een kus nadat ik was ingestapt. Hij had zich geschoren en ik was me even bewust van zijn gladde huid tegen de mijne. 'Klaar om te gaan?'

'Ja hoor. Waarheen?'

'Naar de plaatselijke pub. Vind je dat goed? Je kunt er heerlijk eten.'

De White Lion bleek een drukbezochte, gezellige plek te zijn met een hoog balkenplafond en een open haard waarin het vuur raasde. Mouse bestelde voor zichzelf een biertje en voor mij een glas witte wijn, pakte een paar menukaarten en voerde me mee naar een tafel in een rustig nisje aan de zijkant van de bar.

'Bedankt dat je mee wilde. Dat vind ik echt fijn,' zei hij. 'Ik wil graag wat dingen met je bespreken.'

'Zoals?'

'Zoals het feit dat Marguerite bij Hélène in Frankrijk wil gaan wonen. Permanent.'

Dus dit was een zakelijk gesprek, geen date. 'Wat heb je daarop gezegd?'

'Ja, natuurlijk. Per slot van rekening is Rory mijn zoon. Ik moet mijn verantwoordelijkheden onder ogen zien. Rory zal op een dag de titel erven – die is op mij overgegaan toen mijn oom kwam te overlijden, omdat Marguerite zijn enige kind was. Ironisch genoeg zal ik High Weald erven als Marguerite eerder sterft dan ik, omdat ze nu drieënveertig is en waarschijnlijk geen kinderen zal krijgen. Maar uiteindelijk gaat het huis naar Rory.'

'Dus jij bent eigenlijk Lord Vaughan?' vroeg ik grijnzend.

'Strikt genomen wel, al voer ik die titel natuurlijk niet. Dat zouden de mensen hier me altijd blijven inwrijven.' Met een zwak glimlachje gebaarde hij naar de gasten in de pub. 'Hoe dan ook, om een lang verhaal kort te maken: Marguerite heeft voorgesteld dat we van huis ruilen. Omdat ze hier zo min mogelijk tijd wil doorbrengen en omdat Rory zich thuis voelt op High Weald en daar later waarschijnlijk blijft wonen, lijkt dat haar het beste. Zij neemt Home Farm over, en als we het restant van de akkers verkopen en de opbrengst daarvan bij het bedrag leggen dat we overhouden aan de verkoop van de boekwinkel, houden we allebei aardig wat over voor de renovatie van beide panden. En ik kan je wel vertellen dat ik genoeg heb van het "tractoren", zoals Rory het noemt. Orlando en ik zijn het er ook over eens geworden dat de inboedel van de winkel alleen op zijn naam komt te staan, als we dit doorzetten. Wat vind jij ervan?'

'Nou, Rory is dol op High Weald, dus het lijkt me voor hem het beste als hij daar kan blijven.'

'Het zal wel een hele onderneming worden om de boel daar te renoveren. Ik zou het huis ook kunnen verkopen en iets betaalbaarders kunnen zoeken.'

'Niet doen,' zei ik. 'Ik bedoel, je moet het natuurlijk zelf weten, maar ik vind niet dat je dat moet doen. Jij en je familie horen daar thuis.'

'De vraag is, Star... geldt dat ook voor jou?'

'Je weet hoe gek ik op dat huis ben...'

'Dat bedoelde ik niet. Luister, misschien ben ik ongeduldig, maar de afgelopen drie weken zijn een marteling voor me geweest. Ik werd er gek van dat jij op High Weald was, zo dichtbij, maar ook zo ver weg. Dus ik heb je hier vanavond mee naartoe genomen om je te vragen hoe je erover denkt. Over ons, bedoel ik. Als je geen relatie met me wilt, heb ik me daar maar bij neer te leggen. Maar mocht dat zo zijn, dan lijkt het me beter als je een eigen optrekje zoekt in Tenterden.' Haastig voegde hij eraan toe: 'Dat is geen dreigement, al zou je het wel als een ultimatum kunnen beschouwen.' Met zijn hand streek hij door zijn haar. 'Star, elke dag dat je daar bij ons in het huis blijft, ga ik meer van je houden. En ik kan het Rory niet aandoen om nog een keer door te draaien.'

'Dat begrijp ik.'

'Dus?' Over de tafel heen keek hij me aan.

Kom op, Star. Dapper zijn nu. Zeg ja...

'Ik weet het niet,' hoorde ik mezelf wederom zeggen.

'Goed. Nou, vooruit dan maar.' Hij staarde voor zich uit. 'Dat zegt alles.'

Het zei helemaal niks, behalve dan dat ik als de dood was om mijn gevoelens toe te laten en op hem te vertrouwen... en op mezelf.

'Sorry,' voegde ik er schaapachtig aan toe.

'Het geeft niet.' Hij dronk zijn glas leeg. 'Nou, aangezien er niets meer te zeggen valt, breng ik je maar naar huis.'

Achter hem aan liep ik de pub uit, zonder dat we zelfs maar iets te eten hadden besteld. We waren maar twintig minuten binnen geweest en eenmaal in de Land Rover voelde ik me doodongelukkig. In stilte reden we terug en hij draaide de oprijlaan op en bracht de auto met een ruk tot stilstand voor het huis.

'Bedankt voor het drankje.' Ik deed het portier open en wilde net uitstappen toen ik zijn hand op de mijne voelde.

'Star, waar ben je zo bang voor? Ga alsjeblieft niet weg... In godsnaam, praat dan met me! Vertel me wat er door je heen gaat!'

Met één been nog in de auto, wat een aardige metafoor was voor hoe ik me voelde, deed ik mijn mond open, maar de woorden kwamen niet. Ze bleven diep in mijn binnenste opgesloten, zoals altijd.

Uiteindelijk slaakte hij een langgerekte zucht. 'Hier,' zei hij. 'Pak aan. Ik dacht dat je dit wel leuk zou vinden.' Hij drukte me een envelop in de hand. 'Voor het geval dat je nog van gedachten verandert. En zo niet... dan wil ik je bedanken voor alles. Dag.'

'Dag.'

Ik sloeg het portier achter me dicht en liep naar de voordeur, vastbesloten om niet om te kijken toen hij de auto in zijn achteruit zette en de oprijlaan af reed. Stilletjes deed ik de voordeur open, waarna ik gelach uit de keuken hoorde komen. Ik liep regelrecht naar boven, te beschaamd om te laten merken dat ik er al weer was, en liep mijn eigen slaapkamer voorbij om te controleren of iemand eraan had gedacht om Rory in te stoppen.

Toen ik hem zachtjes op zijn wang kuste, deed hij zijn ogen open. 'Je bent er weer. Was het gezellig met Mouse?'

'Ja, lief dat je het vraagt.'

'Star?'

'Ja?'

'Gaan jullie met elkaar trouwen?' Rory maakte een klef gebaar en grijnsde naar me. 'Alsjeblieft?'

'Rory, we houden allebei van je...'

'Star?'

'Ja?'

'Mag was boos omdat de telefoon het niet deed en zei dat Mouse mijn vader is en het maar moet betalen. Is hij dat echt?'

'Ik... Dat moet je maar aan hem vragen, Rory. Ga maar lekker slapen.' Ik gaf hem nog een kus.

‘Was hij mijn vader maar,’ fluisterde hij slaperig. ‘Dan kon jij mijn mama worden.’

Ik liep de kamer uit, verwonderd over hoe vergevensgezind jonge kinderen konden zijn. Door hun ogen bezien leek de wereld heel eenvoudig. Ik liep naar mijn eigen slaapkamer en kroop onder de dekens, zonder me eerst uit te kleden, omdat het gewoonweg te koud was. Daarna scheurde ik de envelop open die Mouse me had gegeven.

Lieve Star,

Ik zou volgend weekend graag een paar dagen met je weggaan. Ik heb al iets in gedachten. Het lijkt me goed om wat tijd met elkaar door te brengen, zonder alles wat hier speelt. Verder verwacht ik niets van je. Laat het me maar weten.

O x

P.S.: Sorry dat ik je schrijf, dat doe ik alleen voor het geval dat ik het niet persoonlijk aan je durf te vragen in de pub.

De volgende ochtend schrok ik wakker en dacht meteen terug aan wat er de vorige avond allemaal was gebeurd. Misschien, dacht ik, terwijl ik nog een trui aantrok om me tegen de kou te wapenen, moest ik maar gewoon de weg oversteken en ja tegen hem zeggen.

Doe het, Star, doe het gewoon...

Ik kleedde me verder aan, haastte me naar beneden en trof de keuken verlaten maar vol met vuile borden en pannen aan, om nog maar te zwijgen van de wijnglazen en talloze lege flessen. Net toen ik naar de achterdeur liep, in de wetenschap dat ik op Mouse’ voorstel in moest gaan voordat ik niet meer durfde, zag ik midden op de tafel een briefje staan.

Star! Je zus heeft gisteravond gebeld. Kun je haar terugbellen? Ze zei dat het dringend was. P.S.: Ik hoop dat je het gezellig gehad hebt.
M x

'Shit!'

Al mijn gedachten aan een eventuele toekomst met Mouse verdwenen als sneeuw voor de zon toen ik naar de telefoon liep, de hoorn oppakte en met trillende hand het nummer van het appartement draaide. De telefoon bleef maar overgaan en toen ik CeCe's mobieltje probeerde, werd ik meteen doorgeschakeld naar de voicemail. Ik legde de hoorn neer en hield mezelf voor dat ze haar mobieltje waarschijnlijk had uitgezet en de vaste telefoon niet had gehoord, al kon CeCe meestal van een kilometer afstand een speld horen vallen. Ik probeerde beide nummers nog ik-weet-niet-hoevaak te bereiken, maar kreeg geen gehoor.

Ik rende naar boven en zocht mijn mobieltje, in de hoop dat ik bereik zou hebben, al was het maar voor deze ene keer, zodat ik kon horen of ze een bericht voor me had ingesproken. Maar natuurlijk kreeg ik geen verbinding. Snel propte ik mijn spullen in mijn reistas, rende naar beneden en belde een taxi, met spoed.

Pas in de trein kwam er een stortvloed aan berichtjes binnen op mijn telefoon, waardoor de overige passagiers me geërgerd aankeken.

'Star, met CeCe. Kun je me alsjeblieft bellen?'

'Star, ben je daar?'

'Ze zeggen dat je niet thuis bent. Ik moet je spreken... Bel me.'

'Ik voel me niet goed...'

'ALSJEBLIEFT! BEL NOU!'

Shit, shit, shit!

In gedachten probeerde ik de trein aan te sporen om de reis naar Londen wat sneller af te leggen. De tranen sprongen me in de ogen bij de gedachte aan hoe egoïstisch ik de afgelopen weken was geweest. Ik had mijn zus in de steek gelaten, ik had er geen andere woorden voor. En toen ze me nodig had gehad, was ik er niet voor haar geweest. Wat ben ik eigenlijk voor een rotmens, vroeg ik mezelf af.

Eenmaal bij het appartement deed ik de deur met bonkend hart open. De woonkamer en de keuken lagen er verlaten en merkwaardig opgeruimd bij en ik rende de slaapkamer in. Daar was ook geen spoor van haar te bekennen. Voor de verandering had ze zelfs haar bed opgemaakt, alsof ze er niet in geslapen had.

Nadat ik in de badkamer, de logeerkamer en zelfs in de kledingkast had gekeken, die er zelfs voor CeCe's doen opvallend leeg uitzag, liep ik terug naar beneden en keek voor de zekerheid nog even op het terras.

Toen pas zag ik het briefje op de salontafel.

'Alsjeblieft, alsjeblieft, alsjeblieft,' smeekte ik, terwijl ik het briefje oppakte, met trillende handen van angst. Ik liet me op de bank zakken en las het vluchtig door om me ervan te verzekeren dat het geen zelfmoordbriefje was. Tot mijn grote opluchting bleek dat niet zo te zijn. Daarna las ik het langzaam nog eens door.

Sia,

Ik heb naar het huis gebeld waar je lojeert, maar daar zeiden ze dat je niet thuis was. Ik denk dat je mijn berigten niet hebt gehad. Ik wilde met je praaten omdat ik met mijn studie ben gestopt. En ik wilde weten wat jij daarvan dagt. Maar goet, ik ben daar weg. Het is raar sinds Pa dood is, vint je niet? Ik weet dat je een eige leefe moet hebben. En ik ook, denk ik. Ik ben hier eensaam en ik mis je. Het lijkt me goet om een tijdje weg te gaan om na te denken. Ik wens je egt het allerbeste. Dus ik hoop dat je gelukkug bent. Ik hoop dat we allebei gelukkug kunnen worden.
Maak je maar geen zorgen om mij. Het gaat wel.
Ik hou van je.
Cee

P.S.: Wil jij sorry zeggen tegen Ally. Ik kan er niet bij zijn, in Noorwegen. En ik heb je kamelia naar binnen gehaalt, want het leek me te koud.

Tijdens het lezen druppelden mijn tranen op het papier. Door haar dyslexie had CeCe er al moeite mee om één zinnetje te schrijven, laat staan een hele brief. Dit was de enige brief die ze me ooit had geschreven, de enige die ze had hóéven schrijven, want tot nu toe was ik nooit van haar zijde geweken. Ik keek naar haar atelier en zag de camelia bij een van de ramen staan. Er lag één bloem op de vloer. De tere witte blaadjes begonnen al de eerste spoortjes bruin te vertonen. Die plant had ik ook al verwaarloosd, en nu zag hij er net zo verloren uit als CeCe zich gevoeld moest hebben toen ze die brief had geschreven. Daardoor kreeg ik nog een grotere hekel aan mezelf.

Meteen stuurde ik haar nog een sms'je, achter de paniekerige berichtjes aan die ik haar vanuit de trein had gestuurd. Er kwam echter geen reactie. En terwijl ik daar in dat lege, stille appartement naar de rivier zat te staren, dacht ik aan de eindeloze nachten die ze hier in haar eentje had doorgebracht, terwijl ik me zo geborgen had gevoeld bij mijn chaotische maar liefhebbende nieuwe familie.

Bij het vallen van de avond wachtte ik nog steeds op een teken van leven. Maar mijn mobieltje bleef net zo stil als buiten het bereik van de zendmasten, op High Weald. Op een of andere manier vond ik het nog erger nu ik wél bereik had. Het stilzwijgen kwam van een persoon, niet van een apparaat. Uiteindelijk kroop ik in bed, of in CeCe's bed om precies te zijn, en bleef huiverend liggen, hoewel het in het appartement heerlijk warm was.

CeCe was niet degene die een probleem had, maar ik. Na alles wat ze voor me had gedaan – van me gehouden, me beschermd, het woord voor me gedaan – had ik haar zonder blikken of blozen aan haar lot overgelaten. Ik dacht terug aan de terloopse manier waarop ik haar over mijn moeder had verteld en het feit dat ik daarna, in mijn haast om terug te gaan naar High Weald, niet eens de tijd had genomen om naar háár te luisteren. Nu drong het pas tot me door hoe gekwetst ze zich moest hebben gevoeld.

De ochtend brak onvermijdelijk aan en ik stuurde een bericht naar Orlando met de boodschap dat ik niet kon komen werken, door een noodgeval binnen de familie. Tot mijn verbazing sms'te hij me een paar minuten later al terug.

Ik begrijp het.

Zijn ongewoon beknopte reactie maakte me nog erger van streek. Misschien had hij Mouse gezien en had die hem verteld dat hij me gevraagd had om High Weald te verlaten als ik me niet aan hem wilde binden. Als verdoofd liep ik naar de dichtstbijzijnde supermarkt, in de wetenschap dat mijn hersenen eten nodig hadden, al vroeg mijn maag er dan niet om. De kerstversieringen tartten me met hun schreeuwerige vrolijkheid en op de radio in de winkel werden kerstliedjes gedraaid. Thuis maakte ik roerei waar ik geen zin in had en werd ik gebeld door Ma, die wilde afspreken in het hotel dat ze voor ons had geboekt in Bergen. Ik zei dat CeCe niet kon komen, maar zweeg over het feit dat ik gek werd van bezorgdheid, omdat ik het niet wilde uitleggen. Daar schaamde ik me te erg voor.

Toen mijn mobieltje die middag ging dook ik eropaf, maar de moed zakte me in de schoenen toen ik Shanthi's suikerzoete stem aan de andere kant van de lijn hoorde.

'Star, ik was gewoon benieuwd hoe het met je gaat. Ik heb al een poosje niets meer van je gehoord. En ik had gewoon een... voorgevoel dat er iets aan de hand was.'

'Het... gaat wel.'

'Ik hoor aan je stem dat dat niet zo is. Wil je erover praten?'

'Ik... Mijn zus is weg,' zei ik. En aangespoord door Shanthi stortte ik mijn hart uit over wat er was gebeurd. Bij elk woord voelde ik de pijn van het verlies van CeCe. 'Ik... Ze zal toch geen domme dingen doen?'

'Als ik afga op die brief die ze voor je heeft achtergelaten, dan denk ik van niet. Star, ik vind het heel erg dat je dit moet doormaken, maar zo te horen doet CeCe nu wat jij ook gedaan hebt. Ze is gewoon zoekende. Waarschijnlijk heeft ze wat tijd voor zichzelf nodig. Hoor eens, heb je zin om hierheen te komen en een glaasje wijn te drinken? Misschien is het wel goed voor je om er even tussenuit te gaan.'

'Nee, dank je,' zei ik met overslaande stem. 'Misschien komt CeCe nog wel terug. En dan moet ik hier zijn.'

Er gingen drie tergend lange dagen voorbij en ze kwam niet terug. Ik schreef en herschreef een brief aan haar, die ik zou kunnen achterlaten voor het geval dat ze terugkwam wanneer ik in Noorwegen was. Van haar kant bleef het stil, ondanks alle berichten die ik insprak en de sms'jes die ik stuurde. Ik kwelde mezelf met de gedachte dat ze misschien net als een gewond dier een rustig plekje opzocht om in alle stilte te kunnen heengaan. Op een gegeven moment overwoog ik haar als vermist op te geven bij de politie, maar mijn verstand herinnerde me eraan dat CeCe een brief voor me had achtergelaten die haar afwezigheid verklaarde. Daardoor, en door het feit dat ze al zevenentwintig was, betwijfelde ik of de politie er veel energie in zou steken.

Ook miste ik High Weald. Ik moest de hele tijd aan Rory denken... en aan Mouse. Ik besefte dat hij er de afgelopen roerige weken voor me was geweest, precies op het moment dat ik hem nodig had.

Maar goed, nu was hij er niet, en ondanks mijn aanvankelijke voornemen om ja te zeggen op zijn voorstel om samen een weekendje weg te gaan, vermoedde ik door de radiostilte van zijn kant dat hij de moed had opgegeven.

Tegen het eind van de week tilde ik als een schim van mezelf mijn reistas op. Die had ik al dagen geleden ingepakt, aangezien ik toch niets beters te doen had. Net toen ik het appartement uit wilde lopen om naar Heathrow te gaan, ging mijn mobieltje.

Snel nam ik op. 'Hallo?'

'Star? Met Mouse. Sorry dat ik je stoor, maar ik ben vanochtend naar High Weald geweest, ik was er al vanaf het weekend niet meer geweest. Marguerite wilde nog wat tijd met Rory alleen doorbrengen, voordat ze naar Frankrijk vertrekt. Ik had het ook druk met de afwikkeling van de winkelverkoop en al het laatste geregel met de notaris. Toen ik eerder deze week belde om te vragen hoe het met Rory ging, zeiden ze dat je op zondag naar Londen bent vertrokken.'

'O.'

'Enfin, vanmorgen was ik daar dus en zag ik een briefje aan jou op de keukentafel staan. Is alles in orde? Met je zus, bedoel ik?'

'Ja... Ik bedoel... Nee, ze is weg en ik weet niet waarnaartoe.'

'O jee. Dan zul je wel heel ongerust zijn.'

'Een beetje wel, ja.'

‘Ben je daarom zondag vertrokken?’

‘Ja.’

‘Om heel eerlijk te zijn zou ik willen dat iemand mij dat verteld had! Je kunt je wel voorstellen wat ik dacht. Fijn hè, zo’n familie?’

‘Ja,’ zei ik opgelucht.

‘Luister, wil je dat ik naar Londen kom? Marguerite blijft tot dinsdag bij Rory, dus tot die tijd ben ik vrij.’

‘Ik sta op het punt om naar Noorwegen te gaan, want mijn zus geeft daar een concert.’

‘Welke zus?’

‘Ally. Die pas haar verloofde heeft verloren,’ legde ik uit. ‘Ze is zwanger.’

‘O.’ Aan de andere kant van de lijn bleef het even stil. ‘Is dat goed nieuws?’

‘Ja,’ zei ik resoluut. ‘Ally is er dolblij mee.’

‘Star...’

‘Ja?’

‘Ik mis je. Mis jij mij ook een beetje?’

Ik knikte, maar besefte toen dat hij me niet kon zien, dus haalde ik diep adem en deed mijn mond open. ‘Ja.’

Er viel een lange stilte. ‘Wauw. En, heb je de inhoud van de envelop gelezen?’

‘Ja.’

‘Wil je een paar dagen met me weg als je weer terug bent?’

‘Mag ik... daar even over nadenken?’

Er klonk een zucht van frustratie. ‘Oké, maar kun je het me morgen laten weten, voor de middag? Marguerite vertrekt dinsdag, dus ik moet halverwege de middag terug in Kent zijn om Rory op te halen. Als je nog wilt gaan, kom ik je zondag wel ophalen, op weg vanuit Kent.’

‘Ik zal het op tijd laten weten, ja.’

‘Nou, dan wens ik je een goede reis. Ik hoop dat je nog iets van CeCe hoort.’

‘Dank je wel. Dag.’

‘Dag.’

Ik racete de trap af naar de voordeur, in de hoop dat de taxi die ik besteld had nog zou staan te wachten. Terwijl we wegreden, kwam er een sms'je binnen op mijn telefoon.

> *Sorry, Sia, ik heb nu pas je berigtjes ontvangen. Was onderweg. Het gaat priema. Ik vertel alles als ik weer tuis ben. Hou van jou, Cee.*

Meteen sms'te ik terug:

> *Cee! Godzijdank! Ik was doodongerust. Het spijt me allemaal zo, zo ontzettend. Ik hou ook van jou.* HOU ME OP DE HOOGTE. *xxx*

Daarna leunde ik achterover in de taxi, euforisch van opluchting.

45

De lichten in het auditorium werden gedimd en ik zag dat mijn zus opstond van haar stoel op het podium. Onder haar zwarte jurk tekenden zich duidelijk de contouren van het nieuwe leven in haar buik af. Ally kneep haar ogen even dicht, alsof ze bad. Toen ze daarna de fluit aan haar lippen zette, zocht een hand die van mij en kneep er zacht in. Ik wist dat ook Ma de resonantie voelde.

Toen de prachtige, bekende melodie, die deel had uitgemaakt van mijn jeugd en die van mijn zussen op Atlantis, door de zaal zweefde en de muziek geleidelijk aanzwol, voelde ik wat van de spanning van de afgelopen weken uit me wegstromen. Terwijl ik luisterde, wist ik dat Ally speelde voor iedereen van wie ze hield en die ze had verloren, maar ik begreep ook dat er nu nieuw licht in haar leven was, net zoals de zon na een lange, donkere nacht weer opkomt. En toen het orkest met haar inviel en de prachtige muziek een hoogtepunt bereikte om het aanbreken van een nieuwe dag te huldigen, voelde ik hetzelfde.

Maar in míjn wedergeboorte hadden anderen geleden, en dat was het deel waarvoor ik nog een verklaring moest vinden. Ik was nog maar kortgeleden tot het inzicht gekomen dat er veel verschillende soorten liefde zijn.

In de pauze gingen Ma en ik naar de bar, en Peter en Celia Falys-Kings, die zich voorstelden als Theo's ouders, sloten zich bij ons aan om een glaasje champagne te drinken. Peter had zijn arm beschermend om Celia's middel geslagen en ze zagen eruit als een jong, verliefd stel.

'Santé,' zei Ma, en ze klonk met me. 'Wat een fantastische avond, hè?'

'Zeker,' antwoordde ik.

'Ally heeft prachtig gespeeld. Ik zou willen dat je andere zussen

haar ook hadden kunnen zien. En je vader, natuurlijk.'
Ik zag dat Ma ineens bezorgd haar wenkbrauwen fronste en vroeg me af wat haar geheimen waren. En hoe zwaar ze eronder gebukt ging. Net als ik onder mijn geheimen.

'Dus CeCe kon er niet bij zijn?' vroeg ze aarzelend.

'Nee.'

'Heb je haar nog gezien, de laatste tijd?'

'Ik ben tegenwoordig niet vaak meer in het appartement, Ma.'

'Dus jij bent de "mama" die voor Ally heeft gezorgd toen ze nog klein was?' vroeg Peter.

'Ja,' antwoordde ze.

'Je hebt geweldig werk geleverd,' zei hij.

'Dat heeft ze zelf gedaan, niet ik,' antwoordde Ma bescheiden. 'Ik ben heel trots op al mijn meisjes.'

'En jij bent een van Ally's beroemde zussen?' Peter richtte zijn doordringende ogen op mij.

'Ja.'

'Hoe heet je?'

'Star.'

'En de hoeveelste ben je?'

'De derde.'

'Interessant.' Hij keek me opnieuw aan. 'Ik was ook een derde. Er werd nooit naar me geluisterd en zelf liet ik me nooit horen. Komt dat je bekend voor?'

Ik reageerde niet.

'Maar er gaat veel in dat hoofd van je om, nietwaar?' ging hij verder. 'In dat van mij wel, in ieder geval.'

Ook al had hij het goed geraden, ik wilde het hem niet zeggen. En dus haalde ik zwijgend mijn schouders op.

'Ally is een heel speciaal mens. We hebben allebei een heleboel van haar geleerd,' zei Celia. Ze keek me hartelijk glimlachend aan en we veranderden van onderwerp. Ik vermoedde dat ze dacht dat mijn stiltes betekenden dat ik moeite had met Peter.

'Ja, dat klopt. En nu worden we grootouders. Wat een geschenk heeft je zus ons gegeven, Star,' zei Peter. 'En dit keer zal ik er wél zijn voor de kleine. Het leven is gewoon veel te kort, nietwaar?'

De bel om aan te geven dat het concert over twee minuten hervat zou worden luidde en de mensen om me heen dronken snel hun glas leeg, hoe vol het ook was. We liepen allemaal terug naar het auditorium en namen weer plaats. Ally had me gemaild over haar ontdekkingen in Noorwegen. Felix Halvorsen kwam het podium op en ik sloeg hem nauwlettend gade. Ik besloot dat Ally fysiek niet op hem leek, ook al was ze zijn naaste bloedverwant. Wat me ook opviel was de waggelende gang waarmee hij naar de piano liep, en ik vroeg me af of hij dronken was. Ik deed een schietgebedje dat het niet zo zou zijn. Uit wat Ally me eerder had verteld wist ik hoeveel deze avond voor haar en haar pas teruggevonden broer Thom betekende. Toen we eerder die dag met elkaar kennis hadden gemaakt, had ik meteen een goede indruk van hem gekregen.

Felix hield zijn vingers boven de toetsen en ik voelde dat iedereen in het publiek net als ik de adem inhield. De spanning werd pas doorbroken toen zijn vingers op de toetsen neerdaalden en de openingsmaten van 'Het heldenconcert' voor het eerst in het openbaar werden gespeeld. Achtenzestig jaar nadat ze geschreven waren, volgens het programma. Het volgende half uur werden we allemaal getrakteerd op een zeldzaam mooie uitvoering, die voortkwam uit een perfecte alchemie tussen componist en vertolker, vader en zoon.

En terwijl mijn hart samen met de prachtige muziek opsteeg, ving ik een glimp van de toekomst op. 'Muziek is liefde op zoek naar een stem.' Zacht citeerde ik Tolstoi. Nu moest ik míjn stem nog vinden. En de moed om te spreken.

Het applaus was verdiend stormachtig, het publiek was opgesprongen, stampte en juichte. Felix maakte buiging na buiging, wenkte zijn zoon en dochter uit het orkest om bij hem te komen staan, maande het publiek tot stilte en droeg zijn uitvoering op aan zijn overleden vader en zijn kinderen.

In zijn gebaar zag ik het levende bewijs dat het mogelijk is om verder te gaan. En om een verandering door te maken die anderen ten slotte zullen accepteren, hoe moeilijk dat ook is.

Terwijl de mensen overeind kwamen van hun zitplaats tikte Ma me op mijn schouder en zei iets tegen me.

Ik knikte haar niet-begrijpend toe omdat ik haar niet verstond en stamelde dat ik haar in de foyer zou zien. En toen zat ik daar. Alleen. Na te denken. Terwijl ik dat deed, was ik me er vaag van bewust dat de toeschouwers over het gangpad langs me liepen. Op dat moment zag ik een bekende figuur vanuit mijn ooghoeken.

Terwijl mijn hart sneller begon te kloppen, stond mijn lichaam uit eigen beweging op en ik rende door het lege auditorium naar de woelende menigte bij de achteruitgangen. Ik zocht wanhopig naar nog een glimp, smeekte of ik dat onmiskenbare profiel nog een keer mocht zien.

Ik baande me een weg door de foyer en mijn benen droegen me naar buiten, de ijskoude decemberlucht in. Op de straat bleef ik staan. Ik hoopte nog een flits op te vangen om het zeker te weten, maar ik wist dat hij verdwenen was.

'Daar ben je!' Ma kwam achter me aan. 'We dachten dat we je kwijt waren. Star? Gaat het wel?'

'Ik... ik geloof dat ik hem zag, Ma. In het auditorium.'

'Wie?'

'Pa! Ik weet zeker dat hij het was.'

'O, chérie.' Ma sloeg haar armen om me heen terwijl ik bleef staan, verstijfd van de schrik. 'Wat naar voor je. Die dingen gebeuren wel vaker als we een dierbare hebben verloren. Ik denk aldoor dat ik je vader zie op Atlantis... in zijn tuin, op de Laser... en ik blijf maar denken dat hij elk moment uit zijn studeerkamer kan komen.'

'Hij was het echt, dat weet ik zeker,' fluisterde ik tegen Ma's schouder.

'Dan was het misschien zijn geest die in de concertzaal was, om naar Ally te luisteren. Wat speelde ze prachtig, hè?' Met vaste hand voerde ze me mee het pad af.

'Ja, het was een heerlijke avond, totdat...'

'Probeer er maar niet over na te denken, daardoor raak je alleen maar van streek. Die arme Ally dacht ook al dat ze zijn stem aan de telefoon hoorde, toen ze op Atlantis was. Maar het was natuurlijk het antwoordapparaat. Enfin, er staat een auto klaar om ons naar het restaurant te brengen. Theo's ouders zijn al ingestapt.'

Tijdens de rit liet ik Ma het woord doen. Het duizelde me nog steeds van de schrik. Ze had ongetwijfeld gelijk, het was gewoon een oudere man geweest met ongeveer dezelfde lichaamsbouw, die ik – in mijn wanhoop en van een afstandje – had aangezien voor Pa Salt.

Het restaurant was knus en door kaarsen verlicht en toen Ally binnenkwam met haar tweelingbroer Thom, stonden we allemaal op om hun een applaus te geven.

'Wachten we nog op iemand?' Ma keek naar de lege stoel aan het hoofd van de tafel.

'Die stoel is voor onze vader,' legde Thom in vlekkeloos Engels uit, toen hij naast me kwam zitten. 'Maar we denken niet dat hij komt, hè, Ally?'

'Vanavond kunnen we dat wel door de vingers zien,' zei ze glimlachend. 'Toen we vertrokken, werd hij nog omringd door verslaggevers en bewonderaars die hem de hemel in prezen. Hij heeft hier lang op gewacht. Dit is zijn avond.'

'Ally heeft me gedwongen om hem nog een kans te geven,' vertrouwde Thom me toe. 'En ze had gelijk. Na vanavond ben ik zo trots op hem. *Skål*!' Hij tikte mijn glas champagne aan met het zijne.

'Iedereen verdient een tweede kans, hè?' fluisterde ik, bijna in mezelf.

De rest van de avond vermaakte ik me met Thoms verhalen over Ally die opeens bij hem op de stoep had gestaan en over hun ontdekking dat ze een tweeling waren.

'En dat allemaal hierdoor.' Uit zijn zak haalde hij een beeldje van een kikker, dat hij op de tafel zette. 'Iedereen in het orkest had er vanavond eentje, als eerbetoon aan de grote man zelf.'

Het was al laat toen we het restaurant verlieten en buiten afscheid van elkaar namen.

'Hoe laat vertrekken jullie morgen?' vroeg Ally aan Ma en mij toen we elkaar een knuffel gaven.

'Mijn vlucht naar Genève gaat om tien uur, maar Star vertrekt pas om drie uur.'

'Heb je dan misschien zin om thuis bij me langs te komen, zodat we fatsoenlijk kunnen bijpraten?' stelde Ally voor. 'Van daaruit kun je een taxi naar de luchthaven nemen.'

'Of ik breng haar weg,' viel Thom haar bij.

'Dat spreken we morgen wel af. Welterusten, lieve Star. Slaap lekker.' Ze zwaaide nog even naar me voordat ze in een auto stapte.

Thom maakte ook aanstalten om in te stappen. 'Tot morgen,' zei hij glimlachend, en daarna reden ze samen weg.

De volgende ochtend keek ik vol ontzag uit het raampje toen ik door de taxi naar het huis van Ally en Thom werd gebracht. Gisteravond was het te donker geweest om de sneeuwtoppen rondom Bergen te zien, maar nu bleek dat het landschap regelrecht van een kerstkaart afkomstig leek te zijn. We reden steeds verder omhoog, tot we bij een smalle weg aankwamen en stilhielden voor een traditioneel huis met overnaadse planken. Zo te zien was het onlangs nog geschilderd met crèmekleurige verf, en de luiken waren vaalblauw.

'Star, kom binnen.' Ally begroette me vanuit de deuropening.

Snel stapte ik de heerlijk warme hal in. 'Ally, wat is het hier prachtig!' zei ik toen ze me meevoerde naar een zonnige woonkamer met een comfortabel uitziende bank en lichte houten meubelen in Scandinavische stijl. Voor het enorme erkerraam stond een vleugel, met uitzicht op het meer beneden en de met sneeuw bedekte heuvels in de verte.

'Wat een uitzicht,' verzuchtte ik. 'Het doet me denken aan Atlantis.'

'Mij ook, maar dan op een of andere manier wat minder overweldigend, net als alles hier in Bergen, de inwoners incluis. Koffie of thee?'

Ik vroeg om koffie en ging voor een moderne glazen haard zitten waar een gezellig vuurtje in brandde.

'Alsjeblieft.' Ally zette een mok voor me neer en kwam naast me op de bank zitten. 'Hemeltje, Star, waar moeten we beginnen? Er valt zo veel bij te praten. Thom zei dat hij je al grotendeels heeft verteld wat er hier zoal is gebeurd, dus ik ben vooral benieuwd naar jou. Hoe is het trouwens met CeCe? En belangrijker nog, wáár is CeCe? Ik ben het niet gewend om jullie los van elkaar te zien.'

'Ik weet het niet. Ze is uit Londen vertrokken. En...' Ik besloot het maar op te biechten. 'Dat is mijn schuld.'

'Hebben jullie ruzie gehad?'

'Ja... Ik... Nou ja, ik probeer gewoon een eigen leven op te bouwen.'

‘En CeCe nog niet?’

‘Nee. Ik voel me zo schuldig, Ally.’

‘Tja, misschien wordt het weleens tijd dat zij zichzelf ook beter leert kennen. Zo ging het niet langer. We maakten ons allemaal zorgen om jullie omgang met elkaar.’

‘Is dat zo?’

‘Ja. Als je het mij vraagt, is het heel belangrijk dat jullie ieder je eigen weg gaan. Bovendien is het vast maar tijdelijk.’

‘Dat hoop ik dan maar. Ik wil gewoon weten waar ze is. Ze was van streek omdat ik haar niet had verteld over de ontmoeting met mijn moeder.’

‘Heb je je moeder gevonden? Wauw, Star! Vertel eens wat meer over haar.’

Dat deed ik, zoals altijd worstelend om de juiste woorden te vinden, maar door Ally’s sturende vragen lukte het me om het hele verhaal zo kloppend en bondig mogelijk te vertellen.

‘Goeie genade. En ik maar denken dat mijn reis ingewikkeld en traumatisch was,’ zei Ally ademloos. ‘En, hoe zit het met die Mouse? Ga je hem nog een kans geven?’

‘Ik... denk van wel.’

‘Waag het er gewoon op, nu het nog kan,’ moedigde ze me aan. ‘Ik weet beter dan wie dan ook dat niets eeuwig blijft duren.’

‘Ja.’ Instinctief pakte ik haar hand beet. ‘Ze hebben me nodig. Allebei. Vader en zoon.’

‘En dat willen we allemaal, hè? Het gevoel hebben dat iemand ons nodig heeft?’ Even streek ze over haar opbollende buik. ‘Ik kan maar beter een taxi voor je bellen. Thom vond het heel jammer dat hij vanochtend weg moest voor een nabespreking van het concert van gisteren.’ Glimlachend stond ze op en liep naar de telefoon. ‘Hij is nogal van je onder de indruk. Kan ik tegen hem zeggen dat je al bezet bent?’

‘Ja,’ zei ik. ‘Volgens mij wel.’

Op het vliegveld van Bergen, vlak voordat ik in het vliegtuig stapte, pakte ik mijn mobieltje en sms’te Mouse.

Heel graag.

De volgende ochtend in Londen zag ik bij het wakker worden dat het al half tien was. Mouse zou me om elf uur komen ophalen.

Mijn maag maakte eerst een koprol en vervolgens een dubbele achterwaartse salto toen ik onder de douche over zijn komst stond na te denken. En over de dag en de avond die daarop zouden volgen.

Ik pakte mijn reistas opnieuw in en liet er voor de zekerheid de zwarte jurk in zitten die ik tijdens het concert had aangehad. Daarna trok ik de dikke wollen trui aan die ik in Bergen voor mezelf had gekocht. Ik pakte mijn wandelschoenen in en legde huiverend twee setjes schoon ondergoed bovenop.

Als hij het eenmaal weet, neemt hij me misschien niet eens mee, dacht ik paniekerig.

Stipt om elf uur werd er aangebeld en drukte ik op de zoemer om hem binnen te laten. Mijn hart ging wild tekeer toen ik de lift naar boven hoorde komen en het geluid van zijn voetstappen door de smalle hal klonk.

'De deur is open,' riep ik, maar het kwam eruit alsof mijn stembanden werden afgeklemd door een wurgslang.

'Hoi,' zei hij glimlachend. Hij liep naar me toe, maar bleef op een paar meter afstand staan. 'Star, wat is er? Is er iets gebeurd? Je ziet er doodsbang uit.'

'Dat ben ik ook.'

'Waarom? Komt het door mij?'

'Nee... en ook weer wel.' Ik probeerde diep adem te halen en elk grammetje moed dat ik bezat te verzamelen. 'Kun je even gaan zitten, alsjeblieft?'

'Oké.' Hij liep naar de bank. 'Ben je van gedachten veranderd? Maak je je daarom zo druk?'

'Nee. Alleen... moet ik je iets vertellen.'

'Ik ben een en al oor.'

'Het zit zo...' Nu begon ik te ijsberen. 'Het zit zo dat...'

'Star, wat het ook is, het kan niet erger zijn dan wat ik aan jou heb verteld. Zeg het nou maar gewoon.'

Ik wendde me van hem af, deed mijn ogen dicht en zei het hardop: 'Ik ben... nog maagd.'

De stilte terwijl ik op zijn antwoord wachtte, leek een eeuwigheid te duren.

'Oké. Is dat alles? Alles wat je me wilde vertellen, bedoel ik?'

'Ja!' Ik schrok toen hij voorzichtig zijn hand op mijn schouder legde.

'Heb je weleens een relatie gehad?'

'Nee. CeCe en ik... we waren altijd bij elkaar. Er was nooit gelegenheid toe.'

'Ik begrijp het.'

'Echt?'

'Ja.'

Met gloeiende wangen van schaamte liet ik toe dat hij me omdraaide en zijn armen om me heen sloeg. 'Ik voel me zo stom,' mompelde ik. 'Ik ben al zevenentwintig en...'

Zo bleven we even staan, terwijl hij me rustig over mijn haar streelde.

'Star? Mag ik iets zeggen?'

'Ja.'

'Misschien klinkt het vreemd, maar het feit dat je, bij gebrek aan een betere term, nog onaangeraakt bent door iemand anders, is niet negatief, maar juist heel mooi. En nu we het er toch over hebben, het is al jaren geleden dat ik... Enfin, ik kan in alle eerlijkheid zeggen dat je niet de enige bent die hier slapeloze nachten van heeft gehad.'

Die bekentenis zorgde ervoor dat ik me al ietsje beter voelde.

Hij maakte zich van me los en pakte mijn handen beet. 'Star, kijk me eens aan.'

Ik keek op.

'Voordat we hiermee doorgaan, wil ik dat je weet dat ik je nooit, maar dan ook nooit zou dwingen of onder druk zou zetten, zolang jij dat ook maar niet bij mij doet. We moeten respect hebben voor elkaar, toch?'

'Ja.'

'Dus...' Hij keek me aan. 'Zullen we het erop wagen? Twee beschadigde mensen die proberen elkaars brokstukken weer te lijmen?'

Ik keek door het raam naar de rivier, die onophoudelijk en onbelemmerd bleef stromen. En ik voelde de beschermende dam die ik om mijn hart had opgetrokken afbrokkelen. Toen ik hem weer aankeek, voelde ik de liefde eindelijk door de scheurtjes sijpelen. Hopelijk zou het op een dag een vloedgolf worden.

'Ja,' zei ik.

'Wat is dit precies voor plek?' vroeg ik toen Mouse onze reistassen uit de kofferbak pakte en er een kruier naar buiten kwam om ze van hem over te nemen.

'Herken je het niet uit Flora's dagboeken?'

Ik keek naar het grote, grijze huis. Door de ramen stroomde warm licht de schemering in. Opeens wist ik het. 'Dit is Esthwaite Hall, het ouderlijk huis van Flora MacNichol!'

'In één keer goed. Toen ik een logeeradres zocht in het Lake District, kwam ik erachter dat het huis onlangs is omgebouwd tot een hotel.' Mouse drukte een kus op mijn kruin. 'Hier is jouw verhaal – en het mijne in zekere zin ook – begonnen. Zullen we naar binnen gaan?'

Bij de receptie bood hij me heel beleefd aan om in aparte kamers te slapen, maar in plaats daarvan besloten we een suite te nemen en vroeg Mouse om een opklapbed voor in de woonkamer, waar hij dan zou slapen. 'Ik wil niet dat je weer in paniek raakt,' verzekerde hij me.

Boven trok ik mijn nieuwe zwarte jurk aan voor het diner in het chique restaurant.

Toen ik de badkamer uit kwam, floot Mouse zachtjes. 'Star, je ziet er betoverend uit. Ik had nog nooit je blote benen gezien en ze zijn zo lang en slank... Sorry,' zei hij snel. 'Ik wilde alleen maar zeggen dat ik je beeldschoon vind. Mag dat?'

'Dat mag.' Ik glimlachte.

Tijdens het eten legde Mouse uit dat hij door zijn voormalige carrière als architect niemand hoefde in te huren om de bouwtekeningen voor de renovatie van High Weald te maken. Zijn felgroene ogen begonnen te stralen toen hij het over de toekomst van het huis had, en opeens besefte ik dat hij er net zo dol op was als ik. Nu ik hem zag als de hartstochtelijke man die hij ooit geweest moest zijn, voelde ik dat het stroompje in mijn eigen hart steeds wilder begon te kolken.

'Voordat ik het vergeet...' Uit de zak van zijn jasje haalde hij een bekend juweliersdoosje tevoorschijn. 'Deze heb ik net terug van Sotheby's. Het is inderdaad een Fabergé, gemaakt in opdracht van koning Edward VII. Het is heel veel geld waard, Star.' Hij gaf het doosje aan mij.

Ik haalde het beeldje eruit en verwonderde me over het feit dat Flora MacNichol dit ooit had gekoesterd, en over de reis die zij had afgelegd. 'Ik weet niet of dit echt wel aan mij toebehoort.'

'Natuurlijk wel. Eerlijk gezegd ging ik ervan uit dat Teddy het beeldje jaren geleden al had verpand. Dat heeft hij wel gedaan met andere kostbaarheden van de familie. Hoe het ook in je bezit is gekomen, je bent Teddy's achterkleinkind. Dit hoort bij jouw voorgeschiedenis, Star. Weet je, de laatste tijd denk ik veel na over het verleden.' Mouse keek naar Panther, die nog steeds op mijn handpalm rustte. 'En ik begrijp wat Archies bedoeling was toen hij Teddy als zijn eigen zoon inschreef bij de burgerlijke stand. Het trauma dat hij had opgelopen tijdens de oorlog...' Hij schudde zijn hoofd. 'Wat de gevolgen ook waren, hij wilde iets goeds zetten tegenover alle dood en verderf die hij had gezien, door High Weald over te dragen aan het kind van een onbekende soldaat. Precies zoals ik hoop iets goed te maken door het huis voor Rory te renoveren.'

'Ja. Ik vond dat een heel mooi gebaar van hem.'

Na het eten nam hij me mee terug naar onze suite. 'Goed,' zei hij, eenmaal binnen, 'dan wens ik je nu maar een goede nacht.'

Ik keek toe terwijl hij zijn jasje in de woonkamer uittrok. Na een korte aarzeling liep ik naar hem toe, ging op mijn tenen staan en kuste hem op zijn wang. 'Welterusten.'

'Mag ik je een knuffel geven?' fluisterde hij.

'Heel graag.'

Terwijl hij dat deed, roerde er zich iets diep in mijn binnenste.

'Mouse?'

'Ja?'

'Zou je me willen zoenen?'

Hij tilde mijn kin op en glimlachte. 'Dat lijkt me wel wat, ja.'

Toen we de volgende ochtend wakker werden, ontvouwde het Lake District zich als een cadeautje achter de ramen van onze suite. Die dag gingen we op verkenningstocht. We bezochten Hill Top Farm, het oude huis van Beatrix Potter dat nu een museum was, en reden door naar Wynbrigg Farm, Flora's huis, waar ze zo veel eenzame jaren had doorgebracht. En ik kneep nog wat harder in de hand van Mouse, omdat ik me ervan bewust was dat ik maar nipt aan datzelfde lot was ontsnapt.

Terug bij het hotel liepen we door de bomen langs Esthwaite Water en zagen bij zonsondergang een leeuwerik door de mist over het meer scheren. Met roze neuzen van de kou stonden we hand in hand te genieten van het serene uitzicht, waardoor we allebei stil werden van ontzag.

Die avond gingen we naar de Tower Bank Arms, de plaatselijke pub waar Archie Vaughan verbleef toen hij die eerste keer op bezoek was gekomen bij Flora.

'Misschien had ik hier moeten inchecken, net als hij destijds,' zei hij met een wrang glimlachje.

'Ik ben blij dat je dat niet hebt gedaan,' antwoordde ik, en ik besefte dat ik het meende. Hoewel ik na onze zoen apart van Mouse had geslapen, had ik eenmaal in bed wel een heerlijke tinteling door mijn lichaam voelen gaan. Ik wist dat het er uiteindelijk wel van zou komen, als ik maar de tijd kreeg om hem te leren vertrouwen. Misschien zou ik zelfs wel kunnen genieten van de aanloop daarnaartoe.

De volgende ochtend checkten we uit bij Esthwaite Hall en reed Mouse ons naar de Langdale Valley, waar we een wandeling door de majestueuze bergpas maakten.

Opeens kwam er een gedachte bij me op. 'Mouse?'

'Ja?'

'Wat is eigenlijk je echte naam? Ik weet alleen dat die met een "o" begint.'

Zijn lippen kromden zich in een wrange glimlach. 'Ik dacht dat je het nooit zou vragen.'

'Nou?'

'Ik heet Oenomäus.'

'Mijn god!'

'Ik weet het. Absurd, hè?'

'Je naam?'

'Ja, die natuurlijk ook. Daar mag je mijn vader de schuld van geven, want die was geobsedeerd door de Griekse mythologie. Maar ik bedoelde eigenlijk dat het zo toevallig is. Volgens de mythe was Oenomäus getrouwd met Asterope. Al was hij volgens andere verhalen haar zoon.'

'Ja, ik ken de legendes rondom mijn naam. Waarom heb je dit niet eerder gezegd?'

'Ik heb je al eens gevraagd of je in het lot gelooft. Toen zei je van niet. Terwijl ik die eerste dag dat ik je op High Weald zag en hoorde wat je echte naam was, al wist dat we voor elkaar bestemd waren.'

'Echt waar?'

'Ja. Het stond in de sterren geschreven,' plaagde hij me. 'En nu lijkt het erop dat zowel vader als zoon aan je voeten ligt.'

'Oké... vind je het goed als ik je gewoon Mouse blijf noemen?'

Toen klonk het geluid van onze schaterlach door de Langdale Valley en nam Oenomäus Forbes, Lord Vaughan van High Weald, me stevig in zijn armen.

'En?' vroeg hij.

'Hoe bedoel je, "en"?'

'Ga je vanavond met me mee terug naar High Weald, Asterope?'

'Ja,' zei ik zonder aarzelen. 'Morgen moet ik werken, weet je nog?'

'Natuurlijk moet je dat, ouwe romanticus. Goed dan.' Hij liet me los en pakte mijn hand. 'Dan wordt het tijd om naar huis te gaan.'

CECE

DECEMBER 2007

Camelia (Theaceae-familie)

46

Ik zat op Heathrow te wachten tot mijn vlucht werd omgeroepen en keek naar de andere passagiers die voorbijliepen, kletsend met hun kinderen of hun partner. Iedereen zag er gelukkig uit, verwachtingsvol. En zelfs van degenen die maar in hun eentje reisden, vermoedde ik dat er iemand was die op hun eindbestemming op hen wachtte.

Ik had niemand meer – niet hier en niet waar ik naartoe ging. Opeens kreeg ik medelijden met al die oude mannetjes die ik op bankjes in de Londense parken had zien zitten, op weg naar college en terug naar huis. Ik had gedacht dat ze gewoon zaten te genieten van de drukte om hen heen, in het winterzonnetje... maar nu besefte ik hoeveel erger het was om je alleen te voelen in een grote menigte. En ik wilde dat ik een keer was blijven staan om iemand gedag te zeggen. Net zoals ik zou willen dat iemand dat nu bij mij deed.

Sia, waar ben je?

Ik zou willen dat ik kon opschrijven wat er in mijn hoofd omgaat en dat naar jou zou kunnen sturen, zodat je kon lezen hoe ik me echt voel. Maar je weet dat de woorden er op papier verkeerd uitkomen. Het heeft me een eeuwigheid gekost om je die brief te schrijven die ik voor je in het appartement heb achtergelaten, en zelfs die was waardeloos. En je bent hier niet om tegen te praten, dus moet ik het allemaal maar in mijn gedachten doornemen, midden in Terminal 3.

Ik dacht dat je mijn noodkreet wel zou horen. Maar dat gebeurde niet. Ik voel al weken dat je steeds verder van me af komt te staan, en ik heb zo hard mijn best gedaan om je los te laten. Om er niet mee te zitten dat je telkens wegging naar die familie, of dat je je aan me stoorde, net als iedereen.

Bij jou heb ik altijd mezelf kunnen zijn. Ik dacht dat je daarom van me hield. Accepteerde wie ik was. En wat ik voor jou probeerde te doen.

Ik weet hoe anderen over me denken. En ik weet niet precies waar het misgaat, want ik heb het allemaal in me – de goede dingen, zoals liefde, de wil om voor mensen te zorgen en vrienden te maken. Het lijkt wel of er een schakelaar zit tussen wie ik vanbinnen ben en wat er vanbuiten naar buiten komt. Trouwens, ik weet dat die zin niet klopt, met twee keer 'buiten' want dat soort dingen corrigeerde jij altijd in mijn opstellen voordat ik ze inleverde.

We hebben elkaar altijd aangevuld. Jij praatte niet graag, maar ik kon de woorden voor jou zeggen, precies zoals jij beter kon schrijven dan ik. We waren een goed team.

Ik dacht dat je dolgelukkig zou zijn toen ik dat appartement voor ons had gekocht. Daar konden we voorgoed veilig zijn. Niet meer reizen, want ik wist dat je daar genoeg van had. Het werd tijd om ons te settelen en gewoon onszelf te zijn, samen. Maar dat appartement leek alles alleen nog maar erger te maken.

Pas de afgelopen dagen, toen ik alleen in dat appartement zat te wachten totdat jij me zou bellen, drong het tot me door. Door mij voelde je je net een gekooide tijger die niet kon ontsnappen. Ik deed bot tegen je vrienden, of het nou mannen of vrouwen waren, omdat ik bang was de enige persoon kwijt te raken die van me leek te houden, buiten Pa en Ma...

Daarom ben ik weggegaan, Sia. Ik laat je even alleen, omdat ik weet dat je dat wilt. Omdat ik meer van je hou dan wie ook ter wereld, maar je volgens mij iemand anders hebt gevonden die van je houdt en je mij niet meer nodig hebt...

Toen ik opkeek, zag ik dat de gate voor mijn vlucht geopend was. Mijn maag maakte een salto, want ik was nog nooit in een vliegtuig gestapt zonder Sia aan mijn zijde. Zij zat altijd bij het raampje en ik naast haar op de middelste stoel, omdat zij graag in de wolken was. Ik had altijd liever vaste grond onder mijn voeten gehad en daarom had ze me altijd een kwartier voor het opstijgen een pilletje gegeven, zodat ik meteen in slaap zou vallen en niet bang zou zijn.

Ik zocht in het voorste vak van mijn rugzak naar mijn portemonnee, want ik wist zeker dat ik daar het pilletje in had gestopt voordat ik uit het appartement vertrok, maar er was geen pil te bekennen.

Dan maar zonder, besloot ik terwijl ik in het vak bleef rommelen, op zoek naar mijn paspoort en instapkaart. Voortaan zou ik het zonder een heleboel dingen moeten stellen. Mijn vingers raakten de envelop waar de brief van Pa Salt in zat. Ik haalde hem tevoorschijn en zag dat er stukjes van een oude jamdonut aan vastgeplakt zaten en dat de envelop nu onder de suiker en de vlekken zat. Dat was ik ten voeten uit, zelfs de belangrijkste brief die ik ooit had ontvangen kon ik niet netjes houden. Ik veegde de suiker eraf, haalde het kleine zwart-witfototootje tevoorschijn en staarde er voor de honderdste keer naar. Ik wist dat een van hen al dood was, maar de ander...

Nou ja, in ieder geval was er ooit nog íémand geweest bij wie ik echt had gehoord. En, troostte ik mezelf, ik had tenminste mijn kunst nog, het enige wat niemand me ooit zou kunnen afnemen.

Ik stopte de envelop terug in het voorste vak, stond op en hees de rugzak op mijn rug. Daarna volgde ik de mensenstroom die zich langzaam naar de gate begaf en vroeg me af waarom ik al mijn plannen in vredesnaam overboord gooide. Maar om heel eerlijk te zijn was Sia niet de enige die zo veel moeite had met de verandering. Al na een paar weken in Londen was het bij me gaan kriebelen om weer de wijde wereld in te trekken. Ik was er heel slecht in om langer dan een paar weken op dezelfde plek te blijven, altijd al geweest ook. Het was tot me doorgedrongen dat ik een diepgewortelde angst had om ergens vast te komen zitten.

Dat had je moeten bedenken voordat je je inschreef op de kunstacademie, uilskuiken...

Ik kon nergens zo van genieten als van het gevoel dat ik al mijn bezittingen op mijn rug droeg en niet wist waar ik de nacht zou doorbrengen. Van vrij zijn. En het goede nieuws was, veronderstelde ik, dat ik voortaan mijn leven op die manier zou kunnen invullen.

Het ging door me heen hoe vreemd het was dat ik uitgerekend op weg was naar een van de twee plekken in de wereld die ik altijd had gemeden.

Ik volgde de bewegwijzering en stapte de rolband op toen mijn blik op een reclameposter van een bank viel. In gedachten gaf ik de ontwerper daarvan net een standje voor zijn gebrek aan fantasie, toen ik in een flits een heel vertrouwd gezicht langs me heen zag lopen. Mijn hart sprong bijna uit mijn borstkas en ik draaide me om en strekte mijn nek om hem te zoeken. Maar hij liep bij me vandaan en ik ging met een vaartje de andere kant op.

Ik begon over de band terug te rennen. Onderweg botste ik met mijn rugzak tegen de andere mensen op de band op, maar in mijn wanhoop om eraf te komen kon me dat niets schelen. Aan het einde maakte ik een scherpe bocht en bleef verder rennen. Mijn adem kwam met horten en stoten door de schrik en het gewicht van mijn rugzak. Ik ontweek de mensen die me tegemoetkwamen, tot ik uiteindelijk aankwam bij de ingang van de vertrekhal.

Verwoed speurde ik de menigte af om nog een glimp van hem op te vangen, maar toen ik de laatste oproep voor mijn vlucht hoorde, wist ik dat het te laat was.

DANKWOORD

Dit project was niet mogelijk geweest zonder de raad en daad van een heleboel mensen. Ik ben ze dan ook intens dankbaar voor hun steun bij deze marathon van zeven boeken.

In het Lake District: veel dank aan Anthony Hutton van de Tower Bank Arms, de plaatselijke pub van Beatrix Potter in Near Sawrey, voor zijn diepgaande kennis van de plaatselijke geschiedenis en zijn gastvrijheid. Ook bedank ik Alan Brockbank, die op zijn vijfennegentigste nog de tijd heeft genomen voor een interview over het leven in het dorp toen Beatrix nog leefde en om wie we regelmatig krom hebben gelegen van het lachen, door de avonturen waarvan hij ons met een stalen gezicht deelgenoot maakte. Daarnaast bedank ik Catherine Pritchard, namens het National Trust de beheerder van Hill Top Farm, voor haar expertise over alles wat met Miss Potter te maken heeft. Ik had niets liever gewild dan alle eigenaardige details over het leven van Beatrix op te nemen in dit boek, want tot de dag waarop ze stierf was ze altijd in de weer, als echtgenote, boerin, auteur, illustrator, onderzoeker, natuurbeschermer, dierenliefhebber en voor velen een vriendin.

Mijn dank gaat tevens uit naar Marcus Tyers, de eigenaar van St. Mary's Books in Stamford, voor zijn uiterst kostbare kennis van de handel in zeldzame boeken, en voor zijn suggestie van de prijs die Orlando voor *Anna Karenina* zou hebben betaald (een exorbitant hoog bedrag!).

Verder bedank ik mijn fantastische assistente Olivia, die in haar eentje dapper de heuvels in het Lake District beklommen heeft op zoek naar een monument ter ere van Edward VII waarvan ik keihard beweerde dat het bestond, wat niet zo bleek te zijn! En mijn ijverige redactie- en researchteam bestaande uit Susan Moss en Ella Micheler, die me hebben geholpen met het in goede banen leiden van Stars recepten en de informatie over Britse gebarentaal en de dovengemeenschap.

Een bedankje aan mijn dertig internationale uitgevers in de hele wereld, van wie ik met trots kan zeggen dat ik ze inmiddels tot mijn vriendenkring reken – met name Catherine Richards en Jeremy Trevathan van Pan Macmillan UK; Claudia Negele en Georg Reuchlein van Random House Germany; het team bij Cappelen Damm Norway: Knut Gørvell, Jorid Mathiassen, Pip Hallen en Marianne Nielsen; Annalisa Lottini en Donatella Minuto van Giunti Editore in Italië en Sarah Cantin en Judith Curr van Atria in de VS.

Het schrijven van Stars verhaal was me een groot genoegen, omdat ik het voor de verandering kon doen met alle gemakken van thuis, gesteund door mijn familie. Ze hebben geleerd om geen acht op me te slaan als ik op alle denkbare uren van de dag en nacht als een schim door het huis dwaalde, in mijn dictafoon praatte en alle losse eindjes van dit boek met elkaar verbond. Harry, Bella, Leonora en Kit, jullie weten hoeveel jullie voor me betekenen. En daarnaast bedank ik Stephen, mijn echtgenoot en impresario die me altijd op het rechte pad weet te houden, op allerlei manieren! Wat zou ik zonder jou moeten? Een speciaal bedankje gaat uit naar Jacquelyn Heslop, die het Riley-fort zo capabel bewaakt en voor ons allemaal zorgt. Verder bedank ik mijn zus Georgia en Janet, mijn moeder. En Flo, aan wie ik dit boek heb opgedragen. Ik mis je.

Tot slot, mijn lezers. In 2012 klonk het als een volkomen gestoord idee om een reeks van zeven boeken te schrijven. Ik had nooit kunnen vermoeden dat de verhalen van mijn zussen zo veel mensen in de wereld zouden raken. Ik voel me vereerd en heel nederig door alle e-mails, brieven en woorden van steun die ik ontvang en omdat ik het geluk heb gehad om een aantal van jullie persoonlijk te ontmoeten op mijn tournees door de wereld. Dank jullie wel.

BIBLIOGRAFIE

Dit boek is fictie die tegen een historische achtergrond is gezet. De bronnen die ik heb gebruikt in mijn onderzoek naar de tijd waarin mijn personages leefden en de details daarvan staan hieronder:

Munya Andrews, *The Seven Sisters of the Pleiades* (North Melbourne, Victoria: Spinifex Press, 2004).

Susan Denyer, *Beatrix Potter at Home in the Lake District* (Londen: Frances Lincoln, 2004).

Roy Hattersley, *The Edwardians* (Londen: Abacus, 2014).

Philippe Jullian en John Phillips, *Violet Trefusis: Life and Letters* (Bristol: Hamish Hamilton, 1976).

Sonia Keppel, *Edwardian Daughter* (Londen: Hamish Hamilton, 1958).

Raymond Lamont-Brown, *Edward VII's Last Loves: Alice Keppel and Agnes Keyser* (Londen: Sutton Publishing, 2005).

Linda Lear, *Beatrix Potter: The extraordinary life of a Victorian genius* (Londen: Penguin, 2008).

Leslie Linder, *A History of the Writings of Beatrix Potter* (Londen: Frederick Warne, 1971).

Tim Longville, *Gardens of the Lake District* (Londen: Frances Lincoln, 2007).

Peter Marren, *Britain's Rare Flowers* (Londen: Academic Press, 1999).

Marta McDowell, *Beatrix Potter's Gardening Life* (Londen: Timber Press, 2013).

George Plumptre, *The English Country House Garden* (Londen: Frances Lincoln, 2014).

J.B. Priestley, *The Edwardians* (Londen: Penguin, 2000).

Jane Ridley, *Bertie: A Life of Edward VII* (Londen: Chatto & Windus, 2012).
Vita Sackville-West, *The Edwardians* (Londen: Virago, 2004).
Diana Souhami, *Mrs. Keppel and Her Daughter* (Londen: HarperCollins, 1996).
Judy Taylor, *Beatrix Potter: Artist, Storyteller and Countrywoman* (Londen: Frederick Warne, 1986).
Violet Trefusis, *Don't Look Round* (Londen: Hamish Hamilton, 1989).

NOOT VAN DE AUTEUR

Toen ik op het idee kwam om een reeks boeken te schrijven gebaseerd op het gesternte van de Zeven Zusters, had ik geen idee waar dat toe zou leiden. Ik voelde me erg aangesproken door het gegeven dat ieder van de mythische zussen volgens de legende een unieke, sterke vrouw was. Sommigen beweren dat zij de Zeven Moeders waren die het leven op aarde hebben gesticht – in ieder geval zijn ze in de verhalen wel allemaal erg vruchtbaar! – en veel kinderen hebben gekregen bij de diverse goden die gefascineerd raakten door hun kracht, schoonheid en mystieke uitstraling.

En ik wilde een eerbetoon schrijven aan de prestaties van vrouwen, vooral in het verleden. Hun bijdrage aan de wereld zoals die nu is wordt veel te vaak overschaduwd door de veel beter gedocumenteerde prestaties van mannen.

Maar de definitie van feminisme is gelijkheid, geen dominantie, en de vrouwen over wie ik schrijf, zowel uit het verleden als uit het heden, aanvaarden dat ze mannen in hun leven willen en nodig hebben. Misschien zijn mannelijk en vrouwelijk het ware yin en yang van de natuur en moeten die twee krachten ernaar streven om met elkaar in balans te komen – om elkaars individuele sterke en zwakke kanten te accepteren.

Natuurlijk hebben we allemaal liefde nodig; niet noodzakelijkerwijs in de traditionele vorm van trouwen en kinderen krijgen, maar ik geloof wel dat liefde de echte bron van het leven is en dat we zonder zouden verwelken en sterven. De reeks over de zeven zussen staat in het teken van de oeverloze zoektocht naar liefde en verkent wat de verwoestende gevolgen zijn als we die liefde kwijtraken.

Op mijn reizen door de wereld, waarin ik in de voetsporen treed van mijn feitelijke en fictieve vrouwelijke personages om me te verdiepen in hun verhaal, raak ik steeds weer onder de indruk van de vasthoudendheid en moed van de generaties vrouwen die mij zijn voorgegaan. Of ze nu vochten tegen de seksuele en raciale vooroordelen van vervlogen tijden, hun dierbaren kwijtraakten aan verwoestende oorlogen of ziekten, of een nieuw leven opbouwden aan de andere kant van de wereld, deze vrouwen hebben de weg voor ons vereffend, zodat wij nu vrij zijn om te doen en denken wat we willen. Een vrijheid die we maar al te vaak voor lief nemen.

Jammer genoeg is de wereld nog steeds geen perfecte plek, en ik betwijfel of dat het ooit zal worden, omdat er altijd wel een nieuwe uitdaging zal liggen. Toch ben ik ervan overtuigd dat mensen – vooral vrouwen – opbloeien door die uitdaging. Per slot van rekening zijn wij de koninginnen van het multitasken! Elke dag – met op mijn ene arm een kind en met een manuscript in mijn andere hand – vier ik het feit dat mijn vrijheid om te zijn wie ik ben voor elkaar gebokst is door duizenden generaties opmerkelijke vrouwen, misschien wel tot aan de Zeven Zusters zelf...

Ik hoop met heel mijn hart dat u genoten hebt van de reis van Star. Vaak worden stille moed, vriendelijkheid en innerlijke kracht niet op waarde geschat. Hoewel Star de wereld niet heeft veranderd, heeft ze wel de levens van de mensen om haar heen een stukje beter gemaakt. En al doende is ze erachter gekomen wie ze zelf is.

Lezers en boekhandelaren over *De zeven zussen* en *Storm*

'Maia's verhaal is een veelbelovend begin van een familiesaga. Lucinda Riley verveelt nergens, haar personages zijn geloofwaardig, de vele raadsels ook. Ik kijk al uit naar het volgende deel. Vijf sterren!' – Jeannie

'Ik zat regelmatig op het puntje van mijn stoel, hoe loopt dit af? Het liefst had ik dit boek in één ruk uitgelezen, wat goed aangeeft hoe mooi en spannend het is. De emoties worden ook heel mooi beschreven. Ik kan je vertellen dat ik niet kan wachten om de volgende boeken ook te mogen lezen! Dit boek moet je echt gelezen hebben.' – Joyce Elise

'Ik kreeg het boek getipt en kon niet stoppen met lezen totdat ik het uit had. Het is een mooi geschreven, makkelijk leesbaar en spannend verhaal, vol puzzelstukjes en interessante historische context.' – Megan

'Zo af en toe heb je een juweeltje in handen dat je niet meer weg kunt leggen. In vier dagen had ik het uit, kreeg ik heimwee en nu verlang ik naar het volgende deel!' – Heleen, Boekhandel van der Meer

'Ik ben verkocht, het boek is in één woord GEWELDIG. Zo mooi geschreven en zo ontroerend. Een boek waarin je zelf de hoofdpersoon zou willen zijn.'
– Marij, The Readshop Express Oranjerie

'Je moet van goeden huize komen om mij 600 pagina's lang geboeid te laten blijven en dat is precies wat er gebeurde bij *Storm*. Lucinda Riley is de koningin van de taal. Ik kan niet wachten op het derde deel.' – Judith

'*Storm* is een verhaal dat je echt even moet laten bezinken. De emoties zijn zo levend beschreven dat ze voelbaar zijn. De karakters zijn heel tastbaar neergezet. Je beleeft de reis naar het verleden van Ally mee door de ontroerende en melodische schrijfstijl van Lucinda Riley. Dit boek zal me nog lang bijblijven, met tranen in mijn ogen en een diepe zucht sluit ik deze must read.' – Moon

'Wat was *Storm* fantastisch. Ik zat met Ally op de boot, met Ally in de race, en was met Ally onderweg naar Noorwegen. Ik zat er helemaal in! Ik kan niet geloven dat ik het zo snel uit heb en dat ik nu moet wachten tot april om verder te lezen hoe het met Star gaat!' – Saskia Johnson, Boekhandel van Grinsven Geldrop

'Wow, dat was weer mooi. Tip: zet af en toe tijdens het lezen de Peer Gyntsuite van Edvard Grieg op, voor nog meer beleving. Wederom vijf sterren. Lucinda Riley lezen is genieten!' – Evelien Veltien, Bruna Ellenbroek

Ook verschenen van Lucinda Riley bij Xander Uitgevers
De zeven zussen (2017)
De zeven zussen – Storm (2018)